Das Buch

Als die als warmherzig und familienbezogen bekannte Kellnerin Peggy Carr und ihre Söhne im Oktober 1988 in einer Kleinstadt in Florida vergiftet werden, kann zuerst niemand an ein Verbrechen glauben – wer hätte ein Motiv haben können?

Peggy Carr überlebt den Anschlag auf ihr Leben nicht, einer der beiden Söhne trägt lebenslange Schädigungen davon. Die Polizei entdeckt schließlich Rückstände eines sehr seltenen Giftes in den Coca Cola-Flaschen der Familie. Die Suche nach dem Täter beginnt.

Tatsächlich war es der Nachbar der Opfer, der exzentrische 39jährige Computerfreak George Trepal, Mitgied des »Mensa«-Clubs für Menschen mit einem besonders hohen IQ. Als Motiv reichte ihm, daß er sich manchmal durch die laute Musik der Kinder gestört fühlte und daß Peggys Hund gelegentlich seiner Katze nachstellte.

Um den Mörder zu überführen, ermittelt die junge Polizistin Susan Goreck, Spezialistin für Undercover-Operationen, gegen Trepal. Ihr Auftrag: Sein Vertrauen gewinnen. 17 lange Monate hält Susan ihre wahre Identität in der unmittelbaren Umgebung des brillanten Psychopathen geheim und kann schließlich alle nötigen Beweise gegen ihn sammeln.

Die Autoren

Jeffrey Good arbeitete mehr als zehn Jahre als Redakteur für die St. Petersburg Times. 1995 gewann er den Pulitzer-Preis.

Susan Goreck wurde nach ihrem erfolgreichen Einsatz zum Lieutenant befördert und ist für Innere Angelegenheiten im Polk County Sheriff's Office verantwortlich.

J. GOOD/S. GORECK

DER MÖRDER AUS DEM NACHBARHAUS

Die packende Geschichte einer
couragierten Polizistin, die einen
heimtückischen Giftmischer enttarnt

Aus dem Amerikanischen
von Dr. Rüdiger Hipp

Deutsche Erstausgabe

WILHELM HEYNE VERLAG
MÜNCHEN

HEYNE ALLGEMEINE REIHE
Nr. 01/8585

Titel der Originalausgabe
POISON MIND

Umwelthinweis:
Dieses Buch wurde auf
chlor- und säurefreiem Papier gedruckt.

Redaktion: Werner Bauer

Printed in France 1997
Umschlaggestaltung: Atelier Ingrid Schütz, München
Satz: Buch-Werkstatt GmbH, Bad Aibling
Druck und Bindung: Brodard & Taupin

ISBN 3-453-11693-3

Für Laura
und Gary

»Und ich sah, und siehe – ein fahles Pferd.
Und der daraufsaß, des Name hieß Tod,
und die Hölle folgte ihm nach.«

Offenbarung Kap. 6, Vers 8

(zitiert nach der Bibelübersetzung von Martin Luther, Deutsche Bibelgesellschaft Stuttgart)

Vorbemerkung der Autoren

Dieses Buch beruht auf tatsächlichen Ereignissen. Die darin vorkommenden Personen entstammen ebenso der Wirklichkeit wie die Orte des Geschehens. Es gibt in diesem Buch keine erfundenen Figuren und keine fiktiven Gespräche. Die Dialoge – insbesondere zwischen dem Tatverdächtigen und der verdeckten Ermittlerin – basieren zu einem großen Teil auf Protokollen polizeilicher Tonbandaufzeichnungen; Änderungen wurden lediglich zum Zwecke der Verständlichkeit vorgenommen. Wenn Unterhaltungen rekonstruiert wurden, geschah dies unter Mithilfe von mindestens einer der daran beteiligten Personen. Zusätzliche Informationen erhielten wir aus den mehrere tausend Seiten umfassenden Gerichtsakten, den umfangreichen Aufzeichnungen der Polizei sowie aus Interviews, für die wir Hunderte von Stunden aufwandten.

Susan Goreck ist sowohl eine Hauptfigur dieses Buches als auch dessen Mitautorin, äußert sich jedoch (von Zitaten abgesehen) nicht in der Ich-Form. Ihre Erlebnisse stehen im Mittelpunkt. Darüber hinaus kommen zahlreiche andere Personen zu Wort, die maßgeblich am Geschehen beteiligt waren. Susan Goreck taucht auch in der Rolle der Sherry Guin auf, als die sie ein einziges Ziel verfolgte: einen Mörder dingfest zu machen.

Erster Teil

Was war der Grund?

Prolog

23. Januar 1949.

Wie im Traum hörte er im Dunkel eine Stimme. »George, es ist Zeit«, sagte sie.

George Edward Trepal machte es nichts aus, daß es ein Uhr nachts war. Mit einem Lächeln in den Mundwinkeln half er seiner Frau aus dem Bett und geleitete sie die vier Treppen von ihrer Wohnung zur East 46th Street hinunter. George und Mabel hatten diesen Moment herbeigesehnt. Sieben Jahre lang hatten sie versucht, eine Familie zu gründen, waren von einem Arzt zum anderen gegangen und hatten jeden Monat verzweifelt feststellen müssen, daß ihre Hoffnungen sich nicht erfüllten. Als Mabel doch noch schwanger geworden war, hatten die Probleme nicht aufgehört. Sie war mit Zwillingen schwanger, und nach drei Monaten hatte sie eine Fehlgeburt. Sie verlor einen der Zwillinge, doch der andere blieb in ihrem Schoß und entwickelte sich weiter. Zellen teilten sich im Dunkel, nahmen menschliche Gestalt an. Und nun sollte das Baby zur Welt kommen. George und Mabel sollten endlich Vater und Mutter werden.

Draußen herrschte ein kaltes, regnerisches Wetter, und George schaffte seine Frau schleunigst ins New York Hospital. In diesem riesigen Krankenhaus hatte er selbst im Jahr 1912 das Licht der Welt erblickt. Mabel, eine dunkelaugige Schönheit, war damals zweiundvierzig, vier Jahre älter als ihr Mann, welcher der New Yorker Polizei angehörte.

Sie trafen kurz nach 1 Uhr im Krankenhaus ein. Der Arzt sagte, die Wehen hätten zwar eingesetzt, aber Mabel könne noch nicht entbinden. Sie blieb im Krankenhaus, und George ging nach Hause, um ein bißchen zu schlafen und auf eine Benachrichtigung zu warten. Der Anruf kam um 10 Uhr morgens, als der zukünftige Vater sich gerade rasierte. Er wurde gebeten, sofort ins Krankenhaus zu kommen.

Der Arzt erwartete ihn. »Es sind Probleme aufgetreten«, sagte er.

»Was für Probleme?« fragte George.

»Sie müssen eine Entscheidung treffen«, erwiderte der Arzt. »Entweder wird das Baby überleben oder Ihre Frau.«

»Allein komme ich mit dem Baby nicht zurecht«, sagte George. »Retten Sie meine Frau.«

Der Arzt fuhr mit ihm im Aufzug nach oben. Als Mabel an George vorbei zum Operationssaal geschoben wurde, beugte er sich über sie und gab ihr einen Kuß. Die Türen schlossen sich, und die Mediziner hatten die schwierige Aufgabe, über Leben und Tod zu entscheiden. Sie wollten die Geburt einleiten, um Mabel zu retten.

»Die hatten nicht richtig gemessen«, erzählte George später. »Als die Geburt losgehen sollten, kam Georgie mit dem Kopf nicht voran, weil Mabel zu eng gebaut war. Sein Kopf rutschte weg. Georgie drehte sich nach oben und blieb in ihrem Bauch stecken. Das war vielleicht eine vertrackte Situation!«

Der Arzt nahm ein Skalpell und machte einen Kaiserschnitt. Die Operation verlief erfolgreicher als erwartet. Als sie abgeschlossen war, kam der Arzt nach draußen und sagte: »Wir haben beide gerettet.«

Der frischgebackene Vater war überglücklich. »Kann ich meine Frau besuchen?« fragte er.

»Noch nicht«, antwortete der Arzt. »Kommen Sie heute abend um sieben, dann können Sie Ihre Frau sehen.«

Als George am Abend eintraf, war Mabels Bett leer. Er dachte, sie sei wohl gerade in der Säuglingsstation und schaute sich das Baby an. Er erkundigte sich bei einer Krankenschwester.

»Dieses Zimmer ist nicht belegt«, teilte ihm die Schwester mit.

»Meine Frau liegt angeblich dort«, sagte George.

»Nein, hier liegt niemand«, erwiderte die Schwester.

George machte sich auf die Suche nach Mabel. Er ging die endlosen Korridore entlang und fand sie schließlich in einem anderen Gebäudetrakt, wo sie bewußtlos auf einem fahrbaren Bett auf dem Gang lag. Niemand wußte, wie sie dorthin gelangt war.

Als Mabel drei Tage danach aus dem Koma erwachte, merkte sie, daß sie die Mutter eines gesunden Jungen war. Die Eltern beschlossen, ihrem kleinen Sohn den Namen George James Trepal zu geben. Bei der Geburt wog Georgie acht Pfund. Er war völlig in Ordnung, mit Ausnahme einer tiefen Schramme an seiner Wange.

Hatte es im Mutterleib einen Kampf gegeben, bei dem zwei Brüder wie Kain und Abel aufeinander einschlugen, bis einer von beiden tot war? Nein, das wäre zu weit hergeholt; so etwas kam im Alltag nicht vor, das gehörte ins Reich der Mythologie. Die Ärzte meinten, Georgie habe sich vermutlich vor der Geburt mit den Fingernägeln gekratzt. Doch wann immer George Trepal seinem Sohn ins Gesicht schaute, sah er zuerst die Narbe.

1

Georgie Trepal wuchs heran. Er bat seine Freunde, ihn George zu nennen. Schließlich zog er nach Florida, in ein Städtchen namens Alturas. Er wohnte in einem Haus, das mitten in einem Orangenhain lag, weitab von dem Getöse und dem grellen Licht der Großstadt. George ging keiner geregelten Arbeit nach. Er war mit einer Ärztin verheiratet; seine Frau unterstützte ihn, gab ihm ab und zu einen Scheck über 150 Dollar. So konnte er seine Zeit damit verbringen, Beiträge für ein Computermagazin zu schreiben, für eine Schar Katzen zu sorgen und sich mysteriöse Kriminalfälle auszudenken, die seine schlauen Freunde dann aufklären mußten. Von seinem Fenster aus sah er die Orangenbäume mit ihren herrlichen weißen Blüten, einen tränenförmigen See und das Haus seiner einzigen Nachbarn.

1988, sechs Jahre nach Trepals Ankunft in Alturas, zog Peggy Carr mit ihrer Familie in das Nachbarhaus ein. George und seine Frau Diana hießen sie nicht willkommen. Obwohl George die meiste Zeit zu Hause war und Gelegenheit hatte, Peggy Carr kennenzulernen, blieben sie einander fremd. Beide spürten instinktiv, daß es zwischen ihnen keine Gemeinsamkeiten gab. George war in der Großstadt aufgewachsen, Peggy stammte aus einer ländlichen Gegend in Alabama. Während George fast nur mit einem kleinen Kreis hochintelligenter Freunde zusammenkam, war Peggy der Typ, der gern mit allen möglichen Leuten plauderte. Während George froh darüber war, keinen Klotz am Bein zu haben, kannte Peggy nichts Schöneres, als am Küchentisch mit ihrer Familie Kaffee zu trinken und sich bei ihrem Mann und den Kindern zu erkundigen, wie es ihnen den Tag über ergangen war.

Am 23. Oktober 1988 wurde in Peggys Küche schon vor der Morgendämmerung das Licht eingeschaltet; es fiel durch das Fenster auf den dunklen Orangenhain. Die meisten Leute der Gegend konnten an diesem Morgen ausschlafen, denn es war ein Sonntag, und sie hatten die ganze Woche hindurch in den Orangenhainen geschuftet. Peggy durfte jedoch nicht faulenzen. Sie mußte um sechs Uhr ihre Schürze umbinden und zur Arbeit gehen.

Peggys Schicht als Kellnerin im *Nicholas Family Restaurant* begann zwar erst um sieben Uhr, doch sie wollte zeitig dort sein, um noch mit Floyd Graham, ihrem liebsten Stammgast, eine Tasse Kaffee trinken zu können. Als sie in südlicher Richtung durch die Dunkelheit fuhr, atmete sie die Morgenluft in tiefen Zügen ein. Wie immer roch die Luft gut; die Brise, die vom Atlantik kam oder vom Golf von Mexiko, nahm den Duft der Bäume auf und trug ihn weiter. Peggy bog vom Highway 17 ab und stellte ihr Auto auf dem Parkplatz des Restaurants zwischen Kleinlastern und verstaubten Limousinen ab. Die ersten Farmer, Versicherungsvertreter und Rentner trafen ein, mit einer Zeitung unter dem Arm. Bald würde der Frühstücksraum erfüllt sein vom Gebrutzel des Schinkens, dem Klappern der Teller und den Debatten über die bevorstehenden Präsidentschaftswahlen.

Peggy sah, daß Floyd an seinem Stammplatz saß, einem Tisch in der Nähe der Küchentür. Floyd fand Peggy mit ihren blauen Augen und ihrer zierlichen Figur sehr hübsch, ›so richtig zum Anbeißen‹. Daß Peggy eine hingebungsvolle Mutter war, bewunderte er auch an ihr. Es war schon mehr als einmal vorgekommen, daß Peggy auf die Toilette gegangen war, um ihren Büstenhalter zu reparieren; sie hatte zu ihrem Stammkunden gesagt, sie könne sich keinen neuen leisten, weil sie zuerst einmal ihre Kinder versorgen müsse. Floyd, ein Maschinist in Rente, war glücklich verheiratet. Aber das hielt ihn nicht davon ab, mit der einundvierzigjährigen Kellnerin freundschaftlichen Umgang zu pflegen. Peggy hatte bei Floyd immer wieder Rat gesucht und fing deshalb schon an, ihn ihren ›Psychiater‹ zu nennen.

Peggy gab Floyd ein Küßchen auf die Wange und leistete ihm Gesellschaft, während er frühstückte. Sie aß nichts, trank nur ihren Kaffee und rauchte Filterzigaretten. Floyd war *Pall-Mall*-Raucher und hänselte Peggy oft wegen ihrer komischen Glimmstengel. Er nannte sie ›Tampax‹, und das brachte die Kellnerin immer zum Lachen. Doch an diesem Morgen war Peggy nicht nach Späßen zumute. Sie griff sich an die Brust und sagte: »Floyd, ich glaube, ich kriege einen Herzanfall.«

Floyd, der beim Militär Sanitäter gewesen war, streckte die Arme über den Tisch. »Gib mir deine Hände, Peg«, sagte er. Er betrachtete ihr Gesicht, dann schaute er unter ihre Fingernägel. Die Haut war rosa, also gut durchblutet. Er maß ihren Puls; mit 82 Schlägen lag dieser im normalen Bereich. Sie atmete 22mal in der Minute, und das war auch normal. »Ein Herzanfall kann das nicht sein«, sagte Floyd zu ihr. »Ich würde dich sofort ins Krankenhaus schaffen, wenn ich auch nur den leisesten Verdacht hätte.«

Peggy nahm Floyds Hand und schob sie unter ihre Bluse. Er spürte das Pochen ihres Herzens. »Dort tut es weh«, klagte sie.

Die Beschwerden nahmen zu. Eine Dreiviertelstunde lang überprüfte Floyd immer wieder ihren Zustand. Er konnte nichts finden. Rita Tacker, die ebenfalls Kellnerin und mit Peggy befreundet war, kam zu ihnen. »Was ist denn los?« fragte sie.

»Ich habe einen Herzanfall«, sagte Peggy.

Floyd nahm ihre Hand. »Nein, Schätzchen, das stimmt nicht. Schau dir mal deine Fingernägel an! Sie sind rosa. Du kriegst genug Sauerstoff.«

Als es auf sieben Uhr zuging, riß sich Peggy zusammen und machte sich an die Arbeit. Als Floyd am Gehen war, kam sie zu ihm herüber.

Normalerweise sagte Peggy: »Also, bis morgen, Floyd.« Heute klang ihre Stimme monoton, fast resigniert. »Auf Wiedersehn«, sagte sie. »Vielen Dank für alles.«

Es war nicht Peggys Art, ohne Grund ein Gejammer anzufangen. Sie war zeitlebens frohgemut mit allen Schwierigkeiten fertig geworden. Als eines von fünf Kindern gehörloser Eltern war sie in einem Haus aufgewachsen, in dem nur ein einziger Heizofen gestanden hatte. Ihre ersten beiden Ehen waren gescheitert, und sie hatte drei Kinder – Cissy, Allen und Duane – großziehen müssen mit dem bißchen Geld, das sie als Kellnerin verdiente. Vor einiger Zeit hatte es aber eine Wende zum Besseren gegeben: Peggy hatte einen stämmigen Bergbauangestellten namens Pye Carr geheiratet und war mit ihren Kindern und mit ihrer zweijährigen Enkelin Kacy in das Haus in Alturas gezogen, das Pye mit seinen Kindern Tammy und Travis bewohnte.

Cissy, Peggys Älteste, arbeitete auch als Kellnerin im *Nicholas Family Restaurant*. Sie war eine kleine Frau mit blondem Haar und herzförmigem Mund, die den Mumm und das fröhliche Naturell ihrer Mutter hatte. An dem Tag, an dem Peggy über Schmerzen in der Brust geklagt hatte, war sie zur Nachmittagsschicht eingeteilt. Cissy sah ihre Mutter an der Kaffeemaschine stehen, rief »Hallo, Mama!«, ging zu ihr hinüber und gab ihr einen Kuß auf die Wange. Cissy fragte Peggy, ob sie nach der Arbeit die kleine Kacy abholen könne.

Ihre Mutter sagte zu, doch Cissy merkte, daß sie es nur ungern tat. Peggy erzählte ihrer Tochter, daß es ihr nicht gut gehe. »Meine Hände!« sagte Peggy, wobei sie sie aneinanderrieb. »Ganz taub sind die.« Cissy griff nach den Fingern ihrer Mutter; sie waren eiskalt. »Und das ist noch längst nicht alles«, fuhr Peggy fort. »Meine Beine tun mir schrecklich weh.«

»Setz dich hin und ruh dich aus«, meinte Cissy und zeigte dabei auf einen Tisch, an dem die Kellnerinnen oft ihre Kaffeepausen machten. Peggy ließ sich dort auf einem Stuhl nieder, und Cissy überlegte, was ihrer Mutter, die sonst nie krank war, wohl fehlen könnte.

Sie streichelte ihrer Mutter über die Wange und sagte: »Geh nach Hause und ruh dich aus. Kacy wird sich zu dir legen und ein Schläfchen machen.«

Als Peggy in Alturas ankam, war niemand zu Hause. Ihr Mann war übers Wochenende auf einen Jagdausflug gegangen. Als Pye ein paar Stunden später zu Hause eintraf, begrüßte ihn die auf dem Sofa liegende Peggy mit schwacher Stimme. Pye holte keinen Arzt; er beschloß, seine Schwester zu rufen. Carolyn Dixon war Krankenschwester; sie hatte ein rundes Gesicht und sanfte Hände und war immer zur Stelle, wenn in ihrer Verwandtschaft jemand krank war. Als an jenem Nachmittag die Dämmerung hereinbrach, klingelte in Carolyns Haus das Telefon. »Kannst du mal rüberkommen?« fragte Pye. »Bring deine Blutdruckmanschette mit und schau dir die Geschichte mal an.«

Pye hieß in Wirklichkeit Parearlyn, doch Carolyn und alle anderen hatten ihn schon immer Pye genannt. Carolyn wohnte gut einen Kilometer weit entfernt auf der anderen Seite des Sees. Sie sagte, sie werde gleich kommen. Wie Floyd Graham schaute auch Carolyn zuerst einmal nach dem Blutdruck, dem Puls und der Atmung. Peggys Blutdruck war nach ihrer Meinung leicht, aber nicht unnormal erhöht.

Peggy ging es immer schlechter. Als Cissy gegen neun Uhr nach der Arbeit vorbeikam, lag ihre Mutter zugedeckt im Bett. Das Blut war aus ihrem Gesicht gewichen, die Haut kalkweiß und kalt. Ihre Lippen waren ausgetrocknet und rissig. Sie konnte die Augen nicht öffnen; die Lider schienen gelähmt zu sein.

Cissy ging ans Bett. »Mama?«

Normalerweise drückte Peggy ihre Älteste an sich und erkundigte sich, wie der Tag bei Cissy verlaufen war. Doch jetzt schien Peggy ihre Tochter kaum wiederzuerkennen. Sie konnte nur noch im Flüsterton sprechen. »Du kannst dir nicht vorstellen, was für Schmerzen ich habe«, sagte sie. »Hörst du mich? Es ist nicht auszuhalten.«

Die Tür zum Badezimmer befand sich gleich neben dem Bett, aber Peggy war so schwach auf den Beinen, daß Cissy sie stützen mußte, als sie zur Toilette wollte. Cissy half ihr auch, wieder ins Bett zu kommen; Peggy war von den paar Schritten völlig erschöpft.

Cissy ging in die Küche. Pye saß am Tisch, trank einen Wodka mit Orangensaft und stellte Überweisungen aus. Ihre sanfte Stimme bebte vor Sorge, als sie mit ihm redete. »Pye, willst du sie nicht ins Krankenhaus bringen? Sie braucht ärztliche Behandlung.«

Pye schaute hoch zu ihr. »Nein«, antwortete er. »Sie hat doch nur eine Virusinfektion oder so was.«

Cissy ging zurück ins Elternschlafzimmer und gab ihrer Mutter einen Gutenachtkuß. Peggys Augen waren weiterhin geschlossen, und sie sagte kein Wort. Cissy ging in die Küche zurück und wiederholte ihre Bitte. »Ich glaube wirklich, daß sie ins Krankenhaus geschafft werden muß«, sagte sie zu Pye. »Ich werde sie hinbringen.«

»Nein«, sagte Pye verärgert. »Sie sagt, sie wolle nicht ins Krankenhaus gehen.«

Cissy stürmte hinaus und rannte den Hang hinunter zu der umgebauten Garage, in der sie mit ihrer Tochter Kacy wohnte. Eine halbe Stunde später, etwa um halb zwölf, klopfte Pye an ihre Tür. »Ich bin dabei, deine Mutter ins Krankenhaus zu bringen«, sagte er. »Willst du mitkommen?«

Es war noch recht mild; die Winterkälte hatte sich noch nicht festgesetzt. Pye trug Peggy, die nur ein Nachthemd und Hausschuhe anhatte, zu ihrem Kleinlaster, und Cissy setzte ihre Tochter in ihren Wagen. Kacy nannte ihre Großmutter Mimi. Cissy sagte zu dem Kind: »Wir fahren ins Krankenhaus, weil es Mimi nicht gut geht.«

Die beiden Wagen fuhren in die Nacht hinein. Das nächste Krankenhaus war in der nahegelegenen Stadt Bartow. Pye trug Peggy in die Notaufnahme, wo ein Arzt ihren Puls maß und Atmung und Pupillen untersuchte. Peggy sagte zu ihm: »Mir ist, als ob ich brenne.«

Drei Tage danach lag Peggy immer noch im Bartow Memorial-Hospital, ohne daß die Ärzte eine Diagnose gefunden hatten. Peggy standen die Haare zu Berge, als einer von ihnen meinte, es könne sich um ein psychosomatisches Problem handeln. Als der Arzt ihren Arm berührte, fuhr ihr der Schmerz bis in die Knochen. »Das tut echt weh«, sagte sie.

Doch genauso schnell, wie sie krank geworden war, fühlte Peggy sich dann wieder besser. Cissy freute sich, als sie sah, daß ihre Mutter im Bett aufrecht sitzen und Kaffee trinken konnte; Peggy beschwerte sich sogar über das Krankenhausessen. Als ein Pfleger ein Tablett mit einem Stück Hackbraten und Süßkartoffelpastete brachte, rümpfte Peggy die Nase und schimpfte: »Was ist denn das für ein Fraß?«

»Mama, sei nicht so unhöflich!« sagte Cissy. Sie freute sich aber insgeheim darüber, daß ihre Mutter ihren bissigen Ton wiedergefunden hatte.

Vielleicht hat Pye doch recht gehabt, dachte Cissy. Es war wohl nur ein Grippevirus.

Peggy wurde nach Hause entlassen. Aber bald darauf kam ein Rückfall. Während Peggys Zustand sich verschlimmerte, wurden auch andere Familienmitglieder von der mysteriösen Krankheit heimgesucht. Duane, Peggys jüngerer Sohn, und Travis, der Sohn von Pye, klagten über Beschwerden. Sie waren Teenager, die vor kurzem den Schulbesuch an der High-School abgebrochen hatten. Die beiden Jungen sahen gesund aus: ihre Haut war braungebrannt von den Malerarbeiten, die sie draußen erledigt hatten; vom Gewichtheben und vom Basketballtraining mit ihren Freunden hatten sie kräftige Muskeln bekommen. Doch sie klagten genauso wie Peggy über ein Prickeln in den Fingern und in den Zehen, über Magenbeschwerden und ein von innen kommendes Brennen.

Am Tag nach Peggy Rückkehr aus dem Krankenhaus brachte Carolyn zum Abendessen Brathähnchen mit. In einer Ecke der Küche entdeckte sie auf dem Boden einen Karton mit Coca-Cola in Halbliterflaschen. Sie öffnete eine Flasche und füllte für Peggy, Travis und Duane drei Gläser. Carolyn war der Meinung, daß es sich um einen Grippevirus handele und man deshalb für ausreichende Flüssigkeitszufuhr sorgen müsse. Beim Eingießen verschüttete sie ein bißchen von dem Getränk. »Tante Carolyn, das passiert dir jedes Mal!« spöttelte Travis.

Am nächsten Morgen ging Cissy ins Schlafzimmer ihrer Mutter und flüsterte: »Mama?« Peggy Augenlider zuckten ein bißchen, aber sie brachte kein Wort heraus.

Duane und Travis waren nicht so übel dran wie Peggy, doch sie fühlten sich ziemlich mies. Duane dachte, es könnten noch die Nachwirkungen von ihrem Saufgelage am Star Lake in der Nacht zum Samstag sein. »Mann, warst du aber voll!« sagte er zu seinem Stiefbruder. Travis meinte jedoch, es sei etwas anderes; er könne den Rhythmus seines Herzschlags in den Beinen spüren.

Duane wollte sich nicht unterkriegen lassen. Er dachte, er müsse für eine bessere Durchblutung sorgen; deshalb zog er seine Turnschuhe an und joggte ins Stadtzentrum und zurück. Dann zog er die Turnschuhe wieder aus und rieb sich die Füße. Sie sahen aus wie immer, taten aber schrecklich weh – als hätte man sie mit einer großen Zange zerquetscht und tausend Nadeln ins Fleisch gestochen.

Cissy war in guter körperlicher Verfassung, doch in psychischer Hinsicht ging es mit ihr bergab. Während einer Arbeitspause im Restaurant zog sie die mit Peggy befreundete Kellnerin Rita Tacker ins Vertrauen. Cissy meinte, Pye vergifte Peggy unter Mithilfe seiner Schwester. »Die beiden wollen sie umbringen. Ich bin ganz sicher!«

»Hör mal, Cissy! Ich glaube nicht, daß der Kerl so etwas vorhat«, sagte Rita. Doch je mehr sie über all das nachdachte, was ihr Cissy über Pye erzählt hatte, desto wahrscheinlicher erschien ihr diese Möglichkeit. Nach all dem, was Peggy mit Pye hatte durchmachen müssen, würde es Rita nicht überraschen, wenn er versuchte, seine Frau umzubringen.

An jenem Abend klingelte im Restaurant um halb acht das Telefon. Pye war am Apparat und wollte Cissy sprechen. »Deine Mutter ist mit dem Krankenwagen abgeholt worden«, sagte er. »Du mußt einen Besuch im Krankenhaus machen.«

2

»Was ist denn los mit mir?« fragte Peggy. »Ich habe schreckliche Schmerzen.«

Als sie aufblickte, sah sie einen Mann in einem weißen Kittel, der schütteres Haar und ein Grübchen am Kinn hatte. Die anderen Ärzte hatten die Ursache für Peggys Erkrankung nicht finden können, doch Dr. T. Richard Hostler, der Neurologe, der an diesem Tag im Winter Haven-Hospital Dienst hatte, war auf etwas gestoßen.

Hostler sprach in einem sachlichen, aber nicht unfreundlichen Ton. »Wir werden etwas gegen diese Schmerzen tun«, sagte er. »Doch zuerst muß ich herausfinden, wodurch sie ausgelöst wurden.«

Dr. Hostler drückte Peggys Zunge mit einem Holzspatel nach unten und schaute in den Rachenraum. Er leuchtete mit einem Stablämpchen in ihre Pupillen und bat sie, den Blick von einer Seite zur anderen zu wenden. Dann sollte Peggy sich bemühen, die Augen geschlossen zu halten, während er versuchte, sie zu öffnen. Die meisten gesunden Erwachsenen haben keine Mühe, ihre Augenlider geschlossen zu halten. Hostler bereitete es jedoch wenig Mühe, Peggys Augenlider zu öffnen. Schließlich bat er sie, die Stirn zu runzeln, doch das gelang ihr nicht.

Dr. Hostler trug seiner ersten Eindrücke von Peggy auf der Karteikarte ein: die Patientin hat Anzeichen einer akuten Erkrankung; sie ist bei Bewußtsein, ansprechbar und kooperativ, jedoch nicht imstande, die Augen nach Anweisung zu öffnen oder fest zu schließen. Auf beiden Gesichtshälften Anzeichen von Schwäche. Im Mund Entzündungen, die mit weißlichem Belag überzogen sind. Starke Empfindlichkeit gegen Berührung.

Der achtunddreißigjährige Hostler, Vater von drei Kindern, war auf Störungen des Nervensystems spezialisiert. Während viele Medizinstudenten die Neurologie als eine Fachrichtung betrachteten, mit der man sich befaßte, um sie dann hinter sich zu lassen, war Hostler von den vielfältigen Herausforderungen fasziniert. Um in den Millionen winziger Verästelungen, die das menschliche Nervensystem aufweist, Problemen auf die Spur zu kommen, mußte er nicht nur medizinische Daten beachten, sondern sich auch auf seinen Instinkt verlassen. Er bezeichnete den Neurologen gern als den Detektiv unter den Mediziner.

Die meisten Patienten konnten Dr. Hostler sagen, was ihnen fehlte. Peggy wußte es nicht. »Mir brennen die Füße, als wäre ich über glühende Kohlen gegangen«, sagte sie lediglich.

Pye Carr, Peggys Mann, nahm Hostler beiseite. »Meinem Sohn und meinem Stiefsohn geht es auch nicht gut«, erzählte er dem Arzt. »Sie sind nicht so schlimm dran wie Peggy, doch ihr Zustand verschlechtert sich immer mehr.« Hostler hielt das für eine sehr bedeutsame Information. Sie legte die Vermutung nahe, daß Peggy und die Jungen an einer ansteckenden Krankheit oder an einer Vergiftung litten. Hostler bestürmte Pye mit Fragen: Waren im Haus in letzter Zeit Insektenbekämpfungsmittel verwendet worden? War sonst noch jemand krank gewesen? Pye antwortete, ihm sei davon nichts bekannt.

Hostler meinte, die Jungen brauchten ebenfalls ärztliche Behandlung. »Sorgen Sie dafür, daß die beiden heute noch eingeliefert werden.«

Pye machte sich auf den Weg, und Dr. Hostler setzte sich im Stationszimmer an einen Schreibtisch. Er diktierte zuerst Anweisungen für einige Routineuntersuchungen, und dann dachte er über Peggys Zustand nach. Sie hatte gesagt, daß ihre Füße brannten, als wäre sie über glühende Kohlen gegangen. Es gab jedoch keine äußeren Anzeichen einer Verbrennung. Dr. Hostler überlegte, ob nicht ihr peripheres Nervensystem in Mitleidenschaft gezogen worden sein könnte. Der Arzt verglich das Nervensystem gern mit einem Baum; das Rückgrat stellte den Stamm dar, die Arme und Beine waren die Äste, und die peripheren Nerven die Zweige und Verästelungen. Bei Peggy schienen die von ihren Füßen und ihrem Gesicht ausgehenden Stränge und Verästelungen geschädigt zu sein.

Aber wodurch?

Dr. Robert VanHook, ein Spezialist für Infektionskrankheiten, ging gerade draußen vorbei. Hostler winkte ihm. »Bob, komm doch bitte rein«, rief er ihm zu. »Ich habe eine Patientin, die du mal ansehen solltest.«

Hostler schilderte VanHook den Fall und äußerte dann den Verdacht, daß Peggy an einer Schwermetallvergiftung leiden könnte. Er sagte seinem Kollegen, er werde bei Peggy Tests durchführen lassen nach den verbreitetsten dieser Gifte: Blei, Arsen und Quecksilber. Hostler fügte hinzu, er habe in der Fachliteratur einen Hinweis gefunden und wolle deshalb auch noch eine weitere Untersuchung durchführen lassen – nach einem seltenen Gift, das dem Patienten das Gefühl vermittle, daß er verbrenne.

»Ich meine Thallium«, sagte Hostler.

»Ist das nicht äußerst unwahrscheinlich?« fragte Van-Hook.

»Gewiß«, erwiderte Hostler. »Thallium wird heutzutage bei niemandem im Haus herumstehen. Es ist also sehr unwahrscheinlich, daß das die Ursache ist. Andererseits gibt es aber nichts, was besser ins Bild passen würde.«

Zur selben Zeit, als Hostler seine Ermittlungen anstellte, klingelte im nördlichen Alabama, wo Peggy aufgewachsen war, ein Telefon. Peggys ältere Schwester Shirley ging an den Apparat. Sie war eine Frau mit großen grünen Augen, die an jedem Ohr drei Ringe trug. Da sie von Beruf LKW-Fahrerin war, machte es ihr nichts aus, große Entfernungen zurückzulegen. Als Shirley hörte, daß ihre Schwester im Krankenhaus lag, lieh sie sich von einem ihrer Brüder etwas Geld und fuhr los. Am anderen Morgen war sie in Florida.

Shirley blieb die Luft weg, als sie Peggy erblickte. Sie hatte nie erlebt, daß ihre Schwester mit einer Erkältung im Bett lag, und in diesem Zustand hatte sie Peggy schon gar nicht gesehen. Die sonst so fröhliche und unternehmungslustige Peggy lag in einem Durcheinander von Schläuchen und Drähten, war von blinkenden Apparaten umgeben. Man hatte ihre Hände angebunden, damit sie die in Nase und Kehle führenden Schläuche nicht herausziehen konnte. Von einer Krankenschwester erfuhr Shirley, daß Peggy die Augen nicht öffnen konnte.

Shirley brauchte eine ganze Weile, um sich zu beruhigen. Sie konnte nicht glauben, daß das Peggy war. Um Fassung ringend, trat sie an das Bett ihrer Schwester. »Peggy?« sagte sie mit krächzender Stimme.

Peggy bewegte den Kopf ein wenig, als sie die Stimme hörte. Doch sie konnte nicht sprechen. Shirley sah, daß Peggy die Finger bewegte. Sie merkte, daß Peggy die Zeichensprache ihrer Kindheit verwenden wollte, um den Verlust der Stimme zu ersetzen.

Peggy, Shirley und ihre drei Brüder waren im Macedonia Blackwater aufgewachsen, einer Landgemeinde in Alabama. Ihr Vater und ihre Mutter waren taub, doch die fünf Kinder hatten einen normalen Gehörsinn. Ihr Vater stellte Möbel aus Zedernholz her und verdiente damit etwa 35 Dollar die Woche. Wenn er in der Stadt etwas zu erledigen hatte, nahm er Shirley oder Peggy als Dolmetscher mit. Jahrzehnte danach verwendete nun die im Krankenhaus liegende Peggy die Zeichensprache, um die Fragen ihrer Schwester zu beantworten.

»Erkennst du mich wieder?« fragte Shirley.

»JA.«

Shirley streichelte die Wangen ihrer Schwester; sie waren eiskalt.

»Peggy, wie geht es dir?«

Peggys Finger bewegten sich aufs neue.

»ICH HABE SCHMERZEN.«

Dr. VanHook machte einen Besuch bei Peggy; er war wie sein Kollege der Ansicht, daß sie nicht an einer Infektionskrankheit litt. Überdies stellt er fest, daß bei Peggy das Haar büschelweise ausfiel – das waren eindeutige Anzeichen einer Thalliumvergiftung.

Die Ärzte wußten, daß sie nicht viel Zeit hatten. Als Dr. Hostler Peggy am Montagmorgen erstmals untersucht hatte, hatte sie zwar Schmerzen gehabt, war aber sonst in einem stabilen Zustand gewesen. Nun war sie gegen Abend schon zu schwach, um selbst zu atmen, und mußte auf der Intensivstation versorgt werden. Eine Urinprobe wurde eilends zur Laboruntersuchung nach Atlanta geschickt. Binnen kurzem trafen die Ergebnisse ein. Dr. Hostler hatte mit seiner Vermutung recht gehabt: Peggys Körper war mit Thallium verseucht.

»Bob, ich glaube, sie wurde vergiftet«, sagte Hostler zu seinem Kollegen. »Und dabei handelt es sich meiner Meinung nach um eine Straftat.«

Bis zu diesem Zeitpunkt – es war jetzt über eine Woche her, daß Peggy Floyd Graham gegenüber von einem Herzanfall gesprochen hatte – war Hostler nicht auf den Gedanken gekommen, daß es sich um ein Verbrechen handeln könnte. Doch jetzt war ihm klar, daß die Polizei eingeschaltet werden mußte. Thallium war geruch- und geschmacklos und ließ sich in Speisen und Getränken leicht lösen. Es wirkte in einer Dosis von der Größe zweier Aspirintabletten tödlich und trat in den Standarduntersuchungen auf Schwermetallvergiftungen nicht in Erscheinung. Es war das perfekte Mordinstrument.

Hostler wußte von seinem Studium her, daß Thallium ein in der Natur vorkommendes Metall ist, daß äußerlich und in seinem chemischen Verhalten Ähnlichkeit mit Blei hat. Der menschliche Körper kann eine winzige Dosis davon verkraften, und eine Zeitlang glaubte man, die Chemikalie hätte einen therapeutischen Wert. Als Thallium 1861 entdeckt worden war, setzten es die Ärzte bei der Behandlung von Syphilis, Gonorrhöe, Gicht, Ruhr und Tuberkulose ein, ja sogar gegen Scherpilzflechte. Sie stellten aber bald fest, daß das Metall mehr schädliche als heilsame Auswirkungen hatte.

Gelangt Thallium in den menschlichen Körper, verhält es sich wie Kaliumkarbonat, das der Körper benötigt, um Sauerstoff und Nährstoffe in Energie umzuwandeln. Kaliumkarbonat hat positive Auswirkungen auf die Muskeln und Nerven; Thallium, sein bösartiger Zwilling, läßt sie verkümmern und absterben. Bei einer Thalliumvergiftung treten meist brennende Schmerzen in den Gliedmaßen, Magenbeschwerden und Haarausfall auf. In schweren Fällen folgen Nervenentzündungen, Delirien, Lähmungen, Koma und Tod.

Die todbringende Wirkung von Thallium war nicht nur in wissenschaftlichen Kreisen bekannt. Gegen Ende der fünfziger Jahre wurde Thallium in Europa von Giftmördern häufiger verwendet als Arsen. In den sechziger Jahren – ein Jahrhundert nach seiner Entdeckung – wurde es meist als Pestizid eingesetzt; man brachte damit Backenhörnchen, Präriehunde, Ameisen, Schaben und vor allem Ratten um. Im Jahr 1972 wurde die Verwendung dieser Chemikalie von der amerikanischen Umweltschutzbehörde wegen der Gesundheitsgefährdung für Menschen weitgehend verboten. In der

Nuklearmedizin, in Chemielabors sowie bei der Herstellung von Kameralinsen und Feuerwerkskörpern durfte Thallium weiterhin verwendet werden, allerdings unter drastischen Einschränkungen. Im Jahr 1988, als Peggy Carr erkrankte, waren Thalliumvergiftungen in den Vereinigten Staaten so gut wie unbekannt.

Hostler wußte, daß Thallium in der Natur vorkommt und daß daher auch bei Menschen, die nicht damit umgehen, unbedenkliche Spuren von Thallium vorhanden sein können. Die Laboruntersuchungen zeigten, daß Peggys Urin das Zwanzigtausendfache dieser Menge enthielt. Verglichen mit Menschen, die beruflich mit Thallium umgehen, hatte Peggy das Fünfzigfache der Höchstdosis. Bei Travis und Duane wurde ebenfalls Thallium gefunden, und zwar bis zum Zwanzigfachen der Höchstdosis. Hostler hoffte, daß es ihm gelingen würde, die Jungen zu retten, doch er befürchtete, daß Peggy weit mehr zu sich genommen hatte, als ihr Körper ausscheiden konnte. Er suchte in der Fachliteratur nach einem Gegenmittel, hatte aber nicht viel Hoffnung.

Als Hostler die Intensivstation betrat, sah er, daß Pye wie üblich vor Peggys Zimmer auf und ab ging. Der schwergewichtige Mann mit den fleischigen Händen und dem stacheligen Bürstenhaarschnitt sah abgehärmt und erschöpft aus. Er hatte fast seine ganze Zeit im Krankenhaus verbracht bei Peggy und den Jungen.

Hoster kam gleich zur Sache. »Mein Verdacht hat sich bestätigt, Pye«, sagte er. »Ihre Frau wurde mit Thallium vergiftet.«

»Wollen Sie damit sagen, daß jemand versucht hat, sie umzubringen?« fragte Pye.

»Es hat den Anschein, daß jemand versucht hat, Ihre gesamte Familie zu vergiften«, sagte der Arzt. »Sie selbst blieben irgendwie davon ausgenommen.«

Pye schwieg eine Weile. Dann sagte er: »Doktor, ich glaube nicht, daß irgend jemand einen solchen Haß auf uns haben könnte, um das zu tun.«

Peggys Zustand verschlimmerte sich. Die Übelkeit, der Haarausfall und das Gefühl des Verbrennens waren dabei noch die harmloseren Symptome. Der Zerfall der Nervenstränge griff immer weiter um sich. Sie konnte inzwischen nicht mehr die Augen öffnen und nicht mehr von allein atmen; es dauerte nicht mehr lange, bis sie die muskuläre Kontrolle fast vollständig eingebüßt hatte.

Kurz nach ihrer Ankunft nahm Shirley zum letzten Mal mit ihrer Schwester Verbindung auf. Während ihres Besuches kam Pye ins Zimmer herein. Shirley fragte ihn, ob er mit Peggy allein sein wolle.

»Nein, das ist schon in Ordnung«, antwortete er.

Pye beugte sich über seine Frau und nahm ihre Hand. »Peggy, weißt du, warum du hier bist?« fragte er sie.

»NEIN.«

»Peggy, du bist vergiftet worden«, sagte Pye.

Peggys Finger bewegten sich rasch. »WARUM?«

»Das weiß ich nicht«, antwortete Pye. »Aber wir werden der Sache auf den Grund gehen.«

Peggy machte mit der Hand immer wieder dasselbe Zeichen. Unter starken Schmerzen bewegte sie den Daumen und den Zeigefinger der zur Faust geballten Hand immer wieder hin und her.

»WARUM?«

»WARUM?«

»WARUM?«

3

Der Kriminalbeamte Ernie Mincey betrachtete liebevoll die zwischen seinen Fingern steckende Zigarette. Er führte sie an die Lippen und inhalierte tief, bevor er sich dem Papierberg auf seinem Schreibtisch zuwandte. Von manchen Aspekten seiner Arbeit war er sehr angetan: Wenn es um einen mysteriösen Todesfall ging, wenn Zeugen nach sachdienlichen Mitteilungen befragt werden mußten, wenn es gelang, einen Mörder vor Gericht zu bringen. Aber dieser verdammte Papierkram!

Ein Polizist schaute durch den Türspalt in Ernies Büro im Sheriff's Office von Polk County. »Da ist ein Anruf.« Ernie blickte kurz hoch. »Den bekommt der Aufsichtsbeamte.«

Genau wie damals in der Armee, dachte Ernie und stieß eine Rauchwolke aus. Immer den Dienstweg einhalten. Ohne Wissen des Vorgesetzten nicht einmal einen Anruf entgegennehmen. Ein paar Minuten später kam Ernies Chef mit einem Zettel in der Hand herein. Im Winter Haven-Hospital liege eine todkranke Frau, sagte er. Der Sohn und der Stiefsohn der Frau seien ebenfalls im Krankenhaus, ihr Zustand werde von Stunde zu Stunde kritischer. Der Arzt meine, die drei seien mit einer seltenen Chemikalie vergiftet worden. »Ich weiß nicht, worum es sich handelt«, sagte der Captain. »Kümmern Sie sich darum«.

Trotz der neonbeleuchteten Boulevards, der funkelnden Schnellboote und der Bettenburgen bleibt Florida ein Grenzgebiet, ein Ort, an dem Altes und Neues aufeinandertrifft, manchmal mit verheerenden Folgen. Die Autobahnen Interstate 75 und 95 durchziehen Florida wie zwei gewaltige Arterien. Im Winter kommen die Leute aus dem Norden, verstopfen diese Arterien und schieben sich wie ein Blutgerinnsel durch den Bundesstaat. Kinder tollen an den Sandstränden, Großmütter lustwandeln unter Palmen, Väter greifen in die Tasche und erstehen aufblasbare Alligatoren.

Die meisten Besucher kommen mit blassen Gesichtern und dicken Brieftaschen an; ein oder zwei Wochen später reisen sie gebräunt und bargeldlos wieder ab. Manche praktizieren jedoch eine ganz andere Art von Tourismus. Nach Ted Bundys Aufenthalt in Florida waren zwei Studentinnen und ein zwölfjähriges Schulmädchen tot. Als Aileen Wuornos auf den Straßen umherbrauste, schlug für Männer mittleren Alters das letzte Stündchen. Als Danny Harold Rolling in Gainesville weilte, kamen fünf Collegestudenten ums Leben. Die Mordfälle sind so zahlreich und so bizarr, daß die

Sensationspresse nicht lange suchen muß, wenn sie aufsehenerregende Schlagzeilen braucht.

Das geographisch in der Mitte Floridas liegende Polk County scheint davon weit weg zu sein. Es fahren zwar jedes Jahr Millionen von Touristen durch Polk County, doch für viele ist es nur ein Ärgernis, ein weißer Fleck zwischen Disney World und dem Meeresstrand. Der Reisende, der die Autobahn verläßt und sich umschaut, entdeckt ein ganz anderes Florida. Es gibt keine Strände; das Gelände steigt an und bildet Hügel, die von Orangenhainen, Viehfarmen und Holzhäusern gesäumt sind. Der Nachthimmel wird nicht von Urlaubshotels angestrahlt, sondern von Phosphatfabriken, die in grünes Licht getaucht sind und hoch aufragen wie Burgen. Große Einkaufszentren, neue Wohnsiedlungen und Verkehrsstaus in den boomenden Städten deuten auf zunehmenden Wohlstand hin. Doch die meiste Zeit verläuft das Leben gemächlich. Im Gegensatz zu den Einwohnern von Miami betrachten die Bewohner von Polk County einander als Nachbarn und nicht als potentielle Angreifer.

Wie anderswo kommt es aber auch in Polk County zwischen den Leuten zu Reibereien. Dann fallen böse Worte, Fäuste fliegen, Messer werden gezückt, Schüsse fallen. Und auf Ernies Schreibtisch klingelt dann das Telefon.

Seiner Erscheinung und seinem Verhalten nach ist Ernie eine Art ländlicher Columbo. Er hat über Jahre hinweg in der grellen Sonne Leichen inspiziert, und sein Gesicht ist dadurch so ledrig geworden, daß er älter aussieht als neununddreißig. Durch Tausende von Zigaretten sind seine Fingerspitzen vergilbt. Wenn Ernie Tatverdächtige verhört, spricht er langsam und gedehnt. Manche Kriminelle halten Ernie vielleicht wegen seiner gemächlichen Art für beschränkt, doch damit liegen sie falsch.

Drei Tage nachdem Dr. Hostler Peggy erstmals untersucht hatte, kam Ernie ins Winter Haven-Hospital und traf mit ihm zusammen. Der Arzt teilte ihm mit, daß Peggy auf der Intensivstation sei und es mit ihr rasch bergab gehe. »Ich muß mit ihr reden«, sagte der Kriminalbeamte.

Als Ernie Peggys Zimmer betrat, sah er eine kleine Frau, die von summenden Geräten umgeben war. Sie lag auf dem Rücken. Auf ihrem Kissen lagen Büschel von graumeliertem braunem Haar herum; die kahlen Stellen an ihrem Schädel reflektierten das Licht. An Peggys Nase und an ihren Armen hingen Schläuche, und ein Gerät beatmete sie langsam. Peggy hatte die Augen offen, doch ihr Blick war leer. Ernie merkte, daß diese Frau nicht mit ihm reden konnte. Er erfuhr jedoch vom Personal, daß Peggy eine Schwester hatte, die sich per Zeichensprache mit ihr verständigen konnte.

Im Wartezimmer der Intensivstation ging Ernie zu Peggys Schwester und zeigt ihr seine Dienstmarke. »Ich möchte Peggy einige Fragen stellen«, sagte er. »Könnten Sie mit mir hineingehen und mir berichten, wie die Antworten lauten?«

Shirley nickte. »Das tue ich gern.«

Sie gingen zu Peggy, und Shirley teilte ihr Ernies Fragen mit:

»Was ist mit dir passiert?«

»Weißt du, wie es zu der Vergiftung gekommen ist?«

»Weißt du, ob es jemand mit Absicht getan hat?«

Peggy gab keine Antwort. Sie drückte ihrer Schwester lediglich die Hand. Shirley gab schließlich auf und schaute den Kriminalbeamten traurig an.

»Ich kann mich nicht mehr mit ihr verständigen. Ihr Zustand hat sich weiter verschlechtert.«

»Vielleicht können wir's später noch mal versuchen«, sagte Ernie. »Kommen Sie bitte mit nach draußen. Ich muß mit Ihnen reden.«

Zu diesem Zeitpunkt teilte Ernie nicht die Überzeugung von Dr. Hostler, daß die Vergiftung absichtlich geschehen sei. Ernie hielt es für möglich, daß irgendein Pestizid in den Brunnen der Familie und von dort in die Wasserleitung gelangt war. Die Umweltbehörde untersuchte gerade Wasserproben sowie Lebensmittel und Getränke, die die Familie zu sich genommen haben könnte. Wenn es sich um einen Mordversuch handeln sollte, dann wollte Ernie zuerst im Familienkreis nach Verdächtigen Ausschau halten. Insbesondere wollte er mehr über Pye Carr erfahren. War er rein zufällig unterwegs gewesen, als die anderen mit dem Gift in Berührung kamen?

Während des Gesprächs hatte Shirley selbst eine Frage. »Und was ist mit dem Drohbrief?« wollte sie wissen.

Ernie starrte sie an. »Was denn für ein Drohbrief?«

Vier Monate vor den Vergiftungen war mit der Post ein Brief gekommen. Er war adressiert an PIE CARR, 2690 Alturas Road, Bartow, Florida. Innen befand sich ein kleines Stück gelbes Papier, auf dem diese anonyme Botschaft getippt war: »Wenn Sie und Ihre ganze sogenannte Familie nicht binnen zwei Wochen für immer aus Florida wegziehen, werden Sie allesamt sterben. Betrachten Sie das nicht als Scherz.«

Als die Familie an jenem Tag bei Tisch saßen, reichten sie den Brief herum und sprachen über ihn. Sie merkten natürlich, daß Pyes Name falsch geschrieben war. Stammte der Brief von jemandem, der Pye nicht genau kannte? Oder hatte sich da ein krankes Gehirn einen Scherz ausgedacht?

Nach einer Weile meinten die Jungen, daß an der Sache nichts dran sei. Sie lachten darüber. Duane sagte zu seiner Mutter. »Höchste Zeit, daß du anfängst zu packen, Mama!« Peggy, die sonst immer das Erfreuliche hervorhob, lachte nicht. Sie saß einfach da und hielt ihre Enkelin auf ihrem Schoß fest. Sie ermahnte Duane und Travis, mit ihren Motorrädern nicht mehr auf den Grundstücken anderer Leute herumzufahren und ihre Zunge im Zaum zu halten. »Seid nett zu den Leuten. Die Drohung könnte ernst gemeint sein.«

Nachdem Ernie von der Todesdrohung erfahren hatte, suchte er Zimmer 163 auf, um Travis und Duane zu besuchen. Ein großer Mann stand vor der Tür und versperrte ihm den Weg. Er sagte, er sei Pye Carr. Als Ernie seine Dienstmarke vorzeigte, wurde Pyes Miene freundlicher. »Ich bin froh, daß Sie gekommen sind«, sagte er. »Wenn ich Ihnen irgendwie behilflich sein kann, dann sagen Sie's mir.«

Ernie schaute in das Zimmer und sah dort zwei Teenager in ihren Betten liegen; ihre Ellbogen und ihre Knie ragten aus der Krankenhausbettwäsche hervor. Ernie ging zu Travis und fragte ihn nach seinem Befinden. Travis klagte darüber, daß es weh tue, wenn irgend etwas seine Haut berührte, und seien es nur die Bettücher. »Mein ganzer Körper brennt.«

Duane bestätigte das, und beide erklärten, sie hätten keine Ahnung, wie es zu der Erkrankung gekommen sei. Eines Tages seien sie draußen gewesen und hätten die Garage gestrichen. Am nächsten Tag hätten die Schmerzen angefangen. Den Jungen fiel jedoch ein, daß ein Mann auf einem roten Traktor der Marke *Massey-Ferguson* den Hain westlich des Hauses besprüht und es nach Pestiziden gerochen hatte.

Ernie hörte sich an, was die Jungen zu sagen hatten, und dabei fiel ihm auf, wie ungewöhnlich dieser Fall war. Mit Gift hatte er bisher nur bei plumpen Selbstmorden zu tun gehabt, wenn etwa ein verzweifelter Mensch eine Flasche Rohrreiniger getrunken hatte. Bei den meisten anderen Opfern, die er zu Gesicht bekommen hatte, waren Gewalttaten verübt worden: man hatte auf sie geschossen, auf sie eingestochen oder ihnen den Schädel zertrümmert. In all diesen Fällen waren die Opfer zu Tode gekommen. Ernie sah sie nie als lebendige Wesen. Doch dieser Fall war anders. Er konnte sich vorstellen, wie diese Jungen beim Basketballspiel lachend Körbe geworfen hatten. Das Thallium hatte sie in bleiche Gespenster verwandelt.

Ernie ging mit Pye auf den Gang hinaus. »Haben Sie mit der Post einen Drohbrief bekommen?« fragte er ihn.

»Ach ja«, antwortete Pye. »Das hab' ich ganz vergessen.«

»Wo ist dieser Brief?« fragte Ernie.

»Irgendwo im Haus, glaube ich.«

»Ich brauche ihn dringend.«

Pye versprach, nach dem Brief zu suchen. Ernie bat ihn daraufhin, die familiären Verhältnisse zu schildern. Pye erzählte dem Kriminalbeamten, daß er und Peggy vor sieben Monaten geheiratet hätten; er habe einen Jagdausflug nach South Carolina gemacht und bei seiner Rückkehr seine Frau und die Jungen krank vorgefunden. Pye sagte, er könne sich nicht vorstellen, wie jemand die Absicht haben könnte, seine Familie zu vergiften. Soweit er wisse, habe es in letzter Zeit nur einmal eine Problem gegeben – ein Nachbar habe sich darüber beschwert, daß die jungen Leute ihre Radios zu laut laufen ließen.

Ernie interessierte sich mehr für Pye als für seine Nachbarn. Wenn es sich um ein Verbrechen handelt, dann hat es wahrscheinlich dieser Mann verübt, dachte Ernie. Ihm kam Pyes Benehmen etwas seltsam vor; er wirkte ruppig und gefühllos. Wieso hat er der Polizei nichts von dem Brief erzählt? überlegte Ernie. Ich kann mir nicht vorstellen, daß jemand einen Drohbrief bekommt und sich nicht an ihn erinnert, wenn Familienmitglieder ins Krankenhaus eingeliefert werden. Ernie sagte sich, es wäre ja denkbar, daß Pye den Brief selbst aufgegeben hatte.

Doch dann dachte der Kriminalbeamte an Pyes Sohn Travis. Ihm fiel ein, daß Pye wie ein Bär in der Tür gestanden hatte, um Travis und dessen Stiefbruder zu beschützen. Ernie Mincey, der selbst zwei Kinder hatte, fragte sich: Kann jemand seinen eigenen Sohn vergiften?

Peggys ältester Sohn Allen erfuhr erst etwas, als die drei Familienmitglieder schon mehrere Tage im Krankenhaus verbracht hatten. Allen war auf einem Stützpunkt der US-Marine in Tennessee stationiert, wo ihm beigebracht wurde, wie man Bomben entschärft, wie man sich aus einem Hubschrauber abseilt und wie man elektrische Schaltkreise herstellt. Er hatte von seiner Mutter drei Wochen vor ihrer Erkrankung zum letzten Mal gehört, als sie ihn angerufen und ihm mitgeteilt hatte, sie wolle ihn besuchen. Peggy hatte keinen Grund genannt, sie hatte nur gesagt: »Ich muß einfach mit dir reden. Ich hab' hier alle Hände voll zu tun, es gibt ein paar Probleme.«

Peggy kam aber nicht, und es gab keinen weiteren Kontakt zwischen ihnen. Als Cissy anrief, nahm Allen das nächste Flugzeug. In Alturas angekommen, eilte er umgehend mit seiner Schwester ins Krankenhaus, wo sie ihn zuerst zu seinem Bruder führte.

Allen holte tief Luft, doch der Anblick Duanes war trotzdem ein Schock für ihn. Sein Bruder war ganz zusammengefallen, sein blondes Haar fiel büschelweise aus. Duane schaute auf und erblickte seinen Bruder, der geschniegelt und gebügelt vor ihm stand. Der Soldat und der Kranke starrten einander einen Moment lang an.

Allen hatte sich vorgenommen, nicht schwach zu werden, doch er konnte die Tränen nicht zurückhalten. »Wer hat dir das bloß angetan?« fragte er.

»Ich hab' keine Ahnung«, antwortete Duane. »Der Drohbrief war wohl doch ernst gemeint.«

Eine Krankenschwester kam herein und flüsterte Cissy etwas ins Ohr. »Wir müssen das Zimmer jetzt verlassen«, sagte Cissy zu Allen. »Laß uns hinaufgehen und nach Mama schauen.«

Allens Absätze klapperten in schnellem Rhythmus, als die beiden den Gang entlangeilten. »Alles ist so schnell gegangen«, sagte er zu seiner Schwester.

»Das ist nicht erst seit heute so. Mama ist schon seit ein paar Tagen krank«, erwiderte Cissy.

»Warum hat mich denn niemand angerufen?« fragte Allen.

»Pye wollte nicht, daß wir dich anrufen«, gab Cissy zur Antwort.

Die Schwingtüren gingen auf, und die beiden Kinder von Peggy betraten die Intensivstation. Alles machte einen befremdlichen Eindruck auf sie. Die gekühlte Luft rief eine Gänsehaut hervor, das Piepsen der Geräte hallte in ihren Ohren. Allen, der eine Ausbildung zum Marinetaucher absolviert hatte, wurde durch die Beleuchtung daran erinnert, wie vertraute Gegenstände unter Wasser vom Licht verwandelt und unkenntlich gemacht werden.

Als Allen hinter Cissy herging, spürte er, wie der Blick der Krankenschwestern ihm folgte. Cissy zog die Vorhänge auf, und er bekam seine Mutter zu Gesicht. Die Schwestern hatten Gurte um ihre Taille und ihre Beine gelegt. Als Allen sah, daß ihre Hände nicht festgebunden waren, ging er zu ihr und umklammerte ihre Finger.

Peggy war bei Bewußtsein; ihre Hände bewegten sich.

»WO BIN ICH?«

Allen kannte die Zeichensprache; er bemühte sich, etwas zu erwidern.

»ICH BIN DA.«

Peggy schien das nicht zu verstehen. Sie verzog immer noch das Gesicht, warf den Kopf hin und her, versuchte vergeblich, sich zu entspannen.

»WO BIN ICH?«

Allen starrte das Gesicht seiner Mutter an, das einst so schön gewesen war. Die Krankenschwestern hatten ihr ein Häubchen auf den kahlwerdenden Kopf gesetzt und um ihre Augen herum Vaseline aufgetragen. Er schaute ihre Hände an; sie waren blaß und knochig geworden, waren ohne die Ringe und Armreife, die sonst geklimpert hatten, sooft sie in Gelächter ausgebrochen war. Unter ihrer weißen Haut konnte Allen die blauen Venen erkennen, die vergiftetes Blut in ihr Herz zurückleiteten.

Allen hielt die Hand seiner Mutter an seine Hand und machte ein letztes Zeichen. »ICH LIEBE DICH.«

Am nächsten Tag versammelte eine Krankenschwester die Familienmitglieder um sich. Sie saßen gespannt auf ihren Stühlen, hatten eine Mischung aus Furcht und Hoffnung in den übermüdeten Augen. Hatte Peggy sich vielleicht im Bett aufgesetzt und nach einer Zigarette verlangt? Hatten die Ärzte etwa ein Gegenmittel gegen das Thallium gefunden? Oder durften sie Peggy jetzt nach Hause bringen?

»Sie sinkt in ein leichtes Koma«, erklärte die Schwester. »Wir wissen nicht, wie lange das andauern wird. Es hat wenig Sinn, weiter auf der Intensivstation zu warten.«

Die Schwester gab ihnen eine Durchwahlnummer, mit der sie im Krankenhaus anrufen konnten. Cissy, Allen, Shirley und die anderen telefonierten immer wieder. Sie bekamen stets dieselbe Antwort: »Zustand unverändert.«

4

Der Kriminalbeamte Mincey fuhr auf dem Highway 60 aus der Stadt hinaus und bog beim *Circle K*-Lebensmittelladen rechts ab. Das Asphaltband, das sich vor ihm hinzog, führte ihn an den Seen und Orangenhainen vorbei und hinauf nach Alturas. Als er in die Auffahrt einbog, kam Pye herbei. Er machte einen ungeduldigen Eindruck, als rechne er damit, daß Ernie den Fall bereits weitgehend gelöst habe.

»Ich will wissen, wie das passiert ist«, sagte Pye. »Sie müssen das schleunigst herausfinden.«

Mein Gott, ich bin doch kein Hellseher, dachte Ernie. Ich tappe doch selbst im Dunkeln! Aber das sagte er Pye nicht. Er speiste ihn statt dessen mit der üblichen Formulierung ab: »Wir tun unser Bestes.«

Als Pye ihn im Haus herumführte, dachte Ernie darüber nach, wie seltsam es war, in Alturas Ermittlungen durchzuführen. Alturas war keine Stadt, nicht einmal eine richtige Gemeinde, sondern nur eine Anzahl Häuser um einen See herum, mit einer Schule und einem Gemischtwarenladen und keiner Verkehrsampel weit und breit. Dieselben Farmerfamilien, die Anfang des Jahrhunderts die Siedlung gegründet hatten, bildeten auch jetzt noch den Kern der Bevölkerung. Selbst als sie hörten, daß die Schwerkriminalität in den Großstädten immer mehr zunahm, war es für die Einwohner von Alturas selbstverständlich gewesen, ihre Türen unverschlossen oder zumindest unverriegelt zu lassen – bis vor kurzem.

Ernie wußte, daß die Leute ganz entsetzt waren über die Giftgeschichte. Obwohl Beamte der Umweltbehörde immer noch dabei waren, den Brunnen und die Felder rund um das Haus der Carrs zu untersuchen, war Ernie immer fester davon überzeugt, daß es sich um einen Mordversuch handelte. Als er erfuhr, daß Thallium seit 1972 verboten war, glaubte er kaum noch, daß es in dem Brunnen oder in einem Orangenhain auftauchen würde. Es wurde immer klarer, daß die Familie Carr die einzige war, die vergiftet worden war. George Trepal und seine Frau Diana Carr (mit Peggy und Pye nicht verwandt) hatten Wasser aus demselben Brunnen getrunken, doch gab es bei ihnen keinerlei Anzeichen einer Erkrankung.

Pye zeigte Ernie die Küche, in der Peggy zum letzten Mal Kaffee gekocht hatte, dann das Schlafzimmer, in dem sie nach der Erkrankung gelegen hatte, schließlich die Türen, durch die ein Eindringling hätte hereinkommen können. Ernie fand nichts Auffälliges: keine Schrammen am Türrahmen, kein zurückgelassenes Giftfläschchen, keinen Abdruck von einem schmutzigen Schuh. Dem Kriminalbeamten kam es aber nicht nur darauf an, konkrete Beweise ausfindig zu machen. Er wollte auch die psychologischen Aspekte der Tat verstehen; er wollte sich in den Täter hineinversetzen, sich dort aufhalten, wo der Täter sich aufgehalten hatte.

Die Ermittlungen gingen in die zweite Woche, und Peggy lag weiterhin im Koma. Ernie erhielt Unterstützung von Paul Schaill, der ebenfalls der Mordkommission angehörte. Ernie hatte einen schmächtigen Körperbau, Schaill hingegen, der sich an der High-School als Football-Star hervorgetan hatte, war ein breitschultriger Typ. Ernie war sehr nachlässig gekleidet, Schaill trug schicke Sachen und eine goldene Uhr. Die beiden arbeiteten aber trotz ihres gegensätzlichen Erscheinungsbildes gut zusammen. Die hatten auch keine andere Wahl – zu jenem Zeitpunkt verfügte die Mordkommission nur über diese beiden Beamten.

Als Schaill sich in den Fall einarbeitete, kam ein Anruf von Ernie; er hatte erfahren, daß Peggy Carr kurz vor ihrer Erkrankung im *Tropical Motel* übernachtet hatte, einem flachen, einstöckigen Gebäude nicht weit von Alturas. Schaill sagte, er werde den Grund herausfinden. Als Schaill das Büro des Motels betrat, saß der Geschäftsführer vor dem Fernseher und verspeiste ein Hähnchen. Schaill drückte auf die Klingel, zückte seinen Dienstausweis und fragte den Geschäftsführer, ob Peggy Carr kürzlich in dem Motel übernachtet habe. Der Geschäftsführer bestätigte, daß Peggy mit ihren Kindern eine Nacht in dem Motel verbracht hatte. Ihm fiel noch etwas ein: sie habe die Rechnung für das Zimmer mit Eindollarscheinen beglichen.

Schaill kam das merkwürdig vor. Aus welchem Grund war Peggy mit ihren Kindern in ein billiges Motel gegangen, das nur ein paar Kilometer von ihrem Haus entfernt war? Vielleicht hatte es daran gelegen, daß sie ihren Mann nicht mehr ertragen konnte, überlegte er.

Schaills Vermutung, daß es zwischen Peggy und Pye gekriselt hatte, wurde durch einen Brief bestätigt, den Ernie fand, als er sich das Haus der Carrs noch einmal anschaute. Peggy hatte ihn geschrieben, bevor sie ins *Tropical Motel* gegangen war.

Lieber Pye,
ich liebe dich sehr, aber ich weiß jetzt nicht mehr so recht, was Du mir gegenüber empfindest. Ich habe Dir gesagt, daß ich mit allen Schwierigkeiten zurechtkommen kann, solange ich Dich habe. Aber jetzt bin ich verunsichert!
Ich möchte Dir Gelegenheit geben, über uns nachzudenken. Ich kann so nicht mehr weitermachen – die Kinder haben keinen Respekt, wir reden nicht miteinander, kümmern uns nicht umeinander.
Ich liebe Dich und möchte Deine Frau sein, wie es sich gehört.
Ich weiß nicht, ob das, was ich tue, richtig oder falsch ist, aber ich sehe keinen anderen Ausweg.
Ich kann mir nicht vorstellen, ohne Dich zu leben, aber ich werde es tun, wenn Du mich nicht brauchst!
Ich bin mir sicher, daß ich Dich brauche und daß ich Dich liebe. Bist Du Dir selbst auch im Klaren über Deine Gefühle?
Ich liebe Dich von ganzem Herzen.
Peggy.

Schaill und Ernie gingen in die Cafeteria des Winter Haven-Hospital; sie hielten Ausschau nach Peggys Tochter Cissy und Peggys Freundin und Kollegin Rita Tacker. Die beiden Frauen saßen an einem Tisch und tranken Kaffee. Sie bestätigten, daß es zwischen Pye und Peggy Schwierigkeiten gegeben hatte; diese hätten sich zugespitzt, kurz bevor Peggy und die Jungen erkrankt seien. Cissy sagte: »Sie erzählte mir, daß sie wohl für 'ne Weile weggehen müsse, weil sie nicht sicher sei, ob es mit ihr und Pye gutgehen werde.«

In dem Gespräch mit den Kriminalbeamten und in späteren Interviews im Zusammenhang mit diesem Buch berichteten Cissy und Rita folgendes: Pye und Peggy waren am Anfang sehr ineinander verliebt. Sie heirateten und gründeten einen gemeinsamen Hausstand. Beide brachten halbwüchsige Kinder mit in die Ehe. Diese waren bald wie Brüder und Schwestern; sie planschten zusammen im Pool, fuhren auf ihren Motorrädern durch den Orangenhain und wuschen in der Auffahrt ihre Autos. Pye und Peggy führten sich in ihrem ersten Überschwang selbst wie Teenager auf. Doch nach sechsmonatiger Ehe setzte eine Abkühlung ein.

Cissy erinnerte sich an den Abend, an dem Pye aus der Mine angerufen und gesagt hatte, daß er sich verspäten werde. Das sei nicht das erste Mal gewesen. Peggy und Pye hätten vorgehabt, mit Pyes Schwester Carolyn und deren Mann zu Abend zu essen. Das habe also abgesagt werden müssen, und Pye habe dafür nicht einmal einen triftigen Grund angegeben, er habe lediglich gesagt: »Ich muß länger arbeiten.«

Cissy hatte dann vorgeschlagen, zu der Mine hinauszufahren, in der Pye arbeitete, und ihre Mutter hatte eingewilligt. Als sie in Cissys schwarzem Mustang um die Ecke gebogen waren, hatten sie Pyes Büro erblickt, umgeben von den riesigen Maschinen der Phosphatmine. Wenn Pye die Wahrheit gesagt hatte, dann hätten die Maschinen in Betrieb sein und die Arbeiter geschäftig umherlaufen müssen. In der Mine war es jedoch still und dunkel gewesen, und neben Pyes Wagen hatte nur ein weiteres Auto gestanden. Peggy hatte zu ihrer Tochter gesagt: »Ich glaube, ich weiß jetzt, was los ist.«

Dann hatten die Kinder angefangen zu streiten. Pyes Tochter Tammy hatte Duane beschuldigt, er habe einem Freund von ihr die Stereolautsprecher gestohlen. Als Peggy die Sache notdürftig geschlichtet hatte, ließ sie sich in einen Sessel fallen und schluchzte: »Ich weiß nicht, ob ich das noch länger ertragen kann.«

»Mama, geh doch für ein paar Tage weg«, hatte Cissy vorgeschlagen. Daraufhin war Peggy mit Duane, Cissy und Kacy ins *Tropical Motel* gegangen. Doch nach ein paar Tagen hatten sich Peggy und Pye wieder versöhnt. Peggy war nach Hause zurückgekehrt und hatte ihre gute Laune wiedergefunden. Bei der Arbeit hatte sie zu Rita gesagt: »Mein Süßer macht gerade einen Jagdausflug.«

Und dann kam das Wochenende, an dem sie vergiftet wurde.

Nach dem Gespräch mit Cissy und Rita gingen Schaill und Ernie ins Krankenhaus, um mit Duane und Travis zu sprechen. Die beiden Jungen trugen Baseballmützen auf ihren kahl werdenden Köpfen. Während der Befragung kam Larry Dubberly herein, der Vater von Duane und Ex-Mann von Peggy. Larry sagte den Beamten, er habe Pye im Verdacht.

»Ich glaube, daß er und seine Schwester Carolyn etwas damit zu schaffen haben«, meinte Larry. Nach dem Gespräch mit Ernie habe Pye am ganzen Leib gezittert. Er sei so nervös gewesen, daß er kein Wort mehr herausbrachte.

»Und da war noch etwas«, fuhr Larry fort. »Vorgestern abend hörte ich aus dem Krankenzimmer der Jungen ein Stimmengewirr. Ich ging hinein und stellte fest, daß Pye und Carolyn gerade angekommen waren. Statt sich über den Besuch seines Vaters und seiner Tante zu freuen, schrie Travis ganz hysterisch: ›Larry, hilf mir! Die beiden wollen mich umbringen!‹ Und Carolyn sagte zu ihm: ›Junge, wir wollen dir doch nichts antun! Wir wollen dir doch nur helfen!‹«

Larry sagte, er mache sich Sorgen wegen der Eßwaren, die Carolyn und andere Familienmitglieder den Jungen ins Krankenhaus brachten. »Wer mit so einer Sache angefangen hat, wird weitermachen und sie zu Ende bringen.«

Larry fügte noch hinzu: »Ich weiß von Peggy, daß Pye für sie, Duane und Travis eine Lebensversicherung abgeschlossen hat.«

»Hat sie Ihnen erzählt, wie hoch diese Versicherung ist?« fragte Ernie.

»Achtzigtausend Dollar für Peggy und je sechzigtausend für die Jungen«, antwortete Larry.

»Vor kurzem redeten wir im Verwandtenkreis über das Gift Thallium«, fuhr Larry fort. »Irgendeiner meinte, es könne aus den Phosphatminen stammen, und Margaret sagte zu Pye, ihrem Ex-Mann: ›Du arbeitest ja seit Jahren in der Silver-City-Mine. Dort gibt's doch zwei Chemielabors. Weißt du, ob die das Zeug haben?‹«

Larry gab an, Pye habe seine Ex-Frau angeschnauzt: »Halt dein gottverdammtes Maul!«

Manches von dem, was die Ermittler in Erfahrung brachten, schien den gegen Pye gerichteten Verdacht zu bekräftigen. Ein Beamter des Gesundheitsamts teilte ihnen mit, in Deutschland werde Thallium weiterhin als Rattengift eingesetzt. Und in der Mine, in der Pye arbeitete, stieß ein Arbeiter auf ein merkwürdiges Pestizid; es befand sich in einer kleinen, in deutscher Sprache beschrifteten Dose, auf der außerdem ein Totenschädel mit gekreuzten Knochen aufgedruckt war. Schaill ließ die Dose untersuchen. Wenn sie Thallium enthielt, wüßte man, woher Pye ein Gift bekommen hatte, das in den USA schon fast zwei Jahrzehnte lang verboten war.

Bald danach teilte eine Frau der Polizei mit, daß Pye früher mit einer Lehrerin ausgegangen sei. Knapp einen Monat nach seiner Trauung mit Peggy habe er die Lehrerin angerufen und gesagt, er habe einen schweren Fehler gemacht und wolle sich wieder mit ihr treffen.

Nicht alle waren davon überzeugt, daß Pye für die Tat verantwortlich sei.

Reverend Bob Grant, der Pfarrer, der Pye und Peggy getraut hatte, verdächtigte ihn zu keinem Zeitpunkt. Auch Dr. Hostler nicht. Beide waren fast jeden Tag im Krankenhaus. Und jedesmal sahen sie, daß Pye an Peggys Bett saß, ihre Hand hielt und mit seiner im Koma liegenden Frau redete. »Man kann nie wissen«, sagte Pye zu Reverend Grant. »Vielleicht hört sie mich doch.«

Die Wochen vergingen. Hostler teilte den Familienmitgliedern mit, er könne nur dann etwas für Peggy tun, wenn sie von selbst aus dem Koma herauskomme. Während Duane offenbar Fortschritte machte, verschlimmerte sich der Zustand von Travis; er verlor die Kontrolle über seine Muskeln und mußte beatmet werden. Trotz intensiver Nachforschungen fand Dr. Hostler kein Gegenmittel gegen Thallium. Die Jungen würden einfach abwarten müssen, bis das Thallium nicht mehr wirkte.

Die ganze Familie fand Dr. Hostlers pessimistische Betrachtungsweise bedrückend, Pye eingeschlossen. Das hielt

Cissy aber nicht davon ab, Pye zu beschuldigen. Reverend Grant sah, wie Cissy im Wartezimmer vor der Station, in der ihre Mutter lag, auf Pye deutete. Und er hörte, wie sie zu einer Verwandten sagte: »Er möchte sie am liebsten so schnell wie möglich umbringen.«

Pye tat Grant leid. Er nahm Cissy beiseite und sagte: »In Ihrem tiefsten Innern wissen Sie doch genau, daß das nicht stimmt, nicht wahr?« Cissy schwieg jedoch; sie wollte offenbar nichts hören, was Pye in einem guten Licht erscheinen ließ. Wie viele Leidtragende von Verbrechen brauchte auch sie einen Sündenbock.

Später nahm Pye den Geistlichen beiseite. Er erzählte ihm, er habe eben von der Polizei erfahren, daß er der Hauptverdächtige sei. Grant war verblüfft, versuchte aber, die Sache herunterzuspielen. »Ist das nicht immer so?« sagte er zu Pye. »Den Ehegatten nehmen sie sich zuerst vor.«

»Tja, da haben Sie wohl recht«, erwiderte Pye.

Grant sah aber, daß Pye die Schultern hängen ließ. Pye war nicht der Typ, der sich selbst bemitleidete; der Pfarrer merkte jedoch, daß sein Kummer durch die Anschuldigungen noch größer geworden war. Grant richtete sich auf und sah seinem Bekannten in die Augen. »Ich glaube es nicht, Pye«, sagte er. »Kein Mensch kann mich dazu bringen, das zu glauben. Selbst wenn Sie jetzt zu mir sagten, Sie hätten es getan, würde ich's Ihnen nicht abnehmen.«

Der deutlichste Hinweis auf Pyes Unschuld kam aus dem Labor. Da Pye verreist gewesen war und einen gesunden Eindruck gemacht hatte, waren die Kriminalbeamten der Meinung gewesen, er habe kein Thallium zu sich genommen. Doch dann bekam Schaill einen Anruf aus dem Labor der Gesundheitsbehörde. Die Untersuchungen der Urinproben der Familie hatten ergeben, daß Peggy, Duane und Travis nicht die einzigen waren, die Thallium im Körper hatten. Cissy und die zweijährige Kacy waren ebenfalls belastet. Zwar hatte es weder bei der Mutter noch bei der Tochter Anzeichen einer Erkrankung gegeben, doch die Tests ergaben, daß das Kind ein toxisches Ausmaß an Thallium abbekommen hatte.

Die Tests ergaben außerdem, daß noch ein Familienmitglied das Gift geschluckt hatte: Pye. Die Dosis hätte bei einem kleineren Mann zu einer schweren Erkrankung geführt, wegen Pyes kräftiger Statur hatten sich aber nur kleinere Beschwerden ergeben. Das einzige Familienmitglied, das keine Spuren von Thallium aufwies, war Pyes Tochter Tammy.

Schaill nahm seine Brille und knabberte an ihr herum. Was hat das zu bedeuten? fragte er sich. Ist Pye unverdächtig, weil er selbst Thallium abbekommen hat? Oder könnte er es auch durch die Haut aufgenommen haben, als er die Familie vergiftete? Und was war von Pyes Tochter Tammy zu halten? Wieso hatte sie kein Thallium im Körper? Sie könnte die Familie vergiftet haben. Aber wieso?

Wenn dies kein perfektes Verbrechen war, dann kam es zumindest ganz nahe heran. Die Polizei hatte kein Giftfläschchen gefunden, keine verräterischen Fingerabdrücke, keine brauchbaren Hinweise. Der November zog vorüber, Peggy und ihre Söhne lagen weiterhin im Krankenhaus, und die Polizei hatte keine echten Tatverdächtigen. Sie wußte nicht einmal, woher das Thallium stammte.

Mit jedem neuen Laborbericht verringerte sich die Zahl der potentiellen Verursacher. Wie Tests ergaben, war das Gift nicht im Leitungswasser enthalten; es war nicht von dem Traktor gekommen, den Travis und Duane gesehen hatten, und es stammte auch nicht aus der Dose mit Rattengift, die in Pyes Mine entdeckt worden war.

Schaill schaute in Pyes Haus ein weiteres Mal nach Beweisstücken. Als er auf dem Küchenboden Glasscherben entdeckte, ging er in die Knie und schaute unter die Küchentheke. Dort entdeckte er hinter dem Abfalleimer den Karton mit Cola-Flaschen, den Carolyn vorgefunden hatte, als Peggy und die Jungen krank geworden waren. Manche Flaschen waren leer, andere voll; eine Flasche war am Hals abgebrochen. Schaill ließ die vollen Flaschen stehen und nahm die leeren mit. Das Labor sollte noch einen Auftrag bekommen.

5

Zwei Vergiftete weiter in kritischem Zustand

Ein paar Wochen lang hatten die Kriminalbeamten ihre Ermittlungen durchführen können, ohne daß die Presse ihnen über die Schulter schaute. Sie wußten jedoch, daß ein Fall wie dieser nicht lange unbeachtet bleiben würde. Knapp einen Monat nach Peggys Erkrankung teilte die *Tampa Tribune* ihren Lesern mit:

»Beamte der Gesundheitsbehörde gehen einer vier Wochen alten Spur nach, um herauszufinden, wie drei Mitglieder einer Familie aus Alturas vergiftet wurden.

Eine Mutter und ihr Stiefsohn befinden sich nach Angaben von Tony Edwards, dem Sprecher der Gesundheitsbehörde, in kritischem Zustand im Winter Haven-Hospital.

Die Ermittlungsbeamten haben festgestellt, daß die beiden zusammen mit einem weiteren Familienmitglied mit Thalliumsulfat vergiftet wurden, doch ist noch offen, wie die Familie mit der Chemikalie in Berührung kam. Nach den Worten von Lynne Breidenbach, Sprecherin des Sheriff's Office von Polk County, ist die Chemikalie geruch- und geschmacklos.

Peggy Carr (41) und ihr Stiefsohn Travis Carr (16) wurden auf der Intensivstation des Winter Haven-Hospital noch am Montag künstlich beatmet ... Peggy Carrs Sohn Duane Dubberly (17) befindet sich ebenfalls im Krankenhaus.

George Trepal, der Nachbar der Familie, gab an, daß er und seine Frau Wasser aus dem Brunnen der Carrs mehrere Tage lang zum Waschen verwendet hatten, weil ihre Wasserpumpe defekt war. Trepal sagte, er und seine Frau verwendeten nun abgefülltes Wasser als Trinkwasser, weil er von der Gesundheitsbehörde angewiesen worden sei, kein Wasser aus dem Brunnen der Carrs zu trinken.

›Kein Mensch weiß, wodurch sie krank geworden sind, und wenn man die Ursache nicht kennt, ist es recht schwierig, Vorsichtsmaßnahmen zu ergreifen‹, sagte Trepals Ehefrau Diana.«

Als die Ermittlungen in die vierte Woche gingen, verlor Ernie seinen Partner. Leitende Beamte im Sheriff's Office erfuhren, daß Schaills Ex-Frau Wilma sich einmal mit Pye Carr zum Mittagessen getroffen hatte. Schaill sagte, die Verabredung sei ›keine große Sache‹ gewesen, doch seine Vorgesetzten zogen ihn von dem Fall ab, weil sie befürchteten, daß persönliche Aspekte die Ermittlungen beeinträchtigen könnten.

Ernie hielt Pye im Gegensatz zu Schaill nicht für dringend tatverdächtig. Da er nun allein arbeitete, beschloß er, auch gegen einige andere zu ermitteln, die als Tatverdächtige in Frage kamen: Gegen die Krankenschwester Carolyn Dixon, die nach Meinung mancher Leute auf Peggy eifersüchtig war; gegen Pyes Tochter Tammy, das einzige Mitglied der Familie, das kein Thallium zu sich genommen hatte, und gegen die unmittelbaren Nachbarn George Trepal und Diana Carr. Kurz vor den Erkrankungen hatten Peggy und Diana eine Auseinandersetzung gehabt, weil bei den Carrs die Kinder ihre Radios zu laut aufgedreht hatten. Rita Tacker sagte, die Nachbarin habe Peggy Prügel angedroht.

Obwohl laute Radios kein besonders gutes Mordmotiv darstellen, war Ernie klar, daß er der Sache nachgehen mußte. Was diesen Fall betraf, war das eine Spur, die auch nicht viel schlechter war als die anderen. Diana war Ärztin für Orthopädie; Ernie wußte, daß man im Krankenhaus bei Tests manchmal Thallium verwendete.

Ernie hatte große Mühe, die Nachbarn ausfindig zu machen. George schien nie zu Hause zu sein, und Ernie wußte nicht, wo er arbeitete. Diana fand er schließlich in ihrer Praxis. Als Diana auf die Vergiftungsfälle zu sprechen kam, hatte ihre Stimme einen munteren, ja heiteren Klang. Sie sagte, sie habe mit den Nachbarn nie Umgang gehabt, das seien keine Menschen ihres Schlages. Diana gab zu, daß sie sich mit Peggy gestritten hatte, weil die Jungen der Carrs mit ihren Radios zuviel Lärm gemacht hatten; das sei jedoch nicht viel mehr gewesen als ein Krach zwischen Nachbarn. Thallium verwende sie in ihrer orthopädischen Praxis nie, sagte sie, doch sie habe in Agatha Christies Krimi ›Das fahle Pferd‹ etwas über diese Chemikalie gelesen.

Monate später merkte Ernie, daß er Dianas Worten mehr Gewicht hätte beimessen sollen. Trotzdem war er nicht gewillt, Radiolärm als ein Motiv dafür anzusehen, daß jemand eine ganze Familie zu vergiften versuchte. Ernie war ursprünglich der Meinung gewesen, das Gespräch mit Diana habe nichts gebracht.

Nach der Befragung Dianas fuhr Ernie in sein Büro zurück und ließ sich an seinem Schreibtisch nieder, auf dem ein übervoller Aschenbecher und ein Foto seiner Frau stand. Er erfuhr, daß Carolyn Dixon auf ihn warte. Die in weiße Schwesterntracht gekleidete Carolyn kam herein; ihre Augen waren vom Weinen rot und geschwollen. Sie umklammerte ihre Handtasche wie einen Rettungsring.

Kaum hatte sie Platz genommen, platzte Carolyn schon mit der Frage heraus: »Bin ich die Tatverdächtige?«

»Wie kommen Sie auf diesen Gedanken?« fragte Ernie in sachlichem Ton. Carolyn sagte, Cissy erzähle allen möglichen Leuten, sie habe Carolyn und Pye im Verdacht, ihre Mutter vergiftet zu haben.

»Ja, das hat sie mir auch erzählt«, sagte Ernie mit leiser Stimme.

Ernie hatte nicht beschlossen, Carolyn als unverdächtig zu betrachten; zu diesem Zeitpunkt konnte er es sich nicht leisten, irgend jemanden auszuschließen. Er sagte Carolyn jedoch, im Gegensatz zu Cissy werde er keine voreiligen Schlüsse ziehen. »Ich brauche Ihre Hilfe, damit ich herausfinden kann, was passiert ist.«

Carolyn hörte auf, ihre Handtasche zu umklammern und erzählte, wie sie sich um Peggy und die Jungen gekümmert hatte, als sie erkrankt waren. Sie hatte ihnen Cola zu trinken gegeben, weil sie meinte, es handle sich um eine Infektion, bei der man für ausreichende Flüssigkeitszufuhr sorgen müsse. Sie sagte, Pye und Peggy hätten vorher einige Schwierigkeiten gehabt, fügte aber hinzu: »Es waren Probleme, wie es sie sonst auch gibt, wenn zwei heiraten, die beide schon heranwachsende Kinder haben.« Peggy sei zwar ein paar Tage lang weggegangen, um mit sich ins reine zu kommen, doch die beiden liebten einander sehr.

Ernie sammelte nicht nur Informationen; er achtete auch darauf, ob sich bei Carolyn Schuldgefühle bemerkbar machten. Als sie von Peggys letzten Stunden vor der Einlieferung berichtete, zog sie ein Taschentuch aus ihrer Handtasche und tupfte sich die Augen ab. Sie war bekümmert, zornig und bestürzt, reagierte also angemessen.

Carolyn schien durch Cissys Verdächtigungen eher verletzt als verärgert zu sein. Ernie setzte sie im Laufe des Gesprächs ans Ende seiner immer kürzer werdenden Liste der Verdächtigen. Er hatten den Eindruck, daß Carolyn nicht so hinterlistig wäre, um einen Giftanschlag planen und sich dann zu ihren Opfern zu setzen und ihnen Cola einzugießen. Das paßte nicht zu ihr.

Am nächsten Tag fuhr Ernie in seinem Dienstwagen die holprige Straße zur Silver-City-Mine hinunter, um Pye in seinem Büro aufzusuchen.

Eines sprach immer noch gegen Pye: die Lebensversicherungen in Höhe von zweihunderttausend Dollar, die er angeblich auf Peggy und die Jungen abgeschlossen hatte. Ernies Meinung nach wäre das Grund genug, um jemanden umzubringen. Das könnte sogar jemanden dazu bringen, selbst ein bißchen Thallium zu schlucken. Und wenn Peggy recht gehabt hätte mit ihrer Vermutung, er treffe sich mit einer anderen Frau? Wenn er die Absicht gehabt hätte, seine Frau umzubringen, die Versicherungssumme einzustreichen und mit seiner Freundin zu verschwinden? Möglicherweise hatte er etwas falsch gemacht und die anderen aus Versehen vergiftet.

Daß es die angeblichen Versicherungspolicen wirklich gab, war bisher nicht zu ermitteln gewesen. Ernie wollte Pye nun mit der Angelegenheit konfrontieren; vielleicht würde er zugeben, die Policen irgendwo versteckt zu haben.

Pye bat Ernie in sein Büro herein und schloß die Tür, um den Phosphatstaub und das Rattern der Maschinen fernzuhalten. Als Ernie ihn nach Versicherungen fragte, zuckte er nicht einmal mit der Wimper. Pye erzählte Ernie, er habe eine Lebensversicherung über fünfzigtausend Dollar auf sich selbst, außerdem auf Travis und Tammy über eintausend Dollar.

»Haben Sie eine Versicherung in Höhe von zweihunderttausend Dollar auf Peggy und deren Kinder abgeschlossen?« fragte Ernie.

Pye schaute dem Kriminalbeamten in die Augen. Er habe keine weiteren Versicherungen abgeschlossen, gab er zur Antwort. Nicht für zweihunderttausend Dollar und nicht mal für zwei Dollar.

6

»Rufen Sie umgehend Dr. Coppenger an.«

Ernie betrachtete den Zettel, den er von einer Sekretärin bekommen hatte. George W. Coppenger war der leitende Chemiker des staatlichen Labors, das untersuchte, ob sich im Haus der Carrs Thallium befand. Das Labor hatte inzwischen über vierhundert Proben untersucht – von Rattengift über Eiswürfel bis hin zu selbstgemachten Pickles –, war jedoch auf keine Spur des Giftes gestoßen.

Ernie nahm den Hörer ab und wählte die Nummer des Labors. »Dr. Coppenger«, sagte er, »ich hoffe, Sie haben gute Nachrichten für mich.«

»Ich habe eine sehr erfreuliche Nachricht«, sagte Coppenger. »Wir haben das Thallium gefunden.« Das Gift sei von Laborhelfern in einem dünnen Belag am Boden der vier Cola-Flaschen entdeckt worden, die die Polizei unter der Küchentheke gefunden hatte. Wenn die vollen Cola-Flaschen Thallium in derselben Konzentration enthalten hatten, sagte Coppenger, wäre das eine unglaubliche Menge Gift gewesen.

Ernie dachte fieberhaft nach. Fünf Wochen, nachdem Peggy und ihre Söhne ins Krankenhaus eingeliefert worden waren, wußte er endlich, wo das Gift hergekommen war. Doch die schwierigere Aufgabe war noch ungelöst: Wer hatte dem Getränk Gift beigemischt? Der Kriminalbeamte listete in Gedanken auf, was zu tun war: er mußte diese Flaschen sicherstellen, sie auf Fingerabdrücke untersuchen und dafür sorgen, daß keine beschädigt wurde. Ihm fiel ein, daß es in der Küche noch weitere, ungeöffnete Cola-Flaschen gab. Auch diese mußte er sicherstellen. Ernie bedankte sich bei Dr. Coppenger und legte auf. Es bestand kein Zweifel mehr: Das Thallium war nicht zufällig in diese Flaschen hineingeraten. Bei diesem Fall ging es um versuchten Mord.

Ernie erfuhr um 16.45 Uhr von dem Thalliumfund. Man schrieb den 2. Dezember, und am Abend sollte die alljährliche Weihnachtsparty des Sheriffs stattfinden. Alle gingen vorzeitig nach Hause, um sich für die Feier umzuziehen. Ernie hatte Karten; er und seine Frau hatten sich schon lange auf die Party gefreut, aber nun würden sie doch nicht daran teilnehmen. Ernie ging zum Büro von Sergeant Roy McGuirt und sagte zu ihm: »Wir sind auf etwas gestoßen.«

Als er seinen Chef ins Bild gesetzt hatte, kehrte Ernie in sein Büro zurück und versuchte, Pye anzurufen. Er erreichte ihn schließlich kurz vor sechs im Wartezimmer der Intensivstation. Ernie erzählte ihm die Neuigkeiten und fragte nach den übrigen Cola-Flaschen.

»Soviel ich weiß, sind die noch in der Küche«, erwiderte Pye.

»Fahren Sie sofort zu Ihrem Haus, wir treffen uns dort«, sagte Ernie.

Als Ernie in der Auffahrt stand und darauf wartete, daß Pye die Tür aufmachte, zeichnete sich sein Atem in der Luft ab. Es wurde allmählich Winter.

»Wie kam das Thallium in die vier Flaschen?« fragte Pye, als er die Tür aufschloß. »Das verstehe ich nicht.«

Ernie hatte keine Zeit, darauf einzugehen. Er marschierte ins Haus hinein und wollte von Pye wissen, wo die anderen Flaschen waren.

Pye führte ihn in die Küche und zeigte in eine Ecke, in der der Abfalleimer stand. »Sie sind hinter dem Eimer.«

Ernie schaute in das Halbdunkel unter der Theke und erblickte den Cola-Karton, in dem sich drei volle Flaschen befanden. »Gut«, sagte er. »Und jetzt warten wir, bis die Leute von der Spurensicherung da sind.« Ernie wollte, daß der Standort der Flaschen fotografiert wurde, bevor man sie entfernte. Laurie Ward von der Spurensicherung kam mit einer Kamera und durchsichtigen Plastiktüten, die zur Aufbewahrung von Beweismitteln dienten. Laurie war im siebten Monat schwanger, und Ernie wies sie darauf hin, daß sie mit den Flaschen vorsichtig umgehen müssen, weil diese möglicherweise ein tödliches Gift enthielten. »Ich werde diese Dinger auf keinen Fall transportieren«, sagte Laurie daraufhin. »Diesen Karton rühre ich nicht an!«

»Okay«, sagte Ernie lächelnd. »Niemand zwingt Sie dazu. Aber machen Sie bitte einige Aufnahmen.« Er streckte seine Hand aus. »Und geben Sie mir Handschuhe, damit ich die Flaschen entfernen kann, und zwar mindestens zwei für jede Hand.«

Ernie zog die Plastikhandschuhe an und verstaute die Flaschen in Tüten. Dann wandte er sich Pye zu. »Wissen Sie, woher die Cola-Flaschen stammen?«

Pye erwiderte, er erinnere sich, den Achterkarton gesehen zu haben, wisse aber nicht, woher er stammte. Kurz nach Peggys Erkrankung habe er einen Whiskey mit Cola getrunken. Pye sagte, seine Frau habe meist die Lebensmittel eingekauft, auch die Erfrischungsgetränke. Sie mache normalerweise im Lebensmittelgeschäft *Family Market* ihre Einkäufe; kleinere Sachen hole sie manchmal im *Circle K*-Laden in Alturas.

Pye gab Ernie eine Liste, auf der Thallium-Lieferanten aufgeführt waren. Ernie fragte sich, wozu Pye so etwas wohl brauchte. Thallium wurde in Amerika nur in einigen wenigen Industriezweigen verwendet, und die Phosphatgewinnung, in der Pye tätig war, gehörte nicht dazu. Pye erklärte, er habe von der Polizei und der Gesundheitsbehörde zu wenige Informationen über das Gift bekommen und deshalb selbst Nachforschungen angestellt.

»Sie wissen anscheinend wenig darüber«, sagte Pye zu Ernie. »Wenn Sie wollen, können Sie die Liste behalten.«

»Danke, ich nehme sie mit«, erwiderte Ernie. Pye hatte sich erneut verdächtig gemacht. Ernie behielt den Mann im Auge, während Polizeibeamte im sanften Licht des Abends durch sein Haus gingen, um die Beweismittel abzuholen. Würde er nervös werden, wenn die Polizei die Flaschen mitnahm? Würde er mit ängstlicher Stimme antworten, wenn ihm Fragen gestellt wurden?

Die Antwort lautete nein, zumindest aus Ernies Perspektive. Als die Polizisten ans Werk gingen, trat Pye zur Seite, verschränkte die Arme über der Brust und stand mit ausdruckslosem Gesicht da. Er war derselbe mürrische, unergründliche Pye Carr wie immer.

Ernie fuhr wieder zur Polizeidirektion, wo er und sein Chef dann zu telefonieren begannen. Sie wiesen einen Beamten an, zum regionalen Coca-Cola-Abfüllbetrieb zu fahren, der jetzt geschlossen hatte, und die am Tor angeschriebene Notfallnummer herauszufinden. Wenn die Carrs beim Einkaufen vergiftete Cokes bekommen hatten, könnte anderen Familien dasselbe passiert sein. Vielleicht gab es irgendwo noch andere Menschen, die an einem seltsamen Brennen in den Füßen litten, die bestürzt waren wegen ausfallender Haarbüschel und sich wunderten, wieso die Ärzte die Ursache nicht finden konnten. Ernie dachte an die mit Zyankali vergifteten *Tylenol*-Kapseln, die 1982 in Chicago sieben Menschen das Leben gekostet hatten.

Ich möchte nicht, daß jemand stirbt, dachte Ernie. Und wenn im Abfüllbetrieb jemand auf die verrückte Idee gekommen wäre, dieses Zeug in eine Partie Flaschen zu werfen? Dann würden viele Menschen umkommen.

Nach einiger Zeit kamen die leitenden Beamten herein, die meisten von ihnen in Partykleidung. Lieutenant Juanita Crawford trug Stöckelschuhe, Captain Ray Church einen Anzug und Krawatte. Ernie trug immer noch die Sachen, die er sechzehn Stunden zuvor zur Arbeit angezogen hatte. Er zündete sich wieder eine Zigarette an und erstattete Bericht.

Dann rief Ernie das FBI-Labor in Washington an und erkundigte sich, ob er die vollen Cola-Flaschen dort analysieren lassen könne. Das FBI teilte ihm mit, daß man die Flaschen am nächsten Morgen in Empfang nehmen könne. Ernie schaute auf seine Uhr. Es war Mitternacht, aber er würde noch lange nicht nach Hause gehen.

Die ganze Nacht lang untersuchten Ernie und seine Kollegen die Cola-Flaschen nach Anhaltspunkten. Sie entdeckten jedoch nichts Ungewöhnliches: keine Kratzspuren an den Kronkorken, keine Fingerabdrücke auf dem Glas, keine merkwürdigen Verfärbungen oder Schlieren in dem Getränk selbst. Ernie stellte die Flaschen in Kartons, die er für die Reise in den Norden mit Styropor auspolsterte. Er machte das so vorsichtig, als wären es Bomben. Wenn diese Flaschen zerbrechen, werde ich sterben, dachte er.

Am frühen Samstagmorgen stieg Ernie mit den Flaschen in ein Flugzeug und flog nach Washington. Er war noch nie im FBI-Labor gewesen. Er meinte, es sei rund um die Uhr in Betrieb und voller Experten in weißen Mänteln, die schwierige Fälle zu lösen versuchten; er stellte sich vor, daß er an der Tür von einem Chemiker erwartet werden würde, der darauf brannte, die Flaschen zu untersuchen und mehr über den Fall zu erfahren.

Ein Taxi brachte Ernie zu dem an der Pennsylvania Avenue gelegenen, nicht weit vom Weißen Haus entfernten J.-Edgar-Hoover-Building. Die Wachen wußten Bescheid und winkten Ernie durch. Doch als er in dem Gebäude angelangt war, fand er keine geschäftigen Chemiker in weißen Mänteln vor. Er sah nur einen einzigen Angestellten, der an einem Schreibtisch saß und im Fernsehen ein Football-Spiel anschaute.

»Ich kann die Flaschen in Empfang nehmen, aber mehr nicht«, sagte der Mann. »Die Fachleute kommen erst am Morgen wieder zur Arbeit.«

»Moment mal!« rief Ernie. »Sie wissen wohl nicht, wie ernst das Problem ist, mit dem wir's hier zu tun haben. Dieses Zeug könnte zu einem Massensterben führen! Rufen Sie bitte Ihren Notfalldienst an!«

»Ich werde mein Möglichstes tun«, sagte der Mann.

Ernie flog wieder nach Hause. Am Sonntag berichtete die *Tampa Tribune*, daß Duane Dubberly aus dem Krankenhaus entlassen worden sei: »Duane Dubberly (17), der vor zwei Wochen aus der Intensivstation in ein normales Krankenzimmer verlegt worden war, wurde nach Angaben der Oberschwester am Freitag entlassen. Dubberlys Mutter Peggy Carr (41) befindet sich weiterhin in kritischem Zustand auf der Intensivstation. Travis Carr (16), der Stiefsohn von Peggy Carr, war am Samstag noch auf der Intensivstation: sein Zustand hat sich leicht gebessert.«

Ernie ging ins Büro. Um elf Uhr rief ihn der FBI-Mitarbeiter Tom Forgas aus Washington an. Forgas hatte Erfreuliches zu berichten: Das Labor hatte mit der Analyse des Inhalts der Flaschen begonnen.

Den ganzen Tag über ließ ein Coca-Cola-Manager namens Frank Hynes ausrichten, er wolle Ernie sprechen. Der Kriminalbeamte zerknüllte die Zettel und warf sie in den Papierkorb. Er hatte Wichtigeres zu tun, als sich mit der Coca-Cola-Zentrale auseinanderzusetzen. Als die Nacht hereinbrach, wurde er von der Telefonvermittlung angerufen.

»Er will Sie schon wieder sprechen«, erfuhr Ernie. »Sollen wir ihn durchstellen, damit die Sache ein Ende hat? Er ruft hier alle zehn Minuten an.«

»Das ist ja nicht auszuhalten!« murmelte Ernie. »Dieser Bursche kommt sich wohl sehr wichtig vor. Stellen Sie ihn durch.«

»Hier spricht Frank Hynes«, meldete sich der Anrufer. »Ich bin der für Sicherheitsbelange zuständige Direktor von Coca-Cola. Wie wir erfahren haben, wurde eines unserer Produkte bei einem Fall von Thalliumvergiftung verwendet, zumindest aber leere Flaschen mit unserem Markenzeichen.«

»Das ist richtig«, sagte Ernie.

»Können Sie mir darüber Genaueres mitteilen?« sagte Hynes.

Ernie war nicht gewillt, einem Anrufer den Fall zu erläutern. Woher sollte er wissen, daß Hynes derjenige war, für den er sich ausgab? Wie sollte er sicherstellen, daß wichtige

Informationen nicht an die Presse weitergegeben wurden? Was wäre, wenn die Firma Coca-Cola etwas zu verbergen hätte? Ernie weigerte sich mit frostiger Stimme, über den Fall zu sprechen.

»Hören Sie«, sagte Hynes. »Wir haben keineswegs die Absicht, uns in Ihre Ermittlungen einzumischen. Wir werden morgen früh zu zweit bei Ihnen eintreffen, weil wir Ihnen unsere Unterstützung zukommen lassen möchten.«

»Ich kann Ihnen nicht verbieten, hierherzukommen«, sagte Ernie. »Aber eines sage ich Ihnen jetzt schon, Frank: Wenn Sie hierherkommen, sollten Sie sehr aufpassen, daß Sie meine Ermittlungen nicht behindern. Denn wenn das passiert, lasse ich Sie einsperren.«

Hynes dankte Ernie in einem nach wie vor höflichen Ton dafür, daß er sich die Zeit genommen hatte und versprach erneut, er werde Ernie nicht behindern. Als Ernie auflegte, rechnete er nicht damit, Hynes oder sonst jemanden von Coca-Cola am nächsten Morgen zu Gesicht zu bekommen. Immerhin hatte er genug getan, um Hynes vor den Kopf zu stoßen.

Doch am nächsten Morgen Punkt halb neun stand Hynes zusammen mit einem weiteren Coca-Cola-Manager namens L. G. Cunningham vor Ernies Büro.

Die Nachricht von dem vergifteten Coca-Cola gelangte schnell an die Öffentlichkeit.

»In Polk County ist die Kriminalpolizei bei ihren Ermittlungen in dem mysteriösen Giftanschlag gegen die einundvierzigjährige Peggy Carr und zwei ihrer Familienangehörigen ein Stück vorangekommen«, hieß es in den Fernsehnachrichten. »Unsere Top-Story heute abend: In dem bizarren Fall von Thalliumvergiftung stehen jetzt acht Flaschen Coca-Cola im Mittelpunkt. Bei Untersuchungen wurden Spuren der hochgiftigen Chemikalie in Coke-Flaschen entdeckt, die sich im Haus der Carrs befunden hatten.«

Lynne Breidenbach, die Sprecherin des Sheriff's Office von Polk County, erschien auf dem Bildschirm. »Wir wissen nicht, ob die Chemikalie bei der Abfüllung des Getränks in die Flaschen gelangt ist oder erst später«, sagte sie. »Diese wichtige Frage ist noch ungeklärt.«

Ein Reporter fügte hinzu: »Diese Frage wird möglicherweise morgen geklärt werden, wenn die Ermittlungen auf den Abfüllbetrieb in Tampa ausgedehnt werden. Mitarbeiter der Firma konnten anhand der Seriennummern klären, daß die Flaschen in Tampa abgefüllt worden waren, und zwar vor über sechs Wochen. Ein Firmensprecher bat die Verbraucher, Ruhe zu bewahren; nach seinen Worten kann jeder sein Coke zu Hause unbesorgt trinken.«

Fünf Tage nachdem festgestellt worden war, daß die Cola-Flaschen das Gift enthielten, besuchte Ernie zusammen mit einem Team von Beamten den Abfüllbetrieb in Tampa. Bis jetzt lagen keine Berichte vor, daß neben der Familie Carr sonst noch jemand krank geworden sei. Sollten die Beamten jedoch in der Anlage eine Kontaminierung feststellen, müßten sie einen Rückruf aller in Florida verkauften Halbliter-Cokes in Betracht ziehen.

Die vergifteten Cokes stammten aus einer 262000 Flaschen umfassenden Partie. Ernie schaute sich zusammen mit Beamten der Gesundheitsbehörde den Abfüllprozeß an: Leere Flaschen kamen auf ein Förderband, wurden gewaschen, mit Coca-Cola gefüllt und verschlossen. Der gesamte Vorgang war automatisiert; Menschen mußten nur dann eingreifen, wenn im Ablauf Störungen auftraten.

Ernie achtete besonders darauf, was mit den Flaschen nach dem Abfüllen geschah. Sobald eine Flasche verschlossen war, geriet sie in einen Strom tänzelnder Flaschen, die ständig in Bewegung waren. Ernie und andere Beamte kamen zu dem Schluß, daß es unmöglich gewesen wäre, acht vergiftete Flaschen zusammen in denselben Karton zu leiten.

»Unter 262 000 Flaschen nur acht, in denen Thallium drin ist? Das wäre ein seltsames Lotteriespiel«, sagte Ernie.

Am nächsten Tag stand in der Zeitung die Schlagzeile: »GIFTZUSATZ STAMMT WAHRSCHEINLICH NICHT AUS ABFÜLLBETRIEB – ERMITTLUNGSBEAMTE MEINEN, ER SEI SPÄTER HINEINGEKOMMEN.«

Zwei Tage danach, am 9. Dezember, meldete das FBI-Labor, daß alle vollen Cola-Flaschen ›signifikante Mengen Thallium‹ enthielten, nämlich zwischen einem halben und einem Gramm. Ein Gramm Thallium, dem Umfang nach eine mit vier Aspirintabletten vergleichbare Dosis, könne bei einer großen erwachsenen Person zum Tode führen. Bei Kindern und bei kleineren Erwachsenen wie der nur 48 Kilo schweren Peggy Carr reiche schon eine kleinere Dosis aus.

Der FBI-Chemiker James Gerhart teilte Ernie mit, daß weitere Untersuchungen erforderlich seien, um genau festzustellen, welche Form von Thallium in den Cokes verwendet worden war. Gerhart sagte, die Chemiker wollten zuerst auf Thalliumsulfat untersuchen. Das sei als Pestizid eingesetzt worden und stelle deshalb die am häufigsten anzutreffende Form dar. Wenn der Test negativ verlaufe, kämen andere, seltenere Formen an die Reihe.

FBI-Experten hatten an den Flaschen Hinweise entdeckt, daß sich jemand an ihnen zu schaffen gemacht hatte. Das Getränk zeigte keine Verfärbung, doch stellte sich bei der Analyse heraus, daß es einen etwas geringeren Kohlensäuregehalt hatte. Als die Laboranten die Kronkorken unter ein starkes Mikroskop legten, entdeckten sie winzige diagonal verlaufende Kratzer. Der FBI-Mitarbeiter James Cadigan, ein Spezialist für Tatwerkzeuge, war der Meinung, daß der Täter die unterschiedlichsten Werkzeuge verwendet haben könnte: einen Flaschenöffner, eine Abfüllmaschine für den Hausgebrauch oder sogar einen Schraubenzieher. Cadigan teilte Ernie mit, die Manipulation sei mit bloßem Auge nicht zu erkennen. Der Täter habe mit ruhiger Hand und großer Sorgfalt gearbeitet; ein Amateur sei das nicht gewesen.

7

Wieder einer von diesen FBI-Agenten, die meinen, sie hätten die Weisheit mit Löffeln gefressen, dachte Ernie.

Wie viele andere örtlich tätige Kriminalbeamten hatte Ernie für Bundespolizisten nicht viel übrig; ihr Auftreten, ihre Hochschuldiplome und ihre hochkomplizierten Untersuchungsmethoden waren nicht nach seinem Geschmack. Polk County war zwar ein weitgehend ländlicher Bezirk, doch das Sheriff's Office war groß und modern; dreihundert Beamte waren dort rund um die Uhr tätig. Ernie war einer der besten von ihnen, und er wollte keine Hilfe von auswärts. In diesem Fall konnte er jedoch nichts dagegen machen. Als Thallium in den Coke-Flaschen gefunden worden war, bedeutete dies, daß zu dem Giftanschlag auch Verstöße gegen Bundesgesetze über Manipulationen an Konsumartikeln gehörten. Als Bundespolizei befaßte sich das FBI automatisch mit dem Fall.

Ernies neuer Partner war Brad Brekke, ein schlaksiger zweiunddreißigjähriger Mann, der vor kurzem zum FBI gestoßen war, nachdem er einen Magistergrad in Kirchengeschichte erworben und ein Jurastudium absolviert hatte. Brad interessierte sich sehr dafür, was in den Köpfen von Kriminellen vor sich ging, und er hatte das Geschehen in Alturas aufmerksam verfolgt. Derjenige, der es auf die Familie Carr abgesehen hatte, war schlau genug gewesen, ein Gift zu wählen, das die Farbe und den Geschmack von Coke nicht veränderte; er hatte gewußt, daß Thallium bei normalen Laboruntersuchungen nicht berücksichtigt wird, und er hatte die Geschicklichkeit besessen, die Kronkorken abzunehmen und wieder anzubringen, ohne sichtbare Spuren zu hinterlassen.

Noch größer als die technischen Fertigkeiten des Täters mußte die Kaltherzigkeit gewesen sein, die ihn dazu brachte, eine Mutter, deren Söhne und sogar deren zweijährige Enkelin zu vergiften. Um eine Familie zu vergiften, muß man ziemlich gefühllos sein, dachte Brad. War der Täter so erbost gewesen, daß er eine ganze Familie in den Tod schicken wollte? fragte er sich. Oder handelte es sich um eine noch furchterregendere Person, die zu ihrem sadistischen Vergnügen anderen Menschen einen qualvollen Tod bereitete?

Brad gelang es bald, Ernie für sich zu gewinnen. Der junge Bundespolizist hörte aufmerksam zu, quasselte nicht dazwischen, steuerte aber am Schluß brauchbare Ideen bei. Die beiden bildeten ein Team, das gut zusammenpaßte. Wenn sie einen Zeugen oder einen Tatverdächtigen vernahmen, spielte der graumelierte, langsam und bedächtig sprechende Mincey den Polizisten vom Lande. Er steckte eine Zigarette nach der anderen an und stellte meist die Fragen. Brad, der manche mit seinem nordischen Aussehen und seinem trockenen Humor an den Schauspieler Kevin Bacon erinnerte, blieb im Hintergrund und achtete auf nonverbale Ausdrucksformen – den Blick oder die nervöse Zuckung, die auf ein schlechtes Gewissen schließen ließen. Auf die Füße achtete er ganz besonders. Brad wußte, daß viele Straftäter während eines Verhörs ihre Hände und ihren Gesichtsausdruck unter Kontrolle hielten, aber ihre Füße unter dem Tisch nervös umherzappeln ließen.

Ernie erklärte Brad, er habe die Familienmitglieder als Tatverdächtige weitgehend ausgeschlossen. Er machte Brad jedoch nach und nach mit ihnen bekannt, um herauszufinden, welchen Eindruck er von ihnen hatte. Pye Carr kam eines Tages ins Büro, um einige Fragen zu beantworten und gab dabei unwissentlich Brad eine Chance, sich ein Bild von ihm zu machen.

Der FBI-Agent hielt Pye für ziemlich gefühlsarm. Er wußte jedoch, daß Menschen, die traumatische Erfahrungen gemacht haben, oft ausgelaugt und abgestumpft wirken. Und daß Pye die Füße ruhig nebeneinander hielt, konnte ganz einfach eine Angewohnheit sein. Pyes langsame Sprechweise und seine von der Sonne gegerbte Haut erinnerten Brad an seinen Großvater, einen Farmer aus Minnesota, der selten Gefühle gezeigt hatte. Brad schaute zu, wie Pye sich eine Zigarette anzündete. Als er die Bewegungen seiner dicken Finger sah, konnte er sich nicht vorstellen, wie Pye behutsam einen Kronkorken abmachen und Gift in eine Flasche injizieren sollte.

Zwei Tage danach hatten Brad und Ernie ein Gespräch mit Pyes Tochter Tammy. Da Tammy das einzige Familienmitglied war, das kein Thallium abbekommen hatte, war es logisch, sie für verdächtig zu halten. Es gab aber ein Problem: Sie hatte kein Motiv.

Tammy betrat Ernies Büro. Sie war ein Teenager mit gebleichtem Haar und dick aufgetragenem Make-up; diese Aufmachung sollte sie älter aussehen lassen als achtzehn. Tammy hatte sofort eine Antwort parat, als sie gefragt wurde, warum sie nicht von dem vergifteten Coca-Cola getrunken habe: »Ich machte gerade eine Abmagerungskur«, sagte sie. »Ich trank in der Hauptsache Pepsi Light und ungesüßten Tee.« Brad konnte beim Zuhören keine Spur von einem Täuschungsmanöver entdecken. Tammys Füße blieben ganz ruhig.

Mitte Dezember befand sich Peggy Carr immer noch im Koma, und die Ermittlungen waren ins Stocken geraten. Ernie und sein neuer Partner hatten alle Familienmitglieder als Tatverdächtige ausgeschlossen und wußten jetzt, daß sie sich mit Außenstehenden befassen mußten, die ein Motiv und eine Gelegenheit gehabt hatten, die Familie Carr umzubringen, und außerdem die nötigen Fertigkeiten besaßen. Die beiden hatten jedoch keine Ahnung, wer in Betracht kommen könnte. Auf Brads Anraten wandten sie sich an den FBI-Mitarbeiter Bob Hagmaier und baten ihn um Unterstützung.

Hagmaier arbeitete in der Abteilung für Verhaltensforschung des FBI, die durch das Buch und den Film ›Das Schweigen der Lämmer‹ berühmt geworden ist. Hagmaier und seine Kollegen bemühten sich, das Unbegreifliche zu begreifen, um so zur Aufklärung schrecklicher Gewaltverbrechen beizutragen. Sie versuchten, sich in die Killer hineinzuversetzen.

Als Brad anrief, saß Hagmaier an seinem vollbepackten Schreibtisch. Er war so erschöpft, daß er kaum noch die Augen offen halten konnte. Er brauchte dringend Urlaub, aber daran war nicht zu denken. Der Massenmörder Ted Bundy würde in wenigen Tagen auf den elektrischen Stuhl kommen, und Hagmaier wollte noch möglichst viele Informationen aus ihm herausholen. Man wußte immer noch nicht genau, wie viele Frauen Bundy tatsächlich umgebracht hatte. Hagmaier wollte Bundy vor seiner Hinrichtung zu einem umfassenden Geständnis bewegen. Der Bundespolizist befand sich in der FBI-Akademie in Virginia, hatte aber in Kürze einen Termin im Staatsgefängnis von Florida; dort sollte eine ausgedehnte Vernehmung des Serienmörders Bundy stattfinden.

»Bill, hier spricht Brad«, sagte die Stimme am Telefon. »Ich rufe aus Florida an, und ich möchte gern wissen, ob Sie uns bei einem bestimmten Fall helfen könnten.«

Eigentlich hatte Hagmaier dafür keine Zeit. Doch wie immer brachte er es nicht über sich, nein zu sagen. »Erzählen Sie mir mal, worum es bei dem Fall geht«, sagte er.

Als Brad die Ermittlungen schilderte, spürte Hagmaier, wie sich Neugier in ihm regte. Nur in acht von den rund achttausend Fällen, mit denen er und seine Kollegen sich befaßt hatten, war es um Gift gegangen. Hagmaier wußte, daß es sich bei den meisten Vergiftungen entweder um Selbstmord oder um plumpe Mordanschläge von Familienmitgliedern handelte. Ein raffinierter Killer tötete selten mit Gift. Hagmaier war überdies kein Fall bekannt, in dem der Täter ein so ungewöhnliches Gift verwendet hatte.

Der FBI-Mann wollte zuerst wissen, ob die Ermittler in Florida alle Personen im Familienkreis überprüft hatten. Er fragte Brad nach familiären Spannungen und Eifersüchteleien, auch nach Versicherungspolicen. Brad erwiderte, die einschlägigen Nachforschungen hätten nichts erbracht. Manche Familienmitglieder hätten zwar Grund für Aversionen, doch fehlten ihnen die Fertigkeiten für ein Verbrechen wie dieses.

An dem Fall sei noch etwas ungewöhnlich, sagte Brad. Der Täter habe es nicht nur auf Erwachsenen abgesehen gehabt, sondern auch auf Kindern, sogar auf ein zweijähriges Mädchen. Hagmaier hielt dies für überaus wichtig. Selbst die schlimmsten Gewalttäter, seien es mordgierige Familienmitglieder, Massenmörder oder Killer der Mafia, verschonten die Kinder. Derjenige, der die Carrs vergiftet habe, müsse entweder unglaublich wütend oder unglaublich gefühllos gewesen sein. Es komme selten vor, daß Killer so unterschiedslos vorgingen.

Genau das sei das Problem, sagte Brad. Die Polizei habe keinen Anlaß für einen derartigen Haß auf Peggy und ihre Familie entdecken können. Pye und Peggy hätten einmal eine Auseinandersetzung gehabt. Zwischen Peggy und einer Nachbarin habe es Streit gegeben, weil die Teenager die Radios zu laut aufgedreht hatten. Das seien jedoch normale Spannungen gewesen, wie sie überall vorkommen. Und sie hätten zu den üblichen Resultaten geführt: Es habe barsche Worte gegeben und eine gewisse Verärgerung. Ein Motiv für einen Mord stelle so etwas nicht dar, und schon gar nicht für einen so sorgfältig geplanten, so teuflischen Mord.

»Der Täter paßt vielleicht nicht in die üblichen Schablonen«, sagte Hagmaier. »Bei Psychopathen ist das jedoch selten der Fall.«

Die aus braunem Backstein und getönten Glas bestehenden Gebäude der FBI-Akademie in Quantico, Virginia, ragen in ihrer ländlichen Umgebung wie eine Bergkette auf. Mit ihren gutbesuchten Lehrsälen, ihren ausgedehnten Wandelhallen und den von großen Eichen und prächtigen Magnolien gesäumten Rasenflächen ähnelt die Akademie einem College-Campus. Dieses Erscheinungsbild hat sie nicht zu Unrecht: Durch die Lehrveranstaltungen über neueste Methoden der Verbrechensbekämpfung, die dort für Kriminalbeamte aus aller Welt abgehalten wurden, ist die Akademie zu einer Art Harvard-Universität der Polizei geworden.

In den fensterlosen Büros des sechsten Untergeschosses arbeiten die Verhaltensforscher. Ihnen werden von den Polizeibehörden der ganzen Welt die schwierigsten Fälle vorgelegt: grausame Verbrechen, für die es keine Tatverdächtigen gibt. Die Experten untersuchen das verfügbare Beweismaterial und erstellen ein Täterprofil, in dem mit einer oft geradezu unheimlichen Genauigkeit Angaben über das Alter, die Volkszugehörigkeit, das Geschlecht, die Persönlichkeit und die Lebensgewohnheiten des Tatverdächtigen gemacht werden, auch über sein Verhalten vor und nach dem Verbrechen und sogar über seine Lieblingsautos. Die Abteilung für Verhaltensforschung kann der Polizei auch bei der Beweisführung behilflich sein, sobald der Tatverdächtige ausfindig gemacht worden ist.

Zu dem Zeitpunkt, als Peggy Carr vergiftet wurde, zählte Bill Hagmaier zu den vielversprechenden Nachwuchstalenten der Abteilung. Er war als ältestes von sechs Kindern in einem Arbeiterviertel von Pittsburgh aufgewachsen und hatte dort schon früh gelernt, von seinen Fäusten Gebrauch zu machen. Doch nachdem Hagmaier erlebt hatte, wie Freunde und Verwandte von ihm in große Schwierigkeiten geraten waren, hatte er nach anderen Möglichkeiten Ausschau gehalten. Er wurde zuerst Militärpolizist, studierte dann an der Slippery Rock University Psychologie und bewarb sich beim FBI. Er kam dort auf die Warteliste und erhielt schließlich eine Stelle.

Mit seinem jugendlichen Gesicht und seiner sanften Stimme wirkt Hagmaier auch heute noch wie der Studienberater, als der er einst an der High-school fungierte. Der wissende, abgeklärte Blick seiner dunklen Augen sagt jedoch mehr über ihn aus. Dieses Wissen hat Hagmaier nicht nur aus der Lektüre von Büchern und Ermittlungsakten bezogen. Auf Anweisung des Abteilungsleiters Roger Depue verbrachten er und seine Kollegen Hunderte von Stunden hinter Gefängnismauern und ließen sich von Kriminellen berichten, wieso sie ihre abscheulichen Verbrechen begangen hatten, und wie sie versucht hatten, sich der Strafverfolgung zu entziehen.

An den Wänden von Hagmaiers Büro hingen Erinnerungsstücke von seinen bedeutendsten Fällen: von der Aufklärungsarbeit im größten Bargeldraub der amerikanischen Geschichte; von der Jagd nach einem Bombenleger, der es auf Richter abgesehen hatte, und von den Bemühungen, Ted Bundy zum Sprechen zu bringen. Nicht lange nach Brads Anruf konnte Hagmaier seiner Sammlung ein Foto hinzufügen, auf dem er und Bundy unter Bewachung zusammensitzen und einander wie zwei alte Freunde anschauen, die sich endlich wiedersehen. Die Bildunterschrift lautet: ›Theodore Robert Bundy bei seinem umfassenden Geständnis.‹

Hagmaier konnte in seiner Tätigkeit zahlreiche Erfolge verbuchen. An einer weiteren Wand seines Büros befand sich jedoch ein Anschlagbrett, auf dem er die ungelösten Fälle dokumentierte. Dort hing ein Plakat, das für die Auffindung einer verschwundenen Studentin eine Belohnung von 75000 Dollar versprach; außerdem waren Fotos von Kindern zu sehen, deren Aufenthaltsort weiterhin unbekannt war. Während Hagmaier sich bemühte, seine Fertigkeiten zu vervollkommnen, machten ihm diese jungen Gesichter bewußt, daß er noch viel lernen mußte.

In Hagmaiers Büro gab es einen besonderen Gegenstand, der nicht mit Mordfällen, sondern mit seinem Privatleben zu tun hatte. Es war eine Zeichnung vom Garten seiner Familie, die seine Kinder Colt und Ashley angefertigt hatten. Wenn der FBI-Mann von der Last seiner Aufgaben fast erdrückt wurde, betrachtete er auf der Zeichnung die Tomatenpflanzen und Blumen des Gartens. Das gab ihm neue Kraft. Sein Sohn Colt hatte in seiner kindlichen Schrift auf das Bild gekritzelt: »Mein Daddy ist der Beste. Er ist zu allen Leuten sehr nett. Deshalb hat er viele Freunde. Ich mag meinen Daddy sehr. Er paßt auf, daß uns nichts passiert.«

Hagmaier fing an, von der Person, die Peggy Carr und ihre Kinder vergiftet hatte, ein Täterprofil zu erstellen. Am anderen Ende der Leitung machte Brad sich Notizen.

Hagmaier war der Meinung, es handle sich um keine naive oder dumme Person. Der Täter gehöre nicht zu denen, die einfach eine Flasche entkorken und ein bißchen Rohrreiniger hineinschütten. Höchstwahrscheinlich besitze er Merkmale, die das FBI schon bei anderen Giftmördern festgestellt habe: Er könne ein intelligenter, gut ausgebildeter Weißer Mitte dreißig sein, der Konflikte lieber ohne direkte Konfrontation austragen wolle.

Gift zu verwenden, gelte als ›feminines‹ Verbrechen, erklärte Hagmaier. Die historischen Giftmörder seien Frauen gewesen oder Männer, die eine passiv wirkende Persönlichkeit hatten, zumindest nach außen hin. Wie Leute, die Bomben legen und dann weglaufen, schauten auch sie gern aus sicherer Entfernung zu, wie andere umkommen. Das sei viel sauberer und viel schlauer, als jemanden zu erschießen oder zu erstechen. »Die meisten Bombenleger und die meisten Giftmörder halten sich für überaus intelligent, weil man ihnen nur schwer auf die Spur kommt«, sagte der FBI-Mann.

Der Täter habe eine schwer zu entdeckende Mordmethode gewählt, die langsam wirkte und von verheerender Wirkung war – eine chemische Zeitbombe. Er habe wahrscheinlich gedacht, die Leute würden sich damit von selbst umbringen, und die Beweismittel würden verschwinden. Da Thallium so langsam wirke, hätte die Familie die Cokes trinken und die Flaschen samt den Kronkorken wegwerfen können, bevor es zu Erkrankungen kam, sagte Hagmaier. Einige der Flaschen seien ja nur zufällig in der Küche übrig geblieben und von der Polizei entdeckt worden.

Coca-Cola sei für einen Giftanschlag sehr geeignet, fuhr Hagmaier fort. »Niemand mußte gefesselt und gezwungen werden, etwas zu sich zu nehmen. Es wurde auch keine Champagnerflasche auf die Türschwelle gestellt mit einem Willkommensgruß. Es gibt nichts, was so normal und so amerikanisch ist wie eine Flasche Cola. Die meisten Familien haben das Getränk zu Hause stehen, und kaum jemand würde sich etwas dabei denken, wenn in der Küche ein Extrakarton Cola auftaucht.«

Es sei auch von Bedeutung, daß der Täter einen Achterkarton ausgesucht habe, sagte Hagmaier. Das zeige, daß es ihm oder ihr nicht nur um Rache gegangen sei, sondern auch um die intellektuelle Herausforderung. Es wäre viel einfacher gewesen, Gift in eine der Zweiliter-Plastikflaschen zu schütten, die Peggy normalerweise für ihre Familie kaufte – da hätte der Täter nur den Plastikverschluß entfernen und das Thallium beigeben müssen. Der Achterkarton habe jedoch eine größere Herausforderung dargestellt, weil jede Flasche eine geriffelte Verschlußkappe aus Metall hatte. Bei acht Kronkorken habe es immerhin acht Möglichkeiten gegeben, einen Kratzer oder eine Delle zu hinterlassen, die Verdacht erregen konnten.

Der betreffende Täter sei wahrscheinlich gut vorbereitet gewesen, fuhr Hagmaier fort. Wie Bundy habe er oder sie vermutlich viel über Morde nachgelesen, habe Gewaltfilme angeschaut und sich dann vorgestellt, selbst einmal einen Mord zu begehen. Als der Zeitpunkt gekommen sei, die Fantasievorstellung in die Tat umzusetzen, habe der Giftmörder sein Vorhaben sorgfältig und planmäßig ausgeführt. Dabei habe er geduldig experimentiert, um die Form von Thallium zu finden, die den Geschmack und die Farbe des Getränks nicht beeinträchtigte; er habe das Haus der Opfer beobachtet, um den richtigen Zeitpunkt zu finden; er habe die Kronkorken sorgfältig entfernt und wieder aufgesetzt, Fingerabdrücke und andere Spuren weggewischt und sich schließlich an der Vorstellung ergötzt, wie die Polizei vergeblich nach Hinweisen suchen würde.

»Die Person, die den Giftanschlag auf die Familie Carr verübt hat, unterscheidet sich jedoch durch ihre Feigheit von anderen Killern«, sagte Hagmaier. »Serientäter sehen, was sie angerichtet haben. Bundy brachte hübsche junge Frauen mit bloßen Händen um und warf die Leichen in den Wald. Er hörte die Schreie der Opfer; er sah, wie sie nach Luft rangen und spürte schließlich, wie ihr Körper erschlaffte. Ein Giftmörder würde niemals so nahe herangehen.«

»Giftmörder sind unverwechselbar«, fuhr Hagmaier fort. »Bei ihrem Verbrechen gibt es keinerlei Konfrontation. Ich könnte Sie vergiften und müßte nicht einmal dabeisein, wenn Sie sterben. Ich könnte mein Ziel erreichen, ohne Ihr Leiden mitansehen zu müssen. Es könnte ja sein, daß ich nicht den Mumm habe, auf Sie zuzugehen und Sie zu verprügeln oder zu erschießen oder Ihnen die Kehle durchzuschneiden. Der Giftmörder möchte jemanden eliminieren und nimmt dabei in Kauf, daß auch noch andere umkommen. Der Giftmord ist die Tat des Feiglings. Es ist eine ganz passive Methode. Aber glauben Sie ja nicht, daß es leicht sei, einen Giftmörder zu fangen; Giftmörder machen sich bei ihren Vorbereitungen in der Regel mit den polizeilichen Ermittlungsmethoden vertraut – zum Nachteil der Polizei, weil die dann keine brauchbaren Spuren vorfindet. Ein Merkmal wirkt sich jedoch günstig aus: Giftmörder operierten oft mit Drohungen.«

»Ich möchte auf der Stelle eure Mutter sprechen«, sagte Diana.

Da erschien Peggy; sie wischte sich die Hände an der Schürze ab und setzte ein Lächeln auf. Aber Diana war nicht nach Freundlichkeiten zumute.

»Bringen Sie Ihren Jungen gefälligst bei, keinen solchen Lärm zu machen!« sagte sie.

»Das hab' ich bereits getan«, sagte Peggy. Sie lächelte wieder und zuckte mit den Achseln. »Aber so ist das eben bei jungen Leuten.«

»Das interessiert mich nicht!« entgegnete Diana. »Ich hole die Polizei!«

Diana drohte Peggy jetzt mit erhobenem Finger und fuchtelte vor ihrem Gesicht herum. Da verlor Peggy die Beherrschung. »Lassen Sie meine Söhne in Ruhe!« schrie sie. »So sind die jungen Burschen eben. Ich hab' ihnen ja schon gesagt, daß sie die Musik leiser stellen sollen. Verschwinden Sie jetzt schleunigst von meinem Grundstück, sonst hol' *ich* die Polizei.«

»Ich rufe die Polizei und zeige Sie an!« erwiderte Diana. »Hier spielt sich so manches ab, was mir ganz und gar nicht gefällt.«

Duane und Travis saßen auf der Pritsche des Kleinlasters und sperrten die Ohren auf. Sie lachten und feuerten Peggy an. »Haltet bloß den Schnabel!« rief Peggy ihnen zu. Sie setzte ein erbostes Gesicht auf, doch Duane sah ein Lächeln in ihren Mundwinkeln.

Dann wandte sich Peggy mit ernster Miene Diana zu. Sie hatte jetzt die Nase voll. »Halten Sie die Klappe und verschwinden Sie von hier!« schrieb sie.

»Das werden Sie noch bereuen!« rief Diana im Davonstürmen.

Brad Brekke hatte noch keine Gelegenheit gehabt, Diana Carr kennenzulernen. Ernie war jedoch der Meinung, sie komme als Tatverdächtige kaum in Betracht. Der FBI-Spezialist hatte ja darauf hingewiesen, daß Giftmörder die direkte Konfrontation meiden, und genau dies schien auf Diana nicht zuzutreffen. Über George wußte Ernie nur, daß er ein Weißer und etwa Ende dreißig war, was mit dem FBI-Täterprofil übereinstimmte. Doch weder Brad noch Ernie konnten sich ein Motiv vorstellen; von irgendwelchen Problemen zwischen ihm und der Familie Carr hatten sie nichts gehört. Allerdings hatten sie noch keine Gelegenheit gehabt, mit Trepal zu sprechen; jedesmal, wenn die Ermittlungsbeamten in Alturas waren, schien er sich gerade sonstwo aufzuhalten.

An diesem Tag war es anders. Brad fuhr in die Auffahrt des Hauses, das George Trepal und Diana Carr gemeinsam bewohnten. Das alte Holzhaus stand am Hang, direkt neben Peggys Anwesen. Peggys Haus war das einzige Gebäude in Sichtweite. Dort, wo die Grundstücke aufhörten, begannen die Orangenhaine, die sich in alle Himmelsrichtungen erstreckten. Als Brad näher kam, sah er, daß die Farbe von der Schindelverkleidung abblätterte, daß der Hof von Unkraut überwachsen war und auf dem verbrannten Boden nur wenige Blumen wuchsen. Als George die Fremden erblickte, blieb er stehen. Der kleine Mann trug ein verwaschenes T-Shirt, in dem sein Bauch sich wölbte, dazu Shorts, schwarze Socken und Sandalen. Sein Gesicht vor von einem struppigen Backenbart eingerahmt. Trepal warf den Kopf in den Nacken und betrachtete die beiden Beamten durch seine dicken Brillengläser. Er hatte anscheinend Holz gesägt; auf seinen Armen und Beinen lag Sägemehl. Brad kam er wie ein Hippie aus längst vergangenen Zeiten vor.

Es war drei Uhr nachmittags an einem Wochentag. Die beiden Beamten meinten, Trepal habe gerade Urlaub. Brekke stellte sich vor und zeigte seine Dienstmarke. »Können wir ein paar Minuten über Ihre Nachbarn und über den Giftanschlag reden?« fragte er.

»Okay«, antwortete George. »Wollen Sie ins Haus kommen?«

»Danke«, sagte Brad. »Das ist besser, als hier draußen rumzustehen.«

George ging voran, schlurfte zur Hintertür. An der Seite des Hauses sahen die Polizisten eine kleine Rampe und ein nach innen führendes Türchen, offenbar für irgendein Haustier. Als sie eintraten, bemerkten sie, daß auf dem Boden Schüsseln herumstanden und überall Katzen umherschlichen. An der Wand hing ein Computerausdruck mit einer Ermahnung: ›George, füttere die Katzen!‹

George führte sie in die Küche und ließ sie an einem runden, mit einem orangefarbenen Tuch bedeckten Tisch Platz nehmen. In der Nähe stand ein Schränkchen, auf dem eine große Taschenlampe lag. In der angrenzenden Bibliothek waren Regale mit Büchern zu sehen. Brad fiel auf, daß Trepal immer noch das Brettchen in der Hand hielt, an dem er draußen gesägt hatte. George lachte nervös, als er merkte, wo Brad hinschaute. »Ach, das brauche ich im Moment nicht«, sagte er.

Die Ermittlungsbeamten zogen ihre Notizbücher heraus und fragten Trepal zuerst nach seinen Beruf. Er antwortete mit leiser, stockender Stimme. George sagte, er programmiere Computer und schreibe Artikel für Technikmagazine. Er habe in der Praxis seiner Frau ein Büro und sei meist von Sonnenaufgang bis nach Einbruch der Dunkelheit von zu Hause weg.

Seine Nachbarn kenne er nicht näher, gab Trepal an. Der Kontakt beschränke sich auf eine gelegentliches Winken und ein ›Hallo‹ über den Zaun hinweg. Es habe keine Einladungen zu Parties oder Grillfesten gegeben, nicht einmal einen Plausch im Garten. Ein Anzeichen von Nachbarschaftlichkeit habe es lediglich gegeben, wenn bei den einen die Wasserpumpe defekt war und sie von den anderen Wasser bezogen.

Wie seine Frau gab auch George zu verstehen, daß er mit den Nachbarn möglichst wenig zu schaffen haben wolle. »Bei denen fährt jeder einen Kleinlaster«, erzählte er den Polizisten in einem geringschätzigen Ton. »Es sind nicht unbedingt Leute, mit denen wir Umgang haben möchten.«

Brad spielte seine gewohnte Rolle; er lehnte sich zurück, hörte zu und hielt die Augen offen, während Ernie das Gespräch in Gang hielt. Brad merkte, daß Trepal beim Sprechen ein schnalzendes, schmatzendes Geräusch machte. Die meisten Leute fühlen sich nicht besonders wohl, wenn sie mit der Polizei reden, doch George schien äußerst angespannt zu sein. Brad wunderte sich, wieso der Kerl so nervös war.

»Haben Sie mit Ihren Nachbarn irgendwelche Probleme gehabt?« fragte Ernie.

Trepals Gebaren änderte sich schlagartig. Seine braunen Augen funkelten, und seine Stimme wurde kräftiger. Er machte keinen nervösen Eindruck mehr, sondern nur noch einen zornigen. Es war, als hätte er Jahre darauf gewartet, jemandem diese Geschichte erzählen zu können. George sagte, die Probleme hätten angefangen, als er und Diana gerade eingezogen waren. Pye bastle ständig Sachen und versuchte dann, sie ihm und seiner Frau zu verkaufen, offenbar in der Annahme, daß sie genug Geld hätten. Zuerst habe Pye aus einem Faß einen Grill gebaut; er habe von ihm hundert Dollar dafür verlangt, doch er sei nicht interessiert gewesen. Dann habe ihm Pye eines Tages seine Werkstatt verkaufen wollen – für zehntausend Dollar. Diesmal sei er auf das Angebot eingegangen, doch nur, um Pye eine Lektion zu erteilen. Er habe gewußt, daß Pye das später bereuen und ihn bitten würde, die Sache zu vergessen.

Als Trepal seine Geschichte erzählte, fiel Brad auf, daß seine Gesichtsmuskulatur angespannt war. George beugte sich zu den Beamten hin und erwartete offenbar, daß sie Mitgefühl zeigten für sein Mißgeschick, einen Haufen Bauernlümmel als Nachbarn zu haben. Brad ging auf Trepals Signale ein, indem er sich ebenfalls vorbeugte und nickte.

Brekke tat so, als habe er Mitgefühl, doch in Wirklichkeit war er nur erstaunt. Das ist schon sehr merkwürdig, dachte er. Wer würde sich denn über unbedeutende, weit zurückliegende Vorfälle beklagen, wenn die Nachbarn vergiftet worden sind? Und auch noch gegenüber zwei Polizeibeamten, die Beweismittel sammeln und auf der Suche nach einem Verdächtigen sind! Selbst wenn sie noch verärgert wären, würden die meisten Leute den Konflikt herunterspielen und sagen: »Wir hatten ein paar kleine Meinungsverschiedenheiten.« Brad blickte unter den Tisch, betrachtete Trepals Füße. Sie rutschten ständig auf dem Boden hin und her.

Brad schaute Ernie nicht an, doch ahnte er, daß dessen

Gedanken in eine ähnliche Richtung gingen. Beide spürten, wie ein Adrenalinstoß durch ihre Adern floß. Sie waren fündig geworden.

»Was wissen Sie über Thallium?« fragte Brad.

»Nur soviel, wie aus den Fernsehnachrichten zu erfahren war«, antwortete George.

Dann stellte Ernie die entscheidende Frage, mit der er jeden potentiell Verdächtigen konfrontiert hatte: »Warum sollte jemand versuchen, die Familie Carr zu vergiften?«

»Damit sie wegziehen«, antwortete Trepal. Dabei schaute er zu Pyes Haus hinüber und nickte. Leise, fast flüsternd, fügte er hinzu: »Und das ist ja geschehen.«

Brad und Ernie trauten ihren Ohren nicht. Es war nicht zu fassen! So etwas gab es doch nur in zweitklassigen Kriminalfilmen! Was George gesagt hatte, klang wie die Todesdrohung, die Peggy im Juni erhalten hatte: »Wenn Sie und Ihre sogenannte Familie nicht binnen zwei Wochen für immer aus Florida wegziehen, werden Sie allesamt sterben. Betrachten Sie das nicht als Scherz.«

Die Beamten hatten den Brief unter Verschluß gehalten und darauf geachtet, daß weder die Presse noch die Klatschmäuler in Alturas etwas von seinem Inhalt erfuhren. Manchen Leuten war zwar bekannt, daß die Carrs einen Drohbrief erhalten hatten, doch was drinstand, wußte nur die Familie – und der Verfasser.

Brad und Ernie hatten Dutzende von Personen gefragt, wer wohl einen Grund gehabt haben könnte, die Familie Carr zu vergiften. In der Art von Trepal hatten nicht einmal diejenigen geantwortet, die von dem Drohbrief gehört hatten. »Keine Ahnung«, hatten die meisten von ihnen gesagt, oder: »Jemand muß einen großen Haß auf sie gehabt haben.« George hingegen hatte erwidert: »Damit sie wegziehen. Und das ist ja geschehen.«

War es vorstellbar, daß Trepal seine Nachbarn so sehr haßte, daß er ihnen eine Todesdrohung geschickt und sie dann wahr gemacht hatte? Hatte Diana zu Hause über den Radiolärm gejammert und von George verlangt, er sollte etwas gegen diese lästigen Nachbarn unternehmen? Diese Fragen gingen Brekke und Mincey durch den Kopf, als sie sich bei George bedankten und das Haus verließen.

Als die Beamten weggingen, konnte George immer noch kein Ende finden. Er folgte ihnen und redete auf sie ein. »Für hiesige Verhältnisse ist das ziemlich ungewöhnlich«, sagte er. »Hier gehen die Leute meist mit Schußwaffen oder Messern aufeinander los.«

»Ja, es ist irgendwie anders«, sagte Brad in einem gewollt gleichmütigen Ton, als es auf den Wagen zuging.

»Wieviel Zeit werden die Ermittlungen Ihrer Ansicht nach in Anspruch nehmen?« fragte George.

Brad nahm im Auto Platz und setzte eine Sonnenbrille auf. »Für diesen Fall ist die Bundespolizei zuständig, und die Bundesbehörden arbeiten langsam«, gab er zur Antwort. »Das kann sich jahrelang hinziehen.«

Ernie und Brad waren wenige Stunden zuvor noch verzweifelt gewesen wegen ihrer Erfolglosigkeit. Doch nun stimmten sie in ihrem Wagen ein Jubelgeschrei an, sobald sie die Abbiegung hinter sich gelassen hatten.

»Er war es!« sagte Brad zu seinem Partner. »Jetzt müssen wir's nur noch beweisen.«

9

Als Ernie und Brad aus Alturas hinausfuhren, machte Cissy sich gerade auf zu einem weiteren Besuch im Krankenhaus. Auf dem Weg dorthin gab sie sich einem Wunschtraum hin: Bei ihrer Ankunft würde ihre Mutter im Bett sitzen, mit einer brennenden Zigarette zwischen den Fingern, und in gespielter Empörung die Augenbrauen hochziehen. Und sie würde rufen: »Wo zum Teufel bist du denn die ganze Zeit gewesen?«

Doch als Cissy auf der Intensivstation aus dem Aufzug gestiegen war, sah sie, daß sich nichts verändert hatte. Ihre Mutter lag immer noch regungslos im Bett; ihre Augen waren nicht nur geschlossen, sondern überdies zugenäht. Da das Thallium ihre Muskeln gelähmt hatte, war Peggy nicht einmal imstande gewesen zu blinzeln. Um zu verhindern, daß sich auf den ausgetrockneten Hornhäuten Geschwüre bildeten, hatten die Ärzte die Augenlider zusammengenäht. Daß Peggy immer noch lebte, sah man nur daran, daß ihre Herztätigkeit von einer Maschine auf Endlospapier ausgedruckt wurde.

Cissy ging zu ihrer Mutter hin. »Hallo«, flüsterte sie und drückte Peggys Hand. »Du fehlst mir. Hoffentlich bist du bald wieder gesund.«

Peggy reagierte nicht. Cissy hatte gehofft, sie werde wieder den Alabama-Tonfall ihrer Mutter hören und ihr frohes Lachen, doch die vernahm nur den pfeifenden Rhythmus des Beamtungsgeräts und das Geflüster der Krankenschwestern. Cissy streichelte die Wange ihrer Mutter und holte tief Luft. Statt Peggys Lieblingsparfüm roch sie nur den Alkohol, der zum Einreiben verwendet wurde.

»Mama, deine Enkeltochter vermißt dich«, sagte sie. »Sie fragt dauernd, wo ihre Mimi ist. Du mußt schnell gesund werden, damit du sie besuchen kannst.« Cissy wußte nicht, ob ihre Mutter sie hörte, aber sie erzählte ihr dennoch, was es Neues gab: sie selbst habe einen neuen, besser bezahlten Job bekommen als Sekretärin in einer Firma, die mit Zitrusfrüchten handelte, Kacy sei hingefallen und habe sich dabei eine Schürfwunde zugezogen. Allen gebe sich bei der Marine große Mühe und hoffe, ein Experte für Unterwassersprengungen zu werden.

Dann hatte Cissy nichts mehr zu erzählen. Es herrschte Stille.

Nach ihrer Ankunft im Büro machten Ernie und Brad einen Plan, wie sie mehr über ihren neuen Hauptverdächtigen in Erfahrung bringen konnten: Sie wollten das Strafregister durchsehen und seine Steuererklärungen überprüfen; sie wollten Thalliumlieferanten anschreiben, um zu erfahren, ob George zu ihrem Kundenkreis gehörte; außerdem wollten sie mit einer neuen Runde von Vernehmungen beginnen.

Am Tag nach dem Gespräch mit Trepal rief Brad im FBI-

Büro in Tampa an und sprach mit Sharon Burns, die über ihren Computer landesweit alle Kriminalitätsdaten des FBI abrufen konnte. »Sharon, wir haben gerade mit diesem Burschen gesprochen«, sagte er. »Schauen Sie mal, was Sie über ihn haben.«

Schon nach zehn Minuten meldete sich Sharon Burns mit einem Volltreffer: »George J. Trepal, 1975 mit Haftbefehl gesucht. Hat in North Carolina ein Metamphetamin-Labor betrieben. Festnahme wegen Verstößen gegen das Bundesrecht, Gefängnisstrafe. Weitere Einzelheiten folgen.«

Brekke rief Mincey an und verkündete ihm: »Der Kerl ist Chemiker!«

Nach Weihnachten besuchten die beiden Ermittlungsbeamten Pye Carr ein weiteres Mal. Sie betrachteten ihn nicht mehr als Hauptverdächtigen, sondern als eine wichtige Informationsquelle. Sie hatten eine lange Liste von Fragen; unter anderem wollten sie von Pye wissen: Angenommen, George Trepal hätte das Getränk vergiftet – wie konnte er die Flaschen ins Haus schaffen? Könnte er eingedrungen sein oder sich eingeschlichen haben, als die Familie nicht zu Hause war? Hatte Pye irgend etwas Auffälliges bemerkt?

Pye erwartete sie zu Hause. Er lehnte sich an die Küchentheke, zündete eine Zigarette an und erzählte noch einmal die Geschichte von den Erkrankungen. »Peggy, Travis und Duane tranken Cola«, berichtete er. »Wir wollten, daß sie viel Flüssigkeit zu sich nehmen, denn die Ärzte sagen ja immer, daß man tüchtig essen und trinken soll.«

»Haben Sie auch etwas von dem Coca-Cola zu sich genommen?« fragte Ernie.

»Ja. Ich kann mich noch genau erinnern, daß ich mir mit *Jim Beam* und Coke zwei Drinks gemixt habe.«

Ernie fragte ihn nach dem Drohbrief. »Haben Sie irgendeine Vermutung, von wem er stammen könnte?«

»Ich hab' keinen blassen Schimmer«, antwortete Pye. »Peggy und ich nahmen die Sache damals nicht übermäßig ernst; sie sagte aber aus irgendeinem Grund: ›Den Brief bewahre ich auf.‹«

»Hatten Sie in der fraglichen Zeit Probleme mit Familienmitgliedern oder mit Nachbarn?« fragte Ernie.

Pye paffte an seiner Zigarette und machte einen tiefen Lungenzug. »Nur die Probleme mit George und Diana wegen der Musik von den Jungs«, gab er mit einem Achselzucken zur Antwort. »Das war im Oktober, kurz bevor sie krank wurden.«

»Okay«, sagte Ernie Mincey. »Gab es sonst noch Auseinandersetzungen wegen lauter Musik?«

»Ja«, sagte Pye. »An einem Regentag bin ich mit Travis und ein paar Freunden in die Garage gegangen, um an seinem Kleinlaster 'ne neue Stoßstange zu montieren. Wir haben eine Kassette mit Partymusik dabeigehabt, und die haben wir laufen lassen. Da ist George Trepal rübergekommen und hat sich beschwert: ›Das ist aber ziemlich laut! Würden Sie's bitte leiser stellen?‹ Ich hab's getan, aber der Nachbar ist noch zweimal rübergekommen und hat verlangt, daß wir die Lautstärke runterdrehen. Schließlich hab' ich die Geduld verloren. Ich hab' zu ihm gesagt: ›George, wir haben die Musik schon zweimal leiser gestellt. Wir möchten sie aber noch hören können. Das stört kein Aas. Gehn Sie doch in Ihr Haus und kümmern Sie sich um Ihre Angelegenheiten, und ich kümmere mich um meine!‹«

Pye fiel ein, daß es kurz vor der Auseinandersetzung zwischen Peggy und Diana ebenfalls Streit gegeben hatte. Er habe Travis geholfen, als dieser an den Lautsprechern seines Kleinlasters herumbastelte, und dann sei George herübergekommen und habe über den Lärm geschimpft. Damals hätten sie ihr Wasser aus dem Brunnen von George bezogen. »Travis kam raus zu mir und sagte: ›George hat das Wasser abgestellt.‹ Ich wollte wissen, was los war und ging hinüber. ›Die Musik ist zu laut!‹ jammerte George. Ich schloß den Schlauch wieder an und sagte zu ihm: ›Der Junge will doch nur seine Musik hören. Das kann Ihnen doch nichts ausmachen. Mich hat's nicht gestört, und ich war ja bei ihm in der Werkstatt.‹«

»Wie hat Trepal darauf reagiert?« fragte Ernie.

»Er sagte: ›Wissen Sie, uns gefällt diese Musik nicht, und ich möchte sie nicht hören.‹«

Nach Pyes Angaben hatte die letzte Auseinandersetzung zwischen Peggy und Diana stattgefunden, als er in South Carolina auf der Jagd war. Peggy sei danach sehr aufgebracht gewesen.

Pye sagte, George und Diana seien seit etwa sechs Jahren, auch schon während seiner früheren Ehe, seine Nachbarn gewesen. »Haben die beiden in diesem Zeitraum jemals Ihr Haus betreten?« fragte Ernie.

»George kam mal rüber, als ich das Wohnzimmer ausbaute«, sagte Pye. »Soviel ich weiß, war das sein einziger Besuch.«

»Wie standen Sie zueinander?« fragte Ernie. »Hatten Sie ein freundschaftliches Verhältnis?«

»Nein«, antwortete Pye. »Sie blieben für sich, und wir auch. Sie kümmerten sich um ihre Angelegenheiten, und wir um unsere.«

Brad schaltete sich ein. Er schnitt das Thema an, bei dem George so wütend geworden war. »Haben Sie jemals versucht, Ihren Geräteschuppen zu verkaufen?«

»George wollte ihn mir mal abkaufen«, antwortete Pye. »Ich sagte ihm, daß ich kein Interesse hätte. Er bot mir trotzdem 25000 Dollar dafür. Dann wollte er für alles zusammen 55000 oder 58000 Dollar zahlen. Ich lehnte jedoch ab. Mir war nicht recht klar, ob er es wirklich ernst meinte.«

Die Beamten kamen nun auf den Giftanschlag zu sprechen. Ernie fragte Pye noch einmal, ob zu jenem Zeitpunkt irgend etwas Merkwürdiges passiert sei.

»Ja, da war etwas«, sagte Pye. »Nachdem die drei ins Krankenhaus eingeliefert worden waren, stellte ich fest, daß das Haus nicht abgeschlossen war.«

»Nach der Einlieferung?«

»Ja. Zwei- oder dreimal merkte ich, daß die Hintertür, die vom Wohnzimmer zur Terrasse führt, nicht abgeschlossen war«, sagte Pye.

Ernie untersuchte die Tür, die Pye erwähnt hatte. Als er eine Kreditkarte aus seiner Geldbörse nahm und sie beim Schloß in den Türspalt schob, ging die Tür sofort auf.

»Hat es Schwierigkeiten gegeben mit dieser Tür?« fragte Brad.

»Ja«, antwortete Pye. Vor dem Giftanschlag hätten die Jungen sie öfters unverschlossen gelassen. »Ich stellte ein paarmal fest, daß sie nicht abgeschlossen war«, sagte er. »Und ich gab den Jungen deswegen mehr als einmal einen Rüffel. Aber so sind sie eben.«

»Sah die Tür vielleicht so aus, als wäre sie abgeschlossen, während sie's in Wirklichkeit nicht war?« fragte Ernie.

»Durchaus möglich«, antwortete Pye.

»Kam es auch vor, daß eine Zeitlang niemand zu Hause war?« fragte Ernie.

Zwei Tage vor Peggys Erkrankung sei das der Fall gewesen, sagte Pye. »Peggy fuhr am Freitag nach der Arbeit nach Fort Myers, um einen Strafzettel zu bezahlen, den Duane bekommen hatte. Als sie nach Hause kam, waren die Jungen schon weg.«

»Glauben Sie, daß irgend jemand einen Grund hat, Peggy oder Ihnen oder Ihren Kindern etwas anzutun?« fragte Brad.

»Nein«, antwortete Pye. »Mir ist nichts bekannt.«

Während die Beamten mit Pye redeten, kam Duane vorbei, um ein paar Sachen abzuholen. Er ergänzte Pyes Angaben. Duane sagte, zwei Tage vor Peggys Erkrankung seien er und Travis zwei Stunden lang weggewesen, und am Tag davor mindestens drei Stunden. Er wisse nicht genau, ob sie die Türen abgeschlossen hätten. An eines könne er sich jedoch genau erinnern: er und Travis seien einmal nach dem Anstreichen durstig gewesen und hätten nach dem Achterkarton Coca-Cola geschaut, den sie unter der Küchentheke gesehen hatten. Sie hätten die Küche und die Speisekammer durchsucht, aber keine Spur von dem Karton entdeckt.

Das sei an dem Donnerstag vor Peggys Erkrankung gewesen, sagte Duane. Kurz danach habe der Karton wieder unter der Theke gestanden. Wie er dort hingekommen war, wußte Duane nicht.

Als sich das Jahr 1988 seinem Ende zuneigte, bestellte Ernie Peggys Familie und ihren Freundeskreis in sein Büro und fing mit einer weiteren Runde von Befragungen an. Manche von ihnen wollten immer noch Pye die Schuld geben, und das galt insbesondere für Cissy. Bei ihr war Mincey allmählich mit seiner Geduld am Ende; er hätte ihr gern widersprochen, hielt sich aber zurück. Wenn er Cissy mitgeteilt hätte, daß Pye nicht mehr der Hauptverdächtige war, hätte er damit rechnen müssen, daß die Öffentlichkeit (George Trepal inbegriffen) in den Abendnachrichten des Fernsehens Cissy zu Gesicht bekommen und von ihr hören würde: »Pye Carr ist nicht der Täter. Die Polizei will mir aber nicht sagen, wer es gewesen ist.«

Abgesehen davon hatte die Polizei noch viel zu erledigen, bevor sie Pye als völlig unverdächtig betrachten konnte. Sie war immer noch dabei, Pyes Kontoauszüge und Verträge zu überprüfen – in aller Stille, denn er sollte nichts davon merken. Falls bei dieser Suche eine geheime Versicherungspolice auftauchen sollte, würde Pye auf der Liste der Verdächtigen wieder ganz oben stehen. Denn er hatte ja mit Peggy Streit gehabt und hatte sich mit einer früheren Freundin getroffen. Zusammen mit einer hohen Versicherungssumme könnte das ein klares Motiv darstellen.

Bei Trepal stellte das Motiv ein großes Problem dar. Was könnte ihn dazu gebracht haben, eine Mutter zusammen mit ihren Söhnen und ihrer zweijährigen Enkelin zu vergiften? Der gescheiterte Versuch eines Immobilienkaufs? Eine Auseinandersetzung wegen lauter Musik? Das war alles andere als einleuchtend.

Eine Woche nach dem Gespräch mit Trepal machte Ernie Pyes früheren Schwiegersohn Mark Connelly ausfindig. Im Anfangsstadium der Ermittlungen hatte Mark durchaus zum Kreis der tatverdächtigen Personen gezählt: Er und Pye waren nicht gut miteinander ausgekommen, und der junge Mann hätte versucht haben können, eine alte Rechnung zu begleichen. Inzwischen hatte Ernie keine Veranlassung mehr, Mark als Tatverdächtigen zu betrachten. Der Kriminalbeamte interessierte sich jetzt mehr dafür, was für einen Eindruck Mark von den Nachbarn bekommen hatte.

Der junge Mann sagte, er kenne weder George Trepal noch dessen Frau. Ihm fiel jedoch etwas Merkwürdiges ein.

»Als Tammy und ich miteinander gingen, bekam Tammy immer wieder obszöne Anrufe«, sagte er. »Der Betreffende wußte immer genau Bescheid, ob sie allein war, oder ob ich bei ihr war. Wenn sie ihren Badeanzug anzog und den Wagen wusch, dann kam ein Anruf, in dem es hieß: ›Du siehst aber wirklich gut aus in deinem Badeanzug.‹«

»Hatte Tammy je einen Verdacht, wer der Anrufer sein könnte?«

»Nein«, antwortete Mark. »Es muß aber jemand gewesen sein, der sich gerade in der Gegend aufhielt. Einer, der im Auto vorbeifuhr, oder der sich in den Orangenhainen versteckte.«

»Oder einer, der sich im Nachbarhaus aufhielt?« fragte Ernie.

»Gut möglich«, antwortete Mark. »Tammy sagte, der Stimme nach sei es ein Mann mittleren Alters gewesen.«

Im dritten Monat der Ermittlungen trafen weitere Informationen über George Trepals Vergangenheit ein. Am 3. Januar 1989 nahm Ernie mit Richard Broughton Verbindung auf, einem Agenten der staatlichen Drug Enforcement Agency (DEA), der Trepal im Jahr 1975 festgenommen hatte.

Broughton war schon seit zwanzig Jahren als Drogenfahnder tätig und hatte Dutzende von schweren Fällen bearbeitet, aber er konnte sich sofort an George Trepal erinnern.

»Der Bursche ist Chemiker«, sagte Broughton. »Er ist wohl der cleverste Chemiker, mit dem ich je zu schaffen hatte.« Broughton schilderte Trepal als einen merkwürdigen Typ, der in den siebziger Jahren im Osten der Vereinigten Staaten einen der größten Drogenringe betrieben hatte. Der Ring habe Methamphetamin vertrieben, eine illegale Droge, die im Milieu als Crank bekannt sei. Broughton befragte den DEA-Computer und teilte Ernie mit, daß Trepal bei der Herstellung Crank eine Chemikalie mit der Bezeichnung Phenyl-2-Propanon, abgekürzt P-2-P, verwendet habe.

P-2-P könne legal erworben werden, sagte Broughton. Den staatlichen Drogenfahndern sei jedoch bekannt, daß es in geheimen Drogenlabors als Ausgangsstoff verwendet werde, deshalb führten sie Buch über alle Erwerber. Das sei Drogenherstellern wie George Trepal bekannt, erklärte Broughton weiter, und deshalb erzeugten diejenigen, die über entsprechende Chemiekenntnisse verfügten, des öfteren ihr eigenes P-2-P. Und dabei werde manchmal Thallium verwendet.

Ernie machte sich lächelnd Notizen, als er von Broughton diese Informationen erhielt. Brad Brekke, der inzwischen im Büro eingetroffen war, schaute Ernie über die Schulter und las mit. Auch er fing an zu lächeln. George hatte ihnen gesagt, über Thallium wisse er so gut wie nichts. Doch nun erfuhren sie von Broughton, daß Trepal in einem der größten illegalen Drogenlabors Chemiker gewesen war. Und dem Chemiker eines Labors, das für Thallium Verwendungsmöglichkeiten hatte, mußte dieser Stoff ja wohl bekannt gewesen sein.

Pyes Carrs achtzehnjährige Tochter Tammy kam in Ernies Büro. Er bat sie, Platz zu nehmen.

»Mark Connelly war am Freitagnachmittag hier«, sagte Ernie. »Er erwähnte etwas, das Sie anscheinend vergessen hatten. Er erzählte mir, daß Sie im Hause Ihres Vaters eine Reihe von anonymen Anrufen erhalten hatten. Können Sie sich daran erinnern?«

»Ja«, sagte Tammy mit leiser Stimme. »Das weiß ich noch gut.«

»Okay, dann wollen wir mal über diese Anrufe reden.« Ernie zeigte auf das Tonbandgerät, das auf seinem Schreibtisch stand. »Sprechen Sie bitte etwas lauter, damit ich das aufzeichnen kann.«

Tammy sagte, die Anrufe hätten angefangen, als sie mit ihrer Mutter Margaret Carr, der ersten Frau von Pye, in dem Haus in Alturas gewohnt habe. »Als meine Mutter und mein Vater sich getrennt hatten, ging es los. Meine Mutter und ich wohnten allein dort. Die Anrufe kamen, sobald meine Mutter das Haus verließ, um zur Arbeit zu gehen oder etwas zu erledigen. Der Anrufer wußte, daß meine Mutter weg war. Er wußte, was ich anhatte. Er sagte obszöne Sachen zu mir.«

»Einige Monate später wohnte ich mit Mark zusammen in dem Haus«, fuhr Tammy fort. »Wenn Mark zur Arbeit gegangen war, klingelte das Telefon. Da er im Schichtbetrieb arbeitete, kamen die Anrufe manchmal tagsüber, manchmal bei Nacht.«

»Kam der Anrufer auf Ihre Kleidung zu sprechen?« fragte Ernie.

»Ja«, antwortete Tammy und rutschte verlegen auf ihrem Stuhl herum. »Wenn ich Mark zur Nachtschicht bringen mußte, trug ich nur Nachthemd und Morgenmantel. Der Anrufer beschrieb dann genau, was ich anhatte. Und wenn ich mich im Badeanzug im Freien aufgehalten hatte, wußte er auch darüber genau Bescheid.«

Tammy sagte, die Stimme des Anrufers habe wie die eines gebildeten Weißen mittleren Alters geklungen.

Zu den Anrufen kam es in den achtziger Jahren, als die Leute noch keine Funktelefone zur Verfügung hatte. Ernie fragte deshalb: »Wo steht der nächste Münzfernsprecher?«

»Beim *Circle-K*-Laden.«

»Und wie weit ist der vom Haus Ihrer Familien entfernt?«

»Ungefähr zwei Kilometer.«

»Von welchen anderen Häusern aus hat man dort Ihr Haus im Blick?« fragte Ernie.

»Nur von einem, und das gehört Dr. Carr und ihrem Mann.«

»Haben Sie sofort aufgelegt, oder haben Sie den Anrufer reden lassen?«

»Ich hab' mir das angehört, bis es mir zuviel wurde«, antwortete Tammy. »Manchmal gab er ganz widerliche Sachen von sich. Einmal sagte er, er onaniere gerade; er erzählte mir, was er gern mit mir machen würde, und was ich mit ihm tun könnte.«

Tammy gab an, sie habe die Stimme des Mannes nicht gekannt. Ernie fragte sie: »Haben Sie jemals mit den Leuten im Nachbarhaus gesprochen, mit der Ärztin oder mit deren Mann?«

»Mit Dr. Carr schon«, antwortete Tammy. »Sie hat mir

mal das Knie bandagiert. Aber mit ihrem Mann hab' ich nie gesprochen.«

»Sie kennen seine Stimme also nicht?«

»Nein.«

Am nächsten Morgen gelang es Ernie und Brad, Bill Pittman ausfindig zu machen, einen Handwerker, der für George und seine Frau gearbeitet hatte. Pittman hörte auf zu tischlern und erzählte den beiden, er kenne George und seine Frau seit 1982. Er habe beim Umbau ihres Hauses mitgeholfen und betreue seit sechs Jahren ihren Rasen und das Grundstück bei Dr. Carrs Praxis.

Pittman gab den Beamten eine Beschreibung des Hauses, die Ernie in den Akten festhielt: »Im Erdgeschoß befindet sich eine Art Hauswirtschaftsraum, eine Küche, ein Eßzimmer und ein Wohnzimmer. Im ersten Stock gibt es ein großes Schlafzimmer, Wandschränke und ein großes Fenster mit Blick auf das Anwesen von Pye Carr.«

George hatte den Beamten erzählt, er habe in der Praxis seiner Frau ein Büro, in dem er arbeite. Nach Pittmans Angaben stand George dort aber kein Raum zur Verfügung. Der Mann sagte, er sei mit George gut zurechtgekommen; er bezeichnete ihn als einen Exzentriker, der die meiste Zeit über Computer redete.

Auf die Frage, ob George je etwas über die Nachbarn gesagt habe, antwortete Pittman: »George hat geklagt, er habe viel Geld ausgegeben, um Sand ans angrenzende Seeufer zu schaffen und dort einen Badestrand anzulegen, und dann sei Travis Carr mit einem Trike, einem dreirädrigen Motorrad, aufgetaucht und habe alles verwüstet. Und als er sich bei Pye beschwert habe, da habe dieser gesagt: ›So sind die jungen Burschen eben.‹«

Pittman fügte hinzu, George sei sehr aufgebracht gewesen wegen dieses Vorfalls.

Die Angaben, die George Trepal der Polizei gegenüber gemacht hatte, erwiesen sich allmählich als durchweg unzutreffend. Er hatte behauptet, er verdiene seinen Lebensunterhalt mit Zeitschriftenbeiträgen und als Computerfachmann; Bundesbeamte stellten jedoch fest, daß sein Sozialversicherungskonto für die letzten zehn Jahre keinerlei Angaben über eine Erwerbsfähigkeit aufwies. Den Ermittlungsbeamten war klar, was das bedeutete: Entweder war Trepal keiner Arbeit nachgegangen, oder er hatte die Bezüge aus einer legalen Tätigkeit nicht versteuert – oder er hatte mit irgendeiner illegalen Aktivität Geld verdient, etwa dadurch, daß er mit Hilfe von Thallium illegale Drogen herstellte.

Brad und Ernie hatten für den 6. Januar ein Gespräch mit Diana Carr vereinbart. Als sie den Termin Mitte Dezember festgelegt hatten, war es ihnen darum gegangen, Brad mit einer der zahlreichen Personen zusammenzubringen, die in den Fall verwickelt waren. Es sollte ein kurzes Zusammentreffen werden. Reine Routine.

Das war vor ihrem Gespräch mit Dianas Mann gewesen. Die Beamten befanden sich nun in einer kniffligen Situation: Würden Diana und George Verdacht schöpfen, wenn der Termin ausfiele? Und wenn sie ihn doch wahrnahmen: Wie weit sollten sie bei der Vernehmung gehen? Ernie sagte schließlich: »Wir gehen einfach mal hin, quasseln ein bißchen mit ihr und verduften wieder.«

Das Gespräch sollte um 8.15 Uhr stattfinden. Diana war pünktlich zur Stelle; über ihrem rosafarbenen Pullover trug sie einen weißen Laborkittel. Ernie hatte seinen Partner darauf vorbereitet, daß Diana Carr eine schroffe, arrogante Art an den Tag legen würde, doch auf Brad wirkte sie überraschend freundlich und direkt, wenn sie auch wenig Zeit hatte.

Als sie Diana Carrs Praxis betraten, schaute Brad sich um. Er sah hölzerne Zierleisten, einen blauen Teppich, Regale mit Büchern und ein Fenster mit Blick auf eine Eiche und den Parkplatz, das viel Licht hereinließ. Brad fiel auf, daß der Raum keine persönliche Note hatte, daß nicht einmal ein Foto von Dianas Mann vorhanden war. Das Büro war so glatt und unpersönlich wie eine Abbildung in einem Katalog für Büromöbel. Brad war es gewohnt, daß Besucher aufgefordert wurden, nahe beim Schreibtisch Platz zu nehmen. Diana hingegen bot Ernie und Brad Sitzgelegenheiten an, die weit von ihrem Schreibtisch entfernt waren. Brad wußte, was das zu bedeuten hatte: Sie wollte das Heft in der Hand haben.

Diana sagte, sie und ihr Mann seien 1982 in das angrenzende Haus eingezogen. Sie habe den Nachbarn nur gelegentlich zugewinkt und ihnen einen Guten Tag gewünscht. Die Jungen von Pye hätten manchmal ihre Musik zu laut aufgedreht, aber sonst habe es keine Probleme gegeben. Diana beantwortete die Fragen der Kriminalbeamten in einem ruhigen, gelassenen Ton. Sie versuchte nicht, die Konflikte mit Peggy und ihrer Familie herunterzuspielen, dramatisierte sie aber auch nicht nach Art ihres Mannes. Sie verabschiedete sich schließlich lächelnd von ihnen und fügte hinzu: »Ich hoffe, daß ich Ihnen weiterhelfen konnte.«

Im Auto sagte Ernie zu Brad: »Was halten Sie von ihr?«

»Eines ist sicher: Sie hat nichts durchblicken lassen«, antwortete Brad.

Auf der Rückfahrt überlegten die beiden, welche Möglichkeiten es gab. George konnte den Giftanschlag auf eigene Faust geplant und durchgeführt haben. Das Ehepaar konnte das Verbrechen aber auch gemeinsam geplant und dann beschlossen haben, daß George die Ausführung übernehmen solle. Möglicherweise hatten die beiden das Verbrechen jedoch gemeinsam begangen, und Diana konnte sich lediglich besser verstellen.

Selbst wenn George derjenige gewesen sein sollte, der das Thallium in die Flaschen geschüttet hatte, war Diana nach Ansicht von Brad und Ernie diejenige, die ihn, vielleicht auch ganz unbewußt, dazu ermutigt hatte. Die Nachforschungen zeigten, daß sie die dominierende Rolle spielte. Den Kontoauszügen zufolge hatte George neben den Schecks über 150 Dollar, die ihm seine Frau von Zeit zu Zeit als eine Art Unterhaltszahlung ausstellte, keine legalen Einkünfte. Während George einen schüchternen, eigenbrötlerischen Eindruck machte, war seine Frau eine Ärztin von energischen Auftreten. Die beiden Kriminalbeamten fragten sich, ob Diana auf George auch in anderer Hinsicht einen bestimmenden Einfluß ausübte, ob er ihr zuliebe jemanden umbringen würde.

»Wir finden allmählich ein Motiv, auch wenn es ziemlich bizarr ist«, sagte Ernie. Er entwarf folgendes Szenario: Diana und George waren über das rüpelhafte Benehmen der Nachbarn, ihre bellenden Hunde und ihre laute Musik verärgert. George schickte ihnen den Drohbrief in der Hoffnung, daß sie diesen ernst nehmen und wegziehen würden. Als dies fehlgeschlagen war, überlegte er sich, wie er sie umbringen könnte. George war nicht der Typ, der ein Gewehr in die Hand nahm und Leute niederschoß, aber seine Kenntnisse auf dem Gebiet der Chemie verhalfen ihm zu einer Waffe anderer Art. Er wußte, daß Thallium schon in geringer Dosierung eine tödliche Wirkung hatte und experimentierte mit verschiedenen Zusammensetzungen, bis er diejenige gefunden hatte, die sich in Cola auflöste. Diese Experimente mochten sich über Monate hingezogen haben.

Die Cokes waren am 7. Oktober 1988 in Tampa abgefüllt und dann in die Einzelhandelsgeschäfte ausgeliefert worden. Zwei Wochen nach diesem Datum hatten Peggy und Diana die Auseinandersetzung wegen der lauten Musik. Ernie Minceys Szenario zufolge war Diana aufgebracht ins Haus zurückgekommen und hatte gesagt: »Ich habe die Nase voll von diesen Leuten.«

Die beiden Beamten fuhren nach Alturas und parkten bei der am Seeufer gelegenen Kirche, in der Peggy und Pye sich neun Monate zuvor hatten trauen lassen. Pfarrer Grant führte sie hinunter in sein Büro.

Grant hatte ihnen nicht viel Neues mitzuteilen. Er meinte jedoch, daß die Beamten mit einem Burschen namens Ted Serdynski reden sollten, der anderen Gemeindemitgliedern gegenüber behauptet hatte, bei den betreffenden Cokes sei kein Thalliumsulfat verwendet worden. Obwohl Grant den Mann nicht für tatverdächtig hielt, klang diese Äußerung sehr merkwürdig, denn die meisten Leute schenkten den Presseberichten Glauben, in denen dargelegt wurde, daß

Peggy und ihre Familie mit Thalliumsulfat, der verbreitetsten Form von Thallium, vergiftet worden seien. Die Beamten erkundigten sich bei Pfarrer Grant, wo Serdynski zu finden sei.

»Bei Teds Autozubehör, die Firma gehört ihm«, sagte Grant.

Als Brad und Ernie das Geschäft betraten, stand Serdynski hinter dem Ladentisch und blätterte in einem Ersatzteilkatalog. Er begrüßte sie freundlich. Doch als sie Serdinsky den Grund ihres Kommens nannten, wurde er sichtlich nervös. Seine Hände zitterten. »Können wir das nicht draußen besprechen?« sagte er.

Bei dem Gespräch im Freien wurde bald klar, warum Serdinsky solche Angst hatte. Er hatte mit dem Giftanschlag überhaupt nichts zu schaffen gehabt. Er wußte im Gegenteil sehr wenig über das Verbrechen, doch es wäre ihm peinlich gewesen, wenn seine Kunden mitbekommen hätten, wie er dies der Polizei gegenüber zugab. Das ganze ›Insiderwissen‹, das Pfarrer Grant zu Ohren gekommen war, bestand aus aufgewärmten Gerüchten, denen Serdynski etwas Würze beigegeben hatte. Die Kriminalbeamten setzten ihm nicht lange zu. Er war schließlich nicht der einzige, der Gerüchte verbreitete. »Haben Sie uns sonst noch irgend etwas mitzuteilen?« fragten sie ihn.

»Ja, da wäre noch etwas», antwortete Serdynski. Er habe Pye vor vier oder fünf Jahren einen Hund geschenkt. Pye habe ihm später erzählt, das Tier sei plötzlich eingegangen; möglicherweise sei es vergiftet worden.

Das ist ja eine interessante Neuigkeit, dachte Ernie. Wer seine Nachbarn vergiftet, schreckt bestimmt nicht davor zurück, ihren Hund zu vergiften.

Ernie begriff die Sache nicht so recht. Der Tod des Hundes konnte für die laufenden Ermittlungen äußerst wichtig sein, besonders dann, wenn das Tier mit Thallium vergiftet worden war. Warum hatte Pye nichts davon erzählt? Hatte er nicht begriffen, daß zwischen den beiden Giftanschlägen ein Zusammenhang bestand? Mincey rief an. »Wir müssen mit Ihnen reden.«

Pye stapfte nach Arbeitsschluß in staubbedeckten Stiefeln herein. Er setzte sich, verschränkte die Arme über der Brust und schaute Ernie finster an. Dieser erwiderte seinen Blick.

»Nun berichten Sie uns mal von dem Hund«, sagte Ernie.

»Von was für'nem Hund?« fragte Pye.

Ernie erzählte ihm, was er von Serdynski gehört hatte. »Ach ja«, sagte Pye mit einem Achselzucken. »Ich habe den Hund 1984 oder 1985 bekommen. Er ist oft über den Zaun gesprungen und hat sich in der Nachbarschaft rumgetrieben. Manchmal ist er hinter den Katzen von George her gewesen. Der Hund war groß und kräftig. Aber eines Tages war er ganz schlapp. Er hat auf einmal stark abgenommen, und dann ist er eingegangen. Ich dachte, jemand könnte ihn vergiftet haben, aber einen Verdacht hatte ich nicht.«

Ernie verlor die Beherrschung. »Wieso konnten Sie sich an diesen wichtigen Vorgang nicht erinnern?« rief er. »Wir ermitteln schon seit mehreren Monaten, und Sie haben uns bis heute kein Wort davon erzählt!«

Pye zog die Schultern hoch. »Ich hab' einfach nicht mehr dran gedacht«, sagte er mit seiner ausdruckslosen Stimme. »Mir kam's nicht wichtig vor.«

Als Pye das Büro verlassen hatte, warfen die Beamten einander einen Blick zu und lachten. Brad schüttelte den Kopf, lehnte sich in seinem Sessel zurück und warf seinen Notizblock auf den Schreibtisch. Sie brauchten einander nicht zu sagen, was ihnen durch den Kopf ging: Was hat er wohl noch vergessen, uns zu erzählen?

Brad war genauso verärgert über Pye wie Ernie Mincey. Doch als sie sich ein wenig beruhigt hatten, brachte er für Pyes Verhalten Verständnis auf. Pye war wie Brads Großvater ein Mann vom Lande. Dort stellen Hunde allerlei an und kommen dabei manchmal um. Das war eine traurige, aber unabänderliche Tatsache.

Für Brad stellte Pyes Gedankenlosigkeit einen weiteren Beweis für dessen Unschuld dar. Wenn Pye die Tat begangen hätte, dann hätte er die Gelegenheit genutzt, um jemand anderen hineinzuziehen. »Derjenige, der den Hund vergiftet hat, der hat auch meine Familie vergiftet«, hätte er sagen können. Pye hatte aber nichts Derartiges verlauten lassen. Er hatte nur versprochen, darüber nachzudenken, wo der den toten Hund begraben hatte.

Weitere Anhaltspunkte für die Geringschätzung, die Trepal für Pye und dessen Familie hegte, kamen von der Baubehörde von Polk County. Dort fand man in den Akten eine vom 15. März 1988 datierte Eingabe des George James Trepal, wohnhaft Alturas Road 2650, in welcher dieser sich darüber beschwerte, daß Pye Carr hinter seinem Haus ein Wohngebäude errichtete, ohne daß er über die erforderliche Baugenehmigung verfügte.

Ein Beamter hatte in der Angelegenheit ermittelt und war zu dem Schluß gekommen, daß Trepals Beschwerde berechtigt war. Er hatte Pye am 24. März 1988 einen Verstoß gegen die Bauordnung zur Last gelegt. Ungefähr drei Monate danach hatte die Familie Carr mit der Post den Drohbrief erhalten.

Halbvolle weiße Tassen mit kaltem Kaffee standen auf dem Tisch eines Konferenzzimmers im Winter Haven-Hospital, in dem Margaret Carr mit den Polizeibeamten zusammensaß. Pyes Ex-Ehefrau hatte ihren Sohn Travis besucht. Ernie und Brad hatten sie um eine vertrauliche Unterredung gebeten. Von Margarets Seite sprach nichts dagegen, und so hatten sie sich in den kleinen Raum neben dem Schwesternzimmer zurückgezogen. Die liebenswürdige Frau, deren heller Teint von braunem Lockenhaar hervorgehoben wurde, beantwortete die Fragen in ruhigem, höflichem Ton.

Ernie schaltete das Tonbandgerät an und sagte: »Margaret, heben Sie bitte die rechte Hand. Schwören Sie bei Gott, daß Sie wahrheitsgemäße Aussagen machen werden?«

»Ich schwöre es.«

»Sie müssen mit lauter Stimme reden«, sagte Ernie, indem er auf das Gerät zeigte. Margaret folgte der Aufforderung und erzählte den Ermittlern, daß sie und Pye von 1967 bis 1986 verheiratet gewesen seien, und daß sie nach der Scheidung noch eine Zeitlang in dem Haus gewohnt habe. Ernie fragte sie, ob sie je den Eindruck gehabt habe, beobachtet zu werden.

»Ja, und zwar von einem Nachbarn«, antwortete Margaret.

»Um wen handelte es sich dabei?«

»Ich glaube, der Nachbar hieß George Trepal. Er schaute uns von seinem Haus aus durch ein Fernglas zu.«

Wie ihre Tochter konnte sich auch Margaret gut an die seltsamen Anrufe erinnern. »Und nach einem dieser Anrufe ist jemand ins Haus eingebrochen«, sagte sie. »Gestohlen wurde nichts. Es war, als wollte uns jemand lediglich zeigen, daß ein Einbruch stattgefunden hatte.«

Ernie fragte, welche Räume dabei in Mitleidenschaft gezogen worden seien. »Beide Schlafzimmer, meines und Tammys«, antwortete Margaret. »Der Schmuck lag auf dem Boden herum. Es war bloß Modeschmuck, nichts Wertvolles. Und der Videorecorder war ausgestöpselt und draußen in den Hof gestellt worden.«

Ernie fragte sie, ob der Eindringling in ihrer Unterwäsche herumgestöbert habe.

»Das weiß ich nicht«, antwortete Margaret. »Ich war damals ganz durcheinander.«

Ernie fuhr mit der Befragung fort. »Haben Sie und Pye in dem Zeitraum, in dem Sie verheiratet waren, Hunde gehalten? Und ist mit denen irgend etwas Merkwürdiges passiert?«

»Wir hatten einen, der plötzlich krank wurde und starb«, antwortete Margaret. Ernie merkte, daß sie immer besorgter dreinblickte, als sie berichtete, daß dem Hund plötzlich die Haare ausgefallen waren und er ganz mager geworden war. Ihr Sohn, der nicht weit weg in einem Krankenbett lag, hatte nur noch ein paar Haarsträhnen auf dem Kopf und mußte künstlich beatmet werden. Würde er sterben wie jener Hund?

Margaret gewann ihre Fassung zurück. »Der Hund war sehr lieb und anhänglich«, erzählte sie den Beamten, »manchmal aber kaum zu bändigen. Er war hinter den Katzen der Nachbarn her. Er kriegte raus, daß er den Riegel am Gartentor mit der Schnauze öffnen konnte, und als wir dort einen Nagel einschlugen, zog er ihm mit den Zähnen wieder heraus.«

George Trepal sei sehr verärgert gewesen. »Zu uns sagte er nie etwas, aber wir sahen, wie er Prügel nach dem Hund warf und ihn von seinem Grundstück wegjagte.«

Ernie kam auf den Giftanschlag gegen die Carrs zu sprechen und fragte Margaret: »Haben Sie einen bestimmten Verdacht?«

»Ich habe die Nachbarn von Anfang an in Verdacht gehabt«, antwortete sie.

»Aus welchem Grund?«

»Nach allem, was ich so höre, muß es jemand sein, der über dieses Gift Bescheid weiß«, sagte Margaret. »Pye kennt sich da nicht aus, aber die Frau von George schon. Sie kann auch in medizinischen Fachbüchern nachgeschlagen haben.«

»Von allen Leuten, die hier wohnen, traue ich nur George und seiner Frau die Tat zu«, fuhr Margaret fort. »Sie sind nicht von unserem Schlag. Sie waren nie freundlich. Sie wollten immer für sich bleiben. Ein seltsames Paar!«

Um die Januarmitte war von der Geringschätzung, mit der Mincey die Angestellten von Coca-Cola ursprünglich behandelt hatte, nichts mehr zu spüren, denn die Firma verhielt sich überaus kooperativ. Als Thallium in den Cola-Flaschen gefunden worden war, hatte man Ernie in einem Firmenjet von Florida zum FBI-Labor transportiert. Als feststand, daß der Abfüllbetrieb nichts mit dem Giftanschlag zu tun hatte, halfen Angestellte von Coca-Cola weiter bei der Aufklärung des Falles mit, um den guten Ruf der Firma wiederherzustellen. Den Vizepräsidenten L. G. Cunningham, der das Krisenbewältigungsteam der Firma leitete, lernte Ernie besonders schätzen. Cunningham war ein smarter, einflußreicher Mann, zeigte jedoch gegenüber dem Polizeibeamten vom Lande keinerlei Herablassung.

Darüber hinaus lieferten die für Cunningham tätigen Chemiker von Coca-Cola wertvolle Erkenntnisse über den Giftanschlag auf die Familie Carr; ihre Experimente bestätigten, daß der Täter mit großer Sachkenntnis vorgegangen war.

Bevor das FBI feststellte, mit welcher Art von Thallium das Coca-Cola vergiftet worden war, hatte die firmeneigene Chemikerin Mary Ruth Walters McDonald untersucht, was passierte, wenn dem Getränk verschieden Thalliumsalze beigegeben wurden, nämlich Thalliumsulfat, Thalliumformiat und Thalliummalonat. Sie wollte herausfinden, wie der Täter das Getränk vergiftet hatte, ohne daß sich dessen Aussehen veränderte. Die anfänglichen Experimente erbrachten nichts; als Thallium beigegeben wurde, schäumte das Coca-Cola und floß über.

Dann stellte das FBI-Labor fest, daß das Getränk mit Thalliumnitrat vergiftet worden war, einem Stoff, der in Forschungslabors der Industrie und der Universitäten als Reagens verwendet wurde. Thalliumnitrat gebe es in verschiedenen Formen, so als Thallium-(I)-Nitrat und Thallium-(III)-Nitrat. Ernie erinnerte sich daran, daß Thallium-(III)-Nitrat in Drogenlabors wie dem, welches von George betrieben worden war, Verwendung fand; er bat die Chemikerin McDonald, ein bißchen davon in eine Halbliterflasche Cola-Cola zu geben. McDonald nahm ein Gramm – eine tödliche Dosis. Wiederum schäumte das Getränk. Die Chemikerin stellte außerdem fest, daß das Getränk eine hellgelbe Färbung bekam und am Boden der Flasche eine dunkle Ablagerung entstand. Cunningham teilte Mincey das enttäuschende Ergebnis mit: Wenn Coke mit Thallium-(III)-Nitrat vergiftet wurde, sah es ganz anders aus.

Cunningham rief ein weiteres Mal an und berichtete, daß sich die Firma mit den Chemikern des FBI in Verbindung gesetzt habe. »Wir haben die Antwort gefunden: Thallium-(III)-Nitrat wird zu Thallium-(I)-Nitrat, wenn es Sauerstoff aufnimmt. Als unsere Chemikerin dem Getränk Thallium-(I)-Nitrat beigab, unterschied es sich in nichts von den Flaschen, die im Handel erhältlich sind.«

Als Ernie dies hörte, schüttelte er verwundert den Kopf. Ein Team von erfahrenen Chemikern hatte über einen Monat lang experimentieren müssen, um festzustellen, welche Art von Thallium sich in Coca-Cola auflösen würde. Derjenige, der die Familie Carr vergiftet hatte, hatte entweder einen tollen Zufallstreffer gelandet, oder er verfügte über einzigartige Voraussetzungen: er kannte sich in der Chemie aus, hatte Zugang zu Thalliumnitrat – und viel Zeit für Experimente.

Pye fiel schließlich ein, wo er den Hund begraben hatte. Tags darauf versammelte sich ein mit Bluejeans und T-Shirts bekleideter Trupp Polizisten an der angegebenen Stelle und begann zu graben. Die FBI-Experten hatten der Polizei mitgeteilt, daß in Tierkadavern immer noch Thallium vorhanden sein könne. Die Beamten gruben eifrig nach Beweismitteln; sie förderten verfaulte Orangen und verschiedene Nester von erbosten roten Ameisen zutage sowie so viel Sand, daß sie einen kleinen Badestrand hätten anlegen können. Als der Abend nahte, hatte ihnen ihre ganze Mühe nur Rückenschmerzen und Blasen an den Händen eingebracht.

Das Thallium, das Peggys Körper vergiftete, beeinträchtigte den seelischen Zustand ihres älteren Sohnes. Wenn Allen eine Straße entlangfuhr, schaute er die Gesichter der Fremden an und fragte sich: Wer mag die Tat begangen haben? Wie sieht ein Killer aus?

Allen bekam von der Marine Sonderurlaub und kümmerte sich nun um seinen Bruder. Eines Abends ging Allen, als er Duane zugedeckt hatte, ins Wohnzimmer und sagte zu seinem Vater: »Ich kann es nicht fassen, wie wenig von Duane noch übrig ist. Ich würde alles darum geben, wenn ich den Kerl erwischen könnte, der das getan hat.«

Larry Dubberly sagte zu ihm, der Täter werde sich vor dem himmlischen Gericht verantworten müssen. Doch das beruhigte Allen nicht. Der junge Mann, der in Kung-Fu den Schwarzen Gürtel besaß, gab sich Rachefantasien hin: Der Täter wird in den Gerichtssaal geführt. Der Verbrecher schaut zu den Opfern und ihren Familienangehörigen herüber. Allen steht auf und tut so, als wolle er den Saal verlassen. Aber plötzlich rennt er los, springt über die Absperrung und stürzt sich auf den Täter. Bevor die Bewacher reagieren können, packt er den Täter mit der linken Hand am Kinn und schlägt ihm mit der rechten auf den Hals. Der Täter, dessen Luftröhre zerschmettert ist, ringt vergeblich nach Atem und stirbt …

Anfang Januar mußte Allen zur Marine zurück, um seine Ausbildung zu beenden. Auf dem Stützpunkt in Tennessee war er völlig niedergedrückt. Allen wußte nicht, daß Ernie und Brad einen Durchbruch erzielt hatten. Er wußte nur, daß er mit der Situation nicht mehr fertig wurde, und schluckte drei Fläschchen des Kopfschmerzmittels Tylenol.

10

Da Ernie und Brad jetzt einen Hauptverdächtigen der Tat überführen mußten, kamen sie mit dem Fall nicht mehr allein zurecht. Ernie konsultierte seine Vorgesetzten und forderte Unterstützung an für die Überwachung von George und die weiteren Nachforschungen. Seine Vorgesetzten betrauten Special Agent Susan Goreck mit dieser Aufgabe.

Die dreiunddreißigjährige Susan hatte zwei Kinder und gehörte zu den vielversprechenden Zivilfahndern des Sheriff's Office. Mit ihrer etwas gedehnten Sprechweise und ihrem runden, fröhlichen Gesicht hätte man sie eher für die Vorsitzende des Elternbeirats einer Schule gehalten als für eine Kriminalbeamtin. Susans große Stärke war ihre Unauffälligkeit. Ob sie nun einem Zuhälter, einem Dealer oder einem Buchmacher auf der Spur war: Susan kam den Verdächtigen stets harmlos, ja einfältig vor. Nur ihre Augen verrieten sie: die waren dunkelgrün und äußerst wachsam.

Seit ihrer Kindheit hatte Susan zwei Leben gelebt: ein durchschnittliches und ein außergewöhnliches. Sie wuchs in Lake Wales auf, einer stillen Kleinstadt in Florida. Sie war eine gute Schülerin, doch zu Hause las sie Bücher über den Buddhismus und korrespondierte mit Brieffreunden in Iran, Indien und Japan. Susan heiratete in jungen Jahren und gründete eine Familie. Dann bekam sie eine Stelle – sie wurde in einem ländlichen Bezirk von Florida der erste weibliche Polizist. Obwohl sie damals fünfundzwanzig war, verlangte ihr Chef, daß ihr Mann vor der Vereidigung erschien und sein Einverständnis erklärte.

Ein Jahr danach bekam Susan eine Stelle in Polk County, das nicht so weit von ihrer Heimatstadt entfernt war. Sie machte zuerst den üblichen Dienst, trug eine grüne Uniform und fuhr in einem Streifenwagen auf den Straßen umher. Da Susan eine Begabung für die Ermittlungsarbeit zeigte, wurde sie bald befördert und zum Sittendezernat versetzt. Sie befaßte sich mit Drogendelikten und mit Pornografie, merkte aber, daß ihr eigentliches Interesse den komplizierteren Ermittlungen gegen Glücksspielringe und Gangstersyndikate galt. Susan gehörte nicht zu den Polizisten, die gern den Gummiknüppel schwingen. Sie stellte lieber akribische Nachforschungen an, wobei sie Schecks und Bankknoten überprüfte und viele Telefonate führte, um illegalen Wettbüros und Wirtschaftskriminellen das Handwerk zu legen.

Susan Goreck waren die Zeitungsberichte über den mysteriösen Giftanschlag in Alturas bekannt, als sie den Auftrag erhielt, Brad und Ernie zu unterstützen. Darüber hinaus wußte sie kaum etwas, denn die Ermittler gaben nur soviel an Informationen preis, wie unbedingt nötig war.

Ein paar Tage, nachdem Ernie und Brad mit Trepal gesprochen hatten, saß Susan in ihrem Büro und erledigte den Papierkram, als Sergeant Rick Sloan, ihr Vorgesetzter, hereinkam. »Wir machen eine Überwachung, und Sie sollten bei Sonnenaufgang zur Stelle sein«, sagte er. Susan erkundigte sich gar nicht erst nach Einzelheiten. Sie ging einfach nach Hause, stellte ihren Wecker auf 5 Uhr und versuchte zu schlafen. Am nächsten Morgen zog sie Jeans an, fuhr sich mit dem Kamm durchs Haar und setzte sich in ihren weißen Cougar.

Sie bog am Rand von Alturas auf den Parkplatz des *Circle-K*-Ladens ab und hielt neben Sloans rotem Cougar an. Als sie das Fenster herunterkurbelte, drang die Winterluft herein; sie roch nach Abgasen und frisch gebrühtem Kaffee.

»Behalten Sie diese Straße im Auge«, sagte Sloan. »Der Mann fährt einen kleinen blauen oder silberfarbenen Kombi.«

»Okay«, sagte Susan. »Haben Sie eine Personenbeschreibung?«

»Er trägt eine Brille mit dicken Gläsern«, gab Sloan zur Anwort. »Und noch etwas: Er hat ein sehr gutes Gedächtnis. Passen Sie also auf, daß er Sie nicht sieht.«

Als es im Osten hell wurde, ratterte ein kleiner Honda vorbei. Am Steuer saß ein bärtiger Mann, der eine dicke Brille trug. Susan schaute auf ihre Uhr (es war kurz nach sieben) und griff nach dem Sprechfunkgerät.

»Ich habe eben den Wagen zu Gesicht bekommen«, sagte sie.

Susan überwachte Trepal mehrere Wochen lang. Sie stellte fest, daß George der Polizei in einem Punkt die Unwahrheit gesagt hatte: Er hatte behauptet, er habe in der Praxis seiner Frau einen Raum, in dem er arbeite, doch in Wirklichkeit hatte er in Winter Haven ein eigenes Büro. Eines Nachts schlichen Susan und einige andere Polizeibeamte zu Trepals Haus, krochen unter sein Auto und befestigten an der Unterseite des Fahrgestells einen Positionsmelder. Das batteriebetriebene Gerät sendete ein Signal, dem Susan und ihre Kollegen folgen konnten, ohne daß George sie bemerkte. Aus dem zeitlich begrenzten Auftrag wurde bald eine Dauerbeschäftigung. Susan spürte, wie sich die Neugier in ihr regte. Ich befasse mich andauernd mit diesem Burschen, dachte sie. Und ich weiß nicht mal, warum.

Eines Tages wollten Ernie und Brad den Bericht über die Autofahrten von George abholen, mit deren Observierung sie Susan beauftragt hatte. Susan hatte Brekke in guter Erinnerung. Im vergangenen Jahr, als Brad in Polk County seinen ersten FBI-Auftrag wahrgenommen hatte, hatten sie gemeinsam die Zentrale eines von zwei Brüdern geleiteten Prostitutionsringes ausgehoben. Diese beiden hatten sich an Mädchen herangemacht, die von zu Hause weggelaufen waren, und hatten sie in anderen Bundesstaaten auf den Strich geschickt. »Wenn du viel Geld verdient hast, kannst du zurückkommen, und dann heiraten wir«, sagten sie. Wenn die Mädchen zurückkehrten, nahmen ihnen die Brüder das Geld ab und verprügelten sie; dann schauten sich die Typen nach neuen Opfern um. Susan hatte den Eindruck gehabt, daß ihr Partner clever und hilfsbereit war, auch wenn ihn die Konfrontation mit der Schattenseite Floridas zuerst ein bißchen geschockt hatte. In Zusammenarbeit mit Brad war es Susan gelungen, dem Treiben der beiden Brüder ein Ende zu setzen.

Als Susan nun den FBI-Mann den Gang entlanggehen sah, ahnte sie, daß etwas Wichtiges im Gange sein mußte. Sie lächelte ihm zu und rief: »Hallo, Brad!«

»Hey«, sagte Brad lächelnd und betrat ihr Büro.

Susan zeigte auf den Papierkram. »Das ist wohl Ihr Fall, an dem wir hier arbeiten?« Dann fing sie an, ihn nach Einzelheiten zu befragen. »Sieht ganz so aus, als lohnte es sich, mal richtig ranzugehen«, meinte sie schließlich.

Inzwischen war Ernie hereingekommen. Er und Brad zwinkerten einander insgeheim zu. Ernie sagte: »Ich freue mich, daß Ihnen die Sache interessant vorkommt.«

Kurz darauf wurde Susan ins Büro ihres Chefs gerufen. Sergeant Sloan teilte ihr mit, sie werde in dem Team von Zivilfahndern, das den Giftanschlag von Alturas untersuchte, die Beweissicherung übernehmen.

Das ist ja ein toller Auftrag, dachte Susan. Es war ein sonniger Sonntagnachmittag, und sie lag nicht zu Hause am Pool, sondern stand neben einem grünen Müllcontainer, der sich hinter Trepals Büro befand. Das war der Anfang einer ganzen Reihe von Containerkontrollen, die Susan durchführte, weil sie hoffte, dabei Indizien für den Giftanschlag zu finden – gebrauchte Laborutensilien, eine Rechnung für den Kauf von Thallium oder einen Brief an einen Freund, in dem George sich damit brüstete, seine lästigen Nachbarn vergiftet zu haben.

Es war ein heißer Tag, und der Müllcontainer roch nicht besonders gut. Brad, der Tennisschuhe, Jeans und Handschuhe trug, hockte im Container und durchstöberte einen Berg von Styropor-Kaffeebechern, alten Briefumschlägen und Zigarettenkippen. Susan untersuchte die Beutestücke und hielt die Augen offen. Sie wußten, daß sie nichts Ungesetzliches taten – sobald George etwas weggeworfen hatte, gehörte es der Allgemeinheit. Sie wollten aber keinesfalls, daß er sie hier entdeckte.

Brad bückte sich gerade, um eine weitere Handvoll Abfall herauszuziehen, als er hörte, wie Susan seinen Namen flüsterte. Er richtete sich auf und sah einen massigen, finster dreinschauenden Mann.

»Was machen Sie hier?« bellte der Mann.

»Wir durchwühlen den Abfall«, antwortete Brad, ohne mit der Wimper zu zucken.

»Ich hole die Polizei!« schrie der Mann und stürmte davon.

Brad und Susan verzichteten darauf, ihm zu sagen, daß die Polizei bereits anwesend war. Sie stopften den ausgesonderten Abfall in einen Karton und verschwanden.

Während Ernie und Brad bei einer Reihe von Leuten Erkundigungen über den neuen Tatverdächtigen einzogen, widmete sich Susan der Schreibtischarbeit; sie sammelte Unterlagen, fragte bei Thallium-Lieferanten nach, ob George zu ihren Kunden gehörte, und machte Trepals frühere Komplizen ausfindig.

Trepal hatte den Kriminalbeamten einen Monat zuvor mitgeteilt, Thallium sei ihm nur aus der Fernsehberichterstattung bekannt. Ernie und Brad hatten jedoch die Gefängnisakten von George angefordert, nachdem sie erfahren hatten, daß George wegen der Herstellung illegaler Drogen vorbestraft war. Die Akten enthielten eine aus dem Jahr 1975 stammende Aufstellung des staatlichen Bewährungshelfers L. Tony Brown:

Straftaten:
Den amtlichen Angaben zufolge wurde der Beklagte vom Geschworenengericht in Charlotteville am 15.9.1975 beschuldigt, an einer kriminellen Vereinigung beteiligt gewesen zu sein, die Amphetamine herstellte, und zwar mit dem Ziel, diese zu verkaufen und zu vertreiben.
Trepal wurde am 16.9.1975 festgenommen und Richter Cruciani

vorgeführt. Er ersuchte das Gericht, einen Pflichtverteidiger zu bestellen. Trepal wurde bis zur Verhandlung vor einem Distriktsgericht gegen eine Kaution von 5000 Dollar auf freien Fuß gesetzt.

Stellungnahme des Beschuldigten:
Kein Kommentar.

Vorstrafen:
Keine.

Angaben zur Person:
Der Angeklagte George James Trepal wurde am 23.1.1949 in New York, N.Y., geboren als einziges Kind von George Edward und Mabel Robeson Trepal. Er wuchs in Florence, South Carolina, auf. Seinen eigenen Angaben zufolge verlief seine Kindheit normal, und seine Eltern sorgten ausreichend für ihn.

Familienstand:
Ledig.

Aufenthaltsort:
Trepal ist alleiniger Mieter einer einfachen Wohnung in Charlotte, für die er monatlich 125 Dollar bezahlt. Er hält sich seit 1972 in der Gegend von Charlotte auf.

Schulbildung:
Er besuchte die McClenaghan High School in Florence bis zum Abschluß am 1.6.1966 und belegte unter den 284 Abgängern den 106. Platz. 1959 hatte er bei einem Intelligenztest einen IQ von 130. Vom Herbst 1966 an besuchte er die Clemson University. Er gab das Studium im August 1968 auf, da seine bisher erreichten Noten den Mindestanforderungen nicht genügten.
Im Jahr 1969 schrieb er sich an der University of South Carolina ein; er schloß am 13.5.1972 mit dem Grad eines Bachelor of Science ab, wobei Psychologie sein Hauptfach darstellte.

Religionszugehörigkeit:
Keine.

Berufstätigkeit:
Der Angeklagte gibt an, er sei seit 1973 als Kammerjäger selbständig tätig und verdiene etwa 45 Dollar die Woche. Er behauptet außerdem, er sei künstlerisch tätig gewesen und habe aus Schrott Skulpturen angefertigt. Von seinen Kunstwerken habe er bisher noch keines abgesetzt.
Der Angeklagte verfügt seit Beendigung eines Studiums über kein nachweisbares Arbeitseinkommen.

Militärdienst:
Keiner.

Finanzielle Lage:
Keine nennenswerten Ersparnisse, keine größeren Schulden.

Beurteilung:
Seine Intelligenz ist überdurchschnittlich; ihm standen viele Möglichkeiten offen. Als Absolvent einer Hochschule hat er es versäumt, sein Talent so zu nutzen, daß er über eine gesicherte Zukunft verfügt.

Susan stellte bei der Lektüre der Akten fest, daß George zunächst eine schlechte Beurteilung bekommen hatte; aber schon bald hatte er die Gefängnisbeamten durch seine Intelligenz und seine positive Einstellung beeindruckt. In einer zehn Monate nach seiner Einlieferung abgefaßten Beurteilung im Hinblick auf einen Straferlaß stand:

Trepal hat weiterhin eine überdurchschnittliche Anpassungsfähigkeit gezeigt und hat auf verschiedene Hilfsangebote positiv reagiert. Er hat einen Chemiekurs abgehalten und für das Erziehungsministerium an einem Wandgemälde gearbeitet. Er stellt gegenwärtig für das Ministerium Videoaufnahmen zusammen. Er hat schon eine Reihe von Plakaten und Informationsblättern entworfen, um Strafgefangene für Mathematik zu interessieren. Neben den bereits erwähnten Aktivitäten hat er einen Weiterbildungskurs absolviert. Er nimmt außerdem an den Yoga-Übungen teil. Im Falle einer Freilassung würde er zu seinen Eltern ziehen.

Von der Firma Pro Film Service in Columbia, South Carolina, wurde ihm eine Beschäftigung in Aussicht gestellt.

Trepal war zu einer Gefängnisstrafe von drei Jahren verurteilt worden, doch die Verwaltung des Staatsgefängnisses von North Carolina, in dem er einsaß, sprach sich für eine vorzeitige Entlassung auf Bewährung aus:

Trepal hat in den vergangenen zehn Monaten eine überdurchschnittliche Anpassungsfähigkeit gezeigt. Er hat sich das Kursangebot zunutze gemacht und auch selbst Unterricht erteilt. Die Haftstrafe hat offenbar seine Einstellung tiefgreifend geändert und ihm Achtung vor dem Gesetz eingeflößt. Nach seiner Entlassung wird ihn seine Familie unterstützen, und er hat außerdem eine Beschäftigungszusage. Unserer Ansicht nach werden diese Faktoren dazu beitragen, daß er ein nützliches Mitglied der Gemeinschaft werden wird. Aufgrund dessen empfehlen wir seine baldige vorzeitige Entlassung.

Die Gefängnisverwaltung sprach diese Empfehlung im August 1977 aus, doch wurde George erst ein Jahr später entlassen. Offenbar hatte man nicht darüber hinwegsehen können, was für ein folgenschweres Verbrechen er begangen hatte. In einem Brief an den Bezirksrichter Woodrow W. Jones hatte die Staatsanwaltschaft darauf hingewiesen, daß George Trepal und sein Mitangeklagter Michael Dwight Kitchens große Mengen an Drogen produziert hatten:

Sehr geehrter Richter Jones,
die Verurteilung von George James Trepal und seines Komplizen Michael Dwight Kitchens kam nach sechsjähriger Ermittlungstätigkeit der Drogenfahnder der DEA zustande … Bei diesem geheimen Drogenlabor handelte es sich um die größte Produktionsstätte von illegalen Amphetaminen, die an der Ostküste der Vereinigten Staaten je entdeckt wurde. Die Ermittlungen ergaben, daß Trepal, Kitchens und ihre sonstigen Komplizen Chemikalien erworben hatten, die zur Herstellung von 64 Kilogramm verbotener Amphetamine ausgereicht hätten … Diese Menge hätte für 2,5 Millionen

Einzelportionen ausgereicht und einen Straßenverkaufswert von über 7,5 Millionen Dollar gehabt.

Susan erfuhr bei der Lektüre der Akten, daß sich Trepals Einstellung im November 1977 grundlegend geändert hatte. Zu diesem Zeitpunkt hatte er erfahren, daß der Straferlaß abgelehnt worden war. Er hatte eine scharfe Beschwerde gegen seine Zellennachbarn im Bundesgefängnis von Butner, North Carolina, eingereicht. Susan las die maschinengeschriebene Eingabe:

Ein von dem Verwaltungsbeamten R. D. Brewere verfaßter Hinweis vom 26. Mai 1976 über Radiolärm hängt weiterhin am Schwarzen Brett, wird jedoch vom Wachpersonal und von den Gefängnisinsassen nicht beachtet. In der Bekanntmachung wird darauf hingewiesen, daß Radios in den einzelnen Zellen mit vernünftiger Lautstärke in Betrieb sein dürfen (was vernünftig ist, soll das Personal bestimmen). Dabei werde erwartet, daß jeder, der ein Radio einschaltet, Vernunft walten läßt und hinsichtlich der Lautstärke auf andere Rücksicht nimmt. Bei Verstößen werde man Disziplinarmaßnahmen in Erwägung ziehen.
Mr. Shepley, der frühere Oberaufseher, schrieb im Laufe der letzten sechs Monate verschiedene Memos über die Lärmbelästigung. Er wies darauf hin, bei Verstößen (d. h. wenn das Radio in der angrenzenden Zelle oder auf dem Gang zu hören ist) könne das betreffende Gerät auf unbestimmte Zeit eingezogen werden.
Mr. Barncastle, der gegenwärtige Oberaufseher, gab in einem Memo vom 14.10.77 bekannt, daß Radios nur mit Zimmerlautstärke betrieben werden dürfen. Bis heute hat sich jedoch nichts geändert; es wurden keine Radios eingezogen und keine Disziplinarmaßnahmen eingeleitet …
Ich sprach vor einigen Monaten mit verschiedenen Strafgefangenen über ihre Radios und mußte feststellen, daß es zwecklos ist, mit Krachmachern in zivilisierter Art zu reden.
Meiner Ansicht nach wurden zwar auf schriftlichen Wege die nötigen Schritte gegen die Lärmbelästigung eingeleitet, doch hat das Personal nicht die Absicht, den getroffenen Regelungen Geltung zu verschaffen. Bis heute wurden keine Radios konfisziert. (Hat

das Personal Angst davor, die Vorschriften gegenüber den Gefängnisinsassen durchzusetzen?) ...
In der Richtlinie 7400.5c vom 4. 10. 74 steht folgendes:

Rechte	*Pflichten*
1. Sie haben ein Menschenrecht darauf, vom gesamten Personal respektvoll, unparteiisch und fair behandelt zu werden.	*1. Sie haben die Pflicht, andere ebenso zu behandeln, und zwar sowohl das Personal als auch andere Strafgefangene.*
2. Sie haben ein Recht darauf, über die Vorschriften und Zeitpläne, die den Anstaltsbetrieb regeln, informiert zu werden.	*2. Es ist Ihre Pflicht, die Vorschriften zu kennen und sie einzuhalten.*

Im Hinblick auf diese Richtlinie muß festgestellt werden, daß keinerlei Anstrengung unternommen wird, gegen die Lärmbelästigung vorzugehen und den Verursachern verantwortliches Handeln und Rücksichtnahme auf andere Strafgefangene beizubringen ...
Meine Schlußfolgerung: Ich verlange, daß etwas geschieht! Mit einem weiteren Memo ist es nicht getan – es besteht Handlungsbedarf! Während ich dies abfasse, sind drei Radios zu hören, die auf verschiedene Sender eingestellt sind. Ob das Wachpersonal zu bequem ist oder vor den Insassen Angst hat, entzieht sich meiner Kenntnis; Tatsache ist, daß es seinen Pflichten nicht nachkommt ... Ich selbst halte die Vorschriften ein. Ich unterrichte jeden Tag drei Gruppen, habe keine Disziplinarstrafen und wurde einstimmig für eine vorzeitige Entlassung empfohlen. Außerdem ist mir eine finanzielle Vergütung in Aussicht gestellt worden. Ich möchte in Ruhe studieren und mich auf den Unterricht vorbereiten. Wann werden Sie endlich nach Ihren eigenen Vorschriften handeln? Bis jetzt hat es nur schriftliche Anweisungen und einen Haufen leerer Versprechungen gegeben. Es ist Zeit, daß etwas geschieht!

Susan lächelte. Die Söhne der Carrs waren offenbar nicht die ersten Nachbarn gewesen, die mit ihren Radios zuviel Lärm verbreitet hatten. Sie waren jedoch die ersten gewesen, die Trepal belästigten, als dieser nicht mehr durch Gitterstäbe von der Zielscheibe seiner Wut abgehalten wurde.

11

Fünf Monate waren mittlerweile seit Peggys Erkrankung vergangen. Seit drei Monaten richteten die Ermittler ihr Augenmerk auf George Trepal. Die Opfer vermißten konkrete Ergebnisse und waren schon fast der Meinung, die Polizei hätte aufgegeben und es ihnen überlassen, mit den Auswirkungen des Verbrechens zurechtzukommen. Travis erholte sich nur mühsam von der Vergiftung; er atmete wieder selbständig, konnte sich jedoch ohne ein Laufgestell nicht weiter als zwei Meter voranbewegen. Allen überlebte seinen Selbstmordversuch, doch die Marine war nicht davon abzubringen, ihn zu entlassen. Damit endete sein Traum von einer Laufbahn in der Marine. Peggy befand sich weiterhin im Koma; ihr Zustand war unverändert.

Nach langen Monaten der Genesung fühlte sich Duane endlich kräftig genug, um mit einer Gruppe von Freunden an die Ostküste von Florida zu reisen, nach Coquina Beach. Es war ein sonniger Märztag, und der Atlantik war noch schaumbedeckt von einem wenige Tage zurückliegenden Sturm. Duane wurde von seinen Freunden zum Strand getragen. Er wollte jedoch versuchen, selbst zu gehen. Er machte einige Schritte, indem er abwechselnd einen Fuß hochzog und wieder absetzte, als hätte er Schwimmflossen an. Als Duane sich daran gewöhnte hatte, merkte er, daß der nasse Sand eine Hilfe war: er stützte seine mageren Beine wie ein Paar Sportstiefel. Nach einer Weile spürte er das Bedürfnis zu laufen.

»O mein Gott!« rief Duane im Vorwärtstorkeln. »Ich kann laufen! Ich kann laufen!«

Seine Freunde rannten neben ihm her und feuerten ihn an. Duane wußte, daß er einen seltsamen Anblick bot, wie er so durch die Gegend stolperte, auf dem Kopf nur ein paar vereinzelte Härchen. Aber das war ihm egal.

»Auf, los!« schrie ein Freund. »Du schaffst es!«

Duane fiel hin. Er ließ den Kopf in den Sand sinken, spürte dessen Wärme auf der Haut. »Alles in Ordnung?« fragten seine Freunde. Duane konnte nicht antworten. Er lachte bloß, lachte und lachte. Zum ersten Mal nach vielen Monaten spürte er, daß er lebte.

Am 3. März 1989 wurden Duane, Cissy und Allen ins Winter Haven-Hospital gerufen. In dem Konferenzzimmer, in dem sie warteten, lagen Zeitschriften herum, doch keinem von ihnen war nach Lesen zumute. Die Automaten mit Getränken und Snacks interessierten sie nicht. Sie saßen schweigend da, bis Pye hereinkam, begleitet von Dr. Hostler.

Der Arzt brachte ihnen die Nachricht, die sie befürchtet hatten. Peggy würde das Bewußtsein nie mehr wiedererlangen. Duane schaute Pye an, der mit gefalteten Händen dasaß, die Augen niedergeschlagen. Dr. Hostler fragte sie, ob sie bereit seien, ein Dokument zu unterzeichnen, das ihm die Erlaubnis gab, die lebenserhaltenden Maßnahmen einzustellen. Cissy und Duane fingen an zu schluchzen; Allen saß mit versteinertem Gesicht da und starrte die Wand an. Als die drei sahen, daß Pye bereits unterschrieben hatte, griff jeder von ihnen nach dem Stift.

Dr. Hostler fragte sie, ob sie ihre Mutter einen letzten Besuch abstatten wollten, bevor er die Geräte abschaltete. Sie leide nicht, sagte der Arzt, und sie werde auch nicht leiden müssen, wenn die lebenserhaltenden Maßnahmen aufhörten. Ihre Seele werde einfach das Gefängnis verlassen, in das ihr Körper sich verwandelt habe.

Pye rief Reverend Grant an und bat ihn, ins Krankenhaus zu kommen. Der Pfarrer war erschöpft, weil er eben erst von einer dreiwöchigen Studienreise aus Israel zurückgekehrt war. Doch das sagte er Pye nicht. Grant wußte, daß die Ärzte bei Peggy schon seit Wochen keine Gehirnströme mehr feststellen konnten. Er wußte, daß sich die Familienmitglieder an jeden Strohhalm geklammert hatten, daß sie sich über jedes Zucken der Hand oder der Augenlider gefreut hatten. Wenn die Familie jetzt bereit war, das Unvermeidliche zu ertragen, dann wollte er ihr beistehen.

Die Familienangehörigen gingen zum letzten Mal durch die Doppeltüren. Pye ergriff Peggys Hand, und Cissy streichelte ihren Kopf. »Ich liebe dich, Mama«, sagte sie. »Es tut mir so leid.«

Dr. Hostler drückte auf einen Schalter, und die Apparate gingen aus. Nur der Herzmonitor blieb in Betrieb; die gezackte grüne Kurve, die zuvor Peggys Herzschlag wiedergegeben hatte, verwandelte sich in eine gerade Linie, die über den schwarzen Bildschirm schoß. Als Peggy starb, legte Grant den Arm um Pyes Schulter.

Duane, der sich auf das Bettgestell gestützt hatte, drehte sich um, schlug mit der Faust gegen das Arzneischränkchen und rief: »Nein!« Sein Aufschrei hallte durch die stille Station.

Es sprach sich schnell herum, daß Peggy nicht mehr lebte. In den Sechs-Uhr-Nachrichten wurde gemeldet: »Peggy Carr, die vor vier Monaten mit Rattengift versetztes Coca-Cola trank und seit dem 31. Oktober im Koma lag, ist Freitag nacht im Winter Haven-Hospital gestorben. Wie das giftige Thallium in das Getränk gelangte, ist für die Ermittler immer noch ein Rätsel. Nach dem Tod von Peggy Carr handelt es sich nun um einen Mordfall.«

Als Peggy erkrankt war, hatte Cissy ihre Mutter in Alpträumen in einem Sarg liegen sehen; nun war es Wirklichkeit geworden. Bevor Peggy zur ewigen Ruhe gebettet wurde, bat der Bestattungsunternehmer die Familie, ein Kleid für sie auszusuchen, ihr Make-up aufzulegen und ihr Haar zurechtzumachen. Cissy, die ihrer Mutter immer bei der Gesichtspflege und beim Frisieren geholfen hatte, wollte es diesmal genauso halten. Sie meldete sich freiwillig.

Am darauffolgenden Tag fuhr Cissy zum Bestattungsinstitut Whidden-McLean. Mitarbeiter führten sie durch die Eingangshalle. Ihre Mutter lag auf einem Metalltisch; man hatte sie mit einem weißen Tuch zugedeckt. Angestellte liefen geschäftig hin und her, ohne auf Cissy zu achten.

Formaldehydgeruch stieg ihr in die Nase. Das Telefon klingelte in einem fort. Cissy wunderte sich darüber, daß niemand abnahm. Sie stellte sich neben den Leichnam ihrer Mutter. Du schaffst es, sagte sie sich. Doch sie konnte ihre Hände nicht bewegen.

Ihre Tante Sandra war mitgekommen, um ihr behilflich zu sein. Sie fragte Cissy: »Bist du soweit?«

»Ja«, antwortete Cissy. Doch sie wußte, daß dies nicht stimmte. Ihre Kräfte ließen nach, und sie fing an zu schluchzen. »Ich schaffe es nicht.«

Zu der Bestattung kamen so viele Trauergäste und so viele Blumengebinde, daß sie in der Kapelle kaum Platz fanden. Eine Mauer trennte die Familienmitglieder von den Besuchern, und dies war gut so, denn die Kluft zwischen Pye und Peggys Kindern wurde immer größer.

Cissy, Allen und Duane trafen vor den anderen Verwandten in der Kapelle ein und nahmen in der ersten Reihe beim Sarg ihrer Mutter Platz. Peggy hatte das blaßrosafarbene Gewand an, das sie elf Monate zuvor bei ihrer Hochzeit getragen hatte. Als Cissy sie zum letzten Mal anschaute, konnte sie nicht glauben, daß das ihre Mutter war. Selbst in dem vertrauten Gewand sah sie nicht wie Mama aus.

Als Cissy sich umwandte, erblickte sie Travis, der gerade auf Krücken den Gang entlanghumpelte. Ihm ging es zwar besser, aber er mußte sich noch einer monatelangen Therapie unterziehen, um seine durch das Thallium gelähmten Muskeln wieder benutzen zu können. Ein Stück hinter Travis kam Pye mit einer Gruppe anderer Verwandter. Er bat Peggys Kinder, in der zweiten Reihe Platz zu nehmen.

»Was soll das?« sagte Cissy in ungläubigem Staunen. »Die erste Reihe ist für die Familienangehörigen. Wir haben alle Platz hier.«

»Nein«, erwiderte Pye. »Hier werden Travis und ich sitzen. Carolyn und Tammy und Tammys Mann sollen bei uns sitzen.«

Cissy und ihre Brüder machten erbost Platz. Cissy schaute Allen an, der, die Arme über der Brust verschränkt, stocksteif dasaß und den Sarg anstarrte. Ihr Blick ging zu Duane, der das Gesicht in den Händen vergraben und zu Weinen begonnen hatte. Obwohl die Polizei gegen Pye keinen Verdacht mehr hatte, blieb Cissy weiterhin bei ihrer Ansicht. Sie zitterte vor stummer Wut.

Hinten in der Kapelle saßen Brad und Ernie, die gefalteten Hände auf dem Schoß. Die beiden Beamten hatten sich bei ihren Ermittlungen stets emotional auf Distanz gehalten. Sie waren aus beruflichen Gründen in die Bestattungskapelle gekommen: Sie wollten sehen, wer an der Feier teilnahm, und wer ein verdächtiges Verhalten an den Tag legte. Der Fall lag ihnen zwar am Herzen, war für sie aber dennoch nichts weiter als ein Fall.

Dies änderte sich bei Peggys Bestattung.

Pfarrer Grant stellte sich neben Peggys Sarg und begann seinen Nachruf. Er erwähnte sein erstes Zusammentreffen mit Peggy. Pye sei schon seit Jahren ein Mitglied seiner Gemeinde gewesen. Nachdem Pye beschlossen hatte, Peggy zu heiraten, habe er ihm seine Braut vorgestellt.

»Ich sagte zu Peggy. ›Werden Sie hier den Gottesdienst besuchen, wenn Sie und Pye verheiratet sind?‹ Sie schaute mich an und sagte ohne zu zögern: ›Wenn Sie das Wort Gottes predigen, werde ich hier sein. Wenn Sie das nicht tun, werde ich anderswohin gehen.‹«

Grant sagte, Peggy sei eine Frau gewesen, die an Gott und an sich selbst geglaubt und sich nicht gescheut habe, ihre Meinung zu sagen.

Während seiner Ansprache war das unterdrückte Schluchzen der Trauergäste zu hören. Grant erinnerte daran, daß Peggy nicht hatte begreifen können, wieso sie erkrankt war, und daß sie eines Tages ganz außer sich gewesen sei, als ein Arzt meinte, sie bilde sich ihre Beschwerden ein. Der Pfarrer zitierte Peggy: »Ich weiß genau, daß ich mir das nicht einbilde, das ist echt!«

Peggy habe leider recht gehabt, fuhr der Pfarrer fort. »Sie kämpfte mit allen erdenklichen Mitteln darum, am Leben zu bleiben, aber sie konnte diesen Kampf nicht gewinnen.« Im Himmel werde sie Frieden finden, sagte Grant. Er versicherte den Trauergästen, daß Peggy jetzt lächelnd auf sie herunterschaue. »Wenn es im Himmel eine Kanne mit Kaffee gibt, wird Peggy glücklich sein.«

Brad und Ernie blieben nicht ohne Rührung. Brad hatte den Eindruck, daß er Peggy recht gut kannte. Er hatte nie mit ihr gesprochen, wußte aber, daß sie Coke lieber trank als Pepsi. Er hatte sie nie zusammen mit Pye gesehen, kannte aber die Höhen und Tiefen ihrer Ehe. Ohne dabei gewesen zu sein, wußte er recht genau Bescheid, was Peggy in den Tagen vor dem Giftanschlag getan hatte. Als FBI-Agent befaßte sich Brad nicht oft mit Mordfällen; wenn es dazu kam, stammten die Toten meist aus der Verbrecherwelt. Diesmal war es anders. Es handelte sich um eine Frau, die keine Bank überfallen, eine Wettfälschung begangen und keinen Mafioso hereingelegt hatte. Diese Frau hatte nur zugelassen, daß die Jungen das Radio aufdrehten.

Brad dachte daran zurück, wie George Trepal mit dem Stück Holz in der Hand in seiner Küche gesessen und sich über die unmöglichen Nachbarn ausgelassen hatte.

Die Bestattungszeremonie zog sich endlos hin. Eine Kolonne von schwarzen Autos und Lastern mit Blumen bewegte sich langsam auf Peggys Grab zu. Es war Frühling, und auf den Hügeln von Polk County war die Natur zu neuem Leben erwacht. An Azaleenbüschen sprossen rosafarbene Blüten, Magnolienbäume zeigten ihre weißen Kelche, und die Orangenhaine verbreiteten einen verführerischen Duft. Zum ersten Mal seit Monaten heulten wieder die Motoren der Rasenmäher und übertönten das Gezwitscher der Zugvögel.

Bald würde der Sommer hereinbrechen und die Landschaft so sehr versengen, daß Mensch und Tier Unterschlupf suchen mußten. Doch jetzt schien die Sonne noch nicht so stark; bald darauf verdüsterte sich sogar der Himmel, und es begann zu regnen.

Peggy hatte nicht begraben werden wollen. Zu ihrer Schwester hatte sie des öfteren gesagt, sie wolle nicht in den Boden zu den Würmern kommen. Offenbar hatte sie auch mit Pye darüber gesprochen, denn dieser ging auf dem Friedhof zu Shirley, gab ihr einen Klaps auf die Schulter und bat sie, ihm zu folgen. Er führte sie zu einem Mausoleum und zeigte dort zu einer Stelle hoch droben an der Mauer hinauf. »Ich werde Peggy dort beisetzen lassen«, sagte er. »Damit sie die Regentropfen hören kann.«

12

Brad und Ernie waren fest entschlossen, ihren Gegenspieler hinter Schloß und Riegel zu bringen, hatten aber gleichzeitig einen gewissen Respekt vor ihm. Sie mußten zugeben, daß George sehr schlau war. Er hatte sich zwar bei dem ersten Zusammentreffen eine Blöße gegeben, aber sonst kaum eine verwertbare Spur hinterlassen.

Bei den Vernehmungen hatten Zeugen davon berichtet, daß George einen Haß auf die Familie Carr hatte, aber keiner hatte gesehen, wie er die vergifteten Cokes in ihr Haus schaffte. Die Ermittler hatten herausgefunden, daß er auf dem Gebiet der Chemie bewandert war, konnten aber nicht beweisen, daß er Thallium gekauft hatte. Im Labor hatte man in jeder der Coke-Flaschen eine potentiell tödliche Dosis gefunden, aber keine Fingerabdrücke, die George mit dem Giftanschlag in Verbindung gebracht hätten.

Susan hatte festgestellt, daß George bei *Mensa* aktiv war, einer internationalen Vereinigung, die den Anspruch erhebt, daß ihre Mitglieder zu den zwei Prozent der Bevölkerung gehören, die den höchsten Intelligenzquotienten haben. Susan berichtete, daß Trepal und seine Frau den regionalen Zusammenschluß von Polk County leiteten und häufig Zusammenkünfte veranstalteten, darunter auch *Mensa*-›Krimi-Partys‹, bei denen die Gäste aufgefordert wurden, fiktive Mordfälle aufzuklären.

Die Ermittler fragten sich, ob George den Giftanschlag gegen die Familie Carr vielleicht als Teil eines geheimnisvollen Spiels betrachtete. Vielleicht hatte er sich bei der Befragung gar nicht verplappert, sondern absichtlich Worte verwendet, die an die Todesdrohung erinnerten, weil er sich sicher war, daß er ohnehin alle Spuren beseitigt hatte. Bill Hagmaier von der Abteilung für Verhaltensforschung des FBI hatte den Kriminalbeamten mitgeteilt, der Täter sei höchstwahrscheinlich ein intelligenter Mann, dem es Vergnügen bereite, Menschen umzubringen und dann auch noch ungestraft davonzukommen.

Falls es noch irgendwelche Indizien gab, etwa ein Fläschchen mit Thallium oder einige Laborutensilien, waren diese vermutlich von George im Haus an irgendeinem Platz versteckt worden, an dem ein zufällig vorbeischauender Ermittler sie nicht sehen würde. Die Beamten hatten nicht genügend Beweise, um einen Durchsuchungsbefehl zu beantragen, deshalb mußten sie eine andere Methode finden, um in das Haus hineinzukommen.

Ernie wollte es auf eine Konfrontation ankommen lassen: Man solle Trepal herbeischaffen, ihm alle Verdachtsmomente an den Kopf werfen und darauf hoffen, daß ihm ein Ausrutscher passiere. Hagmaier sprach sich jedoch dagegen aus; er erinnerte die Beamten daran, daß Giftmörder Konfrontationen aus dem Wege gehen wollten. George würde vermutlich sagen: »Ich möchte meinen Anwalt sprechen.« Und was dann? George wüßte dann, daß er unter Tatverdacht stand, aber die Beamten hätten nicht genug Belastungsmaterial für eine Festnahme. Wenn sie Trepal überführen wollten, sagte Hagmaier, müßten sie seine Persönlichkeitsstruktur bei ihren Ermittlungen berücksichtigen. »Versuchen Sie's doch mit verdeckten Ermittlungen«, schlug er vor, als er mit Brad telefonierte.

»Wir müssen über diesen Mann vollständig Bescheid wissen«, sagte er. »Wir müssen seine Stärken und Schwächen kennen, seine Vorlieben und Abneigungen, wo er sich aufgehalten hat, was er gemacht hat, was ihm wichtig ist, wie er mit dem Leben, mit seiner Umwelt und mit seinen Angehörigen zurechtkommt. Wir müssen wissen, wem er vertraut, wovor er sich fürchtet und worauf er stolz ist.«

»Ein Undercover-Agent könnte das herausbekommen«, sagte Hagmaier. Er wies seine Kollegen jedoch darauf hin, daß das nicht so ablaufen werde wie im Kino. »Wenn George ein typischer Giftmörder ist, dann ist er vorsichtig. Er wird das Verbrechen nicht so ohne weiteres zugeben, nicht einmal einem Freund gegenüber. Durch seine Intelligenz wird die Aufgabe noch schwieriger. Ein verdeckter Ermittler müßte langsam vorgehen; er müßte allmählich das Vertrauen von George gewinnen und dafür sorgen, daß er seine Abwehrhaltung abbaut.«

»Denken wir mal an die Genies der Weltgeschichte: Was war ihr Verhängnis?« fuhr Hagmaier fort. »Meist war es ihr übersteigertes Ego oder ihr Sexualtrieb. Das sind die beiden Hebel, die wir ansetzen müssen.«

Und die beste Methode, auf beide Schwächen einzugehen, sei der Einsatz einer Kriminalbeamtin. »Es müßte eine Frau sein, die ihm nicht bedrohlich vorkommt«, sagte Hagmeier. »Die würde seinem Ego guttun.«

Brad war sofort dafür, doch Ernie hatte Bedenken. Ihm war die traditionelle Methode lieber: Jede Vernehmung führt zu einer weiteren Vernehmung. Ein Beweisstück führt zum anderen. Es dauert nicht lange, und man hat alles, was man braucht: Einen Fingerabdruck, einen Zeugen, eine Festnahme. Ernie war jedoch in den fünf Monaten seit Peggys Erkrankung klar geworden, daß die traditionellen Methoden nicht ausreichten. Er versprach, mit seinen Vorgesetzten über die Möglichkeit einer verdeckten Ermittlung zu sprechen.

Minceys oberster Boss war Lawrence W. Crow junior, der Sheriff von Polk County. Crow war inzwischen ganz frustriert. Er wurde von der Presse und von der Firma Coca-Cola unter Druck gesetzt, den Fall endlich aufzuklären. Dabei war er selbst am allermeisten daran interessiert, George Trepal hinter Schloß und Riegel zu bringen. Unter Crows Oberaufsicht wurde jedes Jahr in Tausenden von Kriminalfällen ermittelt; die Einzelheiten überließ er dabei seinen bewährten Beamten. Crow brachte diesem Fall jedoch ein persönliches Interesse entgegen. Es war ein so kaltblütiges, ein so sinnloses Verbrechen. Und wenn die Tat von einem genialen Unhold begangen worden war, dann wollte er die Angelegenheit um so weniger als ungelösten Fall zu den Akten legen.

Als der Sheriff von Peggys Tod erfuhr, ging er nach Hause, gab seiner Frau einen Kuß und verschwand in seinem Lieblingszimmer, das mit Erinnerungsstücken aus den fünfziger Jahren vollgestopft war, darunter einer alten Jukebox aus dem Film *Happy Days*. Als junger Polizist hatte Crow als

Bewacher des Sängers Roy Orbison fungiert. Er wählte den Song ›Only the Lonely‹ und schaute gedankenverloren vor sich hin. Crow hatte in einer Ecke des Zimmers ein Denkmal für das typisch amerikanische Getränke Coca-Cola errichtet, schon lange bevor er von George Trepal gehörte hatte. Er hatte einen mit 6.5-Unzen-Flaschen gefüllten *Vendo 44*-Automaten aufgestellt, dazu ein rotes Schild mit der Aufschrift »DRINK COCA-COLA – SIGN OF GOOD TASTE« und ein Gestell für leere Flaschen, auf dem ›Coke adds life‹ geschrieben stand. Für Crow war Coke ein Teil der amerikanischen Tradition, eine Erinnerung an unschuldigere Zeiten. Daß Coke als Mordinstrument benutzt wurde, war für ihn etwas Unbegreifliches.

Crow legte großen Wert darauf, daß George Trepal hinter Schloß und Riegel kam, aber er wußte auch, daß die Beamten nicht vorankamen. Die regenbogenfarbenen Lichter seiner Jukebox Marke *Seeburg Select-O-Matic* tanzten rhythmisch zu Orbisons trällernder Tenorstimme. Ernie hatte sich gegen verdeckte Ermittlungen ausgesprochen, aber Crow gefiel diese Idee. Es wäre einfacher, Fingerabdrücke oder DNA-Testergebnisse zu beschaffen, um George Trepal mit den vergifteten Cokes in Verbindung zu bringen, aber er war dafür, daß die Beweisführung ohne High-Tech-Methoden aufgebaut wurde. Am Schluß würde sich herausstellen, wer schlauer war: George oder die Polizei. Die Beamten würden den Fall so lösen, wie man es in den fünfziger Jahren getan hatte: mit Köpfchen.

Der Sheriff wußte, daß das nicht einfach sein würde. Mit George bekannt zu werden, war für eine fremde Person schon von vornherein schwierig. Die Überwachungen hatten ergeben, daß er einen Großteil seiner Zeit vor dem Computer oder in seiner Schreinerwerkstatt in der Garage verbrachte. Kam er mit anderen Leuten zusammen, dann waren das fast immer seine gescheiten *Mensa*-Freunde. Im Gegensatz zu den anderen Einwohnern von Alturas kam George nicht auf einen Plausch ins Postamt, und er besuchte keinen Schnellimbiß. Für einen kontaktfreudigen Fremden wäre es schwierig, mit George bekannt zu werden.

Crow wußte: Falls es doch eine Möglichkeit geben sollte, mit Trepal zusammenzukommen, konnte man für diese Aufgabe nicht irgendeinen beliebigen Kriminalbeamten auswählen. Männliche Beamte schieden aus; er stimmte mit Hagmaier darin überein, daß ein Mann auf George bedrohlich wirken könnte. Es gab eine Handvoll weiblicher Kriminalbeamter, doch die meisten von ihnen waren entweder zu jung oder zu grobschlächtig, um mit Trepal, der vor kurzem vierzig geworden war, eine Bekanntschaft anzuknüpfen. Hagmaier hatte betont, die Beamtin müsse ganz unbeschwert sein, damit George sich nicht erschreckt in sein Schneckenhaus zurückziehe. Sie dürfe nicht bloß nett sein, sondern müsse George auch geistig gewachsen sein. Es komme nicht nur darauf an, sich mit ihm anzufreunden, es gehe auch ums Überleben. Eine Beamtin, die nicht auf der Hut wäre, könnte auf der Intensivstation landen.

Crow und seine Mitarbeiter gingen eine Liste von Kandidatinnen durch. Sie überlegten auch, ob sie sich außerhalb ihrer Behörde umsehen und eine Rechtsanwältin oder eine Professorin ausfindig machen sollten, die bereit wäre, sich mit George geistig zu messen. Doch sie ließen diesen Gedanken bald fallen. Diejenige, die diesem Tatverdächtigen auf der Spur war, müßte sich verteidigen können. Sie mußte eine Polizistin sein. Dann fiel ihnen ein: die Person, die am geeignetsten war, bearbeitete den Fall bereits.

Wayne Cross, der Leiter der Abteilung für Sonderermittlungen, rief Susan zu sich und erläuterte ihr das Vorhaben. Einer Zeitungsanzeige zufolge wollten George und Diana an einem Wochenende des folgenden Monats in einem Motel in Winter Haven ein weiteres *Mensa*-Krimi-Wochenende veranstalten. Cross schlug vor, Susan solle daran teilnehmen, sich als Interessentin ausgeben und mit George Kontakt aufnehmen.

Susan war anfangs von der Idee wenig angetan; George könnte sie bei der Überwachung zu Gesicht bekommen haben, meinte sie. »Verdeckte Ermittlungen habe ich zwar bei der Sittenpolizei auch schon gemacht, aber ein Mordfall ist doch etwas anderes. Ich möchte die Sache nicht vermurksen«, sagte Susan. »Haben Sie denn sonst niemanden?«

Cross teilte ihr mit, bei dem Auftrag gehe es vorerst nur um ein Wochenende. Ein Kollege wäre zur Unterstützung mit dabei. »Das könnte sehr interessant sein für Sie«, fügte er hinzu.

Susan willigte ein. Je mehr sie über den Auftrag nachdachte, desto interessanter fand sie ihn. Sie fühlte sich der Familie Carr verbunden und wollte dafür sorgen, daß der Täter vor Gericht gebracht wurde.

Der Auftrag sagte ihr auch noch aus einem anderen Grund zu. Wie Brad interessierte sich auch Susan sehr dafür, was in den Köpfen von Kriminellen vorging, wie diese eine Haltung einnehmen konnten, bei der menschlicher Anstand keine Rolle mehr spielte. Susan war gespannt darauf zu erfahren, warum ein Mensch wie George, der die geistigen Gaben besaß, für sich und für andere im Leben etwas Positives zu erreichen, sich für das Böse entschieden hatte. Trepal galt als Genie. Sie wollte herausfinden, was in einem vergifteten Gehirn vor sich ging.

Zweiter Teil
Es geht um Mord

1

Kurz nach der Beerdigung von Peggy Carr spannte Susan Goreck ein Blatt weißes Papier in ihre Schreibmaschine und fing an zu tippen:

Lieber George Trepal,
bitte schicken Sie mir genauere Informationen über das nächste Mensa-Krimi-Wochenende. Ich bereite meinen Umzug ins idyllische Polk County vor und möchte schon jetzt Vorsorge für stimulierende Freizeitbeschäftigungen treffen.
Die renommierte Vereinigung namens Mensa ist mir bekannt, doch haben meine Lebensumstände es bisher nicht erlaubt, solchen Neigungen nachzugehen. Ich habe mich jahrelang für einen treulosen Gatten abgerackert, der eine steile Karriere machte und dann das Weite suchte. Ich glaube, ein spannendes, geistig anregendes Wochenende wäre genau das Richtige für mich.
Mit freundlichen Grüßen
Sharon ›Sherry‹ Guin

Susan schickte den Brief an die Adresse, die in der Zeitungsanzeige angegeben worden war. Obwohl es sich bei *Mensa* um einen exklusiven Klub handelte, waren die Organisatoren des Wochenend-Treffs offenbar nicht darauf bedacht, die Teilnahme auf Mitglieder zu beschränken. George Trepal schickte innerhalb weniger Tage ein Anmeldeformular. Susan stellte fest, daß sie (oder vielmehr ›Sherry‹) drei Wahlmöglichkeiten für das Wochenende hatte: sie konnte ein Mörder, ein Opfer oder ein unbeteiligter Zuschauer sein. Sie wählte die Rolle des Zuschauers. Auf dem Anmeldeformular stand ein Satz, über den sie lachen mußte: ›Natürlich wird jeder ein Detektiv sein‹.

Die Veranstaltung sollte am 14. April im Winter Haven Holiday Inn stattfinden; das war fünf Wochen nach Peggys

Tod. Susan kannte das Motel. Das senffarbene, an einer belebten Straße gelegene Gebäude sah genauso ungepflegt und trübselig aus wie die Reisenden, die dort Station machten. Susan betrat die Eingangshalle und wurde von einer Hosteß durch den Innenhof zum Empfangszimmer von *Mensa* geführt. Im Gegensatz zu der staubigen Umgebung des Motels war der Innenhof eine Oase mit Palmen und blauem Wasser, die von klimatisierten Räumen umgeben war. Susan sah die *Mensa*-Veranstaltungsteilnehmer auf der anderen Seite des Pools vor einer Tür stehen; sie trugen Shorts und T-Shirts, lachten und unterhielten sich.

Susan bekam Herzklopfen, doch sie bemühte sich, ihre Nerven unter Kontrolle zu halten. Sie wollte den Auftrag erfolgreich ausführen. Sie war hinter einem kaltblütigen Killer her, der auf eine Familie einen Giftanschlag verübt hatte. Unwillkürlich dachte sie an ihre eigene Familie. Sie sah Gary vor sich, ihren Mann, wie er nach Hause kam und sich ein Glas Cola eingoß. Sie sah ihren zwölfjährigen Sohn Greg vor sich, wie er an einem heißen Nachmittag den Rasenmäher vor sich herschob und ihr dann zurief: »Mama, kann ich was Kaltes zu trinken kriegen?« Sie sah den erst zweijährigen Steven vor sich, der wie sein großer Bruder aus der Flasche trinken wollte. Und dann ... Sie wagte nicht, daran zu denken, was dann geschehen könnte.

Im Vergleich mit anderen Mordfällen hatte dieses Verbrechen einen Horror besonderer Art. Peggy Carr hatte keinen Einbrecher überrascht und war dann niedergeschossen worden; es hatte keine gewalttätige Auseinandersetzung in der Familie gegeben, und sie hatte sich auch nicht mit der Drogenmafia angelegt. Sie war nur die Mutter von Teenagern gewesen, die ihr Radio hatten laut laufen lassen.

Dann war da noch die Art und Weise, wie der Mord begangen worden war. Hätte der Killer bei seiner Tat ein Gewehr, ein Jagdmesser oder auch nur eine Flasche Rohrreiniger verwendet, dann hätten die Leute den Kopf schütteln, die Sinnlosigkeit des Geschehens bedauern, vielleicht ein zusätzliches Schloß an ihrer Tür anbringen und dann wieder ihren Geschäften nachgehen können. So schrecklich sie auch sein mögen: Verbrechen dieser Art geschehen immer nur bei anderen Leuten, nicht bei uns, dachte Susan. Aber: Jeder macht mal eine Cola auf. Wer darf sich in Sicherheit wiegen, solange der Täter nicht gefaßt ist?

Als Susan die für *Mensa* reservierte Suite betrat, erblickte sie Trepal. Er stand hinter dem Anmeldetisch – ein kleiner Mann, der schon eine Glatze und ein Bäuchlein bekam, mit einem braunen Backenbart und einem vollen, beinahe femininen Mund. Sie suchte nach Anzeichen übler Charaktereigenschaften, nach einem starren, leblosen Ausdruck der Augen. Doch sie fand nichts dergleichen. Hinter den dicken Brillengläsern sahen seine Augen unnatürlich groß aus, aber nicht kalt. Er schaute Susan an und lächelte. »Sie sind dran.«

Einen Moment lang brachte Susan kein Wort heraus. Es fiel ihr nicht leicht zu lügen. »Hallo«, sagte sie dann. »Mein Name ist Sherry Guin. Haben Sie meine Anmeldung bekommen?«

»Ja, da ist sie«, erwiderte George und gab ihr einen braunen Umschlag.

Susan achtete genau darauf, wie George reagierte. Wen würde er denn vor sich sehen, wenn er sie anschaute? Ein potentielles *Mensa*-Mitglied oder eine Polizistin, die ihm etwas vorspielte? Sie wartete darauf, fürchtete sich davor, daß er sie erstaunt wiedererkannte. Dieser Bursche war ganz anders als ihre üblichen Tatverdächtigen; er war kein kleiner Drogendealer, kein Vorführer im örtlichen Pornokino. Georg war Mitglied bei *Mensa*; er hatte einen wachen Verstand und wußte vielleicht schon längst, wen er vor sich hatte. Sie war seinem Wagen gefolgt. Sie hatte seinen Müll durchsucht. Sie hatte mit Dutzenden von Chemiefirmen Verbindung aufgenommen und sich erkundigt, ob das Gift, das bei der Familie Carr verwendet worden war, bei ihnen erhältlich sei. Was wäre, wenn ein Firmenmitarbeiter Chemikalienkäufe von George verschwiegen, diesem aber mitgeteilt hätte, daß Nachforschungen liefen?

»Da ist was Seltsames passiert, George«, könnte der Firmenmitarbeiter gesagt haben. »Eine Polizistin aus Polk

County hat sich nach dem Thallium erkundigt, das wir Ihnen geliefert haben.«

Als Susan nach dem Umschlag griff, achtete sie genau auf seine Reaktionen. Seine Stimme hatte einen angenehmen Klang. Sein Blick war freundlich, nicht argwöhnisch. Sie entspannte sich ein wenig, aber nicht zu sehr. Sie wußte: Wenn es darauf ankam, konnte er sich genausogut verstellen wie sie oder noch viel besser.

»Lesen Sie das gelegentlich durch. Und hier sind noch weitere Informationen«, sagte George.

Susan bekam ihr Namensschildchen, Informationsmaterial und ein T-Shirt mit dem Logo des Treffens: eine verführerisch dreinschauende Frau mit langen Beinen und Barbie-Busen, die ein Negligée und Stöckelschuhe trug – der Traum frühreifer Bürschchen.

»Vielen Dank«, sagte Susan. »Es war nett, Sie kennenzulernen.«

Trepal wandte sich dem nächsten Gast zu, und Susan schaute die Mitteilungen durch, die in dem Umschlag waren. Sie merkte, daß ihr George die Rolle der Roberta Putnam zugedacht hatte, einer wohlhabenden Dame der Gesellschaft, die ihr Leben langweilig findet und sich mit Voodoo beschäftigt. Roberta würde mit Typen wie der Voodoo-Priesterin Mama Marie, dem Waffenhändler und Spion Rodrigo Castellan sowie der Prostituierten und CIA-Informantin Honey Divine Umgang haben.

In dem Informationsmaterial waren auch die Grundregeln für das Wochenendvergnügen enthalten:

»Sie dürfen alles tun, was Ihrer Meinung nach zu der Rolle paßt – mit einer Ausnahme: Sie dürfen keine Personen ermorden, die nicht als Opfer vorgesehen sind …

Bitte unterlassen Sie es, Leichen zu kitzeln, herumzuschubsen, zu entkleiden etc.

Sollten Sie einen anonymen Brief erhalten, dann geben Sie das bitte bekannt und hängen Sie den Brief im Gesellschaftsraum aus, oder geben Sie ihn Diana Carr oder George Trepal zum Aushängen … Sie dürfen jeden verhören, den Sie für verdächtig halten …«

Susan war bei dieser Veranstaltung der einzige Neuzugang. Als sie umherspazierte, merkte sie, daß die übrigen Teilnehmer einander gut kannten. George bildete den Mittelpunkt der Gruppe; er ging von einem zum anderen und fragte nach besonderen Wünschen. Er schien der perfekte Gastgeber zu sein, ein rundum netter Bursche. Doch als Susan ihn beobachtete, verflog die Angst, die sie anfangs empfunden hatte, und ein anderes Gefühl trat an deren Stelle: Mitleid. Trepal wurde von seinen Bekannten wie ein Dienstbote behandelt.

»George, wir brauchen Eis!«

»George, können Sie mal nach der Klimaanlage schauen?«

»George? George!«

Ein Gast ging zu George hin und fragte: »Wo ist denn Diana?«

»Sie ist hier, aber sie hat sich im Nebenraum eingeschlossen«, antwortete George. »Sie muß nämlich das Essen für unser Wochenende zubereiten.«

Das ist ja toll, dachte Susan. Wir sollen essen, was die Frau von George gekocht hat! Sie erinnerte sich an den Ratschlag, den ihr die Kollegen zum Abschied gegeben hatten: »Trinken Sie ja kein Coca-Cola!«

An diesem Wochenende werde ich ganz bestimmt eine Diätkur machen, sagte sich Susan.

Sie beobachtete George, wie er zu dem Nebenraum ging, in dem seine Frau das Essen zubereitete. Er klopfte leise an und sagte in einem Singsangton: »Diaaana, mach auf! Iiiich bin's!«

Susan mußte sich beherrschen, damit sie nicht lachte. Wie komisch, dachte sie. Noch nie hatte sie erlebt, daß ein Mann sich so aufführte. Es sah aus, als ob George Angst davor hätte, daß Diana die Tür aufriß und ihn ausschimpfte. Der Chemiker und Ex-Häftling George Trepal, der unter Mordverdacht stand, duckte sich vor Angst wie ein kleiner Junge. Susan fragte sich, was wohl der Grund dafür war.

Obwohl Susan die Ermittlungen an dem Punkt weiterführte, an dem Ernie und Brad angekommen waren, hielt sie George im Gegensatz zu ihren Kollegen nicht unbedingt für den Mörder. Sie hatte die Berichte gelesen. Sie wußte, daß George dringend tatverdächtig war. Susan wollte jedoch erst einmal weitere Nachforschungen anstellen, bevor sie sich eine Meinung bildete. Sie hatte erlebt, wie sehr das Leben eines unbescholtenen Mannes durch eine unbegründete Festnahme beeinträchtigt werden kann. Ein Verwandter von ihr war nach einer Streiterei festgenommen worden. Man nahm seine Fingerabdrücke, durchsuchte ihn und steckte ihn ein paar Stunden lang in eine Zelle. Dann gab die Polizei zu, daß sie den falschen Mann erwischt hatte und entließ ihn. Doch zu diesem Zeitpunkt wußte schon die ganze Stadt, daß er festgenommen worden war, und über Monate, wenn nicht Jahre hinweg hatte er das Gefühl, daß ihn die Leute mit anderen Augen betrachteten. Susan wußte, wieviel Macht ihre Dienstmarke besaß, und sie wollte diese Macht nicht mißbrauchen.

George war nicht der einzige, der die Cokes vergiftet haben konnte. Da war auch noch Pye Carr, der passenderweise verreist war, als seine Familie erkrankte. Existierte die Versicherungspolice vielleicht doch? War sie in irgendeiner Schachtel versteckt? Die geheimnisvollste Tatverdächtige war für Susan jedoch Diana, die Frau von George. Sie hatte vor ihrem Medizinstudium einen Magistergrad in Chemie erworben. Als Ärztin hatte sie Zugang zu ungewöhnlichen Chemikalien. Und sie hatte Peggy wegen der lauten Musik zur Rede gestellt.

Vor dem *Mensa*-Wochenende hatte Brad Brekke dafür gesorgt, daß Susan mit Bill Hagmaier von der Abteilung für Verhaltensforschung des FBI in Verbindung kam. Hagmaier hatte sie auf das Wochenende vorbereitet. Wenn George der Giftmörder sei, dann sei er wahrscheinlich in seiner Ehe nicht der tonangebende Partner, hatte er gesagt. »Die meisten Giftmörder haben ›feminine‹ Charakterzüge. Das bedeutet nicht, daß George homosexuell ist, sondern nur, daß er passive Persönlichkeitsmerkmale hat, die man traditionell Frauen zuschreibt. Vermutlich will George nicht nur Konflikte auf indirekte Weise lösen; er könnte es auch vorziehen, daß seine Frau bei wichtigen Dingen die Entscheidung trifft, daß sie das Geld verdient, daß sie sein Leben gestaltet.«

Der FBI-Mann war sich nicht sicher, wie diese Beziehung George zu dem Giftanschlag auf die Nachbarn motiviert hatte. War George zu dem Entschluß gelangt, das Problem aus der Welt zu schaffen, ohne Diana hineinzuziehen, als seine Frau von Peggy und den Jungen die Nase voll hatte? Oder hatte Diana eine ziemlich aktive Rolle gespielt, die Tat vielleicht sogar von ihm verlangt?

»Was auch immer die Motivation von George gewesen sein mag«, sagte Hagmaier, »man muß noch einen anderen Aspekt der Persönlichkeit des Giftmörders berücksichtigen: seinen Stolz. Wenn Trepal wirklich der Täter ist, hat er beinahe ein perfektes Verbrechen begangen. Er suchte ein Gift aus, für das es kein Gegenmittel gibt. Er hat keine Fingerabdrücke oder andere Spuren hinterlassen. Er war zwar der einzige Nachbar der Carrs, doch die Polizei ist ihm nicht auf die Schliche gekommen – zumindest glaubt er das. George könnte also sehr stolz sein auf das, was er erreicht hat. Fünf Monate sind schon vergangen, und man hat ihn nicht verhaftet. Je mehr Zeit vergeht«, sagte Hagmaier, »desto mehr könnte George das Bedürfnis haben, mit seiner Tat anzugeben – gegenüber einer Person, die ihn nicht anzeigen würde.« Der FBI-Mann empfahl Susan, George die Bewunderung zukommen zu lassen, nach der er sich sehnte. Sie solle auf ihn nicht zu intelligent wirken. »Wenn er sich nicht bedroht fühlt«, erklärte Hagmaier, »dann wird er vielleicht gesprächig.«

George öffnete nun die Tür zu dem Raum, in dem Diana die Speisen zubereitet hatte. Susan erblickte ein Zimmer voller Köstlichkeiten: Servierplatten mit Tacos und Burritos, stapelweise Schinken- und Käsescheiben, Schüsseln mit Kartoffelchips und Karottensticks. In einer Ecke sah sie eine große Frau mit einem runden Gesicht, die gerade eine Dose Zwiebelringe aufmachte. Als sie mit den Vorbereitungen fertig war, rauschte sie in den Gesellschaftsraum, nahm von allen Seiten Komplimente entgegen und redete mit lauter, dröhnender Stimme. George könnte die Kirchenmaus sein, dachte Susan, und Diana der Pfarrer, der von der Kanzel herunterdonnert.

Die Gäste gingen mit ihren Papptellern ans Buffet und bedienten sich. Susan hielt sich zunächst zurück, nahm nur einige Kartoffelchips und Zwiebelringe, bei denen sie wußte, daß sie sich noch kurz zuvor in verschlossenen Dosen befunden hatten. Als Susan aber sah, wie die anderen zugriffen, hielt sie es für ausgeschlossen, daß George und Diana ihre eigenen Freunde vergiften würden. Sie nahm Weißbrot, machte sich ein Truthahnsandwich und ging ins Bad, wo die Wanne mit Eiswürfeln und Dosen mit Bier und Erfrischungsgetränken gefüllt war, einschließlich Coca-Cola. Susan suchte sich ein Sprite Light aus.

Für den ersten Abend waren keine ›Morde‹ vorgesehen, vielmehr gab es ein Unterhaltungsprogramm. Nach dem Abendessen ging Susan zusammen mit den anderen in den Konferenzsaal des Motels, einen fensterlosen Raum mit einer kleinen Bühne. Dort sollte der erste Programmpunkt des Wochenendtreffens ablaufen, ein ›Witzereißen‹.

Die *Mensa*-Mitglieder kamen nacheinander auf die Bühne und erzählten Witze, die von Albernheiten bis zu Obszönitäten reichten. George spielte den Zeremonienmeister. Er trug keinen Smoking, sondern nur ein Sherlock-Holmes-T-Shirt, Shorts und Sandalen. Mit ihm hatte Susan seit ihrer Ankunft nicht mehr geredet, aber mit einigen von seinen Freunden war sie ins Gespräch gekommen. Einer hatte ihr erzählt, George trage ganz selten lange Hosen und normale Schuhe. Und bei der Eheschließung mit Diana sei etwas Lustiges passiert: Da habe ihm sein Schwiegervater die Sandalen abstreifen und normale Schuhe anziehen müssen.

George fing an, seine eigenen Witze zu erzählen. Bei ihnen ging es hauptsächlich um Rechtsanwälte.

»Wieso gibt es in New Jersey Unmengen von giftigem Sondermüll und in Florida massenhaft Rechtsanwälte?« fragte er. Und seine Antwort lautete: »New Jersey durfte sich das kleinere Übel aussuchen.«

Die Zuhörer lehnten sich in den Stühlen zurück und brüllten vor Lachen. Sobald sie sich beruhigt hatten, ließ George einen weiteren Witz über Rechtsanwälte vom Stapel.

»Eine Patientin fragte: ›Kann eine Frau nach Analverkehr

schwanger werden?‹ Der Arzt antwortete: ›Aber ja. Was glauben Sie denn, wo die Rechtsanwälte herkommen?‹«

Man lachte erneut. Bei George ging das wie am Schnürchen, fast mechanisch. Er ist fast wie ein Computer, der alles gespeichert hat, dachte Susan. Sie wunderte sich darüber, daß George einen solchen Haß auf Rechtsanwälte hatte. Lag es vielleicht daran, daß seine Verteidiger bei dem Rauschgiftprozeß keinen Freispruch erreicht hatten?

»Was ist der Unterschied zwischen einem Rechtsanwalt und einem Eimer voll Scheiße?« fragte George. »Der Eimer«, lautete seine Antwort.

Nach dem Witzeerzählen setzte sich Susan in der Lobby in einen Sessel. Eine hübsche junge Frau mit strengem Mund und braunem Haar, das zu einem Knoten gelegt war, nahm neben ihr Platz. Susan wollte nicht nur George und Diana beobachten, sondern auch möglichst viel über deren Freundeskreis erfahren. Möglicherweise waren einige von ihnen an der Tat beteiligt gewesen oder hatten von George belastende Äußerungen gehört.

»Hallo«, sagte Susan zu ihrer Nachbarin. »Wie geht's?«

»Gut«, antwortete die Frau und bemühte sich nicht, Susans Lächeln zu erwidern.

»Waren Sie schon oft dabei?« fragte Susan.

»Aber ja.« Die Frau zog die Nase hoch. »Wie ist Ihr Name?«

Susan zeigte lächelnd auf ihr Namensschildchen und sagte vergnügt: »Roberta Putnam!«

Die Frau runzelte die Stirn und bemerkte in kühlem Ton: »Nein, Ihr *richtiger* Name.«

»Ach so«, flötete Susan und hoffte, daß ihr Lachen nicht allzu gekünstelt klang. »Sherry Guin.«

Gegen 22 Uhr gingen die Teilnehmer auf ihre Zimmer. Susan sah, daß sich Trepal noch in der Lobby aufhielt und mit einem *Mensa*-Freund namens Stewart Prince redete. Stewart schien George sehr ähnlich zu sein; er war auch Brillenträger und überaus empfindlich. Die beiden redeten laut miteinander, und eine Gruppe stand dabei und ergötzte sich an ihrem schlagfertigen Wortwechsel. George setzte sich auf ein Tischchen und kreuzte die Beine zum Lotussitz. Susan gesellte sich zu den Zuschauern und nahm in der Nähe von George in einem Sessel Platz. Trepal hatte angefangen, über seine Mutter zu reden.

»Sie war Lehrerin, und zwar eine strenge«, sagte er. »Die Schüler konnten sie nicht ausstehen, doch die Eltern waren froh, wenn ihre Kinder in der Klasse meiner Mutter waren, weil meine Mutter dafür sorgte, daß sie etwas lernten.« Trepal prahlte damit, er habe diese Tradition im Computerzeitalter weitergeführt und eine spezielle Software entwickelt, um Kindern das Lesen beizubringen. Susan fiel ein, was Hagmaier ihr geraten hatte: »Lassen Sie sich von ihm beeindrucken. George könnte es gefallen, mal die Rollen zu tauschen und der Überlegene zu sein, statt bei seiner Frau unter dem Pantoffel zu stehen.» Susan sah, daß Diana nicht in der Nähe war, also beugte sie sich vor und spielte die beeindruckte Schülerin.

»Ist das Tatsache?« sagte sie. »Sie können Kindern per Computer das Lesen beibringen?«

»Ja, das stimmt«, antwortete George und leckte sich wohlgefällig die Lippen. »Es ist eigentlich ganz einfach ...« Und dann legte er los; seine Hände zitterten vor Erregung, und seine Stimme dröhnte fast vor Selbstzufriedenheit. Er redete über die verschiedensten Themen: Was von Alphabetisierungsprogrammen zu halten ist, wie man Theorien über kinetische Energie an Hamstern testen kann. Schließlich kam er wieder auf die Computer zu sprechen. »Eines Tages wird man das menschliche Gehirn durch Implantate in die Lage versetzen, daß es zu seinem elektronischen Gegenstück automatisch Zugang hat.«

Als es auf Mitternacht zuging, wurde die Zuhörerschar immer kleiner, und Susan war schließlich fast allein mit George. Er erzählte jetzt, daß er sowohl in Psychologie als auch in Chemie einen akademischen Grad erworben habe. Susan wußte, daß das nicht stimmte. Sie hatte die Unterlagen von der Hochschule gesehen. George hatte ein Abschlußexamen in Psychologie gemacht, doch seine Chemiekenntnisse hatte er hauptsächlich in einem illegalen Drogenlabor erworben. Darüber bewahrte Susan natürlich Schweigen.

»Die Chemie macht mir Freude«, sagte George. »Die Naturwissenschaftler können jedoch nicht beurteilen, aus welchem Grund die Menschen bestimmte Dinge tun. Ich habe deswegen auch noch Psychologie studiert.« Er wandte sich Susan zu. »Ich möchte Ihnen mal ein Beispiel geben«, sagte er. »Wenn ich mir die Muskeln am Unterkiefer und am Hals anschaue, merke ich, ob jemand lügt.«

Susan spürte plötzlich, wie angespannt ihr Hals war; die Muskeln waren straff wie Klaviersaiten und zeichneten sich unter der Haut ab. Sie holte tief Luft.

»Ach, das ist aber interessant!« brachte sie gerade noch heraus.

Am nächsten Morgen war es warm und leicht windig; die vorüberziehenden Wolken sahen wie Wattebäusche aus. Die *Mensa*-Mitglieder kamen aus ihren Zimmern, tranken heißen, schwarzen Kaffee und bereiteten sich darauf vor, ihre Rollen zu übernehmen.

Die von George und Diana organisierten Kriminalfälle sollten an diesem Morgen ihren Anfang nehmen. Susan war gespannt, ob dabei irgend etwas zum Vorschein kommen würde, das mit dem Giftanschlag gegen die Familie Carr zu tun hatte. Hagmaier hatte ihr gesagt, daß es Giftmördern noch lange nach der Tat Vergnügen bereite, an ihr Verbrechen zurückzudenken. »Sie sind wie Serienmörder, die an den Tatort zurückkehren, um alles noch einmal zu erleben. Aber im Gegensatz zu einem Serienmörder, der vielleicht ein Kleidungsstück oder eine Haarsträhne des Opfers mitnimmt, regt der Giftmörder seine Fantasie nicht mit einem konkreten Souvenir an. Da er nicht anwesend war, als sein Opfer starb, nimmt der Giftmörder etwas aus der Erinnerung. Im vorliegenden Fall denkt George vielleicht gern daran zurück, wie er den Drohbrief losgeschickt hat, wie er die Cokes mit einem seltenen Schwermetall vergiftete, oder wie die Ermittler in Peggys Haus nach Beweisstücken suchten, die es gar nicht gab. Wenn George sich schon nicht offen seines Verbrechens rühmen kann, wird er vielleicht den einen oder anderen Aspekt bei den fiktiven Mordfällen des Wochenendes verwenden.«

Susan hörte vom Pool des Motels her ein Platschen, dem ein Schrei folgte. Sie rannte mit den anderen zu dem Schwimmbecken. Die Wochenend-Detektive lachten vor Entzücken und zogen den Notizblock und den Stift heraus, um die Begleitumstände des ersten Todesfalls zu protokollieren. Im Wasser trieb ein bekleideter Mann, den Susan wiedererkannte; er gehörte zu den *Mensa*-Gästen.

»Er ist vergiftet worden!« rief jemand.

Als einer der Gäste sich daranmachte, das Opfer aus dem Pool zu ziehen, ging Susan mit einer Kleinbildkamera umher und machte Fotos von George und seinen Freunden. Eine Frau kam her zu ihr und fragte: »Warum fotografieren Sie das?«

Susan überlegte schnell. Vor einer Weile hatte sie einen der Teilnehmer über Erpressungen reden hören. Manche der Gäste erzielten anscheinend nicht nur Punkte, indem sie Mordfälle lösten, sondern erpreßten einander auch noch, weil sie möglichst viel von dem Spielgeld zusammenraffen wollten, das bei der Veranstaltung im Umlauf war. Susan zeigte auf zwei Gäste, die als Missionar und als Voodoopriesterin verkleidet waren, und flüsterte der Frau zu: »Sie dürfen nicht beisammen sein. Mit den Fotos kann ich sie erpressen.«

Das Gesicht der Frau hellte sich auf. »Das ist eine tolle Idee!« sagte sie.

Wieder waren Schreie zu hören und Schritte, die sich rasch entfernten. Die Wochenend-Detektive rannten in den angrenzenden Raum und sahen dort auf dem Boden ein weiteres Opfer liegen, einen bärtigen Mann, der Susan wie ein Drogenschmuggler aus *Miami Vice* vorkam. Es war Chuck Allen, ein Freund von George, der an dem Krimi-Wochenende einen Waffenhändler spielte. Einer der Amateurdetektive legte die Hand auf Chucks Brust und sagte: »Der Mann ist tot.«

Eine Frau rief: »Die Beweismittel nicht anrühren!«

Susan sah neben der Leiche eine Waffe und auf einem Teppich in der Nähe zwei Patronen liegen. Die Leiche wies jedoch keine Schußverletzungen auf. Nicht weit weg von der Leiche fand Susan ein Buch. Sie blätterte darin herum und stellte fest, daß es beschrieb, wie Menschen mit Datura vergiftet wurden, einem pflanzlichen Gift, das aus dem Stechapfel gewonnen wird, einem Kraut mit weißen Trichterblüten und stacheligen Kapselfrüchten. Seine Blätter und Knospen sind hochgiftig.

Ein Mann in einem blauen Hemd, der den Gerichtsmediziner spielte, begann mit der Verlesung eines amtlich klingenden Berichts. »Das Opfer benahm sich kurz vor seinem Tod sehr auffällig. Es schien zu halluzinieren. Der Mann schien unter Hitzeaufwallungen zu leiden, und er hielt sich den Bauch, als hätte er Unterleibsbeschwerden. Kurz vor seinem Tod wurde beobachtet, daß er Krämpfe hatte. Die Haut des Opfers zeigt eine ungewöhnliche Rötung. Die Untersuchungsergebnisse stehen noch aus.«

»Wo ist denn der Zettel?« rief jemand.

Was für ein Zettel? fragte sich Susan. Sie folgte den anderen in den Gesellschaftsraum. Am schwarzen Brett hing ein Drohbrief, den das Opfer kurz vor seinem Tod erhalten hatte. Aus Zeitschriften ausgeschnittene Einzelbuchstaben bildeten den Text: »Wenn Sie nicht sofort zahlen, werden Sie nicht mehr lange leben.«

Trepal hatte im weiteren Verlauf des Vormittags wieder alle Hände voll zu tun. Als er in der Nähe des Pools mit einem Eimer Eis unterwegs war, zückte Susan ihre Kamera und rief: »George, bitte recht freundlich!«

George erfüllte ihren Wunsch und hastete davon, ohne ein Wort zu sagen. Sie sah, daß sein Freund Stewart Prince sich in der Nähe aufhielt. Während die meisten Gäste Susan allmählich als eine der ihren behandelten, schien Stewart mißtrauisch zu sein. Fühlte er sich als Beschützer von George? Oder ahnte er etwas? Nolan Allen, ein weiterer verdeckter Ermittler, der sich Sam Crane nannte, hatte sich inzwischen zu Susans Unterstützung eingefunden. Sie sah, wie Stewart den Neuankömmling mit Blicken verfolgte, als dieser durch den Innenhof des Motels ging. Und sie hörte Stewart murmeln: »Wer ist denn das?«

George zeigte Susan gegenüber keinerlei Anzeichen von Mißtrauen. Sie ging jedesmal, wenn sie ihn allein antraf, auf ihn zu und unterhielt sich mit ihm. Susan dachte dabei an einen weiteren Ratschlag, den Hagmaier ihr gegeben hatte: »Geben Sie George die Gelegenheit, Ihnen zu helfen, Ihr Beschützer zu sein. Stellen Sie sich als Opfer eines bestimmten Menschentyps dar, den George verachtet. George konnte Peggys Familie nicht ausstehen, weil sie ungehobelt und laut war; klagen Sie deshalb über eine ungehobelte, rücksichtslose Person, die angeblich Ihr Leben ruiniert hat. George wird vielleicht sagen: ›Ich hatte selbst ein ähnliches Problem und möchte Ihnen bei Ihren Schwierigkeiten behilflich sein.‹«

Susan wollte ihm erzählen, daß sie gerade ein kompliziertes Scheidungsverfahren hinter sich bringen müsse. Da Trepal am Abend zuvor über Rechtsanwälte Witze gerissen hatte, kam sie auf den Gedanken, den von ihr getrennt lebenden Ehemann zu einem Rechtsanwalt zu machen. Sie wartete darauf, daß sich eine Gelegenheit ergab, George die Geschichte zu erzählen. Im Gesellschaftsraum hörte sie, daß George davon sprach, er und Diana wollten eventuell ihr Haus in Alturas verkaufen. Das war die Gelegenheit! Wenn sie George erzählte, daß sie wegen der Scheidung ein Unterkommen suchen müsse, würde George sie vielleicht einladen, sein Haus zu besichtigen. Und wenn sie dabei etwas Verdächtiges entdeckte – etwa Laborutensilien, illegale Drogen oder ein Buch über Thallium –, könnte sie vielleicht einen Durchsuchungsbefehl erwirken.

Aber dann bekam Susan Bedenken. Sollte sie sich wirklich in diese Lage begeben? George könnte ja sagen: »Wir können gleich heute zum Haus hinübergehen.« Was sollte sie dann machen? Sie hatte keine Waffe, kein Sprechfunkgerät und kein Überwachungsteam. Sie wäre ganz auf sich gestellt. Ein verdeckter Ermittler, der schlau genug war, würde kein derartiges Risiko eingehen. Andererseits könnte das eine einmalige Gelegenheit sein.

Sie nahm neben Trepal Platz und sprach ihn an: »Habe

ich das eben richtig verstanden? Sie wollen eventuell Ihr Haus verkaufen?«

Er schaute sie mit einem freundlichen Lächeln an und bejahte ihre Frage.

Susan fing mit ihrer Geschichte an: »Ich habe mich von meinem Mann getrennt, und in der Scheidungsvereinbarung ist vorgesehen, daß ich außer einem neuen Zuhause nichts bekomme«, sagte sie. »Er ist Rechtsanwalt und ein ganz mieser Typ.« George zog interessiert die Augenbrauen hoch, genau wie Susan gehofft hatte. Selbst wenn sie es nicht gleich schaffte, in Trepals Haus zu gelangen, könnte dies dazu beitragen, daß er Zutrauen zu ihr bekam.

»Ich bin gerade auf Stellensuche«, sagte Susan. »Wenn ich etwas finde, werde ich mich nach einer Wohnung umsehen müssen.«

George zeigte sich hilfsbereit. »Diana braucht gelegentlich Aushilfskräfte für Bürotätigkeiten«, sagte er. »Möchten Sie mit ihr darüber sprechen?«

»Das ist sehr nett von Ihnen, aber so etwas kommt für mich nicht in Frage«, erwiderte Susan. »Wissen Sie, ich habe lange genug einen normalen Job mit geregelter Arbeitszeit gehabt. Ich möchte mein früheres Leben hinter mir lassen und etwas Neues anfangen.«

George hatte Susan bis dahin kaum einmal angesehen, statt dessen seinen Blick umherschweifen lassen. Doch nun schaute er ihr ins Gesicht. »Sie könnten ja mit Drogen handeln«, sagte er und verzog dabei die Lippen zu einem Lächeln. »Da würden Sie viel Geld verdienen, und reisen könnten Sie auch.«

Susan war ganz perplex. Sie mußte ihm weiter in die Augen schauen; George durchbohrte sie mit seinem prüfenden Blick. Was sollte sie darauf antworten? Wenn es ein Fall der Drogenfahndung gewesen wäre, hätte sie einfach gesagt: »Klingt interessant! Können Sie mir helfen, ins Geschäft zu kommen?« Und wenn er darauf eingegangen wäre, hätte man ihn schnappen können. Susan hoffte zwar, im Zusammenhang mit Drogen etwas gegen Trepal in die Hand zu bekommen, doch ihr Hauptaugenmerk galt dem Mordfall. Sie zögerte einen Moment; dabei zeigte sich ihre Unentschlossenheit in ihrem Gesichtsausdruck.

George mußte das bemerkt haben, denn er lachte nervös und wechselte rasch das Thema. »Ich habe noch einen anderen Einfall, wie Sie Geld verdienen könnten. Machen Sie sich im Flughafen an Personen heran. Sagen Sie zu ihnen, Sie hätten einen Schwarzen Gürtel in Karate. Und dann verlangen Sie ihre Brieftasche. So können Sie auch zu Geld kommen.«

George hatte das nicht ernst gemeint. Er machte offenbar einen Rückzieher. Susan ärgerte sich, weil sie diese Chance vertan hatte. Es stellte sich jedoch bald heraus, daß sie keinen großen Schaden angerichtet hatte. George kam wieder auf das Haus zu sprechen; er erzählte Susan, seine Frau fühle sich von der Praxis zu stark in Anspruch genommen. Aus diesem Grund wollten sie lieber an einen Ort ziehen, an dem seine Frau nicht rund um die Uhr dienstbereit sein müsse. Susan kam das merkwürdig vor. Die Polizei ging von der Annahme aus, daß George den Giftanschlag begangen hatte, weil er und Diana die Nachbarn loswerden wollten. Und das war ihnen ja gelungen. Wieso sollten die beiden jetzt wegziehen? Falls sie jedoch ohnehin einen Umzug geplant haben sollten, wozu dann der Giftanschlag? Nur so zum Spaß bestimmt nicht, dachte Susan.

George lud Susan tatsächlich zu einer Besichtigung des Hauses ein. »Kommen Sie vorbei, wann es Ihnen paßt«, sagte er und gab ihr die Adresse und die Telefonnummer. »Rufen Sie mich aber vorher an.«

Am Abend zogen die Pseudokiller und Amateurschnüffler in einen finsteren Nachtklub, in dem die Wochenendveranstaltung ihren Höhepunkt finden sollte. Susan las die Beschreibung, die in der Broschüre stand: »Die ›Kaschemme‹. Dieses Rattenloch (früher die Hotelbar) ist die übelste, schmierigste Spelunke der ganzen Welt. Die gewagtesten Kostüme werden prämiert!«

Ein großer, bärtiger Typ in militärischer Aufmachung stand an der Tür und tastete die Ankömmlinge ab. Frauen durchsuchte er besonders gründlich. Susan mußte es zulassen, daß er ihr über die Hüften und die Beine strich, dann durfte sie hineingehen. Auf der Bühne spielte eine Hardrock-Band. Die Verstärker verwandelten das Kreischen der Gitarren und das Rattern des Schlagzeugs in ein schmerzhaftes Getöse. Getränke gab es kostenlos. Die Gäste bewegten sich bald über die Tanzfläche, zuerst vorsichtig, dann immer ausgelassener, und schließlich gab es ein wildes Durcheinander von Armen, Beinen und kreisenden Hüften.

Susan erschien in einer Aufmachung, die aus ihren Einsätzen beim Sittendezernat stammte: Sie trug Bluejeans und ein schwarzes Top mit Fransen, dazu Ohrringe mit langen Federn. Ihr Haar hatte sie toupiert. Eine andere Besucherin, die in Wirklichkeit Lehrerin war, trug ein aufreizendes Nachthemd und eine billige Perücke. Susans Kollege Nolan hatte eine blaue Jeansjacke mit zerrissenen Ärmeln an; auf dem Rücken war mit Silbernieten das Wort MENSA eingeprägt. Diana schien erpicht darauf zu sein, den Preis für das gewagteste Kostüm zu bekommen. Sie trug eine Federboa und ein hauchdünnes schwarzes Negligée, aus dem ihr weißer Busen hervorquoll.

Susan bewegte sich im Rhythmus der Musik hin und her und hielt Ausschau nach George. Sie entdeckte ihn an einem Tisch am Rand der Tanzfläche. Während die anderen sich vergnügten, saß er ganz allein und etwas entrückt da. Obwohl er die Musik seiner Grundstücksnachbarn angeblich nicht ausstehen konnte, schaute er keineswegs unglücklich drein. Auf seinem Gesicht lag ein Lächeln, und seine Füße klopften im Rhythmus der Musik auf den Boden. Susan setzte sich zu dem Missionar und seiner Freunden, den beiden Typen, die sie zuvor fotografiert hatte. Sie hatte kaum Platz genommen, als die Frau einen Schrei ausstieß und tot zu Boden fiel. Ein weiterer *Mensa*-Mord war geschehen.

Bevor der Abend zu Ende ging, gab es noch einen Mord. Es stellte sich jedoch heraus, daß es sich dabei um ein Versehen handelte. Auf der anderen Seite des Raumes stieß eine Frau einen Schrei aus und fiel zu Boden. Verblüffte Gäste standen um sie herum. Als sich herausstellte, daß dieser Mord nicht in den Regieanweisungen stand, machte ein

Voodoo-Zauberkünstler das Opfer rasch wieder lebendig. Susan nippte an ihrem Pepsi mit Rum und dachte dabei: Schade, daß es bei Peggy Carr nicht so einfach war.

Am nächsten Morgen ging Susan zum Abschieds-Brunch des Wochenendes. George und Diana überreichten den besten Detektiven Auszeichnungen. Einer der erfolgreichsten von ihnen war Stewart Prince. Vielleicht hat er sich deswegen so neugierig umgesehen, dachte Susan. Er war wohl auf Spurensuche.

Diana gab die Lösungen der Mordfälle des Wochenendes bekannt. In einem der Fälle war eine Schnüfflerin umgebracht worden, als sie den üblen Machenschaften eines Mannes namens Carlos auf die Spur gekommen war. »Sie wollte ihn anzeigen«, sagte Diana. »Er bekam aber Wind davon und machte sie kalt.«

Susan stimmte in das allgemeine Gelächter ein. Durch Dianas Worte wurde sie jedoch daran erinnert, wie gefahrvoll ihr Auftrag war. Konnte sie sicher sein, daß das Glas Eistee, das vor ihr stand, kein Thallium enthielt? Susan rührte das Glas nicht an und griff statt dessen nach ihrer Kamera, um ein paar Abschiedsfotos von George zu machen.

»Ich bleibe mit Ihnen in Verbindung wegen des Hauses«, rief sie ihm zu.

»Okay«, sagte er. »Auf Wiedersehen.«

2

Als Susan aus dem Holiday Inn nach Hause fuhr, merkte sie bei einem Blick in den Rückspiegel, daß sie Ringe unter den Augen hatte. Sie war erschöpft, aber bei bester Laune. Susan hatte damit gerechnet, daß sie das ganze Wochenende damit zubringen würde, George aus der Ferne zu beobachten. Sie hätte sich nicht träumen lassen, daß sie mit dem Tatverdächtigen ins Gespräch kommen und von ihm sogar eine Einladung erhalten würde.

Vor dem Wochenende hatte Susan geglaubt, Trepals Frau komme für die Tat eher in Betracht. Doch seit sie Diana bei dem Krimi-Wochenende zu Gesicht bekommen hatte, war Susan ziemlich sicher, daß diese ihre Nachbarn nicht vergiftet hatte oder zumindest nicht die Haupttäterin gewesen war. Außer der Tatsache, daß Diana eine Frau war, stimmte nichts mit dem Täterprofil des FBI überein. Als sie Dianas laute Stimme gehört und mitangesehen hatte, wie bestimmend diese Frau gegenüber George und ihren gemeinsamen Freunden war, hatte Susan gemerkt, daß Diana die übrigen Merkmale des Giftmörders nicht aufwies: die Passivität, die Scheu vor Konflikten und das Verlangen, sich auf indirektem Wege zu rächen. Wenn Diana jemanden umbringen wollte, würde sie es vermutlich mit einem Gewehr, mit einem Messer oder mit bloßen Händen tun, dachte Susan.

Sie betrachtete Diana Carr jedoch nicht als völlig unverdächtig. Diese Frau hatte etwas Kaltblütiges, Geheimnisvolles an sich. Vielleicht war das Ehepaar bei dem Giftanschlag so vorgegangen wie bei den Morden des Krimi-Wochenendes: Diana schrieb das Szenario, und George setzte es in die Tat um. Vielleicht war Peggy Carrs Tod Teil eines irrsinnigen Spiels, bei dem es zwischen echten Morden und Wochenendfantastereien keinen Unterschied mehr gab, bei dem der Krimi, den die einen sich ausdachten, für andere das Todesurteil bedeutete.

George setzte sich zu Hause an seinen Computer und schrieb einen Brief an einen Freund. Darin schilderte er die Ereignisse des Wochenendes:

Mit meinen Nerf-Bomben (sie werden sonst von Terroristen verwendet) kam ich gut an. Man stellt sie her, indem man eine Styroporkugel von zehn Zentimeter Durchmesser mit schwarzer Farbe besprüht und innen einen kleinen Feuerwerkskörper unterbringt. Das sieht recht beeindruckend aus, und das Styropor bietet auch einen guten Schutz, wenn jemand den Feuerwerkskörper beim Explodieren in der Hand hält. Jede Wette, daß intelligente Leute so dumm sein können, eine Bombe in der Hand losgehen zu lassen!

Den Tag über wurden Leute umgebracht, die dann als Zombies zurückkehrten, welche unter der Kontrolle mächtiger Voodoo-Priesterinnen standen. Noch nie habe ich so viele Frauen in seltsamen Kostümen gesehen, die Reptilien aus Gummi herumtrugen. Einige Hotelgäste, die keine Ahnung hatten, was sich dort abspielte, waren stark beeindruckt.
Der vierte Mord (in der ›Kaschemme‹) ging ein bißchen daneben, als die falsche Person starb. Wir machten sie wieder lebendig, und der Mörder (er lachte sich schief) brachte die richtige Person um. Dann erklärte er der Gruppe, wieso ihm der Fehler unterlaufen war. Drei (von 50) Teilnehmern war daraufhin klar, wer den Mord begangen hatte. Meine Bemühungen, den anderen 47 Teilnehmern Sumpfgelände im Everglades National Park zu verkaufen, schlugen fehl. Sie waren durchaus interessiert, hatten jedoch ihr ganzes Geld schon für die Brooklyn-Brücke oder das Washington-Denkmal ausgegeben. Einige hatten gleich beide Bauwerke erworben.
Weitere Einzelheiten des Wochenendes lasse ich lieber unerwähnt.

Am Montag setzte sich Susan an den Schreibtisch, um ihren Bericht abzufassen. Sie betrachtete eine Broschüre, die ihr George am Anmeldetisch überreicht hatte: »Lustiges und Nützliches über Voodoo. Ein *Mensa*-Report.« George hatte das Büchlein selbst geschrieben, sogar die Illustration auf dem Umschlag stammte von ihm: sie zeigte eine auf einem Haufen Knochen sitzende Kreatur, die halb Mensch und halb Affe war und ein Kreuz in Händen hielt. Susan schlug das Büchlein auf und fing an zu lesen. Im Vorwort schrieb George:

Dieses Projekt ist außer Kontrolle geraten. Ich wollte mich über einige Voodoo-Zauber näher informieren, doch dann nahm mich das Thema gefangen, und ich schrieb schließlich diesen umfangreichen Bericht.
Dem Wörterbuch zufolge ist Voodoo ein System primitiver Riten, das auf dem Glauben an Zauberei und die Kraft von Amuletten, Fetischen etc. beruht. Die meisten von uns glauben, primitive Menschen seien unwissend und dumm. Diese Menschen kennen

unsere Lebensweise nicht, sind jedoch alles andere als dumm. Voodoo-Priester und -Priesterinnen haben profunde Kenntnisse der praktischen Psychologie und der Naturheilkunde, insbesondere der in der Natur vorkommenden Gifte …
Kaum ein Voodoo-Anhänger hält es für möglich, daß er durch psychische Einwirkungen umgebracht werden könnte, doch keiner zweifelt daran, daß dies durch Gift geschehen könnte. Wenn eine Todesdrohung auf der Türschwelle liegt, werfen umsichtige Leute ihre Lebensmittelvorräte weg und achten genau darauf, was sie zu sich nehmen. Durch Magie kommt selten jemand zu Tode. Die Gegenstände auf der Türschwelle stammen oft von einem Nachbarn, der damit sagen will: ›Ich kann dich nicht ausstehen. Hau ab, sonst passiert was!‹

Susan legte die Broschüre beiseite, weil ihr der Kopf dröhnte. Sie konnte es nicht fassen: Wieso hatte George kurze Zeit nach Peggys Beerdigung etwas geschrieben, was so deutliche Parallelen zu den Begleitumständen ihres Todes aufwies? Sie griff zum Telefon, um Brad und Ernie anzurufen.

Die Ermittlerin beschloß, auf Trepals Angebot zurückzukommen und sich von ihm das Haus zeigen zu lassen. Als sie die Nummer gewählt hatte, nahm Diana ab.

»Hallo, hier ist Sherry. Wir haben uns am Wochenende kennengelernt.«

»Ja …«

»Ich habe mich bei George erkundigt, ob ich mal Ihr Haus besichtigen kann.«

»Da sprechen Sie am besten mit ihm selbst.«

George kam an den Apparat. Er machte einen freundlicheren Eindruck als seine Frau. Er lud Susan ein, am Nachmittag des folgenden Tages vorbeizukommen. »Ich will schauen, daß ich gegen drei Uhr zu Hause bin und werde auf sie warten.«

Am nächsten Tag brauste ein Camaro Z28 auf goldfarbenen Rädern durch die Orangenhaine und dann die Asphaltstraße hinauf, die zu Trepals Haus führte. Aus den schweren, dunklen Wolken fiel ein Aprilregen. Kurz bevor Susan Alturas erreichte, teilte sie der neben ihr sitzenden Kollegin

Nona Dyess mit, was George von ihr über Sherry Guin wußte. Nona würde sich nämlich als Sherrys Cousine Mona ausgeben.

»Wir erzählen ihm keine Einzelheiten über dich«, sagte Susan. »Sag nur, daß du aus Fort Lauderdale stammst. Und während ich mit ihm rede, schaust du dich ein bißchen um: nach Laborgeräten, nach Drogen und nach Pflanzen, die unter einer Lampe wachsen – nach allem, was wir verwenden können, um einen Durchsuchungsbefehl zu kriegen. Mit etwas Glück finden wir sogar ein Fläschchen Thallium! Aber daran glaube ich nicht so recht.«

Susan war nervös. Sie fand es zwar toll, daß sie bald Gelegenheit bekommen sollte, Trepals Haus zu betreten, aber sie war auch mißtrauisch. Die Freundlichkeit, die George am Wochenende an den Tag gelegt hatte, konnte auch ein Trick gewesen sein, mit dem ein Killer, der ihre wahre Identität kannte, sie in die Falle locken wollte: Um sie zu fassen zu kriegen, wenn sie allein war. Susan ging jedoch keine Risiken ein. Sie hatte dafür gesorgt, daß sich am Tag ihres Besuches ein ganzer Trupp FBI-Agenten und Polizisten in der Nähe des Hauses in den Orangenhainen aufhielt. Sie brauchte nur ein paar Worte zu sagen, und der Mini-Sender in ihrer Handtasche würde dafür sorgen, daß die Beamten in wenigen Sekunden bei ihr wären.

Susan kannte die Gegend; seit Monaten war sie ja mit anderen Beamten in einem Fahrzeug der Müllabfuhr immer wieder am Haus vorgefahren. Sie hatten den Müll von George eingesammelt und untersucht. Bevor Susan das Haus betrat, wußte sie bereits, daß George und Diana zahlreiche Katzen besaßen, Schulden hatten und lieber Fast-Food aßen, als selbst etwas zu kochen. Susan hatte im Müll kein belastendes Material gefunden. Das war aber auch nicht das einzige gewesen, nach dem sie gesucht hatte. Sie wollte möglichst viele Informationen sammeln, die nützlich sein konnten, wenn sie sich mit George anfreundete.

Als der Wagen sich dem Haus von George näherte, schaltete Susan das Gerät ein. »Hier spricht Special Agent Susan Goreck«, meldete sie sich. »Ich gehe jetzt zusammen mit Special Agent Nona Dyess zum Haus des Tatverdächtigen George Trepal.«

Susan schaute auf ihre Uhr. Es war 15.44 Uhr. Sie sprach in das Gerät: »Wir biegen gleich zu seinem Haus ab.« Dann holte sie tief Luft und schaute Nona an. »Also, los!«

Susan übernahm die Führung, ging an einem kümmerlichen Blumenbeet vorbei und klopfte an die mit einem Fliegengitter versehene Holztür. Weiße Farbe rieselte auf ihre Schuhe herunter, und das Echo des Klopfens hallte dumpf über die Veranda. Nichts rührte sich. Hatte George nicht gesagt, daß er am Nachmittag zu Hause sein würde? Susan ging zur Rückseite des Hauses und klopfte noch einmal. Nun erschien Trepal. Er trug Shorts und Sandalen sowie ein T-Shirt, das vorne so bedruckt war, daß es einem Smoking ähnelte.

»Hallo! Wie geht's?« fragte Susan. »Das ist meine Cousine Mona.«

»Hallo, Cousine Mona«, sagte George in freundlichem Ton und machte eine einladende Geste. »Ich führe Sie zuerst herum, und dann können Sie sich noch selbst umschauen.«

Susan betrachtete Trepal genau, weil sie sich fragte, ob er die Wahrheit über Sherry Guin herausbekommen hatte. Sobald er ihr ins Gesicht schaute, merkte sie jedoch, daß sie sich in Sicherheit befand. Sein Blick bewies ihr, daß er nichts wußte, keinen Verdacht hatte, sondern nur erfreut war über den Besuch. Susan ging umher und tat so, als wäre sie interessiert. Das Haus enthielt eine schreckliche Ansammlung greller Farben: gelbe Vorhänge, orangefarbene Schränke, limonengrüne Wände – eine Innendekoration, die aus Trepals psychedelischer Periode stammen mußte.

Als George vor ihnen herging, fiel Susan sein Gang auf. Seine Beine waren etwas gekrümmt, und er bewegte sich mit einem leichten Schlurfen. In der Bibliothek sah sie Regale voller Botanik-, Biologie- und Chemiebücher. Auf einem Brett entdeckte sie eine Dinosaurier-Figur. Susan fiel ein, daß George beim *Mensa*-Wochenende einen Dino-Schlüsselanhänger geschenkt bekommen hatte. Sie hielt dies für eine gute Gelegenheit, seinem Selbstwertgefühl zu schmeicheln und sagte zu ihm: »Sie interessieren sich anscheinend sehr für Dinosaurier.«

»Aber ja!« antwortete George mit einem entzückten Lächeln. »Unter ökologischen Aspekten waren die Dinosaurier wohl genauso wichtig wie die heutigen Alligatoren, obwohl es von ihnen längst nicht so viele gab.« Dann kam er auf Giraffen zu sprechen und zeigte sich verwundert darüber, daß diese Tiere nicht umfallen, wenn sie ihren Kopf zum Trinken fünfeinhalb Meter hinunterstrecken. Er reckte den Hals, fuhr mit den Fingern an ihm entlang und rief: »Diese Tiere müssen wunderbare innere Mechanismen haben!«

»Wie interessant«, sagte Susan. Sie fand das irgendwie belustigend. George glich einem hochbegabten Kind, das über die Wunder der Welt staunte und diese voller Stolz erklärte. Susan fragte sich, ob jemand, der vom Leben so fasziniert war, auch gewillt sein könnte, dem Leben eines Menschen ein Ende zu setzen.

»Hier haben wir einen Wandschrank«, sagte George und öffnete eine Tür. Susan spürte einen Adrenalinstoß. Was würde drinnen zu sehen sein? Sie steckte den Kopf hinein, um nachzuschauen. Als ihre Augen sich an das Dunkel gewöhnt hatten, sah sie keine Laborausstattung und keine verdächtigen Flaschen. Sie sah aber etwas anderes: an Haken hingen lange, schwarze Lederhalsbänder, manche davon ohne Verzierungen, andere mit Silberbeschlägen. In der Nähe stand eine kleine Schachtel mit Nieten unterschiedlicher Größe. George verlor kein Wort über dieses Bondage-Zubehör, sondern zeigte auf einen Stapel ungeöffneter Dosen mit Erfrischungsgetränken, darunter auch Cola. »Das sind die Restbestände von unserem Krimi-Wochenende«, erklärte er.

Trepal führte seine Besucherinnen in einen Raum mit vielen Regalen, Tischchen und Plastikeimern, die zur Aufbewahrung unzähliger Gesteinsbrocken, Halbedelsteine und Mineralien dienten. Susan schaute in die Eimer und sah die unterschiedlichsten Farben und Formen: versteinertes Holz, Quarz und Kristalle, die sogar im düsteren Licht des Nachmittags funkelten.

»Das ist meine Rumpelkammer«, erläuterte George.

Susan lächelte vor aufrichtiger Freude. Sie hatte für Steine und Mineralien viel übrig. Als sie noch ein Kind war, machte ihre Familie oft Camping in den Bergen von North Carolina und Tennessee, wo viele Städte den Touristen Zugang zu Minen bieten. Susan und ihr Bruder erhielten von ihrem Vater ein paar Dollar, mit denen sie sich einen Eimer Erde aus der Mine kaufen konnten. Sie warfen die Erde in ein Sieb und tauchten dieses in einen Trog mit eiskaltem fließendem Wasser. Susan schüttelte das Sieb mit klammen Fingern, bis die Erde weggewaschen war. Dann schaute sie sich die Steine an, die übriggeblieben waren. Meist waren es unauffällige, wertlose Gesteinsbrocken, aber manchmal fand sie ein wertvolles Stück. Das Ergebnis spielte für Susan keine so große Rolle; die Suche und das geduldige Aussortieren gefielen ihr am meisten.

Sie nahm eine von den Geoden in die Hand, einen häßlichen Stein mit einem glitzernden Kristallkern. »Ich mag diese Steine«, sagte sie. »Es ist ja so spannend, einen aufzumachen und herauszufinden, was innen drin ist.« Sie hatte schon immer darüber gestaunt, daß ein grober, häßlicher Stein solche Schönheit in sich bergen konnte.

»Das stimmt«, pflichtete George ihr bei.

Schluß mit der Plauderei, dachte Susan. Sie ging zum Fenster und zeigte auf ein niedriges senffarbenes Gebäude hinter Peggy Carrs Haus. Aus den Akten war ihr bekannt, daß Trepal sich bei der Baubehörde beschwert hatte, als Pye die Garage in eine Wohnung umgewandelt hatte. Jetzt tat Susan so, als wisse sie nichts darüber.

»Was ist denn das? Eine Garage?« erkundigte sie sich.

George kam zu ihr ans Fenster. »Das war einmal eine Garage, aber dann wurde sie in eine Wohnung umgewandelt. Ich ging zur Baubehörde und sagte: ›Hören Sie mal, das geht doch nicht, das ist im Bebauungsplan nicht vorgesehen.‹ Die Beamten gaben mir recht und schickten einen Bauinspektor hin. Die Nachbarn waren nicht gut auf mich zu sprechen.« Er lächelte, als er daran dachte. »Die Leute sind inzwischen ausgezogen«, fügte er hinzu. »Ich weiß nicht, was sie vorhaben. Vermutlich werden sie ihr Haus verkaufen. Ich glaube, sie verlangen 120 000 Dollar dafür. Der Schätzwert ist 50 000.«

»Für diese Gegend ist das schon ein recht hoher Preis«, bemerkte Susan.

George lachte. «Alle Leute fanden das umwerfend lustig.«

Er setzte den Rundgang fort und führte sie auf die Terrasse, wo eine Markise in Fetzen herunterhing. »An dem Stoff haben Sittiche herumgenagt«, sagte er. »Wir haben draußen alles wuchern lassen, weil wir uns dadurch geschützt fühlen.« Die zerrissene Markise könne Einbrecher abschrecken, meinte George, falls in Alturas jemals Kriminelle auftauchten. »Soviel ich weiß, hat es in diesem Teil von Alturas vor neun Jahren den letzten Einbruchdiebstahl gegeben. In dieser Gegend schließt niemand die Türen ab.«

Susan folgte Trepal ins Haus und sah im ersten Stock wieder etwas Seltsames: Dort gab es zwei Badezimmer, die einander genau gegenüber lagen, so daß man vom einen ins andere schauen konnte. Eine Toilette für ihn und eine für sie. Noch seltsamer war, daß eins der Klosettbecken mit einem Sicherheitsgurt ausgestattet war.

Susan und Nona schauten einander an, als sie mit George eine steile Treppe hinaufgingen, sagten jedoch nichts. Das eheliche Schlafzimmer erstreckte sich über den gesamten zweiten Stock. An einer der Schmalseiten stand ein Bett, und von dem Fenster aus sah man über ein Blechdach hinweg den Pool hinter Peggy Carrs Haus.

George öffnete eine Schranktür. Susan konnte drinnen den Arm und den Kopf einer Frau sehen. »Na so was!« sagte sie. »Das sieht ja fast echt aus!«

Es war eine Schaufensterpuppe. George erzählte ihnen, daß er und Diana die Schaufensterpuppe bei Krimi-Wochenenden verwendet hätten. »Das letzte Mal war am 6. Januar, und danach schickte jemand Unterwäsche für diese Dame. Moment mal, ich zeig' sie Ihnen.«

George griff in eine Schachtel und zog einen schwarzen Büstenhalter und ein schwarzes Höschen heraus. Susan spürte, wie ihr das Blut ins Gesicht stieg, aber George ließ sich durch ihre Verlegenheit nicht bremsen. Er streckte ihr die Unterwäsche entgegen; seine Hände zitterten leicht, als er über die mit Rüschen besetzte Seide strich. »Damals trug sie nur einen Strumpfhalter und eine Perücke«, bemerkte George.

Warum zeigt er mir das? dachte Susan. Soll das eine Art Test sein? Sie lachte ein bißchen und sagte: »Wie apart!«

Susan entdeckte an einer Wand ein großes Bücherregal voller Kriminalromane, darunter auch eine ganze Reihe Titel, die von Agatha Christie stammten: ›Ein Mord wird angekündigt‹, ›Mord im Spiegel‹, ›Die Memorien des Grafen‹ und andere. Susan wußte, daß Agatha Christie auch den Krimi ›Das fahle Pferd‹ geschrieben hatte. Ernie hatte mit Diana Carr bei einem ihrer Zusammentreffen darüber gesprochen, das Buch dann aber aus irgendeinem Grund doch nicht gelesen. Susan hatte es jedoch gelesen und festgestellt, daß die Story Parallelen zu dem Mord an Peggy Carr aufwies.

In dem Krimi macht sich ein Engländer namens Mark Easterbrook daran, neun Mordfälle aufzuklären. Die Suche führt ihn in ein Gasthaus mit dem Namen *Das fahle Pferd*. Dem Vernehmen nach soll es dort Hexen geben, die gegen Bezahlung Morde arrangieren. Easterbrook überredet eine Bekannte, sich als sein ›Opfer‹ zur Verfügung zu stellen. Er muß erleben, daß die Frau mit grippeähnlichen Symptomen und einer Halsentzündung erkrankt. Ihr Zustand verschlimmert sich zusehends, obwohl ein Arzt hinzugezogen wird. Als ihre Haare ausfallen, erinnert sich Easterbrook an einen Vorfall in Amerika, wo einige Arbeiter versehentlich mit einem Gift namens Thallium in Berührung kamen. Er stellte fest, daß das Gift ins Haus seiner Bekannten gelangte, kurz nachdem eine Gruppe ›Marktforscher‹ vorbeigekommen war und sie nach ihren Konsumgewohnheiten befragt hatte. Easterbrook informiert die Polizei, und diese findet in einem Schuppen in der Nähe des Gasthauses eine Packung Thallium. Die Polizei nimmt schließlich einen Apotheker fest, der sich durch Falschaussagen verdächtig gemacht hat.

»Die öffentliche Bibliothek hat auch nicht mehr Bücher als Sie«, sagte Susan zu Trepal.

»Die Kriminalromane gehören Diana«, erwidert George. »Sie bewahrt aber nur etwa zwanzig Prozent von dem auf, was sie liest.«

»Hat Ihre Frau die Mord-Szenarien geschrieben?« fragte Susan.

»Ja«, antwortete George. Dann kamen sie auf das Krimi-Wochenende zu sprechen. Trepal lachte über den Vorfall mit dem falschen Mordopfer. Susan räumte ein, daß sie einen der Morde gar nicht wahrgenommen habe, obwohl er in nächster Nähe geschehen sei.

»Als Sie enthüllten, wer der Mörder war, dachte ich: Meine Güte, ich habe ja gesehen, wie er es tat! Nicht zu fassen, wie schnell sich manches abspielt. Ich glaube, man bekommt allmählich ein Auge dafür. Ich bin es aber nicht gewohnt, daß neben mir Leute umgebracht werden, und ich ...«

George unterbrach sie. »Da weiß man nicht mehr so recht, was die Aussage eines Augenzeugen wert ist, nicht wahr?«

Sie kehrten in die Bibliothek zurück. Dort bückte sich Trepal und drückte auf ein Brett, das sich unter dem Bücherregal befand. Das Brett gab nach, und man sah eine Öffnung, die zu einer Art Versteck führte. Susan schaute hinein, konnte aber in dem Dunkel nichts erkennen.

»Na so was!« sagte sie.

»Das ist unsere Vorkehrung gegen Einbrüche«, sagte George. »Heutzutage verwenden viele Einbrecher Metallsuchgeräte, um Edelmetalle aufzustöbern. Wenn man seine Pretiosen in einem Wäschetrockner versteckt, sind sie recht sicher. Man kann sie auch so weit entfernt unterbringen, daß ein Detektor nichts mehr anzeigt. Das haben wir getan.«

»Sehr schlau«, sagte Susan.

»Sie sind die einzigen, die das Versteck kennen, zumindest die einzigen in Florida«, gab Trepal zu verstehen.

Dann begleitete er Susan und Nona durch die Hintertür hinaus. Susan schaute auf Peggys Grundstück hinüber und sah, daß der Magnolienbaum voll erblüht war; zwischen den glänzenden grünen Blättern breiteten sich herrliche weiße Blüten aus. In der Nähe des Zaunes stand ein Baum, der schon lange abgestorben war; seine Äste hatten sich in ein graues Gerippe verwandelt. Schräg gegenüber befand sich Trepals Werkstattschuppen, in dem er Holz gesägt hatte, als Mincey und Brekke vor vier Monaten ihren ersten Besuch gemacht hatten.

Wenn dieser Mann ein Drogenlabor hat, überlegte Susan, dann wird es sich in einiger Entfernung vom Haus befinden, denn es könnte ja einen Chemieunfall oder einen Brand geben. Sie dachte sich rasch ein Hobby aus, das mit seinen Neigungen übereinstimmte.

»Darf ich mir die Werkstatt anschauen?« fragte sie. »Ich arbeite nämlich gern mit Holz.«

»Selbstverständlich«, antwortete George. Er öffnete die Tür, die in ihren rostigen Angeln knarrte, und suchte nach dem Lichtschalter. Die Luft drinnen war staubig; auf dem Boden und den Regalen lag eine gelbe Sägemehlschicht. Bei einer Motorsäge und anderen Werkzeugen sah Susan mehrere Behälter, in denen sich Chemikalien befinden mochten. George versuchte immer noch, das Licht anzuschalten. Sie nutzte die Gelegenheit und schaute sich um, ob es eine Starkstromleitung, einen Wasseranschluß und einen Ventilator gab – das waren die Grundvoraussetzungen für ein richtiges Drogenlabor. Nun ging aber das Licht an, und so wußte Susan lediglich, daß Elektrizität vorhanden war.

Susan fragte erneut nach den Nachbarn. Sie wollte den Eindruck erwecken, daß sie ebenfalls Gründe hatte, sich von anderen abzuschotten. »Ich kann keine Gaffer brauchen. Ich möchte ganz ungestört sein.«

»Dafür habe ich Verständnis«, sagte George. »Mir geht es genauso.«

Susan verfolgte das Thema weiter. »Gute Nachbarn zu bekommen, ist nicht einfach. Ich glaube, die Chancen stehen fünfzig zu fünfzig.«

Georg lachte ein bißchen, doch sein Lachen hatte einen seltsam rauhen, dumpfen Klang. Dann kam er in einem verächtlichen Ton auf Pye Carr und dessen Familie zu sprechen. Pye habe versucht, ihm alle möglichen Sachen zu verkaufen. »Er hat rausgekriegt, was Diana beruflich macht, und da dachte er, wir hätten einen Haufen Geld. Das stimmt übrigens gar nicht. Wir haben nichts als Schulden.«

»Was wollte er Ihnen denn verkaufen«, hakte Susan nach.

»Bis auf seine Frau wollte er mir so ziemlich alles andrehen«, erwiderte George. Er senkte die Stimme und äffte Pye nach: »Ich hab' da einen prima Kleinlaster. Wie wär's denn damit? Mit dem könnten Sie ganz bequem Holz transportieren. Hat mich dreitausend Dollar gekostet. Sie könnten ihn für viereinhalb kriegen. Ein Schnäppchen!«

»Das ist eine Woche lang so weitergegangen«, fuhr George fort. »Eines Abends stand er wieder da, und es war klar, daß er einen in der Krone hatte. Richtig blau war er nicht, aber er war nicht so ganz auf dem Posten. Er wollte mir seine Werkstatt verkaufen.« George sagte, er sei auf das Angebot eingegangen, obwohl er kein Interesse und auch kein Geld gehabt habe. Er habe gewußt, daß Pye die Transaktion bereuen würde, sobald er wieder einen klaren Kopf hatte. Und er habe sich schon darauf gefreut, daß Pye händeringend wiederkommen würde.

»Am nächsten Tag war er wieder da und sagte, er habe es sich anders überlegt«, fuhr George fort. »Ich sagte: ›Wir haben aber einen mündlichen Vertrag gemacht. Den können Sie nicht so einfach vom Tisch wischen!‹«

Susan tat so, als wäre sie ganz hingerissen. »Toll!« sagte sie kichernd. »Haben Sie die Werkstatt schließlich gekauft?«

»Natürlich nicht«, antwortete Trepal. »Zum einen wollte ich sie gar nicht, zum anderen hatte ich nicht genug Geld. Aber ich habe ihm eine Woche lang zugesetzt.«

Er lächelte Susan zu, als herrschte zwischen ihnen ein geheimes Einvernehmen. Als ob sie die Art und Weise billigte, wie er mit Pye umgesprungen war, und eine Person wäre, die wußte, daß die Welt von minderwertigen Geschöpfen bevölkert war – von Wesen, die man hätscheln, aber auch quälen konnte.

Der Hausherr und seine Besucherinnen setzten sich an den Eßtisch und kamen auf Beschäftigungsmöglichkeiten zu sprechen. ›Cousine Mona‹ hatte bisher die meiste Zeit geschwiegen und ihre Aufmerksamkeit auf das Haus und das

Verhalten von George gerichtet. Doch als sich der Besuch dem Ende zuneigte, erkundigte sie sich nach der Arbeitsplatzsituation in Polk County. »Könnte man auch zu Hause Geld verdienen?«

George ging sofort darauf ein. »Soviel ich weiß, ist es nicht besonders schwierig, Drogen weiterzuverarbeiten.«

»Da müßte man aber Anleitungen bekommen«, sagte Nona. »Ich auf alle Fälle.«

George redete aufgeregt weiter. Er wies darauf hin, daß die im Haus vorhandenen Rohrleitungen den Betrieb eines illegalen Labors ohne weiteres ermöglichten. Es gebe auch drei Toiletten.

Susans Kollegin verfolgte das Thema weiter und wollte George dazu bringen, seine Karten auf den Tisch zu legen. Wenn er anfinge, über seine illegale Tätigkeit als Chemiker zu reden, würde er vielleicht auf die Ausgangsstoffe zu sprechen kommen, die man bei der Herstellung von Metamphetaminen benötigte. Und wenn George damit prahlte, daß er Thallium als Katalysator verwendet hatte, hätten sie ein wichtiges Indiz. Susan saß schweigend da und wunderte sich darüber, daß George im Nu von der belanglosen Plauderei auf das Thema Drogenherstellung übergewechselt war. Zuvor hatte er es meist vermieden, seinen Besucherinnen ins Gesicht zu blicken. Jetzt schaute er sie genau an und achtete darauf, wie sie reagierten.

»Aber was könnten wir denn herstellen?« fragte Nona.

Susan stellte sich dumm. »Mich darfst du nicht fragen! Ich habe Kunst und Literatur studiert und kenne mich nicht aus mit …« Sie merkte plötzlich, daß sie einen Fehler gemacht hatte und hielt inne. Sie hätte sich nicht so dumm stellen dürfen. Vermutlich erwartete George von Sherry und Mona irgendeinen Hinweis, daß sie über Drogen Bescheid wußten und dankbar wären, wenn sie mit seiner Hilfe ins Geschäft kommen könnten. Solange die beiden Frauen nicht mit der Sprache herausrückten, würde er keine Einzelheiten preisgeben. Dazu war er zu schlau.

George machte auf einmal einen Rückzieher und redete über unverfängliche Dinge. »In Polk County gibt es viel

Wirtschaftswachstum. Schauen Sie sich mal im nördlichen Teil von Lakeland um, in der Lakeland Mall.«

Verdammt noch mal, ich hab's verpatzt! dachte Susan.

Als die Besichtigung zu Ende war, zeigte Susan kein großes Interesse, das Haus zu kaufen. »Ich suche eigentlich eines, das nicht ganz so groß ist«, sagte sie. George versuchte nicht, sie zu überreden, sondern wies sie sogar darauf hin, was sie in Zukunft bei Besichtigungen zu beachten hätte: Ob es Termiten gab, ob die Türen gut schlossen. »Denken Sie auch an das Nachbarhaus«, fügte er hinzu.

George begleitete die Besucherinnen zu ihrem Auto und winkte lächelnd, als sie losfuhren. »Es war nett, Sie kennenzulernen!» rief Nona. Kurz danach beugte sie sich über das Mikrofon in Susans Handtasche und sagte: »Okay, wir sind in Sicherheit.«

Die beiden Undercover-Agentinnen fuhren schweigend den Hügel hinab, überzeugten sich davon, daß George ihnen nicht folgte, und schalteten schließlich den Mini-Sender ab.

»Was hast du für einen Eindruck?« fragte Susan. »Kam er dir seltsam vor?«

»Ja, und wie!« antwortete Nona.

Sie gingen den Besuch noch einmal durch und schüttelten lachend die Köpfe, als sie auf die Schaufensterpuppe, die Halsbänder, die Toiletten und den Sicherheitsgurt zu sprechen kamen.

»Hast du die Waage gesehen?« fragte Nona.

»Nein«, antwortete Susan. »Wo stand die denn?«

»Im Gästeschlafzimmer. Es war eine Waage von der Art, die Drogenhändler verwenden.«

»Das ist ja interessant«, sagte Susan. »Ich glaube, was er uns über die Nachbarn erzählte, war auch sehr aufschlußreich. Er haßt sie offenbar und hält sie für strohdumm. Interessant ist auch, daß Diana auf geheimnisvolle Kriminalfälle ganz wild ist.«

Sie waren sich einig, daß der Besuch gut verlaufen war. Trepal schien überhaupt nicht mißtrauisch, sondern ganz entspannt gewesen zu sein. Selbstverständlich hatte er nichts ausgeplaudert. Susan dachte, daß das, was er nicht gesagt hatte, das Belastendste war.

Die meisten unschuldigen Leute hätten erwähnt – und ihr Bedauern darüber zum Ausdruck gebracht –, daß auf die Nachbarn ein Giftanschlag verübt worden war. »Da ist etwas ganz Schlimmes passiert«, hätte George sagen können. »Auf die Familie wurde ein Giftanschlag verübt. Die Mutter lag monatelang im Koma, dann starb sie. Bei den Söhnen ist das zentrale Nervensystem immer noch nicht in Ordnung. Wissen Sie, es ist schon seltsam: Diana und ich sind mit Peggy und ihrer Familie nicht besonders gut ausgekommen. Sie ließen ihre Hunde frei herumlaufen und spielten ihre Musik zu laut. Daß Pye Carr eine Nervensäge war, habe ich Ihnen ja schon erzählt. Es gab ein paar Meinungsverschiedenheiten, aber ich finde es schlimm, daß ihnen so etwas zugestoßen ist. Eine schreckliche Tragödie, und die Polizei hat anscheinend keine Ahnung, wer dahinter steckt. Ehrlich gesagt: Diana und ich haben Angst, daß wir ebenfalls krank werden könnten.«

Trepal hatte jedoch über die Angelegenheit kein Wort verloren. An Peggy und ihrer Familie hatte er nur Kritik geübt. Er hielt diese Leute für unausstehliche Bauernlümmel. Susan meinte, daß es dafür nur zwei Erklärungen gab. Die eine lautete: George war unschuldig, legte aber großen Wert darauf, sein Haus zu verkaufen; er wollte es nicht riskieren, von einem Mord im Nachbarhaus zu erzählen, weil Susan dadurch abgeschreckt werden könnte. An dieser Theorie stimmte aber etwas nicht: George war gar nicht so erpicht darauf gewesen, das Haus zu verkaufen. Er hatte sich eher wie ein Freund verhalten und ihr sogar Tips für die weitere Suche gegeben.

Die zweite Erklärung lautete: George mochte Sherry recht gern und wußte genau, daß sie keinen Grund zur Beunruhigung hatte. Ihm war klar, daß es keinen weiteren Giftanschlag geben würde, weil er selbst der Täter war. Je mehr Susan darüber nachdachte, desto klarer wurde ihr das. George war über Peggys Tod keineswegs traurig; er hatte auch kein Mitleid mit den Jungen und kein Mitgefühl für Pye. Die Gefühle könnte er nur empfinden, wenn er die Familienmitglieder als menschliche Wesen betrachtete, deren Leben einen Wert hatte. Er hatte sie jedoch nicht als Menschen gesehen, sondern als eine Art lästiges Ungeziefer, das rasch beseitigt werden mußte. Zwei Wochen nach dem Krimi-Wochenende schickte Susan einen weiteren Brief ab:

Lieber George, liebe Diana,
anbei ein paar Fotos vom Mensa-Wochenende. Ich hoffe, sie gefallen Ihnen genausogut wie mir.
Ich verschicke Wertsachen nicht gern mit unserem unzuverlässigen Postdienst, gehe aber diesmal das Risiko ein und hoffe, daß die Fotos unbeschädigt bei Ihnen eintreffen.
Durch die Besichtigung Ihres reizenden Hauses bekam ich wertvolle Anregungen für meine Zukunftsplanung. Ich habe in Polk County drei ähnliche Anwesen gefunden, die mir sehr zusagen. Das Problem ist nur, daß mein Ex-Mann darauf besteht, die Häuser zu besichtigen, bevor er einem Kauf zustimmt. Wie ich schon erwähnte, ist in der Scheidungsvereinbarung lediglich vorgesehen, daß ich ein neues Zuhause bekommen soll. Ich möchte Ihr Haus in Begleitung meines Ex-Partners erneut besichtigen, damit er sich darüber klarwerden kann, ob er zu diesem Ausgleich bereit ist.
Ich pendle immer noch zwischen Fort Lauderdale und Lakeland hin und her, deshalb wäre es am besten, wenn Sie per Post antworten würden. Mir fällt ein, daß Sie, George, davon sprachen, Sie und Diana seien in den kommenden Wochen viel auf Reisen. Lassen Sie mich bitte wissen, ob wir im Laufe des Monats Mai einen Besuchstermin vereinbaren können.
Besten Dank,
Sherry

Von Trepal kam folgende Antwort:

Liebe Sherry,
ich reiste zwei Wochen lang in der Gegend umher und bin eben zurückgekehrt.
Diana und ich würden uns freuen, wenn Sie uns besuchten. Sie können sich den Termin selbst aussuchen und auch gern bei uns

übernachten. Wir schließen die Tür nicht ab, spazieren Sie also herein, wann es Ihnen paßt ...
Da Sie nur ein einziges Haus bekommen werden, wäre das unsere nicht die richtige Wahl. Suchen Sie sich doch das teuerste aus, das Sie finden können, und verkaufen Sie es wieder. Dann könnten Sie ein billigeres kaufen und hätten noch viel Geld übrig. Sie könnten ja mit der indischen Regierung eine Vereinbarung treffen, daß der Taj Mahal nach Florida verschifft und in Polk County wieder zusammengebaut wird. Sie würden eine schöne Stange Geld machen, wenn Sie den dann verkaufen ...
George

Susan griff nach dem Telefonhörer und wählte Trepals Nummer.

»Hallo, George. Ich habe eben Ihren Brief bekommen«, begann sie. »Wie wäre es in einer Woche? Mein Mann wird von Texas herüberfliegen. Könnte ich ihn zur Besichtigung mitbringen?«

»Selbstverständlich.«

»Ich werde mich bemühen, ihn unter Kontrolle zu halten«, versprach Susan.

»Ich hetze die Katzen auf ihn, wenn er unangenehm wird«, sagte George.

Was als Wochenend-Überwachung begonnen hatte, wurde rasch zu einer Vollzeitbeschäftigung für Susan, doch sie beklagte sich nicht darüber. George erwärmte sich für sie, und das wollte sie nicht aufs Spiel setzen. Susan und ihre Vorgesetzten riefen Bill Hagmaier in der FBI-Akademie in Quantico an und fragten ihn, ob er bereit wäre, nach Florida zu kommen und mit ihnen eine Strategie auszuarbeiten, wie George am besten beizukommen wäre. Anfang Mai, einen Monat nach dem Krimi-Wochenende, traf Hagmaier ein.

Am Telefon war Hagmaier stets höflich und kompetent gewesen, im persönlichen Umgang beeindruckte er Susan noch mehr. Der großgewachsene Mann mit der sanften Stimme war beschlagen, aber nicht arrogant; er war hilfsbereit, aber nicht herablassend. Hagmaier hatte Menschen von ihrer schlechtesten Seite erlebt und darüber Protokoll geführt. Susan hoffte, mit seiner Hilfe bei George genauso verfahren zu können.

Sie führte Hagmaier im Sheriff's Office in ein Konferenzzimmer und berichtete ihm über den Stand der Ermittlungen. Hagmaier schaute die Aufnahmen an, die Susan bei der Wochenendveranstaltung gemacht hatte. Er las die Broschüre, in der die verschiedenen von George und Diana erdachten Typen beschrieben wurden. Er überflog das seltsame Voodoo-Handbuch. Er sah sich sogar verschiedene Dinge an, die Susan aus dem Müll gefischt hatte: einen Plastikbeutel mit einer Fertigmischung für Kuchen; Witze, die George auf dem Computer geschrieben hatte, zerknüllte Briefe von Freunden. Auf einer von George angefertigten Zeichnung war ein Mann zu sehen, der einen Computer anschrie. »Wenn du dich dort drin versteckt hast werde ich dich finden!« brüllte der Mann.

Susan informierte Hagmaier über die Beziehung, die sie sich für Sherry und ihren Ehemann Richard ausgedacht hatte: Sherry war Richard in finanzieller Hinsicht ziemlich ausgeliefert. Er hatte das Geld, das sie für ein Haus benötigte. Sie war auch auf ihn angewiesen, weil sie jahrelang in seiner Anwaltskanzlei gearbeitet hatte und ein Zeugnis von ihm brauchte. Außerdem war er ein aggressiver, großspuriger Rechtsanwalt – also genau der Typ, den Trepal haßte. Hagmaier hörte aufmerksam zu und nickte zustimmend. »Das ist hervorragend«, sagte er.

Hagmaier wollte den Tatort besichtigen. Susan fuhr mit ihm durch die Orangenhaine hinauf nach Alturas. Dem FBI-Mann gefiel die Idee, Richard mit Trepal zusammenzubringen. Richard könnte Sherry ja während des Besuches beschimpfen, meinte er. »George würde merken, wie aggressiv und verletzend Ihr Mann ist. Und er würde noch mehr Mitgefühl für sie empfinden. Vielleicht würde er Ihnen Tips geben, wie Sie die Sache hinter sich bringen können.« Susan nickte zustimmend.

»Sehen Sie, genau das wäre recht passend: Sie und Ihr Mann als Spiegelbild von Diana und George«, fuhr Hagmaier fort. »Wenn es stimmt, daß George in der Ehe der Schwächere ist und auf das Geld und die Zuwendung seiner Frau angewiesen, wird ihm die arme, unterdrückte Sherry sympathisch sein.« Der FBI-Mann schlug vor, daß derjenige, der die Rolle von Richard übernahm, möglichst eine männliche Version von Diana sein sollte – aggressiv, laut und stets tonangebend.

Hagmaier empfahl Susan mit Nachdruck, bei dem Zusammentreffen ein wichtiges Element des FBI-Täterprofils zu testen. Er erinnerte sie daran, daß Giftmörder vor Konflikten zurückschrecken und fuhr fort: »Man sollte herausfinden, wie Trepal reagiert, wenn in seinem eigenen Haus ein Streit ausbricht.«

Als der Tag zu Ende ging, gratulierte er Susan zu ihrer bisherigen Arbeit. »Ich weiß nicht, wieso Sie's für dringend erforderlich hielten, daß ich herkomme«, sagte Hagmaier lächelnd, als er Susan die Hand schüttelte. »Sie haben die Sache auch ohne mich sehr gut im Griff.«

Zwei Wochen vergingen. Eines Nachts erwachte Susan aus einem Traum. Die roten Ziffern des Weckers zeigten zwei Uhr. Der Morgen lag noch in weiter Ferne. Nächtliche Geräusche drangen an ihr Ohr: die Klimaanlage tickte, eine Katze flitzte am Fenster vorbei, und ihr Mann atmete tief.

Es war der 23. Mai 1989, der Geburtstag ihres Mannes. Susan würde aber keine Zeit haben, um mit Gary zu feiern. Sie mußte sich nämlich als Sherry ausgeben und Trepal mit Richard, ihrem angeblichen Mann, bekanntmachen. Doch zuerst mußte sie sich wieder mit ihrer Rolle vertraut machen. Susan versuchte, sich alles in Erinnerung zu rufen, was sie George erzählt hatte. Er glich manchmal eher einem Computer als einem menschlichen Wesen, und sie befürchtete, daß er bei einer Ungereimtheit seine gespeicherten Erinnerungen aktivieren und mißtrauisch werden würde.

Susan hatte den passenden Typ für die Rolle von Sherrys Mann gefunden. Lieutenant Mike Lawton war ein großer, schwerer, ruppiger Mann mit Schnurrbart. Er lächelte fast nie, duldete keinen Unfug und hatte immer das letzte Wort.

Er war genau der Richtige. Sie hatte Lawton über Sherry ins Bild gesetzt: Sherry und Richard hätten sich im College in Houston kennengelernt; in letzter Zeit hätten sie sich jedoch sehr auseinandergelebt. Susan hatte dafür gesorgt, daß Lawton bei George in einem funkelnagelneuen weißen Lincoln Town Car vorfahren würde – ein arroganter Mistkerl in einer Prachtkarosse.

»Sie müssen mich wie ein Stück Dreck behandeln«, hatte Susan ihrem Kollegen eingeschärft.

»Kein Problem«, war die lakonische Antwort Lawtons gewesen.

Kaum hatte Lawton den Lincoln Town Car vor dem Haus von George geparkt, da wurde er schon seiner Rolle gerecht. »Was ist denn das für eine Bruchbude?« knurrte er.

Trepal ging auf die Besucher zu und hieß sie willkommen, doch Lawton marschierte wortlos an ihm vorbei und begann mit der Besichtigung des Anwesens. George war nicht anzumerken, ob ihn diese Zurückweisung verletzt hatte. »Aha, er schaut sich zuerst mal die Umgebung an«, meinte er zu Susan.

Susan tat so, als wäre ihr das peinlich. Sie senkte den Blick und sagte: »Bitte, ignorieren Sie ihn doch einfach! Er ist schließlich nicht der Kaiser von China!«

»Und ich ja auch nicht«, lenkte George ein. »Möchten Sie eintreten?«

»Ich sollte vielleicht mal schauen, was er treibt«, sagte Susan. Sie ging zu Lawton, der das Haus mit abschätzigen Blicken musterte. So, daß George es mitansehen konnte, warf sie ihm einen bittenden Blick zu, der zum Ausdruck bringen sollte: Demütige mich nicht in Gegenwart eines Freundes! Daraufhin schlenderte Lawton zu George hinüber und ließ sich mit ihm bekannt machen.

»Richard, das ist George«, sagte Susan.

Lawton gab Trepal nicht die Hand, schaute ihn kaum an. »Wie geht's?« fragte er in gelangweiltem Ton.

»Danke«, antwortete George. Sein Blick huschte zu Susan, dann zu Lawton, und schließlich schaute er zu Boden und trat unschlüssig von einem Fuß auf den anderen, war wie ein Wesen, das sich nicht entscheiden konnte, ob es sein Territorium verteidigen oder dem stärkeren Tier weichen sollte.

Trotz seiner Beklommenheit bemühte sich George, eine entspannte Atmosphäre herzustellen. Er setzte ein Lächeln auf und redete wie ein Verkäufer: »Das Gebäude könnte man als ein altes Landhaus bezeichnen.« Er öffnete die Tür mit dem Fliegengitter und führte Susan und ihren Begleiter durch die Küche in die Bibliothek. Lawton machte ein verdrießliches Gesicht, Susan hingegen geriet ins Schwärmen. »Die Bibliothek!« rief sie. »Die gefällt mir sehr! Und der kleine Alkoven!«

George zeigte auf einen Karton, der auf dem zerkratzten Kiefernholzboden stand, und sagte, er habe schon mit dem Packen angefangen, um für den Umzug vorbereitet zu sein. Während er und Susan wie alte Freunde miteinander plauderten, schaute Lawton sich den Raum an und murmelte »Große Klasse!«, obwohl er offensichtlich etwas ganz anderes dachte.

Dann tauchte eine der Katzen auf und schmiegte sich an Lawtons Fuß. »Auch das noch!« stöhnte er.

Mein Gott, dachte Susan, wenn er nur nicht übertreibt und der Katze einen Tritt versetzt! Lawton hielt sich zurück, und Susan faselte etwas zusammen von ihrer Tierliebe und ihrer Begeisterung für Katzen.

»Das kann doch nicht dein Ernst sein«, sagte Lawton naserümpfend.

»Das ist mein voller Ernst«, erwiderte Susan.

Trepal bemühte sich, das Unwetter zu ignorieren, das sich zwischen seinen Gästen zusammenbraute, und setzte die Führung mit einem starren Lächeln fort.

Lawton fragte ihn: »Gibt es hier eine Senkgrube?«

»Ja«, antwortete George. »Der See dient als Senkgrube.«

Susan sah, daß seine Miene sich aufhellte, weil er eine Chance witterte, von dem Ehekrach der beiden wegzukommen und statt dessen seine Kenntnisse unter Beweis zu stellen. »Dieser See und ein zweiter, den man von hier aus nicht sehen kann, wurden früher allein durch Quellwasser gespeist«, sagte er. »Im Jahr 1954 führte dann der Mineralabbau in einem anderen Teil von Polk County dazu, daß die unterirdische Wasserzufuhr abgeschnitten wurde. Danach sank der Wasserspiegel dramatisch.«

Es war, als ob im Kopf von George ein Tonband abliefe, das ohne jede menschliche Regung eine Ansammlung von Fakten herunterspulte. »In den zwanziger Jahren war das Haus nur eine Sommerresidenz«, erzählte er, als sie im Wohnzimmer standen und durch die Orangenhaine zum See hinüberblickten. »Während des Zweiten Weltkriegs wurde hier in der Gegend ein deutscher Spion festgenommen. Kein Mensch wußte, was er wohl weiterzumelden hatte, denn hier tat sich rein gar nichts!«

Susan lacht. Trepal lachte ebenfalls. ›Richard‹ verzog keine Miene.

Nun wurde George etwas unruhig und ließ den Blick schutzsuchend umherschweifen. Susan fand einen Ausweg für ihn. Bei ihrem ersten Besuch hatte sie das Kellergeschoß nicht zu sehen bekommen. Sie wollte es jedoch unbedingt inspizieren, denn Trepal könnte ja dort ein Labor haben.

»Wo geht es denn zum Untergeschoß?« fragte sie.

George führte sie zur Außenseite des Hauses und öffnete dort die Windfangtür. Dann machte er Platz und ließ Lawton zuerst hinabsteigen. Während dieser nach dem Lichtschalter tastete, signalisierte er Susan mit einem Lächeln ein geheimes Einvernehmen. Alles lief so, wie Susan es sich erhofft hatte: George merkte, was für ein übler Bursche ihr Mann war, und ihr Bündnis wurde dadurch gefestigt. Er und Sherry hatten einen gemeinsamen Feind.

George zog die Augenbrauen hoch und tat so, als wolle er Lawton mit dem Fuß die Treppe hinunterstoßen. »Oje!« sagte Susan kichernd.

George flüsterte ihr zu: »Wir sperren ihn ein!«

»Kann man die Tür abschließen?«

»Wir können sie zunageln!«

Während Susan und George ihr Komplott schmiedeten, schaute Lawton sich im Untergeschoß um. Es gab nicht viel zu sehen, nur Rohrleitungen, riesige Spinnweben und kleine Gitterfenster. Susan hatte Lawton gebeten, nach Laborutensilien Ausschau zu halten; er sah jedoch nichts dergleichen. Nach einer Weile tauchte er wieder auf, warf Susan einen finsteren Blick zu und knurrte: »Hast du nicht bald genug?«

»Das hängt ganz von dir ab«, antwortete Susan.

»Ich glaube, ich habe genug gesehen«, sagte er. »Und ich bin nicht sehr beeindruckt.«

Als Susan zu George hinüberschaute, merkte sie, daß ihn die gespannte Atmosphäre zusehends zermürbte. Sein Lächeln war verschwunden; er sah aus, als wollte er gleich in den Orangenhain rennen und sich hinter einem Baum verstecken. George hatte zwar davon geredet, Richard einzusperren, als Lawton außer Hörweite war; doch als dieser wieder bei ihnen war, schwieg er und tat nichts. Susan merkte, daß George mit dem FBI-Täterprofil genau übereinstimmte: Obwohl er Sherry gewogen war, kam es ihm nicht in den Sinn, für sie einzutreten.

»Schlendern Sie doch umher, schauen Sie sich an, was Sie wollen«, sagte George stockend. Dann drehte er sich um und schlurfte davon.

Susan und Lawton schauten einander erstaunt an, spielten aber weiter ihre Rollen. Lawton schrie: »Wieviel verlangt er denn für diese Bruchbude?« Susans Antwort kam in einer Lautstärke, daß Trepal sie hören konnte: »Jetzt wart' halt ab, bis ich mit George geredet habe, okay? Und beruhige dich endlich!«

Susan stieg die Treppe hinauf und fand George in seinem Schlafzimmer. Er saß auf dem Bett, hatte die Beine zum Lotussitz gekreuzt. Leute, die in die Streitigkeiten eines Ehepaares hineingezogen wurden, überspielten ihre Verlegenheit meist damit, daß sie so taten, als ob sie etwas aufräumten oder zurechtstrichen oder sauberwischten. Bei George war es anders. Die Anstrengung, die Spannung zu ignorieren, war einfach zu groß für ihn gewesen. Sein Lächeln war verschwunden, und er saß da wie ein Buddha.

»Ich kann Sie nicht genug um Entschuldigung bitten«, sagte Susan. »Ich ...«

George unterbrach sie: »Sie brauchen sich nicht zu entschuldigen.«

»Wissen Sie, deswegen ziehe ich jetzt den Schlußstrich«, sagte Susan. »Ich habe genug davon.«

In dem Blick von George lag Mitgefühl, aber er machte keine Anstalten, sich zu erheben. Susan ging zur Treppe und schaute zu Lawton hinunter; er zuckte mit den Schultern und grinste. Sie rief zu ihm hinunter: »Willst du nicht heraufkommen und dich verabschieden?«

Lawton kam gemächlich nach oben, schaute ins Schlafzimmer und brummte: »Bis später.«

»Okay«, sagte George zerstreut. »Auf Wiedersehn.«

Als Susan und ihr Partner die Treppe hinuntergingen, sparten sie nicht mit Rempeleien. Lawton knurrte sie an: »Bist du übergeschnappt?«

Dann fiel die Tür mit dem Fliegengitter hinter ihnen zu, und der Lärm hallte durch das Haus.

Zwei Tage danach, auf einem Hügel mit Blick auf einen anderen See: Menschen kehrten von der Arbeit zurück in ihre nette, wenn auch nicht gerade exklusive Wohngegend. Dort gab es eingeschossige Häuser, Auffahrten aus Fertigbeton und kümmerliche Rasenflächen. Mit dem Feierabend setzte eine Vielzahl von Geräuschen ein: Ein Hund bellte, eine Wagentür wurde zugeschlagen, ein Kind rief: »Mama ist wieder da!"

Normalerweise wirkten diese Geräusche auf Susan nach ihrem Arbeitstag als Polizistin beruhigend. Diesmal war es jedoch anders. Susan hatte Trepal erzählt, sie habe keine Familie und keinen festen Wohnsitz. Er war der Meinung, sie halte sich weiterhin bei Freundinnen auf und pendle hin und her; sie wollte nicht, daß er etwas Gegenteiliges erfuhr. Susan schaltete die Stereoanlage an, um den lauten Fernseher und die von der Schule quasselnden Kinder – den Lärm ihres privaten Alltags – zu übertönen.

Nach dem Besuch bei George hatte Susan nicht gleich wieder anrufen wollen. Er sollte Zeit haben, um sich zu erholen und über die verkorkste Beziehung zwischen Richard und Sherry nachzudenken. Vielleicht käme ihm dabei ein Einfall, wie Sherry ihren Mann loswerden könnte.

»Ich vergifte ihn, Sherry, Ihnen zuliebe« – so etwas wird er wohl nicht gerade sagen, dachte Susan.

Als sie dann anrief, war Trepal am Apparat.

»Ich möchte Ihnen erzählen, wie es kürzlich weiterging nach dem Besuch bei Ihnen«, sagte Susan.

»Okay«, stimmte George zu.

»Am besten frage ich Sie gar nicht danach, was für eine Meinung Sie von Richard haben.«

»Nun, ich hatte den Eindruck, daß ich ihn vielleicht unter sehr ungünstigen Umständen kennengelernt habe.«

»Ich möchte ...«

»Das ist schon in Ordnung.«

Das Gespräch schleppte sich dahin. George redete in einem knappen, sachlichen Ton. Er schien auf Distanz zu gehen. Susan fragte sich, was passiert war. Hatte sie einen Fehler gemacht? Eine innere Stimme sagte ihr: Leg auf! Es hat keinen Zweck mehr!

George zögerte. »Da ist noch etwas, worüber ich mir Gedanken gemacht habe«, sagte er schließlich.

»Ja?« erwiderte Susan und machte sich auf das Schlimmste gefaßt. Verschiedene Möglichkeiten gingen ihr durch den Kopf: Vielleicht hatte er in der Zeitung ein Foto von ›Richard‹ gesehen, auf dem er nicht als Anwalt, sondern als Polizist in Erscheinung trat. Oder er hatte sich daran erinnert, daß er vor Jahren von einem Polizisten, der ›Richard‹ sehr ähnlich sah, angehalten und mit einem Strafzettel bedacht worden war. Vielleicht war es ihm aber auch merkwürdig vorgekommen, daß ›Sherry‹, eine Frau ohne Beschäftigung und ohne eigenen Telefonanschluß, kurz nach Peggy Carrs Ableben in sein Leben getreten war.

»Sie sprachen doch davon, daß Sie ein Pferd anschaffen wollten«, fuhr George fort. »Ich weiß nicht recht, wieviel Platz ein Pferd braucht. Haben Sie sich mal erkundigt?«

Susan atmete auf. Sie hätte beinahe laut gelacht. George hatte ihre Identität gar nicht angezweifelt. Er hatte über eine Frage nachgedacht, die sie vor einiger Zeit aufgeworfen hatte: ob man auf seinem Grundstück Pferde halten könne. Susan lenkte das Gespräch vergnügt in diese Richtung, und

George war bald wieder ganz wie früher. Er erläuterte ihr geduldig, daß sein Haus eigentlich kein Farmhaus sei; wenn sie aber unbedingt Pferde haben wolle, könne sie diese unter Umständen in einer nahegelegenen Ranch unterstellen.

George erzählte außerdem, seine Frau habe vertraglich vereinbart, ihre Praxis nach Sebring zu verlegen; diese kleine Stadt liege eine Autostunde südlich von Alturas. Leider könnten sie nicht so schnell aus Alturas wegziehen, fügte er hinzu. Susan sagte, sie sei nicht in Eile, er brauche sich deswegen keine Gedanken zu machen.

Dann versuchte sie noch einmal, auf den turbulenten Besuch zu sprechen zu kommen. Sie wollte herausfinden, ob George bereit war, ihr in ihrer mißlichen Lage zu helfen. »Sie wissen gar nicht, wie peinlich mir die Sache war«, sagte sie.

»Im Grunde ist man für das Verhalten anderer nicht verantwortlich«, erwiderte George. »Es braucht Sie also nicht in Verlegenheit zu bringen.«

»Nein«, sagte sie. »Wir beide sind ja miteinander befreundet. Wenn es mir egal wäre, was Sie denken, würde ich mir auch nicht den Kopf darüber zerbrechen. Wenn ich mir jedoch vor Augen halte, daß ich mit so einem Mann zehn Jahre zusammengelebt habe, ist mir das schon peinlich.«

»Ach, er muß ja auch seine guten Seiten haben, sonst hätten Sie nicht so lange mit ihm zusammengelebt«, erwiderte George.

Das ist ja seltsam! dachte Susan. Trepal hatte über Pye Carr, einen Mann, dessen Frau gestorben war und der fast einen Sohn und einen Stiefsohn verloren hatte, ohne jedes Mitgefühl geredet. Doch bei Richard, der sie schlecht behandelt hatte und der überdies Rechtsanwalt war, wollte er Milde walten lassen. Was für ein Mensch war George Trepal wirklich? Ein Mann, der wegen lauter Musik eine ganze Familie umbringen wollte? Oder ein Exzentriker, der für die Eigenheiten anderer Leute Verständnis hatte? Ein kaltblütiger Killer oder ein mitfühlender Freund? Vielleicht hat George etwas von beidem, dachte Susan. Vielleicht ist er ein Killer, in dem auch etwas Gutes steckt.

Trepal lud Susan im weiteren Verlauf des Telefongesprächs ein, ihn in seinem Büro zu besuchen und seine Computer anzuschauen. Das war ein gutes Zeichen. George hatte Mincey und Brekke belogen, als er über das Büro sprach, und wenn er wüßte, wer Susan in Wirklichkeit war, würde er sie wohl nicht einladen. »Gehen Sie durch die Glastür«, sagte George. »Mein Büro ist dann gleich rechts; an der Tür steht kein Name.«

Als das Gespräch zu Ende ging, schien George das Selbstvertrauen wiedergewonnen zu haben, das er bei dem Zusammentreffen mit Richard verloren hatte. Während er zu Beginn reserviert gewesen war, bemühte er sich nun, das Gespräch in Gang zu halten. Als ob Susan der einzige Mensch wäre, der an diesem Tag freundlich mit ihm redete.

Er bot seiner Bekannten an, sie mit *Mensa*-Mitgliedern in anderen Gegenden Floridas und anderen Bundesstaaten in Verbindung zu bringen. »Sie kennen ja schon viele von ihnen, da sie beim Krimi-Wochenende dabei waren«, sagte er. »Wie sie in Wirklichkeit heißen, wissen Sie allerdings nicht.«

»Das war ganz schön verwirrend für mich«, erwiderte Susan. »Ich verwechselte dauernd die Eigennamen und die Pseudonyme. Am Schluß wußte ich nicht mehr so recht, wie ich eigentlich heiße. Der Name, den Sie mir gaben, gefiel mir übrigens recht gut.«

»Nun, wenn das so ist, dann verwenden Sie ihn doch«, meinte George. »Zumal Sie ja ein neues Leben anfangen wollen.«

»Ich werde mir das mal überlegen, der Name klingt so geheimnisvoll«, entgegnete Susan. »Aber jetzt sollte ich Schluß machen, ich habe Ihre Zeit genug in Anspruch genommen ...«

»Ich habe viel Zeit«, sagte George.

3

Eine verdeckte Ermittlung hat Ähnlichkeit mit einer Theateraufführung, bei der Rollen gelernt und geprobt und Bühnenbilder entworfen werden müssen, bei der auf jedes auf der

Bühne gesprochene Wort hundert andere kommen, sobald es um die Planung, die Proben und das richtige Rollenverständnis geht. Und wo im Hintergrund immer die Gefahr des Mißlingens lauert. Doch wenn Susan aus der Rolle fiele, würde die Zeitung am nächsten Tag keine kritischen Bemerkungen veröffentlichen, sondern einen Nachruf.

Zwei Wochen vergingen, bevor Susan wieder mit Trepal zusammentraf. Obwohl er ihr anscheinend wohlgesinnt war, wollte sie die Bekanntschaft nicht zu sehr forcieren. Sie hatte ihm gesagt, sie habe noch kein Telefon, weil sie sich bei ihrer Cousine in Fort Lauderdale aufhalte und auf die Regelung der Vermögensfragen warte. Sie wollte den Eindruck erwecken, daß sie ihn angerufen habe, weil sie endlich wieder einmal in der Gegend war.

Susan konnte natürlich nicht täglich mit George zusammensein, doch es gab auch Möglichkeiten, ihn aus der Ferne zu observieren. Sie durchsuchte weiterhin seinen Abfall, folgte seinem Wagen, wenn er zur Arbeit fuhr, hielt sich in den Orangenhainen jenseits der Straße auf und beobachtete sein Haus. Sie verbrachte immer mehr Zeit mit der Lektüre von Gefängnisakten. Eine richterliche Genehmigung gab ihr Zugang zum Computer einer Telefongesellschaft, der den Zeitpunkt und die Teilnehmernummern aller Gespräche speicherte, die George und Diana von ihrem Haus aus führten. Susan suchte die am häufigsten vorkommenden Telefonnummern aus und verbrachte viele Stunden damit, in Telefonbüchern nach den Namen und Anschriften der Teilnehmer zu suchen. Es war eine langwierige Arbeit, doch sie war wichtig. Susan suchte in erster Linie nach Telefonaten mit Chemikalienlieferanten, die Thallium verkauften. Obwohl sie auf keine entsprechende Firma stieß, fuhr sie mit ihrer Überprüfung der Telefonate fort und stellte eine Liste von Freunden und Bekannten zusammen, die häufig angerufen wurden. Mit diesen Leuten konnte sie jedoch vorerst nicht in Verbindung treten, weil sie befürchten mußte, daß Sherry dadurch enttarnt werden würde. Vielleicht würde sie jedoch das Wissen dieser Leute eines Tages brauchen.

Susan kam auf die Einladung von Trepal zurück, ihn in seinem gemieteten Büro im Zentrum von Winter Haven zu besuchen. Sie ging zusammen mit Nona durch die Tür ohne Namensschildchen. George saß an seinem Computer. Wie immer trug er ein T-Shirt, khakifarbene Shorts und Sandalen. Von Papierstapeln und Diskettenbergen umgeben, ließ er die Finger über die Tastatur tanzen; ab und zu schwenkte er die Maus, als wäre sie ein Zauberstab. Er bemerkte die Besucherinnen anfangs überhaupt nicht. Trepal starrte fasziniert auf den Monitor. Er war völlig konzentriert und schien in einer anderen Welt zu sein.

Susan bekam den Eindruck, daß der Computer für George nicht bloß ein Gerät war, sondern eine Erweiterung seiner selbst, ein Fenster zu seiner Seele. Bei der Arbeit zeigte er eine Gelöstheit und Selbstsicherheit, die er in anderer Umgebung nicht besaß. Wenn George mit anderen Menschen redete, stockte und stotterte er und kam durch seine eigene Unsicherheit und wegen der Schwierigkeiten der zwischenmenschlichen Kommunikation ins Schleudern. Bei einem Computer konnte George seine Gedanken in einer Sprache abfassen, mit der er alles unter Kontrolle behielt. Im Gehirn des Computers werden alle Informationen – Tatsachen, ebenso Gefühle oder Spekulationen – auf einen Binärkode reduziert, auf eine nach einer rigiden Logik geordneten Abfolge von Nullen und Einsen. In zwischenmenschlichen Beziehungen mochte sich Irrationalität breitmachen; der Computer hingegen bot George die Möglichkeit, Probleme säuberlich zu lösen – überdies konnte er ihn einfach abschalten.

Als Trepal Susan und Nona entdeckte, drehte er sich auf seinem Bürostuhl um und lächelte erfreut.

»Möchten Sie Mittag essen?« fragte Susan.

»Ja, gern«, antwortete George und schaltete den Computer aus.

»Wie wär's mit einem Hamburger?« schlug Susan vor.

»Gute Idee«, erwiderte George.

Im Restaurant gingen Susan und Nona ans Salatbuffet; George wartete unterdessen an der Theke auf einen Hamburger. Susan nahm schräg gegenüber von George Platz, damit sie sowohl ihren Tatverdächtigen als auch die Tür im Auge behalten konnte. Wenn jemand hereinkommen sollte, der sie kannte – und das war in dem kleinen Polk County durchaus möglich –, würde Susan Nona ein Zeichen geben. Nona würde dann George ablenken, und Susan würde der betreffenden Person einen Wink geben, von ihr wegzubleiben. Susan fürchtete sich vor allem davor, mit einem Kollegen zusammenzutreffen. Die verdeckte Ermittlung wurde nicht nur gegenüber George, sondern auch gegenüber den meisten ihrer Kollegen geheimgehalten. Susan wollte nicht, daß ein Polizist sie begrüßte und damit die Ermittlung platzen ließ.

Das war das erste Mal, daß Susan mit George zusammen aß. Sie mußte dauernd seine Hände anschauen. Mit kurzen, dicken Fingern packte er den Hamburger aus und führte ihn zum Mund. Sie stellte sich vor, wie er mit diesen Fingern vorsichtig die Kronenkorken von Cola-Flaschen entfernte, das Gift hineingoß und dann die Abdrücke wegwischte. Sie stellte sich vor, wie er die unverschlossene Tür zu Peggys Küche öffnete und die Flaschen unter die Theke stellte. Diese Bilder jagten ihr einen Schauer über den Rücken und waren eine Mahnung für sie, auf der Hut zu sein. Sie nahm zwar an, daß George nicht ahnte, wer sie wirklich war, wollte aber keine Risiken eingehen. Wenn er einen Mord verübt hatte, würde er nicht lange zögern, einen weiteren zu begehen, schon gar nicht bei einer Polizistin, die sich als Freund ausgegeben hatte. Susan wußte, daß Thallium geschmack- und geruchlos war und in kleinsten Dosierungen eine tödliche Wirkung hatte. Hagmaier hatte sie gewarnt: Wenn George herausfände, wer sie wirklich war, würde er sie nicht zur Rede stellen. Er würde einfach etwas in ihr Getränk schütten. Das Spiel erhielte für ihn eine neue Variante: Der Gejagte würde zum Jäger.

Die drei redeten beim Essen hauptsächlich über Sherrys schwierigen Ehemann. »Er ist ein ganz brutaler Kerl«, sagte Nona. »Du hättest ihn nie heiraten dürfen. Ich hab' dich ja gewarnt, aber du hast nicht auf mich gehört.«

George schob ein Pommesstäbchen in den Mund und kaute. Er sagte kaum etwas, aber Susan merkte, daß er zuhörte. Das war genau das, was sie wollte: ihn einbeziehen, damit er eine Mitverantwortung für ihr Wohlergehen empfand. Hagmaier hatte ihr gesagt, sie solle von George vorerst nichts Spektakuläres erwarten, etwa daß er sich bereiterklärte, Richard zu vergiften oder daß er ihr gegenüber gestand, den Giftanschlag begangen zu haben. Susan hoffte jedoch, daß George eines Tages sagen würde: »Ich könnte Ihnen vielleicht bei Ihrem Problem behilflich sein …«

Nach dem Essen schlug George ihnen vor, eine Besichtigungstour zu machen. Nona und Susan kannten Winter Haven, denn sie hatten dort jahrelang gearbeitet. Sie ließen aber nichts verlauten. In Gegenwart von George taten sie so, als erblickten sie alles zum ersten Mal. Als sie unter seiner Anweisung aus der Stadt hinausfuhren, sagte Susan zu Mona: »Hier draußen mußt du aufpassen. Ist das Cypress Gardens? Ja, da ist es! Jetzt wissen wir, wo wir sind.«

Trepal dirigierte Susan zum Audubon-Naturpark, einer 17 Hektar großen, von Häusern, Einkaufszentren und Asphaltstraßen umgebenen Wildnis. Sie bogen von der Hauptstraße ab und fuhren in den Park hinein. Der Weg war von Sumpfkiefern und Lorbeerbäumen gesäumt, unter denen Waschbären, Rattennattern und Waldkaninchen Zuflucht vor der Landschaftszersiedelung gefunden hatten. Susan fragte sich, wieso George sie hierher in diese menschenleere Gegend geführt hatte.

Als sie aus dem Auto stiegen, merkten sie, daß das Wetter umschlug; dunkle Wolken zogen sich zusammen, kündigten ein Sommergewitter an. Trepals Pläne wurden dadurch zunichte gemacht; sie stiegen wieder ein und fuhren stadteinwärts. Unterwegs rief George plötzlich: »Stop! Halten Sie an!«

Susan trat auf die Bremse, und George rannte zu einem Zaun. Von einem Rankengewächs, das dort wuchs, pflückte er eine Handvoll kleine rote Beeren. Als er wieder auf dem Rücksitz Platz genommen hatte, gab er Susan die Beeren und sagte aufgeregt: »Die sind sehr giftig. Schon drei Stück können einen Menschen umbringen.«

Susan ließ die Beeren vor Schreck auf den Sitz fallen. Sie sahen ganz nett und harmlos aus, wie die Perlen eines Rosenkranzes.

Als sie weiterfuhren, lächelte Nona George zu, und dann sagte sie zu Susan: »Schade, daß wir Richard nicht ein paar davon verabreichen können.«

Trepal warf den Kopf in den Nacken und lachte laut.

Die von George gesammelten giftigen Beeren stellten keinen Beweis dar, zumindest keinen gerichtlich verwertbaren. »Das Interesse meines Mandanten war theoretischer Natur«, könnte der Verteidiger von George vorbringen. »Es gleicht der Wißbegierde, die er für Mineralien, Dinosaurier und andere Wunder der Natur empfindet.« Für Susan waren die Beeren jedoch ein weiteres Stück in einem Puzzle, ein Fortschritt beim Kennenlernen seiner Psyche.

Das kriminelle Denken zu analysieren: das war es, was Susan bei der Polizeiarbeit, insbesondere bei verdeckten Ermittlungen, am besten gefiel. In Uniform kann ein Polizist nicht nahe herankommen. Die Kriminellen wissen, wer er ist und sind auf der Hut. Als Susan Zivilkleidung trug und sich als Kriminelle ausgab, lernte sie die schlimmsten Typen kennen. Vielen Polizisten gefällt die Erregung, die bei der Verbrecherjagd aufkommt. Das war bei Susan nicht anders. Doch für sie reichten die Adrenalinstöße nicht aus, um sie für die schlechte Bezahlung und die stetige Lebensgefahr zu entschädigen. Susan suchte auch ein intellektuelles Abenteuer: Sie wollte in das Hirn des Verbrechers eindringen und seine Geheimnisse aufspüren. Bei vielen Verdächtigen, insbesondere bei den Drogensüchtigen und den Prostituierten, brauchte sie nur kurze Zeit, um den Zugang zu finden. Doch je näher Susan an George herankam, desto rätselhafter erschien er ihr.

Sie fragte sich: Wenn dieser Mann wirklich so intelligent war, wieso lieferte er dann immer wieder einen Anhaltspunkt? Bei dem Verbrechen war er sehr vorsichtig zu Werke gegangen. Er müßte eigentlich froh sein, daß er nicht geschnappt worden war und danach trachten, weiterhin unbehelligt zu bleiben und in Freiheit leben zu können. George ging jedoch immer wieder Risiken ein und lieferte allerlei Hinweise. Zum Beispiel am Krimi-Wochenende oder in der Voodoo-Broschüre, in der vor vergifteten Lebensmitteln gewarnt wurde. Er hatte erzählt, wie sehr er Pye Carr und dessen Familie haßte. Er hatte Anspielungen auf Drogenlabors fallen lassen. Und jetzt machte er eine Frau, die er erst seit zwei Monaten kannte, mit giftigen Beeren bekannt. Wieso redete George so ungezwungen über Dinge, die ihn mit einem Mord in Verbindung bringen konnten? Die nächstliegende Erklärung war, daß George unschuldig war und alles nur auf Zufällen beruhte. Zufälligerweise faszinierten ihn Mordfälle und Gifte. Zufälligerweise wohnte er im Nachbarhaus der Frau, die an vergiftetem Coke gestorben war. Zufälligerweise besaß er die Chemiekenntnisse, die zur Ausführung des Verbrechens erforderlich waren.

Nein, das sind einfach zu viele Zufälle, dachte Susan. Sie glaubte jetzt, daß George der Täter war, und daß es ihre Aufgabe war, ihn zu überführen. Aber wie kam er dazu, ihr diese Aufgabe zu erleichtern? Sie rief sich in Erinnerung, was Bill Hagmaier ihr erzählt hatte: George genoß es, den Mord immer wieder zu durchleben, ihn in seinen Fantasien erneut durchzuspielen. Möglicherweise gewann er mit jedem Tag, an dem er in Freiheit blieb, mehr Selbstvertrauen. Vielleicht war alles ein Spiel geworden, und George legte Spuren, weil er wußte, daß die stümperhafte Polizei sie nicht finden würde.

All dies war sehr plausibel und paßte zu dem FBI-Täterprofil eines intelligenten und arroganten Giftmörders. Vielleicht wollte George genügend Einzelheiten des Verbrechens enthüllen, damit eines Tages jemand erkennen würde, daß er es verübt hatte. Denn nur so würde er für sein brillantes Verbrechen Anerkennung finden. Bei George könnte aber auch noch etwas anderes eine Rolle spielen, dachte Susan: Vielleicht führte sein Schuldbewußtsein zu Zwangshandlungen. Möglicherweise war er nicht nur stolz auf seine Tat, sondern schämte sich auch. Es war vorstellbar, daß ein Teil seiner Persönlichkeit danach verlangte, bestraft zu werden.

Susan stellte fest, daß Trepal mit Ausnahme der in den siebziger Jahren verbüßten Gefängnisstrafe für seine Taten selten zur Rechenschaft gezogen worden war. In seiner Kindheit hatte seine Mutter sich für ihn eingesetzt und hatte ihm meist die Tracht Prügel erspart, die andere Kinder für ihre Missetaten erhielten. Nach dem Wegzug von Zuhause hatte er an einem College das Studium abgebrochen und war an einem anderen gerade noch durchgekommen. Er hatte wenig Interesse gezeigt, einen anständigen Beruf zu ergreifen. Solange Diana bereit war, ihn zu unterstützen, schien er ganz zufrieden zu sein, wenn er mit seinen Computern herumspielen, gelegentlich einen Beitrag für eine Fachzeitschrift schreiben und *Mensa*-Parties organisieren konnte. George mußte nicht für den Unterhalt einer Familie, ja nicht einmal für den eigenen Unterhalt sorgen. Er dachte nur an seine eigenen Bedürfnisse und kümmerte sich nicht darum, welche Folgen dies für andere hatte. Susan kam zu dem Schluß, daß George selbst im Alter von gut vierzig Jahren noch wie ein ganz mit sich beschäftigter Heranwachsender war.

Als George sich verabschiedet hatte, ging er in sein Haus, in dem es an Beweisen für seine narzißtische Einstellung nicht fehlte. Über Jahre hinweg hatte er seine Gedanken zu Themen, die vom Sadomasochismus bis zur Ethik reichten, in Tagebüchern festgehalten. In einigen von diesen Aufzeichnungen aus den siebziger Jahren zeigte seine Einstellung zum Thema moralische Verantwortung eine seltsame Mischung aus fernöstlicher Religiosität und Egoismus.

In einer Tagebucheintragung vom September 1976 schrieb George: »Mit etwas aufhören soll man nur, wenn man es selbst will. Wer sich etwas vorgenommen hat, sollte innerlich damit einverstanden sein. Schuldgefühle oder Konflikte sind das Schlimmste, was passieren kann; sie sind schlimmer als das, was man tut. Ein Yogi darf töten, aber die Tat sollte aus Liebe geschehen und nicht aus Zorn.«

Weniger als zwei Wochen danach schrieb George über

das buddhistische Karma, demzufolge die Handlungen im Verlauf eines Lebens bei zukünftigen Wiedergeburten für das Schicksal bestimmend sind. »Das Leben ist eine spirituelle Reise«, stellte er fest. »Während dies für das ›Was‹ gilt, ist das Karma für das ›Wie‹ bestimmend: Wie das Universum funktioniert. Das Karma agiert. Man erntet, was man gesät hat. Mit Moral hat dies nichts zu tun, es geht nur um Aktionen und Reaktionen.«

»Je mehr du liebst, desto mehr wirst du geliebt. Je mehr du haßt, desto mehr wirst du gehaßt ... Im Karma gibt es weder Gutes noch Böses. Tue das, was anderen weniger Leiden verursacht, weil dadurch bei dir selbst weniger Leiden entstehen wird.«

Der traditionellen Vorstellung, daß gute Menschen im Jenseits belohnt werden, begegnete George mit Skepsis. Im Jahr 1977 veröffentlichte er im *Mensa Bulletin* eine Kurzgeschichte mit dem Titel ›Der Himmel‹. Die Hauptfigur dieser Geschichte kommt bei einem Lawinenunglück ums Leben und gelangt in eine andere Welt, wo sie sich in einer langen Warteschlange anstellen muß.

Um sie herum war alles ganz verschwommen, aber irgendwie wußte sie, daß sie tot war. Sie beschloß, das Beste daraus zu machen, denn so war sie nun mal. »Wo bin ich?« fragte sie den Mann, der vor ihr in der Schlange stand.

»Im Fegefeuer«, antwortete er.

»Aber ich bin doch eine Agnostikerin!« rief sie.

Der Mann zuckte mit den Achseln. »Ich bin katholisch.«

Hinter ihr war ein kleiner Knall zu hören, und ein buddhistischer Mönch nahm Gestalt an. Er sprach mit ihr, aber sie verstand ihn nicht. (Er fragte sie: »Wo bin ich?«)

In diesem Augenblick ging ein roter Dämon vorüber: Er trug ein Schild, auf dem geschrieben stand: ›SADISTEN, SCHLIESST EUCH DEM DÄMONENHEER AN! DIE HÖLLE KANN AUF ALLE EWIGKEIT ZUM HIMMEL WERDEN!‹ Darunter stand in kleiner Schrift: ›Bewerben Sie sich am Empfang.‹

Am Empfang saß ein grauhaariger, müde aussehender

Mann hinter seinem Schreibtisch. Er redete mit jedem, der an der Reihe war, und der Neuankömmling ging dann durch eine von zwei Türen. Auf der einen stand ›Himmel‹, auf der anderen ›Hölle‹. Beide sahen sehr imposant aus.

Als die Frau am Empfang angekommen war, wollte der Mann wissen:

»Möchten Sie in den Himmel oder in die Hölle gehen?«

»Ich darf also wählen?« fragte sie.

»Richtig. Falls Sie etwas anderes gehört haben, ist das unzutreffend. Unsere Abteilung für Öffentlichkeitsarbeit arbeitet in Ihrer Welt etwas langsam und hat diesen Sachverhalt noch nicht hinreichend bekanntgemacht. Aber stimmen tut das schon.«

Sie dachte einen Augenblick nach und fragte dann: »Wie sieht es denn im Himmel und in der Hölle aus?«

»Im Himmel gibt es die ewige Seligkeit und so weiter. In der Hölle das Gegenteil. Sie wissen schon …«

»Kann ich mir's anders überlegen, wenn es mit an einem von beiden Orten nicht gefällt?«

»Nein.«

»Das habe ich befürchtet.« Sie dachte wieder eine Weile nach. »Geht denn jemand in die Hölle?«

»Das tun viele. Das Dämonenheer ist sehr beliebt. Im übrigen sind viele der Meinung, das Leben, das sie auf der Erde geführt haben, sei nicht gut genug gewesen. Deshalb gehen sie in die Hölle. Andere denken, es sei ein Trick oder die letzte Versuchung und gehen in die Hölle, weil sie denken, sie könnten so das System überlisten.«

»Wie kann ich sicher sein, daß es kein Trick ist?« wollte die Frau wissen.

»Meines Wissens läßt sich das nicht herausfinden«, erwiderte der Mann. Es klingelte. »Tut mir leid, Ihre Zeit ist um. Wählen Sie eine von beiden Türen oder stellen Sie sich wieder hinten an.« Er wandte den Blick von ihr ab. »Der Nächste, bitte!«

Nicht ohne Furcht ging sie durch die Tür, auf der ›Himmel‹ stand … »Willkommen im Himmel. Hier finden Sie auf ewig höchste Glückseligkeit. Sie werden sich unbeschreiblich wohl fühlen. Wir freuen uns, daß Sie bei uns sind. Die

Türsteher werden Ihnen mitteilen, was zu tun ist. Bitte seien Sie kooperativ. Vielen Dank.«

Ein Türsteher berührte sie an der Schulter. »Bitte folgen Sie mir.« Sie betrachtete seine Flügel und seinen Heiligenschein, als sie schweigend dahingingen. Sie kamen schließlich an einen Ort, an dem die Wolken dunkel und übelriechend waren. »Umweltverschmutzung von unseren Fabriken«, teilte er ihr mit. »Keine Bange, das kann Ihnen nicht gefährlich werden.«

Sie gingen an einem Kraftwerk vorbei. Auf der anderen Seite sahen sie endlose Reihen von kleinen Betten. Schwere Starkstromkabel zogen sich zwischen den Betten hin; sie verzweigten sich, bis sie in dünnen Drähten endeten. Die Drähte waren an Kästchen angeschlossen, mit Bolzen an den Betten befestigt. An jedem Bett war eine Box. Und in jedem Bett lag eine Gestalt.

»Was ist in den Kästchen drin?« fragte die Frau.

»Transistoren«, lautete die Antwort. »Die Kästchen sind viel schöner als die alten Modelle mit den Röhren.«

»Ich wollte eigentlich wissen, was sie bewirken.«

Sie kamen zu einem unbesetzten Bett. »Bitte legen Sie sich hinein«, sagte er. Die Frau tat es. Sie spürte seine Fingerspitzen auf ihrer Kopfhaut. »Es ist ein kompliziertes Gerät«, erklärte er. »Die Gehirnzentren für Sinnesempfindungen werden von dem Apparat elektrisch stimuliert. Sie werden in alle Ewigkeit nichts als Glücksgefühle verspüren.«

»Warten Sie!« rief die Frau. »Ich will das nicht! Das habe ich nicht ...« Sie verstummte, als er einen Schalter betätigte, und auf ihrem Gesicht machte sich ein verzücktes Lächeln breit.

»Tut mir leid, Schwester, Vorschrift ist Vorschrift«, sagte er leise und ging weg.

Sie hörte ihn nicht.

Susan rief Hagmaier an. »Bill, Sie können sich nicht vorstellen, was gerade passiert ist«, sagte sie und erzählte ihm die Geschichte von den giftigen Beeren. »Bedeutet das Ihrer Meinung nach, daß er sich bereiterklären könnte, Richard zu vergiften?«

»Das ist möglich, aber ich habe meine Zweifel«, antwortete Hagmaier. »George ging nicht zu Peggy Carr und erschoß sie; er schmuggelte vergiftetes Cola in ihre Küche, ging nach Hause und wartete das Ergebnis ab. Er würde sich im Prinzip genauso verhalten, wenn er über einen Mordplan redete – vermutlich würde er nur einige Andeutungen fallen lassen und hoffen, daß Sie damit klarkommen.«

Susan schaute durch das Fenster auf den Hof, wo ihre Kinder spielten. In ihr strömte immer noch das Adrenalin, und sie war erpicht darauf, den Ermittlungserfolg so weit voranzutreiben, daß ein Haftbefehl beantragt werden konnte. »Es sieht aber wirklich so aus, als ob er mir vertraute«, erklärte sie Hagmaier. »Wie kann ich das nutzen? Meine Vorgesetzten werden die Geduld verlieren, wenn ich nicht bald genügend Material beisammen habe.«

»Das braucht seine Zeit«, sagte Hagmaier. »Sie müssen mit Trepal ein freundschaftliches Verhältnis aufbauen. Was wollen Sie denn als nächstes unternehmen?«

»Ich dachte daran, ihn zu einem Picknick einzuladen«, erwiderte Susan. »Bis jetzt waren immer andere Leute dabei, und er konnte sich wohl nicht richtig entspannen. Wir könnten uns in einen Park setzen, nur zu zweit, vielleicht würde er da aus sich herausgehen – und etwas preisgeben.«

»Das ist eine tolle Idee«, sagte Hagmaier.

Anfang Juni 1989 fingen die Leute im Norden der USA gerade an, die sommerliche Wärme zu genießen. Die in Florida ansässigen Amerikaner hingegen konnten sich kaum noch erinnern, daß es einmal nicht so heiß gewesen war. Als Susan zum Büro von George fuhr, brannte die Sonne auf den Wagen herunter und schickte ihre grellen Strahlen durch die Windschutzscheibe.

Susan hielt am Straßenrand an, ging zu einem Münztelefon und warf eine Vierteldollarmünze ein. George sollte erst kurz vorher von dem Picknick erfahren, damit er nicht auf die Idee käme, er müsse für die Verpflegung sorgen. Susan hatte ein *Mustang*-Kabrio gemietet und einen Imbiß besorgt.

»Hallo, George«, meldete sie sich. »Hätten Sie vielleicht Lust, heute mit mir zu picknicken? Ich weiß, das kommt etwas überraschend, aber ...«

»Das geht schon«, sagte George.

»Fein«, sagte Susan. »Ich habe einen Imbiß eingepackt. Ich komme vorbei und hole Sie ab.«

Susan hatte auf dem Rücksitz einen Korb mit Schinkensandwiches, Brokkoli- und Blumenkohlgemüse sowie Erfrischungsgetränke in Halbliterflaschen. Sie holte George ab und fuhr zum Lake Martha-Park, der nicht weit von seinem Büro entfernt war. Dort gab es Rasenflächen, alte Eichen und Schaukeln. Sie gingen auf eine Stelle zu, an der einige Schulkinder in dem warmen Wasser planschten.

»Wollen Sie sich hier hinsetzen oder dort droben? Mir ist es gleich«, sagte Susan. Doch während sie redete, schob sie George schon in Richtung auf eine bestimmte Parkbank, die sich oberhalb der Pumpstation befand – und genau im Blickfeld der Überwachungsteams lag, das bereits auf sie wartete. Zwei Polizisten saßen in einem Wagen mit getönten Scheiben und hörten sich die Unterhaltung an, die durch einen in Susans Handtasche steckenden Mini-Sender übertragen wurde.

Die Rufe und das aufgeregte Gelächter der Kinder erfüllten die Luft. Susan griff in eine Papiertüte und holte die Sandwichs und die Erfrischungsgetränke heraus, von denen sie eine ganze Auswahl dabei hatte: Sprite, Sprite Light, Pepsi, Coke Light und Coke – ein richtiger Geschmackstest für einen Giftmörder.

Susan nahm ein Sprite Light. Dann zeigte sie auf die Flaschen und sagte: »Ich wußte nicht, was Sie trinken möchten, deshalb habe ich verschiedenes mitgebracht.«

Susan sah, daß Trepals Hände zitterten, als er sein Getränk auswählte – Coca-Cola. Ist er nervös? dachte sie. Oder habe ich das vorher übersehen?

Sie bestimmte gleich die Unterhaltung, denn sie wollte nicht, daß George einen stundenlangen Vortrag über die Hydrogeologie von Lake Martha hielt. Susan hatte etwas anderes vorgesehen: Sherry sollte aus sich herausgehen und

George zeigen, daß sie genügend Vertrauen zu ihm hatte, um ihm ihre schmerzliche Situation zu offenbaren und ihn um Rat zu bitten.

Susan erzählte George, sie sei einsam; er sei der einzige Freund, auf den Sie sich verlassen könne. »Ich weiß es zu schätzen, daß ich mit Ihnen offen reden kann ...«, sagte sie mit leiser werdender Stimme und stieß ein schwaches, verlegenes Lachen aus.

»Ich bin immer für Sie da«, versicherte ihr George vage.

Susan nahm ihre Sonnenbrille ab und schaute in Trepals braune Augen, die durch die dicken Brillengläser größer erschienen. Trepal suchte selten Blickkontakt; er zog es vor, unbeteiligt zu bleiben. Susan wollte aber jetzt, daß er sie anschaute und ihrer Verbundenheit gewahr wurde, auch wenn er sich dabei nicht ganz wohl fühlte. Sie wollte, daß er Verantwortung übernahm.

»Ich kann nicht mehr tun als zuhören«, sagte George.

»Ich weiß es zu schätzen«, wiederholte Susan.

George erwiderte ihren Blick. Er sprach mit einer sanften Stimme, die voller echter Anteilnahme war. »Rufen Sie mich an, wenn Sie Probleme haben, okay?«

Seine Anteilnahme ermutigte Susan dazu, einen Schritt weiter zu gehen. Sie mußte jedoch vorsichtig sein. Falls George ihr anbieten sollte, Richard zu vergiften, durfte es später nicht dazu kommen, daß sein Verteidiger den Geschworenen erzählte, sie habe ihn auf diesen Gedanken gebracht.

»Können Sie mir irgendeinen Rat geben?« fragte sie. »Ich weiß nämlich nicht, was ich machen soll.«

»Wenn Sie ihn unter Zugzwang bringen wollen, dann überlegen Sie mal, was ihm am unangenehmsten wäre, und drohen Sie ihm damit«, sagte er mit einer tiefer und klangvoller werdenden Stimme.

Susan schaute seine Hände an; sie zitterten nicht mehr. Das ist interessant, dachte sie: George schlägt eine Erpressung vor. Das ist zwar nicht so schlimm wie Mord, doch es zeigt, daß er unsaubere, ja kriminelle Methoden nicht verschmäht. Susan griff die Anregung auf und überlegte, daß Richard gegen Rufmord sehr anfällig sein könnte.

»Richard ist sehr um seinen Ruf besorgt«, sagte sie. »Seine Anwaltspraxis lebt von seiner Reputation.«

»Bestimmt kennt er sich in juristischen Dingen so gut aus, daß er Sie mühelos in die Tasche stecken kann«, sagte George.

»Aber ja«, erwiderte sie.

»Dann müssen Sie anderswo ansetzen.« Das Lächeln von George wurde hinterhältig. »Ein Skandal wäre nicht schlecht.«

Auf einer nahegelegenen Straße raste ein Krankenwagen vorbei, mit heulender Sirene. George schaute sich nicht um; er war ganz mit der Aufgabe beschäftigt, sich eine Erpressung auszudenken, mit der Richard zum Nachgeben gezwungen werden könnte. Seine Stimme war jetzt kräftig und sein Blick fest.

»Wenn Sie tatsächlich schmutzige Tricks anwenden wollen«, sagte er, »könnten sie ihn zuerst mal als Unhold darstellen. Sie schicken ihm am besten folgenden Brief: ›Liebe Nachbarn, ein bekannter Anwalt, der hier ansässig ist, hat meinen fünfjährigen Sohn dreimal unsittlich belästigt. Das Kind hat mir zuerst nichts davon erzählt, weil der Mann ihm drohte, wenn es etwas verlauten ließe, werde die Polizei seine Mama und seinen Papa verhaften. Der Übeltäter heißt Richard Guin und wohnt ...‹ Nun folgt seine Anschrift«, sagte George. »Und dann schreiben Sie noch: ›Als ich den Unhold zur Rechenschaft ziehen wollte, sagte er, er sei ein bekannter Anwalt, und seine Aussage habe mehr Gewicht als die eines Kindes; er werde mich wegen Verleumdung verklagen und bis auf den letzten Pfennig ausnehmen. Daran zweifelte ich nicht. Da Sie in der Gegend wohnen, könnte er Ihr Kind ebenfalls belästigt haben. Ich hoffe, daß Sie mutiger sein werden als ich. Dann könnte ich mich auch melden, und wir könnten dafür sorgen, daß dieser Kerl ins Gefängnis kommt.‹«

Trepal rutschte ganz nahe an Sherry heran. Seine Augen glänzten vor Freude. Schweißtropfen rannen über seine Stirn, stauten sich an seiner Brille und träufelten über seine Nase. »Stellen Sie sich mal vor«, fuhr er fort, »dieser Brief ginge an zweihundert Leute in der Gegend, außerdem an die Polizei und andere Behörden ...« Er erläuterte, daß Sherry den Brief nicht zu verschicken brauche; ein Exemplar an Richard genüge schon, um ihn kleinzukriegen. »Natürlich dürfte nichts darauf hinweisen, daß der Brief von Ihnen stammt.«

In dem Zivilfahrzeug lief ein Tonbandgerät, das jedes Wort der Unterhaltung aufnahm. »Es ist natürlich strafbar«, war von George zu vernehmen, »aber nichts deutet auf Sie hin.«

Susan sagte: »Ich kann sehr rachsüchtig werden. Und ich werde nie aufgeben.«

»Das ist gut«, erwiderte George mit einem glucksenden Lachen. »So gefallen Sie mir.«

Susan sagte ihm, sie wolle es Richard heimzahlen, außerdem wolle sie einen Job finden und Geld verdienen, damit sie nie mehr von einem Mann abhängig sei. Es gebe jedoch ein Problem: Bei Bewerbungen könne sie lediglich angeben, daß sie für ihren Mann als Anwaltssekretärin gearbeitet habe, und sie befürchte, daß sie von Richard ein schlechtes Zeugnis bekommen werde.

George schlug einen geschäftsmäßigen Ton an. Statt sich von Richard abhängig zu machen, könne sie doch einfach ein entsprechendes Empfehlungsschreiben fälschen. Er bot ihr an, auf seinem Computer einen gefälschten Brief aufzusetzen.

»Sie sind aber ein Mensch mit vielen Talenten!« sagte Susan und rückte näher an ihren Freund heran.

»Nein, ich habe einen sehr talentierten Computer«, erwiderte George. Lachend fügte er hinzu: »Meine Spezialität ist, Systeme zu begreifen, also herauszufinden, wie alles funktioniert.«

»Und was machen Sie, wenn Sie sie begriffen haben?«

»Dann manipuliere ich sie«, antwortete er.

George war dabei, seine Schutzvorkehrungen nacheinander abzubauen. Vielleicht hat ihn Hagmaier doch falsch eingeschätzt, dachte Susan. Vielleicht wird er sehr schnell aus sich herausgehen, wird erzählen, was er getan hat, um seine

Nachbarn loszuwerden, und anbieten, mit Richard genauso zu verfahren.

»Jetzt mal im Ernst«, sagte George. »Bei Richard müssen Sie genügend Druck ausüben, um das zu erreichen, was Sie wollen. Aber nicht so viel Druck, daß es ihm lohnend erscheint, Sie zurückzuholen.«

»Gut«, versprach Susan. »Ich werde mit subtilen Methoden anfangen, und wenn die nicht wirken, werde ich zu drastischeren Mitteln greifen.«

Trepal lachte. »Ich könnte da einiges vorschlagen.«

»Tatsächlich?« fragte Susan lächelnd.

Unerklärlicherweise trat er plötzlich den Rückzug an. Es war, als hätte er an Susan etwas bemerkt, was ihn zur Vorsicht mahnte – einen Seitenblick oder einen Zungenschlag der Unaufrichtigkeit. Er fing an zu stottern: »Einen V-Vorschlag hab' ich ja schon gemacht. Der hat's in sich, das können Sie mir glauben.«

Susan versuchte, ihn wieder aufs richtige Gleis zu bringen. »Man müßte ihm mal einen kräftigen Schock versetzen«, sagte sie.

Doch es war zu spät. George wollte nicht weitergehen, zumindest nicht in dieser Richtung. Statt dessen sagte er: »Sehr wirksam ist auch, einen Drohbrief an den Präsidenten zu schreiben und den Namen von jemand anderem drunterzusetzen.«

»Aha«, sagte Susan. »Ich verstehe, was Sie meinen.«

»Sie brauchen nur ein Briefchen zu schreiben: ›Sehr geehrter Mr. Bush, Ich bin sehr unzufrieden, wie Sie das Land regieren, und ich werde Sie umbringen.‹ Dann wird man der Sache nachgehen, auch wenn es sich als falscher Alarm herausstellt«, sagte George.

Nachdem sie George zu seinem Büro gefahren hatte, ging Susan auf einen Sprung in eine Cafeteria, um ein Glas Eistee zu trinken und sich in dem klimatisierten Raum etwas abzukühlen. Sie wußte, daß sie ganz verschwitzt war, doch das schien ihr egal zu sein. Vor lauter Begeisterung über die Fortschritte, die sie bei dem Picknick gemacht hatte, konnte sie es kaum erwarten, Brad und Ernie darüber zu berichten. Deshalb rief sie die beiden an und bat sie herzukommen.

Als sie in der Schlange standen, um sich ein Getränk zu holen, fragte Ernie: »Wo sind Sie denn gewesen?«

»Ich war picknicken«, antwortete Susan.

»Mit wem denn?«

Sie lächelte verschmitzt. »Mit George Trepal.«

Sie setzten sich in einer Nische auf die Vinylkissen, und dann erzählte Susan von ihrem Ausflug. Sie spürte einen Adrenalinstoß; die Worte sprudelten nur so aus ihr heraus. »Raten sie mal, was ich gemacht habe? Ich habe ihn sein Getränk aussuchen lassen.«

»Und welches hat er genommen?«

Sie gab den beiden einen Wink, sie nach draußen zu begleiten. Dort öffnete Susan den Kofferraum ihres Wagens und holte einen Plastikbeutel mit ihrer Trophäe heraus – eine Halbliterflasche Coca-Cola. Sie war kein Beweismittel, zumindest kein vor Gericht verwertbares. Aber es schien doch sehr erhellend: Wenn George ein normales Erfrischungsgetränk brauchte, das ganz unauffällig unter einer Küchentheke stehen konnte, dann dachte er nicht an die von Susan und ihrer Familie bevorzugte Pepsi. Da fiel ihm sein eigenes Lieblingsgetränk ein, nämlich Coca-Cola.

4

Susan verstaute die Cola-Flasche zusammen mit Sherrys sonstigen Sachen im Büro. Sherry war nicht bloß ein Name, den sich Susan für ihre verdeckte Ermittlungstätigkeit ausgedacht hatte, sie war eine andere Person, die ihre eigene Vorgeschichte, ja sogar ihr eigenes Parfüm hatte. Jedesmal, wenn sie das Parfüm auftrug, wurde sie zur Freundin des Killers. Bevor sie am Ende eines Arbeitstages nach Hause ging, duschte sie sich und wusch das Parfüm weg. Es bestand immer die Gefahr, daß sie zuviel nach Hause mitnahm.

Susan mußte Susan bleiben, damit Sherry das bleiben konnte, was sie war: ein Werkzeug, um George Trepal zu fangen. Das wurde immer schwieriger. Susan ging nicht mehr mit den Kindern zu McDonald's, weil sie befürchtete, mit George oder einem seiner Freunde zusammenzutreffen. Sie hatte sogar ihren Ehering abgelegt, da George der Meinung war, sie lasse sich gerade scheiden.

Susans Mann bemühte sich, Verständnis aufzubringen, doch dieser Fall strapazierte seine Geduld sehr. Gary, ein Mann mit muskulösen Armen und einem trockenen Humor, war ebenfalls Polizist. Doch ihn und Susan trennten Welten. Er mochte klassischen Rock, ihr gefiel die Country-Musik. Er war in sich gekehrt, sie hingegen unternehmungslustig und draufgängerisch; als Mädchen hatte sie der Schulverwaltung so lange zugesetzt, bis Mädchen ins Team der Gewehrschützen aufgenommen wurden. Er brachte den Menschen Vertrauen entgegen; doch obwohl Susan nach außen hin zugänglich wirkte, traute sie niemandem. Die beiden hatten sich 1972 kennengelernt, als Gary gerade die High-School beendet hatte und Susan die Abschlußklasse besuchte. Ein Jahr später hatten sie geheiratet.

Zu Beginn führten sie eine traditionelle Ehe: Gary begann seine Laufbahn als Polizist, Susan blieb zu Hause und kümmerte sich um ihr erstes Kind. Doch nach ein paar Jahren verspürte Susan den Drang, in die Fußstapfen ihres Mannes zu treten. Obwohl sie nun denselben Beruf hatten, schlugen sie unterschiedliche Wege ein. Gary ging zur Ortspolizei von Lake Wales, der Kleinstadt, in der Susan aufgewachsen war. Er führte keine verdeckten Ermittlungen durch, was ihm ganz recht war. Als uniformierter Streifenpolizist stand er den Leuten zur Seite und sorgte dafür, daß Kriminelle hinter Gitter kamen. Susan hingegen tauschte ihre Dienstuniform zum frühestmöglichen Zeitpunkt gegen Zivilkleidung. Sie mochte die Unabhängigkeit und das Risiko. Sie suchte gern im Dunkel nach dem Weg.

Susan und ihr Mann hatten eine Übereinkunft: Sie erzählte nur soviel über ihre Fälle, wie er unbedingt wissen mußte. In den ersten Monaten der Ermittlungen gegen George Trepal berichtete sie ihm nicht viel. Insbesondere wollte Susan ihren Mann nicht wissen lassen, daß sie sich mit einem Mann anfreundete, der sie im Handumdrehen vergiften konnte. Wenn sie einen Abend oder ein Wochenende lang weg mußte, sagte sie einfach zu ihm: »Ich muß mich wieder mit dem Tatverdächtigen befassen.«

Als Susan sich immer stärker mit dem Fall beschäftigte, fragte Gary wiederholt und nicht unbedingt im Scherz, ob er am Essenstisch einen Platz für George freihalten solle. Wenn Susan am Abend nach Hause kam, telefonierte sie stundenlang, um die Überwachung zu organisieren und die Strategie für ihr nächstes Zusammentreffen mit George auszuarbeiten. Manchmal bat sie Gary, bei den Kindern für Ruhe zu sorgen, damit ›Sherry‹ im Nebenzimmer George anrufen und eine Zusammenkunft vereinbaren konnte.

Als die verdeckten Ermittlungen in den dritten Monat gingen, fiel Susans häufige Abwesenheit ihrer Familie und ihrem Freundeskreis immer mehr auf. Auf der Polizeistation von Lake Wales spöttelten Garys Kollegen: »He, Gary, wird deine Frau heute abend zu Hause sein? Oder hat sie eine Verabredung?« Gary fand das nicht sehr witzig, doch zu Hause hielt er den Mund. Er wußte, daß Susan unter großem Streß stand und wollte die Situation nicht noch schlimmer machen. Seine Frau sagte ja, es dauere nur noch ein paar Wochen, und dann sei alles wieder normal.

Peggy Carrs Familie wollte ebenfalls zu einem normalen Leben zurückkehren, doch das war nicht einfach. Cissy fand eine Wohnung und kümmerte sich um ihre jüngeren Brüder. Obwohl sich im Körper von Duane kein Thallium mehr befand, litt er noch unter den Folgeerscheinungen. Seine Muskeln schmerzten, und die Ärzte waren der Meinung, es werde noch Monate dauern, bis er wieder zu Kräften komme und sein früheres Gewicht erreiche.

Duane war aber von blühender Gesundheit im Vergleich zu Travis, der schwerere Vergiftungen erlitten hatte. Travis lag zwar nicht mehr auf der Intensivstation, brauchte aber eine schmerzhafte Therapie, um die einfachsten motorischen Fertigkeiten zurückzuerlangen. In ihren Berichten schrieben die Ärzte und Therapeuten, er könne nur eineinhalb Meter weit gehen, könne seine Hose nicht ohne Hilfe ausziehen und spreche langsam und im Flüsterton. Dank der Hilfe seines Vaters und seiner eigenen Entschlossenheit machte Travis jedoch stetig Fortschritte. Zur selben Zeit, als Susan ihre verdeckten Ermittlungen vorantrieb, schaffte er schließlich mit einem Laufstuhl und Beinschienen eine Distanz von 50 Metern. Es hieß, er mache bemerkenswerte Fortschritte beim Wiedergewinnen seiner geistigen Fertigkeiten und seiner psychischen Stabilität.

Susan befolgte weiterhin Hagmaiers Ratschläge und baute ihre Freundschaft mit George allmählich aus. Das schien zu funktionieren. George hatte ihr zwar nichts über seine Rolle bei dem Giftanschlag auf die Nachbarn gesagt, doch ging er immer mehr aus sich heraus. Er fing an, sie als Freundin zu betrachten. Daß er ihr angeboten hatte, sie bei einer Erpressungsaktion gegen Richard zu unterstützen, empfand sie als ermutigend. Susan wußte jedoch: Über Erpressung zu sprechen, ist etwas ganz anders, als einen Mord zu begehen. Sie war der Ansicht, daß George lange genug um den heißen Brei herumgeredet hatte. Jetzt mußte sich endlich etwas Konkretes ergeben.

Sie hinterließ eine Nachricht für Hagmaier. Er war immer unterwegs und arbeitete in Kansas, New York oder Alaska an einem Fall, doch wenn er Susans Benachrichtigungen erhielt, rief er sofort zurück. Er wußte, daß sie auf ihn zählte.

»Setzen Sie ihn doch mal richtig unter Druck«, schlug Hagmaier vor. »Schaffen Sie eine Situation, die für Sie bedrohlich ist, damit Sie sehen können, was er zu Ihrem Schutz tut, und wie weit er in seinem Zorn geht.« Er sagte ihr jedoch, sie solle keine dramatischen Schritte erwarten. »Die Spannung zwischen George und seinen Nachbarn hat sich jahrelang aufgestaut, bevor er etwas tat. Da George von Ihren Problemen mit Richard nur indirekt betroffen ist, könnte es Monate dauern, bis er an einen solchen Punkt gelangt. Killer handeln oft in einem Augenblick unkontrollierbarer Wut, Giftmörder sind jedoch ganz anders. Sie müssen nicht gegen einen Impuls ankämpfen, sondern ihre passive Haltung überwinden. Sie überlegen und planen lange, statt blindwütig zuzuschlagen.«

George hatte vorgeschlagen, Susan in eines seiner Lieblingsrestaurants in Tampa mitzunehmen. Sie beschloß, auf sein Angebot einzugehen. Sie verband dies jedoch mit einer Bitte: George solle sie zum Flughafen von Tampa begleiten, weil sie sich dort mit Richard treffen werde. George war einverstanden. Am Morgen des vereinbarten Tages fuhr Susan in einem blauen Mustang-Kabrio zum Büro von George. Sie trug grüne Hosen und eine nette geblümte Bluse. Sie erklärte ihm, Richard erwarte diese Aufmachung von ihr.

»Wollen Sie mein Auto fahren?« fragte George.

»Vielen Dank, aber ich habe Nonas Auto dabei«, erwiderte Susan. »Ich habe mir folgendes ausgedacht: Da Sie sich in Gegenwart von Richard nicht besonders wohl fühlen, könnten wir in zwei Autos nach Tampa fahren und uns dort treffen. Dann müßten Sie nicht zusammen mit Richard zurückfahren.« In Wahrheit wollte Susan, daß George mitansehen mußte, wie Richard sie im Flughafen beschimpfte und dann in ein Auto steckte, in dem sie ihm ausgeliefert war. Susan wollte, daß sich George wegen seiner Freundin Sherry große Sorgen machte. Vielleicht würde er dann in Wut geraten und ihr helfen, an Richard Rache zu nehmen.

George fuhr in seinem silberfarbenen Honda auf der Interstate 4 nach Westen, und Susan folgte ihm in dem Mustang. Die beiden Autos befanden sich in einem Strom von Fahrzeugen: es gab Mietwagen mit gebräunten Touristen, Tanklastzüge mit Orangensaft und (ohne daß George etwas ahnte) eine Anzahl nicht gekennzeichneter Wagen, in denen Beamte des Polk County Sheriff's Office und FBI-Agenten saßen.

Susan hatte mit einer Nadel und schwarzem Faden ein Mikrofon und einen Mini-Sender in das Futter ihrer schwarzen Handtasche eingenäht. Am Fahrgestell des Wagens hatten die Techniker ein winziges Funkgerät angebracht, das dem Flugzeug und den Autos, die ihr folgten, Signale übermittelte.

Susan und George trafen sich in Tampa auf einem Parkplatz. Da sie noch genügend Zeit hatten, schlug George einen Besuch in einer seiner Lieblingsbuchhandlungen in der nahegelegenen Stadt St. Petersburg vor. Als sie über eine Brücke fuhren, sahen sie, wie der Wind auf dem grünen Wasser der Tampa Bay Schaumkronen aufwirbelte. Seemöwen kreisten in der Luft, ließen sich in die Höhe tragen und stießen wieder herab. George betrachtete die Gegend und redete auf Susan ein, vom ›amerikanischen Traum‹ Abschied zu nehmen, der darin bestehe, glücklich verheiratet zu sein, einen einträglichen Beruf zu haben und zwei Kinder großzuziehen. Er hob dabei seine Stimme, bis sie den durch das Dach des Kabriolets pfeifenden Wind übertönte.

»Sobald Sie diese Ideologie, die Ihnen einprogrammiert wurde, über Bord geworfen haben, können Sie sich auf das konzentrieren, was für Sie das Richtige ist«, sagte er zu ihr.

Susan spürte, wie der Zorn in ihr aufstieg. »Nicht alle von uns sind in der glücklichen Lage, ein Leben ohne Verpflichtungen führen zu können. Sie haben eine Frau, der es nichts ausmacht, Sie zu unterstützen, der es gleichgültig ist, ob Sie zum gemeinsamen Einkommen oder für die Gesellschaft einen Beitrag leisten. Für Sie ist das vielleicht die Absage an den ›amerikanischen Traum‹; für mich bedeutet das, ein ergrauter Teenager zu sein.« Das wollte Susan eigentlich zu ihm sagen. Sie tat es aber nicht, sondern lächelte nur und spielte die lernbegierige Zuhörerin, die seine Weisheiten in sich aufnahm.

George zeigte ihr den Weg zur Buchhandlung *Haslam's*, die in einem heruntergekommenen Viertel der Hafenstadt lag. Die Buchhandlung bildete in einer Gegend, in der es viele Kneipen und Prostituierte gab, eine Oase der Kultur; in dem riesigen Gebäude waren die Räume bis zur Decke mit neuen und gebrauchten Büchern angefüllt. George wies Susan auf die Ratgeber zur Steigerung des Selbstwertgefühls hin und ging auf die naturwissenschaftliche Abteilung zu. Als Susan aufschaute, sah sie schräg gegenüber einen Polizisten, der dem Überwachungsteam angehörte; er musterte die Buchtitel.

Sie beugte sich zu ihm hinüber und flüsterte: »Ist alles in Ordnung?«

»Ja«, antwortete er. »Wir haben bloß Schwierigkeiten mit der Wanze. Sie überträgt die Unterhaltung schlecht.«

Susan zuckte mit den Achseln und warf einen nervösen Blick in den angrenzenden Raum, in welchem George die Regale betrachtete. »Viel Glück«, sagte sie. »Ich muß weg.«

Sie ging zu George hinüber. Er sagte: »Ich möchte Ihnen ein Buch zeigen.« Sie betrachtete den blauen Umschlag, auf dem in weißer Schrift zu lesen war: *Alle Anwälte umbringen?* George drückte ihr das Buch in die Hand. »Ich möchte, daß Sie es während des Besuchs von Richard bei sich haben.«

»Eine gute Idee!« rief sie. »Vielen Dank!«

Als sie zur Kasse kamen, nahm ihr George das Buch aus der Hand. »Ich kaufe es und leihe es Ihnen.«

»Wenn ich das Buch benutze, dann bezahle ich's auch«, erklärte Susan.

»Nein, nein«, erwiderte George. »Mir macht es Freude, Bücher zu besitzen. Ich leihe es Ihnen. Sie können es irgendwo hinlegen, wenn Richard zu Besuch kommt.«

Susan beschloß, sich zu fügen. Offenbar war es wichtig für George, daß er das Buch besaß. Vielleicht führte er auf diese Weise einen kleinen Rachefeldzug. Er wußte, daß sich Richard über das Buch ärgern würde – dieser Schnösel, der nicht nur Sherry, sondern auch ihn brüskiert hatte. Daß er auf die Idee mit dem Buch gekommen war, genügte George nicht; es mußte seine eigene Waffe, seine kleine Dosis Gift sein.

Als sie zum Auto gingen, rebellierte Susans Magen. George wollte essen gehen, doch sie verspürte nicht die geringste Lust. Susan wußte, daß einige Beamte im Tampa International Airport jetzt schon Vorbereitungen trafen für die Auseinandersetzung zwischen ihr und Richard. Susan war unruhig; ihre Nerven waren angespannt.

George hingegen schien ganz begeistert. Er hatte schon seit Wochen vorgehabt, mit Susan in sein Lieblingsrestaurant zu gehen. Sie hatte ihm aber stets eine Absage erteilt; mal gab es zuviel zu tun, mal wollte sie verreisen. In Wahrheit hatte Susan es vermeiden wollen, mit George zu essen.

Sie fühlte sich zwar in seiner Gegenwart immer sicherer, aber Hagmaier erinnerte sie fortwährend an die Risiken: »George ist ein schlauer Bursche, der seine Gefühle für sich behält. Sollte er Ihnen auf die Schliche kommen, dann werden Sie's erst merken, wenn es zu spät ist. Geben Sie ihm möglichst wenig Gelegenheiten.«

Susan und George gingen in das Restaurant und nahmen in einer Nische Platz. Als Susan sich an das Dämmerlicht gewöhnt hatte, schlug sie die Speisekarte auf. Sie roch das Taco-Fleisch, das in der Küche gebraten wurde. Ihr Magen rumpelte wie eine Boeing 747 kurz vor dem Abheben. Als sie die mexikanischen Speisen sah, die in einer würzigen Sauce schwammen, dachte sie: genau das, was ich brauche.

Während George das übliche Coke bestellte, bat Susan um ein Glas Wasser. Sie wählte das Gericht, das ihr am ungefährlichsten vorkam: Taco-Salat. George bestellte es ebenfalls. Als die Kellnerin den Salat serviert hatte, stocherte Susan darin herum und verteilte ihn auf dem Teller, so daß es so aussah, als hätte sie schon einiges gegessen. George langte begierig zu und verschlang das mit saurer Sahne und pikanter Sauce angemachte Gericht aus Salatblättern, Rindfleisch und Tomaten. Als Susan ihm beim Essen zuschaute, wurde ihr schlecht. Sie wußte, daß sie ganz grün im Gesicht war, und befürchtete, sich am Tisch übergeben zu müssen.

George warf ihr einen besorgten Blick zu. »Alles in Ordnung?«

»Nein«, sagte Susan. »Ich habe solche Angst vor Richard, daß mir ganz schlecht ist.«

Sie erwartete, daß er ihr Trost spenden, den Arm tätscheln und versichern würde, daß alles glatt gehen werde. Stattdessen starrte er auf die Tischplatte. Nach einer Weile sagte er leise: »Ich habe beschlossen, nicht mit Ihnen zum Flughafen zu fahren. Ich sorge dafür, daß Sie den Weg finden, und dann gehe ich.«

»Bitte, tun Sie das nicht!« rief Susan. »Ich will, daß Sie mitkommen. Ich möchte ihm nicht allein begegnen.«

George dachte lange nach, dann nickte er widerwillig. »Also gut. Ich gehe mit.«

Der Seufzer der Erleichterung, den Susan ausstieß, war echt. »Ich danke Ihnen!«

Sie erhob sich und ging zur Toilette. Drinnen drückte sie die Stirn an die kühle, feste Wand. »Es wird nicht schiefgehen«, flüsterte sie. »Es wird schon klappen.«

Sie hatten noch etwas Zeit bis zur Ankunft von Richards Flugzeug. George schlug eine Besichtigung in Ybor City vor, einer Gegend von East Tampa, in der kubanische Einwanderer einst in Fabrikgebäuden aus Backstein Zigarren hergestellt hatten. Von ihnen war nicht mehr viel zu sehen; in den Gebäuden befanden sich Galerien und Boutiquen sowie Restaurants, in denen es Paella und Café con leche gab. Als sie umherfuhren und nach einer Parkmöglichkeit suchten, machte sich Susan Gedanken wegen ihres Überwachungsteams. Ybor City gehörte nicht zur Reiseroute. Sie hoffte, daß das Team ihre Spur nicht verloren hatte. Ihre Besorgnis war jedoch unbegründet. Als sie auf einem dicht besetzten Parkplatz um die Ecke bog, stieß sie beinahe mit einem der Überwachungsfahrzeuge zusammen. Der Fahrer sperrte den Mund auf und legte schnell den Rückwärtsgang ein. Doch nach einer Weile standen sich die beiden Autos wieder frontal gegenüber. Susan warf George einen Blick zu. Hatte er Verdacht geschöpft? Er starrte aber nur gedankenverloren zu den alten Backsteingebäuden hinüber.

Susan gab die Suche nach einem freien Platz schließlich auf und fuhr zum Flughafen. Die Maschine sollte um 14.45 Uhr eintreffen. George und Susan gingen durch die zugige Eingangshalle; um sie herum bewegten sich Reisende mit umgehängtem Gepäck, die ihr Flugticket in der Tasche stekken hatten. Auf Schritt und Tritt erklang Musikgesäusel. Die beiden gingen zur *Airside E*, wo sie eine Pendelbahn zum Flugsteig nehmen wollten. Susan schaute auf und sah ein Schild: »Alle Personen müssen sich einer Sicherheitsüberprüfung unterziehen«.

Das Licht spiegelte sich auf der Brille von George. Er fing an, über Metalldetektoren zu reden und erklärte ihre Funktionsweise bis ins kleinste Detail. Susan fiel plötzlich etwas ein: Der Mini-Sender steckte immer noch in ihrer Handtasche! Wenn sie mit ihm am Metalldetektor vorbeiging, würde das Alarmsignal ertönen. Das Wachpersonal würde herbeikommen, ihre Handtasche inspizieren und bei der Durchsuchung vielleicht sogar das Futter herausreißen.

Die Pendelbahn kam quietschend zum Stehen, und die Passagiere drängten sich hinein. Als George einsteigen wollte, blieb Susan stehen. Sie dachte: Wenn ich diesen Zug nehme, ist es zu spät. Dann kann ich nicht mehr umkehren. Sie brauchte schnell eine Ausflucht.

Susan griff sich mit der Hand an die Brust. »Einen Augenblick, bitte«, stöhnte sie. »Bevor wir einsteigen, muß ich zur Toilette gehen. Mir ist schon wieder schlecht.«

Ohne seine Antwort abzuwarten, rannte sie durch die Lobby und bog um die Ecke. Als sie sich nicht mehr im Blickfeld von George befand, drückte sie auf einen Fahrstuhlknopf und schaute auf die Uhr. Sie fuhr im Aufzug zur Parkebene und dachte: Wieso dauert das so lange? Oben angekommen, rannte sie zu ihrem Mustang. »Ich muß dieses Ding rausnehmen«, flüsterte sie in ihre Handtasche und hoffte, daß das Überwachungsteam sie hören konnte. »Ich muß am Metalldetektor vorbeigehen.« Sie riß das Futter auf, holte den Sender heraus und warf ihn in den Kofferraum.

Das Dröhnen des Kofferraumdeckels hallte noch in Susans Ohren nach, als sie sich im Laufschritt auf den Rückweg machte. Bevor sie an die Stelle kam, an der George auf und ab ging, fuhr sie mit der Hand über ihr Haar und ihre Hose und holte tief Luft.

»Mein Gott, ich hatte mich verlaufen», sagte sie, immer noch keuchend. »Ich konnte Sie nicht mehr finden.«

Falls George irgend etwas nicht ganz geheuer vorkam, ließ er sich dies jedenfalls nicht anmerken. Er gab sich nachsichtig: »Das Gebäude ist ganz schön groß. Da kann man schon Probleme bekommen.«

Der Metalldetektor gab keinen Ton von sich, als Susan vorbeiging. »Wir haben noch eine halbe Stunde Zeit bis zur Ankunft von Richard«, sagte sie zu George. »Möchten Sie in die Snackbar gehen?«

Susan trank ein Sprite Light, George eine Cola. Sie saßen an einem winzigen Tischchen, umgeben von Reisenden: Geschäftsleuten mit verschlossener Miene und prallen Aktenkoffern; Müttern, die von ihren Kindern um Eiskrem angebettelt wurden, und Collegestudenten, die in Taschenbüchern schmökerten.

George erzählte Susan, daß er immer auf der Suche nach neuen Lebensformen sei. »Eine Zeitlang lebte ich auf der Straße, nur um zu sehen, wie das wohl wäre. Ich wohnte in einem Pappkarton, aß in Suppenküchen und nahm tagelang kein Bad. Ich stellte fest, daß ich mit Obdachlosen genausogut umgehen kann wie mit Dianas Ärztekollegen und den *Mensa*-Mitgliedern.«

Seine Prahlerei war für Susan nichts Neues. Sie merkte jedoch, daß seine Stimme einen traurigen Klang hatte. Er hielt sein Glas mit beiden Händen fest, als wäre es ein Rettungsanker. »Ich komme mir fast wie ein Doppelwesen vor«, sagte er. »Ich bin ein intelligenter Mensch, aber die Leute denken, daß ich komisch aussehe.«

Susan betrachtete ihn. George trug wie üblich ein abgewetztes T-Shirt, Shorts und alte Ledersandalen. Sein Haarschnitt ließ zu wünschen übrig, sein Bart war zerzaust, seine Brille verschmiert und staubig. Einerseits verachtete sie ihn. Andererseits konnte sie nicht umhin, ein wenig Mitleid zu empfinden. Während er redete, spürte Susan, daß er verletzlich war. Was hatten ihm die Menschen angetan, daß er diesen Eindruck bekommen hatte? fragte sie sich. Wenn er kein Mordverdächtiger, sondern ein Freund gewesen wäre, dann hätte sie die Hand ausgestreckt, ihn an seiner hageren Schulter gepackt und gesagt: »Hören Sie mal! Wenn Sie deswegen Kummer haben, dann tun Sie doch was dagegen! Ziehen Sie mal was Anständiges an! Daß Sie eine dicke Brille tragen bedeutet nicht, daß Sie keinen normalen gesellschaftlichen Umgang haben können.«

Das sagte Susan natürlich nicht, denn es war ja nicht ihre Aufgabe, George zu beraten oder zu bemuttern. Sie prägte sich ein, was sie dadurch über ihn erfahren hatte: Obwohl er so tat, als wäre ihm das gleichgültig, litt er darunter, daß er ein Außenseiter, ein Fremder im eigenen Land war. Susan fragte sich: Wenn er das Gefühl hat, von der Gesellschaft ausgeschlossen zu sein, glaubt er dann auch, daß er außerhalb der moralischen und gesetzlichen Normen steht?

»Continental Airlines Flug 94 ist soeben gelandet.«

George und Susan gingen zu der Rolltreppe, auf der die Passagiere eintrafen. Mike Lawton alias ›Richard‹ hatte mit einem Koffer an der Rampe gestanden und gewartet, bis er sich unter die echten Flugpassagiere mischen konnte.

»Wollen Sie das wirklich über sich ergehen lassen?« fragte George.

»Ja«, antwortete Susan ohne viel Überzeugung. »Es wird schon klappen.«

Die Passagiere kamen mit ihrem Gepäck die Rolltreppe hoch; sie reckten die Hälse, um zu sehen, ob Freunde und Familienmitglieder auf sie warteten. Susan schaute nach unten und hielt nach ihrem Partner Ausschau. Als sie ihn entdeckt hatte, sagte sie: »George, dort ist er!«

Als keine Antwort kam, wandte sie sich um. »George?«

Er war verschwunden. Susan drehte sich im Kreis und schaute in der Lobby nach ihrem Freund, ihrem Beschützer. Sie sah ihn nicht. Da kochte sie vor Wut. Noch vor wenigen Augenblicken hatte sie Mitgefühl mit diesem Kerl gehabt. Und nun, wenn ›Sherry‹ ihn dringend brauchte, war er verschwunden. »Wie konnte er mir das bloß antun?« murmelte Susan vor sich hin.

Lawton kam auf der Rolltreppe nach oben. Als er sah, daß Susan allein war, schaute er sie fragend an. Er spielte aber seine Rolle, da er nicht wußte, was mit George geschehen war. »Da bist du ja!« rief er und packte sie am Arm. »Ich muß mit dir reden.«

»George ist abgehauen«, flüsterte Susan. Das Rollenspiel konnte sie aber nicht beenden. Was wäre, wenn George sich in der Nähe versteckt hielt und zuschaute? Sie warf Lawton einen finsteren Blick zu und befreite sich aus seinem Griff.

Lawton merkte, daß sie Zeit brauchte. Er sagte in barschem Ton: »Warte hier auf mich! Ich muß zur Toilette.«

Verschiedene Reisende hatten den Wortwechsel verfolgt, doch von George sah Susan keine Spur. Sie ging auf die Toilette zu, warf einen Blick in die Snackbar und schaute hinüber zum Zeitungsstand. Nichts. Als sie daran dachte, die Suche schon aufzugeben, trat George hinter einer Säule hervor und schaute sich verstohlen um.

Sie ging zu ihm hinüber und berührte ihn am Arm. »George, ich möchte Ihnen für Ihre Unterstützung danken«, sagte sie mit einem sarkastischen Unterton. »Ich habe Richard gefunden.«

Er wich zurück wie ein ängstliches Tier. »Gut«, murmelte er. »Ich dachte mir, daß Sie allein sein wollten, deshalb wollte ich mich eben auf den Weg machen.«

Sie gingen ein paar Schritte zusammen. Dann sah George, wie Richard auf sie zukam. »Was zum Teufel hat dieser Kerl hier zu suchen?« schrie Lawton. »Was hat er mit dir zu schaffen?«

Reisende blieben stehen und verfolgten die Auseinandersetzung. Ohne ein Wort zu sagen, rannte George zur Pendelbahn und stieg ein. Die Türen schlossen sich, und er war nicht mehr zu sehen.

Jana Monroe, die zusammen mit anderen FBI-Agenten das Geschehen verfolgt hatte, gesellte sich zu Lawton und Susan. Lachend erzählte sie: »Ich hatte mich hinter einer Säule versteckt, um die Auseinandersetzung zu verfolgen. Auf einmal merkte ich, daß ein nervöser Mann mit Bart und dicker Brille neben mir stand und ebenfalls zuschaute. Ich wußte im Nu, um wen es sich da handelte.«

Lawton und Susan fuhren im Fahrstuhl zur Parkebene. Erst als sie auf Susans Auto zugingen, hörten die beiden auf zu lachen. Susan konnte nicht sehen, ob der Wagen von George noch dastand. »Sorgen Sie dafür, daß es echt wirkt«, sagte sie deshalb zu ihrem Kollegen. Lawton ließ sich nicht zweimal bitten; er schleppte sie zum Auto und fuhr mit quietschenden Reifen los.

In einem in der Nähe geparkten Auto kauerte sich ein

Mann auf dem Sitz zusammen. George Trepal wartete geduldig auf die Gelegenheit, sich aus dem Staub machen zu können.

Tags darauf fühlte sich Susan wirklich ganz krank. Sie hatte Tage gebraucht, um die Fahrt zum Flughafen vorzubereiten, und nun war sie völlig erledigt. Es war nicht nur die Nervosität und die Erschöpfung, die ihr zu schaffen machten; auch das Rollenspiel forderte seinen Tribut. Susan schlief wenig, und sie machte sich Sorgen, daß sie in ihrem erschöpften Zustand einen Fehler machen und George die Augen öffnen könnte. Sie beschloß, Hagmaier um Rat zu fragen.

»Es ist sehr stressig, es macht mich ganz kaputt«, sagte sie. »Ich kann Sherry und Susan kaum noch auseinanderhalten. Da ich lange brauche, um in die Rolle zu schlüpfen, fürchte ich mich nachher davor, sie wieder abzulegen.«

Hagmaier hatte mit vielen verdeckten Ermittlern zusammengearbeitet und wußte, daß dieses Problem häufig anzutreffen war. Wenn man so viel Zeit damit verbringt, eine Rolle zu spielen, wird der Schein zur Wahrheit. Aber wenn die verdeckte Ermittlung Erfolg haben soll, muß das so sein. Bei Susan hatte Hagmaier jedoch noch eine andere Sorge. Von den Undercover-Agenten, mit denen er zusammenarbeitete, waren die meisten harte Burschen; sie waren fast so gefährlich wie ihre Verdachtspersonen. Susan war jedoch eine ungewöhnlich sensible Person, und Hagmaier machte sich Sorgen, daß diese Frau wegen des Einfühlungsvermögens, das sie George gegenüber an den Tag legte, dessen Bedrohlichkeit übersehen könnte.

Hagmaier betrachtete das Foto von Ted Bundy, das an der Wand hing. Er dachte daran, wie charmant Bundy sein konnte mit seinem freundlichen Lächeln und seinem wachen Verstand. Hagmaier hatte aber nichts zu befürchten; wenn er mit dem Killer zusammentraf, hielten sich Gefängniswärter in der Nähe auf. »Halten Sie sich stets vor Augen, in was für einer gefährlichen Situation Sie sich befinden«, beschwor er Susan. »Und lesen Sie die Akten noch einmal durch. Denken Sie daran, was dieser Mann getan hat.«

Susan wollte nach der Szene im Flughafen weiter Druck machen. Sie beschloß, das Theater fortzusetzen; sie wollte George davon überzeugen, daß sie von Richard auf der Rückfahrt vom Flughafen mißhandelt worden sei. Von Colonel Paul Alley, einem ihrer Bosse, kam der Vorschlag, sie solle sich ein blaues Auge schminken lassen. Der Zufall wollte es aber, daß Susan gar kein Make-up brauchte. Als sie nach Hause kam, stolperte sie und prallte gegen eine Tür. Der blaue Fleck, den sie dadurch bekam, war genau das Richtige.

Am nächsten Tag zog Susan zerschlissene Jeans und eine Bluse an und fuhr zu einer Tankstelle. Sie ging auf die Toilette und rieb sich die Augen, bis sie rot und geschwollen waren. Dann steckte sie einen Vierteldollar ins Münztelefon.

George meldete sich. »Sherry, ich habe mir Sorgen um Sie gemacht«, sagte er. »Wie geht es Ihnen?«

»Ganz gut«, antwortete Susan und ließ dabei ihre Stimme beben. »Aber ich muß mit Ihnen reden. Können wir uns im Park treffen?«

»Selbstverständlich«, erwiderte er. »Ich mache mich gleich auf den Weg.«

Sie nahmen auf der Bank Platz, auf der sie schon einmal gesessen hatten, und ihr Gespräch wurde von demselben Überwachungsteam aufgezeichnet. Susan sagte mit matter, ausdrucksloser Stimme: »Es dauerte lange, bis ich den Mumm hatte, Sie anzurufen. Die Sache geht mir noch sehr nach.«

»Welche denn?« fragte George nervös.

»Die vom Flughafen.«

»Oh«, sagte George mit einem Kopfnicken. Er vermied es jedoch, Susan ins Gesicht zu schauen.

»Ich brauche Ihnen wohl nicht zu sagen, daß er meine Vorschläge abgelehnt hat.«

»Nun ja, das war zu erwarten«, erwiderte George und betrachtete seine Hände. Er schluckte, dann redete er weiter: »Ich möchte Ihnen mal erzählen, was mir im Flughafen durch den Kopf ging. Sie werden die Sache dann vielleicht ein bißchen besser verstehen. In meinem Kopf sitzt etwas drin, was ich den Aufpasser nenne. Wenn es etwas Wichtiges gibt, alarmiert er mich.«

»Wir redeten beim Mittagessen über Richard«, fuhr er fort. »Sie sagten: ›Ich weiß nicht genau, wieso er zu mir kommt. Vielleicht will er mich auszahlen.‹ In diesem Moment meldete sich mein Aufpasser: ›Moment mal! Hier stimmt was nicht!‹ Und dann schlug er Alarm.«

George fand Gefallen an seiner merkwürdigen Logik und kam allmählich in Fahrt. »Ich sehe das so: Richard betrachtet Sie als seinen schlimmsten Feind. Sie, nur Sie allein, haben seine Ehe ruiniert und seine Karriere gefährdet. Und Sie sind diejenige, die ihm vermutlich auch noch Geld abknöpfen wird. Wenn ich an seiner Stelle wäre, würde ich mich freuen, wenn ich Sie zu fassen kriegte.«

Die heiße, feuchte Luft lastete auf Susan und George. In der Nähe planschten einige Kinder kichernd im Wasser herum, doch die beiden schauten nicht zu ihnen hinüber. George entschuldigte sich dafür, daß er sich versteckt hatte, als Susans wütender Mann erschienen war.

»Ich bin kein Held. Ich glaube, ich habe mein Möglichstes getan«, sagte er.

»Ich weiß«, erwiderte Susan. »Ich bin ziemlich schockiert über Richards Verhalten. Eigentlich hätte ich damit rechnen müssen. Danach führte er sich sogar noch schlimmer auf.«

»Das dachte ich mir schon«, sagte George. »Ich machte mir Sorgen, daß er gewalttätig werden könnte. Hat er Ihnen etwas angetan?«

»Ich habe eine Beule an der Stirn, aber das werde ich überleben. Er hat mir ein Ultimatum gestellt: Ich soll mich bis Dienstag entscheiden, ob ich zu ihm zurückkehren werden.«

George betrachtete die Beule und nickte. »Soso.«

»Er sagte, er habe eine Möglichkeit gefunden, alles so zu regeln, daß ich keinen Pfennig von ihm bekomme. Rein gar nichts!«

»Aha.«

»Und das glaube ich ihm schon, denn er ist mit all diesen Richtern und Anwälten befreundet. Wissen Sie, was das heißt?«

»Ist mir schon klar«, sagte George. »Ich schlage vor, daß Sie einen ganz gerissenen Scheidungsanwalt nehmen.«

Einen Anwalt nehmen? Das hatte Susan zuletzt von ihm erwartet. Noch vor wenigen Tagen hatte er ihr einen Erpressungsversuch und andere schlimme Dinge angeraten. Jetzt kam er mit logischen Überlegungen daher, die nicht gegen das System gerichtet, sondern systemkonform waren.

Was ist passiert? fragte sich Susan. Hat er Verdacht geschöpft? Oder hat er eben, wenn es darauf ankommt, nur leeres Gerede zu bieten? Fürchtet sich George vielleicht davor, jemandem zu nahe zu treten, und sei es auch nur in indirekter Weise? Haben wir ihn vielleicht falsch eingeschätzt?

Susan konnte das nicht einfach auf sich beruhen lassen. Möglicherweise hatte sie auf den falschen Knopf gedrückt. George hatte immerhin einen Gefängnisaufenthalt hinter sich und danach ein Verbrechen begangen, das ihn für den Rest seines Lebens hinter Gitter oder gar auf den elektrischen Stuhl bringen konnte. Er wollte sich nicht so ohne weiteres exponieren, Susan mußte es wohl mit einer anderen Methode versuchen. Vielleicht würde er aus sich herausgehen, wenn er erführe, daß auch sie insgeheim eine kriminelle Vergangenheit hatte.

»Ich fürchte mich davor, Richard zu attackieren, weil er zurückschlagen könnte«, erzählte sie George. »Ich habe mir vor ein paar Jahren etwas zuschulden kommen lassen, und er weiß Bescheid darüber. Er sagte, daß alles ans Licht kommen werde, wenn ich nicht einlenkte.«

»Na und?« fragte er.

»Dann würde ich wohl nirgendwo eine Arbeit finden.«

George war nicht erpicht darauf, Einzelheiten zu erfahren. Er reckte das Kinn, schaute ihr in die Augen und sagte: »Ich kann es Ihnen innerhalb von vierundzwanzig Stunden ermöglichen, zu verschwinden.«

»Wie wollen Sie das machen?«

»Ich kann Ihnen eine neue Identität verschaffen, ganz nach Ihrer Wahl.«

»Tatsächlich?«

»Ja«, sagte George. »Ich weiß, wie das System funktioniert.« Er zappelte mit den Beinen und redete wie ein Wasserfall. »Man geht in Orlando ins Gebäude der öffentlichen

Bibliothek. Im Untergeschoß befindet sich das Bezirksarchiv. Dort schaut man das Sterberegister durch, bis man jemanden findet, der etwa im selben Alter war. Das ist dann der neue Name. Man läßt sich eine Abschrift der Geburtsurkunde geben. Dann besorgt man sich eine Sozialversicherungskarte und einen neuen Führerschein.«

Susan nickte anerkennend. Das war ja alles recht interessant, doch sie wollte, daß George eine direkte Problemlösung vorschlug. Sie sagte: »Ich habe mir so viel von ihm gefallen lassen. Ich bin ganz haßerfüllt.«

»Natürlich«, erwiderte er.

»Sie sind so nett und verständnisvoll«, versicherte ihm Susan. »Können Sie sich vorstellen, was für einen Haß ich habe? Ich komme mir wie sein Prügelknabe vor.«

George zeigte weiterhin viel Verständnis, hatte aber keine konkreten Lösungen anzubieten. Während sie miteinander redeten, hüpfte eine Heuschrecke zwischen ihnen auf die Bank. George lächelte und scheuchte sie ganz vorsichtig, mit fast väterlicher Sorgfalt, weg. »Nun aber los!« Dann sagte er lächelnd zu Susan: »Ich möchte dieser Kreatur nichts zuleide tun.«

Susan wollte es mit einer anderen Methode versuchen. Vielleicht würde George ihr von seiner Tätigkeit in dem Drogenlabor in North Carolina erzählen, wenn sie unumwunden über Rauschgift redete.

Sie erzählte ihm, daß sie sich überlege, wieder nach Fort Lauderdale zu fahren. »Ich möchte mich wieder an den Strand legen. Ehrlich gesagt, ich habe dort auch einige alte Bekannte, die …« Susan hielt inne, als müßte sie sich überlegen, ob sie wirklich fortfahren sollte. »Ich denke gerade an alte Zeiten«, sagte sie. »Und ich bin gerade in einer Verfassung, daß ich schon was aus diesen alten Zeiten gebrauchen könnte.«

»Soso«, sagte George, und in seinen Augen flackerte Neugier auf.

»Und meine alten Bekannten könnten mir das beschaffen.«

»Etwa ein Briefchen mit interessanten Kristallen?« fragte George lachend.

»Ja, so etwas«, antwortete Susan.

Er warf den Kopf in den Nacken und lächelte, als hätte er

gerade eine große, schöne Portion Stoff durchgezogen. George, der normalerweise die Anspielungen machte, schien ganz erfreut zu sein, daß seine Bekannte auf etwas Verbotenes zu sprechen kam. »Wenn Sie eine gute Bezugsquelle für Acid finden, dann lassen Sie mich's bitte wissen.«

»Okay.«

»Im Ernst!«

»Okay.«

»Ich bin recht scharf auf dieses Zeug«, sagte George. »Selbst herstellen würde ich's zwar nicht, aber wenn ich welches kriegen könnte, würde ich bestimmt nicht nein sagen.«

George lachte erneut. Das Thema faszinierte ihn. »Okay, wofür interessieren Sie sich denn speziell?«

»In welcher Hinsicht?«

»Wenn's um etwas geht, das nicht im Mund, sondern im Gehirn schmilzt und dort die Moleküle verändert.«

Susan streckte die Hände aus und sagte: »Im Moment wäre ich mit einem Joint von dieser Länge schon ganz zufrieden.«

George rutschte aufgeregt auf der Bank herum. »Ich selbst ziehe LSD vor. Das transportiert mich aus dieser banalen Welt fort. Viele Leute verwenden es zu Entspannungszwecken. Es ist nämlich das schönste psychische ...« Seine Stimme wurde unhörbar leise. Dann sagte er in lauterem Ton: »Auf diese Weise erkenne ich das Wertlose. Ich kann es packen und loswerden.«

»Ich benutze es also auf die Art, wie die Indianer es einst taten«, fuhr George fort. »Wer gelegentlich Drogen einnimmt, etwa Acid, kann damit die Tür zur Wahrnehmung öffnen. Acid hat außerdem den Vorteil, daß es nicht viel kostet. Wenn ich es unbedingt brauchte, würde ich's einfach selbst herstellen.«

»Tatsächlich?« erwiderte Susan. Sie überlegte: Hatte George nicht vor wenigen Minuten gesagt, daß er Drogen nicht selbst herstellen würde?

»Vergessen Sie nicht, daß ich Chemie und Psychologie studiert habe«, sagte George und begann, die Herstellung illegaler Drogen fachmännisch zu erläutern. Seine Stimme bekam einen verzückten Klang, wie bei einem Teenager, der von seinem ersten Liebesabenteuer erzählt.

Susan merkte, daß sie seine Abwehrhaltung überwunden und Zugang zu ihm gefunden hatte. Es war das erstemal, daß er Genaueres über die Drogenherstellung sagte. Von der Festnahme und der Gefängnisstrafe hatte er Susan noch nichts erzählt, doch sie hoffte, daß dies bald geschehen werde. Wenn er darüber redete, wäre erwiesen, daß sie wirklich sein Vertrauen erworben hatte.

»Bei Amphetaminen gibt es viel zu analysieren«, erzählte George. »Ich fand 256 künstliche Austauschstoffe für Halluzinogene, denen dieselbe Molekularbasis zugrunde liegt.« Er fing an zu lachen. Dann entschuldigte er sich: »Wenn ich damit anfange, kann ich nicht mehr aufhören. Ich weiß eben eine ganze Menge darüber.«

»Es ist faszinierend«, sagte Susan. »Ich wußte nicht recht, wie Sie auf meine Drogenvergangenheit reagieren würden. Sie hätten mich ja für einen schlechten Menschen halten können ...«

»Die einzigen, die ich nicht ausstehen kann, sind die Kinderschänder«, erwiderte George grinsend. »Alles andere macht mir nichts aus, oder ich tue es vielleicht sogar selbst.«

»Im Grunde genommen führe ich aber ein recht geruhsames Leben«, fügte er hinzu. »Ich beschäftige mich mit meinen Computern, denn das macht mir Spaß. Meine Religion hält mich davon ab, daß ich irgend jemandem ernstlich Schaden zufüge.«

»Was ist das für eine Religion, wenn ich fragen darf?«

»Sie ist in der Hauptsache buddhistisch«, antwortete George. »Ich gebe Ihnen gern eine kleine Einführung in den Buddhismus. Mit seiner Hilfe kommt man gut mit dem Leben zurecht.«

»Ich bin eher eine Agnostikerin«, bemerkte Susan. (In Wirklichkeit betrachtete sie sich als Christin.)

»Also keine bibeltreue Betschwester?« spöttelte George. Dann erläuterte er ihr, wie er die buddhistische Weltanschauung verstand. »Die erste hehre Wahrheit des Buddhismus lautet: Die Welt ist beschissen. Die zweite Wahrheit befaßt sich mit Abhängigkeitsverhältnissen. Nehmen wir mal folgenden Fall: In einer Nervenheilanstalt ist einer, der sich immer ganz gründlich den Hintern wischt, weil er Fäkaliengeruch verabscheut. Er beschafft sich also zehn Rollen Toilettenpapier. Aber das reicht ihm nicht. Deshalb besorgt er sich hundert Rollen, und schließlich tausend. Dann glaubt er, daß es zu einem Atomkrieg kommen könnte. Er denkt: Die Papierfabriken werden nichts mehr produzieren! Ich habe nicht genug Vorrat! Ich brauche zehntausend, ja hunderttausend Rollen!«

Susan nickte nur. George erklärte, die Lektion aus dieser Geschichte laute, daß der Mann nie glücklich sein könne, weil er von seinem Toilettenpapier abhängig sei. Und wer abhängig sei – von Toilettenpapier, von Emotionen oder von anderen Menschen – müsse dafür bezahlen: mit Schmerz. Dies führte George zu einer anderen Wahrheit: »Wer keine Bindungen hat, der hat auch keinen Schmerz.«

Eine weitere lautete: »Lebe nur den Augenblick.« George sagte: »Man kann sich über die Vergangenheit und die Zukunft den Kopf zerbrechen, aber das hilft nichts. Man befindet sich ja mitten in der Gegenwart, und wenn etwas geschieht, dann reagiert man.«

»Diese Haltung gefällt mir«, sagte Susan.

»Es ist eine wunderbare Einstellung«, meinte George. »Und sie wird von vielen Leuten praktiziert.«

»Das stimmt.«

»Sie hilft einem auch, Emotionen im Zaum zu halten«, fuhr George fort. »Als meine Mutter im Sterben lag, saß ich an ihrem Bett. Es ging mir zuerst sehr nahe, aber dann riß ich mich zusammen …«

Susan betrachtete den Mann, der neben ihr auf der Parkbank saß. Selbst ein Mörder konnte ja beim Gedanken an den Tod seiner Mutter feuchte Augen bekommen. Die Augen von George blieben jedoch trocken. In kühlem, sachlichen Ton gab er das Zwiegespräch wieder, das sich in seinem Kopf zwischen ihm selbst und dem ›Aufpasser‹ abgespielt hatte, als er bei seiner Mutter saß.

»George, was machst du denn?«

»Ich sitze hier bei meiner sterbenden Mutter.«

»Schau ihr doch einfach beim Sterben zu und bleib ganz gelassen!«

»Das ist schon erstaunlich!« rief Susan und bekam eine Gänsehaut.

»Und dann riß ich mich zusammen«, sagte George.

»Ich wünschte, ich könnte das auch!« meinte Susan.

George lächelte. »Dazu braucht man nichts weiter als Übung.«

5

Es ist beschämender, seinen Freunden zu mißtrauen, als von ihnen getäuscht zu werden.

La Rochefoucauld

Zitiert in einem von George Trepals Tagebüchern

Fünf Tage nach dem Aufenthalt im Park telefonierte Susan mit George. Sie sagte, sie sei immer noch in Fort Lauderdale, werde jedoch am folgenden Tage zurückkommen. »Was haben Sie denn so alles gemacht?« fragte sie.

»Ich habe mich wie immer mit meinen Computern beschäftigt«, antwortete George.

»Es ist schön, eine freundliche Stimme zu hören. Sagen Sie mir doch ein paar nette Sachen.«

»Also gut. Sie sind eine liebenswerte Frau.«

»Danke. Sagen Sie mir etwas Erfreuliches.«

»Ach, das ist gar nicht so einfach.«

»Haben Sie denn nichts Erfreuliches zu berichten?«

»Nun, ich habe ein kleines Kätzchen, das recht drollig ist und an meinem Fuß herumnagt. Aber sonst ...«

»Haben Sie schon einen Namen gefunden?«

»Ja. Tigerlily.«

Die Stimme von George wirkte munter und unbesorgt. Susans Stimme hingegen klang lustlos und verdrießlich. Das war nur zum Teil gespielt. Nach einem langen Wochenende hatte sie Mühe mit der Rolle der Sherry.

»Sie wissen ja, daß ich gut zuhören kann«, hörte sie George sagen.

»Das weiß ich wirklich zu schätzen«, erwiderte sie. »Ich fühle mich einsam und wollte einfach eine Stimme hören ...«

»Ich bin auch allein, bis auf das Kätzchen, das an mir herumnagt.«

»Der Fernseher ist meine einzige Unterhaltung«, sagte Susan.

»Wo ist denn was los in Fort Lauderdale?« fragte er. »Ich kenne mich dort nicht gut aus und kann Ihnen leider keinen Tip geben.«

»Am Strand. Dort sind viele Leute, aber man ist trotzdem allein.«

»Tja, mir ist es manchmal auch so ergangen, daß ich mich in einer Menschenmenge einsam fühlte«, erwiderte George. »Man ist wie von einer gläsernen Wand umgeben und kann mit niemandem Kontakt aufnehmen.«

»Genau«, sagte Susan. »Aber ...«

George unterbrach sie. »Passen Sie mal auf! Eine gute Methode, mit jemandem bekannt zu werden, ist, ihn vollzukotzen. Das funktioniert, weil niemand glauben würde, daß es absichtlich geschehen ist. Sie sagen: ›Mein Gott, das tut mir ja so leid. Moment, ich helfe Ihnen beim Ausziehen. Mir ist das ja schrecklich peinlich.‹ Auf diese Weise kommen Sie ins Gespräch, und kein Mensch hält es für einen Annäherungsversuch.«

Wenn Susan zu der Überzeugung gelangt war, daß George die Eiseskälte eines Killers hatte, legte er eine seltsame Verletzlichkeit an den Tag. Wie von einer gläsernen Wand umgeben: Das trifft genau auf ihn zu, dachte Susan. Er sieht die Umwelt, kann sie aber nicht berühren und läßt sich von ihr auch nicht berühren. Die Menschen um ihn herum wollen ihn nicht akzeptieren, oder zumindest glaubt er das. Er ist zu smart und sieht so merkwürdig aus.

Ab und zu wagte sich George aus seinem Glaskasten hinaus; doch dann wurde er nervös und huschte wieder hinein. Susan konnte ein bestimmtes Verhaltensmuster erkennen:

George öffnete sich, und dann trat er mit einer unbeholfenen Witzelei den Rückzug an. Das war ein krankhafter Drang, aber irgendwie tat ihr der Mann leid. Susan empfand sogar Mitgefühl für ihn.

Als sie ihn näher kennenlernte, entdeckte sie überraschende Gemeinsamkeiten. Der Vater von George hatte oft Fernseher repariert; Susans Vater hatte gern an Haushaltsgeräten herumgebastelt. George sammelte Steine, Susan auch. Beide hatten sich mit dem Buddhismus befaßt. Die Ähnlichkeiten reichten noch tiefer. Susan merkte, daß sie und George in mancher Hinsicht Seelenverwandte waren. Wie George war auch Susan eine intelligente Person, die sich in der Menge nicht wohlfühlte.

In ihrer Kindheit, als Zentralflorida noch nicht mit Vergnügungsparks und Hotels zugepflastert war, hatte sie ein Märchenreich mit wogenden Feldern, wildwachsenden Blumen und gewundenen Bachläufen durchstreift. Mit Shorts bekleidet, hatte sie im bräunlichen Wasser des Tiger Creek geplanscht und im Lake Parker geangelt. Schon vor ihrem zehnten Geburtstag hatte sie mit ihrem eigenen Schrotgewehr das Schießen gelernt. Wie George las auch sie gierig und suchte sich Aktivitäten aus, bei denen sie nicht mit Menschenmassen in Berührung kam. In der High-school nahm Susan Schießunterricht; sie stellte ein Schützenteam von Mädchen zusammen und besuchte fast jede Woche eine andere Kirche. Auf der Suche nach Brieffreunden schrieb sie Zeitungen in fernen Ländern wie Iran und Indien an. Bei Schulfesten hatten ihre Klassenkameradinnen Kleider an; Susan trug einen Sari.

Susans Interessengebiete hatten einen gemeinsamen Nenner: ihre Wißbegier und ihr Bestreben, auf Distanz zu bleiben. Während andere junge Leute sich damit zufrieden gaben, in Autos die kurvigen Straßen von Polk County entlangzufahren, flog sie hoch droben in einem Flugzeug dahin. Während andere mit ihren Eltern in eine bestimmte Kirche trotteten, befaßte sich Susan mit verschiedenen Glaubensrichtungen. Susan war zwar gern mit ihren Schulkameradinnen zusammen, korrespondierte in ihrer Freizeit aber viel mit Brieffreunden, die sie nie zu Gesicht bekommen würde.

Es war daher nur logisch, daß Susan eine verdeckte Ermittlerin werden wollte. Mit einer Dienstmarke und ständig wechselnden Identitäten konnte sie sich in eine Menschenmenge hineinbegeben, ohne daß sie ein Teil von ihr wurde. Doch jetzt sah sie sich mit einer konkreten Gefahr konfrontiert: Je länger sie sich als Freundin von George aufführte, desto stärker fühlte sie sich als solche. Ihre Kollegen hatten sie zu Beginn der Ermittlungen vor dem ›Stockholm-Syndrom‹ gewarnt. Susan hatte ihre Bedenken jedoch abgetan. Sie würde ihre Rolle spielen, die Verhaftung vornehmen, und damit basta. So hatte sie es sich zumindest vorgestellt.

In bestimmter Hinsicht war Susan gar nicht überrascht, daß sie Sympathien für George empfand und gute Seiten an ihm entdeckte. Im Gegensatz zu den meisten anderen Polizisten hatte Susan die Menschen nie in ›gute‹ und ›böse‹ unterteilt. Sie sagte oft: »Auf der Erde gibt es keinen Menschen, der nicht auch etwas Gutes an sich hat.«

Diese Einstellung entsprang nicht allein ihrem Glauben an das Gute im Menschen. Daß sie die sympathische Seite von George sah, hatte auch einen praktischen Vorteil: Sie wurde in ihrer Rolle glaubhafter. Für viele Undercover-Ermittler ist es nicht schwierig, zu jemandem freundlich zu sein, den sie in Wirklichkeit hassen. Susan konnte dies nicht. Da sie auf das Gute achtete, das in George steckte, auf seine Verletzlichkeit, konnte sich ›Sherry‹ als wahrer Freund gebärden.

Etwas machte Susan jedoch zu schaffen: George gab nur deswegen etwas von sich preis, weil er ihr traute, und sie wußte, daß sein Vertrauen auf ihren Täuschungsmanövern beruhte. Wenn ihr Plan funktionierte, würde sie ihn festnehmen und sich dann mit dem nächsten Fall befassen; er hingegen würde auf den elektrischen Stuhl kommen, weil er von einer Frau verraten worden war, die er für seine Freundin gehalten hatte. Susan wußte, daß sie sich deswegen keine Gedanken zu machen brauchte: Sie sollte einen Mörder dingfest machen, und dies rechtfertigte das Täuschungsmanöver. Es bereitete ihr aber dennoch Schwierigkeiten. Nach dem Telefongespräch mit George rief sie deshalb Hagmaier an.

»Wissen Sie, Bill, die Sache wäre viel einfacher, wenn George ein richtiger Schweinehund wäre«, sagte sie. »Dann könnte ich ihn als einen Verbrecher betrachten, der hinter Gitter kommen muß. Es ist aber nicht so einfach. Ich merke immer wieder, daß er mir leid tut. Stimmt da etwas nicht bei mir?«

Hagmaier goß sich ein Ginger Ale ein. Er hatte diese Entwicklung vorausgeahnt. Viele verdeckte Ermittler zeigen nicht die geringste emotionale Anteilnahme, ganz gleich, wie lange sie hinter dem Verdächtigten her sind. Sie konzentrieren sich darauf, den Verbrecher dingfest zu machen, weil dieser in ihren Augen eine Gefahr für die Öffentlichkeit darstellt, oder weil sie rasch befördert werden wollen. Hagmaier wußte jedoch, daß dies auf Susan nicht zutraf.

»Ich verstehe Ihre Haltung durchaus«, sagte er mit sanfter Stimme. Er erinnerte Susan daran, daß George ein typischer Giftmörder sei, der direkte Auseinandersetzungen scheue und immer auf der Suche sei nach jemandem, der seine Verletzlichkeit erkenne und ihn beschütze. »Sie sind ja nicht nur Polizistin, sondern auch Mutter, und George möchte offenbar bemuttert werden«, fuhr Hagmaier fort. »Es darf Sie also nicht überraschen, wenn Sie mütterliche Gefühle für ihn empfinden.«

Hagmaier riet Susan, ihre Gefühle zu akzeptieren, sich jedoch in ihrem Urteil nicht von ihnen beeinflussen zu lassen und ihr Leben nicht aufs Spiel zu setzen.

»Ich weiß schon, was Sie als nächstes sagen werden«, erwiderte sie.

»Was denn?« fragte Hagmaier.

»Daß ich in aller Ruhe nachdenken und die Akten noch einmal anschauen soll, damit mir klar wird, was dieser Mann angestellt hat.«

Beide fingen an zu lachen.

»Alles Gute, Susan«, sagte Hagmaier. »Halten Sie die Ohren steif.«

Am folgenden Tag fuhr Susan zum Büro von George. Wie üblich saß er vor dem Computer und ließ die Finger über die Tastatur gleiten. Er schaute auf und lächelte.

»Kommen Sie rein!«

»Störe ich?« fragte Susan.

»Aber nein.« Er erklärte ihr, daß er an einem Computerprogramm arbeite. »Das ist besser für mich, als draußen frei herumzulaufen.«

Susan lachte und lud ihn zu einer Spazierfahrt in dem Monte Carlo ein, den sie jetzt fuhr. Als sie Winter Haven durchquerten, sprach George davon, wie schön es sei, in dem Kleinflugzeug seiner Frau mitzufliegen.

»Zum Tollsten, was man dabei erleben kann, gehört der Start eines Space Shuttle«, sagte er. »Wenn das große, weiße Raumschiff aufsteigt, breiten sich riesige Wellen aus Rauch und Feuer am Erdboden aus. Das ist wie ein Atompilz, der auf dem Kopf steht.«

Susan gefiel diese Seite von George, sein Staunen über das unglaubliche Potential des menschlichen Geistes. Sie dachte: Hätte er seine Intelligenz doch nur besser genutzt und etwas erdacht, das die Welt in Erstaunen versetzt! Susan sagte sich aber: Vielleicht ist er der Meinung, genau das getan zu haben.

Als sie wieder im Büro von George waren, setzte Susan sich in einen Sessel und hielt ihre Handtasche auf den Knien fest. Sie wollte nicht, daß der Inhalt, zu dem auch ein Mini-Sender gehörte, herausfiel. Als sie sich umschaute, entdeckte sie an der Wand ein Gemälde, auf dem hawaiianische Berge zu sehen waren.

»Auf Hawaii war ich noch nie«, sagte sie. »Es ist so grün und schön.«

George betrachtete das Gemälde und erzählte von seinem Aufenthalt. Er beschrieb eine besonders zauberhafte Wegstrecke: »Die Straße ist so kurvig, daß sie von Ausflugsbussen nicht befahren werden kann. Sie zieht sich am Meer entlang. Alles blüht. Drunten rauscht der Ozean. Am liebsten würde ich mit einem Zelt und einem tragbaren Generator in diese Gegend reisen, um den Computer anzuschließen und dort zu leben.«

»Es ist bestimmt sehr schön dort«, sagte Susan. »Haben Sie Fotos gemacht?«

»Ich habe eine Ansichtskarte von dort.«

»Knipsen Sie nicht gern?«

»Nein, ich finde es blöd. Und es verstößt auch gegen meine Religion.«

»Tatsächlich?«

»Das stimmt. Der Buddhismus lehrt nämlich, daß man nur für den jeweiligen Augenblick tätig sein soll.«

Susan machte sich über seine Interpretation des Buddhismus Gedanken. Bedeutete das, daß er etwas Schreckliches tun konnte und dies am nächsten Tag dann keine Rolle mehr spielte? Susan hatte sich in jungen Jahren mit dem Buddhismus befaßt und war von ihm fasziniert gewesen. Sie begriff ihn jedoch nicht als eine Möglichkeit, Verantwortung loszuwerden. Susan war der Meinung, daß die meisten Handlungen einen moralischen Aspekt haben, dessen Konsequenzen über den jeweiligen Augenblick hinausgehen. Aber George war anscheinend nicht dieser Ansicht.

Susan hatte den Eindruck, daß George in vieler Hinsicht eine intellektuelle Version von Peter Pan war: ein ewiger Jugendlicher, der von seinem Lebensstil niemals ablassen würde. Diana ermöglichte ihm diesen Luxus, indem sie alle Ausgaben bestritt und sich um die Alltagsgeschäfte kümmerte. Susan fragte sich, ob diese Leistungen ihren Preis hatten.

Vielleicht hatte Diana nach der Auseinandersetzung mit Peggy Carr zu George gesagt: »Ich könnte diese Leute umbringen!« Sie hatte ihre Wut aber nicht abreagieren können, denn sie galt als geachtete Ärztin und wollte ihren Ruf nicht gefährden. Ihr Mann hingegen war ein Außenseiter der Gesellschaft, der nach seinen eigenen Vorstellungen lebte. Möglicherweise hatte George – mit oder ohne Dianas Zutun – beschlossen, die Probleme seiner Frau zu regeln.

Daß die Familie Carr verschwand, hatte auch im Interesse von George gelegen. Pye und die jungen Leute waren George jahrelang auf die Nerven gegangen; sie ließen die Hunde frei herumlaufen, drehten ihre Musik auf und kümmerten sich nicht um seine Beschwerden. Womöglich lachten sie hinter seinem Rücken über ihn. Er war Mitglied von ›Mensa‹, und diese Rüpel machten sich lustig über ihn!

Vielleicht hatte George beschlossen, seinen Glaskasten für kurze Zeit zu verlassen. Um ihnen zu zeigen, wie smart er war. Um dafür zu sorgen, daß sie nie mehr lachten.

Eine Woche danach fuhr Susan wieder zum Büro von George. Er beschäftigte sich gerade mit einem Computerspiel. George forderte sie auf, neben ihm Platz zu nehmen und Murmeln durch das Labyrinth zu bugsieren, das auf dem Monitor zu sehen war. Während Susan mit der Computermaus hantierte, redete George über Diana. Seine Stimme hatte zum ersten Mal einen bitteren Unterton.

»Sie gleicht einem fünf Zentner schweren Gorilla, wenn sie andere tyrannisiert und ihren Willen durchsetzt«, sagte er. »Sie läßt sich von niemandem den Schneid abkaufen.«

George wechselte das Thema und erzählte von einer Fahrt nach Kalifornien, die er Anfang der siebziger Jahre unternommen hatte. »Damals war ich oft mit einem Typ namens David Warren zusammen. David hatte in Kalifornien eine Freundin, die er dort abholen und nach South Carolina bringen wollte. Er bat mich, mitzukommen. Wir wollten ohne Übernachtung durchfahren, und ich brachte eine Thermosflasche Kaffee und einen Beutel Plätzchen mit.«

»David holte mich um drei Uhr morgens in einem nagelneuen Ford Maverick ab«, fuhr George fort. »Ich legte die Thermosflasche und die Plätzchen auf den Sitz und machte ein Schläfchen, während David die erste Etappe zurücklegte. Es war eine regnerische Nacht, und auf der ersten Teilstrecke kamen wir durch die Berge im westlichen Carolina. Während ich schlief, ließ David sich die Plätzchen schmekken und trank Kaffee. Als ich aufwachte und merkte, daß David Plätzchen gegessen hatte, sagte ich ihm, daß jedes von ihnen zwanzig Milligramm Amphetamine enthielt. ›Kein Wunder, daß ich so aufgeputscht bin!‹, rief David.«

George wurde beim Erzählen immer aufgeregter. Seine Stimme hob sich, und seine Hände zitterten, als er berichtete, daß sie eine Anhalterin mitgenommen hätten. »Sie sagte, sie heiße Ruby. Sie war etwa einfünfundsechzig groß, hatte lockiges rötlichbraunes Haar und trug einen wallenden Rock und ein T-Shirt. Sie kam mir ein bißchen nervös vor, und ich gab ihr ein paar von den Plätzchen. Was sie enthielten, sagte ich ihr nicht.«

Bald darauf habe Ruby angefangen zu halluzinieren. »Sie sagte mir, was für Farben sie sah, und ich analysierte, was sich gerade bei ihr abspielte«, berichtete George voller Stolz. »Sie fand mich super.«

Susan saß schweigend da und nickte von Zeit zu Zeit lächelnd, um ihr Interesse zu bekunden. George erzählte, sein Kumpel habe eine Idee gehabt: Er wollte seiner Freundin in Kalifornien erzählen, daß Ruby die Geliebte von George sei. »Ich sagte aber zu ihm, daß das nicht gehe. Zum damaligen Zeitpunkt hatte ich mir nämlich geschworen, keine Lügen zu verbreiten. Und dann schlief ich mit Ruby, damit die Geschichte wahr wurde.«

Susan nickte lächelnd. Sie dachte: Hat er sich alles bloß ausgedacht, oder ist es wirklich wahr?

6

Susan verließ das Sheriff's Office und ging auf das Gerichtsgebäude von Polk County zu. Es war Ende Juni, und sie brauchte Rat. Das Szenario mit Richard schien gut zu laufen, allerdings nur bis zu einem gewissen Punkt. Für Sherrys Probleme mit ihrem üblen Ex-Mann zeigte George zwar Mitgefühl, aber er hatte ihr nicht angeboten, ihr zu helfen, Richard mit Gift zu beseitigen. Und über seine Rolle bei dem Giftanschlag auf die Nachbarn hatte er erst recht nichts gesagt.

Hagmaier hatte Susan geraten, geduldig zu sein, doch dies fiel ihr immer schwerer. Sie wußte, daß im Sheriff's Office jetzt allerlei gemunkelt wurde. Niemand hatte sie direkt angesprochen, doch die Anzeichen waren unverkennbar: Die Unterstützung begann zu bröckeln. Zu Beginn der Ermittlungen war es nicht schwer gewesen, für die Überwachung ein Auto voller Beamter zu bekommen; jetzt mußte sie sich anstrengen, um einen einzigen Polizisten zu ihrer Unterstützung aufzutreiben. Dann nahm ein Lieutenant eine Personalumgruppierung vor und gab jedem verdeckten Ermittler einen neuen Partner – bis auf Susan, die alleine weiterarbeiten mußte. Selbst Ernie Mincey schien nicht mehr besonders begeistert zu sein; er meinte, daß es besser wäre, George herbeizuschaffen und zu vernehmen.

Susan sprach sich dagegen aus. Andere Killer könnten bei einer Vernehmung vielleicht zum Sprechen gebracht werden, aber George würde nur in ein ängstliches Schweigen verfallen – und sie selbst würde wahrscheinlich enttarnt werden. Susan wußte, daß sie bei George subtiler vorgehen mußte. Sie wollte noch ein Zusammentreffen mit Richard inszenieren, um George so unter Druck zu setzen, daß er ihr anbot, Richard beseitigen zu helfen. Sie wollte aber auch darauf achten, daß sie George nicht zu sehr bedrängte, denn sonst könnte er später behaupten, er sei zu der strafbaren Handlung verleitet worden.

Susan überquerte die Straße und ging auf das Gerichtsgebäude zu. Als sie die Sicherheitsprüfung hinter sich gebracht hatte, fuhr sie im Fahrstuhl zum zweiten Stock hinauf. Dort befand sich das Büro des Stellvertretenden Staatsanwalt John Aguero. Dieser schnurrbärtige Mann, der sich im Gerichtssaal wie eine Bulldogge aufführte, war der Strafverfolger, der letztlich entscheiden würde, ob die Polizei über genügend Beweismaterial verfügte für eine Anklage wegen Mordes.

Susan nahm in Agueros Büro in einem Sessel Platz und schaute sich die Bücherregale an. Dort standen Fotos von Agueros Frau und seinen drei Töchtern sowie eine Aufnahme des dreibeinigen, als ›Old Sparky‹ bekannten elektrischen Stuhls von Florida.

Susan erzählte dem Staatsanwalt, was sie bedrückte. »Wenn George den Giftanschlag auf die Familie Carr begangen hat, möchte ich nicht, daß er wegen eines Ermittlungsfehlers auf freien Fuß gesetzt wird«, sagte sie. »Angenommen, ich fragte ihn: ›Was soll ich tun, um meinen Mann zu loszuwerden?‹ Würde ich ihn damit zu einer strafbaren Handlung verleiten?«

Aguero stellte eine Gegenfrage: »Was würden Sie tun, wenn eine Freundin zu Ihnen sagte: ›Ich halte es mit meinem Mann nicht mehr aus, ich muß mit dieser Ehe Schluß machen‹?«

»Ich würde ihr vorschlagen, zu einem Scheidungsanwalt zu gehen oder zur Eheberatung«, antwortete Susan. »Vielleicht würde ich sie auch bei mir aufnehmen.«

»Und wenn sie zu Ihnen sagte: ›Ich habe fünf Milliarden Dollar. Bitte, bringen Sie meinen Mann um.‹ Würden Sie's dann tun?«

»Aber nein!« erwiderte Susan.

»Sehen Sie, das ist der springende Punkt«, sagte Aguero. »Verleiten bedeutet, daß Sie jemanden dazu bringen, etwas zu tun, das er sonst nicht tun würde. Wenn Sie George um Rat fragen wegen Ihrer problematischen Ehe, verleiten Sie ihn nicht dazu, einen Mord zu planen. Wenn er auf diesen Gedanken kommt, tut er das von allein. Sind Sie der Meinung, daß Sie George zu einer strafbaren Handlung verleiten?«

»Nein, ich biete ihm nur meine Freundschaft an«, antwortete Susan. »Und ich bitte ihn lediglich um seinen freundschaftlichen Rat.«

»Dann brauchen Sie sich keine Gedanken zu machen«, sagte Aguero. »Gehen Sie einfach Ihrer Aufgabe nach.«

Ein paar Tage später fuhren Susan und George in Richtung Tampa. Susan hatte eine weitere Fahrt zum Flughafen geplant und deshalb George mitgeteilt, sie müsse ›Sam‹ abholen, den Bekannten, der mit ihr zum Krimi-Wochenende gekommen war (in Wirklichkeit handelte es sich um Lieutenant Nolan Allen). Als Susan vom Büro von George wegfuhr, tauchte plötzlich ein Bauarbeiter in Jeans und orangefarbener Weste vor ihr auf. Obwohl ihr noch genügend Zeit zum Bremsen geblieben wäre, riß sie das Steuer abrupt herum. Dann murmelte sie eine Entschuldigung.

»Ich möchte niemanden überfahren«, sagte Susan und lachte nervös. »Ich bin da ein bißchen übervorsichtig.«

Susans Ängstlichkeit hatte in Wahrheit nichts mit dem Verkehr zu tun; sie stand unter Druck. Sie befürchtete, daß ihre Vorgesetzten die verdeckte Ermittlung beenden würden, wenn George nicht bald über den Giftanschlag auf die Nachbarn redete oder vorschlug, Richard zu vergiften. Susan dachte an die schöne Zeit nach dem Krimi-Wochenende zurück, als sie und ihre Kollegen erstaunt gewesen waren, wie schnell sie sich an George herangemacht hatte. Alle, auch Susan, hatten gedacht, daß George bald Gefängniskluft tragen würde.

Sie hatten sich geirrt.

Nach dem Krimi-Wochenende mußte Susan erfahren, daß George keine leichte Beute war. Er wagte sich nur einen Augenblick lang aus seinem Schneckenhaus hervor. Dann wurde er unruhig und zog sich zurück. Lag es daran, daß er einen Verdacht gegen sie hatte? Oder war er bei allen mißtrauisch, auch bei seinen Freunden? Susan wollte jetzt endlich vorankommen. Sie wollte George erzählen, sie hätte am Wochenende versucht, Richard um die Ecke zu bringen. Das konnte sie natürlich nicht klipp und klar sagen. Auch wenn es kein Verleiten zu einer Straftat darstellte, könnte George doch Verdacht schöpfen. Er war nicht der Typ, der die Dinge unumwunden zur Sprache brachte, und er mißtraute denen, die dies taten.

»Ich bin sehr optimistisch«, sagte Susan während der Fahrt zu George. »Das Wochenende verlief recht gut.«

»Waren Sie in Fort Lauderdale?« fragte er.

»Nein. Ich wollte ursprünglich nur einen Tag lang weg sein, aber dann mußte ich wegen eines Sturms zwei Tage lang bleiben. Aus diesem Grund kam ich erst später zurück. Ich glaube, es war ganz nützlich.«

Susan hoffte, daß George den Hinweis verstand. Am Wochenende war ein tropischer Sturm namens Allison über Texas hinweggerast, hatte Dächer abgedeckt, Straßen überflutet und Bäume entwurzelt. Texas war angeblich der Heimatstaat von Richard. Susan wollte, daß George glaubte, sie sei dort gewesen und habe eine Gelegenheit gehabt, sich an ihrem bösartigen Ex-Mann zu rächen.

George schien den Hinweis zu verstehen. Er faltete die Hände auf dem Schoß und sagte mit leiser Stimme: »Möchten Sie, daß ich Ihnen helfe oder irgendwelche Informationen liefere?«

Susan wollte die Sache jedoch vorerst nicht weiter vorantreiben. Sie hatte das Terrain vorbereitet für den Zeitpunkt, an dem sie Sam am Flughafen abholen würden. Sie wollte nur, daß George in Erinnerung behielt, daß sie am Wochenende in der Nähe von Richard gewesen war.

»Kann schon sein«, antwortete sie und konzentrierte sich auf die vor ihr liegende Wegstrecke.

»Fahren Sie noch etwa acht Kilometer weiter«, sagte George. »Die kleine Ansiedlung hier heißt K-ville.«

Sie fuhren auf der mit schwarzer Teerdecke versehenen Landstraße 542, die sich zwischen Eichen und Wiesen hinzog, vorbei an Häuschen, vor denen rostige Vehikel standen. »Die Gegend hier ist nicht so dicht besiedelt«, sagte George. »Sie ist landschaftlich schöner.«

Die Gegend mochte zwar sehenswert sein, aber Susan konnte den Anblick nicht recht genießen. George hatte sie von der geplanten Strecke weggeführt, deshalb machte sie sich Sorgen wegen des Überwachungsteams. Auf einer vielbefahrenen Straße konnten sich die Zivilfahrzeuge der Polizei in den fließenden Verkehr einreihen, doch auf einer stillen Landstraße könnte George merken, daß ihnen immer ein bestimmtes Fahrzeug folgte. Und das könnte ihn mißtrauisch machen.

Susan schaute in den Rückspiegel, sah jedoch nichts. Eine andere Sorge befiel sie: Vielleicht hatte George diese entlegene Strecke nicht nur wegen der landschaftlichen Schönheit ausgesucht? Wenn die Überwachungsautos nicht hinter ihr herfahren konnten, wie konnten sie dann rechtzeitig zur Stelle sein, wenn etwas passierte? Schlimmer noch: Was wäre, wenn sie die Spur verloren hätten? Susan fiel das in die Armlehne eingenähte Mikrofon ein, und sie ließ Hinweise auf ihren Aufenthaltsort in die Unterhaltung einfließen. »Ach ja, der Old Dixie Highway ... Ich habe diese Kreuzung schon mal von der Straße 92 aus gesehen.«

Susan erblickte schließlich eine vertraute rote Limousine. Sie entspannte sich wieder und beteiligte sich stärker an der Unterhaltung. George hatte inzwischen mit einem weitschweifigen Bericht über eine Reise angefangen, die er mit einem Freund namens Carlos unternommen hatte. Dieser Carlos war offenbar in der Lage gewesen, auf dem Niveau von George über naturwissenschaftliche und technologische Fragen zu reden. George leckte sich die Lippen und sagte, es sei schön für ihn gewesen, mit jemandem zusammen zu sein, der seine Sprache gesprochen habe.

Susan spürte ein Unbehagen. Was für ein Snob dieser Kerl doch ist! Dachte sie. Sie hatte sich naiv aufgeführt, um seinem Ego zu schmeicheln. Das hatte sie langsam satt. Sie hätte gern gesagt: »Seien Sie mir gegenüber bloß nicht so arrogant, Sie Arschgesicht! Wenn Sie wüßten ...«

Susan hielt sich jedoch zurück. »Wie interessant«, bemerkte sie. »Ich kann mich zwar nicht auf Ihrem Niveau über Physik unterhalten, aber ich bin gern in Ihrer Gesellschaft.«

»Vielen Dank«, sagte George und lächelte huldvoll.

Susan konnte nicht widerstehen, selbst einen Fingerzeig zu liefern. »Ich liebe es, andere Menschen zu studieren; ich kann unheimlich gut auf ihre Gefühle eingehen«, sagte sie. »Ich bin meist recht still und reserviert, und ich habe wohl in den letzten Jahren viele Gefühle unterdrückt. Ich glaube, ich studiere mich selbst noch mehr als andere.«

George interessierte sich nicht besonders für ihre Selbstbetrachtung. »Jaja«, sagte er. »Ich habe mich auch des öfteren mit mir selbst befaßt.«

Was Susan und ihre Kollegen über die intellektuellen Qualitäten von George zu hören bekommen hatten, hatte sie zu Beginn etwas eingeschüchtert. Susan hatte jedoch festgestellt, daß sein Selbstwertgefühl seinen Intelligenzquotienten noch weit übertraf. Die Arroganz, die George an den Tag legte, ging Susan zwar schwer auf die Nerven, doch sie merkte auch, daß diese Arroganz ein großer Schutz für sie war. Solange George so von sich selbst eingenommen war, beachtete er sie gar nicht.

»Was ist denn dabei herausgekommen?« fragte Susan.

»Im Alter von etwa fünfundzwanzig Jahren fand ich wirklich zu mir. Ich liebte mich voll und ganz. Ich glaube, daß ich damals die Fähigkeit erlangte, wahrhaft zu lieben.« Susan betrachtete sein Gesicht und wartete auf ein Lächeln, auf ein Zeichen von Ironie. Nichts dergleichen erschien; George blieb ganz ernst.

Dann kam er auf einen Zeitpunkt zu sprechen, an dem er zu tief in sein Inneres geschaut habe. Er habe meditiert, und sein Nervensystem habe verrückt gespielt. »Da rollte ich schreiend auf dem Boden herum ...«, erzählte George in einem verzückten Tonfall.

Susan zuckte zusammen. »Ich kann mir nicht so recht vorstellen, was da mit Ihnen geschah«, sagte sie. »Und ich will es auch gar nicht unbedingt wissen.«

George ließ sich nicht beirren. »Denken Sie mal, Sie lägen in brennendem Benzin, durch das elektrischer Strom fließt, dann haben Sie eine Vorstellung davon«, sagte er grinsend und rutschte auf seinem Sitz hin und her. »Da war die Hölle los! Und ich bin jetzt tief beeindruckt, daß man so etwas mit dem eigenen Nervensystem erreichen kann.«

George berichtete ihr, er sei einmal von einem College angestellt worden, um einen Kurs über die chemischen Aspekte der Keramikherstellung zu halten. Susan vermutete, daß er das Central Piedmont Community College meinte, an dem er zusammen mit einem Lehrer neue Glasurtechniken entwickelt und nebenbei ein geheimes Drogenlabor installiert hatte. Wie sie erfahren hatte, wurde Thallium gelegentlich bei Keramikglasuren verwendet.

»Dort gab es ein wunderbares Keramiklabor«, sagte George. »Doch dann wurden die Mittel gekürzt, und man sagte mir: ›George, wir können Sie nicht mehr bezahlen.‹ Ich erwiderte: ›Das macht nichts, ich verdiene anderweitig genug Geld.‹«

»In einem guten Keramiklabor gibt es vielerlei Chemikalien«, fuhr George fort. »In dem College standen weit über hundert zur Verfügung, auch einige sehr ausgefallene. Da kann man gut experimentieren!«

Als sie sich dem Flughafen näherten, holperten die Räder des Autos über die Rillen in der Fahrbahn. George hatte ich inzwischen von der Chemie abgewandt und einen Vortrag über die Kunst der Seidenmalerei begonnen. Seine Stimme wurde eins mit den Fahrgeräuschen und dem Wehen des Windes, und Susan ließ ihre Gedanken schweifen. In den vergangenen drei Monaten hatte sie viel über George, aber wenig über seine Frau erfahren. Er hatte Diana nie mitgebracht, und wenn er sie in letzter Zeit einmal erwähnt hatte, dann geschah dies meist nur, um sie zu kritisieren. Diana hatte vor kurzem einen schweren Autounfall gehabt, aber George hatte sich darüber nur lustig gemacht. »Sie hat eine Reihe blauer Flecken abbekommen«, hatte er Susan erzählt. »Es sieht aus, als hätte ich sie kräftiger verprügelt als sonst.«

Susan hatte gelacht. In seiner Stimme hatte aber nicht nur Heiterkeit gelegen, sondern auch Kälte. George war nicht der Typ, der unumwunden sagen würde: »Ich hasse meine Frau.« Doch wieso sollte er seine Frau nicht leiden können? Diana gab ihm Geld, schlief mit ihm und teilte anscheinend seine Vorliebe für schwarzes Leder. Mit ihrem Einkommen als Ärztin und ihrer starken Persönlichkeit konnte sie George aller finanziellen und gesellschaftlichen Verpflichtungen entheben. Mit dieser Macht bereitete sie George vielleicht aber nicht nur Freude, sondern auch Schmerzen.

Der Wagen hatte die Zufahrtsstraße zum Tampa International Airport erreicht. Mist! dachte Susan, als sie durchs Seitenfenster schaute und merkte, daß sie ihre Abzweigung verfehlt hatte. Sie warf George einen reumütigen Blick zu, fuhr im Bogen um den Flughafenterminal herum und gelangte schließlich zu der Schranke vor dem Parkdeck. Dort streckte sie den Arm aus, um ein Ticket aus dem Automaten zu ziehen.

»Haben Sie in letzter Zeit etwas von Mona gehört?« fragte George.

Als Susan gerade antworten wollte, bemerkte sie etwas: Auf dem Beifahrersitz des genau neben ihnen stehenden Überwachungsautos saß ›Mona‹! Ihre Kollegin riß erstaunt die Augen auf, als sie Susan und George erblickte; dann holte sie rasch eine Zeitschrift hervor und verdeckte ihr Gesicht.

»Wie bitte?« stotterte Susan. Sie hatte vergessen, was George gefragt hatte. Sie befürchtete, daß er ihre Verblüffung bemerken und das benachbarte Auto anschauen würde. Susan hoffte inständig, daß die Schranke bald hochgehen würde. Als dies schließlich geschah, raste sie die Rampe zum Parkdeck hinauf. George hatte anscheinend nichts bemerkt.

»Ich glaube, wir müssen einem dieser kleinen grünen Pfeile folgen«, sagte er.

»Grüne Pfeile? Denen da?« fragte Susan stotternd.

»Genau«, sagte George. »Also, wie geht es Mona?«

»Heiraten will sie«, antwortete Susan rasch. »Und ich versuche, ihr das auszureden.«

»Nun, wenn Mona einen guten Kandidaten gefunden hat, könnten Sie sich ja anschließen«, sagte George. »Er wird sich vielleicht freuen, zum selben Preis gleich zwei zu bekommen.«

Susan setzte ein Lächeln auf. Dann schaute sie in den Rückspiegel. Das Überwachungsauto war nicht zu sehen.

Susan und George gingen auf das Flughafenrestaurant zu, wo sie ›Sam‹ treffen sollten. Sie kam wieder auf ihre problematische Ehe zu sprechen und erzählte George: »Ich mußte lange nachdenken, bis ich merkte, wovor Richard am meisten Angst hat.«

»Wovor fürchtet er sich denn?« fragte George.

»Er ist abergläubisch.«

Die Miene von George hellte sich auf. »Sie könnten ihm Voodoo-Zaubermittel schicken. Zufälligerweise kenne ich mich da ja gut aus.«

Bevor er Genaueres sagen konnte, stießen sie auf Nolan Allen alias ›Sam‹, der im Restaurant an einem Tisch saß, wo er eine Zigarette rauchte und einen Whisky mit Coke trank. »Dort drüben ist er ja!« sagte Susan zu George.

»Hey, Mädchen!« rief Nolan.

»Hey!« erwiderte Susan und umarmte ihren Freund.

»Wie geht's dir? Schön, dich zu sehen«, sagte Nolan. Er

hielt sein leeres Glas in die Höhe und schaute George an. »Möchten Sie auch einen? Ich bin nicht gern der einzige, der etwas trinkt.«

George schaute zu der Kellnerin hoch und sagte: »Für mich eine Coca-Cola.«

Nolan fing mit dem Text an, den er mit Susan am Abend zuvor geprobt hatte. »Wo hast du denn gesteckt, wenn ich fragen darf?«

»Heute?« fragte Susan und schaute konsterniert drein.

»Nein, am Wochenende.«

»Da war ich in Fort Lauderdale«, gab Susan mit einem matten Lächeln zur Antwort. Obwohl George wußte, daß sie log, sagte er nichts. Sie waren insgeheim Partner. Er beschäftigte sich mit seinem Coke und hörte zu.

»Ich hab' dort angerufen«, sagte Nolan. »Auch bei Mona und anderswo.«

»Ich vergaß, dir zu sagen …«

Nolan unterbrach sie: »Ich hab' sogar nach Texas telefoniert und im Büro von Richard angerufen. Er liegt im Krankenhaus!«

»Na so was!« sagte Susan ganz unbekümmert.

»Niemand weiß genau, was er hat. Es könnte ein Darmvirus sein.« Nolan schwieg; dann zeigte er mit dem Finger auf Susan und sagte: »Du hast mich angelogen, das weiß ich genau.«

»Nein!« rief Susan. Sie schaute zu George hinüber und stellte sich vor, wie er sein Gehirn anstrengte und über diese mysteriöse Angelegenheit nachdachte: Was hatte Sherry wohl am Wochenende gemacht? Ob er eine Schlußfolgerung gezogen hatte, war ihm nicht anzumerken; er starrte ausdruckslos vor sich hin und sagte nichts.

Die drei bezahlten und gingen zu Susans Auto. ›Sam‹ nahm auf dem Rücksitz Platz, und George setzte sich neben Susan. Auf der Fahrt nach Polk County redeten sie weiter über ›Richard‹. George steuerte schließlich auch etwas zu der Unterhaltung bei. »Man könnte ihm giftige Blumen schicken«, sagte er.

7

Ein guter Polizist zu sein ist nicht schwierig. Man verläßt sich auf seinen Instinkt und hofft, daß man mit harter Arbeit und etwas Glück zu einer Festnahme kommt. Susan war über vier Monate lang ihrer Eingebung gefolgt. Und was hatte sie erreicht? Sie war näher an George herangekommen, als sie sich je erträumt hätte – aber nicht nahe genug.

Daß George vergiftete Blumen erwähnt hatte, war ein weiterer wichtiger Hinweis gewesen, ein Anzeichen für seine Bösartigkeit. Das reichte aber nicht aus für eine Festnahme, nicht einmal für eine Hausdurchsuchung. Es machte Susan ganz verrückt: George offenbarte die belastenden Momente, nämlich seinen Haß auf die Nachbarn, seine hervorragenden Kenntnisse auf dem Gebiet der Chemie und seine Bereitschaft, gegen das Gesetz zu verstoßen, damit er mißliebigen Personen Schaden zufügen konnte. Diese Enthüllungen kamen jedoch als kleine Bruchstücke, die so schwache Verbindungslinien aufwiesen, daß sie vor Gericht niemals Beweiskraft hätten. Es hatte den Anschein, als ob George genau wußte, wer Susan war, und daß er sich dumm stellte, um sie an der Nase herumführen zu können. Vielleicht wußte er es auch nicht, und seine Enthüllungen resultieren aus einem inneren Konflikt zwischen dem George, der ungestraft davonkommen und einem anderen, der geschnappt werden wollte.

Juni, Juli, August. Die sengende Sommerhitze hielt an, die Luft roch herb. Susan hatte George seit Wochen nicht gesehen; sie hatte ihm gesagt, sie müsse eine Reise in den Norden machen, um einem Freund namens Sam behilflich zu sein und dabei selbst ein bißchen Geld zu verdienen. Susan machte in dieser Zeit weitere Hintergrundermittlungen in der Hoffnung, bei den Telefonaten oder den Chemikalieneinkäufen von George etwas Verwertbares zu finden. Da sie sich jetzt häufiger im Büro aufhielt, hörte sie auch das Gerede. Auf den langen, glänzenden Korridoren und hinter den verschlossenen Türen wurde über sie getuschelt.

»Dieser Fall nimmt kein Ende.«

»Die Goreck zieht alles in die Länge.«

»Ich hätte diesen Typ längst überführt.«

»Das kommt dabei heraus, wenn man einer Frau einen Männerjob gibt.«

»Vielleicht sollte sie sich an ihn ranschmeißen, damit er plaudert.«

»Warum schnappen wir diesen Kerl nicht einfach, bevor er mißtrauisch wird?«

»Ach, das geht doch nicht. Dafür ist es zu spät.«

Wurde wirklich so geredet, oder bildete Susan sich das nur ein? Sie hatte nicht nur Probleme, Susan und Sherry auseinanderzuhalten, sie fand es auch schwierig, zwischen der Wirklichkeit und der Einbildung zu unterscheiden. Vor vier Monaten hatte sie am *Mensa*-Krimi-Wochenende teilgenommen, und ihre Vorgesetzten hatten ihr seither freie Hand gelassen. Susan wußte jedoch, daß auch sie sich allmählich wunderten.

An einem Augusttag ging Susan die Liste der Telefonate durch, die von Georges Haus aus geführt worden waren. Sie hörte Schritte, sah ein Paar Stiefel aus Haifischhaut. Susan schaute auf und erblickte Lieutenant Francis Hart, einen ihrer Vorgesetzten.

»Susan, ich möchte mit dir etwas besprechen«, sagte Hart.

Sein Erscheinungsbild paßte zu seiner Tätigkeit als verdeckter Ermittler: lange Haare, Sonnenbrille, T-Shirt, muskulöse Arme, Bluejeans und Stiefel. Er und Susan kannten sich seit langem; beide waren in Lake Wales aufgewachsen, hatten dieselben Schulen besucht und waren beide zur Polizeiakademie gegangen. Sie waren zwar nicht eng befreundet, kannten und schätzten einander jedoch als Kollegen. Wenn irgend jemand im Büro offen mit Susan reden würde, dann wäre es Hart.

Bis jetzt hatte sich Hart immer zwischengeschaltet und Kritik abgefangen, damit Susan sich auf George konzentrieren konnte. Es sah so aus, als wären sie monatelang kurz vor dem Ziel gewesen, und manche wunderten sich, daß Susan es nicht geschafft hatte, George zum Reden zu bringen. Das richtete sich nicht unbedingt gegen Susan. Niemand erwartete Wunder von ihr. George war schließlich der schlaueste Killer, mit dem sie es je zu tun gehabt hatten. Man erwartete von Susan, daß sie auf der Hut war, denn George könnte schnell auf den Gedanken kommen, sie zu vergiften. Man hatte aber auch den Eindruck, sie operiere jetzt so vorsichtig, daß sie gar nicht mehr vorankam. Wie seine Kollegen fragte sich auch Hart, ob Susan der Aufgabe nach wie vor gewachsen sei.

Der Lieutenant ließ sich in einen Sessel fallen. »Es gibt Befürchtungen, daß die Ermittlungen aus einem ganz bestimmten Grund nicht weiter vorankommen«, sagte er.

Susan fuhr hoch. Sie bemühte sich, ihre Empörung unter Kontrolle zu halten, aber dies gelang ihr nicht ganz. »Was soll das heißen?« zischte sie.

Hart verzog das Gesicht, als ob er eine bittere Pille geschluckt hätte und von Susan nun dasselbe erwartete. »Man befürchtet, daß du vor George zuviel Angst hast, um den Fall erfolgreich abschließen zu können.«

Susan legte die Liste der Telefonate beiseite und warf Hart einen finsteren Blick zu. »Wo warst du, als ich mit ihm essen gehen mußte? Als ich den ganzen Tag mit ihm verbrachte? Als ich seinen Müll durchstöberte? Wo warst du in diesen Monaten?« fragte sie. »Er hätte mich jederzeit umbringen können. Wenn du damals geglaubt hast, ich hätte Angst vor ihm, warum sagst du es dann erst jetzt?« Hart saß unbeweglich in seinem Sessel.

»Natürlich fürchte ich mich vor ihm«, fuhr Susan fort. »Ich wäre dumm, wenn ich das nicht täte.« Sie erinnerte Hart daran, daß George sie im Nu beseitigen könne. Er brauche ja nur ein bißchen Thallium in ein Getränk oder ein Sandwich zu geben. Mit dieser Angst gehe sie jedoch nach Art eines Polizisten um: Sie helfe ihr, sprungbereit und wachsam zu sein. Sie halte sie nicht davon ab, George auf den Fersen zu bleiben.

Hart widersprach Susan nicht. Er hielt nur die Hand hoch und sagte: »Ich wollte dich nur darauf aufmerksam machen.« Dann stand er auf und ging hinaus.

Als Susan nach Hause fuhr, hatte sie Tränen in den Augen. Sie dachte: Ich habe mir solche Mühe gegeben. Ich habe mich halb kaputt geschuftet mit zusätzlichen Aufträgen, damit niemand sagen konnte, daß ich bei diesem Fall ausruhe.

Wie kommt Francis bloß zu der Behauptung, ich sei ängstlich? Er hätte mir vorwerfen können, daß ich nicht genügend Druck ausübe, oder daß ich dabei sei, George zu einer strafbaren Handlung zu verleiten. Aber nachdem ich so viel Zeit in der Nähe von George verbracht habe, darf niemand behaupten, ich hätte Angst vor ihm. Man kann mir vieles vorwerfen, aber eines nicht: daß ich feige sei.

Zu Hause ließ sich Susan im Wohnzimmer in einen Sessel fallen und fing an zu weinen. Gary hatte inzwischen eine genauere Vorstellung von dem Fall. Als er von Susan erfuhr, was Lieutenant Hart zu ihr gesagt hatte, explodierte er. »Das ist ja nicht zu fassen!« rief er. »Soll ich zu ihm gehen und ein Wörtchen mit ihm reden?«

»Nein«, erwiderte Susan. »Ich möchte mir das in Ruhe durch den Kopf gehen lassen.«

Als Susan über die Probleme bei der Arbeit nachdachte, hatte sie den Eindruck, daß es bei manchem nicht um ihre Leistung, sondern um ihre Geschlechtszugehörigkeit ging. Sie war sich sicher: Wenn sie ein Mann wäre, würde es nicht so viele Zweifel geben. Der Fall war trotz seiner Risiken ein begehrter Auftrag: Die Presse schenkte ihm Beachtung, und Sheriff Crow hatte ihm hohe Priorität verliehen. Wenn ein Mann den Auftrag bekommen hätte, dann hätte es einige Eifersüchteleien gegeben. Im Umkleideraum hätte es Sticheleien gegeben, aber letzten Endes hätten die Jungs zusammengehalten und ihren Kumpel unterstützt. Susan hatte den Eindruck, daß sie, eine der wenigen Kriminalbeamtinnen, nicht denselben Rückhalt hatte. Ganz gleich, wie gut sie ihre Sache machte: Sie würde nie als gleichwertig angesehen werden.

Susan mußte aber auch folgendes ehrlich zugeben: Der Druck, den sie spürte, hatte nur zum Teil etwas mit den Macho-Typen und den Klatschmäulern zu tun. Natürlich wollte sie den anderen zeigen, was in ihr steckte, aber vor allem wollte sie es sich selbst beweisen. Sie würde erst dann zufrieden sein, wenn sie George festgenommen hatte.

Nicht nur im Büro wurden die Dinge immer schwieriger. Auch zu Hause verloren Gary und die Kinder allmählich die

Geduld. Seit Susan angefangen hatte, sich als Sherry auszugeben, war in ihrer Familie manches geschehen. Gary war zum Sergeant befördert worden. Steven, ihr jüngerer Sohn, stand kurz vor seinem dritten Geburtstag und veränderte sich von Tag zu Tag; er redete wie ein Buch, steckte seine Nase in alles und meinte, die ganze Welt sei nur für ihn da. Greg, der ältere Sohn, war zwölf und benahm sich schon wie ein Teenager; er striegelte sich das Haar zurecht und paßte auf, daß auf seiner Kleidung der ›richtige‹ Markenname stand.

Susan bekam das meiste davon gar nicht mit. Selbst wenn sie zu Hause war und Hamburger zubereitete für die Jungen, dachte sie über George nach. Was hatte sie ihm tags zuvor mitgeteilt? Was würde er wohl heute sagen? Sie mußte darüber nachdenken, weil sie sonst ihr Leben aufs Spiel setzte. Aber ohne meine Familie ist mein Leben keinen Cent wert, sagte sich Susan. Ich lasse sie zu kurz kommen.

Die Schuldgefühle schwollen an, drückten gegen den Damm, den sie errichtet hatte, um ihre Emotionen unter Kontrolle zu halten. Als die Jungen während der Sommerferien zu Hause waren, verschlimmerte sich die Situation noch mehr. Immer wieder wollten sie ins Kino oder in die Eishalle zum Schlittschuhlaufen oder Eis essen gehen. Und jedesmal mußte sie nein sagen.

Greg fragte sie eines Tages, ob sie ihn zum Einkaufszentrum fahren könne. Stevens Geburtstag stand ja bevor, und Greg hatte einen grünen Spielzeugtraktor gesehen, den er für seinen kleinen Bruder kaufen wollte. Unter anderen Umständen hätte Susan sofort ihre Autoschlüssel eingesteckt und ihren Sohn zum Einkaufszentrum gefahren, hätte wohl auch noch bei McDonald's angehalten, um einen Cheeseburger zu kaufen.

»Ich kann nicht«, sagte sie zu ihrem Sohn. »Ich ermittle nämlich gegen einen Mann, der in der Nähe des Einkaufszentrums wohnt, und möchte nicht, daß er mich sieht.« Greg verstand das nicht, konnte es nicht begreifen. Susan wollte ihm nicht erzählen, daß sie in die Rolle einer anderen Person geschlüpft war, um an den Mörder heranzukommen. Von einem frustrierten Zwölfjährigen konnte man nicht erwarten, daß er Verständnis aufbrachte. Seine Mama hatte seit Monaten keine Zeit für ihn gehabt, und es sah ganz so aus, als würde das noch eine ganze Weile so weitergehen.

Greg rief im Davonstürmen: »Du willst mich bloß nicht hinfahren! Wann hört das endlich mal auf?«

Susan war sprachlos. Wenn sie nur eine Antwort wüßte auf diese Frage!

Sie merkte, daß ihr Mann ebenfalls die Geduld verlor. Gary hatte sich bemüht, Susan zu Hause zu unterstützen, hatte sich nicht beschwert, wenn seine Frau noch zu tun hatte. Und wenn Susan einen weiteren Anruf machte, um mit George ein Treffen zu vereinbaren, hatte er im Wohnzimmer für Ruhe gesorgt. Mit der Zeit hatte Susan ihrem Mann immer mehr über den Fall erzählt. Er wußte, daß sie sehr unter Streß stand, und er bemühte sich, ihr zusätzliche Belastungen zu ersparen. Susan sagte immer wieder zu ihm, sie sei kurz vor dem Ziel, es dauere nur noch wenige Wochen.

Doch aus den Wochen wurden Monate. Statt ans Ziel zu kommen, schien Susan auf der Stelle zu treten. Um den schleppenden Verkehr ihrer verdeckten Ermittlungen wettzumachen, hatte sie zusätzlich einige Fälle übernommen und verbrachte noch weniger Zeit zu Hause. Je länger ihre Arbeitszeit wurde, desto länger wurde ihr Gesicht. Susan redete nicht viel über ihre Probleme, aber Gary merkte, was los war, wenn er die dunklen Ringe unter ihren Augen sah und ihre tonlose Stimme hörte. Früher war er der häusliche Typ gewesen; Susan hatte ihn fast dazu zwingen müssen, auch mal einen Abend lang auszugehen. Jetzt war es Susan, die nirgendwohin gehen wollte, die keine Zeit für Vergnügungen hatte. Sie war so beschäftigt, daß sie nicht einmal Zeit hatte, aufs Postamt zu gehen. Sie hatte den größten Teil der häuslichen Arbeit Gary übertragen.

In den fünfzehn Jahren ihrer Ehe hatte sich manches geändert. Als Gary bei der Polizei angefangen hatte, war Susan Hausfrau gewesen. Sie hatte sich seinem Arbeitsrhythmus angepaßt. Wenn Gary Nachtschicht hatte, blieb Susan die ganze Nacht auf, frühstückte dann mit ihm und ging zu Bett. Nach

Gregs Geburt blieb sie zu Hause, während ihr Mann zur Arbeit ging. Gary beklagte sich nicht, als Susan einen Beruf ergreifen wollte, und vor ihren Leistungen als verdeckte Ermittlerin hatte er großen Respekt. Er war überzeugt davon, daß es Susan dank ihres Einfühlungsvermögens gelingen würde, George Trepal zu überführen. An manchen Tagen hatte Susan jedoch den Eindruck, daß Gary wehmütig an frühere Zeiten dachte, als alles viel unkomplizierter gewesen war.

Eines Abends stand Susan am Spültisch und trocknete das Geschirr ab. Noch vor wenigen Monaten hätte sie solche Augenblicke genossen: zuzuhören, wie Greg von der Schule erzählte oder Gary über die verrückten Sachen berichtete, die er bei der Streife gesehen hatte. Aber jetzt blieb keine Zeit dafür, weil sie sich ganz auf George konzentrieren mußte.

»Könnten Sie für mich einen Brief aufgeben?« fragte sie geistesabwesend, den Blick auf die Teller gerichtet. Gary sagte etwas, doch Susan überhörte es. Sie schaute ins Eßzimmer, wo Gary in einem Sessel saß und sie halb verwirrt, halb zornig anstarrte.

»Was ist bloß los mit dir?« fragte er barsch. »Bist du noch ganz bei Trost?«

»Mir fehlt überhaupt nichts«, erwiderte Susan.

Gary, der sonst eine sanfte Stimme hatte, brüllte fast vor Wut: »Wer bist du heute? Bist du Susan? Oder Sherry? Ich kenne dich gar nicht mehr richtig.«

An dem Wochenende, an dem Susan und Gary eine kleine Party in ihrem Haus geplant hatten, spitzte sich alles zu. Nolan Allen wollte mit einer Bekannten herüberkommen. Sie hatten vor, Steaks zu grillen, ein kühles Bier zu trinken und vielleicht ein bißchen zu schwimmen. Als Susan gerade am Telefon mit Nolan sprach, stapfte Steven zu ihr herüber. Susan hatte viele dienstliche Anrufe von zu Hause gemacht, und Steven hatte währenddessen in der Nähe mit seinen Legosteinen gespielt oder gemalt. Er war ja noch klein, und Susan meinte, was sie am Telefon über George sagte, könne er nicht verstehen. Susan hatte gedacht, wenn sie Anrufe von zu Hause aus erledige, könne sie ihrer Arbeit nachgehen und gleichzeitig bei Steven sein.

Sie saß also auf der Couch und redete mit Nolan. Als das Gespräch beendet war, kroch Steven auf die Couch und setzte sich neben sie. Seine Augen glänzten vor Freude.

»Mami, wer kommt zu der Party?« fragte er.

»Nolan Allen. Ich kenne ihn von der Arbeit«, antwortete Susan. »Er bringt eine Bekannte mit.«

»Mami, kommt George auch?« fragte Steven.

Susan starrte den Jungen an. Mein Gott! dachte sie. George ist bis in mein Haus vorgedrungen, und ich habe es zugelassen!

Eines Nachmittags fuhr Susan zum Haus von George, um mal nachzuschauen. Sie hatten seit Wochen nicht mehr miteinander gesprochen. Susan hatte ihm ja gesagt, sie werde in den Norden gehen; sie hatte ihm sogar eine mit Sherrys Namen unterschriebene Postkarte geschickt, die von Bekannten in Montreal aufgegeben worden war. Als sie den Wagen von George auf der Auffahrt stehen sah, beschloß sie, einen Besuch zu machen.

»Ich bin froh, daß Sie mich noch erwischt haben«, sagte George. »Ich gehe bald weg und mache mit einem alten Freund eine Reise.«

George erzählte ihr, daß er und Diana beschlossen hätten, einen Makler mit dem Verkauf des Hauses zu beauftragen. Seine Frau treffe schon Vorbereitungen für die Verlegung ihrer Praxis nach Sebring, und sie wollten sich dort nach etwas umsehen. Susan fragte sich, ob George wohl verstimmt war, weil sie das Haus nicht gekauft hatte; er schien jedoch genauso freundlich zu sein wie sonst auch. Er sagte sogar, er habe in dem Vertrag mit dem Grundstücksmakler eine Klausel untergebracht, daß Susan das Haus ohne eine Maklergebühr kaufen könne.

»Das ist gut«, sagte Susan. »Ich werde dran denken.«

»Wie geht es Richard?« fragte George. »Hat er das Krankenhaus bereits verlassen?«

»Ja«, antwortete Susan. Mit Bitterkeit in der Stimme fügte sie hinzu: »Es geht ihm gut.«

»Ich werde Sie dann wohl erst in ein paar Wochen wiedersehen«, sagte George. »Jay und ich fahren nach Chicago zu einer Computermesse und werden unterwegs in einigen Städten haltmachen.«

»Das hört sich gut an«, sagte Susan. »Viel Spaß!«

Ein paar Wochen später fand Susan in dem Postfach, das sie für Sherry gemietet hatte, einen Brief von George vor. Sie setzte sich ins Auto, riß den Umschlag auf und fing an zu lesen.

Hallo,
ich bin von einer über sechstausend Kilometer langen Fahrt zurückgekehrt. Meine Reiseroute führte mich nach Columbia, wo ich mit Jay zusammentraf, dann weiter über North Carolina, Tennessee, Kentucky, Ohio, Indiana und Illinois nach Chicago. Von dort fuhren wir nach Indiana und nach Michigan, dann wieder zurück nach Indiana und weiter nach Pennsylvania, New York und Connecticut, bis wir nach Boston gelangten. Schließlich durch Rhode Island, Connecticut, New York, New Jersey, Delaware, Maryland, Washington, D.C., North Carolina und South Carolina. Die ganze Reise dauerte fast zwei Wochen.
Wir benutzten fast immer die Interstate Highways und fuhren durch alle großen Städte an der Ostküste. Wir reisten meist bei Nacht, weil es um diese Zeit leichter ist, die Städte zu durchqueren. Um drei Uhr morgens ist dort so gut wie kein Verkehr. Manchmal schliefen wir in Motels, ansonsten machten wir im Auto ein Nickerchen oder fuhren einfach durch.
Eine solche Reise kann man nur in Superlativen beschreiben.
Die meisten Schlaglöcher gab es in Boston.
Die beste Schoko-Milch erhielten wir bei Sumter Dairies in South Carolina. Wir probierten bei jedem Aufenthalt die Schoko-Milch.
Die Lebensmittel-Ladenkette mit dem merkwürdigsten Namen fanden wir in Pennsylvania: Sheetz.
Pennsylvania erhält auch den Ersten Preis für die Inschriften auf den Toiletten. Dort stand zum Beispiel: ›Gefügiger männlicher Sklave, 37, sucht dominanten Herrn …‹ Darunter hatte jemand geschrieben: ›Melde Dich bei der Armee!‹
Die schlechteste Luft war der purpurrote Dunst von New York City.

Die besten Fahrer gab es in Chicago. Die Leute dort sind allesamt höflich und geben einem Gelegenheit, sich in den Verkehr einzuordnen. Bei uns taten sie das immer.
Die schlimmsten Fahrer und den dichtesten Verkehr gab es in Washington, D.C. Wir brauchten über eine halbe Stunde, um einen Kilometer voranzukommen. In der Hauptverkehrszeit wäre es wohl noch schlimmer gewesen.
Die häßlichste Stadt war Chicago.
Das merkwürdigste Hinweisschild fanden wir im La Quinta Inn bei Chicago. Die Inschrift lautete: ›Nehmen Sie bei einem Feuer die Treppe‹. Wie soll man mit einer Treppe ein Feuer löschen? Wie soll man die Stufen losbrechen?
Die beste Pizza hatte der pakistanische Laden Hi-Fi Pizza & Subs, der sich in Boston unweit des Campus des Massachussetts Institute of Technology befindet.

Susan zuckte ein bißchen zusammen. Sie hatte George erzählt, daß sie und Sam auf ihrer Fahrt auch das M.I.T. besuchen würden. Hatte George ihr nachgespürt? Oder wollte er zumindest diesen Eindruck erwecken? Sie las weiter.

Indiana hat den meisten Mais. Diese Scheißgegend ist topfeben und voller Maisfelder.
Die Amiexpo-Show in Chicago war eine Enttäuschung. Dort gab es nichts wirklich Neues zu sehen. Ich knüpfte einige Kontakte und habe jetzt bessere Möglichkeiten, meine Software zu verkaufen.
Die SigGraph (Special Interest Group for Graphics of the Association for Computing Machinery) war wirklich interessant. Dort stand ein Supercomputer neben dem anderen, durchweg feinste Spitzentechnologie. Auf den Computern liefen die unterschiedlichsten Sachen, seien es Cartoons oder vierdimensionale Modelle mathematischer Mengen.
Was nun folgt, dürfte Sie besonders interessieren.

George hatte einen Brief von einem Freund angeheftet, der wegen eines Fälschungsdelikts im Gefängnis saß. Susan blätterte um und las weiter.

Ich habe Deine Briefe durchgeschaut und festgestellt, daß ich auf eine bestimmte Frage nicht eingegangen bin: auf die Identitätsangelegenheit Deiner Bekannten.
Die Identität zu ändern, ist insbesondere für eine Frau recht einfach. Wenn diese Bekannte nicht möchte, daß ihr Mann sie aufspürt, wäre eine neue Identität keine schlechte Idee.
Da mir über ihren Mann Einzelheiten (z.B. einschlägige Erfahrung, Intelligenz) nicht bekannt sind, kann ich nicht beurteilen, ob er in der Lage wäre, umfassende Nachforschungen anzustellen. Ich fange also mit der simplen Namensänderung an und befasse mich dann mit dem Aufbau einer ganz neuen Identität. Du kannst dann selbst entscheiden, welche Maßnahmen in Frage kommen.
Es ist richtig: Eine der ältesten Methoden des Identitätswechsels ist, sich die Geburtsurkunde einer anderen Person zu beschaffen. Ideal ist eine Person, die ganz jung verstorben ist, und über die es deshalb fast keine Unterlagen gibt (Sozialversicherung, Schulbesuch usw.).
Diese Methode wirft aber verschiedene Probleme auf. Zum einen haben viele Bundesstaaten ihre Systeme im Zuge der modernen computerisierten Datenspeicherung vernetzt, so daß Geburtsregister und Sterberegister aufeinander bezogen sind. Leider hat man in vielen Bundesstaaten auch die älteren Unterlagen durchgearbeitet, so daß nicht nur die neueren, sondern auch viele der älteren Todesfälle eine Verbindung zum Geburtsregister aufweisen.
Es besteht also das Risiko, daß eine Eintragung zur Geburt bereits mit einer Eintragung über den Todesfall korrespondiert. Wenn Du dann eine Geburtsurkunde beantragst, kann dies unangenehme Begleiterscheinungen auslösen.
Dies bringt uns zum zweiten Problem. In vielen Bundesstaaten ist es nicht ungesetzlich, den Namen zu ändern (es sei denn, daß ein Betrugsversuch nachgewiesen werden kann); es ist aber verboten, den Namen einer bestimmten Person in der Absicht anzunehmen, sich als diese auszugeben. Man darf sich nur dann Joan Smith nennen, wenn man nicht so tut, als wäre man eine bestimmte Person gleichen Namens, die noch lebt oder einmal gelebt hat.
Die Verwendung einer vorhandenen Geburtsurkunde ist also oft strafbar. Ich empfehle diese Vorgehensweise nicht, zumal es noch viele andere Möglichkeiten gibt.

Da diese nicht strafbar sind, wollen wir sie mal genauer betrachten. Eine einfache Methode, die von vielen übersehen wird, ist ein formeller Antrag bei Gericht auf Namensänderung. Im vorliegenden Fall könnte das auf den ersten Blick nutzlos erscheinen, da das entsprechende Register der Öffentlichkeit zugänglich ist. In Wirklichkeit ist dies kein Problem. Wer die Eintragung finden will, muß zuerst einmal genau wissen, wo er suchen soll.
Die nächstbeste Möglichkeit ist die religiöse Schiene. Dabei bedient man sich einer der Glaubensgemeinschaften. Wie Du weißt, kann man statt einer Geburtsurkunde ohne weiteres einen Taufschein vorlegen. Wer ein paar Dollar (meist fünf oder zehn) an eine der Versandstellen für Ordinierungsdokumente schickt, kann Geistlicher seiner eigenen Kirchengemeinde werden, und dies schließt das gesetzliche Recht ein, Personen im Wege der Taufe in die betreffende Religionsgemeinschaft aufzunehmen. Die meisten Versandstellen für Ordinierungsdokumente verkaufen auch Geburts- und Heiratsurkunden.
P.S. Gewöhnlich kann man auch bei einer etablierten Kirche problemlos einen Taufschein bekommen. Man geht einfach hin und sagte, man sei nicht christlich erzogen worden, habe aber jetzt zu dieser Kirche gefunden und wolle getauft werden. Man muß zuerst zwischen zwei und fünf Dollar hinlegen, später kommen dann ein paar Tröpfchen Wasser, und schon hat man einen Taufschein. Ich habe das schon oft praktiziert, und mich hat noch keine Kirche nach irgendeinem Ausweis gefragt! Die schreiben einfach das auf, was man angibt.
Du mußt unbedingt dafür sorgen, daß Deine Bekannte einen gebräuchlichen Namen verwendet. Ausgefallene Namen klingen zwar gut, schaffen aber Probleme. Deine Bekannte würde früher oder später in irgendeine Adressenkartei kommen, und das ist gar nicht so ungefährlich, wie man denkt. Die Einwanderungsbehörde kommt illegal eingereisten Ausländern oft dadurch auf die Spur, daß sie Adressenkarteien aufkauft und diese mit dem Sozialversicherungsregister vergleicht. Ein gebräuchlicher Name wie Sue Jones erscheint dabei unverdächtig, weil er ein paar hundert Mal im Computer drin ist, aber so etwas wie Soliel Gurgle könnte Verdacht erregen und die Behörde dazu bringen, diese Person zu überprüfen.

Ich könnte auch noch andere, kompliziertere Methoden erläutern, glaube aber nicht, daß sie erforderlich sind, da sich die oben beschriebenen Methoden bei Personen, die nicht von der Polizei gesucht wurden, in allen mir bekannten Fällen bewährt haben. Wer den Bullen ein Schnippchen schlagen will, muß sich allerdings noch mehr einfallen lassen ...

Zwei weitere Monate vergingen, und Susan war von einer Festnahme noch genauso weit entfernt wie zuvor. Ihre Vorgesetzten hielten eine Besprechung ab, bei der es um die Entscheidung ging, ob die verdeckte Ermittlung fortgesetzt oder eingestellt werden sollte.

»Susan, wie ist denn nun der Stand der Dinge?« fragte Colonel Paul Alley. »Was für Pläne haben Sie?«

Susan schaute die Männer an, die um den großen Konferenztisch versammelt waren. Ernie Mincey und seine Vorgesetzten waren da, außerdem eine ganze Reihe anderer leitender Beamter bis hin zu Sheriff Crow. Jeder hatte eine Tasse Kaffee vor sich stehen. Die Männer lehnten sich in ihren Sesseln zurück, führten kleine, harmlose Wortgefechte. Die Atmosphäre schien freundlich und kollegial zu sein, aber Susan ließ sich davon nicht täuschen. Wie viele von diesen Männern stehen auf meiner Seite? fragte sie sich. Und wie viele von ihnen wollen die Sache abblasen?

Susan trug vor, sie beschäftige sich mit verschiedenen anderen Fällen, sammle aber jeden Tag ein paar Stunden lang Hintergrundinformationen über George; sie kontrolliere seine Telefonate, werfe einen Blick auf sein Haus und sein Büro und warte darauf, daß er und Diana in ein neues Haus umzögen. »Ich warte ein bißchen ab, bis er nach seinen Reisen wieder zu seinem gewohnten Leben zurückkehrt«, sagte sie. Bevor jemand das Wort ergreifen konnte, fügte sie hinzu: »Ich habe viel darüber nachgedacht, und ich meine, wir sollten die verdeckte Ermittlung noch nicht beenden.«

Susan wußte, daß ihre eigene Einstellung bei dieser Konferenz von ausschlaggebender Bedeutung war. Wenn sie den Fall als hoffnungslos bezeichnete, würden ihre Vorgesetzten schnell die Finger von ihm lassen. Sie überlegte: Es wäre schön, einen anderen Fall zu kriegen – einen, den sie tatsächlich aufklären könnte. Es wäre toll, wieder ein einigermaßen normales Familienleben zu führen. Doch sie konnte und wollte nicht aufgeben. Sie hatte sich solche Mühe gegeben. Und sie stand so kurz vor dem Ziel.

Susan erzählte ihren Kollegen, sie habe eine Menge Indizienbeweise: seinen Haß gegen die Nachbarn, seine Chemiekenntnisse, die *Mensa*-Morde, die Voodoo-Broschüre, die Plätzchen mit Drogen, und daß er Sherry wiederholt angeboten habe, bei der Beseitigung ihres Mannes behilflich zu sein. Von Belang seien auch seine religiösen Anschauungen, die es ihm ermöglichten, über Verfehlungen hinwegzusehen.

Das reichte jedoch nicht aus, sagte Susan. Ein eindeutiger Beweis fehle noch. Da es keine Zeugen gebe, seien sie darauf angewiesen, daß George etwas sagte, das nur der Mörder wissen konnte. Und da es keine Fingerabdrücke gebe, müßten sie Belege dafür finden, daß George Thallium gekauft hatte oder gar in seinem Haus eine Spur des Giftes entdecken.

»Überlegen wir doch mal, welche Vorgehensweisen in Frage kommen«, schlug Alley vor. »Wie wäre es, wenn Sie auf sein Angebot eingingen und sich mit seiner Hilfe eine neue Identität zulegten?«

»Das würde nicht viel bringen«, erwiderte Susan. »Es wäre bestenfalls eine kleineres Vergehen.«

»Könnte man George im Zusammenhang mit Drogen drankriegen?« fragte einer der Männer. »Hat er Susan nicht gebeten, ihm LSD zu beschaffen?«

»Damit erreicht man nur, daß George merkt, daß die Polizei hinter ihm her ist«, meinte Susan. »Das Haus ist das, worauf es ankommt«, sagte sie. »Wir müssen irgendwie reinkommen, und zwar bald. Diana hat ihre Praxis verlegt, und das Haus in Alturas steht zum Verkauf. Wenn wir eine Durchsuchung machen wollen, muß das bald geschehen.«

»Könnten wir das Haus nicht kaufen?« fragte einer der Männer. »Wenn es uns gehörte, könnten wir's durchsuchen.«

»Moment mal«, sagte ein anderer. »Sie verlangen einhunderttausend Dollar dafür. Wo sollen wir denn so viel Geld herkriegen? Und was ist, wenn die Suche ergebnislos verläuft?«

Sheriff Crow bemerkte, die Fernsehsendung ›Ungelöste Fälle‹ wolle die Angelegenheit aufgreifen. »Wenn diese Sendung den Mordfall im ganzen Land bekannt machte, würde George vielleicht einen schönen Schrecken bekommen.«

Susan schüttelte den Kopf. »Er würde die Sendung vermutlich gar nicht anschauen«, sagte sie. »Er liest ja kaum Zeitung.«

Crow hatte Susan von Anfang an aufmerksam zugehört. Er war in einer schwierigen Situation. Die Presse bereitete in der Serie ›Ein Jahr danach‹ einen Bericht vor, der sich mit dem Zustand der Tatopfer und den ergebnislosen Bemühungen der Polizei befaßte. Ein Reporter rief immer wieder an und fragte: »Wann werden Sie den Fall endlich aufklären?« In dieser Situation hätten andere die Verantwortung ihren Untergebenen zugeschoben und diese bedrängt, Ergebnisse vorzulegen. Crow mußte in nicht allzu ferner Zeit zur Wiederwahl antreten; dabei müßte er die Entscheidungen rechtfertigen, die er im bedeutendsten Mordfall der letzten Jahre getroffen hatte.

Crow lieferte Susan aber nicht ans Messer. Er war selbst Polizist gewesen, bevor er ein öffentliches Amt ausübte, und er wußte, wie schwierig Susans Aufgabe war. Er sagte ihr seine volle Unterstützung zu und stellte dies unter Beweis, indem er die Einwände seiner Mitarbeiter für erledigt erklärte und anordnete, daß die Ermittlung fortzuführen sei. Crow wollte, daß George Trepal überführt wurde, und er wußte, daß die verdeckte Ermittlung der einzig plausible Weg war. Er fragte Susan, was sie sonst noch vorzuschlagen habe.

»Einen Vorschlag habe ich«, sagte sie. »Ich möchte zur FBI-Akademie, um herauszufinden, welche Ratschläge man dort für mich hat. Hagmaier hat mir angeboten, in der Abteilung für Verhaltensforschung eine Expertenrunde zusammenzurufen. Hier trete ich ein bißchen auf der Stelle. Wenn wir nach Quantico gehen und ein paar Ideen bekommen könnten, dann sollte es gelingen, diesen Burschen zu überführen. Wenn es aber nicht klappt, dann kann jeder so entscheiden, wie er es für richtig hält.«

Bevor irgend jemand Einwände erheben konnte, stand

Colonel Alley auf. Er lächelte Susan zu und sagte: »Okay, Sie sind am Zug.«

Im Oktober 1989 stiegen Susan, Brad und Ernie an einem windigen Nachmittag in einen Jet, der sie nach Washington bringen sollte. Ein Jahr war vergangen, seit Peggy Carr die Hand an die Brust gedrückt und gejammert hatte, sie bekomme einen Herzanfall.

Das Flugzeug ging in den steilen Landanflug zum National Airport von Washington. Susan drückte ihre feuchten Handflächen auf die Armlehnen. Sie hatte zwar als Teenager Flugstunden genommen, aber je älter sie wurde, desto ängstlicher war sie beim Fliegen. Das Leben erschien ihr immer mehr als ein kostbares Gut, je älter sie wurde. Susan setzte ein grimmiges Lächeln auf, als Brad versuchte, sie mit Smalltalk aufzumuntern. Als die Reifen kreischten und die Triebwerke auf Umkehrschub gingen, konnte sie wieder durchatmen. Sie befanden sich am Boden und rollten auf den Flugsteig zu.

Die drei mieteten ein Auto, überquerten den Potomac und fuhren nach Virginia hinein zu der von herbstlichen Wäldern umgebenen FBI-Akademie. Bill Hagmaier begrüßte seine Besucher und führte sie in einen Konferenzraum. Bald darauf versammelte sich eine Expertenrunde um den großen Tisch. Brad erläuterte eingangs, daß das FBI im Anfangsstadium, als der Verdacht auf Manipulation eines Konsumartikels bestand, in den Fall involviert gewesen sei. Brad und Ernie schilderten, wie sie ein halbes Dutzend potentielle Verdächtige, darunter auch Peggys Mann, in die Mangel genommen hatten, bevor sie auf George Trepal gestoßen waren. Dann kam Susan an die Reihe. Sie erzählte vom *Mensa*-Krimi-Wochenende, der Voodoo-Broschüre und den Begegnungen, bei denen George fast etwas preisgegeben, aber zuletzt doch einen Rückzieher gemacht hatte.

Die Experten dachten nach. Dann schlugen sie vor, George vor allem dazu zu bringen, daß er unter Beweis stellte, was er über Thallium und andere giftige Chemikalien wußte.

»Erzählen Sie George, Sie hätten von einem Bekannten,

der Chemiker ist, etwas bekommen«, schlug einer vor. »Zeigen Sie ihm einige Laborgeräte, von denen er weiß, daß man mit ihnen Drogen herstellen kann. Geben Sie ihm Gelegenheit, sich als Chemiker nützlich zu machen.«

Susan runzelte die Stirn. »Ich glaube nicht, daß er dazu bereit wäre«, meinte sie. »Er hat mir ja nicht einmal erzählt, daß er in den siebziger Jahren wegen einer Drogensache verhaftet wurde.« Für Susan war dies ein wichtiger Punkt. Wenn sie es wirklich geschafft hatte, daß George ihr vertraute, dachte sie, dann müßte er ihr auch seine Vorstrafen beichten.

Hagmaier sagte zu Susan: »Er hat Ihnen nichts von seiner Verhaftung erzählt, weil er damit einen Mißerfolg eingestanden hätte. Sein Ego gestattet es ihm aber nicht, einen Mißerfolg zuzugeben, und Ihnen gegenüber schon gar nicht. Vergessen Sie nicht, daß er Sie beeindrucken will.«

Susan erlaubte sich ein kleines Lächeln. Vielleicht war sie gar kein so großer Versager. Sie schaute den neben ihr sitzenden Ernie an, der mürrisch dreinschaute und schwieg. Sie fragte sich, was er wohl hatte. Als wieder über das Chemie-Szenario diskutiert wurde, bekam sie die Antwort.

»Das wird nicht klappen«, wandte Ernie ein. »Das können Sie nicht machen.«

»Und wieso nicht?« fragte Susan.

»Weil meine Vorgesetzten bereits davon reden, die Sache abzublasen«, sagte Ernie. »Von denen werden Sie für etwas Längerfristiges keine Genehmigung bekommen.«

Susan konnte das nicht fassen. Sie hatte zwar den Verdacht gehabt, daß Ernie einer von denen war, die den Wert ihrer Arbeit in Zweifel zogen, aber er hatte das nie so offen zum Ausdruck gebracht. Warum tat er das ausgerechnet jetzt, bei den FBI-Experten? Hagmaier und seine Kollegen tun ihr Bestes, um uns zu helfen, dachte Susan, und Ernie muß Streit suchen!

(Jahre später sagte Ernie, er habe nicht beabsichtigt, Susans verdeckte Ermittlungstätigkeit zu untergraben. Er habe nur versucht, die FBI-Experten für seinen Plan einer direkten Konfrontation zu gewinnen.)

An dem Tisch herrschte verlegenes Schweigen. Die rauhe Stimme des FBI-Mannes Winston Norman beendete es. Norman hatte über zwei Jahrzehnte lang einem Morddezernat angehört und war dann in die FBI-Abteilung aufgenommen worden. Er kannte den Alltag auf den Straßen genausogut wie Ernie, vielleicht sogar noch besser. »George wird nicht reden«, knurrte Norman. »Warum sollte er auch? Glauben Sie denn, er wird gestehen, wenn Sie den Plan ausführen und ihn verhören?«

Mincey sagte, er halte das schon für möglich, aber Norman und seine Kollegen waren anderer Meinung. George sei schon mal im Gefängnis gewesen, gaben sie zu bedenken, und er werde sein möglichstes tun, um nicht wieder hineinzukommen. Ein anderer Mann, der ebenfalls an dem großen Tisch saß, sollte helfen, den Disput zu schlichten: Richard Broughton, der Drogenfahnder, der vor zwei Jahrzehnten den Rauschgiftring von George zerschlagen hatte.

Broughton ergriff für Susan Partei. »George glaubt, er sei schlauer als Sie alle«, sagte der DEA-Agent. »Und Sie könnten ihn nicht dazu bringen, ein Geständnis abzulegen.«

Broughton erzählte, wie schwer es damals gewesen war, George in North Carolina zu schnappen. Die Drogenfahnder hätten schon im Jahr 1969 gehört, daß George bei der Herstellung verbotener Drogen mitmache. Zuerst sei es Meskalin gewesen, dann Metamphetamine, also *Crank*. Jedesmal, wenn die Agenten einen Dealer schnappten, hätten sie gefragt: »Was wissen Sie über George Trepal?« Viele der Dealer hätten ihn gekannt und ausgesagt, er sei der Chemiker eines großen Drogenlabors. George habe sich aber geschickt hinter einer ganzen Reihe von Händlern und Straßendealern versteckt, sagte Broughton. Erst als er auf David Warren gestoßen sei, den Kumpan von George, sei er vorangekommen.

Als Warren von DEA-Agenten vernommen worden sei, habe er zugegeben, ein Komplize von George zu sein. Er habe ausgesagt, daß George die Drogen herstellt, und zwar in einem Labor, das sich in seinem Elternhaus befinde. George habe damit geprahlt, daß es keinen besseren Platz gebe – die Bullen würden nie auf die Idee kommen, das Haus eines pensionierten Polizisten zu überprüfen. Warren habe diese Aussage vor dem Geschworenengericht wiederholt, und daraufhin sei gegen George ein Haftbefehl erlassen worden wegen der Herstellung und Verbreitung illegaler Drogen.

»Ich habe am 16. September 1975 an die Tür von George geklopft und ihm mitgeteilt, daß er verhaftet sei«, fuhr Broughton fort. »Ich habe ihm Handschellen angelegt und ihn dann zu dem Polizeifahrzeug geführt. George hat sich hineingesetzt und zu mir gesagt: ›Ich habe solche Angst. Könnten Sie bitte meine Hand halten?‹«

Die Zuhörer lachten lauthals über diese Anekdote. Brad sagte mit einem schiefen Lächeln: »Ich lasse mich von niemandem dazu bringen, auf den Rücksitz eines Autos zu klettern und mit George Händchen zu halten!«

Ernie stimmte in das Gelächter ein. »Meinen Sie, ich etwa?« fragte er.

Als das Gelächter aufhörte, erzählte Broughton den Rest der Geschichte. Trotz dieses Zeichens von Schwäche und trotz des erdrückenden Beweismaterials gegen ihn habe George nie ein Geständnis abgelegt. »Selbst damals, als er im Auto saß und meine Hand festhielt, hat er nichts als Lügen erzählt«, sagte Broughton.

Als Hagmaier Susan zu dem Mietwagen begleitete, meinte er, sie könne mit dem Verlauf ihrer Ermittlung durchaus zufrieden sein. Es gehe zwar nicht so schnell voran wie bei einem von den typischen Mordfällen, aber George sei eben nicht der typische Mörder.

Sie gingen unter Eichen entlang, und Hagmaier sagte zu ihr: »Sie dürfen eines nicht vergessen, Susan. Sie wollen George zum Reden bringen, aber da geht es nicht bloß um Drogen und den Giftmord, da geht es um sein Leben, und er weiß das. Ihm ist klar, daß er auf den elektrischen Stuhl kommen kann, wenn er jemandem von seinem Verbrechen erzählt.«

Sie waren bei dem Auto angekommen und warteten auf Ernie und Brad. »Versuchen Sie nicht, einen riesigen Sprung vorwärts zu machen, gehen Sie lieber in kleinen Schritten voran«, sagte Hagmaier. »Wir haben es immerhin mit George Trepal zu tun. Er will am Leben bleiben, und er weiß, was passieren kann, wenn er etwas ausplaudert.«

Susan nickte lächelnd. Wie immer fühlte sie sich besser, wenn Hagmaier mit ihr sprach. »Es ist eine sehr langwierige, mühselige Sache, und wenn sie klappen soll, braucht man viel Zeit«, sagte er. »Es ist schon ein Wunder, daß George Ihnen in so kurzer Zeit so viel anvertraut hat.«

Susan fuhr weg und freute sich über die glückliche Fügung. Hagmaier ließ sie nicht nur an seinem Fachwissen teilhaben, er war auch ein Freund geworden. Hatte sie sich hilflos und alleingelassen gefühlt, dann hatte Hagmaier ein tröstliches Wort gefunden. Susan war überzeugt, daß sie ohne seine Unterstützung nicht so weit gekommen wäre, und daß sie mit seiner Hilfe allen Schwierigkeiten gewachsen wäre.

Hagmaier machte sich jedoch Sorgen, als sie wegfuhr. Er hatte sie aufgefordert weiterzumachen, und er hoffte, daß er sie damit nicht in eine tödliche Falle trieb.

8

Susan stieg aus dem Schwimmbecken und trocknete sich ab. Zum ersten Mal seit Monaten hatte sie wieder ein gewisses Maß an innerer Ruhe. Die Reise nach Quantico hatte ihr Mut gemacht; es war gut zu wissen, daß die FBI-Experten und ihre eigenen Vorgesetzten sie unterstützten, auch wenn Mincey dies nicht tat. Sie wußte, daß sie auf dem richtigen Weg war; sie mußte nur Geduld aufbringen und auf den richtigen Moment warten.

Susan meinte, daß George jetzt von seiner Reise zurück sein könnte, und hätte gern mit ihm Verbindung aufgenommen. Da sie ihm aber gesagt hatte, sie werde sich ein paar Wochen lang in Fort Lauderdale aufhalten, mußte sie noch einige Tage am Pool bleiben und sich bräunen. »Ist das aber ein schwieriger Auftrag!« sagte Gary, aber in Wirklichkeit freute er sich, daß Susan wieder so wie früher war.

Nach ihrem Kurzurlaub rief Susan bei George im Büro an.

»Guten Tag, hier ist Gordon Rowan, Grundstücksverwaltung.«

»Ist George Trepal zu sprechen?«

»Nein. George hat hier kein Büro mehr.«

»Tatsächlich?«

»Er hat von heute auf morgen gekündigt.«

»Na so was! Also, ich bin Sherry. Ich bin eben hierher gezogen und versuche herauszufinden, wo er sich aufhält.«

»Ja, dann warten Sie mal einen Moment. Ich gebe Ihnen die neue Telefonnummer.«

Susan notierte sich die Nummer und rief George an. Es stellte sich heraus, daß sein Umzug noch nicht beendet war. Er sagte ihr, er fahre immer wieder nach Alturas und transportiere Sachen ab.

George lud Susan ein, ihn in seinem neuen Haus in Sebring zu besuchen. Er sagte sogar, sie könne dort übernachten; Gästebetten stünden zur Verfügung.

»Das ist ja großartig!« erwiderte Susan.

In Wirklichkeit war Susan nicht sehr erfreut über den Umzug von George und Diana. Da George jetzt in einem anderen Bezirk wohnte, fiel er unter die Zuständigkeit eines anderen Sheriffs. Susan mußte nicht nur eine größere Strecke zurücklegen, wenn sie mit ihm zusammentreffen wollte, auch die Überwachung wäre schwieriger zu bewerkstelligen.

Doch es gab etwas Wichtigeres: Susan wollte nach wie vor das Haus in Alturas durchstöbern und nach Beweisen dafür suchen, daß George Gift in die Cola-Flaschen gefüllt und diese bei den Nachbarn deponiert hatte. Sie wußte, daß die Chancen, etwas zu finden, gering waren, insbesondere nach seinem Auszug. Dennoch wollte sie es versuchen. Das FBI-Labor hatte ihr mitgeteilt, daß Thallium nicht so schnell verschwindet und Spuren auffindbar bleiben könnten. Möglicherweise hatte George beim Abfüllen der Flaschen etwas verschüttet. Vielleicht hatte er auch vor dem Auszug einen Rest in den Ausguß geschüttet; dann könnten in einem Abflußrohr Spuren vorhanden sein. Ein bißchen davon könnte in einem Filter der Klimaanlage oder in einem Staubsaugerfilter hängengeblieben sein.

Eine andere Frage war, ob eine solche Suche nach Beweismitteln legal war. Als George noch in dem Haus wohnte, hatte Susan das Recht, ihn zu besuchen und sich umzuschauen, sofern er sie hereinbat. Nach seinem Auszug würden sie und ihre Kollegen einen Durchsuchungsbefehl benötigen. Susan glaubte jedoch nicht, daß sie genügend Beweismaterial beisammen hatten, um einen Richter dazu zu bringen, einen Durchsuchungsbefehl auszustellen.

Susan dachte immer noch über die verschiedenen Möglichkeiten nach, als sie in das Dunkel hinausging und den Sprühregen auf ihrem Gesicht spürte. Ein frühwinterlicher Sturm zog sich zusammen. Als sie in der Nähe von Alturas durch das Flachland fuhr, sahen die Regentropfen im Licht der Scheinwerfer wie winzige Meteore aus. Sie betrachtete sie wie gebannt.

Was soll ich machen? fragte sich Susan. Plötzlich fiel ihr etwas ein. Sobald sie eine Telefonzelle sah, hielt sie an und holte eine Vierteldollarmünze aus ihrem Geldbeutel. Sie rief ihren Boss, Lieutenant Francis Hart, zu Hause an. »Francis, was sagst du dazu: soll ich George fragen, ob ich sein Haus mieten kann?«

Susan war gespannt, wie Hart reagieren würde. Sie hatte ihm gerade erst die Genehmigung abgerungen, in Winter Haven eine Wohnung zu mieten, damit sie George mal zum Abendessen einladen konnte und er sich nicht wunderte, wieso sie immer noch keinen festen Wohnsitz hatte; am Tag zuvor war in der Wohnung ein Telefon installiert worden. Doch was würde Hart sagen, wenn er hörte, daß sie noch mehr Geld benötigte?

Seine Reaktion überraschte sie. »Ich glaube, das wäre zweckmäßig«, sagte er.

Als Susan den Hörer auflegte, schaute sie an sich hinunter: Der Regenguß hatte sie bis auf die Haut durchnäßt. Aber sie streckte lachend die Faust in die Höhe. »Es klappt!«

Am Nachmittag des folgenden Tages ging Susan in die Wohnanlage in Winter Haven und rief George an. Ihr fiel ein, daß George Wohnanlagen haßte; er nannte sie ›Lärmanlagen‹.

»Ich bin in meiner neuen Behausung«, sagte sie zu George. »Erst als ich wieder in eine Wohnanlage einzog, merkte ich, wie sehr ich sie hasse. Ich mag Häuser nicht, in denen ich mithören kann, was sich neben und über mir abspielt. Bis Januar wird zwischen mir und Richard alles geregelt sein. Ich möchte mich an einem Ort aufhalten, an dem ich mir ungestört über meine Zukunft Gedanken machen kann. Hätten Sie vielleicht Interesse, Ihr Haus für ein paar Monate an mich zu vermieten? Wenn Sie einen Käufer finden, könnte ich selbstverständlich umgehend ausziehen.«

George zögerte kein bißchen. »Diana und ich haben schon darüber gesprochen«, sagte er. »Sie könnten jederzeit einziehen und müßten nur einen Anteil an den Gebühren und Unkosten bezahlen.«

Das war einfach! dachte Susan. Sie konnte das Angebot von George aber nicht so ohne weiteres annehmen. Die Rechtsberater des Sheriffs hatten ihr gesagt, eine gesetzlich vertretbare Durchsuchung könne sie nur durchführen, wenn sie beweisen könne, daß sie das Haus in Besitz genommen habe; dafür sei eine Mietzahlung an George erforderlich.

»Das ist sehr nett von Ihnen«, gab sie George zur Antwort. »Aber wenn ich dort wohne, möchte ich auch Miete zahlen und die Nebenkosten übernehmen.«

George wehrte sich nicht lange. »Na gut«, sagte er. »Und noch etwas: Im Nachbarhaus ist jetzt ein Wachhund eingezogen; Sie brauchen sich also keine Gedanken zu machen, ob die Türen verschlossen sind oder nicht.«

»Was meinen Sie mit ›Wachhund‹?«

»Dort ist ein Polizist eingezogen.«

Wenige Wochen danach, als die Rechtsberater des Sheriffs die Anmietung des Hauses gebilligt hatten, rief Susan wieder bei George an. Sie sagte ihm, sie wolle sein Haus mieten, aber lediglich für ein paar Wochen, gerade so lange, bis die

Angelegenheit mit Richard geregelt sei und sie einen festen Wohnsitz finden könne. »Wenn Sie nichts dagegen haben, bleibe ich bis Weihnachten.«

George sagte, er habe das Haus nicht abgesperrt, doch Susan bat ihn, einen Schlüssel zu besorgen. Dabei ging es ebenfalls um juristische Überlegungen; anhand des Schlüssels konnte sie beweisen, daß George ihr das Haus überlassen hatte. Außerdem ging es um einen praktischen Aspekt: Sie konnte die Türen abschließen, damit George nicht einfach hereinspazierte, während Leute von der Spurensicherung bei der Arbeit waren.

Der Schlüssel sei neben der Eingangstür unter einem Stein versteckt, sagte George. »Wir haben uns nie die Mühe gemacht, das Haus abzuschließen, deshalb brauchten wir den Schlüssel gar nicht.« Dann fragte er, ob sie beim Einzug Hilfe benötige.

»Danke, ich komme eigentlich ganz gut zurecht«, antwortete Susan.

George gab ihr einen Rat, wie sie mit dem ›Wachhund‹ im Nachbarhaus umgehen solle. »Gehen Sie mal rüber und klopfen Sie an die Tür von Deputy Hicks. Sagen Sie ihm, Sie seien eben eingezogen, um das Haus zu hüten. Auf diese Weise können Sie verhindern, daß plötzlich ein Haufen Bullen aufkreuzt.«

»Okay«, sagte Susan. »Schnüffelt der Nachbar viel herum?«

»Ich habe nicht die geringste Ahnung«, antwortete George. »Aber diesen Typen traue ich, ehrlich gesagt, nichts Gutes zu. Man muß ihnen mal sagen, was Sache ist, dann stekken sie ihre Nase nicht in anderer Leute Angelegenheiten.«

Susan lachte. »Das werde ich mir merken!«

»Mein Vater war ein Bulle«, sagte George. »Ich kenne mich aus bei diesen Typen.«

»Ach ja?«

»Er ist jetzt Rentner, war aber früher bei der New Yorker Polizei.«

George sagte, er werde eventuell vorbeikommen, während Susan sich in dem Haus einrichte. »Dort sind noch ein paar Sachen, die ich aufräumen muß«, sagte er. »Und ich bin nach wie vor dabei, die Garage in Ordnung zu bringen. Es kann also sein, daß ich mal aufkreuze.«

Susan konnte ihren Widerwillen kaum unterdrücken. Ein unangekündigter Besuch von George würde ihr überhaupt nicht in den Kram passen.

George sagte: »Ich werde aber wenigstens vorher anklopfen.«

Am 12. Dezember 1989 – ein Jahr, nachdem im FBI-Labor in den Cola-Flaschen das Thallium entdeckt worden war – meldete sich Susan bei George und teilte ihm mit, daß sie jetzt einziehe. Sie sagte, sie habe noch keine Möbel beschaffen können und werde sich wahrscheinlich fürs erste mit einem Schlafsack begnügen. Wenn George mal vorbeischaue, dürfe er sich also nicht wundern, wenn er das Haus leer vorfinde.

In Wirklichkeit war Susan froh, daß sie nichts mitzunehmen brauchte. Sie wollte nicht, daß ihre Habseligkeiten dorthin gelangten, wo George gewohnt und Pläne geschmiedet hatte. Sie hatte versucht, wieder ihr eigenes Leben zu leben und zwischen Sherry und Susan eine Trennmauer zu errichten. Das war nicht leicht. George übte immer noch eine starke Anziehungskraft auf sie aus, insbesondere die dunkle, unheimliche Seite von ihm. Sie wollte immer noch näher an ihn herankommen und ihn verstehen lernen. Aber sie fürchtete sich vor den Folgen, die sich daraus ergeben könnten.

Wie lange würde das noch gutgehen? Wann würde sie so verständnisvoll werden, daß ihr das dunkle Treiben nichts mehr ausmachte? Wie oft konnte sie die Grenze unbeschadet überschreiten? Diese Fragen traten Susan zwar nicht klar ins Bewußtsein, aber sie nagten an ihr und veranlaßten sie, Vorsicht walten zu lassen.

Als der Abendhimmel düster wurde, traf Susan sich mit Brad und Leuten von der Spurensicherung beim *Circle K*-Laden, der nicht weit vom Haus von George entfernt war. Ein weiterer Beamter behielt das Haus in Sebring im Auge; er sollte eine Warnung durchgeben, falls George auf den Gedanken käme, seiner neuen Mieterin einen Besuch abzustatten. Die Gruppe fuhr den Hügel hinauf, und dann ließ Susan ihre Gäste eintreten.

Die Luft in dem leeren Haus war abgestanden. Susan ließ aber die Fenster zu, um keine Aufmerksamkeit zu erregen. Der ›Wachhund‹ im Nachbarhaus arbeitete zwar im Sheriff's Office von Polk County, aber Susan hatte ihm von dem bevorstehenden Besuch nichts mitgeteilt. Sie meinte, je weniger Leute etwas von der Ermittlung wußten, desto geringer sei das Risiko, daß George etwas erfuhr.

Die Leute von der Spurensicherung ließen die Jalousien herunter und packten ihre Hilfsmittel aus. Sie tauchten Wattebällchen in Salpetersäure und betupften damit alle Oberflächen, auf denen Spuren von Thallium vorhanden sein mochten: den Boden des Geheimfachs von George, Schrankböden und die dunklen Höhlen unter Abflußrohren. Bald lagen überall sorgfältig in Plastiktüten verstaute Abstriche, die das FBI-Labor untersuchen sollte.

Etwa eine Stunde war vergangen. Susan hielt sich in der Bibliothek auf und fotografierte das Geheimfach von George. Da hörte sie ein Klopfen. »So ein Mist!« sagte sie. Sie ging zu den Leuten von der Spurensicherung, legte den Finger auf den Mund und flüsterte: »Bleiben Sie, wo Sie sind, und seien Sie still.«

Susan überprüfte, ob ihre Pistole unter ihrer Jacke steckte, und ging zur Rückseite des Hauses. Von der Küche aus erblickte sie vor der Fliegengittertür eine Gestalt. Es war der Polizist Charles Hicks. Er hatte eine Taschenlampe in der Hand und starrte herein. Der ›Wachhund‹ war eingetroffen.

Susan hatte Hicks seit Jahren nicht mehr gesehen. Damals hatte sie die grüne Uniform eines Streifenpolizisten getragen. Jetzt trug sie Jeans, T-Shirt und eine Windjacke. Sie hielt den Atem an und hoffte, daß Hicks sie nicht wiedererkannte, denn das würde die Sache vereinfachen.

»Hallo, ich möchte gern wissen, was Sie hier machen«, sagte Hicks in einem ruhigen, aber etwas mißtrauischen Ton.

»Ich bin gerade eingezogen«, gab Susan lächelnd zur Antwort. »Ich dachte, George hätte Sie informiert. Ich habe das Haus gemietet.«

»Ach so, dann ist alles in Ordnung«, sagte Hicks mit etwas freundlicherer Stimme. »Ich hab' nämlich George versprochen, das Haus im Auge zu behalten. Ich hörte Geräusche und dachte, ich sollte mal rübergehen und nachschauen.«

Susan lächelte wieder, und diesmal war ihre Freude echt. Hicks hatte sie nicht wiedererkannt. »Das ist nett von Ihnen«, sagte sie.

Der Polizist Hicks winkte ihr beim Weggehen in nachbarlicher Verbundenheit zu.

»Wir müssen so schnell wie möglich weg«, sagte Susan zu den Leuten von der Spurensicherung. »Wir wollen weder Hicks noch sonst jemandem einen Grund geben, hier herumzuschnüffeln.« Die Männer stiegen ins Obergeschoß, und Susan machte sich zusammen mit Brad und einem weiteren Beamten auf zu der Werkstatt. Sie ging voran, öffnete die Tür und leuchtete mit einer Taschenlampe hinein. Susan schaute sich um und stellte fest, daß George seine Werkstatt fast gar nicht aufgeräumt hatte. Überall lag Zeug herum: Holzabfälle, leere Spraydosen, krumme und verrostete Nägel, Gartenbedarf, Glasflaschen und eine Kommode, die so alt war wie das Haus. Alles war mit Sägemehl bedeckt.

Susan war klar, daß das Sägemehl ein Problem darstellte. Es würde an den Wattebällchen hängenbleiben, und dann könnten eventuelle Thalliumspuren von der Watte nicht aufgenommen werden. »Es hat keinen Zweck, hier Abstriche zu machen«, sagte sie zu Brad und dem anderen Beamten. »Schauen Sie sich einfach mal um.« Daraufhin ging sie zum Haus zurück.

Brad zog ein Paar Gummihandschuhe und darüber ein Paar Stoffhandschuhe an, denn man konnte nie wissen, was man hier in die Finger bekommen würde. Als er mit einer Taschenlampe in der staubigen Garage umherleuchtete, entdeckte er eine mit einer Deckenlampe verbundene Schnur und zog daran. Dann schaute er sich in dem gelben Licht genauer um und entdeckte die alten Chemikalienbehälter, die Susan schon bei einem früheren Besuch gesehen hatte. Als er einen von ihnen ergriff, begann die darin befindliche Flüssigkeit zu schäumen und wurde dicker – wie in einem alten Frankenstein-Gruselfilm. Und als er einen zweiten Behälter hochheben wollte, lief etwas von dem Inhalt aus und erfüllte den Raum mit einem scharfen, bitteren Gestank. »Na so was!« sagte Brad zu seinem Partner. »Das ist ja lebensgefährlich!«

Er stellte das Gefäß ab und ging zu einer großen Schiebetür, um sie zu öffnen und Luft hereinzulassen; er drückte den Griff, aber die Tür bewegte sich nicht. Nun ging er rasch auf die andere Seite der Werkstatt zurück und machte dort weiter, wobei er sich bemühte, nicht zu tief zu atmen. Dann nahm er einen Staubsaugerbeutel an sich, in dem sich Thalliumrückstände befinden mochten. Als er den Blick über den Betonboden schweifen ließ, sah er jedoch nichts als Nägel, Holzspäne und Glasscherben. Anschließend ging er zur Werkbank von George, die nach Eigenbau aussah und mit verblichener grüner Farbe gestrichen war.

Auf einem Regal fand Brad ein Fläschchen, das eine grüne Flüssigkeit enthielt. Sie war dick wie Tinte und sah wirklich unheimlich aus. Er stellte das Fläschchen vorsichtig in eine Abwaschschüssel aus Plastik, die er auf dem Boden gefunden hatte. Dann öffnete er die Schubladen der Werkbank. Die meisten von ihnen enthielten nichts als Lappen, Nägel und allerlei Kleinkram. In einer Schublade entdeckte Brad ein rundes Knäuel aus Lumpen und Zeitungspapier. Es sah aus, als hätte eine Mäusefamilie dort ein behagliches Nest angelegt. Er schob das Nest beiseite und fand ein weiteres Fläschchen aus braunem Glas, das eine rote Verschlußkappe hatte. Das Fläschchen war etwa so lang wie ein kleiner Finger und sah leer aus. Brad nahm es in die Hand, schraubte es auf und leuchtete mit der Taschenlampe hinein. Das Fläschchen war nicht ganz leer; am Boden war ein weißer, kristalliner Belag. Er wirkte längst nicht so unheimlich wie der schäumende Behälter oder die dicke grüne Flüssigkeit. Brad stellte das Fläschchen dennoch in die Schüssel.

Susan verschloß einen weiteren Verwahrungsbeutel. Sie sah, daß die Leute von der Spurensicherung ihre Arbeit fast abgeschlossen hatten. »Ich gehe rasch in die Werkstatt und schaue, ob die beiden bald fertig sind«, sagte sie zu ihnen.

Es ging auf 21 Uhr zu. Der Mann, der in Sebring das Haus von George beobachtete, würde gleich Schluß machen. Wenn sie nicht bald verschwänden, könnte es sein, daß George sie erwischte.

Brad kam gerade aus der Werkstatt, die Schüssel mit den Fläschchen in der Hand. »Susan, wir können nicht mehr länger drinbleiben«, sagte er mit tränenden Augen. »Sie haben keine Ahnung, was da für ein Gestank ist.«

Susan schaute sich die Fläschchen an, die Brad mitgebracht hatte. Manche von ihnen sahen recht merkwürdig aus, aber sie kannte sich bei Chemikalien nicht aus. Sie würde alle ins FBI-Labor schicken. Den Behälter, aus dem das säureartige Zeug ausgelaufen war, würden sie später abholen; Susan wollte beim Transport kein Risiko eingehen.

Als sie wegfuhren, empfand Susan ein Gefühl der Ernüchterung. Sie hatte gehofft, daß an diesem Abend der große Durchbruch kommen würde, daß sie etwas Eindeutiges finden würden: Laborzubehör oder eine Abfüllmaschine mit Thalliumrückständen. Das war nicht geschehen. Susan hoffte darauf, daß die Laboruntersuchung der Abstriche und Fläschchen etwas erbrachte. Doch sie würde wieder einmal abwarten müssen, bis die Ergebnisse endlich eintrafen; Brad hatte ihr mitgeteilt, die FBI-Chemiker seien vollauf mit einem anderen Fall beschäftigt und könnten nicht sagen, wann sie für den Giftmord Zeit hätten.

9

Nachdem die Fläschchen und die Wattetupfer an das FBI-Labor abgeschickt worden waren, wollten Susan und die anderen erst einmal die Ergebnisse abwarten. Da das Weihnachtsfest näherrückte, beschlossen sie, ein paar Tage Urlaub zu nehmen. Ernie ruhte sich gerade zu Hause aus, als sich die Telefonistin des Sheriff's Office bei ihm meldete; sie sagte, sie habe einen dringenden Anruf in der Leitung. Es war der Besitzer des Orangenhains in Alturas, in welchem Pye Carr angeblich seinen toten Hund begraben hatte. Er berichtete, seine Männer seien beim Verlegen von Bewässerungsrohren auf etwas gestoßen. »Sie haben einige Knochen gefunden. Ich sagte ihnen, sie sollten sie schön liegen lassen.«

»Das war richtig«, erwiderte Ernie. »Wir kommen gleich zu Ihnen.«

Es war spät nachmittags an einem der kürzesten Tage des Jahres. Ernie merkte, daß die Dunkelheit bald hereinbrechen würde. Er rief einige Leute von der Spurensicherung zu sich; mit Schaufeln, Kellen und einem starken Scheinwerfer fuhren sie zu dem Orangenhain. Ernie rief Susan mit seinem Funktelefon an.

»Wie viele Leute haben Sie dabei?« fragte sie.

»Nur ein paar«, gab er zur Antwort. »Wenn Sie uns helfen wollen, dann ziehen Sie am besten Jeans und Turnschuhe an. Es ist nicht sehr angenehm hier draußen.« Es hatte angefangen zu regnen; der schlammige Boden zog eine Unmenge Stechmücken an. Ernie hatte schon so viele Stiche abbekommen, daß man meinen konnte, er hätte die Masern.

Susan fand es faszinierend, daß man doch noch Überreste des Hundes gefunden hatte. Hagmaier hatte ihr gesagt, daß bei vielen Mördern eine eskalierende Abfolge von Gewaltanwendungen den Anfang bilde. »Sie beginnen mit Attacken gegen Kleidungsstücke oder Fotos und machen dann mit Lebewesen weiter, mit Käfern und Kleintieren. Zum Schluß gehen sie gegen Menschen vor.« Susan fiel der Einbruch ein, von dem Margaret Carr berichtet hatte. Dies könnte der erste Schritt gewesen sein, den George unternommen hatte, und die Ermordung des Hundes der zweite. »Ich komme sofort zu Ihnen«, sagte sie zu Ernie.

Als Susan eintraf, knieten Ernie und die anderen im Schlamm und hoben mit Kellen das Erdreich aus. Sie machten das langsam und gründlich, zogen die Knochen vorsichtig heraus und verstauten auch die in nächster Nähe befindliche Erde, da diese Spuren von Thallium enthalten konnte.

versuchen, um herauszufinden, wie er reagiert. Was haben wir denn schon zu verlieren?«

Ernie runzelte die Stirn. Dann sagte er: »Okay. Aber wenn das nicht funktioniert, sollten wir ihn endlich vernehmen. Ich glaube, damit erreichen wir mehr.«

Susan spürte, wie ihr die Zornesröte ins Gesicht stieg, doch sie redete mit ruhiger Stimme: »Ernie, haben Sie Geduld mit mir. Es ist einen Versuch wert. Vielleicht hören wir in der Zwischenzeit etwas vom Labor. Ich möchte die Chance bekommen, George nach den Nachbarn zu fragen. Wir sind schon so weit vorangekommen, daß wir nicht einfach aufgeben sollten.«

Brad hatte schweigend dagesessen und nur zugehört. Ein Lächeln breitete sich auf seinem Gesicht aus, und er sagte zu Susan: »Sie könnten ihm ja unsere Geschäftskarten überreichen.«

Ernies Stirn glättete sich, und alle drei lachten. Die Beamten hatten George ihre Geschäftskarten gegeben, als sie ihn vor über einem Jahr vernommen hatten. Susan hatte sie später entdeckt, als sie den Abfall durchwühlte; offenbar war George der Meinung gewesen, er brauche sich über diese beschränkten Bullen keine Gedanken zu machen.

»Geben Sie ihm doch die Karten, die Sie im Abfall gefunden haben«, sagte Ernie. »Ich würde ja gern mitansehen, was er dann für ein Gesicht macht!«

Am 25. Januar fuhr Susan mit ihrem klapprigen Auto nach Sebring, dem neuen Wohnort von George. Unterwegs stoppte sie bei einem Münzfernsprecher. Diesmal hielt sie sich nicht mit Konversation auf, sondern sagte in einem Ton, der dringlich klang: »Hallo, sind Sie's, George? Sherry hier. Ich muß mit Ihnen über ein paar Dinge reden.«

»Ja gut«, sagte George. »Möchten Sie ins Haus kommen?«

»Mir wäre es lieber, wenn wir uns bei McDonald's treffen könnten.«

»In Ordnung.«

Susan fuhr zu dem Fast-Food-Restaurant, wo ein Überwachungsteam bereitstand, das eine Videokamera auf die außen aufgestellten Tische gerichtet hatte. Der Tag eignete sich hervorragend, um im Freien zu essen; der Himmel war blaßblau, und es wehte eine leichte Brise, in der sich die Palmwedel wiegten. Susan parkte ihren Wagen, ergriff ihre Handtasche und ging zu den Picknicktischen. Sie trug Bluejeans, einen roten Pullunder und eine weiße Bluse. Auch als sie in den Schatten kam, behielt sie ihre Sonnenbrille auf.

»Er ist eben durch den Vordereingang hereingekommen«, sagte Susan. »Sein Auto hat er auf dem Parkplatz beim *Village Inn* abgestellt. Er ist gleich da.« Das Mikrofon in ihrer Handtasche leitete ihre Worte weiter zu dem Überwachungsfahrzeug.

Susan ging winkend auf George zu. »Hallo!« rief sie.

George kam heran. Er trug khakifarbene Shorts und ein türkisfarbenes T-Shirt. Sie nahmen am Tisch einander gegenüber Platz. George lächelte Susan an und fragte: »Wie geht's Ihnen denn?«

Sie faltete die Hände und zwang sich zu einem Lächeln. »Nicht besonders gut. Und deswegen möchte ich mit Ihnen reden.« Sie holte tief Luft. »Am besten fange ich am Anfang an. Als ich in das Haus in Alturas einzog, halfen mir Mona und Sam.«

»Okay«, sagte George, das Kinn auf die Hand gestützt.

»Schon am ersten Abend kam der reizende Nachbar herüber, der ›Wachhund‹. Er wollte wissen, was ich da machte«, erzählte Susan.

»Aha.«

»Ich sagte ihm, daß ich gerade eingezogen sei. Und dann stellte sich heraus, daß Sie mir etwas verschwiegen haben.«

»So, und was wäre das?« fragte George.

»Daß in der Nachbarschaft etwas Schreckliches passiert ist«, sagte Susan mit bebender Stimme. »Eine Anzahl wohlmeinender Bürger hat mich deswegen angesprochen und mir eine Heidenangst eingejagt.«

»Ach ja, im Nachbarhaus wurde jemand vergiftet«, sagte George in sachlichem Ton. »Na und?«

»Ihnen kommt das vielleicht nicht besonders wichtig vor«, sagte sie. »Aber mir schon.«

»Oh, tut mir leid«, sagte George und lachte ein wenig.

Susan war sich bis jetzt nicht völlig sicher gewesen, ob George der Mörder war. Bis zu diesem Augenblick hatte er für sie auch etwas Sympathisches gehabt, war er ein tolpatschiger Kerl mit seltsamen Moralvorstellungen gewesen, der aber seiner Bekannten gegenüber viel Entgegenkommen zeigte. Ihr Verstand hatte ihr gesagt, daß George schuldig sei, im tiefsten Herzen aber war sie davon nicht überzeugt gewesen. Doch als Susan ihn jetzt reden hörte, war ihr alles klar. Seine Stimme ließ keine Anteilnahme am Schicksal seiner Nachbarn erkennen, keine Beunruhigung darüber, was ihm und seiner Frau hätte passieren können, keine Besorgnis um die Bekannte, die eben in sein Haus eingezogen war.

Und noch etwas paßte nicht so recht: George begeisterte sich für fiktive Mordfälle, und im Nachbarhaus in Alturas hatte sich ein echter Mordfall abgespielt. Wenn er unschuldig wäre, hätte er seiner Bekannten schon längst darüber berichtet und hätte mit seinen detektivischen Fähigkeiten Eindruck geschunden. »Ich habe eine Vorstellung, wer als Täter in Frage kommt«, hätte er sagen können. »Aber die blöden Bullen haben natürlich keine Ahnung. Ich möchte Ihnen mal meine Theorie erzählen ...«

Er hatte aber nichts dergleichen gesagt.

»Es heißt, der Täter sei nicht gefaßt worden«, fuhr Susan fort. »Und das hat mir richtig Angst eingejagt.«

Das Gesicht von George blieb ausdruckslos. »Oh, tut mir leid«, sagte er noch einmal.

»Das scheint Sie nicht besonders zu berühren«, sagte Susan. »War es also nicht der Grund für Ihren Auszug?«

»Nein, nein.«

»Sie hatten keine Angst?«

»Aber nein«, antwortete George in einem Ton, der etwas Beruhigendes hatte. »Das war offenbar ein privater Racheakt. Es bedeutet nicht, daß jeder in der Gegend vergiftet werden könnte.«

»Okay.«

»Und im übrigen liegt das fast zwei Jahre zurück.«

»Okay«, sagte Susan und legte die Hand auf ihr Herz. »Es kam für mich einfach völlig überraschend. Und dann war noch etwas: Zwei Besucher tauchten auf.«

»Soso.«

»Und das ist der Grund dafür, daß ich nicht unbedingt in Ihrem Haus bleiben möchte. Ich weiß, daß ich viel zu ängstlich bin, aber diese Besucher haben Nachforschungen angestellt, auch nach Ihnen.«

War George bis dahin unbekümmert gewesen, so schien er jetzt alarmiert zu sein. Ein »Oh« war alles, was er herausbrachte.

»Sie gaben mir ihre Geschäftskarten«, sagte Susan und suchte in ihrer Handtasche herum. »Ich sagte ihnen, ich wohne in Naples, bei Sam. Ich dachte, ich würde nie wieder etwas von ihnen hören. Doch am Montag riefen sie Sam an und wollten wissen, wo ich sei. Ihre Visitenkarten hätte ich beinahe weggeworfen.« Susan holte zwei Geschäftskarten heraus und gab sie George. Er hielt sie mit der linken Hand fest und starrte sie an: ›Ernest Mincey, Kriminalbeamter, Polk County Sheriff's Office‹. ›Bradley Brekke, Special Agent, Federal Bureau of Investigation‹.

»Danke«, sagte George. »Das ist interessant.«

»Sie wollten wissen, ob ich mit Ihnen in Verbindung bin«, fuhr Susan fort. »Ich sagte, Sie seien aus dem Bezirk weggezogen, aber ich sagte ihnen nicht, wohin.«

»Soso«, murmelte George, ohne aufzuschauen.

»Ich möchte nicht in Ihr Haus gehen«, sagte Susan. »Ich weiß, daß ich zu besorgt bin und daß man vermutlich nicht hinter mir herschnüffeln wird.«

Normalerweise hätte George das Gespräch an sich gerissen und über die Beschränktheit der Polizei schwadroniert, während seine Bekannte ihm zuhörte und höflich nickte. Diesmal sah es aber so aus, als brächte er kein Wort heraus.

Susan hielt das Gespräch in Gang. Sie sagte: »Aus meiner Zeit als Anwaltssekretärin weiß ich, daß die Bullen nicht besonders schlau sind. Aber ich möchte in nichts hineingezogen werden, denn wenn mein Name immer wieder genannt wird, dann wird Richard mich garantiert finden.«

»Das stimmt«, sagte George, der immer noch die Karten betrachtete.

»Es liegt ganz bei Ihnen, ich mische mich da nicht ein«, sagte Susan. »Sie können ja anrufen und sich erkundigen, was die beiden wollen. Falls ich etwas für Sie erledigen kann, tue ich das gern.«

»Wenn die etwas von mir wollen, werden sie mich schon finden.«

»Sie haben also von denen noch nichts gehört?« fragte Susan.

George schüttelte den Kopf.

Susan sagte, sie habe den Beamten nichts von dem Umzug nach Sebring erzählt. »Ich behauptete, ich sei von einem Makler auf das Haus aufmerksam gemacht worden. Ich wußte: Wenn die beiden das nachprüfen, dann werden sie merken, daß ich gelogen habe. Ich hätte aber nie gedacht, daß sie sich in Naples nach mir erkundigen würden.«

»Sehr merkwürdig«, sagte George. Sein Blick durchbohrte sie. »Was wollten die beiden über mich wissen?«

Er kann nicht davon ablassen, dachte Susan. Er will mehr wissen, möchte aber nicht zu interessiert erscheinen. Und er hat auch nach so langer Zeit nicht genügend Vertrauen zu mir, daß er mir sagen könnte, worum es eigentlich geht. Hagmaier hatte recht: George würde nie aus sich herausgehen und seine Geheimnisse erzählen, nicht einmal einem Freund gegenüber.

Susan erzählte, die Polizisten hätten viele Fragen gestellt. »Wo Sie sind, in welcher Beziehung ich zu Ihnen stehe, wo Ihre Frau ist, und so weiter. Ich sagte nur, daß ich Sie und Ihre Frau mal getroffen hätte, und daß Sie nette Menschen seien.«

»Soso«, sagte George und schaute weiter die Karten an. »Ich glaube, das hat nicht viel zu bedeuten.«

»Für Sie vielleicht nicht, aber für mich schon!« erwiderte Susan. »Allein, daß mein Name erwähnt wird! Wissen Sie, der eine von den beiden hat mir richtig Angst eingejagt. Er sagte, er sei ein Bundespolizist.«

»Das FBI ist in den Fall eingeschaltet worden«, sagte George. »Die Nachbarin wurde mit etwas vergiftet, das in Cola-Flaschen drin war. Unter diesem Gesichtspunkt ist die Bundespolizei für den Fall zuständig.«

»Aha.«

»Sagten Sie, das Zusammentreffen sei am Montag gewesen?« fragte George.

»Nein, nein. Das war in der Woche zwischen Weihnachten und Neujahr.«

»Ach so.«

»Und am Montag erkundigten sie sich in Naples nach mir«, sagte Susan.

»Aha.«

»Wie gesagt, ich will da nicht hineingezogen werden. Und ich möchte gern wissen, was ich sagen soll, falls sie mich noch einmal ausfragen.«

»Sagen Sie einfach die Wahrheit, das ist wohl am besten«, gab George zur Antwort, das Kinn in die Hand gestützt. »Das ist alles sehr merkwürdig. Lassen Sie mich mal nachdenken.«

»Ach, ich habe Sie ja nicht mal gefragt, ob Sie etwas essen wollen!« rief Susan.

Er machte eine abwehrende Handbewegung. »Nein, danke.« Während Susan an einem Pommesstäbchen knabberte, starrte George zum Parkplatz hinüber, ohne zu ahnen, daß ganz in der Nähe eine Videokamera lief. »Ich verstehe nicht, daß die beiden mich innerhalb eines Monats nicht ausfindig machen konnten ...« Er schwieg eine Weile, dann sagte er: »Moment mal! Irgend etwas stimmt hier nicht.«

Susan merkte, daß sein Computergehirn aktiv wurde. Es verarbeitete die Informationen und suchte nach dem Rest, der noch fehlte. Sie hoffte, daß George ihn nicht finden würde.

George sagte: »Worauf es hinausläuft, ist ...«

»Soll ich vielleicht behaupten, ich hätte Ihre Telefonnummer gefunden?« warf Susan ein. »Oder was soll ich denen sonst noch sagen?«

»Es wäre vielleicht am besten für Sie, wenn Sie bei Ihrer ursprünglichen Geschichte bleiben.«

»Okay.«

»Das wäre am vernünftigsten.« George rückte seine Brille zurecht und fuhr fort: »Und im übrigen sind Sie gar nicht verpflichtet, diesen Leuten Rede und Antwort zu stehen.«

»Wollen Sie damit sagen, daß ich sie einfach wegschicken kann?«

George rutschte auf seinem Stuhl hin und her. Normalerweise hob sich seine Stimme, wenn er Sherry Ratschläge gab, doch diesmal kamen die Worte stockend heraus, und seine Stimme klang matt und mutlos. »Das können Sie durchaus tun«, sagte er. »Sie sollten gleich zu Beginn fragen, ob gegen Sie eine Ermittlung läuft.«

»Gut.«

»Und wenn die Frage bejaht wird, sagen Sie: ›Nun, dann möchte ich zuerst mit meinem Rechtsanwalt sprechen. Ich möchte mich vorerst nicht äußern.‹«

»In Ordnung.«

»Und falls nicht gegen Sie ermittelt wird, brauchen Sie sich gar nicht behelligen zu lassen. Gehen Sie einfach weg.«

»Okay.«

»Eines geht mir nicht aus dem Kopf«, sagte George. »Daß da irgend etwas nicht ganz stimmt.«

Im Hintergrund ertönte eine Hupe, aber George achtete nicht darauf. Susan schaute ihn blinzelnd an und sagte: »Das müssen Sie mir erklären.«

»Also, wenn die beiden sich für mich interessieren, dann hätten sie mich inzwischen finden müssen.«

»Das meine ich auch«, sagte Susan. »Und deshalb frage ich mich, weshalb sie mich eigentlich behelligen. Ich möchte in nichts hineingezogen werden.«

George erwiderte: »Für mich können sie sich nur aus einem Grund interessieren, nämlich ...«

»Sie sagten mir nicht, um was es ihnen ging.«

»Natürlich nicht«, entgegnete George in barschem Ton. »Hören Sie, ich denke gerade über die verschiedenen Möglichkeiten nach.«

»Okay.«

»Lassen Sie mich also bitte einen Moment in Ruhe«, sagte George.

»Aber gern. Tut mir leid.«

»Wenn die Polizei sich für mich interessiert, dann hat das wohl mit dieser Giftgeschichte zu tun, die sich im Nachbarhaus abgespielt hat«, erklärte George. »Da könnte ich zu den Verdächtigen zählen, bloß weil ich zum damaligen Zeitpunkt in der Nähe wohnte.«

»Hat es Vernehmungen gegeben?«

»Mit mir hat die Polizei zweimal geredet«, sagte George. »Mit Diana hat sie auch gesprochen. Ich glaube, die Polizei hat in Alturas mit jedem gesprochen.«

»Aha.«

»Ich hoffe nur, daß ich nicht zu den Hauptverdächtigen gehöre«, sagte George. »Das könnte unangenehm werden.«

Susan entschuldigte sich und ging zu ihrem Wagen. Sie hatte eine Idee, wie sich feststellen ließ, ob die Neuigkeiten George wirklich aus der Bahn geworfen hatten. Bei einem Familienurlaub in Tennessee hatte sie für ihn eine Geode und einen winzigen, aus Stein gehauenen Dinosaurier gekauft. Normalerweise würde ihn ein solches Geschenk in Entzücken versetzen, und es würde höchstwahrscheinlich eine Redeschwall auslösen. Susan wollte sehen, wie er jetzt reagierte.

Als sie die Sachen herbeiholte, starrte George gedankenverloren auf den Parkplatz.

Sie gab ihm die Geode. George sagte: »Danke.«

»Ich habe den Stein in der Mitte durchschneiden lassen.«

»Recht hübsch«, sagte er ohne Begeisterung.

»Schauen Sie mal her!« sagte Susan und holte den Dinosaurier hervor. »Ich habe noch etwas gefunden!«

»Okay.«

»Das ist ein Dinosaurier!«

George warf einen Blick auf ihn. »Wie nett«, sagte er. Dann fuhr er fort: »Wissen Sie, falls die Polizei sich für mich interessiert, wird sie natürlich nicht zu mir kommen und mich befragen. Okay, nehmen wir einmal an, ich wäre aus irgendeinem Grund ein Hauptverdächtiger. Dann würde sie ... Aber wenn die Polizei sich für Sie interessiert, wieso muß denn da das FBI hinzugezogen werden?«

»Das weiß ich nicht.«

»Nun, ich habe den Eindruck, daß ich aus irgendeinem Grund zu den Hauptverdächtigen zähle, und daß Sie nichts zu befürchten haben.«

Radfahrer fuhren mit orangefarbenen Fähnchen vorbei, und im Hintergrund wurde der Deckel eines Müllcontainers laut zugeschlagen. George achtete nicht darauf.

»Kann ich Ihnen irgendwie behilflich sein?« fragte Susan.

»Ach, nein«, antwortete George. »Es war eine Art Schock für mich, aber die Polizei hat wohl einen nach dem anderen verdächtigt, und nun bin ich an der Reihe.«

»Ich verstehe«, sagte Susan.

»Wenn die Polizisten wiederkommen, dann sagen Sie einfach: ›Ich kann Bullen nicht ausstehen.‹«

»Okay«, sagte Susan lachend. »Die werden Augen machen!«

Im weiteren Verlauf des Treffens versuchte George, noch möglichst viele Informationen aus Susan herauszuholen. Dann raffte er sich zu einer Geste der Höflichkeit auf: »Möchten Sie vielleicht das Haus in Sebring besichtigen?«

»Ich glaube, ich bin im Moment ein bißchen überdreht«, erwiderte Susan. »Kann ich später darauf zurückkommen?«

»Selbstverständlich«, sagte George. »Ich habe volles Verständnis.«

»Das ist nett.«

George kam noch einmal auf den Besuch des Kriminalbeamten und des FBI-Agenten zu sprechen. »Die stellen also immer noch Fragen und suchen nach Indizien. Indizien wofür? Das möchte ich gern wissen. Es ist vermutlich so ähnlich wie damals, als es in Texas, in Houston war es wohl, einen Bombenanschlag gab, bei dem irgendein hohes Tier getötet wurde. Die Sache wurde nie aufgeklärt. Ich weiß, daß das FBI damals ungefähr zweitausend nutzlose Spuren verfolgt hat.«

»Na so was!« sagte Susan. Sie fragte sich, wieso George diese Geschichte erzählt hatte. Hagmaier hatte ihr mitgeteilt, daß Giftmörder und Bombenleger dasselbe psychologische Profil aufwiesen; beide seien passive Typen, die Tötungsmethoden anwenden, welche es ihnen gestatten, dem Tatort fernzubleiben. Susan fragte sich, wieso George der Bombenanschlag in Texas aufgefallen war. War das ein Zufall, oder hatte er etwas damit zu tun gehabt?

»Denen fehlt es weder an Geld noch an Leuten«, sagte George. »Das FBI kann es sich leisten, jede Menge nutzloser Spuren zu verfolgen.«

Damit endete das Treffen. George begleitete Susan zu ihrem Wagen und ging mit einem seltsamen Lächeln weg.

»Okay«, sagte Susan in ihre Handtasche. »Es ist halb zwölf, und er geht jetzt. Er ist sehr besorgt.«

11

Susan kam ins Büro von Lieutenant Hart und ließ sich auf einen Stuhl fallen. »Francis, ich bin ganz frustriert«, sagte sie. »Ich habe jetzt alles ausprobiert, was mir einfiel. Ich kann es kaum glauben, daß ich ein Jahr meines Lebens damit vertan habe. Ich kann es nicht fassen, daß dieser Mann so etwas Schreckliches getan hat und wir nichts unternehmen können.«

Susan hatte George einen Schock versetzt, als sie sich zwei Monate zuvor bei McDonald's mit ihm getroffen hatte. Und sie hatte auf eine Reaktion von ihm gewartet, die es ihr ermöglichen würde, ihn zu überführen: daß George und Diana aus Florida fliehen würden, oder daß er Sherry um Rat fragen und ins Vertrauen ziehen würde. Doch er blieb sich treu und verriet sich nicht.

Susan fuhr gelegentlich an seinem neuen Zuhause vorbei, einem geräumigen Haus mit Blick auf einen See. Es war 1923 erbaut worden, hatte Holzböden, sehr große Räume und auf der Rückseite einen Pool, außerdem ein Gästehaus, das George für seinen Vater herrichtete. Susan fragte sich, was sich drinnen abspielte – hinter der Mauer, die George um sich herum errichtet hatte. Sie hatte keine Ahnung, denn George hatte sie nicht mehr angerufen.

Solange es kein Geständnis gab, konnte die Polizei nur abwarten, bis das FBI-Labor das Material aus dem Haus in Alturas analysiert hatte. Als eine Woche nach der anderen verging, verlor Susan ihren Optimismus. Sie befaßte sich mit neuen Fällen und versuchte sich an die Vorstellung zu gewöhnen, daß sie bei dem anderen versagt hatte. Obwohl Gary und ihre Freunde ihr gut zusprachen, fragte sich Susan aber immer wieder, was sie wohl falsch gemacht hatte. Normalerweise erreichte sie ihr Ziel, wenn sie nur genügend Zeit und Mühe investierte. Diesmal waren jedoch alle Hoffnungen zunichte gemacht worden. Ganz gleich, wie nahe Susan an George herangekommen war: es war nicht nahe genug gewesen.

Susan schüttete Hart ihr Herz aus. Er hörte kopfschüttelnd zu, und sein Gesicht zeigte dabei eine Mischung aus Zuneigung und Abscheu. Obwohl er und Susan dieselbe Laufbahn eingeschlagen hatten, waren sie grundverschieden. Hart ließ sich durch nichts aus der Ruhe bringen. Er bemühte sich darum, daß Susan die Sache nüchtern betrachtete: als eine Ermittlung, bei der sie ihr Bestes gegeben hatte, in der sie nichts mehr ausrichten konnte.

»Susan, laß dir doch deswegen keine grauen Haare wachsen!« sagte Hart. »Du mußt dir zweierlei merken. Erstens: Man zerbricht sich nur über hochwichtige Dinge den Kopf. Zweitens: Es gibt keine hochwichtigen Dinge.«

Susan ärgerte sich über diesen Aufmöbelungsversuch. Wie konnte Hart bloß auf den Gedanken kommen, daß sie einfach aufgeben würde? Sie war kein Drückeberger. Susan ging nach Hause und erzählte ihrem Mann von dem Gespräch. »Wie konnte Hart bloß so etwas sagen!« rief sie.

»Der Mann hat recht«, erwiderte Gary. »Du hast dein Bestes gegeben. Niemand wird dich schief ansehen, weil du nicht weiter vorangekommen bist. In deinem tiefsten Inneren weißt du, daß du dein Möglichstes getan hast, und dein Vorgesetzter weiß das auch. Du mußt dich jetzt mit etwas anderem befassen.«

Susan konnte immer noch keinen Entschluß fassen. Sie spazierte draußen vor dem Haus umher. Die Kinder spielten im Hof. Es war Anfang März; ein Jahr zuvor waren bei Peggy Carr die lebenserhaltenden Apparate abgeschaltet worden. Susan spürte das Säuseln des Frühlingswindes, der eine Andeutung von sommerlicher Wärme mitbrachte. Sie schaute sich um. Es war so schön. Die ersten Triebe der Blumen schauten aus dem Boden. Die Zweige der Eichen und Pinien bewegten sich in der Brise. Es gab Dinge, die wichtiger waren als George Trepal.

Susan versuchte, zu einem Entschluß zu kommen. Ich habe mein Möglichstes getan, dachte sie. Das Leben besteht nicht nur aus Arbeit. Ich wußte die ganze Zeit, daß die Sache so enden könnte. Wozu die Aufregung? Francis hatte vermutlich recht.

So leichtfüßig wie seit Monaten nicht mehr ging Susan am nächsten Tag zur Arbeit. Sie suchte Ernie in seinem Büro auf. »Jetzt gehört der Fall wieder Ihnen«, sagte sie. »Wenn ich Ihnen irgendwie behilflich sein kann, dann lassen Sie es mich wissen.«

Dann setzte sich Susan an ihren Schreibtisch und verfaßte einen Brief an den FBI-Mann Hagmaier: »Ich bin zu dem Schluß gekommen, daß man nicht alles klären kann, auch wenn man sich noch so sehr bemüht. Ich möchte Ihnen aber für all Ihre Hilfe danken. Sie waren wirklich großartig. Sie bekommen von mir noch ein schönes Abendessen.« Sie las den Brief noch einmal durch, unterschrieb ihn und steckte ihn in einen Umschlag. Als sie ihn abgeschickt hatte, rief sie Brad an, um ihm ihre Entscheidung mitzuteilen.

»Wissen Sie, ich fühle mich erleichtert«, sagte Susan. » Ich glaube, ich habe die richtige Entscheidung getroffen.«

»Einen Moment, Susan«, sagte Brad. »Da kommt noch ein anderer Anruf. Bitte warten Sie.«

Susan hörte Musikgedudel, und dann war Brad wieder am Apparat. »Ich erledige zuerst das andere Gespräch und rufe dann zurück.«

Susan widmete sich wieder ihrem Papierkram. Dann läutete das Telefon.

»Entschuldigen Sie, Susan. Der andere Anruf kam vom Labor.«

»Um was ging's denn?«

Brad stieß einen gelangweilten Seufzer aus. »Um ein paar von den Tests.«

»Welche Tests?« fragte Susan.

»Von dem Zeug, das wir damals bei George gefunden haben, in den Fläschchen. Die grüne Flüssigkeit konnten sie nicht bestimmen. Und da war noch ein anderes Fläschchen, ich kann mich nicht mehr so genau daran erinnern.« Der Ton von Brad bestärkte Susan in ihrem Verdacht: Auch jetzt hatte das Labor kein Indiz gefunden, das George mit dem Giftmord in Verbindung brachte. Der Fall war wirklich hoffnungslos.

Als wäre ihm nachträglich etwas eingefallen, sagte Brad: »In dem braunen Fläschchen aus der Werkstatt, da war Thalliumnitrat drin.«

»Was war da drin?« rief Susan.

»Thalliumnitrat«, antwortete Brad mit einer nach wie vor teilnahmslosen Stimme.

Lieutenant Hart ging an ihrem Schreibtisch vorbei und hörte ihre aufgeregte Stimme. Er blieb stehen und schaute sie verwundert an. Susan spürte, daß sie eine Gänsehaut bekam, aber sie wollte ganz sicher gehen. »Brad, Sie wollen mich wohl veräppeln, wie?« sagte sie. »Raus mit der Sprache!« Susan schaute zu ihrem Boss hoch und gab ihm ein Zeichen, hierzubleiben.

»Brad, sind Sie sicher? Ich möchte mich nicht blamieren.«

»Susan, Sie können ja selbst anrufen.«

Brad hörte am anderen Ende der Leitung einen Freudenschrei. Er fing an zu lachen. »Wir haben es geschafft, Susan«, sagte er. »Wir haben es tatsächlich geschafft, Thallium zu finden.«

Susan bedankte sich bei Brad und sagte, sie müsse weg. Mit offenem Mund legte sie den Hörer auf. »Du wirst es nicht für möglich halten, Francis«, sagte sie zu ihrem Vorgesetzten. »In einem der Fläschchen, die wir ins Labor schickten, ist Thallium gefunden worden!«

»Beruhige dich, Susan«, sagte Hart und fing an zu grinsen. »Wir wollen mal schauen, ob der Colonel da ist.«

Als Susan hinter Hart die Treppe hinaufging, konnte sie sich fast nicht mehr beherrschen. Sie ballte die Hände zu Fäusten und rief: »Ist es denn zu fassen? Ich kann es kaum glauben! Ich habe aufgegeben, und dann passiert so etwas!«

Colonel Allen war mitten in einer Besprechung mit Sheriff Crow. Lieutenant Hart sagte lächelnd: »Susan hat Ihnen etwas mitzuteilen.«

Mit strahlendem Gesicht trat Susan vor. »Wir haben Thallium gefunden!«

Sheriff Crow sprang auf und umarmte sie. »Ich kann es kaum glauben!«

Susan rief ihren Mann im Lake Wales Police Department an. »Gary, bleib wo du bist«, sagte sie. »Ich muß dir etwas erzählen.« Sie stieg ins Auto und brauste zu ihm hinüber.

Schwer atmend, das Gesicht gerötet, kam sie bei Gary an. »Was ist denn los?« fragte er.

»Du glaubst gar nicht, was für eine tolle Überraschung ich habe!«

»Als du das letzte Mal so aufgeregt warst, da hattest du gerade erfahren, daß du schwanger bist. Ist es das?«

»Nein, Gary. Wir haben Thallium gefunden!« sagte Susan.

Er schaute ein bißchen enttäuscht drein, als wollte er sagen: »Was hast du denn anderes erwartet?«

Auf die Laborergebnisse folgten langwierige Vorbereitungen: Es gab Besprechungen mit der Staatsanwaltschaft; Beweismittel wurde in Kartons gesammelt, und man traf Vorbereitungen, den Fall vor das Geschworenengericht zu bringen, wo eine Grand Jury darüber entscheiden müßte, ob die Beweise für eine Mordanklage gegen George Trepal ausreichten.

Susan hatte einen Einfall. Sie ging in ein Schreibwarengeschäft und kaufte eine lustige Karte, die für Sherry typisch war. Auf der Karte war ein lächelndes Mädchen zu sehen, das Wörter auf den Armen trug. Darunter stand geschrieben: ›Ich möchte nur wenige Worte verlieren.‹

Hallo, George!

Diesmal habe ich gute Nachrichten. Ich bin seit einigen Wochen in Houston, und es hat ganz den Anschein, daß die Scheidung in wenigen Tagen weitgehend erledigt sein wird. Endgültig wird es noch nicht sein, aber ich glaube nicht, doch noch etwas dazwischenkommen kann.

Bald nach dem Gespräch mit Ihnen wurde ich ganz niedergedrückt und fühlte mich sehr einsam. Ich sah schließlich ein, daß ich so nicht weitermachen konnte. Ich war nie sicher, ob Richard nicht plötzlich auftauchen würde, ob ich nicht noch tiefer in den Schlamassel geraten würde. Da verkaufte ich alles, was ich so hatte, nahm einen tüchtigen Anwalt und machte Richard die Hölle heiß. Wie erwartet, werde ich keine Reichtümer bekommen, aber mein Anwalt hat genug für mich herausgeschlagen, daß ich ein Leben führen kann, wie ich es mir gewünscht habe, und vor allem die ersehnte Freiheit bekomme. Mir tut es nur leid, daß Sie Richard so erleben mußten, wie er jetzt ist. Er war nämlich nicht immer so. Aber das wird das letzte Mal sein, daß ich mich seinetwegen entschuldige. In wenigen Tagen wird die endgültige Regelung unterschrieben werden; dann kommt nur noch die gerichtliche Anhörung, und die Sache ist erledigt.

Das muß gefeiert werden! Ich möchte Sie und Diana mal einladen, wenn ich wieder in Winter Haven bin. Vielleicht kann ich Sam dazu überreden, daß er seine Arbeit eine Weile im Stich läßt und ebenfalls mitkommt.

Ich hoffe, daß es Ihnen und Diana gutgeht und es Ihnen bald gelingen wird, Ihr neues Heim zu einem Prunkstück zu machen. Ich habe für die Wohnung, von der ich Ihnen erzählte, einen Mietvertrag unterschrieben, der bis Juni läuft (danach wird der Besitzer wieder einziehen). Ich werde also genug Zeit haben, um vernünftige Entscheidungen zu treffen. Daß ich mich davor fürchtete, in Ihr Haus einzuziehen, ist bedauerlich. Ich habe jedoch gemerkt, daß ich nicht so stark bin, wie ich dachte. Und ich muß zugeben, daß ich's mit der Angst zu tun bekam, als ich von dem Nachbarn hörte, was dort passiert war. Da fällt mir ein: Ich habe versucht, die beiden Männer telefonisch zu erreichen, über die ich Ihnen berichtete (ich hatte ihre Geschäftskarten). Sie haben sich nicht einmal die Mühe gemacht, zurückzurufen. Ich nehme an, daß die Sache nicht wichtig war.

Dann bis bald! Schreiben Sie mir ein paar Zeilen, oder rufen Sie an. Sie gehören nach wie zu den wenigen Freunden, die ich habe. Und die sind eben ganz anderes als die Bekannten, mit denen ich hier in der Wohnanlage zurechtkommen muß.
Sherry

Am 5. April 1990 telefonierte Susan mit George.

»Ich wollte Sie auch schon anrufen«, sagte er. »Aber ich habe Ihren Brief verlegt, auf dem die Nummer steht.« Er und Diana seien mitten in Reisevorbereitungen; sie wollten in der folgenden Woche nach Arizona fahren. »Ich war schon mal dort. Es regnete die ganze Zeit, und das war herrlich. Wenn es regnet, fängt die Wüste nämlich zu blühen an. Das ist wunderschön!«

»Oh, dann wünsche ich Ihnen viel Spaß«, sagte Susan. »Und sonst gibt es nichts Neues?«

»Nein, sonst gibt es nichts«, antwortete George.

Dritter Teil
Ein vergiftetes Gehirn

Dritter Teil

[illegible]

1

Es war 4.30 Uhr morgens, eine unmögliche Zeit, doch in der Snackbar *Fat Boy's Bar-B-Q* hing bereits dicker Zigarettenqualm in der Luft und der Geruch von gebratenem Schinkenspeck. Susan, Ernie und Brad gingen mit ihren Kaffeetassen an einen Tisch und setzten sich. In den vier Wochen seit dem Eintreffen der Untersuchungsergebnisse hatten sie 16 Stunden am Tag gearbeitet, hatten Beweismittel zusammengestellt, Durchsuchungsbefehle beantragt und die Verhaftung vorbereitet. Dann war die Schreibtischarbeit endlich erledigt.

Es war der 7. April 1990. Die drei sollten zu einem Parkplatz in der Nähe von Georges neuem Zuhause fahren und sich dort mit einem Trupp weiterer Polizisten treffen. Susan würde sich ein letztes Mal als Sherry Guin ausgeben und George anrufen. Sie sollte feststellen, ob George da war und herausfinden, ob es im Haus irgendwelche Besucher gab.

Um 8.00 Uhr tätigte Susan den Anruf; Diana war am Apparat.

»Hallo, hier spricht Sherry. Entschuldigen Sie die Störung. Ist George zu Hause?«

»Er ist in seinem Schlafzimmer. Ich hole ihn.«

»Hallo?«

»Guten Morgen, George, hier spricht Sherry.« Susans Stimme bebte vor Aufregung, aber es machte ihr nichts aus, daß George das hörte. Sie wollte, daß ihre Stimme besorgt, ja verzweifelt klang, damit George sie nicht abwies. Sie sagte: »Diese beiden Ermittlungsbeamten sind heute morgen wiedergekommen. Sie erkundigten sich noch einmal nach Ihnen und nach irgendwelchen Chemikalien. Ich habe keine Ahnung, was das zu bedeuten hatte. Verstehen Sie das?«

»Beruhigen Sie sich, Sherry«, sagte George. »Immer mit der ...«

»Aber ich weiß nicht, was ich machen soll!« unterbrach

sie ihn in flehentlichem Ton. In ihren Augen standen tatsächlich Tränen.

»Beruhigen Sie sich«, sagte George. »Bitte!«

Während die beiden miteinander redeten, fuhren Brad und Ernie in einer Crown Victoria-Limousine, die sie von einem ihrer Vorgesetzten ausgeliehen hatten, auf das Haus von George zu. Vor dem imposanten blauen Gebäude hielten sie an. Auf der anderen Seite des Hauses war die Rasenfläche leicht abfallend, und man sah das glasklare Wasser des Lake Johnson.

»Jetzt geht's los«, sagte Brad mit einem nervösen Lächeln, als er aus dem Wagen stieg. Sie gingen zusammen zu der hölzernen Vordertür und klopften. Von drinnen hörten sie eine Stimme, dann Schritte. Diana warf einen Blick durchs Fenster und öffnete dann die Tür. Sie trug ein geblümtes Kleid und einen gestrickten Pullover und sah verwirrt aus.

Ernie und Brad redeten gleichzeitig. »Polk County Sheriff. FBI. Wir möchten reinkommen und mit Ihnen und George reden.«

»Was soll das denn?« fragte Diana, der das Blut ins Gesicht schoß. Ohne die Antwort abzuwarten, versuchte sie, die Tür wieder zuzumachen. Brad zog den Haftbefehl heraus und schob seine Hand durch den immer kleiner werdenden Türspalt, um ihn vorzuzeigen. »Sie müssen uns reinlassen«, sagte er. Brad war klar, daß sie die Tür notfalls einbrechen konnten, denn sie besaßen schließlich einen Haftbefehl. Sie hatten jedoch vorab beschlossen, die Sache so unspektakulär wie möglich über die Bühne gehen zu lassen. Diana mußte aber allem Anschein nach etwas anderes im Sinn haben.

»George ist nicht da«, behauptete sie und versuchte noch einmal, die Tür zu schließen. Als sie jedoch sah, daß die ungebetenen Besucher sich nicht vertreiben ließen, wandte sie den Kopf und rief: »George!«

George und Susan telefonierten immer noch miteinander. Sie redeten weiter über die Polizei. Susan hörte dann auf einmal Stimmen, und nach einer Weile sagte Georg mit seltsam kühler Stimme: »Sherry, zufälligerweise ist hier die Polizei angekommen. Rufen Sie doch am Montag noch einmal an.«

Zu dem Zeitpunkt, als George auflegte, hatte Diana den Versuch aufgegeben, die Tür zu schließen; sie versuchte stattdessen, den beiden Polizisten den Weg zu versperren. Binnen weniger Augenblicke rasten Polizeiautos mit kreischenden Reifen und Blaulicht auf das Haus zu. Brad mußte sich beherrschen, um nicht laut loszulachen. Was kann denn noch alles schiefgehen? dachte er. Ich lasse mich am Eingang in einen Ringkampf verwickeln, und George ist nirgends zu sehen.

Lieutenant Juanita Crawford, Ernies Vorgesetzte, kam über den Rasen gerannt, um zu helfen. Die beiden Männer hatten gezögert, sich mit Diana auf ein Handgemenge einzulassen, damit sie später nicht der Körperverletzung beschuldigt werden konnten. Juanita Crawford zögerte jedoch nicht; die Polizistin packte Diana, zog sie von der Tür weg, stellte sie mit dem Gesicht gegen die Außenwand und wies sie an, sich ruhig zu verhalten. Diana wehrte sich und sparte nicht mit Beschimpfungen.

Brad und Ernie gelangten endlich ins Haus hinein und riefen nach George. Er zeigte sich schließlich am Ende der Treppe, nur mit einem Slip bekleidet. Im Gegensatz zu seiner protestierenden Frau schaute George mit friedlicher Neugierde auf sie herunter.

»George, wir möchten mit Ihnen reden«, sagte Brad.

»Okay, einen Augenblick«, sagte er und verschwand in seinem Schlafzimmer. Brad und Ernie jagten die Treppe hoch. Sie durften ihn nicht aus den Augen lassen, denn er könnte ja nach einer Waffe greifen. Als sie um die Ecke kamen, sahen sie, daß George sich lediglich ein T-Shirt und Shorts holen wollte. Sie gestatteten ihm, sich anzuziehen, dann führten sie ihn nach unten.

George schien etwas verwirrt, aber nicht unangenehm berührt zu sein; es war, als hätten ihm ein paar alte Freunde im unpassenden Moment einen Überraschungsbesuch gemacht. Er wußte aber, daß dieser Besuch alles andere als normal war. Er konnte hören, wie seine Frau vor dem Haus weitertobte. Polizeibeamte, die an den Hüften Sprechfunkgeräte hängen hatten, gingen über den Hof zum Haus; ihre Dienstmarken blitzten im Morgenlicht. Brad und Ernie führten George in die Küche und ließen ihn an einem Tisch Platz nehmen.

»Eine schöne Küche«, sagte Brad.

»Danke für das Kompliment«, erwiderte George.

Ernie teilte George mit, er sei verhaftet wegen Mordes an Peggy Carr und wegen des versuchten Mordes an ihren Familienangehörigen. Dann zog er eine kleine Karte heraus und las ihm seine Rechte vor.

»Möchten Sie mit uns reden?« fragte Ernie.

»Nein«, sagte George mit leiser Stimme. »Ich möchte einen Anwalt sprechen.«

Das war schon alles. Brad und Ernie konnten George vorerst keine weiteren Fragen bezüglich des Verbrechens stellen; das war erst möglich, wenn ihm ein Rechtsanwalt zur Seite stand. Die beiden Polizisten hofften jedoch, daß George auf der langen Autofahrt zum Bezirksgefängnis einige Informationen über sich und seine Frau herausrücken würde. Brad und Ernie hatten zwar nicht genügend Beweise, um Diana mit dem Verbrechen in Verbindung zu bringen, aber sie hatten sie im Verdacht. Vielleicht würde George nach der Verhaftung zu dem Schluß kommen, daß es nichts schaden könnte, wenn er den Mund aufmachte.

Als sie George durchsucht hatten, legten sie ihm Handschellen an und führten ihn zum Auto. Plötzlich ertönte das Dröhnen eines herannahenden Hubschraubers; Ernie und Brad schauten hoch und erblickten Sheriff Crow. Er war gekommen, um den Ort des Geschehens in Augenschein zu nehmen und den Beamten, die die Verhaftung vorgenommen hatten, die Hand zu schütteln. Daß der Chef persönlich vom Himmel herunterschwebte, wirkte ein bißchen theatralisch, doch den Beamten war das egal. Der Sheriff war ja nicht gekommen, damit er zu guter Letzt die Lorbeeren ernten konnte, die seine Untergebenen durch harte Arbeit verdient hatten. Crow war derjenige, der die Ermittlungen selbst dann in Gang gehalten hatte, als sie sich auf einem

Tiefpunkt befanden, und alle waren sich einig, daß der Erfolg auch ihm zu verdanken sei.

Ironischerweise war Susan die Person, die bei dieser dramatischen Aktion nicht teilnehmen konnte. Sie blieb in einem Auto sitzen, das schräg gegenüber bei einer Kirche geparkt war. Für Susan, die sich bei der Ermittlung soviel Mühe gegeben hatte, war die Verhaftung ein wichtiger Moment, nämlich eine Bestätigung. Doch sie konnte den Erfolg noch nicht genießen, sondern mußte bis auf weiteres verdeckt weitermachen. Falls George seine Frau oder andere belasten sollte, wenn er von Brad und Ernie vernommen wurde, könnte Sherry von Nutzen sein, um den Fall vollends aufzuklären.

Ernie setzte sich ans Steuer, und Brad nahm neben George auf dem Rücksitz Platz. Sie hatten einen Plan: Susan hatte ihnen erzählt, daß George Zigarettenrauch nicht ausstehen konnte, und gerade deshalb wollte Ernie auf der einstündigen Fahrt zum Bezirksgefängnis eifrig rauchen. Sie wollten George aus dem Gleichgewicht bringen, damit er sich eventuell verplapperte. Die Ermittler räumten später ein, daß das Zigarettenrauchen auch zum ›Heimzahlen‹ gedient habe; Polizisten erlaubten sich bei grausamen Leuten manchmal solche kleinen Grausamkeiten.

George saß mit teilnahmslosem Gesichtsausdruck im Lotussitz da; seine Hände waren auf dem Rücken gefesselt. Brad versuchte ein Gespräch anzufangen. Die beiden Ermittler hatten im voraus vereinbart, daß Brad als Beamter aus der Großstadt und Ernie als Landpolizist auftreten sollte. Sie hofften, daß George auf den FBI-Mann mit der gepflegten Kleidung und dem vornehmen Getue positiv reagieren würde. Als sie an einem Wohnwagenpark vorbeifuhren, sagte Brad verächtlich: »Diese Dinger werden von Tag zu Tag mehr.«

George schluckte den Köder und zog über die nutzlosen Leute her, die Florida überschwemmten. Er vertrat die Ansicht, daß es ihnen viel zu leicht gemacht werde, ihren Wohnwagen abzustellen und die Landschaft zu verschandeln. Brad merkte, daß George sich beim Reden etwas entspannte; seine Schultern waren nicht mehr so verkrampft, und auf seinem Gesicht erschien die Andeutung eines Lächelns. George schien nicht im mindesten erbost zu sein. Selbst die Handschellen machten ihm offenbar nichts aus; es hatte beinahe den Anschein, als wäre er es gewohnt, welche zu tragen.

Als sie an einer Reklametafel vorbeifuhren, auf der eine Firma ihr europäisches Flair hervorhob, spöttelte Brad: »Ich wette, die machen es französisch!« George stimmte in das Gekicher seines neuen Kumpels ein. Brad merkte jedoch, daß Ernie die ihm zugewiesene Rolle nicht spielte. Zum ersten Mal, seit sie einander kennengelernt hatten, sagte Ernie kein einziges Wort, und er qualmte auch keine Zigarette.

»Ernie, hast du nicht was vergessen?« sagte Brad.

»Ach ja«, erwiderte Ernie mit einem verlegenen Grinsen und zündete sich eine Zigarette an. Als sich das Innere des Wagens mit Rauch füllte, rümpfte George die Nase und duckte sich, um der Nikotinwolke zu entgehen. Doch seine Mühe war vergeblich. Ernie kam der Einfall jetzt wie ein billiger Trick vor, und er kurbelte sein Fenster ein Stück weit herunter. Als frische Luft hereinströmte, entspannte sich George wieder. Er fragte Brad, welche Schulabschlüsse man als FBI-Mann vorweisen müsse und ob man da viel auf Reisen sei. Als fiele ihm der Grund seines Hierseins erst jetzt wieder ein, erkundigte er sich dann, was mit ihm als nächstes geschehen werde und wo sich das Gefängnis befinde. George redete auf der Fahrt nach Polk County über vieles, doch über den Mord sagte er nichts.

Bevor Brad und Ernie ihren Tatverdächtigen einlieferten, machten sie einen weiteren Versuch, ihn zum Sprechen zu bringen. Bill Hagmaier hatte vorgeschlagen, George aus der Fassung zu bringen, indem man ihm zeigte, daß seine Festnahme das Ergebnis langwieriger Ermittlungen war. Susans Tätigkeit als Undercover-Agentin mußten sie noch geheimhalten, aber sie hatten eine andere Idee gehabt. Ihnen war Agatha Christies Krimi ›Das fahle Pferd‹ eingefallen, dessen Giftmorde dem Verbrechen in Alturas ähnelten, und sie hatten einen Raum im Sheriff's Office in eine Pseudo-Kommandozentrale umgewandelt. Auf dem Schild an der Tür stand: ›Operation Fahles Pferd‹.

Als George hineingeführt wurde, machte er große Augen. Neben dem Verweis auf das ›Fahle Pferd‹ entdeckte er noch manches, was er kannte: die Namen seiner *Mensa*-Freunde auf Aktenmappen, ein mit einem Teleobjektiv aufgenommenes Foto von ihm selbst, außerdem Bilder der inzwischen verstorbenen Peggy Carr. Es war nicht so viel, daß die Ermittler erwarten konnten, der Anblick des Raumes genüge schon, um George zu einem Geständnis zu bewegen. Sie hofften jedoch, auf diese Weise sein Selbstvertrauen zu untergraben und ihn von der Anteilnahme abzubringen, er könne den Ermittlern ein Schnippchen schlagen. Sie wollten ihm nämlich auch zeigen, daß die Bullen doch nicht so beschränkt waren, wie er angenommen hatte.

Nach seinem anfänglichen Schock setzte George jedoch eine unbekümmerte Miene auf und sagte gar nichts. Als George von einem stämmigen Gefängniswärter abgeholt wurde, der seine Fingerabdrücke nehmen und ihn einliefern sollte, lächelte er Ernie und Brad zu und sagte höflich: »Danke schön.«

In einem Konferenzraum des Sheriff's Office drängten sich Kamerateams des Fernsehens und Zeitungsreporter. Daß sie am Wochenende herbeigerufen worden waren, behagte ihnen nicht sonderlich. Man spekulierte, was wohl der Grund für diese kurzfristig anberaumte Pressekonferenz sein könnte. Es war eine große Sache, soviel war klar. Viele der Journalisten hatten allmählich den Eindruck gehabt, die Bullen würden den Giftanschlag von Alturas nie aufklären, aber dieser Eindruck war anscheinend falsch. Leitende Beamte des Sheriff's Office und des FBI erschienen auf dem Podium und gaben bekannt, daß ein Nachbar von Peggy Carr beschuldigt wurde, den Mord und die Mordversuche begangen zu haben. Die Beamten standen nacheinander auf, ließen sich fotografieren und beantworteten Fragen.

Ganz hinten im Raum, außerhalb des Scheinwerferlichtes, stand Susan. Die meisten Reporter erkannten sie nicht und schenkten ihr keinerlei Beachtung. Susan wußte, daß sie ihre Kollegen, die jetzt im Mittelpunkt des Interesses standen, nicht beneiden durfte, aber sie fühlte sich dennoch übergangen. Polizeibeamte bekommen für ihre Mühe meist nur eine schlechte Bezahlung sowie Beschimpfungen von den Leuten, die sie festnehmen; sie haben den Eindruck, daß die Gesellschaft ihre Arbeit als Selbstverständlichkeit betrachtet. Schenkt die Presse und die Öffentlichkeit aber einer guten Leistung Beachtung, was selten genug vorkam, dann genießen sie ihr bißchen Berühmtheit. Ernie genoß es jedenfalls; er stand grinsend auf dem Podium.

Als Susans Piepser ertönte, war sie froh, daß sie einen Grund zum Weggehen hatte. In ihrem Büro machte sie einen Rückruf, dann lehnte sie sich ihrem Sessel zurück. Susan spürte, wie die Erschöpfung sie zu Boden drückte. Koffein und Adrenalinstöße hatten sie wochenlang in Gang gehalten. Nach der Festnahme von George brauchte sie dringend ein bißchen Erholung. Sie schloß einen Moment die Augen. Dann merkte sie, daß Brad und Ernie hereinkamen.

»Droben soll eine Konferenz stattfinden.«

»Darf ich da ebenfalls teilnehmen?« meinte Susan sarkastisch.

»Ist was nicht in Ordnung?« fragte Brad zurück.

Susan lächelte schwach. »Ich bin wirklich müde. Wir haben ja pausenlos geschuftet.«

Brad schlug in freundlicherem Ton vor, sie solle doch nach Hause gehen und sich ausruhen. Susan lehnte jedoch ab und sagte, ihr gehe es ganz gut.

Bei der Konferenz wurde die Strategie für die nächsten Wochen festgelegt. George saß zwar in Haft, aber es war noch viel zu tun, um vor Gericht bestehen zu können. Es war nicht damit getan, George des Verbrechens zu beschuldigen; um die Jury zu überzeugen, mußte auch eine schlüssige Beweisführung vorgelegt werden.

Susan sollte als Sherry mit Diana Verbindung aufnehmen und herausfinden, was diese zu sagen hatte. Die anderen sollten die Freunde und Bekannten von George vernehmen. Dies war im Verlauf der verdeckten Ermittlung nicht möglich gewesen. Susan und die anderen wollten aber zunächst einmal zum Haus von George fahren und herausfinden, ob das Spurensicherungsteam auf etwas gestoßen war.

Susan fuhr zusammen mit Ernie durch die Orangenhaine nach Süden. Sie waren gespannt, was sie in dem Haus in Sebring finden würden. Zwar hatten sie das Thalliumfläschchen, aber keine Fingerabdrücke, die bewiesen, wer damit umgegangen war. Susan hoffte, daß sie im Haus von George etwas finden würden, das ihn eindeutig mit dem Mord in Verbindung brachte: Laborgeräte mit Thalliumrückständen oder eine Schreibmaschine, deren Lettern mit der Schrift des an Pye und seine Familie gerichteten Drohbriefes übereinstimmten, oder Belege für den Kauf von Thallium bei einer Chemikalienfirma. Sie hatte eine Vorahnung, daß sie eine Art Geheimversteck finden würden, demjenigen ähnlich, das ihr George hinter dem Bücherregal gezeigt hatte. Vielleicht war es im Erdgeschoß zu finden, das George nach seinen eigenen Worten renovieren wollte und lachend als ›das Verlies‹ bezeichnet hatte.

Als Ernie am frühen Nachmittag vor dem Haus vorfuhr, waren dort zahlreiche Beamte von der Spurensicherung am Werk. Diana hatte ihren Widerstand inzwischen aufgegeben und war weggegangen. Die meisten der Nachbarn, die sich am Morgen versammelt hatten, um das Spektakel mitanzusehen, waren in ihre Häuser zurückgekehrt. Drinnen verrichteten die Leute von der Spurensicherung schweigend ihre Arbeit; nur das Rascheln ihrer Plastikbeutel war zu hören. Susan und Ernie gingen zuerst nach oben, wo George und Diana offenbar über getrennte Schlafzimmer verfügten. In Dianas Schlafzimmer sah Susan neben dem ungemachten Bett einen Heimtrainer stehen. Im Zimmer von George herrschte Unordnung: ein Paar Laufschuhe lag auf dem Boden herum, und ein Schreibtisch war mit Büchern vollgepackt und einem Katalog des Versandhauses *Frederick's of Hollywood*. An den Fenstern waren keine Jalousien; sie wurden durch eine zerknitterte Aluminiumfolie abgedeckt, die den Raum selbst um die Mittagszeit verdunkelte.

Ernie ging in ein Kämmerchen und kam mit einer Peitsche zurück, an der ein Dutzend Lederschnüre baumelte. »Was ist denn das?« fragte er.

Es stellte sich heraus, daß das Kämmerchen voller Bondage-Artikel war; die Sammlung war viel größer als diejenige, die Susan bei ihrer ersten Hausbesichtigung in Alturas gesehen hatte. Es gab zahlreiche Magazine und Bücher zu obskuren Themen wie *Die Satansbibel, Ausgepeitschte Frauen* und *Sadomasochistische Studien*. Eines der Magazine hieß *Bondage für Fortgeschrittene.* Auf dem Umschlag war eine Frau zu sehen, die nur einen ledernen Keuschheitsgürtel und Strümpfe trug; ihre Arme waren mit Handschellen gefesselt, Gesicht und Hals mit schwarzem Leder umwickelt, und in ihrem Mund steckte ein Knebel. Daneben war ein Folterinstrument mit einer Winde abgebildet, die dazu diente, Gefangene an den Armen aufzuhängen.

Die Durchsuchung ergab, daß George über alle möglichen Ausrüstungsgegenstände verfügte, mit dem er seine sadomasochistischen Fantasien ausleben konnte: Er besaß *Speed King*-Fußfesseln aus rostfreiem Stahl, *Smith & Wesson*-Handschellen mit deutlichen Gebrauchsspuren, drei Reitgerten, eine schwarze Lederpeitsche und sogar einen schwarzen Magierhut mit goldenen Sternen. Die Polizisten fanden aber auch noch ausgefallenere Gegenstände: ein Halsband, das seinem Träger Elektroschocks versetzte, und eine schwere Winde aus Stahl mit der Warnung ›Darf nicht für Menschen verwendet werden‹. Im Wäscheschrank im Obergeschoß entdeckten sie Fotos. Auf ihnen war George zu sehen, das Kinn mit dem graumelierten Bart vorstreckend, um die Schultern ein goldfarbener Umhang, stand er mit einer Art Strahlenkanone da. Das wirkte majestätisch, aber auch lächerlich, wie eine Mischung aus König Lear und Captain Kirk.

Eine Kollegin von der Spurensicherung kam die Treppe herauf und fragte Susan: »Haben Sie schon das Badezimmer gesehen?«

»Nein«, antwortete Susan.

Sie gingen zusammen den Gang entlang. »Schauen Sie mal diese Tür an«, forderte die Polizistin sie auf. Susan sah, daß das Holz um den Griff herum aufgesplittert war, und zwar so, als hätte jemand versucht, die Tür aufzubrechen. Im Badezimmer öffnete die Kollegin eines der Schränkchen. Susan sah, daß jemand mit Bleistift an die Wand des Schränkchen geschrieben hatte: ›Hilfe! Wir werden umgebracht!‹

Ein Polizeibeamter kam zu Susan und sagte: »Da ist ein Buch, das Sie sich ansehen sollten. Es handelt von Thallium.« Er ging mit Susan und Ernie hinunter in die Küche und zu einer Tür, hinter der eine Treppe ins Dunkel führte. »Mein Gott«, sagte Susan, »das ist wirklich ein Verlies!«

Drunten war ein Labyrinth von Räumen. An einer der Wände sah Susan Bücherregale voller wissenschaftlicher Publikationen. Es gab Regalbretter, auf denen Computerdisketten aufgestellt waren wie kleine, stumme Soldaten. In einem Alkoven sah sie Kartons mit Bechergläsern, Reagenzgläsern und anderem Laborzubehör; sie waren alle in Zeitungen eingewickelt, die aus den siebziger Jahren stammten. Es gab auch eine alte Ausgabe von *High Times* und gelbe Fläschchen mit von Hand beschrifteten Etiketten, die anscheinend alle Chemikalien enthielten. (Spätere Analysen ergaben, daß es sich um Natriumzyanid, Bariumchlorid, Kobaltnitrat, Kaliumferrizyanid, Chromtrioxid, Bleichlorid und radioaktives Uranoxid handelte. Das war alles andere als eine Amateurausstattung.)

Nicht weit weg davon stand Trepals Schaufensterpuppe, die jetzt schwarze Unterwäsche trug. Einige der Beamten posierten mit der Puppe und lachten sich halb kaputt. Susan ging an ihnen vorbei zu einem aufgeschlagenen Ordner, der zuvor auf einem der Regale gestanden hatte. Sie sah, daß es sich um eine Loseblattsammlung wissenschaftlicher Texte handelte. Die Seiten waren vergilbt und abgegriffen. Auf den Ordner hatte George gekritzelt: ›Anleitungen für die Verwendung von Gift.‹

Susan blätterte den Ordner durch, wobei sie darauf achtete, daß sie keine Fingerabdrücke hinterließ. Sie stellte fest, daß er Auszüge aus Büchern enthielt, die bei der Mordkommission verwendet wurden.

Sie las einen Auszug, der dem Kapitel ›Vergiftungen als Todesursache‹ eines Polizeihandbuchs entnommen war.

»Zu entscheiden, ob eine Person an einer Erkrankung oder an einer Vergiftung gestorben ist, ist sowohl für den Polizeibeamten als auch für den medizinischen Fachmann äußerst schwierig. Zu den Symptomen, die von verschiedenen Arten von Vergiftungen hervorgerufen werden, gehören: Erbrechen, Krämpfe, Vergrößerung oder Kontraktion der Pupillen, Lähmungserscheinungen, Atmungsbeschwerden, Delirien, Zyanose und dergleichen. Die Arbeit des Polizeibeamten wie auch des Mediziners wird durch die Tatsache erschwert, daß diese Symptome bei verschiedenen normalen Todesursachen ebenfalls vorkommen. Wachsamkeit ist in diesem Zusammenhang das oberste Gebot ... Es muß berücksichtigt werden, daß ein Giftanschlag eine der einfachsten Methoden ist, einen Mord zu begehen und nicht gefaßt zu werden.« Ein Auszug aus einem Buch mit dem Titel ›Gift in menschlichen Organen‹ lieferte Einzelheiten:

Ein Giftmörder ist schlau. Wie Richter Diplock im ›Insulin-Fall‹ ausführte, handelt es sich bei Giftmorden um ›ein kaltblütiges, genau geplantes Verbrechen‹. Solche Morde können nur durch eine systematische Analyse aufgedeckt werden. Ein forensischer Toxikologe ist nicht in der Lage, alle Fälle, die er zu bearbeiten hat, auf sämtliche bekannten Gifte hin zu analysieren; es ist ihm jedoch möglich, eine Reihe ganz einfacher Siebtests durchzuführen ... In diesem Buch soll eine Abfolge von Analysen vorgeschlagen werden, mit deren Hilfe möglichst viele Gifte erfaßt und zudem die Komplikationen, die sich aus den unterschiedlichen Verabreichungsweisen (orale Gaben, Injektionen, über die Atemwege, durch die Haut oder durch Körperöffnungen) ergeben, berücksichtigt werden können, daneben auch die unterschiedlichen Zeitspannen zwischen dem Einsetzen der Erkrankung und der Entnahme von Proben.

Das Buch befaßte sich dann eingehend mit der Aufdeckung von Giftmorden: mit Untersuchungen des Blutes, der Magenwände, des Leber- und Nierengewebes. Neben Ratschlägen für das Aufbewahren von Proben und das Versiegeln von Behältern enthielt es auch Hinweise, wie eine Leiche exhumiert werden kann, ohne Zuschauer anzulocken.

Es wird oft behauptet, daß Exhumierungen um Mitternacht im Lichte von Taschenlampen vorgenommen werden sollten, damit die Geheimhaltung gewahrt bleibt. Dies ist falsch. Es gibt für die Bevölkerung nichts Aufregenderes, als zuzuschauen, wie eine Gruppe uniformierter Polizisten mitten in der Nacht auf einem Friedhof Ausgrabungen vornimmt. Exhumierungen, die bei Tageslicht hinter Abschirmungen vorgenommen werden, erregen hingegen keinen besonderen Verdacht.

Susan mußte nicht lange überlegen, wozu George ein derartiges Buch benötigte. Sie erinnerte sich daran, als Hagmaier gesagt hatte, daß Killer ihre Verbrechen Monate im voraus planten und die Polizeitaktiken studierten, um einer Verhaftung nach Möglichkeit zu entgehen. Als Susan weiterlas, merkte sie bald, daß bei den Ausführungen über die Prozeduren Chemiekenntnisse vorausgesetzt wurden. Das Buch lieferte zuerst Anweisungen allgemeiner Art und befaßte sich dann mit Methoden zur Auffindung einzelner Gifte. Auf Seite 138 fand Susan, wonach sie suchte:

Thallium ist ein hochgiftiges Rattenvertilgungsmittel. Kriminelle verwenden es für Giftmorde. Aus toxikologischer Sicht ist von Interesse, daß die Symptome erst geraume Zeit nach der Einnahme auftreten. Die hauptsächlichen Symptome sind: ein Brennen in den unteren Extremitäten, das dazu führt, daß selbst Bettwäsche zu einer unerträglichen Last wird, sowie Haarausfall etwa 14 Tage nach der Einnahme … Die tödliche Dosis für einen Erwachsenen liegt angeblich bei etwa 0,8 Gramm.

Susan erinnerte sich an die Thalliumwerte in den drei Cola-Flaschen aus dem Hause der Carrs. Eine Flasche hatte 0,4 Gramm Thallium enthalten, die zweite 0,8 Gramm und die dritte 0,9 Gramm. Das Fläschchen, das in Georges Garage gefunden worden war, enthielt 0,64 Gramm – was für die zerbrochene Flasche, die in dem Karton war, durchaus gereicht hätte.

Die Ermittlerin spürte bei der Lektüre, wie sich ihre Nackenhaare sträubten. Die Bücher, aus denen George exzerpiert hatte, waren Fachliteratur, die nicht einmal von allzu vielen Polizisten gelesen wurde, denn Giftmorde waren ja relativ selten. Trepal hingegen hatte sich umfassend informiert. Er hatte einen Krieg begonnen und alles über die verfügbaren Waffen in Erfahrung bringen wollen – und über seine Gegner.

Lieutenant Jim Madden, der die Durchsuchung leitete, kam zu Susan. »Wir haben überall nach Geheimverstecken gesucht, aber nichts gefunden«, sagte er.

»Es muß eines geben«, erwiderte Susan. Sie konnte nicht glauben, daß George hier kein Versteck hatte, denn in Alturas hatte er ja damit geprahlt. Sie schlug vor, hinter den Bücherregalen nachzuschauen, die George eingebaut hatte. Der Suchtrupp machte sich an die Arbeit und klopfte mit den Fäusten die Wände ab, um festzustellen, ob sich dahinter ein Hohlraum befand.

Madden untersuchte eine Wand, an der einige Werkzeuge an einem Brett aufgehängt waren. Plötzlich hielt er inne und runzelte die Stirn. »Moment mal«, sagte er. Dann ließ er einen Beamten mit einem Maßband zu sich kommen. »Messen Sie mal diese Wände nach«, sagte er. Eine Wand war tatsächlich kürzer als die im angrenzenden Raum. Madden untersuchte das Brett. Er zog an einer Ecke, an der einige Sägen hingen, zwischen deren Zähnen noch Holzspäne steckten. Das Brett drehte sich an Scharnieren und ließ sich ganz zur Seite klappen. Inzwischen hatten sich Susan und die anderen Kollegen um Madden versammelt. Als sie die Öffnung in der Wand sahen, holten alle, auch die erfahrendsten unter ihnen, tief Luft. Hinter der Aufhängevorrichtung befand sich eine schwere, schwarz gestrichene Holztür. Madden öffnete sie, schaltete eine Taschenlampe an und leuchtete in den Raum.

Dann wandte er sich wieder an Susan. »Das müssen Sie sich anschauen.«

Susan folgte dem Strahl der Taschenlampe und betrat das Versteck. Der Geruch von frischer Farbe stieg ihr in die Nase. Sie zog in der Mitte des Raumes an einer Schnur, worauf eine Glühbirne ihren grellen Lichtschein verbreitete. Susan sah nur Wände, die mit schwarzen Holzbrettern verschalt waren, aber keine Fenster. Auf dem Boden lag ein elektrischer Schraubendreher. Das kam ihr seltsam vor. Sie und Gary hatten in ihrem Haus eine Verschalung angebracht, und zum Befestigen der dünnen Holzplatten hatten kleine Nägel ausgereicht. Schrauben würde George nur brauchen, wenn er dicke Bretter anbrachte. Und wozu wären die notwendig?

Die Antwort ließ nicht lange auf sich warten. In einer Ecke des Raumes stand ein hölzernes Podest von der Größe eines Bettes, das George offenbar erst vor kurzem fertiggestellt hatte.

»Was zum Teufel wollte er denn damit?« fragte Susan.

Brad war inzwischen ebenfalls eingetroffen, um an der Hausdurchsuchung teilzunehmen. Er ging ans Fußende der Plattform und zeigte auf eine L-förmige, aus dünnen Balken gefertigte Vorrichtung. »Sehen Sie, hier kommen die Füße hin«, sagte er.

Als Susan begriff, wurde ihr schwindelig: Auf diesen Brettern sollten Menschen festgebunden werden, der Raum war eine Art Folterkammer. Diese Erkenntnis überraschte sie, brachte sie aus dem Gleichgewicht. Sie hatte allmählich erkannt, daß George die Eigenschaften eines Giftmörders besaß, eines Killers, der die Auswirkungen seines Verbrechens nicht aus nächster Nähe sehen wollte. Sogar die Sadomaso-Ausrüstung konnte sie akzeptieren, wenn sie sich vorstellte, daß George dabei eine passive Rolle spielte. Aber jetzt dies. Bereitete es George denn Vergnügen, Menschen zu quälen? Genoß er das Leiden anderer nicht nur aus der Ferne, sondern auch aus der Nähe? Susan wollte es nicht glauben, und doch war Trepal derjenige, der diesen Raum gebaut hatte. Er machte Zimmermanns- und Tischlerarbeiten, und er hatte ihr ja gesagt, daß er das Untergeschoß herrichten wolle. Susan überlegte, ob George vielleicht eine Seite hatte, die ihr unbekannt war. Ob es ihm vielleicht Befriedigung verschaffte, wenn er sah, wie Lederschnüre ins Fleisch schnitten, und hörte, wie Menschen vor Schmerz aufschrien.

Aus irgendeinem Grund verwarf Susan diesen Gedanken,

bat die Leute vom Suchtrupp, eines der Wandbretter abzuschrauben. Sie stellte fest, daß das Brett dick war und man zur Montage lange Schrauben benötigte. Zwischen den Brettern und der Außenwand hatte George eine über 30 Zentimeter dicke Isolierschicht angebracht. Susan stieg die Treppe hinauf und ging nach draußen. Da das Haus an einem Hang stand, war eine der Außenwände des Untergeschosses sichtbar. Susan bemerkte, daß eine Fensteröffnung vor kurzem zubetoniert worden war. George hatte offenbar versucht, seinen Raum von der Außenwelt hermetisch abzuschließen, so daß niemand eindringen und kein Mensch – auch kein Geräusch – nach draußen gelangen konnte.

Susans Herz hämmerte. Hatte er vorgehabt, sie hierher zu bringen? Je mehr sie darüber nachdachte, desto wahrscheinlicher kam es ihr vor. Soweit Trepal wußte, hatte Sherry keine Familie, und niemand hatte täglich Umgang mit ihr. Sie hätte wochenlang verschwunden sein können, ohne daß es jemandem aufgefallen wäre. Über ein Jahr lang hatte sie befürchtet, George könnte ihr Gift ins Essen schütten und sich davonmachen. Vielleicht war er aber längst nicht so feige, wie sie gedacht hatte.

»Was meinen Sie dazu, Ernie?«, fragte Susan ihren Kollegen. »Hat George das etwa für mich vorbereitet?«

Mincey wußte nicht, was er dazu sagen sollte. Als die Ermittlungsbeamten die Umbaumaßnahmen betrachteten, fragten sie sich: War der Anschlag gegen Peggy Carr und ihre Familie sein erstes Verbrechen gewesen? Oder lagen irgendwo noch mehr Leichen?

Susan fiel ein, daß der Boden des Untergeschosses an einer Stelle aus blankem Erdreich bestand. Sie ging zu Madden und bat ihn, von einem Trupp Leute den Boden aufgraben zu lassen. »Ich meine, wenn er wirklich noch jemanden umgebracht hat, dann muß die Leiche entweder hier sein oder draußen im See«, sagte sie. Mehrere Ermittler nahmen Schaufeln in die Hand und begannen zu graben. Zwei Stunden später hatten sie nichts als Rückenschmerzen und eine Kraterlandschaft um sich herum. Falls George wirklich jemanden vergraben hatte, hatte er es hier ohne Zweifel nicht getan.

Die Suche ging weiter. In einem Wäscheschrank wurde ein Spiel namens *Wie man einen Mord inszeniert* gefunden. Die Polizisten förderten 65 Bücher und sechs Videokassetten zutage, die verschiedene Arten des Fesselns zeigten. Außerdem fanden sie Regale voller Bücher, darunter Agathe Christies *Das fahle Pferd!* und den Thriller *Das Spiel* von Stephen King.

Obwohl die Ermittler am Abend weiterarbeiteten, machten sich Susan auf den Nachhauseweg. Sie trug immer noch Jeans und ein schwarzes T-Shirt mit dem Aufdruck *Sheriff* auf dem Rücken. Als sie zur Essenszeit ankam, haftete der Schmutz aus Trepals Haus noch immer an ihr, und sie wünschte sich nichts sehnlicher, als heiß zu duschen und sich davon zu befreien. Doch mußte sie feststellen, daß einige Freunde unerwartet zu Besuch gekommen waren. Susan entschuldigte sich für ihren Aufzug, nahm Gary beiseite und bat ihn, die Gäste höflich hinauszukomplimentieren.

»Ich kümmere mich um sie«, sagte Gary. »Und du ruhst dich aus.«

Als das heiße Wasser an ihr herunterströmte, ließ Susan den Tag Revue passieren. Sie dachte daran, wie sie zu früher Stunde Kaffee getrunken hatte, wie das Telefonat mit George unter Gestotter geendet hatte, wie sie aus der Ferne Zeugin der Verhaftung geworden war und wie sie den geheimen Raum entdeckt hatten. Als sie aus der Dusche kam, sah sie, wie im Fernsehen die Verhaftung von George groß herausgestellt wurde. Dann läutete das Telefon. Es war Garys Mutter. Über ein Jahr lang hatte sie bei der Betreuung der Kinder mitgeholfen, wenn Susan dienstlich zu tun gehabt hatte. Sie hatte gerade die Nachrichten über Trepal gesehen. »War das der, mit dem du zu tun gehabt hast?« fragte sie.

Gary war ungeheuer stolz auf die erfolgreiche Arbeit seiner Frau. Doch als er von Susan Einzelheiten erfuhr, war er empört. Er hatte die ganze Zeit geglaubt, Susan werde bei den Treffen mit George ständig von Kollegen überwacht, die jederzeit hätten eingreifen können. Als Susan ihm erzählte, daß sie als Schutz oft nichts anderes als einen unzuverlässigen Mini-Sender gehabt hatte, explodierte Gary. »Und wenn das Ding nicht funktioniert hätte, was dann?« rief er. »Ich kann es einfach nicht glauben, daß du dich in eine derartige Situation gebracht hast! Und daß deine Dienststelle so etwas zugelassen hat!«

Susan legte ihre Hand auf seinen Arm. »Es ist vorbei«, sagte sie leise. »Du brauchst dir deswegen keine Sorgen mehr zu machen. Es ist vorbei.«

In Bill Hagmaiers Büro in der FBI-Akademie läutete das Telefon. Brad Brekke war der Anrufer. Er erzählte Hagmaier, daß George verhaftet worden sei, und schilderte ihm den geheimen, an ›Das Schweigen der Lämmer‹ erinnernden Raum. Hagmaier merkte, daß seine schlimmsten Befürchtungen sich bestätigt hatten, sagte, es sei durchaus möglich, daß George mehr als nur einen Mord begangen habe. Er fragte Brad, ob sie den Raum nach Spuren von Blut und Sperma durchsucht hätten. Brad antwortete, das sei geschehen, doch sei nichts gefunden worden. George sei mit dem Umbau gerade erst fertig geworden und habe den Raum noch nicht ›eingeweiht‹.

»Wenn jemand einen solchen Raum erstellt, dann hat er einen Grund dafür«, resümierte Hagmaier nach einer Weile. »Das ist etwas ganz anderes, als irgendwo in einem Hotel ein *Mensa*-Krimi-Wochenende abzuhalten. Als kleine Marotte kann man das nicht bezeichnen.«

Auch der FBI-Mann machte sich Gedanken darüber, ob Trepal den Raum für Susan gebaut hatte. »Ich glaube, Trepal war nicht der Typ, der einfach loszog, um irgend jemanden zu schnappen und abzuschleppen. Es mußte vielmehr eine Person sein, die er mit viel List dazu bringen konnte, seinen Raum zu betreten.«

Peggy Carrs Sohn Duane saß in der Wohnung seiner Schwester auf der Couch und sah sich die Fernsehnachrichten an. »Im Zusammenhang mit dem Giftmord an einer Frau aus Polk County hat es heute eine Verhaftung gegeben«, hieß es dort. Duane zuckte zusammen. Auf dem Bildschirm sah er, wie sein früherer Nachbar aus einem Auto stieg und ins Gefängnis schlurfte, die Arme in Handschellen auf dem Rükken, die Beine in Fußfesseln. Duane gingen Bilder aus seinem Leben vor dem Giftanschlag durch den Kopf: wie Trepal mit einem Fernglas aus dem Oberschoß seines Hauses herübergeschaut hatte. Wie seine Frau herübergekommen war, um die Jungen wegen der lauten Musik auszuschimpfen. Wie er selbst und Allen über ihren exzentrischen Nachbarn und seinen merkwürdigen Aufzug in schwarzen Sokken und Sandalen gespottet hatten. Duane fiel ein, daß Allen manchmal so getan hatte, als wäre er George; er hatte eine Brille aufgesetzt und die Nasenlöcher gebläht, war dann mit einem Messer aus Gummi auf seinen Bruder losgegangen und hatte dabei geschrien: »Ich bin Trepal!« Beide hatten sich darüber immer halb schief gelacht.

Cissy traute ihren Ohren nicht, als sie die Nachricht hörte. Über ein Jahr war seit der Beerdigung ihrer Mutter vergangen. Über ein Jahr lang hatte sie von der Polizei lediglich gehört, man befasse sich mit dem Fall. Sie war nach wie vor davon überzeugt, daß Pye der Schuldige sei. Als ein Reporter der *Tampa Tribune* wissen wollte, was sie von George Trepals Festnahme halte, brachte Cissy ihre Skepsis zum Ausdruck: »Trepal lebte sehr zurückgezogen, und soviel ich weiß, gab es nur einmal Reibereien wegen des Musiklärms. Ich kann mir nicht vorstellen, daß jemand wegen lauter Musik einen Menschen umbringt.«

In dem Artikel in der *Tampa Tribune* wurden auch *Mensa*-Mitglieder zitiert, die Zweifel an der Schuld von George geäußert hatten. »Er ist ein großartiger Bursche«, hatte Stewart Prince, einer der Freunde von Trepal, gesagt. »Er brachte immer Katzen mit nach Hause und sorgte für sie.« Prince war der Meinung gewesen, daß George nicht der Mörder sein könne. »Er hätte keine Chemikalie verwendet, die so leicht nachweisbar ist wie Thallium, sondern eine, die oxydiert oder schnell absorbiert wird.« Prince hatte hinzugefügt: »Daß er dazu fähig wäre, will ich damit aber keineswegs sagen.«

Jay Gross, ein alter Freund von George, hatte betont: »Er ist ein Exzentriker, aber kein Killer. Da könnte man genausogut von einem Lamm behaupten, es habe jemanden angefallen. George ist kein aggressiver Mensch, sondern im Gegenteil sehr nett.«

Susans vierzehnjähriger Sohn Greg war begeistert, als er von der Verhaftung erfuhr. »Jetzt kann ich endlich meinen Lehrern erzählen, was du gemacht hast«, sagte er zu seiner Mutter, als er sich auf den Weg zur Schule machte. Als Greg am Abend zurückkehrte, war er enttäuscht und verwirrt. »Ich habe einem Lehrer erzählt, was du gemacht hast. Er sagte: ›Wenn das stimmt, warum steht dann der Name deiner Mutter nicht in der Zeitung?‹ Er hat's mir nicht geglaubt!«

Susan nahm ihn in die Arme. »Greg, du mußt einfach verstehen, daß mein Name dort nicht genannt werden darf. Ich mache immer noch verdeckte Ermittlungen.«

Sie sagte ihrem Sohn, die Öffentlichkeit werde ihren Namen bald erfahren. Bis dahin müßten sie alle Geduld haben. Das Wichtigste sei, dafür zu sorgen, daß George im Gefängnis blieb. Susan schickte Greg weg, damit er seine Hausaufgaben erledigte, und dann machte sie sich über ihren nächsten Anruf Gedanken: Die besorgte Sherry sollte Diana erstmals nach der Verhaftung anrufen.

Dieses Telefonat fand am Morgen des nächsten Tages statt.

»Mit wem spreche ich?« fragte Dianas Büroangestellte.

»Ich bin Sherry.«

Diana ging an den Apparat. »Ich weiß nicht, wie die Polizei auf die Idee kommen konnte, George zu verhaften«, sagte sie. »Es ist nicht zu fassen! Nicht einmal die Familie des Opfers glaubt, daß George der Täter war. Das erfahre ich jedenfalls aus den Zeitungen. Ich muß eben sehen, wie ich mit der Sache zurechtkomme.«

»Kann ich irgendwie behilflich sein?« fragte Susan.

»Ja«, antwortete Diana. »Bitte schreiben Sie ihm. Er ist ziemlich niedergedrückt, und ich weiß, er würde sich freuen, von Ihnen zu hören. Aber denken Sie dran, daß die Briefe an die Gefangenen gelesen werden.«

Susan hatte vor, ihre Rolle so lange wie möglich beizubehalten. Doch als sie am nächsten Tag ins Büro kam, erfuhr sie, daß sie enttarnt worden war. Trepals Anwalt hatte von seinem gesetzlichen Recht Gebrauch gemacht und sich von den polizeilichen Unterlagen, die gegen seinen Mandanten verwendet werden könnten, Kopien geben lassen. Dort wurde die verdeckte Ermittlung in allen Einzelheiten geschildert.

In gewisser Weise war Susan erleichtert. Es fiel ihr nicht schwer, von *Sherry* Abschied zu nehmen. Sie wollte George besuchen und ihm sagen, wer sie in Wirklichkeit war. Obwohl sie nur ihre Pflicht getan hatte, verspürte sie ein leises Schuldgefühl. Sie wollte, daß George ihr das Täuschungsmanöver verzieh. Sie hätte gern zu ihm gesagt: »Ich habe Sie belogen, aber ich hatte einen guten Grund dafür.«

2

Im Obergeschoß des Bezirksgerichts dachte der Mann, der George Trepal anklagen sollte, über den Fall nach. Staatsanwalt John Aguero wußte, daß er keine leichte Aufgabe hatte. Es gab keine eindeutigen Beweise – keine Fingerabdrücke auf einer Cola-Flasche, keine Quittung für den Kauf von Thallium, von einem Geständnis ganz zu schweigen. Gegen Trepal konnten nur Indizienbeweise ins Feld geführt werden, deswegen kam es ganz darauf an, daß Aguero die Jury zu überzeugen verstand.

Der Prozeß würde erst in einigen Monaten beginnen, doch für Aguero reichte die Zeit kaum aus. Der untersetzte Schnurrbartträger war dafür bekannt, daß er vor Gericht kämpfte wie ein Löwe. Außerhalb des Gerichts arbeitete der Siebenunddreißigjährige so akribisch wie ein Wissenschaftler. Er sammelte und katalogisierte die Beweismittel mit großer Sorgfalt und dachte sich Argumente aus, von denen er hoffte, daß sie die Geschworenen auf seine Seite brächten. Seine Notizen füllten eine Seite gelben Papiers nach der anderen, und die Informationen, die er zusammentrug, füllten bald 117 Mappen, welche auf dem Fußboden aufgestapelt waren. Sie erreichten eine derartige Höhe, daß sie fast die an der Wand hängenden Fotos verdeckten. Auf einem dieser Fotos war der elektrische Stuhl Floridas abgebildet. In seiner fünfjährigen Tätigkeit als einer der Staatsanwälte von Polk County hatte Aguero sechs Männer in die Todeszelle geschickt. Er hatte vor, George Trepal zum siebten Todeskandidaten zu machen.

Am 13. August 1990, sechs Tage nach Trepals Verhaftung, wurde Aguero zum Gericht bestellt. Trepals Anwälte versuchten einen Richter dazu zu bringen, daß er ihren Mandanten gegen Kaution freiließ. Als Aguero den Gerichtssaal betrat, erblickte er einen jungen Rechtsanwalt, dessen Gesicht ihm bekannt vorkam. Es war Jonathan Stidham, der einunddreißigjährige Sohn von Wofford Stidham, einem altgedienten, in Polk County ansässigen Juristen. Aguero verhehlte seine Überraschung nicht. »Was machen Sie denn hier?« fragte er.

»Ich vertrete meinen Mandanten«, antwortete Stidham junior.

»Das kann doch nicht Ihr Ernst sein!« rief Aguero. Einerseits spielte er dabei den starken Mann, wie er dies sonst vor Gericht tat, um seinen Gegner einzuschüchtern. Andererseits war er wirklich schockiert. Stidham hatte sein Jurastudium erst vor drei Jahren beendet, und Aguero war besorgt, daß der junge Anwalt der Sache nicht gewachsen sein könnte. Immerhin handelte es sich um einen komplizierten Mordprozeß, der viel Aufsehen erregte und sogar für den erfahrensten Strafverteidiger eine Herausforderung darstellen würde. Aguero befürchtete, daß Stidham seinen Mandanten so schlecht verteidigen würde, daß dieser wegen unzureichendem rechtlichen Beistand in die Berufung gehen könnte.

»Sie wollen sich doch nicht an so etwas die Zähne ausbeißen«, sagte Aguero. »Übernehmen Sie doch ein paar Standardfälle und sammeln Sie dabei Erfahrung – aber fangen Sie bloß nicht mit George Trepal an.«

Stidham ließ sich nicht einschüchtern. »Ich weiß, wie man das Strafrecht handhabt«, gab er zurück.

Der Bezirksrichter Dennis P. Maloney erschien im Gerichtssaal. Er war ein Rechtsanwalt, der im Alter von einunddreißig Jahren zum Richter berufen worden war. Mit seinem hellbraunen Haar und seinem kantigen Gesicht war er eine imposante Erscheinung. In den dreizehn Jahren seit seiner Berufung hatte er sich einen Ruf als aufmerksamer, sorgfältiger Richter erworben. Zwistigkeiten der Prozeßgegner behagten ihm nicht.

Maloney wandte sich zuerst an George Trepal, der, mit einem Gefängnisoverall bekleidet, schweigend dabeistand. »Guten Tag. Ich bin Richter Maloney. Wie spricht man Ihren Namen aus?«

»Tree-pal«, antwortete George. »Mit langem E.«

Stidham meldete sich zu Wort. »Euer Ehren, mein Klient wird heute nicht aussagen. Diese Prozedur erübrigt sich also.«

»Okay«, sagte Maloney. »Ich habe hier einen Antrag auf Festsetzung einer Kaution.«

Aguero teilte dem Richter mit, der Bundesstaat Florida sei gegen eine Freilassung von George Trepal, ganz gleich, wieviel Geld er als Kaution anbiete. »Die Gesellschaft muß vor diesem Mann geschützt werden«, betonte der Staatsanwalt. Dann rief er den Kriminalbeamten Ernie Mincey als Zeugen auf. Aguero wollte dem Richter klarmachen, daß Thallium selten verwendet wurde und daß der Mann, der damit umzugehen verstand, eine tödliche Gefahr darstellte.

Aguero fragte Mincey: »Haben Sie festzustellen versucht, ob es in den Vereinigten Staaten in den letzten zweihundert Jahren bereits andere Fälle von absichtlicher Vergiftung mit Thallium gegeben hat?«

»Jawohl«, sagte Ernie. »Und ich bin auf keinen anderen Fall gestoßen.«

»Haben Sie bei Ihrer Ermittlung gegen Mr. Trepal feststellen können, ob dieser genügend Chemiekenntnisse besitzt, um mit Thallium vertraut zu sein?«

»Ja«, antwortete Mincey. »Nach meinen Feststellungen gab er Chemieunterricht, als er eine Gefängnisstrafe absaß, zu der er verurteilt worden war, weil man ihn für den Chemiker eines Drogenlabors in North Carolina hielt.« Und es habe sich nicht um irgendein Drogenlabor gehandelt, fuhr Mincey fort. Ein Drogenfahnder der DEA habe es vielmehr als die größte Metamphetamin-Produktionsstätte bezeichnet, die es damals im Südosten der USA gegeben habe.

Ernie sagte aus, die Polizei habe in der Werkstatt von George ein Fläschchen mit Thallium entdeckt. Darüber hinaus habe sie eine Textsammlung polizeilicher Ermittlungshinweise auf Giftmorde sichergestellt. Man sei außerdem auf eine Art Folterkammer und eine ganze Kollektion Fesseln gestoßen. »Schlichtweg unglaublich«, berichtete Mincey. »Die Kammer war noch nicht ganz eingerichtet. Es wären wohl nur noch ein paar Tage Arbeit nötig gewesen.«

Als Mincey endete, hatte er von dem Angeschuldigten ein Bild entworfen, das Aguero zusagte: George Trepal als ein mysteriöser, unheimlicher Mann, der seinen Nachbarn sehr wohl nach dem Leben getrachtet haben konnte, und vielleicht schon Vorbereitungen getroffen hatte, weiteren Menschen ein Leid zuzufügen. Trepals Verteidiger hatte nun die schwere Aufgabe, diesen Eindruck zu widerlegen.

Jonathan Stidham vertrat den Standpunkt, bei einem Großteil des ›sogenannten‹ Beweismaterials handele es sich lediglich um Zufallsprodukte. »Was der Staatsanwalt vorgelegt hat, sind bestenfalls Indizienbeweise«, sagte er zu Richter Maloney. »Er hat eine Person gefunden, welche eine Gelegenheit hatte, die Tat zu begehen. Daß diese Person die Tat ausführte, ist jedoch unbewiesen.«

Stidham fuhr fort: »Der Staatsanwalt hat lediglich folgendes unter Beweis stellen können: daß mein Mandant etwas anders ist als der Normalbürger, daß er zufällig Chemiker ist und daß er im Nachbarhaus wohnte.« Stidham wies darauf hin, daß George noch nie wegen eines Gewaltverbrechens verurteilt worden sei. Es gebe keinen Hinweis darauf, daß er außerhalb des Gefängnisses eine Bedrohung darstelle. Deshalb sei kein Grund zu erkennen, wieso er nicht gegen Kaution auf freien Fuß gesetzt werden könne.

»Mr. Trepal hatte nicht nur die Gelegenheit, das Verbrechen zu verüben. Er besitzt das nötige Wissen, er hatte ein

Motiv, und er hatte Thallium in seinem Besitz«, konterte der Staatsanwalt. »Dieser völlig gewissenlose Mann vergiftete eine ganze Familie, zu der auch ein zweijähriges Kind gehörte. Er stellt für die Allgemeinheit eine größere Gefahr dar als alle anderen Personen, von denen ich gehört oder gelesen habe. Es ist grauenhaft.«

Maloney stellte sich auf die Seite der Staatsanwaltschaft. »Ich lehne den Antrag ab«, teilte er Stidham mit. »Es gibt keine Freilassung gegen Kaution.« Als Aguero sich auf den Prozeß verbreitete, war er sehr interessiert daran, Diana Carr zu vernehmen. Wie jeder, der sich mit dem Fall befaßte, hatte auch Aguero den Verdacht, daß sie bei dem Verbrechen eine gewisse Rolle gespielt hatte – vielleicht ohne es zu wissen. Aguero hatte wie die Kriminalbeamten den Eindruck, daß Dianas Auseinandersetzung mit Peggy Carr für Trepal der Auslöser gewesen war, seine Giftmord-Fantasien in die Tat umzusetzen.

Obwohl Diana Carr das Recht hatte, die Aussage zu verweigern, wenn sie damit ihren Ehemann belasten würde, hoffte Aguero, daß er sie dazu bringen könnte, etwas auszuplaudern. Er hatte vor, sie in die Mangel zu nehmen. Damit sie zur Befragung erschien, ließ er ihr eine Vorladung zugehen.

Das Zusammentreffen fand in Agueros Büro im Gebäude des Bezirksgerichts statt, kaum hundert Meter von der Gefängniszelle entfernt, in der George saß. Diana, die in Begleitung ihres Rechtsanwalts erschien, war schon erbost, als sie eintraf. Aguero wußte, die sie ihm Schwierigkeiten machen würde, auch wenn sie der Vorladung Folge geleistet hatte. Diana nahm Platz und sah sich die fünf Personen an, die die Anklage gegen ihren Mann vorbereiteten. Es waren Aguero und sein Ermittler Thomas Spate, FBI Special Agent Brad Brekke, der Kriminalbeamte Ernie Mincey und die Frau, die sie unter dem Namen Sherry Guin kannte.

»Das ist Susan Goreck«, sagte Aguero. »Sie ist eine Ermittlerin des Sheriff's Office.«

Diana blickte finster drein. Als Aguero seine Fragen stellte, antwortete sie in abgehacktem, feindseligem Ton. Was ihren Lebenslauf betraf, erfuhr Aguero, daß sie am 9. Oktober 1949 als Tochter eines Geistlichen geboren worden und in Virginia aufgewachsen war.

»Welches Hauptfach hatten Sie auf dem College?« fragte er.

»Chemie«, antwortete Diana. »Ich habe Chemie mit einem Diplom abgeschlossen. Daraufhin begann ich in Virginia ein Medizinstudium, das ich 1975 mit der Promotion beendet habe.«

»Welche Benotung erhielten Sie dabei?«

Diana murmelte zuerst etwas vor sich hin, dann gab sie unwirsch zur Antwort: »Befriedigend.«

»Wo haben Sie Mr. Trepal kennengelernt?« fragte Aguero weiter.

»Bei *Mensa*«, antwortete Diana.

»Wann war das?« erkundigte sich der Staatsanwalt.

»Ich habe keine Ahnung«, sagte Diana unwirsch. »Wissen Sie denn, wann Sie Ihre Frau kennengelernt haben?«

»Aber ja«, antwortete Aguero in einem gelassenen, belustigten Ton. Er ging ihr schon jetzt auf die Nerven.

»Vielleicht hat das keinen besonders tiefen Eindruck bei mir hinterlassen«, sagte Diana. »Also, wir sind seit neuneinhalb Jahren verheiratet. Dann war das vor ungefähr zwölf Jahren. Wir sind durch eine Zeitschrift für *Mensa*-Mitglieder miteinander in Kontakt gekommen.«

»Wer ergriff dabei die Initiative?« fragte Aguero.

»Ich schrieb George«, erwiderte sie. Damals habe George in Columbia, South Carolina, gewohnt und sie in Augusta, Georgia. George sei im Baugewerbe tätig gewesen und sie habe im Krankenhaus ihre Zeit als Assistenzärztin absolviert. Sie hätten sich abwechselnd in Columbia und in Augusta getroffen.

»Seit wann wußten Sie, daß er eine Gefängnisstrafe verbüßt hatte?« fragte Aguero.

»Seit ich in der Zeitung etwas darüber gelesen habe.«

»Und wie reagierten Sie darauf?«

Diana murmelte eine Erwiderung. Aguero sagte mit Nachdruck: »Sind Sie sich bewußt, daß er in einem großen illegalen Drogenlabor eine führende Rolle spielte?«

»Ich weiß nur das, was in den Zeitungen stand, mehr nicht«, erwiderte Diana.

Agueros Stimme ließ seine Verärgerung erkennen. »Was ich gesagt habe, trifft zu. Und nun möchte ich wissen, was Sie dazu sagen.«

»Sie erwarten doch nicht, daß ich Ihnen das glaube?« gab Diana zurück.

Als Aguero sie bat, ihre Beziehung zu George genauer zu beschreiben, wurde das Gespräch noch unergiebiger. »Das geht Sie nichts an!« wehrte sich Diana empört.

Der Staatsanwalt wandte sich einem anderen Thema zu. Er fragte Diana nach ihrer Arbeit als orthopädische Chirurgin. »An welchen Tagen operieren Sie?«

»Wann immer eine Operation erforderlich ist.«

»Versuchen Sie denn nicht, das innerhalb bestimmter Zeiten zu erledigen, wie es beispielsweise auch festgesetzte Zeiten für Sprechstunden gibt?«

»Ich habe mich bemüht, meinen Patienten klarzumachen, daß sie ihre Knochen während der Sprechzeiten brechen sollen«, sagte Diana in sarkastischem Ton. »Aber die schaffen das einfach nicht.«

Susan, die sich nicht in Dianas Schußlinie befand, unterdrückte ein Lachen. Rechtsanwalt Richard McKinley, der bei Dianas Vernehmung zugegen war, merkte jedoch, daß die Sache problematisch wurde. Er bat Diana, mit ihm nach draußen zu gehen. Als sie zurückkehrte, zeigte sie etwas mehr Entgegenkommen.

»Zu welchem Zeitpunkt zogen Sie in das Haus in Alturas ein?« fragte der Staatsanwalt.

»Im Juli 1982« antwortete Diana.

»Wohnte die Familie Carr damals schon nebenan?«

»Ich glaube, ja.«

»Okay«, sagte Aguero. »Charakterisieren Sie doch mal Ihre Beziehung zu dieser Familie.«

»Die meiste Zeit sagten wir nur ›Hallo‹ zueinander.«

Aguero bohrte weiter: »Kam es je dazu, daß Sie nachmittags hinübergingen und eine Tasse Kaffee tranken?«

»Ich habe das Haus noch nie betreten.«

»Welche Probleme haben Sie persönlich mit den Mitgliedern dieser Familie gehabt?«

»Ich hatte eine Auseinandersetzung wegen der lauten Musik.«

»Wie kam es dazu?« hakte Aguero nach.

»Die Jungen waren draußen im Hof und ließen die Lautsprecher derart dröhnen, daß die Musik in meinem Haus lauter zu hören war, als wenn ich mein eigenes Radio angehabt hätte. Ich ging hinüber und sagte, sie sollten das Gedudel leiser stellen. Sie weigerten sich. Dann klopfte ich an die Haustür, um mit ihrer Mutter zu sprechen. Sie kam raus und schrie mich an. Ich sagte zu ihr, daß sie keine Manieren habe und daß ich die Polizei rufen würde wegen der Ruhestörung, falls sie nicht dafür sorge, daß die Musik leiser gestellt werde. Da sagte sie zu den Jungen, sie sollten die Lautstärke runterdrehen.«

»Und wie war das mit ihrem Mann?« fragte Aguero. »Haben Sie je miterlebt, daß er Streit mit den Carrs hatte?«

»Nein«, antwortete Diana.

»Haben Sie Ihrem Mann von der Auseinandersetzung erzählt, die Sie mit den Nachbarn hatten?« forschte Aguero nach.

»Ich glaube, er war zu Hause, als das passierte.«

Zu seinem Verdruß konnte der Staatsanwalt diese Sache nicht weiter verfolgen, da Angeschuldigte nach dem Recht des Bundesstaates Florida darauf bestehen können, daß Unterhaltungen zwischen Ehegatten geheim bleiben. Trepal hatte dieses Recht für sich in Anspruch genommen.

»War Ihnen bekannt, daß sich in den von Ihnen bewohnten Häusern Laborgeräte befanden?« fragte Aguero.

»Ich glaube, George hatte ein paar«, räumte Diana ein. »Und ich kann nicht beschwören, daß bei mir keine übriggeblieben sind.«

»Von was denn?«

»Aus meiner Zeit als Chemikerin.«

»Haben Sie in einem Labor gearbeitet?«

»Ja, hab' ich.«

»Haben Sie je bemerkt, daß Laborgeräte benutzt wurden? In einem der beiden Häuser?«

»Nein.«

Der Staatsanwalt wechselte erneut das Thema. »Hatte Ihr Mann etwas gegen Radios und Fernsehgeräte?«

»Er interessiert sich nicht fürs Fernsehen, und für Radios hat er auch nicht viel übrig«, sagte Diana.

»Was hat er gegen das Fernsehen?«

»Es geht ihm auf die Nerven.«

Nach der Verhaftung von Trepal hatte die Polizei gerüchteweise gehört, zwischen ihm und seiner Frau habe es schwere Auseinandersetzungen gegeben. Aguero wollte wissen, was Diana dazu zu sagen hatte. »Gab es zwischen Ihnen manchmal Streit?« fragte er.

Diana verlor allmählich die Fassung, die sie nach dem Gespräch mit dem Rechtsanwalt gezeigt hatte. »Kennen Sie ein Ehepaar, bei dem so etwas nicht vorkommt?« erwiderte sie.

»Manche Ehepaare behaupten das von sich. Ob es glaubhaft ist, weiß ich nicht. Darf ich aus Ihrer Antwort schließen, daß Sie meine Frage bejahen?«

»Meine Antwort sollte besagen, daß wir normal sind.«

»Das definiert jeder auf seine Weise«, gab Aguero zurück.

Der Blick, den Diana ihrem Rechtsanwalt zuwarf, sollte besagen: Muß ich mir das gefallen lassen? Dann schaute sie Aguero wütend an. »Mir reicht es allmählich!«

Der Staatsanwalt ließ sich nicht beirren und bohrte weiter: »Wurde bei diesen Auseinandersetzungen Gewalt angewandt?«

»Kann sein, daß das ein paarmal passierte«, antwortete Diana. »Wollen Sie wissen, ob ich vor George Angst hatte? Nein. Ich würde sagen, es hat in den letzten drei oder vier Jahren so gut wie keine Gewaltanwendung gegeben. Die meisten unserer Streitereien waren Wortgefechte.«

»Haben Sie sich je von zu Hause abholen lassen, weil George Sie hinausgeekelt hatte?«

»Kann sein, daß ich ein- oder zweimal fortgegangen bin, weil ich die Streitereien satt hatte.«

Aguero wechselte immer wieder das Thema und stellte Fangfragen, mit denen er Diana in die Enge treiben wollte.

»Haben Sie in Ihrem Haus jemals illegale Drogen gesehen?« wollte er wissen.

»Ich glaube nicht, daß ich eine illegale Droge erkennen würde, wenn ich eine zu sehen bekäme«, antwortete sie.

»Haben Sie für *Mensa* eine Broschüre über Voodoo geschrieben, die unter dem Namen Ihres Mannes veröffentlicht wurde?«

»Nein«, entgegnete Diana. »George trug die Informationen zusammen und schrieb die Broschüre.« Sie räumte jedoch ein, daß sie die Szenarien für die letzten beiden Krimi-Wochenenden verfaßt hatte. George habe ihr dabei geholfen, indem er Recherchen über die verschiedenen Gifte angestellt habe, die in den Szenarien vorkamen. »Wenn Sie's mit einer Gruppe genialer Leute zu tun haben, müssen die Fakten stimmen«, erklärte sie.

Aguero erkundigte sich nach dem geheimen Raum im Untergeschoß des Hauses in Sebring. »Wußten Sie etwas von diesem Raum?«

»Ich wußte, daß er einen Raum einrichtete.«

»Wußten Sie, daß er dort eine bestimmte Art von Podest zusammenbaute?«

Als Diana das verneinte, kam Aguero wieder auf das Thema Chemie zu sprechen. Diana bestätigte, daß ihr Mann einige Chemikalien hatte, und sagte, sie habe aber nie gesehen, daß er sie verwendete. Bei einigen habe es sich um Fotolaborchemikalien gehandelt, andere seien vermutlich Pestizide gewesen.

»Haben Sie je ein braunes Fläschchen mit einer roten Verschlußkappe gesehen, in dem sich Thallium befand?« fragte der Staatsanwalt.

»Ich glaube schon, daß ich braune Fläschchen mit roten Kappen gesehen habe«, erwiderte Diana. »Aber daß da groß und breit ›Thallium‹ draufstand, kann ich nicht behaupten. Und im übrigen habe ich nicht in den Sachen meines Mannes herumgeschnüffelt.«

»Haben Sie persönlich jemals Thallium gekauft, auf sonst eine Weise erworben oder erhalten und dann zu Hause aufbewahrt?«

»Nicht, daß ich wüßte«, antwortete Diana.

»Erzählen Sie mir mal, warum Sie sich so für Mordgeschichten interessieren«, forderte Aguero sie auf.

»Ich habe schon als kleines Kind Krimis gelesen«, antwortete Diana. »Mit Nancy Drew fing ich an.«

»Kennen Sie den Krimi *Das fahle Pferd*?«

Dianas Wangenmuskulatur straffte sich. »Ich habe der Polizei bereits gesagt, daß ich ihn kenne.«

»Wissen Sie, ob George das Buch gelesen hat?«

»Soviel ich weiß, kennt er es nicht.«

Aguero bat Diana, sich an den Zeitpunkt nach dem Giftanschlag zu erinnern, als sie ausgesagt hatte, sie habe in dem Krimi *Das fahle Pferd* etwas über Thallium gelesen. »Wissen Sie, woran es gelegen hat, daß Sie sich an das Thallium in *Das fahle Pferd* erinnerten, als man sie im Anfangsstadium der Ermittlungen befragte?«

»Ich hielt es für merkwürdig, so ein Metall zu verwenden«, antwortete Diana. »In den meisten Mordgeschichten ist von Arsen, Messern oder Schußwaffen die Rede. Thallium war schon etwas Merkwürdiges.«

»Haben Sie jemals Thallium bei einem Ihrer *Mensa*-Morde verwendet?« fragte der Staatsanwalt.

»Nein.«

»Haben Sie und Ihr Mann irgendwelche besonderen Vorsichtsmaßnahmen ergriffen, als Sie hörten, daß die Nachbarfamilie vergiftet worden war?« fragte Aguero.

»Zu jenem Zeitpunkt nutzten wir den Brunnen der Nachbarn«, antwortete Diana. »Man sagte uns, wir sollten das Quellwasser nicht mehr trinken.«

»Aber Sie haben es trotzdem getrunken, nicht wahr?«

»Nein. Wir verwendeten Wasser, das in Flaschen abgefüllt war«, antwortete Diana.

Aguero sagte, er habe keine weiteren Fragen, es gebe aber noch eine Vorladung zur Abnahme der Abdrücke ihrer Finger und Handflächen. Als Diana das Büro in Begleitung ihres Rechtsanwalts verlassen wollte, wurde ihr mitgeteilt, Susan Goreck werde mit ihr über die Straße zum Sheriff's Office gehen.

»Mit diesem Miststück gehe ich nirgendwohin!« brüllte Diana. Rechtsanwalt McKinley zog sie wieder nach draußen und sprach allein mit ihr; er kam nach ein paar Minuten zurück und teilte Aguero mit: »Alles in Ordnung, sie ist einverstanden.«

Susan verließ mit Diana und ihrem Rechtsanwalt das Gerichtsgebäude und führte sie hinüber zum Sheriff's Office, wo sie die Eingangstür für die beiden aufhielt. Sie gingen zusammen ins Obergeschoß. Diana saß mit zusammengebissenen Zähnen da, als ein Beamter ihre Hände zuerst auf ein Farbkissen und dann auf ein Blatt Papier drückte.

Aguero ging währenddessen in seinem Büro umher und stellte die Fotos von seiner Familie wieder auf. Er hatte sie vor Dianas Ankunft versteckt, damit sie sich nicht einprägen konnte, wie seine Frau und seine Kinder aussahen. Dieses Risiko hatte er nicht eingehen wollen.

3

Da Susan ihre wahre Identität nicht mehr geheimzuhalten brauchte, begann sie, gemeinsam mit Mincey Leute zu befragen, die Trepal besonders gut kannten. Einer von ihnen war George Edward Trepal, der Vater von George. Der inzwischen 78 Jahre alte Mann hatte vorgehabt, in das Häuschen zu ziehen, das sein Sohn auf dem Anwesen in Sebring für ihn hergerichtet hatte. Mr. Trepal saß auf gepacktem Koffern, als Susan ihn anrief und ihm mitteilte, daß sein Sohn unter Mordanklage stehe. Daraufhin machte sich Trepal senior sofort auf den Weg nach Florida.

Gleich nach seiner Ankunft besuchte er seinen Sohn im Untersuchungsgefängnis. George beteuerte seinem Vater gegenüber, er sei unschuldig. Mr. Trepal versicherte ihm, daran habe er keinen Moment gezweifelt.

»Dad, ich danke dir dafür, daß du mir glaubst«, sagte George.

Als Susan zu einer Befragung eintraf, verhielt sich der alte

Mann recht friedfertig. Möglicherweise hatte er noch nicht recht begriffen, welche Rolle Susan bei der Gefangensetzung seines Sohnes gespielt hatte; vielleicht entsprach es aber einfach nicht seiner Art, einen Gegner direkt anzugehen. Jedenfalls beantwortete er ihre Fragen zuvorkommend, hielt jedoch an seiner Überzeugung fest, daß sein Sohn zu Unrecht beschuldigt werde.

Susan fiel auf, daß Mr. Trepal wie sein Sohn aussah, nur älter und ziemlich gebrechlich. Er war kurz gewachsen, ging leicht vornübergebeugt, hatte eine Brille mit dicken Gläsern und ein fliehendes Kinn.

Mr. Trepal hatte Susan nicht viel zu berichten; er sagte, er wisse nichts über den Mord an Peggy Carr. Bei diesem Zusammentreffen und bei einem weiteren Gespräch mit Susan äußerte er sich jedoch über die Kindheit und den späteren Lebensweg seines Sohnes. Was er sagte, ergab folgendes Bild: *Georgie* wurde an einem Wintermorgen des Jahres 1949 unter schwierigen Begleitumständen in New York City geboren. Er war jedoch ein gesundes, acht Pfund schweres Baby. (»Ein richtiges Dickerchen«, sagte Mr. Trepal und lächelte verschmitzt.) Die Eltern wohnten damals in der East 46th Street, nicht weit vom Sitz der Vereinten Nationen. Mabel Trepal, Georges Mutter, hatte jedoch bald genug davon, das Kind die vier Stockwerke hinaufzutragen. Sie überredete ihren Mann dazu, in die Nähe von Florence, South Carolina, zu ziehen, wo ihre Familie lebte. Mabel war eine große, tatkräftige Frau. Nach dem Umzug gab sie ihren Beruf als Lehrerin auf und widmete sich ganz der Erziehung ihres Sohnes.

Als Kind entfernte sich George nie weit vom Haus der Familie in der Pine Street. Auf dem Grundstück standen mächtige Eichen, und in dem Garten, den sein Vater betreute, wuchsen Blumen, Kürbisse und Tomaten. Seine Mutter nutzte ihre Berufserfahrung und machte aus ihm einen frühreifen Schüler. Sie schien jedoch nicht gewillt, ihn mit der Welt zu teilen, und ließ deshalb niemanden an ihren Sohn heran, weder einen Babysitter noch ihre Mutter, ja nicht einmal den Vater des Kindes.

Mr. Trepal, der bei der New Yorker Polizei gekündigt hatte, eröffnete einen Reparaturdienst für Radio- und Fernsehgeräte. Manchmal kam Mabel mit dem Jungen in den Laden. Der kleine George hatte weder Lust zu fischen noch zu jagen, doch mochte er alles, was mit Elektronik zu tun hatte. Stundenlang ging er im Laden umher und betrachtete die Fernsehgeräte. Zu Hause richtete er sich seine eigene Elektrowerkstatt ein. (»Mit drei Jahren konnte er bereits löten«, erzählte Mr. Trepal. »Wir kauften alles, was mit Elektronik zu tun hatte. Er besaß sogar eine von diesen Kugeln, bei denen einem die Haare zu Berge stehen, wenn man sie berührt. Man konnte Georgies Zimmer nicht betreten. Überall hingen Warnschilder mit der Aufschrift ›Vorsicht! Spannung!‹ Wenn man hineinging und etwas berührte, mußte man damit rechnen, einen elektrischen Schlag zu bekommen.«)

Abgesehen von Kinobesuchen zusammen mit seiner Mutter, ging George selten aus. Er hatte einige Freunde, blieb aber meist zu Hause und las naturwissenschaftliche Bücher. In den turbulenten sechziger Jahren trug er als Teenager das Haar kurz; Verabredungen mit Mädchen hatte er nicht. Während andere junge Burschen sich früher oder später eine blutige Nase holten, hielt sich George auf Anweisung seiner Mutter aus allen Streitereien heraus. (»Sie duldete nicht, daß er sich auf Auseinandersetzungen einließ«, erzählte Mr. Trepal. »wenn der Junge Schwierigkeiten hatte, griff Mabel ein.«)

Dann besuchte George ein College. Er brach das Studium ab, machte aber dann an einem anderen College einen Abschluß. Seine Eltern finanzierten seine Ausbildung und bezahlten später auch das Rechtsanwaltshonorar für seine Verteidigung, als er wegen des Drogendelikts vor Gericht stand. Nachdem George von zu Hause ausgezogen war, verloren die Eltern den Kontakt zu ihrem Sohn. (»Damals wußte ich nicht einmal, was für Freunde er hatte«, sagte sein Vater. »Er kam nur gelegentlich mal vorbei und blieb über Nacht. Am nächsten Morgen verabschiedete er sich und verschwand.«)

Im Jahr 1975 geriet George an das Central Piedmont Community College in Charlotte, North Carolina. Dort machte er bei einer Frau namens Clara Rountree Couch eine Töpferkurs. (Susan, die Mrs. Couch in ihrem Studio in den Bergen von North Carolina besuchte, hatte den Eindruck, daß die Kunsthandwerkerin George an seine Mutter erinnert hatte; Mrs. Couch hatte ungefähr dieselbe Größe, war Lehrerin und hatte den weichen Tonfall der vornehmen Südstaatler.)

Als George den Kurs besuchte, beschäftigte sich Mrs. Couch mit dem Problem, wie sich verhindern ließe, daß leuchtende Farben (insbesondere Rot- und Goldtöne) beim Brennen der Keramiken in Mitleidenschaft gezogen wurden. George war gerne bereit, seine Chemiekenntnisse einzusetzen und eine Rezeptur für eine beständige Glasur zu entwickeln. Mrs. Couch konnte Susan gegenüber mit Bestimmtheit sagen, ob George bei Glasuren Thallium verwendet hatte. Sie konnte sich jedoch erinnern, daß er mit vielen gefährlichen Chemikalien hantiert hatte.

Mrs. Couch berichtete, George sei ihr gegenüber sehr hilfsbereit gewesen, habe jedoch den Umgang mit anderen Studenten gemieden. Er habe sich so sehr an sie geklammert, daß ihr der Gedanke gekommen sei, sie sei nicht nur seine Lehrerin, sondern auch ein Muttterersatz. George sei zwar sehr intelligent gewesen, habe aber kein Selbstbewußtsein besessen.

Nach seinem Auszug von zu Hause fing George an, Tagebücher zu führen. Sie dienten ihm einerseits dazu, ausgefallene Ideen zu notieren, mit denen er hoffte, zu Geld kommen zu können (»Vibrator mit Drucksensoren, welche die Stärke vaginaler Kontraktionen messen … Foltercreme für Sadomaso-Leute. Sie wird im Genitalbereich aufgetragen und verursacht dort ein Brennen … Kleid, bei dem eine Titte heraushängt«). Die Tagebücher dienten ihm andererseits dazu, seine von Einsamkeit und Isolation geprägten Gefühle festzuhalten. Susan entdeckte die Tagebücher in einem der mit verschiedenen Gegenständen gefüllten Kartons, die die Polizisten aus dem Haus in Sebring mitgenommen hatten. Sie fing an zu lesen. Was George in seiner schrägen, ungelenken Handschrift notiert hatte, gab Susan eine tiefen Einblick in seine Psyche.

In einer undatierten Eintragung befaßte sich George mit seiner Kindheit und Jugend.

Als Kind warst du sehr wißbegierig, manchmal fast eine Plage. Oft konnten deine Eltern deine Fragen nicht beantworten, und du verlorst deinen Glauben an ihre gottähnlichen Fähigkeiten. Das half dir, erwachsen zu werden. Wegen dieser Wißbegier wurdest du später gerügt.
Als Heranwachsender hast du deine Fantasie entwickelt und hast oft in einer Fantasiewelt gelebt. Als du ein Teenager warst, hast du eine Art Heldenverehrung betrieben. Von daher stammten die Vorbilder, die dich zu dem machten, was du heute bist. In jenen Jahren warst du zwar oft mit bei verschieden Gruppen, doch du kamst dir isoliert vor und nicht als Angehöriger dieser Gruppen. Du hast so getan, als gehörtest du dazu, doch selbst durch dieses angepaßte Verhalten fühltest du dich nicht gelöster.

Susan stellte fest, daß George des öfteren über die Frauen nachgedacht hatte, die in seinem Leben eine Rolle gespielt hatten. Diese Frauen waren stark und nicht selten unerreichbar. Mehr als einmal widmete er sich den Erinnerungen an seine Mutter und seiner Suche nach einer Mutterfigur.

Als Kind hast du deine Mutter geliebt, aber manchmal hattest du das Gefühl, daß sie als Frau nicht den richtigen Platz einnahm. […] Einige Gedanken zum Masochismus im allgemeinen: Fromms Ansicht ist zutreffend. Dem Masochisten fehlt die Fähigkeit, sich zu öffnen, und er sucht Hilfe. Dies mag zum Teil mit den angenehmen Erinnerungen an die Mutter zu tun haben, die er aus der frühen Kindheit hat. Es bedeutet jedoch, daß er bei der Mutter Vaterliebe sucht: Wenn ich dir gefällig bin, dann wirst du dich öffnen, und ich werde geliebt werden und werde mit deiner Hilfe fähig sein, mich selbst zu lieben. […] Ich habe festgestellt, daß ich mich im Schlaf gern mit dem Gesicht und der Brust an etwas anschmiege und meine Beine eine Position einnehmen, als klettere ich eine Felswand empor. Oder möchte ich mich dabei an eine große Person anklammern? Warum habe ich dieses Säuglingsverhalten noch in mir? Bin ich zu wenig an der Brust gestillt worden? Oder zu früh entwöhnt worden? Ich bin wie ein Kleinkind, das nach einem Busen sucht, an dem es sich festhalten und an dem es saugen kann. Wer war es gleich, der mit einer Attrappe das Mutter-Experiment bei Affen durchführte? Marlow? Vielleicht sollte ich selbst einen Mutterersatz fabrizieren. Es könnte ein großer Lederbeutel mit einer dickflüssigen Masse wie Fugenkitt sein. Ein Tonband mit dem Herzschlag oder eine elektronische Simulation davon würde auch nicht schlecht dazu passen.

In den Tagebüchern schilderte Trepal die rasch wechselnden Beziehungen, die er in den drogenseligen siebziger Jahren hatte. Er hielt seine Bemühungen fest; dabei gebärdete er sich fast wie ein Psychologe, der seinem Klienten Ratschläge erteilt.

5. Juli 1972. Über Ginnie.
Vorbemerkung: Am 3. Juli nahmen Ginnie und ich 250 Milligramm MDA und 10 Milligramm Speed ein und rauchten eine Menge Marihuana. Wir hatten einen gewaltigen Trip. Sie redete viel, und für mich war es ein aufschlußreicher, wenn auch nicht sehr schöner Trip. In der Zwischenzeit habe ich viel geschlafen, wenig gegessen und nichts gearbeitet. Ich fühlte mich nicht wohl und konnte mich nicht konzentrieren. Ich merke jetzt, daß dies von dem Analysieren und der Suche nach Problemlösungen herrührte.
›Begehren‹ und ›Liebe‹ sind zwei verschiedene Dinge. ›Liebe‹ ist ein nebulöser Begriff, der meist nicht einmal von dem, der liebt, definiert werden kann. Ginnies Problem besteht darin, daß sie das Gefühl braucht, begehrt zu werden. Sie glaubt, daß sie aus eigenem Verschulden den Kontakt zu anderen Menschen nicht finden kann … Sie hat kein Selbstwertgefühl und erscheint anderen deshalb nicht begehrenswert … Ihr Vorbild sind vermutlich die ausgeflippten Folkmusiker, die Außenseiter der Gesellschaft. Damit will sie einer Welt entfliehen, der sie sich nicht zugehörig fühlt … Es kommt darauf an, ihr Selbstwertgefühl zu steigern, damit sie beginnen kann, sich selbst zu verwirklichen. Dabei sollte der körperliche Kontakt vermieden und der geistige vertieft werden. Falls es doch zu körperlichen Kontakten kommt, sollten diese keinesfalls sexueller Art sein …
Ich wünschte, das Problem ließe sich auf einfache Weise lösen. Um

ihr zu helfen, muß ich sie begehren. Das tue ich auch sehr, und es fällt mir schwer, von ihr wegzubleiben. Ich hoffe, daß die stärkeren psychedelischen Mittel, insbesondere Acid, von Nutzen sein werden. Sie dringen in den Geist ein und erfüllen die Seele mit Liebe und dem Gefühl, begehrt zu werden.
Ich selbst bin schrecklich liebeskrank. Mein tiefstes Inneres sagt mir, daß ich sie wahrhaft liebe und mir ihr Glück sehr am Herzen liegt, noch mehr als mein eigenes …
So ein Mist! Wenn sie nur nicht verheiratet wäre!
19. Juli 1973. Das ist jetzt ein ganzes Jahr her. Sie ging eine Woche lang von Peter weg. Wir lagen auf der Farm bei Columbia vier Tage langt nackt im Sonnenschein, schliefen in zahlreichen Stellungen miteinander und machten Zukunftspläne. Dann reiste sie wieder ab.
Ich komme allmählich wieder auf die Beine. Ich fürchte mich vor Menschen und noch mehr vor dem Liebeskummer. Ich kämpfe gegen diese Angst an, weil sie unsinnig ist. Mein Denken funktioniert, aber meine Gefühle sind völlig durcheinander. Es ist der schwierigste Lernprozeß, den ich je durchmachen mußte …
Seit über seinem Jahr habe ich Unterlagen über die Herstellung halluzinogener Drogen gesammelt. Dabei erhielt ich von niemandem eine echte Hilfe oder Ermutigung. Sobald sich herausstellte, daß ich keine Drogen herstellen oder vertreiben wollte, wurde ich ignoriert oder verlacht. Mit meinem Projekt bin ich jetzt beinahe fertig. Ich habe gute Arbeit geleistet, und ich bin stolz darauf. Was das Projekt beinhaltet, ist unwichtig. Wichtig ist, daß ich ein schwieriges Projekt allein umsetzen und meine Triebe dabei sublimieren kann und nicht auf Unterstützung angewiesen bin.
Diese Haltung solltest du dir in Zukunft zu eigen machen. Du hast großes Verlangen nach einer signifikanten Beziehung, genauer gesagt nach einem Mädchen, wirst aber bei großen Entscheidungen nichts überstürzen. Und du wirst immer kämpfen. Wenn es einfach wäre, in den Himmel zu kommen, wäre kaum jemand daran interessiert.

Im Dezember 1974 wollte George offenbar erneut mit einer verheirateten Frau eine Beziehung eingehen. Sie hieß Carol. doch auch diesmal zerschlugen sich seine Hoffnungen.

Ich bin ausgenützt und betrogen worden. Ich habe mich sogar selbst hinters Licht geführt, weil ich verrückt nach Liebe war, daß ich meinte, eine Dreiecksbeziehung könnte funktionieren. Ich ging von der Annahme aus, daß ich mich selbst nur über andere lieben kann. Ich muß mich aber um meiner selbst willen lieben …
C. brauchte ein Kind, J. eine Mutter. Sie sind ein unzertrennliches Team. Ich brauche ebenfalls eine Mutter.
17. März 1975. Ich komme allmählich über die Sache mit C. hinweg … In den vergangenen Monaten gab es Zeiten, in denen ich mich selbst liebte. Das Zimmer, in dem ich saß, war ganz von mir selbst erfüllt, und das war schön.

George Trepal, so erfuhr Susan, fühlte sich nie wohler in seiner Haut, als wenn er anderen heimlich Drogen zugeführt hatte. Dann lehnte er sich zurück und bestaunte deren Wirkung.

Von David Warren, als ehemaligen Partner im Drogengeschäft, erfuhr Susan Einzelheiten. David hatte George in den frühen siebziger Jahren in North Carolina in der Wohnung eines Verwandten kennengelernt. George hatte dort Makkaroni herumgezeigt, die mit einer Mischung aus Amphetaminen und grüner Lebensmittelfarbe überzogen waren. Er verkündete prahlerisch, er kenne die Absorptionsrate jeder einzelnen Nudel und wisse deshalb genau, wie groß die Dosis sei, die in ihr stecke. George erzählte David, daß er in einem Krankenhaus in Charlotte arbeite und dort die Medikamente verteile. Er stelle zwar nebenbei Amphetamine her, nehme aber selbst lieber Halluzinogene wie LSD, Meskalin und Peyote, die für ihn der ›Weg zur Erleuchtung‹ seien.

David war von dem umfassenden Wissen und dem phänomenalen Gedächtnis seines neuen Freundes beeindruckt, merkte aber auch, daß dieser sehr einsam war. George habe sich mit Drogen Zugang zu anderen Menschen verschafft. So hätten ihm die grünen Makkaroni dazu verholfen, bei einer bestimmten Gruppe Anschluß zu finden. Es sei ihm zwar nicht gelungen, andere für sich einzunehmen, er habe es aber immerhin geschafft, ihr Denken und ihren Stoffwechsel zu beeinflussen.

Die Polizei erfuhr von David, daß er und George in den frühen siebziger Jahren nach der Rückkehr von ihrer Kalifornienreise in Charlotte einen kleinen Laden eröffnet hatten, den sie *Cotati East* nannten. Wie viele andere Szeneläden der Zeit nach Woodstock, verkauften auch die beiden Kräuter und Öle sowie Substanzen, die sie als ›legale Psychedelica‹ bezeichneten.

Der Laden diente den beiden allerdings auch als Fassade. George sagte zu David, er wolle schnell zu Geld kommen, damit er sich in einem Haus auf dem Lande zur Ruhe setzen könne. George stellte in dem Laden insgeheim Metamphetamin her, das auf der Straße unter der Bezeichnung wie *Crank, Speed* und *Crystal* bekannt war. Solange alles glatt lief, hatte David Warren in George einen angenehmen Freund und Geschäftspartner. David machte aber die Erfahrung, daß Trepal gefährlich werden konnte, wenn er wütend war. Mit seinem Wissen in Chemie stand George ein wirkungsvolles Waffenarsenal zur Verfügung. Wie er David erzählte hatte er diese Waffen schon zweimal eingesetzt, um Leute loszuwerden, über die er sich geärgert hatte.

Einmal hatte Trepal Freunden angeboten, sie von schnorrenden Zimmergenossen zu befreien. Er nahm ein Halluzinogen, mit dem er herumexperimentiert hatte und das er WOW nannte, und mischte es mit Dimethylsulfoxid, einer Chemikalie, die bewirkt, daß die Drogen über die Haut aufgenommen werden. George strich die Mischung auf den Kühlschrankgriff und andere Gegenstände, die die Zimmergenossen anfassen würden. Binnen kurzem waren die Schmarotzer verschwunden.

Ein andermal hatte er Chemikalien eingesetzt, um einen Nachbarn zum Wegziehen zu bewegen. Er hatte Tränengas hergestellt und dieses in die angrenzende Wohnung geleitet. Der Nachbar hatte sich bei George mißliebig gemacht, weil er seine Stereoanlage zu laut aufgedreht hatte.

Nach der Entlassung aus dem Gefängnis hatte Trepal seine spätere Frau kennengelernt. In Diana fand George eine Frau, die ihm intellektuell ebenbürtig war und die auch seine Gefühle erwiderte. Nach der Eheschließung kauften sie das Haus in Alturas. George beschäftigte sich mit seinen

Computern, und Diana eröffnete als orthopädische Chirurgin eine Praxis. Die Krankenschwester Patricia Boatwright, ebenfalls ein *Mensa*-Mitglied, arbeitete eine Zeitlang in Dianas Praxis. Sie gab bei Trepals Anwälten eine eidesstattliche Erklärung ab, in der sie bestätigte, daß Diana eine schwierige Person und eine anspruchsvolle Ehefrau gewesen sei.

»Sie führte sich auf wie eine Furie«, sagte Boatwright zu Jonathan Stidham. »Sie kreischte, warf mit Gegenständen um sich und stieß in der Öffentlichkeit wilde Beschuldigungen aus.«

»War sie immer so, oder nur gelegentlich?« fragte der Rechtsanwalt. »Hatte es den Anschein, als wäre sie Stimmungsschwankungen unterworfen?«

»Es gab gewaltige Stimmungsschwankungen bei ihr«, gab Patricia Boatwright zu Protokoll. »Am nächsten Tag gab sie dann einen Haufen Geld aus für eine tolle Party und war ganz reizend. Eine Weile wußte ich selbst nicht, wer die wahre Diana war. Die liebenswerte Frau hatte doch mit der Furie nichts gemein, vor der ich immer noch zitterte! Aber sie war tatsächlich dieselbe Person«.

»Welcher Art war denn die Beziehung zwischen Diana und George Ihrer Einschätzung nach?« fragte Stidham.

»Das habe ich nie so recht begriffen.«

»Kamen sie gut miteinander aus?«

»Solange er mit allem, was sie wollte, einverstanden war«, erwiderte die Krankenschwester. »Wenn George nicht gewesen wäre, hätte ich's nicht bei ihr ausgehalten. Wurde es so schlimm, daß ich kündigen wollte, redete ich mit ihm darüber. George besänftigte mich, indem er sagte: ›Ach, mir geht es doch zu Hause genauso.‹ Wir halfen uns gegenseitig. Wir machten unserem Herzen Luft, und dann kamen wir mit der Situation wieder besser zurecht.«

»Kamen Sie mit George gut aus?«

»Aber ja.«

»Fanden Sie ihn sympathisch?«

»Ja.«

»Haben Sie je erlebt, daß George derartige Wutanfälle bekam?«

»Nein«, antwortete Patricia Boatwrigt. »George und Diana klagten aber lauthals über die Familie, die im Nachbarhaus wohnte. Das müssen üble Typen gewesen sein, die viel Lärm machten. Sie gingen George offenbar stärker auf die Nerven, da er sich oft zu Hause aufhielt. Diana erwähnte des öfteren, daß er wegen der Nachbarn verärgert sei.«

Was Patricia Boatwright über George berichtet hatte, stimmte mit dem FBI-Profil eines Giftmörders überein: eines Mannes, der in einer Zweierbeziehung eine passive Rolle spielt und Angst davor hat, der herrischen Partnerin entgegenzutreten. Verschiedene Personen, die mit Diana zusammengearbeitet hatten, waren jedoch ganz anderer Ansicht. Sie sagten, George habe keine Bange gehabt, sich mit seiner Frau anzulegen. In Wirklichkeit sei Diana sogar des öfteren mit blauen Flecken und geschwollenen Augen zur Arbeit erschienen und habe von Auseinandersetzungen mit ihrem merkwürdigen Ehemann berichtet, der manchmal gewalttätig werde.

Beth Pitman gab der Polizei gegenüber an, sie habe bis zum Jahr 1986 für Diana Carr gearbeitet und auch in den darauffolgenden Jahren noch Umgang mit ihr gehabt. Sie erinnerte sich daran, daß George und Diana an dem Tag, an dem Peggy Carr und ihre Kinder ins Krankenhaus geschafft worden waren, in ihrem Haus in Alturas eine Halloween-Party veranstaltet hatten, bei der sie dabeigewesen war. Diana sei als Haremsprinzessin aufgetreten, und bei George habe der Kopf auf einer blutbeschmierten Platte geruht.

Beth berichtete, Diana sei trotz ihrer vielfältigen beruflichen und gesellschaftlichen Aktivitäten eine sehr unglückliche, innerlich unsichere Person gewesen. Diana habe fortwährend von Auseinandersetzungen mit George berichtet und nicht selten blaue Flecken gehabt. Trotz ihrer Klagen über häusliche Probleme sei Diana aber erpicht darauf gewesen, ihrem Mann gefällig zu sein. Einmal habe sie zu ihr gesagt: »Ich muß nach Hause gehen und mich um George kümmern.«

Manchmal kümmerte sich Diana anscheinend nicht genügend um George. Betty W. Smith, die mit Diana zusammengearbeitet und mit ihr Freundschaft geschlossen hatte, erzählte den Ermittlern: »George hat seine Frau verbal und physisch mißhandelt. Einmal erhielt ich am Weihnachtsfest einen Anruf von Diana. Sie weinte hysterisch und sagte mir, George habe in einem Wutanfall den Weihnachtsbaum zertrümmert. Daraufhin fuhr ich sofort nach Alturas hinüber. An einer Wand sah ich den zerschmetterten Baum; Zweige und Nadeln lagen auf dem Boden herum. Als ich Diana zu trösten versuchte, kam George die Treppe herunter. Er sagte: ›Betty, ich brauche dringend Sex. Ich bin so geil.‹ Als ich ihn fragte, wieso er den Baum kaputtgemacht habe, antwortete er: ›Diana hat mir versprochen, daß ich mit ihr schlafen kann, wann immer ich Lust habe. Aber als ich ihr sagte, daß ich geil sei, wollte sie mich nicht ranlassen.‹«

Brian Palmer, der in der Praxis von Diana als Arzthelfer tätig war, berichtete der Polizei, George habe fortwährend an der Frisur und an der Figur herumgemäkelt. Seiner Meinung nach habe sich Diana vor George gefürchtet. »George ließ es gegenüber Diana manchmal an Geduld fehlen, aber bei Kindern war dies noch viel stärker der Fall, und zwar nicht nur bei den Nachbarskindern«, sagte Palmer. »Meine Frau und ich fuhren einmal zusammen mit Diana und George zu einer Konferenz nach Boston. Auf Vorschlag von George aßen wir in einem mexikanischen Restaurant. Als Nebentisch ein Kind zu weinen begann, stürmte George hinaus.« Palmer fügte hinzu: »Er konnte den Lärm nicht ausstehen.«

Tammy Sue Dotson, die bei Diana als medizinische Assistentin arbeitete, war der Meinung, daß George Kinder hasse. Er habe sie gefragt, ob ihre Kinder im Februar vorhätten, Busch Gardens (eine Touristenattraktion in Tampa) zu besuchen. Sie habe ihm geantwortet, dazu werde es nicht kommen, weil sich die Kinder in dieser Jahreszeit meist in der Schule aufhielten. ›Das ist gut, ich kann Kinder nämlich nicht ausstehen‹, habe George gesagt.

Eine der vernichtendsten Aussagen machte Patricia Ann Prince, die als Dianas Büroleiterin tätig gewesen war. »Mit Diana war ich eng befreundet, aber mit George kam ich nicht zurecht«, erzählte sie der Polizei. »Er ging nie einer geregelten Arbeit nach. Diana hingegen arbeitete bis in die Nacht hinein. Wenn ich sie fragte, wieso sie nicht früher aufhöre, sagte sie: ›George ist so oder so böse auf mich.‹«

»Eines Tages erzählte Diana, George habe behauptet, eine Vision gehabt zu haben«, fuhr Patricia Ann Prince fort. »Gott habe ihm befohlen, neue Unterwäsche zu kaufen. Er sei wirklich der Überzeugung gewesen, daß ihm Gott erschienen sei.« Sie habe Diana daraufhin gefragt: »Nimmt er irgendwelche Drogen?«

»George führte sich meist zu Hause merkwürdig auf, aber manchmal brachte er seine Frau auch in aller Öffentlichkeit in Verlegenheit«, sagte Prince. »Die beiden nahmen mal in einem Country Club an einer Weihnachtsfeier teil. George stand mitten in einem Lied auf, schrie ›Scheiß Weihnachten!‹ und marschierte hinaus.«

Eines Abends war Diana bei mir zum Abendessen gewesen«, fuhr die Frau fort. »Bald darauf rief sie mich an. Sie bat mich unter Tränen, eine zeitweilige Bleibe für ihren Hund zu suchen. Ihr Mann habe dem Tier Valium gegeben, um sie dafür zu bestrafen, daß sie bei mir gegessen hatte.« Wenn George auf Diana wütend gewesen sei, habe er ihr auch angedroht, ihre Katzen zu vergiften, erzählte Prince der Polizei. Sie habe Diana gefragt, wieso sie denn nicht alles Gift aus dem Haus entferne. Diese habe erwidert: »George hat im ganzen Haus Gift versteckt. Ich würde nie alles finden.«

Patricia Ann Prince hatte den zerschmetterten Weihnachtsbaum ebenfalls gesehen und konnte sich erinnern, daß Diana kurz in Erwägung gezogen hatte, George im Zuge einer gerichtlichen Anordnung zu einer psychiatrischen Untersuchung zu zwingen. Diana habe davon Abstand genommen, weil sie Angst davor hatte, was George nach seiner Rückkehr anstellen würde.

»Ich hatte den Eindruck, daß er Charles Manson ähnlich sah«, sagte Prince zu den Ermittlern. »Ich befürchtete, daß er eines Tages etwas ganz Schlimmes und Aufsehenerregendes anstellen würde.«

Trepals Beziehungen zu Frauen faszinierten Susan, insbesondere sein Verhältnis zu Diana. Sie fragte sich, ob sie in diesem Durcheinander von Unterwerfung und Gewalttätigkeit, Liebe und Abscheu vielleicht die Triebkräfte entdecken würde, die George zu einem Killer gemacht hatten. Als die Polizisten in dem Haus in Sebring die Regale ausgeräumt hatten, war ein Brief aus einem der Bücher gerutscht und zu Boden geflattert. Susan holte ihn aus einem der Kartons und fing an zu lesen. George hatte den Brief mit der Maschine getippt, und er war offensichtlich für Diana gewesen.

9. November 1980.
Hallo Liebes!

Ich möchte Dir so genau wie möglich sagen, um was es mir geht und versuchen, Dir konkrete Beispiele zu liefern. Falls Dir etwas unklar sein sollte, dann rede mit mir darüber.
Bewahre diesen Brief auf, denn du brauchst ihn, um mich verstehen zu können. Ich werde einige Fotokopien anfertigen und diese beifügen. Deponiere sie an verschiedenen Stellen, damit das Risiko, daß dieser Brief verlorengeht, möglichst gering ist. (Der letzte Brief von mir ging bekanntlich verloren.)
Ich habe Dir schon gesagt, daß ich's nicht ausstehen kann, wenn Du wie ein kleines Mädchen daherredest. Insbesondere gefällt es mir nicht, wenn Du ›mein Püppchen‹ zu mir sagst oder ›mein Bübchen‹. Du benutzt auch oft die dritte Person statt der zweiten. Du sagst beispielsweise ›Ich habe den George erwischt!‹ und ›Wo ist den der George?‹ Richtig wäre: ›Ich habe dich erwischt‹ und ›Wo bist du denn?‹ Des weiteren stellst du blödsinnige Fragen und garnierst Feststellungen mit dem absurden Zusatz ›Weißt du das?‹ Beispiele für blödsinnige Fragen: Wenn Du mich in Fahrt gebracht hast und ich richtig geil bin, fragst du: ›Soll ich den wirklich mit dir spielen?‹ Wenn wir beschlossen haben, miteinander zu schlafen, fragst du: ›Will hier jemand spielen?‹ Wenn du auf mir liegst, dann sagst du: ›Du bist mein Gefangener. Weißt du das?‹ All das sagst Du mit einer hohen Quietschstimme.
Ich kann Kinder nicht ausstehen. Durch Dein Verhalten komme ich mir dauernd wie ein Kinderschänder vor. Erstkläßler, die bei

meiner Mutter im Unterricht statt der zweiten Person die dritte verwendeten, wurden von ihr als ›geistig zurückgeblieben‹ bezeichnet. Ich lege keinen Wert darauf, ein geistig zurückgebliebenes Kind zu bumsen! Ich möchte vielmehr mit einer erwachsenen Person schlafen!
Laß Dir auch endlich mal was Neues einfallen. Ich habe es satt, immer das gleiche Zeug zu hören:
›Mein Bübchen‹.
›Du willst mir wohl an die Wäsche gehen?‹
›Will hier jemand spielen?‹
›Bist du mein Schätzchen?‹
›Ich hab' dein Gießkännchen gefunden.‹
Wenn Dir selbst nichts Neues einfällt, dann verwende eben etwas aus Deinen Büchern oder aus dem Fernseher meinetwegen von Beth, Nancy oder sonst jemandem. Und wenn Du nicht weiter weißt, dann halte lieber den Mund und verwende ihn zum Küssen, Beißen, Saugen und Lecken.
Nächstes Thema: Verhaltensweisen, die mich garantiert sauer machen.
Du sagst, Du möchtest in die Arme genommen werden, weil Dir das guttut. Dem kann ich nicht widersprechen. Jeder von uns braucht Zuwendung. Das ist wie mit einem Glas. Wenn es voll ist, bin ich zufrieden. Wenn es leer ist, werde ich alles Erdenkliche tun, damit es gefüllt wird.
Du sagst, Du seist zur Zeit ziemlich unausgeglichen. Was glaubst Du, wie es um mein Selbstwertgefühl bestellt ist, wenn Du hereinkommst und Dich mit Deiner Post beschäftigst, bevor Du Dich mir zuwendest? Oder wenn wir miteinander schlafen wollen und Du zuerst auf die Toilette gehen willst, auf der Du dann Comics liest? Wenn Dir die Comiclektüre offenbar wichtiger ist, als mit mir zu schlafen, kriege ich das Gefühl, daß ich keinen Pfifferling wert bin. Wenn die Katzen Zuwendung brauchen, streichelst Du sie, bis sie genug haben und einschlafen. Wenn ich mehr Zuwendung haben möchte, beklagst Du Dich, daß ich Dich belästige. Warum werden die Katzen besser behandelt als ich? Als schwere Beleidigung empfinde ich es auch, daß Du, wenn wir gerade miteinander schlafen und das Telefon klingelt, an den Apparat gehst, obwohl Du keinen Notdienst hast. Ich möchte das Gefühl haben, daß ich zumindest

zeitweise begehrt werde. Daß Du ans Telefon gehst, bedeutet jedoch, daß Du irgendeinen Anrufer wichtiger nimmst als mich.
Wenn du in einem Restaurant oder sonstwo eine Person siehst, die Du kennst, fragst Du mich nie, ob ich Wert darauf lege, mit ihr bekanntgemacht zu werden. Du schleppst mich einfach mit, ohne zu überlegen, daß ich auch etwas anderes vorhaben könnte. Es könnte natürlich sein, daß manche Leute verletzt sind, wenn Du nicht stehenbleibst und mit ihnen redest, sonder nur ›Hallo, wir sind gerade am Gehen‹ sagst. Da mußt Du Dich entscheiden, wen Du verletzen willst: diese Leute oder mich. Wenn Du mir eine Beleidigung zufügst, werde ich sauer und zahle es Dir später heim, und den anderen gegenüber verhalte ich mich taktlos. Genauso war es damals mit Bill und Beth.
Ich hasse es, wenn man mich herumschubst.
Ich hasse es, wenn man mich belügt. Wenn Du sagst, Du wirst etwas tun und tust es dann nicht, hast Du mich belogen.
Nun zum Sex. Ich sage andauernd, daß Du spontaner sein solltest. Ich könnte das auch so formulieren: Du solltest mich überraschen. Wenn Du Dir keine Überraschungen ausdenken kannst, findest Du vielleicht in Deinen Büchern einige clevere Verführungsszenen. Im Fernsehen gibt es ja auch genug davon. Ich liefere jetzt eine Liste möglicher Überraschungen; sie ist nicht vollständig, sondern enthält nur das, was mir gerade beim Schreiben einfällt:
Ziehe etwas Verführerisches an und erwarte mich bei meinem Eintreffen an der Haustür.
Versuche, mich zu vergewaltigen. Tu das in irgendeinem Raum des Hauses, nur nicht in dem Zimmer, in dem wir immer miteinander schlafen.
Trage unter Deiner normalen Kleidung etwas sehr Verführerisches. Nimm mich zum Einkaufen mit, erzähle mir davon und sag mir, was nach unserer Rückkehr passieren wird.
Besorge Dir ein exotisches Make-up, auch einen Lippenstift in einem ausgefallenen Rotton oder sogar in Schwarz, und versuche, Dich auf ganz ungewöhnliche Weise zurechtzumachen. Zum Beispiel mit langen, geschwungenen Augenbrauen nach Art von Mr. Spock, viel blauem Lidschatten und schwarzen oder rubinroten Lippen. Es kommt nicht darauf an, daß alles ganz hundertprozentig gelungen aussieht; wichtig ist, daß Du Dich bemüht hast.

Zieh im Haus Stiefel mit hohen Absätzen an, um mich so richtig in Fahrt zu bringen.
Nimm einen kleinen Becher Schokoladensirup (oder Schlagsahne) ins Bett mit. Fordere mich auf, den Sirup dort abzulecken, wo Du ihn aufgetragen hast. Oder laß mich den Sirup irgendwo hinschmieren, damit Du ihn ablecken kannst.
Liebe mich unter der Dusche.
Lies in dem Buch Die Freuden des Sex *die Abschnitte über das Fesseln und das langsame Masturbieren und befolge die Anweisungen.*
Bitte mich um Massage mit vollem Programm. Dazu gehört eine Massage auf dem Boden (obwohl mir ein Tisch eigentlich lieber ist), dann schlafen wir miteinander, und zuletzt baden wir im Whirlpool, um das Massageöl loszuwerden. Auf Wunsch gibt es Wein dazu.
Ich könnte fortfahren, hoffe jedoch , daß Du begriffen hast: Du sollst Dinge tun, die Du normalerweise nicht tust. Sei kein nettes Mädchen. Ich bin ein sehr kreativer Mensch. Meine vielfältigen Interessen, meine sprachlichen Fertigkeiten und die lustigen Spielchen, die ich mir ausdenke, beweisen das wohl zur Genüge. Und ich bin rasch gelangweilt …

Susan legt den Brief beiseite und dachte nach. In der Öffentlichkeit sah es so aus, als wäre Diana der Boß und George ihr untertäniger Diner. Im Privatleben traf dies offenbar nicht immer zu. Auf den ersten Blick schien Trepals Aggressivität im Widerspruch zu dem FBI-Profil des passiven Giftmörders zu stehen. Susan kam jedoch zu dem Schluß, daß sein Verhalten mit dem Täterprofil weitgehend übereinstimmte. Von den blauen Flecken abgesehen, hatte George keine direkten tätlichen Angriffe ausgeführt. Er hatte Kraftausdrücke verwendet, hatte einen Weihnachtsbaum ruiniert und dem Hund seiner Frau Valium gegeben. George hatte es mißfallen, wenn Diana ihre dominierende Rolle aufgegeben und Spielchen getrieben oder sich wie ein kleines Mädchen gebärdet hatte. Seine arroganten, herablassenden Worte waren in Wirklichkeit eine flehentliche Bitte: Schenk mir Aufmerksamkeit! Erfülle meine Bedürfnisse! George führte sich auf wie ein verwöhntes Kind. Wenn es nicht nach seinem Willen ging, stampfte er auf den Boden und trommelte mit den Fäusten. Er wollte, daß Diana stark war, daß sie seine Bedürfnisse befriedigte, daß sie die Mutterrolle übernahm.

Susan drückte auf die Abspieltaste und lehnte sich in ihrem Sessel zurück. Sie hatte sich mit Brad, Ernie und John Aguero getroffen, um eine Auswahl der Videobänder anzusehen, die man in Trepals Haus gefunden hatte. Die meisten hatten den Sadomasochismus zum Thema. Auf einem waren Fesselungsszenen aus Spielfilmen zu sehen; ein anderes zeigte *Bizarre erotische Fantasien*, und ein weiteres enthielt praktische Hinweise, wie man eine Frau foltern kann, ohne sie zu töten.

Der Film, den sie nun anschauen wollten, hatte sich am Tag der Verhaftung in Trepals Videorecorder befunden. Er trug den Titel *Eine Bestie namens Ilsa*. Auf dem Fernsehschirm erschienen weibliche SS-Angehörige, allesamt blond, die in einem Konzentrationslager stationiert waren. In einer Vorbemerkung wies der Produzent darauf hin, daß der Film auf den KZ-Greueln basiere, die während des Zweiten Weltkrieges verübt worden seien. In der Anfangsszene war Klaviergeklimper zu hören, und man sah eine blonde Frau mit langen, schwarzen Wimpern, die auf einem Mann herumritt. Ihre schweren Brüste schaukelten, und ihre langen Fingernägel gruben sich in das Fleisch ihres Partners. Als sie endlich befriedigt war, erhob sie sich aus dem Bett und zog eine schwarze Uniform mit roter Armbinde an. Bei der Frau handelte es sich offenbar um Ilsa.

Dann erschienen die Wachen, allesamt Frauen, und packten den nackten Mann. Dieser protestierte: Die Kommandantin habe ihm versprochen, daß er nicht ins Lager zurückkehren müsse. Ilsa verkündete in kühlem Ton, der Häftling müsse dafür büßen, daß er mit einer Angehörigen der Herrenrasse geschlafen habe. Die Wachen schleppten ihn in einen Operationssaal und schnallten ihn auf einem Tisch fest. Der Mann starrte mit aufgerissenen Augen das große, funkelnde Messer an, das Ilsa liebevoll auf den Händen trug.

Dann mischte sich ihr Lachen mit seinen Schmerzschreien, und die Kamera machte einen Schwenk zu dem Blut, das aus der Wunde strömte. Ilsa hatte ihren Liebhaber kastriert.

Susan spürte, wie der Ekel in ihr aufstieg. Sie hatte während ihrer Arbeit im Sittendezernat eine Menge Pornos angeschaut, aber nie einen so unverhüllt gewalttätigen Film wie diesen. Sie schaute sich die darauffolgenden Szenen schweigend an.

Ilsa befahl eine Gruppe weiblicher Häftlinge zu sich. Diese stellten sich nackt und mit gesenkten Köpfen vor ihr auf. Die Kommandantin verhörte sie einzeln. Sie ließ eine widerspenstige Frau zur Seite treten und wies die Wachen an: »Überlaßt sie mir. Ich werde mich persönlich um sie kümmern.« Die anderen Frauen wurden in einen Folterraum geführt. Die Wachen, die jetzt barbusig waren, zwangen sie, sich vornüber zu beugen, und peitschten sie aus. Ilsa nahm einen elektrischen Lenkstab für Vieh und schob ihn in die Körperöffnung der Häftlinge. Die Frauen schrien vor Qual und Entsetzen. Einer von ihnen riß Ilsa die Gedärme aus dem Leib.

Aguero brach das Schweigen. »Das ist alles andere als ein normaler Pornofilm«, sagte er. »Das sieht alles so echt aus.«

Susan schüttelte den Kopf und rang um Fassung. »Daß man so etwas zum Vergnügen anschaut, kann ich mir nicht vorstellen«, bemerkte sie.

Am Ende des Filmes kam es zu einer Revolte. Die Häftlinge nahmen den Wachen die Waffen ab und töteten sie. Selbst Ilsa entging der Rache nicht. Ein Mann beendete ihr blutiges Treiben, indem er ihr eine Pistole an den Kopf setzte und abdrückte.

Susan wußte nicht, was sie von den Videobändern halten sollte. Daß George sich für Sadomasochismus begeisterte, war ihr bekannt; sie hatte aber geglaubt, daß er dabei den Unterlegenen spielen würde. Nachdem sie die Folterszenen gesehen hatte, fragte sie sich: Genoß George das Gequältwerden oder das Quälen? Oder womöglich beides? Susan fragte Hagmaier am Telefon, war er dazu meinte.

Der FBI-Mann sagte, es überrasche ihn nicht, daß Trepals Psyche komplizierter sei, als es anfangs den Anschein gehabt hatte. Es könne sein, daß Trepal in Gedanken Frauen foltere, aber nicht den Mut habe, es wirklich zu tun. Beim Betrachten der Videobänder bekomme er dann eine Ersatzbefriedigung.

Aus dem Film könne man folgendes über Trepals Einstellung gegenüber Frauen ersehen: Frauen seien dort entweder willfährige Häftlinge oder grausame Bestien. Möglicherweise könne George sie nur als eines von diesen beiden Extremen begreifen. »Das wäre durchaus schlüssig«, sagte Hagmaier. »Seine Mutter schenkte ihm das Leben und beschützte ihn als Kind vor Grausamkeiten. Er büßte dabei seine Unabhängigkeit ein. Diana eine vergleichbare Rolle. Sie verdiente das Geld und war nach außen hin tonangebend. George behagte es, daß diese Frauen stark waren, aber es widerstrebte ihm wohl auch.«

Susan verwies darauf, wie stolz George gewesen war, daß er einst unbeeindruckt zugeschaut hatte, als seine Mutter starb. Außerdem habe er sich daran ergötzt, seine Frau zu bestrafen. Seine Passivität und seine Aggressivität stünden also nicht im Widerspruch zueinander, sie gingen vielmehr Hand in Hand.

»Die beherrschende Frau ist sein bester Freund und gleichzeitig sein schlimmster Feind«, sagte Hagmaier. »Sie fügt ihm Schmerzen zu, aber sie verschafft ihm auch Lustgefühle.«

Susan fragte, ob Trepals Mordgelüste einem verdrängten Haß auf die Mutterfiguren seines Lebens entstammen könnten. »Diana würde er nicht umbringen, weil er sich zu sehr fürchtet und zu sehr braucht«, antwortete der FBI-Mann. »Trepal wäre jedoch imstande, eine andere Frau umzubringen, etwa eine Mutter, die ihm Ärger bereitete, aber keine Macht über ihn hat. Jemand wie seine Nachbarin Peggy Carr.«

4

Einen Monat nach der Verhaftung von George Trepal bekam Susan die Gelegenheit, ihm gegenüber ihren richtigen Namen zu nennen. Der Staatsanwalt interessierte sich für eine Eintragung, die George in einem seiner Tagebücher gemacht hatte: »Ultraschall hat auf Menschen eine irritierende Wirkung. Angeblich wird Ultraschall in Frankreich bei der Niederschlagung von Unruhen eingesetzt. Ob es wohl auch dazu taugt, Nachbarn loszuwerden?«

Aguero meinte, er könnte diese Passage eventuell als Beweismittel verwenden. Er müßte allerdings beweisen, daß sie von Trepal stammte. Der Staatsanwalt beschaffte sich eine gerichtliche Anordnung, um George dazu zu zwingen, Proben seiner Handschrift zu liefern. Susan erklärte sich bereit, zusammen mit Ernie, ins Gefängnis zu gehen, um George die Schriftproben anfertigen zu lassen. Sie ging mit einem Sheriffabzeichen am Gürtel zur Pforte und über den grasbewachsenen Hof zum Besucherbereich.

Mit jedem Schritt, der Susan dem Besucherzimmer näherbrachte, wuchs ihre Anspannung. Sie sagte sich, daß sie gar nicht nervös zu sein brauchte; sie tat ja nur ihre Pflicht und schloß wieder einen Fall ab. Susan wußte aber, daß es nicht so einfach war, und sie fragte sich: Wie würde George reagieren, wenn sie hereinkam? Würde er toben und sie des Verrats bezichtigen? Sie war darauf gefaßt und hoffte in gewisser Weise, daß es so kommen würde. Wenn George wütend würde, könnte sie entsprechend reagieren. »Sie sind derjenige, der wegen lauter Musik eine ganze Familie vergiftet hat, und jetzt sind Sie auf mich wütend!« könnte sie sagen.

Als sie um die Ecke kam, sah sie George mit seinem Rechtsanwalt in einer Glaskabine sitzen. Nachdem sie eingetreten war, schaute George auf. Er sah Susan erfreut an und lächelte.

»Mr. Trepal«, sagte Susan, »ich bin Special Agent Susan Goreck vom Sheriff's Office. Wir sind hier, um Ihnen diesen Gerichtsbeschluß zu übergeben und Schriftproben anfertigen zu lassen.«

Das Lächeln wich nicht eine Sekunde lang aus seinem Gesicht. George nahm den Stift und schrieb: »Ultraschall hat auf den Menschen eine irritierende Wirkung ...« Sein Gesichtsausdruck änderte sich nicht, seine Gefühle blieben verborgen. Als Susan seine Hand anschaute, bemerkte sie allerdings, daß sie zitterte.

Sie können versuchen, es zu verbergen, dachte sie. Aber es ist da.

Als Trepal fertig war, lächelte er erneut und überreichte Susan die Schriftprobe. Er drückte seinen Finger auf ein Stempelkissen und dann auf ein Blatt Papier, um die Abdrücke zu liefern, die ebenfalls per Gerichtsbeschluß von ihm verlangt wurden. Als Susan sich zum Gehen wandte, rief er fröhlich: »Wiedersehn!«

So etwas hatte Susan noch nie erlebt. Die meisten Kriminellen explodieren, wenn sie merken, daß sie von einem verdeckten Ermittler reingelegt wurden. »Sie haben mich belogen!« sagen sie. »Das dürfen Bullen nicht tun!« George hatte sich ganz anders aufgeführt. Er hatte so getan, als wäre ihr Dienstgang ein Besuch gewesen, ein erstes Zusammentreffen, bei dem er einen guten Eindruck machen wollte. Beim Verlassen des Gefängnisses sagte Susan zu Ernie: »Wie hat er das bloß fertiggebracht?«

Ernie lachte und zündete sich eine Zigarette an. Dann sagte er: »Ich habe keine blasse Ahnung.«

Susan fiel ein, daß George ja nie mit den normalen Verhaltensmustern übereingestimmt hatte. Wieso sollte sich das jetzt ändern?

Nach Peggy Carrs Tod trauerten ihre Kinder auf unterschiedliche Weise. Allen floh vor seinem Kummer, indem er auf sein Motorrad stieg und den Tacho bis auf hundertneunzig Stundenkilometer hochjagte. Er fuhr so schnell, daß eine sandige Stelle ausgereicht hätte, um sein Motorrad außer Kontrolle geraten zu lassen. Und dann wäre er gegen einen Baum oder vor einen entgegenkommenden Laster geschleudert worden. Allen erhielt einen Strafzettel nach dem anderen, bezahlte sie aber nicht. Dann wurde ihm der Führerschein entzogen. Auch das war ihm egal; er raste weiter durch die Gegend. Schließlich wurde es einem Richter zu bunt; er verurteilte Allen zu 32 Tagen Gefängnis.

Das war im Sommer 1990, als sich Staatsanwaltschaft und Verteidigung auf den Mordprozeß gegen George Trepal vorbereiteten. Allen erfuhr von Trepals Verhaftung, machte sich aber aus irgendeinem Grund keine Gedanken darüber, wo der Mann, der den Giftanschlag auf seine Familie verübt hatte, in Haft saß. Er sollte eine Überraschung erleben.

Allen saß mit einigen anderen Gefangenen in einer Zelle. Eines Tages hörte er, daß draußen etwas los war. Er ging an die Gitterstäbe, schaute hinaus und sah, wie Gefängnisbeamte mit Handschellen gefesselte Häftlinge in die auf der anderen Seite des Korridors gelegene Durchgangszelle führten. Die meisten von diesen Häftlingen lachten, weil sie froh waren, daß sie aus ihren Käfigen herausgekommen waren, auch wenn sie nur für eine Weile in die Durchgangszelle gelangten und dann vor Gericht erscheinen mußten.

Einer von ihnen lachte nicht. Der Mann mit der blassen Haut und dem struppigen Bart lehnte sich in der Lotusposition an eine Wand und kritzelte etwas in ein Notizbuch. Die Brille mit den dicken Gläsern, die auf seiner Nasenspitze saß, machte Allen stutzig. Er starrte den schweigenden Mann an und war zuerst überrascht und dann wutentbrannt, als er ihn wiedererkannte. Allen sagte zu einem seiner Zellengenossen, einem großen, mageren Kerl namens Stretch: »Komm mal einen Moment zu mir.«

Allen zeigte auf den schreibenden Häftling: »Ich kenne diesen Mann. Frag' ihn mal, ob er George heißt.«

Stretch erkundigte sich nicht lange nach dem Grund. Er rief: »He, du!«

Der Häftling mit der Brille schaute kurz auf und wandte sich wieder seinem Notizbuch zu. Stretch rief den Gefangenen, die sich bei George aufhielten, zu: »He! Ich will was von dem Typ da!«

Einer der Männer berührte Trepal an der Schulter. »Hab' ich dich nicht schon mal gesehen?« rief Stretch ihm zu.

»Du heißt George, nicht wahr?«

George nickte leicht mit dem Kopf, sagte jedoch nichts, sondern beschäftigte sich wieder mit seinen Notizen. Stretch wandte sich Allen zu. »Das ist George. Woher kennst du ihn denn?«

»Er hat meine Mutter umgebracht«, sagte Allen.

»Tatsächlich?« fragte Stretch ungläubig.

»Hast Du ihn nicht in den Fernsehnachrichten gesehen? Das ist George Trepal.«

Allen kam sich wie ein eingesperrtes Tier vor. Die Wut brachte sein Gesicht zum Glühen. Er packte die kalten Gitterstangen, die ihn von dem Mordverdächtigen trennten. Was sollte er machen? Konnte er denn überhaupt etwas tun?

»Verdammt noch mal«, sagte Stretch. »Der soll uns kennenlernen.«

»Wie soll ich denn an ihn rankommen?« fragte Allen.

Stretch rief einen Gefängniswärter zu sich. »Der Junge hier möchte in die Durchgangszelle rüber.«

»Wieso denn?« fragte der Wärter.

»Er möchte mit seinem Anwalt sprechen.«

Der Wärter lehnte ab, weil ihm die Sache nicht recht geheuer vorkam. Stretch hatte aber bereits einen anderen Einfall.

»Verabreiche ihm eine Dusche!« sagte er zu Allen.

»Wie bitte?«

»Du pinkelst einfach in eine Tasse und übergießt ihn damit.«

Während George sich weiterhin in sein Notizbuch vertiefte, gab Stretch den anderen Häftlingen durch Zeichen zu verstehen, daß sie von ihm wegbleiben sollten. Allen kam mit einer uringefüllten Tasse hinter einem Vorhang hervor. Die Häftlinge wurden von Gefängnisbeamten aus der Durchgangszelle geholt. Auf dem Weg zum Gericht kamen sie an Allens Zelle vorbei. Als George vorbeiging, übergoß Allen ihn mit Urin. Die warme, goldgelbe Flüssigkeit rann ihm über die Lippen und durchnäßte seinen Bart, tropfte an ihm hinunter auf den Boden.

Die Wärter rannten herbei. Bevor sie Trepal wegschaffen

konnten, sah Allen seinem früheren Nachbarn in die Augen. George schaute verwundert drein, als wüßte er nicht recht, war der Angreifer von ihm wollte. »Sie wissen genau wer ich bin!« zischte Allen durch seine zusammengebissenen Zähne hindurch.

Am 8. September 1990 betrat Trepals Frau das Gefängnis und mußte sich wie alle Besucher abtasten lassen. Auf diese Weise sollte sichergestellt werden, daß keine Messer, Feilen oder sonstige Gegenstände in die Haftanstalt gelangten, mit deren Hilfe Gefangene möglicherweise hätten ausbrechen können. Die Prozedur war für alle Beteiligten unangenehm, doch sie war notwendig. Diana hatte sie in den fünf Monaten seit Georges Verhaftung zur Genüge kennengelernt.

Nancy Chovan, eine neunundzwanzigjährige Gefängnisbeamtin, begann um 7.15 Uhr mit der Durchsuchung von Diana. »Öffnen Sie bitte den Mund«, sagte sie zuerst. Als sie dort nichts entdeckte, wandte sie die übliche Prozedur an und tastete Diana nach versteckten Gegenständen ab. Das schloß die Brüste mit ein, die ein Versteck für kleine Waffen sein konnten.

Diana schwieg während der Durchsuchung, doch ihre innere Anspannung nahm immer mehr zu. Als Nancy Chovan ihre Aufgabe erledigt hatte, explodierte Diana. »Hören Sie mal, sind Sie lesbisch?« schrie sie und starrte die Beamtin erbost an.

Nancy Chovan war einen Moment sprachlos und sagte dann: »Nein!«

Diana fuhr sie an: »Was würden Sie dazu sagen, wenn jemand an Ihren Titten herumfummelte?«

Jane Ann Johnson, eine andere Besucherin, war eben durchsucht worden und hielt sich in der Nähe auf, als Diana ihren Wutanfall hatte. Sie sah, wie Diana die Beamtin gegen eine Wand drückte und nach ihrem Busen griff, und hörte wie Nancy Chovan aufschrie, wie sie der Angreiferin beteuerte: »Ich habe doch nur meine Pflicht getan!«

Als die Beamtin sich wieder gefaßt hatte, wies sie Diana an, den Besucherbereich zu verlassen. Diana weigerte sich, bestand darauf, ihren Mann zu treffen, und ging auf das Besuchertor zu.

»Das kommt nicht in Frage«, sagte Nancy Chovan. »Verlassen Sie sofort den Bereich.«

»Ich besuche jetzt meinen Mann«, beharrte Diana.

»Dann werde ich meine Vorgesetzte rufen. Warten wir mal ab, was sie dazu sagt.«

Die Aufsichtsbeamtin teilte Diana mit, sie habe sich eines Vergehens schuldig gemacht. Als Diana sich beruhigt hatte, entschuldigte sie sich für den Vorfall und versprach, daß so etwas nicht wieder vorkommen werde. Sie setzte sich dennoch am selben Tag mit dem Rechtsanwalt Dabney L. Conner in Verbindung, der in der Kanzlei von Jonathan Stidham tätig war und zu Trepals Verteidigerteam gehörte. Conner setzte folgendes Schreiben auf, das an Sheriff Crow adressiert war:

Dr. Diana Carrs Ehemann sitzt seit etwa fünf Monaten im Gefängnis von Polk County in Untersuchungshaft. In dieser Zeit hat ihn Dr. Carr an jedem Samstag sowie an zahlreichen Sonntagen besucht. Dr. Carr hat mir gegenüber schon bei früheren Gelegenheiten betont, die von einer bestimmten (nachfolgend genannten) Person vorgenommenen Leibesvisitation seien ›zudringlich‹. Sie entwarf in diesem Zusammenhang einen Beschwerdebrief an das Sheriff's Office, schickte das Schreiben jedoch nicht ab.

Heute ereignete sich folgendes: Ein Wärter, der anstelle des sonst anwesenden Beamten Dienst tat, untersuchte ein Buch, das Dr. Carr für ihren Ehemann mitgebracht hatte. Dabei sagte er in anmaßendem Ton: ›Hier bestimme ich! Was ich sage, gilt! Ich habe eine grüne Uniform an und kann alles so regeln, wie es mir paßt.‹ Der Wärter machte sodann einige abfällige Bemerkungen über das betreffende Buch (ein Werk über das Schachspiel).

Es kam noch schlimmer. Nach Angaben meiner Mandantin wurde wenige Minuten danach von einer Wärterin namens Chovan eine Leibesvisitation vorgenommen. Die Wärterin soll dabei mehr als nötig die Brust von Dr. Carr abgetastet haben. Meine Mandantin, die darüber sehr befremdet war, fragte Ms. Chovan, ob sie lesbisch sei. Ms. Chovan lachte Dr. Carr aus, und Dr. Carr griff daraufhin der Wärterin an die Brust.

Ms. Chovan holte ihre Vorgesetzte herbei. Diese redete mit Dr. Carr und der Wärterin, und nach einer Weile beruhigte sich die Situation. Mehrere andere Besucherinnen, die sich dort aufhielten, ärgerten sich jedoch über die Verzögerung und drohten Dr. Carr, sie würden ihr das später auf dem Parkplatz heimzahlen. Diese Drohungen wurden aber nicht wahrgemacht.
Dr. Carr ist sehr aufgebracht, weil die Leibesvisitationen über jedes vernünftige Maß hinausgingen … Ich erbitte von Ihnen die Zusicherung, daß man Dr. Carr respektvoll behandeln wird, wenn sie ihrem Ehemann am kommenden Samstag erneut einen Besuch abstattet.

Conner ließ das Schreiben drei Tage nach dem Vorfall durch einen Boten zustellen. Der Sheriff antwortete am selben Tag mit einer knappen Schreiben, in dem er Diana Carr informierte, daß sie bis auf weiteres keine Besuche im Gefängnis machen dürfe. Drei Wochen danach wurde sie wegen Tätlichkeiten gegen die Strafvollzugsbedienstete angeklagt.

Aguero erhielt von dem Häftling Edwin S. Zarr einen Brief. Zarr schrieb, daß er Trepal im Gefängnis beim Schachspielen kennengelernt habe, und daß dieser viel über das, was mit seinen Nachbarn passiert war, geredet habe. Etwa zum selben Zeitpunkt erhielt der Kriminalbeamte Ernie Mincey wiederholt Anrufe von Zarr, in denen er behauptete, er habe ›etwas Wichtiges mitzuteilen‹.

Ernie und Susan besuchten Zarr im Gefängnis. Er erzählte ihnen, daß Trepal über Peggy Carr und ihre Familie geschimpft und nicht nur über laute Musik, sondern auch über laute Parties, eingeschlagene Fenster und herumliegenden Müll geklagt habe. Zarr sagte, George habe ihm anvertraut, er habe mit den Nachbarn nicht vernünftig reden können und sei der Meinung gewesen, daß sie wegziehen müßten. Er habe alles versucht, um sie zum Wegziehen zu bewegen.

Zarrs Angabe zufolge hatte George gesagt, die Nachbarn seien mit einem Metallreinigungsmittel vergiftet worden, das jemand in Coca-Cola-Flaschen geschüttet hatte. Zarr sagte, er habe Trepal ›nur so zum Spaß‹ gefragt, wer denn der

Täter gewesen sei. George habe erwidert, die Polizei habe fünfzehn Monate lang ermittelt, und dann habe sie ihn verhaftet. Die Polizei verfüge über kein stichhaltiges Beweismaterial, und der Prozeß würde ›mit einem Freispruch enden‹.

Er komme mit George im allgemeinen gut aus, sagte Zarr, aber eines Tages sei er ihm auf die Nerven gegangen . Er habe ein Wörterbuch von George ausgeliehen und es dann mit aufgeklapptem Schutzumschlag zurückgegeben. George sei darüber in Wut geraten. Leute wie ihn müsse man umbringen, habe er zu ihm gesagt.

Als der Prozeßtermin näher rückte, bemühten sich Staatsanwaltschaft und Verteidigung, den jeweiligen Gegner daran zu hindern, daß er seine schärfste Munition in den Gerichtssaal mitbrachte.

Bei Scharmützeln wurden komplizierte juristische Überlegungen angestellt, doch im Grunde ging es um folgendes: Die Rechtsanwälte wollten verhindern, daß die Geschworenen Dinge zu hören bekamen, die für George abträglich waren, aber keinen direkten Bezug zu dem Tatvorwurf hatten; Aguero hingegen wollte die Verteidigung daran hindern, Dinge ins Spiel zu bringen, die die Polizei diskreditieren und seiner Beweisführung schaden würden.

Unter dem Vorsitz von Richter Maloney gab es für jede der beiden Parteien einige Siege und einige Niederlagen. Trepals Verteidiger erreichten, daß viele Sachverhalte nicht näher untersucht wurden. Dazu gehörten:

- die Verstecke, die Trepal in Alturas und Sebring angelegt hatte sowie ›alle Hinweise auf Bondage, Folter, Masochismus und ungewöhnliche Sexualpraktiken‹.
- die meisten von David Warrens Bemerkungen über Trepals Konsum von illegalen Drogen, über das Verabreichen rauschgifthaltiger Plätzchen an eine Fremde, über das Einleiten von Tränengas in die Wohnung eines Nachbarn sowie über die mit Amphetaminen überzogenen Makkaroni und die halluzinogenen Drogen auf Türgriffen.
- manches von dem, was George während der verdeckten Ermittlung zu *Sherry* gesagt hatte: daß sie ihren Mann er-

pressen könnte, daß sie mit dem Verkauf von Drogen Geld verdienen könnte; daß er ihr helfen könne, ihre Identität zu wechseln und zu verschwinden, daß sie ihm LSD beschaffen solle, und daß er herausfinden wollte, wie Systeme funktionierten, damit er sie dann mißbrauchen könnte. Diese Bemerkungen waren zwar bezeichnend für seinen Charakter, doch die Verfahrensvorschriften des Bundesstaates Florida erlaubten es nicht, sie vor Gericht zu verwenden, da der direkte Bezug zu dem Giftanschlag fehlte.

Als unzulässig bezeichnete der Richter ferner:

- Behauptungen des Inhalts, daß George seine Frau mißhandelt und ihrem Hund Valium verabreicht habe, daß er sie mit seinen Wutausbrüchen zur Flucht veranlaßt habe, und daß er einen Weihnachtsbaum zerschmettert habe.
- Anspielungen auf den mysteriösen Tod von Pye Carrs Hund, bei dem die Polizei den unbewiesenen Verdacht hatte, daß er auf eine Thalliumvergiftung zurückzuführen sei.
- Verdachtsmomente, daß Trepal ein Spanner gewesen sei, der Peggy Carrs Haus mit dem Fernglas beobachtet und obszöne Anrufe gemacht habe.
- Die Angaben eines *Mensa*-Mitglieds, daß Trepal die Verwendung von Gift vorgeschlagen habe, um eine lästige Katze loszuwerden.
- Erkenntnisse, die von dem FBI-Verhaltensforscher Bill Hagmaier stammten. Obwohl Hagmaiers Täterprofil überaus zutreffend gewesen war und Susan sehr geholfen hatte, George zu fangen, entschied der Richter, solche Techniken seien nicht objektiv genug, um sie einer Jury zu unterbreiten.
- Verweise auf die Worte ›Hilfe! Wir werden umgebracht!‹, die die Polizei in dem Haus in Sebring an der Wand eines Schränkchens gefunden hatte. (Trepals Verteidiger hatten vorgebracht, diese Inschrift sei vermutlich vor dem Einzug von George und Diana angebracht worden.)
- Aussagen über Trepals Interpretation des Buddhismus.

Ein Außenstehender hätten meinen können, der Richter habe die Beweisführung der Staatsanwaltschaft demontiert. Aguero war aber keineswegs besorgt, er hatte immer noch genügend Munition. Richter Maloney hatte ihm folgendes zugebilligt:

- er durfte den Geschworenen ein Foto von Peggy Carrs Leichnam zeigen.
- er durfte ihnen erzählen, daß Trepal sich über Pye und seine Familie abfällig geäußert und gedroht hatte, den Jungen etwas anzutun.
- er durfte auf Trepals Vorstrafe wegen Herstellung von Drogen Bezug nehmen und darlegen, daß er Thallium zur Herstellung von Amphetaminen verwendet haben könne.

Aguero gelang es außerdem, den Richter davon zu überzeugen, daß der Prozeß in Polk County stattfinden sollte. Die Verteidigung hatte vorgebracht, ein fairer Prozeß sei dort durch das übergroße Medieninteresse in Frage gestellt. Trepals Anwälte hatten sich sogar an den Obersten Gerichtshof des Bundesstaates Florida gewandt und die Ablösung von Maloney verlangt, weil dieser bei der Anhörung Voreingenommenheit gezeigt habe. Der Richter habe sich zu der Bemerkung verstiegen, die Beweise für Trepals Schuld seien ›fast überwältigend‹. Der Gerichtshof kam zu dem Schluß, daß Maloney für einen fairen Prozeß sorgen werde und lehnte den Antrag ab.

Richter Maloney schloß die letzte Anhörung vor Prozeßbeginn mit den Worten: »Wir fangen drunten im Gerichtssaal Nummer 1 um neun Uhr an.«

5

Peggy Carrs Sohn Allen traf frühzeitig im Gerichtsgebäude ein, um ja einen guten Platz zu bekommen. Vor dem Saal warteten schon viele Menschen, die die Eröffnungsplädoyers des Prozesses hören wollten. Allen war zwar ein Mitglied der Familie, auf die der Angeklagte einen Giftanschlag verübt hatte, unterschied sich aber mit seinen Jeans und dem unauffälligen Rollkragenpullover nicht von den anderen. Er wollte keine Aufmerksamkeit auf sich ziehen. Auf diesen Moment hatte er schon lange gewartet: daß er sich mit George Trepal in einem Raum aufhielt, ohne daß sie durch Gitterstäbe voneinander getrennt wurden.

Allen ging durch die mit italienischem Marmor ausgekleidete Vorhalle und durchschritt den Metalldetektor, mit dessen Hilfe Leute ausfindig gemacht werden sollten, die eine Schußwaffe oder ein Messer in den Gerichtssaal schmuggeln wollten. Das Gerät gab keinen Ton von sich, als Allen hindurchging. Das bedeutete jedoch nicht, daß er über keinerlei Waffen verfügte. Der junge Mann besaß in Kung-Fu den Schwarzen Gürtel und konnte einen Menschen mit bloßen Händen töten. Seit Monaten hatte Allen in Gedanken dieselbe Szene immer wieder durchgespielt: Trepal schaut zu einen Opfern herüber, und er selbst springt über die Absperrung, packt den Kerl und zerschmettert seine Luftröhre. Bevor jemand eingreifen kann, hat George seinen letzten Atemzug getan.

Allen ging in den Gerichtssaal und machte sich mit den Gegebenheiten vertraut: eine gewölbte Decke, die von mächtigen Säulen getragen wurde; ein dunkelroter Bodenteppich; überall Gerichtsdiener, die breitbeinig und mit gefalteten Händen dastanden. Sein Blick wanderte zum vorderen Teil des Saales. Dort hatten die Vertreter der Staatsanwaltschaft und die Verteidiger Platz genommen; sie bereiteten gerade ihre Unterlagen aus. Allen nahm auf der linken Seite des Saales Platz, vier Reihen von der Stelle entfernt, an der George sitzen würde.

Die Zuschauer ließen sich auf den hellbraunen Bänken nieder und füllten den Saal mit ihrem Getuschel. Dann trat Stille ein. Allen schaute sich um und sah, daß George von zwei Gerichtsbeamten hereingeführt wurde. Er trug keine Handschellen, dafür aber einen Notizblock und einen Bleistift. Nachdem er sich zu seinen Verteidigern gesetzt hatte, flüsterte er ihnen etwas zu.

Es ist soweit, dachte Allen. Er saß jedoch wie erstarrt da, weil ihm Ernie Minceys Warnung wieder in den Sinn kam. Allen hatte dem Kriminalbeamten von seinen Rachefantasien erzählt, und Ernie hatte ihn beschworen, dem Drang zu widerstehen, und wenn er noch so stark sei. Sonst werde Allen genauso enden wie Trepal. Er würde im Gefängnis dessen Platz einnehmen, aber Peggy würde dadurch nicht lebendig werden. »Vertrauen wir lieber darauf, daß die Gerechtigkeit ihren Lauf nimmt«, hatte Ernie gesagt.

Allen saß da und zitterte insgeheim. Cissy, die sich neben ihren Bruder gesetzt hatte, drückte ihre Hand auf seinen Arm und flüsterte: »Schau ihn nicht an!«

»Er hat keine Angst, uns anzuschauen«, sagte Allen und wies mit dem Kopf auf Trepal. Der Angeklagte hatte sich umgewandt und blickte in ihre Richtung; auf seinen Lippen erschien ein dünnes Lächeln.

Die zwölf Geschworenen betraten den Saal. Sie waren von der Verteidigung und der Staatsanwaltschaft aus einem Kontingent ausgewählt worden, das ursprünglich 85 im Bezirk ansässige Bürger umfaßt hatte. Die vier Frauen und acht Männer der Jury kamen aus unterschiedlichen Berufen; der *Tampa Tribune* zufolge handelte es sich um einen Landwirtschaftsexperten, eine Postangestellte, eine Lehrerin, einen Ingenieur im Ruhestand, einen früheren Textilvertreter, eine Kosmetikerin, einen Elektronikfachmann, eine Physiotherapeutin, einen Mechaniker, einen Kommunikationsexperten, einen Computergrafiker und einen Wachmann im Ruhestand. Die Geschworenen hatten wenig gemeinsam; was sie einte, war das Versprechen, das Beweismaterial sorgfältig zu prüfen und zu einem unparteiischen Urteil zu gelangen.

Waren die Geschworenen die Zuschauer des Dramas, das im Gerichtssaal 1 über die Bühne gehen sollte, so betrachtete Staatsanwalt John Aguero sich als dessen Regisseur. Er wollte, daß die Geschworenen in ihm den Mann sahen, der die Bühne aufbaute, das Geschehen lenkte und sie zur Wahrheit führte. An seinem Eröffnungsplädoyer hatte Aguero wochenlang gefeilt. Er war mitten in der Nacht aufgewacht, weil ihm die Sätze durch den Kopf gingen. Diese hatte er auf Zetteln niedergeschrieben, die jetzt vor ihm auf dem Podium lagen. Als Richter Maloney mit dem Kopf nickte, schob Aguero das Podium zur Geschworenenbank hinüber, bis er keine zwei Meter von ihr entfernt war, dann zeigte er mit dem Finger auf George Trepal. Seine Stimme füllte den Gerichtssaal.

»Diese Geschichte handelt von einem Mann namens George Trepal«, begann Aguero. »Einem Mann, der meinte, er sei so klug, daß er einen Mord begehen und ungestraft davonkommen könne.«

Der Staatsanwalt schilderte die Begleitumstände des Falles: »Peggy und Pye Carr hatten geheiratet und waren samt ihren Kindern in ein Haus bei Alturas gezogen, das an einem Hang liegt. Die Teenager drehten ihre Autoradios gern auf volle Lautstärke, doch den Nachbarn George Trepal und Diana Carr gefiel dies nicht. Ende Oktober 1988 wurde Peggy von der erbosten Diana wegen des Lärms zur Rede gestellt. Und tags darauf klagte Peggy Carr über Schmerzen in der Brust.«

Peggy sei ins Krankenhaus eingeliefert worden, und die Ärzte hätten festgestellt, daß sie mit einem seltenen Schwermetall namens Thallium vergiftet worden war. »Nachdem ihr Sohn Duane und ihr Stiefsohn Travis ebenfalls schwer erkrankt waren, gelang es der Polizei, das Thallium in einem Achterkarton Cola ausfindig zu machen«, berichtete Aguero. »Die Mitarbeiter des FBI-Labors werden bestätigen, daß jede dieser Flaschen eine potentiell tödliche Dosis Thallium enthielt. Ein halbes bis ein Gramm Thallium reicht aus, um einen 70 Kilo schweren Menschen umzubringen. Sie werden hören, daß Peggy Carr zum Zeitpunkt ihres Todes etwa 48 Kilo wog.«

Der Polizei sei es nicht leichtgefallen, Peggy Carrs Mörder zu finden, teilte Aguero der Jury mit. Drei Monate vor dem Giftanschlag habe die Familie einen anonymen Drohbrief erhalten. »Der Mörder wählte ein Gift, das den Geschmack und die Farbe des Getränks nicht beeinflußte«, fuhr Aguero fort. »Er ging so sorgfältig vor, daß die Ermittler keine Fingerabdrücke und keine äußeren Beeinträchtigungen finden konnten. Das war nicht das Werk eines Amateurs, sondern eines erfahrenen Kriminellen.«

Die Polizei habe eine Reihe von Verdächtigen unter die Lupe genommen, teilte der Staatsanwalt den Geschworenen mit. Doch erst zwei Monate nach Peggys Erkrankung habe die Polizei mit dem nächsten Nachbarn gesprochen, mit George Trepal. Die Kriminalbeamten hätten sofort Verdacht geschöpft, und daraufhin habe eine Beamtin den Auftrag erhalten, verdeckte Ermittlungen anzustellen und sich zu diesem Zweck mit Trepal anzufreunden. Diese Beamtin habe Trepals Haus durchsucht und ein wichtiges Beweisstück entdeckt: ein Fläschchen mit Thallium. Bei einer Durchsuchung im neuen Zuhause von George Trepal seien ebenfalls interessante Dinge gefunden worden, darunter die von ihm zusammengestellten *Anleitungen für die Verwendung von Gift* und Agatha Christies Krimi *Das fahle Pferd,* in dem es um Giftmord mit Thallium gehe.

Aguero kam zu folgenden Schluß: »Wenn Ihnen die Beweismittel vorgelegt werden, dann werden Sie sicherlich zu der Überzeugung gelangen, daß Mr. Trepal die Person ist, die das Coca-Cola vergiftete.«

Jonathan Stidham war nicht der einzige Verteidiger von George Trepal. Zu seinem Team gehörte auch sein 61 Jahre alter Vater Wofford Stidham und ein weiterer altgedienter Anwalt, nämlich der bereits vorher genannte Dabney Conner. Alle drei waren in Polk County aufgewachsen, und jeder von ihnen sollte eine besondere Aufgabe übernehmen.

Jonathan Stidham sprach von seinem Vater als seinem ›alten Daddy‹, und Stidham senior gefiel sich in der Rolle des vornehmen Südstaaten-Anwalts. Im Gegensatz zu ihm sollte Jonathan Stidham eine aggressive Rolle spielen. Der Einunddreißigjährige, der gleich nach dem Studium in die Kanzlei seines Vaters eingetreten war, sollte die gefährlichsten Zeugen der Staatsanwaltschaft ins Kreuzverhör nehmen. Das Team wurde durch den dreiundfünfzigjährigen Conner abgerundet, der über fundierte Chemiekenntnisse verfügte und für die fachspezifischen Dinge zuständig sein sollte.

Wofford Stidham hatte die Kandidaten für das Geschworenenamt in dem wochenlange Auswahlverfahren befragt; sein Sohn sollte das Eröffnungsplädoyer halten.

»Guten Morgen, meine Damen und Herren«, begann Jonathan Stidham und ging auf die Geschworenenbank zu. »Mein alter Daddy hat mit Ihnen lange geredet, und jetzt bin ich an der Reihe.« Er sagte, die Polizei gehe von der irrigen Annahme aus, sie habe den Fall als erledigt betrachten können, indem sie sich ganz auf George Trepal konzentrierte. Die Ermittler wären jedoch besser beraten gewesen, wenn sie sich weiterhin mit Pye Carr befaßt hätten, der ihnen im Anfangsstadium verdächtig erschienen war.

Stidham sagte: »Die Schwierigkeiten fingen an, als Pye und Peggy geheiratet hatten und mit ihren jeweiligen Kindern unter einem Dach zusammenwohnten. Die Teenager vertrugen sich nicht. Peggys Kinder behaupteten, sie würden von Peggy ungerecht behandelt. Und die Ehe ging mit der Zeit in die Brüche.«

Der Anwalt erinnerte dann an die Woche vor Peggys Erkrankung. »Pye Carr machte Urlaub. Er nahm die ganze Woche frei. Am Donnerstag ging er auf einen Jagdausflug, von dem er erst am Sonntag zurückkehrte. Während seiner Abwesenheit passierte etwas Seltsames: Peggy wurde sehr krank. Cissy bat ihren Vater am Sonntagnachmittag inständig: ›Pye, bitte bring Mama ins Krankenhaus. Sie braucht ärztliche Behandlung.‹ Er antwortete: ›Ach, nein. Meine Schwester wird herüberkommen und nach ihr schauen.‹ Als Pye seine Frau schließlich doch noch ins Krankenhaus schaffte, konnten die Ärzte nichts mehr für sie tun.«

Beamte der Gesundheitsbehörde hätten Pyes Schuppen durchsucht und dort eine Whiskeyflasche gefunden, die eine Art Pestizid enthielt. Um was für ein Pestizid es sich dabei gehandelt habe, sei von den Beamten nicht zu erfahren gewesen. »Sie haben es nämlich gar nicht untersucht«, sagte Stidham. »Als die Beamten Pyes Erlaubnis für die Durchsuchung der Wohnung hinter dem Haupthaus haben wollten, sagte dieser: ›In die Garagenwohnung können Sie nicht rein, weil ich keinen Schlüssel habe.‹ Als Behördenvertreter dann endlich Zugang erhielten, fanden sie im Abflußrohr unter einem Ausguß Spuren von Thallium.«

Zu Beginn habe zumindest ein Ermittler in Pye einen Hauptverdächtigen gesehen, sagte Trepals Verteidiger. Der Kriminalbeamte Paul Schaill, der hinzugezogen worden sei, habe mit dem Fall nur wenige Wochen lang zu tun gehabt, doch sei er sehr gründlich vorgegangen. »Er stellte hochinteressante Dinge fest«, verkündete Stidham. »Zum Beispiel, daß sich die Ehe von Pye und Peggy kurz vor dem Giftanschlag in einer schweren Krise befand.«

»Manche der Probleme waren auf die Spannungen zwischen den Kindern zurückzuführen«, sagte der Anwalt. »Peggy machte jedoch noch etwas anderes zu schaffen. Sie hatte den Verdacht, daß Pye sie betrog.«

»Als der Fall noch keinen Monat alt war, wurde Schaill abgezogen, und Ernie Mincey hatte allein das Sagen«, teilte Stidham den Geschworenen mit. »Dann wurde festgestellt, daß das Thallium aus Cola-Flaschen stammte. Man kam rasch zu dem Schluß, daß das Gift nicht auf dem Weg zu einem Lebensmittelgeschäft in oder bei Alturas in die Flaschen gelangt sein könne, ohne daß man diese Möglichkeit genau überprüft hatte. Man konnte uns nicht mitteilen, in welches Lagerhaus die Flaschen transportiert und an welche Einzelhandelsgeschäfte sie ausgeliefert worden waren.«

Stidham Junior fuhr fort: »Der Kriminalbeamte Mincey strich Pye Carr und die Verantwortlichen der Abfüllanlage schnell von der Liste der Verdächtigen und war dafür ganz erpicht darauf, einem Mann die Schuld zuzuschieben, dessen schlimmstes Verbrechen darin bestand, daß er etwas exzentrisch ist. Am 22. Dezember 1988 sprach Mincey mit George Trepal. Und weil sich Trepal bei diesem Gespräch merkwürdig benahm, wurde er zum Hauptverdächtigen, obwohl man die anderen Spuren noch längst nicht ausreichend verfolgt hatte. Von diesem Tag an wurde nur noch gegen ihn ermittelt.«

Als die Ermittlung verdeckt fortgeführt worden sei, habe

man Dinge entdeckt, die Trepal angeblich belasteten. Etwa, daß er Krimi-Wochenenden veranstaltete. Und in seiner mit Gerümpel vollgestopften Werkstatt habe man ein Fläschchen mit Thallium gefunden. »Doch selbst nach der Verhaftung von George Trepal gelang es der Polizei nicht, ihn zu überführen«, sagte Stidham. »Man versuchte, ihn mit dem Thalliumfläschchen in Verbindung zu bringen, fand jedoch keine Fingerabdrücke. Man versuchte zu beweisen, daß George das Gift gekauft hatte, stieß jedoch auf keine entsprechende Unterlagen. Die Polizei untersuchte Briefpapier und Schreibmaschinen, um ihn mit dem Drohbrief in Verbindung zu bringen, konnte aber keinen Zusammenhang entdecken. Sie fand keinerlei konkrete Hinweise, die Trepal mit dem Fall in Verbindung brachten.«

»Die Polizei und die Staatsanwaltschaft haben die Angelegenheit trotzdem weiter vorangetrieben«, fuhr der Verteidiger fort. »Aber sie sind letzten Endes nicht diejenigen, die entscheiden werden, ob George Trepal wirklich schuldig ist. Diese Entscheidung liegt bei einer Gruppe unparteiischer Bürger. Ihre Aufgabe ist es, erwiesene Tatsache und fadenscheinige Verdächtigungen auseinanderzuhalten. Es gibt eine Schlußfolgerung, die Ihnen sehr wohl einleuchten dürfte«, sagte Stidham zu den Geschworenen. »Mr. Trepal hat es nicht getan.«

Als John Aguero am folgenden Morgen vor sein Haus trat, um die Zeitung zu holen, schaute er links und rechts die Straße entlang. Er hatte schon früher Mordverdächtige zur Anklage gebracht, aber keiner hatte ihm solche Angst eingejagt wie George Trepal, der so cool, so berechnend, so völlig frei von Gewissensbissen zu sein schien. Wer wußte, ob Trepal nicht jemanden beauftragt hatte, den Staatsanwalt niederzuschießen oder die Lebensmittel seiner Familie zu vergiften? Aguero sagte zu seiner Frau: »Wenn du im Haus etwas siehst, das du deiner Erinnerung nach nicht gekauft hast, dann wirf es weg!«

Für Aguero gab es genügend andere Dinge, über die er sich den Kopf zerbrechen mußte. Die Geschworenen hatten bei den Eröffnungsplädoyers zwei völlig gegensätzliche Darstellungen gehört. An diesem Morgen würde man damit anfangen, ihnen Beweise vorzulegen, aufgrund deren sie entscheiden sollten, welche Darstellung für sie glaubhafter war. Der Anklagevertreter würde seine Beweisführung zuerst vortragen, und dann hätten Trepals Anwälte Gelegenheit, die Zeugen des Staatsanwalts ins Kreuzverhör zu nehmen. Später hätte die Verteidigung die Möglichkeit, Beweise vorzulegen und Zeugen aufzubieten. Möglicherweise käme sogar Trepal in den Zeugenstand.

Agueros erste Zeugin war Rita Tacker, die Arbeitskollegin von Peggy, die mit ihr eng befreundet gewesen war. Der Staatsanwalt wußte, daß Rita auch eine erstklassige Zeugin der Verteidigung abgeben konnte, wenn man ihr die Gelegenheit dazu gab. Peggy hat ihr von den Problemen mit Pye erzählt, und Rita war davon überzeugt, daß Pye seine Frau umgebracht hatte. Aguero wollte nichts von ihren Verdächtigungen wissen; Ritas Aussage sollte lediglich dazu dienen, den Geschworenen einen Eindruck von Peggy und ihrer Erkrankung zu vermitteln. Der Staatsanwalt befürchtete jedoch, daß Rita im Kreuzverhör dazu gebracht werden könnte, gegen Pye zu Felde zu ziehen.

Bevor die Verhandlung begann, wurden die Geschworenen aus dem Gerichtssaal geschickt. Der Staatsanwalt und die Verteidiger mußten zur Richterbank kommen, um mit Maloney zu besprechen, innerhalb welcher Grenzen Rita Tacker von Stidham zu ihren Aussagen befragt werden durfte. Nach den Regeln des Gerichts sollte sich das Kreuzverhör auf die Punkte beschränken, die der Staatsanwalt bei seiner Zeugenvernehmung angeschnitten hatte. Aguero war der Ansicht, wenn Stidham weitere Themen behandeln wollte, dann müsse er dies später im Rahmen seiner eigenen Beweisführung tun.

Jonathan Stidham ersuchte den Richter, ihm einen gewissen Spielraum zu lassen. Die Jury könne von Rita Tacker erfahren, daß Peggy kurz vor ihrer Erkrankung gesagt habe: ›Ich werde Pye für immer verlassen.‹ Und Rita könne aussagen, daß Peggy folgende Gründe hatte: Pye behandele die

Kinder ungerecht, er arbeite bis in die Nacht hinein, er habe eine Freundin, und er trinke zuviel. Stidham sagte, Rita habe dies der Polizei mitgeteilt, doch die Ermittler seien der Sache nicht nachgegangen. »Ob die Polizei ihre Ermittlungen gründlich durchgeführt hat, ist für die Verteidigung eine ganz entscheidende Frage«, fügte der Anwalt hinzu.

Stidhams Ansinnen werfe ein großes Problem auf, teilte Aguero dem Richter mit. Wenn ein Zeuge der Jury berichte, was eine andere Person gesagt habe, handele es sich um unzulässiges Hörensagen. Da Peggy Carr unwahre Behauptungen von Rita nicht widerlegen könne, stelle deren Aussage möglicherweise eine Irreführung der Jury dar. »Man darf sich nicht auf angebliche Äußerungen einer Toten berufen, nur weil diese der Verteidigung nützen«, betonte Aguero.

Maloney teilte die Auffassung des Staatsanwalts. Bevor Rita Tacker in den Zeugenstand treten konnte, sagte er zu Stidham: »Sie dürfen keine Fragen stellen, die darauf abzielen, was Peggy Carr der Zeugin mitgeteilt hat.«

Zuerst war der Staatsanwalt an der Reihe. Er macht es kurz. Als Rita auf einem Foto Peggy und Pye gegenüber der Jury identifiziert hatte, sagte Aguero: »Ich habe keine weiteren Fragen.«

Stidham erhob sich und ging auf Rita zu. »Miss Tacker, trifft es zu, daß Sie und Peggy längere Zeit befreundet waren?«

»Ja.«

»Hatten Sie auch Einblick in Ihr Privatleben?«

»Ja.«

»Trifft es zu, daß sich Peggy Carr nicht lange vor ihrer Erkrankung ein paar Tage bei Ihnen aufhielt?«

»Das stimmt.«

»Warum hat sie das getan?«

»Peggy und Pye hatten Eheprobleme.«

Aguero wollte das nicht länger hinnehmen. Er sprang auf und rief: »Ich erhebe Einspruch, Euer Ehren!«

Maloney unterbrach die Zeugenvernehmung und schickte die Jury hinaus. Sobald die Geschworenen den Saal verlassen hatten, erhob Aguero den Vorwurf, der Verteidiger wolle auf Schleichwegen unzulässige Fragen stellen und den Eindruck erwecken, daß die Staatsanwaltschaft Enthüllungen unterschlagen wolle, die für Pye abträglich wären. Aguero zeigte mit dem Finger auf Stidham und erhob den Vorwurf: »Er wußte genau, daß die Frage unzulässig ist, aber er stellte sie trotzdem!«

Stidham wußte sehr wohl, daß er seiner Sache schaden würde, wenn er sich mit dem Richter anlegte. Deshalb gab er klein bei. »Ich bitte um Entschuldigung, wenn ich zu weit gegangen bin. Es war nicht meine Absicht.«

Aguero hatte den Geschworenen in seinem Eröffnungsplädoyer gesagt, sie würden eine ›Geschichte‹ zu hören bekommen. Als er am nächsten Morgen mit dem Aufruf der Zeugen begann, wurde schnell klar, daß er diese Geschichte von Anfang an erzählen wollte. Zuerst berichteten Peggys Bekannte aus dem Restaurant von ihrer Erkrankung an jenem Wochenende im Oktober 1988. Da es an dieser Schilderung der Ereignisse nichts auszusetzen gab, schwiegen die Verteidiger die meiste Zeit. Dies änderte sich, als Aguero die Mitglieder von Peggys Familie aufrief.

Peggys jüngerer Sohn Duane hob seine rechte Hand und schwor, die Wahrheit zu sagen. Die Geschworenen sahen zum erstenmal mit eigenen Augen die Auswirkungen des Verbrechens, das George zur Last gelegt wurde. Da stand ein junger Mann, eigentlich noch ein Junge, der durch das vergiftete Getränk seine Mutter verloren und viele Monate seines Lebens eingebüßt hatte. Sein Körper war nach wie vor geschwächt durch das Thallium, und sobald er zu reden begann, kam nur ein Flüstern heraus.

»Erzählen Sie den Geschworenen, was Ihnen damals als erstes auffiel«, forderte Aguero ihn auf.

»Meine Füße taten auf einmal schrecklich weh«, sagte Duane. »Es war ein unglaublich starker Schmerz. Den anderen um mich herum ging es auch sehr schlecht. Mein Stiefbruder Travis lag in dem Bett neben mir. Meine Mutter war am schlimmsten dran, sie war beinahe gelähmt.«

Aguero vertrat den Standpunkt, es sei – insbesondere für

seinen Nachbarn – nicht schwierig gewesen, einen Karton Cola in das Haus zu schmuggeln. Er erinnerte daran, daß Duane und sein Bruder das Haus in der Woche vor dem Giftanschlag unbeaufsichtigt gelassen hatten, als sie weggefahren waren, um Farbe zu kaufen. »Duane, haben Sie und Travis die Haustür immer abgeschlossen, wenn Sie weggingen?« fragte Aguero.

»Nein, Sir.«

Nun erhob sich Wofford Stidham, um Duane ins Kreuzverhör zu nehmen. Er sprach mit sanfter Stimme, aber es zeigte sich bald, daß er es genauso wie sein Sohn auf Pye Carr abgesehen hatte. »Haben Sie jemals erlebt, daß es zwischen Ihrer Mutter und Pye Carr Streitigkeiten gab?« fragte er Duane.

»Einspruch!« rief Aguero.

»Stattgegeben«, sagte der Richter.

Stidham stellte zu diesem Punkt keine weiteren Fragen, doch es war ihm gelungen, die Geschworenen dazu zu bringen, daß sie sich wunderten: Was gab es denn da zwischen Peggy und Pye? Und wieso will der Staatsanwalt nicht, daß wir davon erfahren?

Der inzwischen achtzehnjährige Travis Carr ging langsam zum Zeugenstand. Er war nur noch ein Schatten des unbeschwerten, kräftigen Jungen, der einst wie ein Wirbelwind über das Basketballfeld gefegt war. Die Auswirkungen des Giftes zeigten sich vor allem in dem geisterhaft hageren Gesicht von Travis.

»Wie lange dauerte Ihr Krankenhausaufenthalt?« fragte ihn Aguero.

»Etwa sechs Monate.«

»Als Sie ins Krankenhaus kamen, konnten Sie da noch gehen?«

»Ja«, sagte Travis. Etwa eine Woche später seien jedoch Lähmungserscheinungen aufgetreten, und erst nach einer monatelangen Therapie habe er wieder gehen können. Aguero wies darauf hin, daß nicht nur der Körper von Travis beeinträchtigt worden sei; das Thallium habe auch sein Erinnerungsvermögen in Mitleidenschaft gezogen.

»Waren Sie bei Bewußtsein?« fragte er Travis. »Merkten Sie jeden Tag nach dem Erwachen, daß Sie nicht reden konnten?«

Travis zuckte bedauernd mit den Achseln. »Daran kann ich mich nicht mehr recht erinnern.«

Wofford Stidham interessierte sich nicht für den Gesundheitszustand von Travis. Er wollte mit seiner Hilfe bei den Geschworenen den Eindruck erwecken, die Polizei habe versucht, wichtiges Beweismaterial zu verbergen.

»Können Sie sich daran erinnern, daß Sie kurz vor Ihrer Erkrankung einen Karton mit acht Flaschen Coca-Cola gekauft haben?« fragte Stidham senior.

»Ja«, sagte Travis. Er habe das Coca-Cola ein paar Tage vor den Erkrankungen gekauft.

Das war genau das, was Stidham hören wollte. Wenn das Coca-Cola von einem Familienmitglied gekauft worden war, wäre es schwieriger, George mit dem vergifteten Getränk in Verbindung zu bringen. Statt die Flaschen zu kaufen, mit Gift zu versetzen und ins Haus zu schmuggeln, hätte George sie zuerst aus dem Haus holen und dann wieder zurückschaffen müssen – was eine wesentlich schwierigere Aufgabe gewesen wäre.

»Hat Ihnen irgend jemand einzureden versucht, daß Sie diese Flaschen nicht gekauft haben?«

»Kann schon sein«, sagte Travis.

»Wer wollte Ihnen einreden, daß Sie diese Flaschen nicht gekauft haben?«

»Ich kann mich nicht mehr genau erinnern.«

»Das waren Polizeibeamte, nicht wahr?«

»Ja, Sir.«

Vor dem Prozeß war George in einem orangefarbenen Gefängnisoverall im Gerichtssaal erschienen. Richter Maloney wies die Verteidiger an, für ein nicht ganz so grelles Erscheinungsbild zu sorgen; beim Prozeß trug George einen braunen Blazer, eine Krawatte und lange Hosen. Als die Zeugen ihre Aussage machten, hörte er aufmerksam zu, machte auf einem Block Notizen und zeigte ab und zu ein kurzes, verwundertes Lächeln.

Am Nachmittag des ersten Tages ging ein schwergewichtiger Mann mit Bürstenhaarschnitt in den Zeugenstand. Pye Carr hatte gehört, wie man die Anschuldigungen, die in seiner Heimatstadt hinter vorgehaltener Hand verbreitet worden waren, vor Gericht offen zur Sprache gebracht hatte. Jetzt hatte er die Gelegenheit, sich dagegen zu wehren und dafür zu sorgen, daß der wahre Täter verurteilt wurde. Aguero begann mit Fragen, die darauf abzielten, Pye als liebevollen Familienvater erscheinen zu lassen. Dem Staatsanwalt lag außerdem daran, daß man Pye als einen Typ betrachtete, der nicht schlau genug war, um ein seltenes Gift auszusuchen und es in Flaschen unterzubringen, ohne Spuren zu hinterlassen.

Pye sagte aus, er habe selbst etwas von dem Thallium abbekommen, habe aber die Schmerzen in den Füßen ignoriert und sich um seine Frau, seinen Sohn und seinen Stiefsohn gekümmert. »Ich hatte wirklich keine Zeit, mich mit mir selbst zu befassen«, sagte er. »Ich machte mir Sorgen um meine Familie.«

Aguero griff die Behauptung auf, Pye habe Behördenvertreter am Betreten der Garagenwohnung gehindert, in der später Spuren von Thallium gefunden wurden. »Haben Sie jemals einem Beamten vom Gesundheitsamt oder von der Umweltbehörde, einem Polizisten oder sonst jemandem den Zugang zu der Wohnung verwehrt?«

»Nein, Sir«, antwortete Pye. (Der Inspektor, der die Thalliumspuren gefunden hatte, bestätigte später die Aussage von Pye.)

»Mr. Carr, wissen Sie, wie das Thallium in die Flaschen gelangt ist?« fragte Aguero.

»Nein, das weiß ich nicht.«

Als Aguero mit der Befragung fertig war, wandte sich Richter Maloney den Geschworenen zu. »Meine Damen und Herren«, sagte er. »Bevor wir mit dem Kreuzverhör beginnen, möchte ich mit den Anwälten sprechen. Das dürfte keine fünf Minuten dauern. Würden Sie sich bitte in das Geschworenenzimmer begeben?«

Als der letzte der Geschworenen den Gerichtssaal verlassen hatte, wandte sich der Richter an Wofford Stidham. »Wollen Sie die Eheprobleme zur Sprache bringen?«

»Ja, Euer Ehren.«

Maloney sagte: »Ich werde Ihnen gestatten, daß Sie sich nach der ehelichen Trennung erkundigen, und zwar folgendermaßen: ›Gab es zwischen Ihnen und Ihrer Frau Probleme?‹ – ›Ja.‹ – ›Haben Sie sich getrennt?‹ – ›Ja.‹ Mehr lasse ich nicht zu. Einzelheiten der Trennung möchte ich nicht hören.«

Stidham wollte mehr. »Ich möchte ihn auch nach seiner ehemaligen Freundin fragen.«

»Aus welchem Grund?« erkundigte sich Maloney.

»Der Staatsanwalt hat den Eindruck erweckt, Mr. Carr sei ein sehr besorgter, liebevoller Ehemann gewesen«, sagte Stidham. »Und das stimmt einfach nicht.«

Pye saß still auf dem Zeugenstuhl, während diese Männer, diese Fremden, über die intimsten Dinge in seinem Leben verhandelten. Die Reporter machten sich Notizen, und die Leute im Gerichtssaal hörten genau zu.

Stidham umriß die Fragen, die er Pye stellen wollte. »Ich möchte von ihm wissen, ob er zu Laura Ervin gesagt hat, die Eheschließung mit Peggy sei ein Fehler gewesen, und ob er sich wieder mit Miss Ervin treffen wollte.«

Der Richter wandte sich Pye zu und fragte: »Wie würden Sie darauf antworten?«

»Ich würde das verneinen«, sagte Pye.

Maloney wandte sich wieder Stidham zu. »Können Sie das Gegenteil beweisen?« Als Stidham einräumte, daß er das nicht könne, sagte Maloney: »Ich werde die Fragen nicht zulassen.«

Die Geschworenen kehrten zurück, und Stidham begann mit seinem Kreuzverhör. Im Gegensatz zu seiner früheren Schärfe waren seine Fragen jetzt recht zahm. In einem Punkt zweifelte der Verteidiger jedoch Pyes Aussage an. »Sie sagten, Sie hätten noch nie etwas von Thallium gehört. Aber haben Sie nicht der Polizei mitgeteilt, wo man Thallium kaufen kann?«

»Nein, ich habe der Polizei nicht gesagt, wo man es kaufen kann«, antwortete Pye. »Ich habe der Polizei eine Liste gegeben.« Er erzählte, daß er ganz frustriert gewesen sei, weil ihm die Polizei nichts mitgeteilt habe. Schließlich habe er einen Kollegen gebeten, in den betrieblichen Unterlagen nach einer Liste der Thalliumlieferanten zu schauen. Diese Aufstellung habe er den Kriminalbeamten übergeben.

Damit war die Sache erledigt. Stidham hatte keine weiteren Fragen. Der Mann der verstorbenen Peggy Carr, den die Verteidiger als Schurken hingestellt hatten, verließ den Gerichtssaal. In einer nachfolgenden Besprechung mit den Anwälten merkte Richter Maloney an, die Verteidiger hätten die Gelegenheit nicht ergriffen, Pye nach seinen Problemen mit Peggy zu befragen.

»Ich dachte, Sie hätten zum Ausdruck gebracht, wir dürften dieses Thema nicht anschneiden«, sagte Jonathan Stidham.

»Ich habe Ihnen mitgeteilt, daß Sie das dürfen«, erwiderte Maloney.

An jenem 16. Januar 1991 brach am Persischen Golf der Krieg aus. Am nächsten Morgen wandte sich Richter Maloney an die Geschworenen. »Ich weiß, daß es angesichts der Geschehnisse schwierig ist, sich ganz auf den Prozeß zu konzentrieren«, sagte er. »Aber genau darum bitte ich Sie. Die Soldaten, die am anderen Ende der Welt kämpfen, tun ihre Pflicht. Und Sie, meine Damen und Herren, haben hier ebenfalls eine Pflicht zu erfüllen.«

Aguero rief sodann eine Reihe von Zeugen auf, mit deren Hilfe er unterstreichen wollte, daß Pye ein liebevoller Familienvater war, der niemals seine Frau und seine Kinder vergiften würde. Dr. John Miller, einer der Ärzte, die Peggy nach ihrer Einlieferung untersucht hatten, erzählte, daß Pye seine Frau ganz behutsam hereingebracht habe. »Er trug sie auf den Armen«, sagte Dr. Miller.

Die überzeugendste Entlastung Pyes kam überraschenderweise von Peggys Schwester Shirley. Sie kam in schwarzen Hosen und einem schwarzen Pullover in den Gerichtssaal. Shirley war nervös, bemühte sich jedoch, eine gefaßte

Haltung an den Tag zu legen. Sie schaute den Richter, die Jury und den Staatsanwalt an. Schließlich wandte sie den Blick nach links und erblickte zum erstenmal den Mann, dem vorgeworfen wurde, ihre Schwester ermordet zu haben. Trepal saß ungerührt da und beachtete sie überhaupt nicht. Shirley dachte: Er tut so, als hätte er nichts zu befürchten.

Aguero bat sie, sich den Tag in Erinnerung zu rufen, an dem Peggy ins Koma fiel. »Haben Sie Pye Carr damals gesehen?« fragte er. Der Staatsanwalt wußte, daß er wieder ein Risiko einging, denn Shirley hatte aus ihrer Abneigung gegen Pye kein Hehl gemacht.

»Ja, Sir, ich habe ihn gesehen«, antwortete Shirley. »Ich war im Zimmer, als er hereinkam. Er ging zu Peggy und streichelte ihre Wange. Und dann liefen ihm Tränen über das Gesicht.«

Jonathan Stidham erhob Einspruch. »Das ist irrelevant, Euer Ehren.«

Maloney gab dem Einspruch statt. Es war aber zu spät; der Prozeß würde vertagt werden, doch Aguero hatte dafür gesorgt, daß die Geschworenen eine beeindruckende Vorstellung mitnahmen: Pye als gramgebeugter Ehemann.

Als Aguero auf die ersten Prozeßtage Rückschau hielt, fiel ihm auf, daß er mehr Zeit darauf verwandt hatte, Pye zu verteidigen, als Trepal zu überführen. Einerseits fühlte er sich dadurch frustriert, anderseits war er aber auch erleichtert. Er hätte in eine viel schlimmere Lage geraten können, wenn die Verteidiger versucht hätten, den Mord Trepals Frau anzuhängen. Der Staatsanwalt war überzeugt, daß es ihm gelingen würde, Pye von jedem Verdacht zu befreien. Diana Carr hingegen kam als Tatverdächtige, eher in Frage: Als Ärztin hatte sie möglicherweise Zugang zu Thallium; sie hatte Veranlassung, die Nachbarn zu hassen und verfügte über die nötigen Chemiekenntnisse, um ihnen den Garaus zu machen. Es gab nicht genügend Beweise, um gegen Diana Carr Anklage zu erheben, aber sie reichten aus, um Zweifel an der Schuld ihres Mannes aufkommen zu lassen.

Als die zweite Prozeßwoche begann, war Aguero sich

darüber im klaren, daß er das Thema Pye hinter sich bringen und mit der Überführung von Trepal vorankommen mußte. Er rief Ernie Mincey in den Zeugenstand. Der Kriminalbeamte bestätigte, daß er gegen Pye Carr ermittelt habe; er habe ihn jedoch außer Betracht gelassen, nachdem er auf George Trepal gestoßen sei. Mincey erzählte den Geschworenen, Trepal habe bei der Routinebefragung einen nervösen Eindruck gemacht. Außerdem habe er Formulierungen wie die in dem Drohbrief verwendet, als er die Frage beantwortete, wieso Peggy und ihre Familie wohl vergiftet worden seien. »Damit sie wegziehen. Und das ist ja geschehen«, habe er gesagt.

Nachdem Aguero dargelegt hatte, wieso George der Polizei verdächtig vorgekommen war, befaßte er sich mit der Behauptung der Verteidigung, Travis Carr sei von der Polizei dazu gebracht worden, über den Getränkekauf die Unwahrheit zu sagen.

Aguero fragte Mincey: »Hat Travis zu Ihnen gesagt, er habe die Cola-Flaschen gekauft?«

»Er behauptete zuerst, er habe sie gekauft, und dann sagte er, er habe sie nicht gekauft«, gab Ernie zur Antwort. »Ich konnte keine klare Aussage von ihm bekommen.«

»Haben Sie je herausgefunden, wer die Flaschen gekauft hat?«

»Nein.«

Als Jonathan Stidham am nächsten Morgen mit dem Kreuzverhör begann, attackierte er sofort Minceys Ermittlungen gegen Pye Carr. Er behauptete, der Kriminalbeamte habe Hinweise ignoriert, daß Pye auf Peggy, Travis und Duane eine Lebensversicherung in Höhe von 200 000 Dollar abgeschlossen hatte. Der Anwalt ließ außerdem durchblicken, Ernie habe Pyes Kontaktaufnahme mit einer früheren Freundin unbeachtet gelassen. Stidham versuchte offenbar den Eindruck zu erwecken, daß Pye seine Familie umbringen, den Versicherungsbetrag einheimsen und mit einer anderen Frau verschwinden wollte.

Mincey verwahrte sich gegen diese Unterstellungen. Er

sagte, bei einer sorgfältigen Suche hätten sich keine Anhaltspunkte ergeben, daß Versicherungspolicen existieren. Und bei Pyes angeblicher Freundin handele es sich um eine ehemalige Verlobte. Pye habe nicht die Absicht gehabt, mit ihr zu verschwinden.

»Nach meinen Gesprächen mit Familienmitgliedern und Bekannten von Peggy und Pye Carr hatte ich den Eindruck, daß ihre Probleme nicht viel anders waren als die der meisten Leute«, sagte Mincey. »Zum Zeitpunkt des Giftanschlags waren die Differenzen ausgeräumt. Aus allem, was ich gehört und gelesen hatte, geht hervor, daß sie sich wieder sehr gern hatten und bestens miteinander auskamen.«

Aguero war es gelungen, die gegen Pye gerichtete Attacke der Verteidigung abzuwehren. Eine Frage war jedoch übriggeblieben: Wieso wurden in der Garagenwohnung Spuren von Thallium gefunden? Hatte Pye dort das Thallium in die Flaschen gegeben, dabei etwas davon verschüttet und den Rest in Trepals Schuppen versteckt?

Der Staatsanwalt rief George Coppenger als Zeugen auf, den leitenden Chemiker des Labors, welches das Thallium in den Cola-Flaschen und in der Wohnung entdeckt hatte. Coppenger sagte, da eine ganz kleine Menge Thallium ausreiche, um einen Menschen umzubringen, messe sein Labor die Konzentration in Millionstel Anteilen. Jede der leeren Cola-Flaschen habe zwischen 25 und 185 Millionstel Anteile Thallium enthalten. Im Gegensatz dazu habe das Labor in einem Abflußrohr der Wohnung lediglich 16 Milliardstel Anteile gefunden. Das bedeute, daß in den leeren Cola-Flaschen mindestens tausend Mal mehr Thallium gewesen sei, als man in dem Abflußrohr gefunden habe.

Ein weiterer Zeuge, der FBI-Chemiker Donald G. Havekost, sagte später aus, mit modernsten Analysemethoden sei in dem Rohr kein Thallium nachweisbar gewesen. In Anbetracht der kleinen Menge, die beim erstenmal festgestellt worden sei, könne es sich dabei einfach um einen falschen Wert gehandelt haben.

Der Chemiker meinte, selbst wenn ein Test eine Bestätigung ergeben hätte, wären derartige Spuren nicht relevant gewesen. Havekost wies die Geschworenen darauf hin, daß Thallium ein Element sei, das in der Natur vorkommt. »Sechzehn Milliardstel Anteile können Sie manchmal im Leitungswasser vorfinden«, sagte er.

6

Wie die anderen Zeugen durfte auch Susan Goreck erst in den Gerichtssaal kommen, wenn sie aufgerufen wurde. Sie saß außerhalb des Gerichtssaals an einem Tisch, arbeitete Akten durch und achtete darauf, daß die Zeugen der Anklage zur Stelle waren, sobald sie aufgerufen wurden. Im Laufe der zweiten Verhandlungswoche kam sie dann an die Reihe, den Zeugenstand zu betreten.

In der Nacht zuvor war Susan noch lange aufgeblieben und hatte Fakten aufgeschrieben, die bei ihrer Vernehmung zur Sprache kommen würden – unter anderem ihren Dienstrang, ihr Dienstalter und ihren Aufgabenbereich. Sie war so nervös, daß sie befürchtete, sie könnte bei so einfachen Dingen einen Fehler machen und bei den Geschworenen ihre Glaubwürdigkeit einbüßen. Die Ermittlerin ging langsam in den Gerichtssaal und hoffte dabei, daß ihre zitternden Knie nicht nachgeben würden.

Als Susan Platz genommen hatte, war ihr bewußt, daß George ihr gegenüber saß. Sie schaute jedoch nicht zu ihm hin, sondern achtete auf Aguero und die Geschworenen.

»Nennen Sie dem Gericht Ihren Namen«, sagte der Richter.

»Susan Goreck.«

»Wo sind Sie beschäftigt.«

»Beim Sheriff's Office von Polk County.«

Fünf Minuten später fühlte Susan sich wohler. Sie hatte es geschafft, die einleitenden Fragen glatt hinter sich zu bringen. Sie hatte eine kräftige Stimme und einen klaren Kopf. Sie warf einen Blick auf George und war erstaunt. Er saß da und hörte mit großem Interesse zu, gerade so, als erzählte

Susan eine spannende Mordgeschichte. In seinen Augen lag kein Zorn.

Susan berichtete darüber, wie sie kurz nach Peggy Carrs Tod bei dem von George Trepal und Diana Carr veranstalteten *Mensa*-Krimi-Wochenende die verdeckten Ermittlungen aufgenommen hatte. Sie sagte den Geschworenen, daß es zwischen den Pseudo-Morden des Wochenendes und dem echten Mord einige auffallende Parallelen gegeben habe. Zum einen sei Gift als Tötungsmittel eingesetzt worden, zum anderen hätten die Opfer Drohbriefe erhalten, was in Wirklichkeit bei Mordfällen selten vorkomme.

Aguero wandte sich wieder an Susan: »Ich möchte Ihnen ein Dokument zeigen, das als Beweisstück der Anklage Nummer 181 gekennzeichnet ist. Wissen Sie, um was es sich dabei handelt?«

»Ja, es handelt sich um die Broschüre *Lustiges und Nützliches über Voodoo,* die Mr. Trepal für das Krimi-Wochenende schrieb.«

Aguero gab ihr die Broschüre und sagte: »Würden Sie bitte den Absatz vorlesen, von dem Sie den Eindruck hatten, daß er für den vorliegenden Fall von Belang sei?«

Wofford Stidham erhob sich. »Euer Ehren, ich protestiere gegen derlei Spekulationen!«

»Einspruch abgelehnt«, erwiderte Maloney.

Susan fing an, die Worte von George vorzulesen: »Kaum ein Voodoo-Anhänger hält es für möglich, daß er durch psychische Einwirkungen umgebracht werden kann, doch keiner zweifelt daran, daß dies durch Gift geschehen könnte. Wenn eine Todesdrohung auf der Türschwelle liegt, werfen umsichtige Leute ihre Lebensmittelvorräte weg und achten genau darauf, was sie zu sich nehmen. Die Gegenstände auf der Türschwelle stammen oft von einem Nachbarn, der damit sagen will: ›Ich kann dich nicht ausstehen. Hau ab, sonst passiert was!‹«

Trepal hatte während der Verhandlung ruhig bei seinen Verteidigern gesessen und seltsam gelächelt. Doch als Susan seine Worte vorlas, verschwand das Lächeln.

Susan berichtete, wie sie sich in eine Person namens Sherry verwandelt und Trepal auf diese Weise überlistet hatte. Sie erzählte, daß sie Interesse gezeigt habe, Trepals Haus zu kaufen, und daß dieser sie daraufhin herumgeführt habe. Über den Giftanschlag auf die Nachbarn habe er allerdings kein Wort verloren. »Er sagte, das letzte Verbrechen habe in der dortigen Gegend vor neun Jahren stattgefunden. Dabei habe es sich um einen Einbruch gehandelt.«

Susan verwies darauf, daß Trepal dadurch mit dem Täterprofil eines Giftmörders übereingestimmt habe, daß er direkten Auseinandersetzungen aus dem Wege ging und dafür im stillen Rachepläne gegen *Sherrys* Mann geschmiedet habe. Sie erwähnte auch, daß George ihr giftige Beeren gezeigt habe und daß er mit ihr zum Picknicken gegangen sei, bei dem er dann ein Getränk auswählen durfte.

»Und was hat er genommen?« fragte Aguero.

»Coca-Cola«, antwortete Susan. »Jedesmal, wenn wir zum Essen ausgingen oder etwas zu trinken kauften, bestellte er Coca-Cola.«

Der Staatsanwalt wußte, daß diese Episoden zwar ein bezeichnendes Licht auf Trepals Persönlichkeit warfen, daß er aber noch mehr vorbringen mußte, um die Geschworenen von der Schuld des Angeklagten zu überzeugen.

Aguero bat Susan, sich an den Abend zurückzuerinnern, als sie in das Haus von George eingezogen war, um nach dem Gift zu suchen.

Susan erzählte, wie sie Wandschränke durchstöbert, in Ausgußrohren Abstriche gemacht und in der Werkstatt von George sogar in einer Schublade ein Mäusenest ausgehoben hatten. In dieser Schublade habe der FBI-Agent Brad Brekke dann ein braunes Fläschchen mit einer roten Verschlußkappe gefunden, in dem sich ein weißer Belag befand. Laboranalysen hätten ergeben, daß es sich dabei um Thalliumnitrat handelte.

Wie nicht anders zu erwarten war, dauerte Susans Zeugenaussage geraume Zeit, und sie wirkte sich für Trepal vernichtend aus. Als die Verteidigung Gelegenheit bekam, Susan ins Kreuzverhör zu nehmen, fielen Wofford Stidham schon bald keine Fragen mehr ein.

Stidham behauptete, Susan habe Trepal mit einem Trick dazu gebracht, ihr das Haus zu vermieten, und deswegen sei die Durchsuchung gesetzeswidrig. Tatsache war, daß die Verteidigung diesen Einwand schon vor dem Prozeß einem Richter vorgetragen und damit keinen Erfolg gehabt hatte. Der Einwand war auch nicht dazu angetan, die Geschworenen zu beeindrucken. Die meisten würden ihn als Spitzfindigkeit betrachten. Selbst wenn einer der Geschworenen Stidhams Rechtsauffassung teilen sollte, änderte dies nichts an der Tatsache, daß Trepal in dem Schuppen Gift aufbewahrt hatte.

Dem Verteidiger gelang es jedoch, Trepals Hinweise auf die giftigen Beeren in einem anderen Licht erscheinen zu lassen. Er fragte Susan: »Als Sie damals anhielten und Mr. Trepal einige rote Beeren pflückte, die er als giftig bezeichnete – war er da nicht auch besorgt wegen der Kinder in jener Gegend?«

»Ja«, antwortete Susan. »Mr. Trepal sagte, diese Beeren könnten Kinder krank machen.« Für Stidham war dies ein wichtiger Gesichtspunkt: Nicht Faszination, sondern Besorgnis konnte Trepal dazu bewogen haben, sich mit den Beeren zu befassen.

Stidham kam auf das Thalliumfläschchen zu sprechen. »Gab es Fingerabdrücke auf dem Beweisstück, das dazu dienen soll, Mr. Trepal mit dem schrecklichen Verbrechen in Verbindung zu bringen?« fragte er Susan.

»Es gab keine«, antwortete sie.

Aguero teilte Susan mit, sie könne den Zeugenstand verlassen; er werde sie später noch einmal zu verschiedenen Einzelheiten befragen. Der Staatsanwalt rief dann eine Reihe von Sachverständigen auf. Sie sagten aus, daß Thalliumnitrat selten und schwer zu beschaffen sei. Einer von ihnen wies darauf hin, es gebe zwar natürliche Thalliumvorkommen, doch sei im Körper von Peggy Carr das Zwanzigtausendfache des normalen Quantums festgestellt worden.

Als das Wochenende näherrückte, hatte Aguero noch ein letztes Anliegen. »Die Anklage legt nun ein Beweisstück vor, das die Nummer 48 trägt«, sagte er.

Diesen Augenblick hatten Trepals Anwälte gefürchtet. Sie wußten, daß es sich bei dem Beweisstück 48 um ein Autopsie-Foto von Peggy Carr handelte. Jonathan Stidham bat um eine Besprechung. Beide Seiten versammelten sich vor der Richterbank und redeten mit leiser Stimme.

»Das schreckliche Foto braucht den Geschworenen nicht zugemutet zu werden«, sagte Stidham. »Es wühlt Gefühle auf und soll offenbar nur bezwecken, daß die Geschworenen das ganze Wochenende über an nichts anderes denken können.«

»Einspruch abgelehnt«, erwiderte Maloney.

Aguero überreichte das Farbfoto dem ersten Geschworenen. Am ersten Prozeßtag hatte die Jury eine Aufnahme gesehen, die Peggy in einer glücklicheren Zeit zeigte. Lächelnd hatte sie zusammen mit ihrem frisch angetrauten Ehemann im Sonnenschein gestanden. Das zweite Foto zeigte Peggys tragisches Ende. Ihr Leichnam lag auf dem Autopsietisch, in kaltes Licht getaucht, auf der fahlen Kopfhaut nur ein paar Haarsträhnen, die Augen für immer geschlossen.

Der Staatsanwalt beobachtete, wie der erste Geschworene das Foto anstarrte und dann weiterreichte. Es gab kein Aufstöhnen und keine Ausrufe, wie Aguero es schon oft erlebt hatte, wenn er ein Autopsie-Foto von einer Schußwunde oder einer Stichverletzung vorgelegt hatte. Er merkte jedoch, daß die Aufnahme ihre Wirkung nicht verfehlte. Im Gerichtssaal breitete sich eine beklemmende Stille aus.

Schließlich sagte Aguero: »Keine weiteren Fragen.«

Nach dem Gesetz des Bundesstaates Florida hatte Aguero Trepals Verteidigern vor Prozeßbeginn sämtliche Beweismittel zeigen müssen, damit diese eine Verteidigungsstrategie aufbauen konnten. Die Anwälte hatten damals von der Kontaktaufnahme mit David Warren und Richard Broughton erfahren. Sie wußten, daß Warren vor Gericht aussagen konnte, wie Trepal diverse Rauschmittel verkauft und andere bei Leuten verwendet hatte, die ihm mißfielen. Den Anwälten war auch bekannt, daß Broughton der FDA-Agent gewesen war, der Trepals Drogenlabor hatte auffliegen lassen.

Die Verteidiger wollten, daß Richter Maloney entschied, Warrens Aussagen weitgehend unberücksichtigt zu lassen. Sie beriefen sich auf eine Verfahrensregel des Bundesstaates Florida, welche den Strafverfolgern die Heranziehung anderer Verbrechen stark erschwerte. Beweismaterial durfte nur in engen Zusammenhang mit der aktuellen Straftat verwendet werden, und nicht, um generell die kriminellen Neigungen des Angeklagten hervorzuheben.

Aguero stellte im Gespräch mit dem Richter klar, welche Absichten er verfolgte. Er sagte, er wolle mit Hilfe der Zeugen zweierlei verdeutlichen: Erstens, daß Trepal bereits in der Vergangenheit Gift verwendet habe, statt sich mit Gegnern direkt auseinanderzusetzen. Zweitens könne der DEA-Agent Broughton erläutern, daß Trepal auch effektiv Zugang zu Gift gehabt habe. Die spezielle Art von Thallium, mit der Peggy Carr umgebracht worden war, werde nämlich in illegalen Drogenlabors verwendet.

Am Schluß konnten beide Seiten einen Teilerfolg verbuchen. Der Richter machte sich zuerst den Standpunkt der Verteidigung zu eigen und ließ David Warrens Aussage über Trepals Einsatz von Chemikalien gegen Menschen nicht zu. Maloney erlaubte sodann dem Staatsanwalt, die Drogengeschäfte Trepals in den siebziger Jahren zur Sprache zu bringen.

Richard Broughton, ein breitschultriger Mann mit Carolina-Akzent, sagte als Zeuge der Anklage aus, er sei zwanzig Jahre lang Drogenfahnder gewesen. An eine bestimmte Verbrecherbande, die in den siebziger Jahren illegale Drogen produzierte, könne er sich gut erinnern.

»Welche Rolle spielte Mr. Trepal bei dieser Bande?« fragte Aguero.

»Er war der Chemiker und Kopf der Bande«, antwortete Broughton.

»Wissen Sie, ob Thallium bei der Herstellung von Metamphetamin Verwendung findet?«

Broughton antwortete, Thallium könne ein Bestandteil und ein Nebenprodukt dieses Prozesses sein. Als er von Jonathan Stidham ins Kreuzverhör genommen wurde, räumte er ein, daß Trepal die Drogen auch ohne Thallium hergestellt haben könnte.

»Thallium ist also nicht erforderlich«, sagte Stidham. »Stimmt das?«

»Ja, das stimmt«, gab Broughton zur Antwort.

Am nächsten Morgen sorgten alle Reporter dafür, daß sie rechtzeitig im Gerichtssaal waren, denn an diesem Tag sollte George Trepals Frau als Zeugin auftreten. Die Reporter erwarteten ein Feuerwerk, und Diana Carr enttäuschte sie nicht.

Als Diana durch den Metalldetektor ging, sah sie Susan an ihrem Tisch sitzen. Sie rannte auf die Kriminalbeamtin zu und rief: »Sie wissen hoffentlich, daß Sie ein elendes Miststück sind!«

Susan sprang auf und nahm eine Abwehrposition ein. Tom Spate, der Ermittler des Staatsanwalts, packte sie am Arm. »Setzen Sie sich, Susan«, sagte er. »Ich regle das.«

Der Staatsanwalt informierte Richter Maloney über den Zwischenfall. »Ich möchte hier nicht als Raubtierbändiger auftreten«, sagte er. »Sorgen Sie bitte dafür, daß die Zeugin Ruhe bewahrt.« Dianas Rechtsanwalt Richard McKinley stand dabei. Maloney schaute die beiden angewidert an und trug ihnen auf, die Angelegenheit selbst zu regeln. »Sprechen Sie mit Dr. Carr, und lassen Sie mich's wissen, wenn wir anfangen können.«

Der Staatsanwalt ging mit Diana und ihrem Anwalt zu dem Balkon hinauf, der über der Eingangshalle thronte. Aguero forderte Diana zur Zusammenarbeit auf. »Ich werde Ihnen eine begrenzte Anzahl Fragen stellen«, sagte er. »Ich weiß, daß Ihnen das nicht gefällt. Aber Sie haben keine andere Wahl. Bringen wir's einfach hinter uns!«

Diana war einverstanden. Doch als sie den Zeugenstand betrat, merkte man, daß sie immer noch aufgebracht war.

»Mrs. Carr, kennen Sie eine Person namens George Trepal?« fragte Aguero.

»Wenn Sie gestatten, mein Name ist Dr. Carr«, herrschte Diana ihn an.

»Dr. Carr, gab es zwischen Ihnen und Peggy einmal einen Streit wegen lauter Musik?«

»Einen Streit kann man das nicht unbedingt nennen«, erwiderte Diana. »Wir hatten eine Diskussion wegen der Lautstärke.«

»Wie reagierte Peggy, als Sie verlangten, die Musik leiser zu stellen?«

»Zuerst ging sie nicht darauf ein. Aber später sorgte sie dann dafür, daß weniger Lärm herrschte.«

»War Ihr Mann an diesem Tag zu Hause?«

»Ich glaube, er war kurz vor mir nach Hause gekommen.«

Da Aguero Diana keine Fragen stellen durfte, mit deren Beantwortung sie ihren Mann hätte belasten können, wandte er sich einem anderen Thema zu. »Hatten Sie in Alturas oder in Sebring jemals Thallium in Ihrem Besitz?« fragte er.

»Nein«, antwortete Diana.

»Kennen Sie ein Buch mit dem Titel *Das fahle Pferd*?«

»Ja.«

»Befand sich das Buch zu dem Zeitpunkt, als Mr. Trepal verhaftet wurde, in Ihrem Besitz?«

»Ich glaube schon.«

Aguero verfolgte die Sache nicht weiter. Diana war an diesem Tag gegen ihren Willen da; die Staatsanwaltschaft hatte sie mit einer Vorladung gezwungen, vor Gericht zu erscheinen. Ihre Zeugenaussage konnte ihm nützen, doch sie barg auch ein Risiko in sich. Da Diana nicht freiwillig aussagte, genoß sie eine gewisse Immunität; Aguero konnte ihre Antworten in Zukunft nicht gegen sie verwenden, auch wenn sie sich damit belastet hatte.

Der Staatsanwalt befürchtete insgeheim, Diana könnte den Geschworenen sagen, sie habe Peggy Carr vergiftet; ihnen bliebe dann nichts anderes übrig, als Trepal freizusprechen. Aguero hätte dann einen freigesprochenen Angeklagten und eine Person, deren Geständnis er nicht verwenden durfte.

Dann ging Jonathan Stidham auf die Zeugin zu. Seine Fragen bezogen sich nicht auf George, sondern auf Diana persönlich. Welche Gründe Stidham dafür hatte, sollte sich erst in den letzten Stunden des Prozesses zeigen.

»Doktor Carr, bitte schildern Sie uns kurz Ihre Ausbildung und Ihre Abschlüsse«, sagte er.

Diana gab an, sie habe neben ihrer Ausbildung als Ärztin noch ein Bacchalaureat in Chemie, einen Magistergrad in Chemie sowie einen Magistergrad in klinischer Pathologie.

»Stimmt es, daß Sie gern Kriminalromane lesen?«

»Ja. Ich lese seit meinem achten Lebensjahr Krimis.«

»Wie viele Krimis haben Sie schätzungsweise zu Hause liegen?«

»Ein paar tausend.«

»Hat Ihr Mann Ihres Wissens Krimis gelesen?«

»Nein«, erwiderte Diana. »Er liest hauptsächlich Science Fiction.«

Stidham unterbrach seine Befragung und stellte bei Richter Maloney den Antrag, die Geschworenen aus dem Gerichtssaal zu schicken. Er wollte, daß eine Aussage zu Protokoll genommen wurde, die der Richter zuvor nicht zugelassen hatte. Auf diese Weise konnten die Anwälte von George im Falle einer Verurteilung von einem Berufungsgericht entscheiden lassen, ob die Geschworenen die Aussage hätten hören sollen. Maloney gab seine Zustimmung.

Stidham sagte zu Diana: »Dr. Carr, wenn ich mich recht erinnere, haben Sie ausgesagt, Sie hätten die Szenarien für die Krimi-Wochenenden geschrieben. Trifft das zu?«

»Ja, das stimmt«, antwortete Diana.

Nun erhob sich Dianas Anwalt. McKinley gab zu Protokoll, seine Mandantin erwarte für alle Antworten auf Stidhams Fragen Straffreiheit.

»Nichts zu machen!« rief Aguero und stand auf. »Das lehne ich ab!« Er sagte, Diana genieße nur Straffreiheit, solange sie aufgrund der Vorladung der Staatsanwaltschaft aussage. Wenn sie der Verteidigung freiwillig neue Informationen liefere, könne er diese Informationen gegen sie verwenden. »Dr. Carr hat die Fragen der Staatsanwaltschaft bereits beantwortet«, sagte Aguero. »Allein der Staatsanwaltschaft steht es zu, ihr Immunität zu gewähren.«

Das hieß soviel wie: Passen Sie auf, was Sie sagen, Dr.

Carr! Ich höre nämlich gut zu! Diana schien dies begriffen zu haben, denn sie sagte kein einziges Wort mehr.

Nun war es an Stidham zu protestieren. »Die Verteidigung verwahrt sich aufs schärfste dagegen, daß der Staatsanwalt eine Zeugin einschüchtert, indem er sie der Immunität beraubt! Das ist ja Erpressung!«

Aguero rief eine Reihe von Zeugen auf, die über George Trepals Zusammenstöße mit den Nachbarn aussagen sollten. Von Ronnie Chester, dem Ex-Mann von Cissy, war zu hören, daß George eines Tages herübergekommen sei und von ihm verlangt habe, er solle sein Radio leiser stellen. »Er sah sehr erbost aus und bebte vor Wut«, sagte Chester. »Also hab' ich das Radio leiser gestellt. Keine zwei Minuten später stand er schon wieder hinter mir und beschwerte sich.« Alan C. Adams, der sich im Auftrag von George und Diana ein bißchen mit der Gartengestaltung und der Pflege des Rasens befaßt hatte, sagte aus, er könne sich erinnern, daß George die Nachbarjungen beschimpft habe. »Einmal sagte er: ›Die kriege ich noch!‹ Und ein andermal war er ganz empört, als die Burschen mit Motorrädern über den Hof fuhren. Er rief: ›Euch bringe ich um!‹«

Als die Zeugen aufmarschierten, blieb George ungerührt. Die Erregung, die er während der Zeugenaussage von Susan gezeigt hatte, war hinter einer Maske kühler Teilnahmslosigkeit verschwunden. Doch als der Staatsanwalt Patricia Boatwright in den Zeugenstand rief, hatte er ein Leuchten in den Augen. Sie war ein *Mensa*-Mitglied und hatte sich mit ihm angefreundet.

Patricia Boatwright kam auf einen bestimmten Tag zu sprechen, an dem der Giftanschlag in den Zeitungen Schlagzeilen machte. Da sei George in die Praxis seiner Frau gekommen. »Wir waren ganz gespannt und sagten: ›Erzählen Sie doch mal, was da passiert ist!‹«

»Und wie hat Mr. Trepal darauf reagiert?« fragte der Staatsanwalt.

»George wich meinem Blick aus, was vorher noch nie passiert war«, sagte sie. »Das Thema wurde dann fallengelassen.«

»Sind Sie danach wieder mit Mr. Trepal zusammengetroffen?«

»Ja.«

»Sind Sie dabei auf den Giftanschlag zu sprechen gekommen?« fragte Aguero.

»Er wollte sich nicht dazu äußern, und wir wechselten dann das Thema.«

Peggy Carrs Tochter erhoffte sich von dem Prozeß nicht viel. Cissy war sich im klaren darüber, daß eine Verurteilung den Schmerz über den Verlust ihrer Mutter nicht lindern würde. Sie hoffte jedoch, der Prozeß würde dazu beitragen, daß sie dieses Verbrechen besser durchschaute, das ihr immer noch so willkürlich und sinnlos vorkam. Cissy war manches unklar: Was hatte Trepal so in Wut versetzt, daß er zum Mörder wurde? Wie gelangte das Gift in die Flaschen, und wie kamen die Flaschen ins Haus? Wie schaffte es Susan Goreck, ihn zu überführen? Cissy hoffte, daß sie im Verlauf des Prozesses ›die ganze Wahrheit‹ erfahren würde.

Cissy begriff nicht, wieso die Gerichte es den Betroffenen nicht ermöglichten, die Tatsachen zu erfahren. In ihrem Bemühen, einen fairen Prozeß zu gewährleisten, taten die Richter sogar oft das Gegenteil. Cissy und ihrer Familie war es wie allen Zeugen nicht gestattet, den Gerichtssaal zu betreten, wenn dort ausgesagt wurde. Dadurch sollte verhindert werden, daß das Erinnerungsvermögen eines Zeugen durch die Aussagen eines anderen Zeugen beeinträchtigt wurde. Dies war ein wichtiger Verfahrensgrundsatz, aber er trug dazu bei, daß die Hinterbliebenen den Eindruck bekamen, man habe sie vergessen. Cissy und ihre Tante Shirley fragten Aguero, ob sie den Prozeß verfolgen dürften, wenn sie ausgesagt hätten.

Der Staatsanwalt war einverstanden. Er wußte, daß er die Familienmitglieder in der dritten Prozeßwoche nicht mehr in den Zeugenstand rufen würde. Aguero fragte den Richter, ob die Familienmitglieder im Saal Platz nehmen dürften. Trepals Rechtsanwälte waren dagegen. Sie sagten, sie wollten nicht auf ihr Recht verzichten, Familienmitglieder als Zeugen aufzurufen.

Aguero ließ dieses Argument nicht gelten. »Im Hinblick auf Zeugenaussagen haben sich die Verteidiger mit Familienmitgliedern bisher überhaupt nicht in Verbindung gesetzt«, sagte er zu Maloney. »Ich habe den Eindruck, daß die Betreffenden dafür büßen sollen, daß sie zur Familie gehören.«

Der Richter hörte sich an, was Aguero vorbrachte, machte sich dann aber den Standpunkt der Verteidigung zu eigen. Für Cissy und die anderen Hinterbliebenen öffneten sich die Türen des Gerichtssaals nicht.

Susan Goreck erschien erneut im Zeugenstand. Diesmal ging es um den Tag, an dem der sonst so redselige George beim Anblick der zwei Visitenkarten in ein schuldbewußtes Schweigen verfallen war. Susan erzählte den Geschworenen von jenem Wintertag, an dem sie Trepal gebeten hatte, sie bei McDonald's zu treffen. »Ich wollte ihm sagen, ich hätte erfahren, daß auf die Nachbarn ein Giftanschlag verübt worden war.«

Damals hatte Susan ein Mikrofon in ihrer Handtasche gehabt, und aus einem in der Nähe befindlichen Auto war eine Videokamera auf sie gerichtet gewesen. Der Staatsanwalt stellte den bereitstehenden Fernseher an und legte die Kassette in den Videorecorder, damit die Geschworenen die Szene mit eigenen Augen betrachten konnten.

George Trepal erschien auf dem Bildschirm. Er begrüßte Sherry, setzte sich ihr gegenüber und fragte: »Wie geht's Ihnen denn?«

»Nicht besonders gut. Und deswegen möchte ich mit Ihnen reden«, erwiderte Sherry.

Etwas später war von ihr zu hören: »Und dann stellte sich heraus, daß Sie mir etwas verschwiegen haben.«

Trepals munter und unbeschwert klingende Stimme drang aus dem Lautsprecher und zog durch den Gerichtssaal. »So, und was wäre das?«

»Daß dort etwas Schreckliches passiert ist.«

»Ach ja, im Nachbarhaus wurde jemand vergiftet ...«

Die Geschworenen sahen, wie Trepal seine Nonchalance verlor, als seine Bekannte ihm die Geschäftskarten des

Kriminalbeamten Mincey und des FBI-Agenten Brekke überreichte. Auf einmal wußte er nicht, was er sagen sollte.

Nach einer Weile hörten die Geschworenen diese Worte von ihm: »Ich hoffe nur, daß ich nicht zu den Hauptverdächtigen gehöre. Das könnte unangenehm werden.«

7

Am 4. Februar schloß Aguero seinen Beweisvortrag ab. Nun hatten die Verteidiger Gelegenheit, das Gericht von der Unschuld ihres Mandanten zu überzeugen. Es stand ihnen frei, Peggys Freundin Rita Tacker aufzurufen, damit sie die Probleme schilderte, die es zwischen Peggy und Pye gegeben hatte. Es stand ihnen frei, *Mensa*-Mitglieder aufzurufen, damit diese die Polizei beschuldigten, sie habe aus der Intelligenz und der exzentrischen Art des Angeklagten falsche Schlüsse gezogen. Es stand ihnen frei, George in den Zeugenstand zu rufen, damit er aussagte, er habe seine Nachbarn zwar nicht leiden können, doch wäre er niemals auf den Gedanken gekommen, sie umzubringen.

Doch die Verteidiger taten gar nichts.

»Für die Verteidigung ist die Beweisführung abgeschlossen«, sagte Wofford Stidham.

Dadurch, daß die Verteidiger keine eigene Beweisführung vorbrachten, hatten sie zumindest einen Vorteil: Sie bekamen bei den Schlußplädoyers Gelegenheit, als erste und als letzte das Wort zu ergreifen.

Wofford Stidham erhob sich, ging auf die Geschworenen zu und kämpfte mit sanfter Stimme um das Leben seines Mandanten. »Die Beweisführung gegen George Trepal ähnelt einem Puzzlespiel«, sagte er. »Bruchstückhafte Einzelheiten sollen aneinandergefügt den Schuldbeweis ergeben. Ich weise Sie aber darauf hin, daß bei diesem Puzzle zahlreiche Teile fehlen, und daß viele der Stücke überhaupt nicht zusammenpassen.«

Das erste fehlende Stück sei die Antwort auf die Frage, wer die Cokes gekauft habe. »Ihnen wurde keinerlei Indiz dafür vorgelegt, daß George Trepal die Cokes gekauft hat, um ihnen anschließend Thallium beizumengen«, sagte der Verteidiger zu den Geschworenen. Er riet ihnen, Susan Gorecks Aussage, daß Coca-Cola Trepals Lieblingsgetränk sei, keine Bedeutung beizumessen. »Das ist doch völlig lächerlich!« rief er. »Die Hälfte der Menschheit trinkt Coca-Cola!«

Wofford Stidham meinte, die Geschworenen täten gut daran, Pye Carr mit Mißtrauen zu betrachten. Schließlich hätten Pye und Peggy Carr Eheprobleme gehabt. Er habe damals mit einer früheren Freundin Verbindung aufgenommen. Außerdem sei er der Eigentümer der Wohnung gewesen, in der die Polizei Spuren von Thallium gefunden hatte.

»Wie kam dieses Thallium unter den Ausguß von Pye Carrs Garagenwohnung?« fragte der Verteidiger, und seine Stimme hallte durch den Gerichtssaal. »Sie werden wohl nicht glauben, daß ein Wesen von einem anderen Stern es dort hingebracht hat«, sagte er. »Aber das Thallium befand sich dort.«

»Und wie steht es mit der Beweisführung gegen meinen Mandanten?« fuhr Stidham fort. »Die Polizei wollte unbedingt einen Täter präsentieren. Insbesondere Detective Ernie Mincey beugte sich dem Druck der Firma Coca-Cola, die unter allen Umständen eine Public-Relations-Katastrophe vermeiden wollte und ihn deshalb in einem Firmenjet durch die Gegend beförderte. Wenn jemand, statt 250 Dollar für ein Ticket auszugeben, in einem Firmenjet nach Washington düsen darf, kostet das pro Flugstunde Hunderte, wenn nicht Tausende von Dollars. Auf jemanden wie Detective Mincey hat das bestimmt mächtig Eindruck gemacht. Ich will damit nicht sagen, daß Mincey sich etwas zuschulden kommen ließ. Ich meine nur, daß dadurch eine Art Verpflichtung entstand. Ein Beamter erweist Leuten, die sich ihm gegenüber entgegenkommend verhalten haben, gern einen Gefallen. Mincey und seine Kollegen fühlten sich bemüßigt, einen Schuldigen aufzutreiben.«

Die Polizei habe fadenscheinige Indizienbeweise aufgeboten, um George Trepal als Schuldigen hinstellen zu können, behauptete der Verteidiger. Sie habe nicht eindeutig beweisen können, daß George den Drohbrief geschrieben, Thallium gekauft und das vergiftete Getränk in das Nachbarhaus geschmuggelt habe. In den Wochen zwischen dem Verbrechen und dem Zeitpunkt des Tatverdachts habe Trepal die Gelegenheit nicht genutzt, die jetzt als Beweisstücke vorliegenden Gegenstände verschwinden zu lassen, zum Beispiel die Giftbroschüre oder die Cola-Flaschen.

»Es muß einem schon seltsam vorkommen, daß ein Spezialist für perfekte Verbrechen diese Cola-Flaschen in einem unbewohnten Haus zwanzig Tage stehen ließ«, folgerte Stidham.

Der Anwalt versuchte, die Bedeutung der Tatsache herunterzuspielen, daß Trepal in der Voodoo-Broschüre Sätze geschrieben hatte, die in ähnlicher Form in dem Drohbrief an Pye Carr auftauchten. Möglicherweise sei der Angeklagte erst durch die Ereignisse im Nachbarhaus auf den Gedanken gekommen, die Broschüre zu schreiben. »Daß Mr. Trepal so etwas verfaßt hat, besagt nicht viel.«

Der Verteidiger machte spöttische Bemerkungen über das Bestreben des Staatsanwalts, George zur Last zu legen, daß er sich auf dem Gebiet der Chemie auskannte. »Die Staatsanwaltschaft hat Mr. Trepal als Verdächtigen hingestellt, weil er in Chemie beschlagen ist und weil sich in seinem Haus einige Chemiebücher befanden. Sie, die Geschworenen, sollten daraus den Schluß ziehen, nur er habe das Verbrechen begehen können.« Stidham erinnerte die Jury an die Expertenaussagen: »Den Chemikern, die hier in den Zeugenstand gerufen wurden, war Thallium durchaus geläufig. Und dies zu Recht, denn es handelt sich um ein chemisches Element, das in der Natur häufig vorkommt.«

Der Verteidiger bat die Geschworenen, dem Fläschchen mit Thallium, das in Trepals Werkstatt gefunden worden war, nicht zuviel Bedeutung beizumessen. »Wir wissen aufgrund von Zeugenaussagen, daß diese Werkstatt in der Zeit, in der Dr. Carr und Mr. Trepal im Haus wohnten, nie verschlossen war, und daß sich daran auch nach ihrem Wegzug nichts geändert hat«, sagte er. »Es ist durchaus möglich, daß jemand anders das Fläschchen dort hingestellt hat.«

»Die Staatsanwaltschaft möchte Sie zu der Annahme verleiten, das Fläschchen habe Mr. Trepal gehört«, fuhr der Verteidiger fort. »Sie hat Mr. Trepal fortwährend mit Verdächtigungen überzogen. Nun wird es bestimmt heißen, das könne ja kein Zufall sein, denn wer sollte es sonst gewesen sein? Tatsache ist jedoch, daß Menschen hierzulande nicht aufgrund von Verdächtigungen und Unterstellungen ihrer Freiheit beraubt oder gar zum Tode verurteilt werden.«

Aguero hatte damit gerechnet, daß die Verteidigung seine auf Indizien basierende Beweisführung attackieren würde. Als er sich erhob, war ihm klar: Er mußte zeigen, daß das keine Zufallsprodukte waren, sondern stichhaltige Beweise.

Als Aguero bei den Geschworenen stand, zeigte er auf Trepal und forderte sie auf: »Sehen Sie sich diesen Mann genau an! Einen gefährlicheren und diabolischeren werden Sie wohl zeitlebens nicht zu Gesicht bekommen. Daß er sehr gefährlich ist, hat die Beweisaufnahme ergeben.«

Er rief den Geschworenen in Erinnerung, daß Trepal nicht nur wegen der Ermordung von Peggy Carr vor Gericht stand, sondern auch wegen des Mordversuchs an den übrigen Familienmitgliedern. »Zu ihnen gehört auch Kacy, ein zweijähriges Mädchen, bei dem schon ein kleines Quantum des vergifteten Getränks tödliche Folgen hätte haben können.«

»Aber das war Mr. Trepal egal«, sagte Aguero. »Er stellte die Flaschen ins Haus, und wer daraus trank, sollte die Folgen zu spüren bekommen. Von ihm aus hätten alle umkommen können.«

Der Staatsanwalt kam auf den Einwand der Verteidigung zu sprechen, die Polizei habe auf den Cola-Flaschen keine Fingerabdrücke von Trepal gefunden. Er erinnerte die Geschworenen daran, daß die Polizei überhaupt keine Fingerabdrücke gefunden hatte. »Jemand hat sie weggewischt«, sagte er. »Mr. Trepals Fingerabdrücke sind nirgendwo zu finden, weil er alles daransetzte, die Polizei zu überlisten.«

»Und nun zu all den ›Zufällen‹«, fuhr der Staatsanwalt fort und zählte sie in sarkastischen Ton auf: Peggy und ihre Familie waren nach einer Auseinandersetzung mit Trepals Frau erkrankt. Trepal war der einzige Nachbar gewesen, der das Haus beobachten und wissen konnte, zu welchem Zeitpunkt niemand anwesend war. Trepal war Chemiker und hatte ein Fläschchen mit Thallium in seiner Werkstatt gehabt. Und als Susan ihm mitgeteilt hatte, daß die Polizei ihn suche, war der sonst so gesprächige Mann plötzlich verstummt.

Aguero verwies die Geschworenen auf die bei McDonald's entstandenen Videoaufnahmen. »Der Angeklagte sagte zu Inspektor Goreck, wenn sich die Polizei für ihn interessierte, müsse das mit dem Giftanschlag zu tun haben; da sei er wohl der ›Hauptverdächtige‹. Ich lasse mir nicht weismachen, daß das ein Zufall war!«

Aguero fügte hinzu: »Wenn Ihnen jemand berichtet, die Polizei habe sich nach Ihnen erkundigt, denken Sie dann auch sofort: ›Ich bin wohl der Hauptverdächtige in einem Mordfall?‹ Wieso hat Mr. Trepal nicht gesagt: ›Wenn die Polizei etwas von mir will, dann soll sie ruhig kommen. Ich werde gleich mal anrufen und feststellen, was eigentlich los ist.‹ Dieser Mann konnte statt dessen mit einer geradezu hellseherischen Fähigkeit voraussagen, was die Polizei von ihm wollte. Und wieso? Weil er am besten weiß, wer der Täter ist.«

Der Staatsanwalt wandte sich dann für eine Weile den Fragen zu, die es im Hinblick auf Pye Carr noch geben mochte. »Die Verteidigung wollte Ihnen einreden, Pye habe versucht, seine Familie umzubringen«, sagte er. »Das ist doch lächerlich!« Und er begründete dies kurz: Pye habe so gut wie nichts über Thallium gewußt; er habe die Familienmitglieder ins Krankenhaus geschafft und sei Tag und Nacht bei ihnen geblieben. Er habe selbst etwas von dem vergifteten Coca-Cola getrunken, und ihm übrigen habe die Polizei keine Anhaltspunkte gefunden, daß er wirklich die Versicherungen abgeschlossen hatte, von denen gerüchteweise zu hören war.

»Und was ergibt sich daraus?« fragte der Staatsanwalt. »Es war jemand, der genau Bescheid wußte über diese Familie. Einer, der zufällig Thalliumnitrat in seiner Werkstatt hatte. Einer, der im Gegensatz zu Peggy Carr, die immer Pepsi trank, Coke bevorzugte. Einer, der schon mal ein illegales Drogenlabor betrieben hatte. Einer, der Behälter voller gefährlicher Chemikalien besaß und hochwertige Laborgeräte zur Verfügung hatte. Einer, der von seiner Frau erfahren konnte, daß Thallium bei Routineuntersuchungen im Krankenhaus nicht entdeckt werden würde.«

Aguero mokierte sich über die Vorstellung, daß George gegebenenfalls nach dem Anschlag in Pyes Haus geschlichen wäre, um die Cola-Flaschen zu entfernen. »Wenn Beamte der Gesundheitsbehörde, der Landwirtschaftsbehörde, der Umweltschutzbehörde, der Lebensmittelüberwachung, der Mordkommission und des FBI das Haus im Auge behalten, ist es nicht mehr so einfach, unbemerkt hineinzukommen.«

Falls dies den Geschworenen noch nicht ausreiche, sagte Aguero, dann sollten sie sich die Giftbroschüre anschauen, die George zusammengestellt hatte; diese Übersicht enthalte detaillierte Informationen über Thalliumvergiftungen.

Aguero nahm die Broschüre in die Hand und fragte: »Ist es purer Zufall, daß Mr. Trepal diese Unterlagen in seinem Haus hatte? Mag sein. Andererseits ist es denkbar, daß Mr. Trepal seit geraumer Zeit den perfekten Mord plante, und daß er ihn bei seinen Krimi-Wochenenden und bei seinen Recherchen durchprobte. Und daß ihm die Familie Carr den Anlaß lieferte, den Plan in die Tat umzusetzen.«

Aguero bat die Geschworenen, noch einen weiteren ›Zufall‹ zu berücksichtigen, nämlich die Tatsache, daß der überaus intelligente Mr. Trepal, der Veranstalter von Krimi-Wochenenden, nicht das geringste Interesse gezeigt hatte, über den echten Kriminalfall von nebenan zu reden. »Gleich nebenan hat er den schwierigsten Mordfall, den es je in dieser Gegend gab«, sagte Aguero. »Und was tut dieser Mann, der sonst immer Mordfälle aufklären will? Er verliert nie ein Wort darüber. Ist das nicht äußerst merkwürdig?«

Der Staatsanwalt erinnerte an die Zeugenaussage des

Mensa-Mitglieds Pat Boatwright. »Sie war mit Trepal befreundet, aber auch ihr gegenüber sagte er kein Sterbenswörtchen. Und als sie ihn nach dem Vorfall fragte, konnte er ihr nicht mehr in die Augen schauen. Wie kommt das?«

»Das sind keine Zufälle, das sind Tatsachen«, versicherte Aguero den Geschworenen. »Meine Damen und Herren, dieser Mann hat den Giftanschlag auf die Familie Carr verübt, und ich ersuche Sie, ihn schuldig zu sprechen.«

Da Peggys Familienmitglieder und Freunde nicht mehr als Zeugen benötigt wurden, durften sie sich im Gerichtssaal die Schlußplädoyers anhören. Sie saßen in einer der vorderen Reihen, genau im Blickfeld der Geschworenen. Cissy merkte, daß die Geschworenen sie anschauten, als Aguero sagte, Kacy hätte ebenfalls ein Opfer des Giftanschlags werden können. Als der Staatsanwalt die ›Zufalls‹-Theorie der Verteidigung zerpflückte, war Cissy ganz begeistert. »Er ist Klasse!« flüsterte sie Gary Shiver, ihrem frischgebackenen Ehemann, zu. »Wenn ich eine Geschworene wäre, würde ich George Trepal schuldig sprechen.«

Der Prozeß war aber noch nicht zu Ende. Wofford Stidham hatte eine letzte Gelegenheit, seinen Standpunkt darzulegen. Er nutzte sie dazu, eine Bombe platzen zu lassen.

»Ich muß noch einen weiteren Punkt zur Sprache bringen«, begann er feierlich. »Ich tue das ungern, aber ich sehe mich dazu gezwungen. Ich bin sicher, daß manche von Ihnen während des Prozesses ebenfalls darüber nachgedacht haben; bei den Zeugenaussagen war ja manches zu hören, was darauf hindeutete: Es gibt genausoviel Beweismaterial, genauso viele Verdachtsmomente gegen Dr. Diana Carr wie gegen George Trepal.«

Im Gerichtssaal wurde es totenstill. Trepals Anwälte wollen dieses Argument also doch noch ins Feld führen, dachte Aguero – und zwar am Schluß des Prozesses, wenn er keine Gelegenheit mehr hatte, etwas dagegen zu unternehmen. Susan, die in der Nähe auf einer Bank saß, schüttelte den Kopf. Sie fragte sich, ob George mit dieser Taktik einverstanden gewesen war.

»Ich will nicht behaupten, daß die Beweise ausreichen, um zu dem Schluß zu kommen, Dr. Carr habe das Thallium in die Cola-Flaschen gegeben«, fuhr Stidham fort. »Ich behaupte nicht, daß sie es getan hat, denn ich weiß das nicht. Ich behaupte jedoch, daß gegen sie genauso viele Indizien sprechen wie gegen ihren Mann. Dr. Carr hat nach ihren eigenen Angaben zwei Abschlüsse in Chemie. Das bedeutet, daß Thallium auch ihr bekannt sein mußte. Wie der Staatsanwalt in seinem Plädoyer bereits ausgeführt hat, wußte sie als Ärztin, daß Thallium bei der Routineuntersuchung nach Schwermetallen nicht berücksichtigt wird.«

Der Verteidiger fuhrt fort: »Diana Carr liest mit Begeisterung Kriminalromane. Sie hat ausgesagt, daß sie Tausende von Krimis zu Hause stehen hat. Sie dachte sich die Kriminalfälle aus, die von den *Mensa*-Mitgliedern aufgeklärt werden mußten. Auch die vier Fälle für das Wochenende, an dem Mrs. Goreck teilnahm – es handelte sich dabei durchweg um Giftmorde. Da sie mit George Trepal unter einem Dach wohnte, hatte sie selbstverständlich Zugang zu seinen Büchern. Und in Krankenhäusern findet Thallium bisweilen Verwendung.« (Daß die Polizei auf Trepals Giftbroschüre keine Fingerabdrücke von Diana gefunden hatte, und daß in ihrer orthopädischen Praxis kein Thallium verwendet wurde, erwähnte der Verteidiger nicht.)

Stidham wies die Geschworenen darauf hin, daß Diana Zugang zu der Werkstatt hatte, in der das Fläschchen mit Thallium gefunden worden war. »Niemand kann beweisen, daß das Fläschchen dem Angeklagten gehörte. Es kann genausogut seiner Frau gehört haben.« Und dann sei noch etwas zu beachten, sagte er. »Wer war denn an der einzigen heftigen Auseinandersetzung mit Familienmitgliedern von Pye Carr beteiligt? Also an dem Streit, bei dem gebrüllt wurde, bei dem es Beschimpfungen und Handgreiflichkeiten gab? Dr. Carr war daran beteiligt, nicht George Trepal.«

Die zwölf Geschworenen begannen ihre Beratungen am 5. Februar 1991 um 10.10 Uhr. Um 11.50 Uhr kehrten sie in den Gerichtssaal zurück. Sie waren noch nicht zu einem Urteilsspruch gelangt, sondern wollten vielmehr die bei McDonald's entstandenen Videoaufnahmen noch einmal ansehen. Als das Videoband zu Ende war, gingen sie in das Geschworenenzimmer zurück und schlossen die Tür.

Um 16.25 Uhr ging die Tür erneut auf.

Cissy saß mit Gary, ihrer Tante Shirley, ihrem Onkel Johnny und ihrem Onkel Raymond in der Eingangshalle des Gerichtsgebäudes und wartete gespannt. Allen stand in der Nähe und verständigte sich per Zeichensprache mit einigen taubstummen Menschen, die er im Gericht kennengelernt hatte. Duane hatte nicht dabeisein wollen. Tom Spate, der Ermittler des Staatsanwalts, kam zu Peggy Carrs Hinterbliebenen und teilte ihnen mit: »Die Geschworenen sind zurückgekommen.«

Cissy schaute ihren Mann an, und Gary drückte ihre Hand. Als Cissy im Gerichtssaal Platz genommen hatte, betrachtete sie eine der Geschworenen, eine junge, blonde, zierliche Frau. Sie sah deren besorgten Gesichtsausdruck. Die Geschworene wandte den Blick vom Angeklagten ab und richtete ihn auf ihre Hände, die sie auf dem Schoß gefallen hatte. Cissy dachte: Man wird ihn freisprechen! Ihr fiel die Ermahnung des Richters ein, bei der Verkündung des Urteilsspruches keine Gefühlsäußerungen laut werden zu lassen; sie schaute zu Boden und weinte still vor sich hin.

Nicht weit weg von ihr saß Susan Goreck. Einige ihrer Kollegen vom Sheriff's Office saßen hinter ihr; sie klopften Susan auf die Schulter und sprachen ihr Mut zu. Eine Reporterin des *Lakeland Ledger* setzte sich neben sie. Susan lächelte zuvorkommend, war jedoch wortkarg. Sie hatte nun über ein Jahr lang auf diesen Moment hingearbeitet und ihr Leben aufs Spiel gesetzt. Doch erst jetzt überlegte sie, welche Folgen sich aus der Sache ergeben könnten. Was passiert, wenn er freigesprochen wird? dachte sie. Was wird George mir und meiner Familie antun? Ihr fielen Hagmaiers Worte ein: »Dieser Mann dreht nicht durch«, hatte der FBI-Mann gesagt. »Aber er zahlt alles heim.«

Trepal saß bei seinen Anwälten. Er trug ein Jackett und eine Krawatte. Sein Bart war im Laufe der Monate fast grau geworden, und das Lächeln war aus seinem Gesicht verschwunden. Das Licht spiegelte sich funkelnd in seinen Brillengläsern, als der Sprecher der Geschworenen den Urteilsspruch vorlegte.

Richter Maloney verlas das Dokument: »Der Bundesstaat Florida als Kläger gegen George J. Trepal als Beklagten. Wir, die Geschworenen, erklären den Beklagten des Mordes für schuldig.«

»Wir, die Geschworenen ...«, fuhr Maloney fort und verlas sämtliche Anklagepunkte: einen wegen Mordes, sechs wegen versuchten Mordes, sieben wegen Vergiftung von Lebensmitteln oder Wasser in der Absicht, Menschen zu töten oder zu verletzen, einen wegen Manipulationen an einem Konsumartikel. Insgesamt waren es fünfzehn Anklagepunkte, und wie ein Hammer, der auf kalten Stahl prallt, erscholl fünfzehnmal das Wort: »Schuldig.«

Susan spürte, wie jemand ihren Arm drückte. Es war die Reporterin Suzie Schottelkotte. »Susan, Sie können jetzt aufatmen«, sagte sie.

Auf Susans Gesicht erschien ein Lächeln. Trepals Anwälte ließen enttäuscht die Schultern sinken. Susan, Ernie und Aguero schüttelten einander lachend die Hände und nahmen die Gratulationen ihrer Kollegen entgegen.

Cissy saß bei ihrer Familie und fühlte eine seltsame Reaktion. Vor der Urteilsverkündung hatte der Richter die Anwesenden gebeten, weder laut zu rufen noch zu klatschen oder aufzuspringen, und danach war ihr auch gar nicht zumute. Sie blickte zu George Trepal hinüber, der ihre Mutter ermordet hatte, und spürte keinen Triumph – nur Mitleid. Er ist ein intelligenter Mann und hätte es im Leben zu etwas bringen können, dachte Cissy. Und nun landet er wahrscheinlich auf dem elektrischen Stuhl.

Cissy spürte, wie Gary ihre Hand ergriff. Sie merkte, daß sie wieder weinte und daß in ihrem Inneren ein Wirrwarr von Gefühlen herrschte. Sie hielt es nicht mehr aus im Gerichtssaal. Mein Gott, dachte sie, wenn ich nur erst draußen wäre!

Beim Hinausgehen warf Cissy noch einmal einen Blick

auf Trepal. Von Gerichtsbeamten flankiert, verließ er den Saal. Das Mitgefühl, das sie eben noch empfunden hatte, verschwand. Wie konnte er mir nur leid tun? dachte sie.

Als Cissy durch die großen Türen ging, wurden Kameras und Scheinwerfer auf sie gerichtet, wurde sie mit Fragen bestürmt. Auf den Balkonen über der Eingangshalle drängten sich Anwälte, Gerichtsangestellte und neugierige Mitbürger. Cissy ging hinaus in das milde Licht des Spätnachmittags und hörte die Bravorufe und den Beifall der Leute. Ein Fernsehreporter streckte ihr ein Mikrofon entgegen.

»Was sagen Sie zu dem Urteilsspruch?« wurde sie gefragt.

»Ich bin einfach froh, daß alles vorbei ist«, antwortete Cissy.

Epilog

Hast du dich einigermaßen losgelöst, dann merkst du auch, daß dein altes Karma zu dir zurückkommt. Du leidest zwar, aber du begreifst diesen Vorgang und hast nichts dagegen einzuwenden. Du leidest nicht melodramatisch.

George Trepal in einer Tagebucheintragung

George Trepals neues Zuhause besteht aus drei Betonwänden, einer dünnen Matratze, einer Toilette aus rostfreiem Stahl und einem Waschbecken. Durch die Türen aus eineinhalb Zentimeter dickem Walzstahl wird George wahrscheinlich nie mehr hinaus in die Freiheit gelangen, denn er befindet sich in einer Todeszelle.

Am 6. März 1991 folgte Richter Maloney der Empfehlung der Geschworenen und verurteilte George Trepal zum Tode. Zwei Jahre danach lehnte der Oberste Gerichtshof Floridas eine Berufung ab. Vermutlich war das nur die erste von zahlreichen Bemühungen, die Trepal und seine Anwälte anstellen werden. Das Appelationsverfahren ist langwierig und kompliziert.

Während Anwälte und Richter seine Angelegenheit prüfen, sitzt George im Union Correctional, Floridas Staatsgefängnis. Es besteht aus einem beigefarbenen, von Zwergkiefern umgebenen Gebäudekomplex, auf den die grelle Sonne Nordfloridas herunterbrennt. Um das Gefängnis zieht sich ein eineinhalb Kilometer langer, mit scharfkantigem Draht gekrönter Zaun. Er wird durch acht Türme verstärkt, auf denen mit Schrotflinten und Schnellfeuergewehren bewaffnete Wachen stehen. Um zum Zaun zu gelangen, müßte ein Ausbrecher zuerst dicke Betonmauern und verschlossene Türen überwinden sowie Dutzende von Überwachungskameras überlisten, die Tag und Nacht eingeschaltet sind.

Das Union Correctional ist keine Resozialisierungsanstalt für Männer, die einen Fehler gemacht haben und wieder ins

Erwerbsleben integriert werden sollen; es dient vielmehr dazu, Floridas gefährlichste Kriminelle hinter Schloß und Riegel zu haben. Die meisten Insassen dieses Gefängnisses haben schwere Gewaltverbrechen begangen.

George Trepal und seine dreihundert Mitgefangenen in den Todeszellen sind in beigefarbenen, zwei auf drei Meter großen Räumen untergebracht, die mit einem kleinen Schwarzweißfernseher und einem ausklappbaren stählernen Bettgestell ausgestattet sind. Ihr Tagesablauf ist eintönig. Sie stehen vor Tagesanbruch auf, wenn das Frühstück durch die Gitterstäbe geschoben wird, sie atmen die nach Schweiß riechende Luft, schauen sich im Fernseher die Quizshow *Riskant*! an oder die Seifenopern, rufen einem Zellennachbarn zu, welchen Zug sie beim Schachspiel gerade gemacht haben, schreiben Briefe, lesen ein Buch, versuchen zu schlafen – und warten auf den Tag, an dem der Wärter einen schwarzen 125-Dollar-Anzug für die Beerdigung bereitlegt.

Bis Ende 1994 erhielt George keinen einzigen Besuch von seiner Frau. Sein alter *Mensa*-Freund Stewart Prince besuchte ihn aber. Prince fuhr dann an einem Frühlingstag auf einem Yamaha-Motorroller zu einem Restaurant in Polk County, um mit uns darüber zu sprechen. Er trug eine naturfarbene Jacke mit einem *Mensa*-Abzeichen; sein braunes Haar war vom Wind zerzaust, und seine blaugrauen Augen schauten durch dicke Brillengläser. Er bestellte sich eine Tasse heißen Tee und fing mit leiser, aber fester Stimme an zu reden. Für Prince stand es außer Zweifel, daß George zu Unrecht verurteilt worden war.

»George und ich haben viel gemeinsam«, sagte Prince. »Wir sind stille, in sich gekehrte Menschen. Uns macht es Spaß, am Computer zu sitzen, Beiträge für Fachzeitschriften zu schreiben und mit unseren hochintelligenten Freunden zusammenzukommen.« Prince sagte, er könne sich genau an den Sonntag erinnern, an dem er in seiner Zeitung ein Foto entdeckte, auf dem George in Handschellen ins Untersuchungsgefängnis geführt wurde. Er habe gedacht: ›George kennt anscheinend einen Redakteur, der bereit war, ihm zuliebe eine Zeitungsente zu produzieren. Für einen Scherz geht das aber doch ein bißchen weit!‹

»Es war aber gar kein Scherz«, fuhr Prince fort. »Offenbar kam der Polizei seine exzentrische Art und seine Intelligenz verdächtig vor. Diese Bürokraten sahen, was er geschrieben und veröffentlicht hatte, und sie dachten: ›Aha, ein gefährlicher Psychopath!‹ In Wirklichkeit war George ein sanftmütiger Mensch, der seiner Frau aus dem Supermarkt Haferplätzchen mitbrachte, der jede umherstreunende Katze bei sich aufnahm und der Chemikalien nur zum Entwickeln von Filmen, zur Identifizierung von Mineralien und zum Reinigen des großen Aquariums benutzte, das er auf der Veranda stehen hatte.«

»Wenn ich George im Gefängnis besuche, bringe ich ihm immer ein bißchen Geld für die Kantine mit«, erzählte Prince. »Er mag belegte Brötchen, Kartoffelchips und Schokoladenmilch. Von gelegentlichen Besuchen abgesehen, kommt George nur zweimal die Woche zum Hofgang aus seiner Zelle heraus, und er muß Handschellen tragen, wenn er duschen geht.«

George hatte sich nicht geäußert, als er um eine Stellungnahme zu diesem Buch gebeten worden war; die drei Anwälte, die ihn beim Prozeß verteidigt hatten, schwiegen ebenfalls. Prince sagte jedoch, George habe ihn gebeten, Alternativüberlegungen hinsichtlich des wahren Schuldigen am Tod von Peggy Carr vorzutragen. Eine dieser Theorien besagt, daß ein bösartiger Patient oder ein anderer Arzt versucht haben könnte, Diana Carr zu beseitigen. Die betreffende Person habe das Thallium gekauft und dem Coca-Cola beigemischt, die Flaschen dann aber im falschen Carr-Haushalt abgestellt.

An einem heißen Septembertag öffneten sich die Tore des Gefängnisses; die Verwaltung hatte eine kurze Besichtigung der Todeszellen gestattet. Der Besucher sah, wie sich die Todeskandidaten die Zeit vertrieben. Manche lasen im gleißenden Licht einer Neonröhre, andere rauchten im Dunkel, wieder andere sehen fern. Da es keine Klimaanlage gab, trugen viele der Gefangenen nur Boxershorts. Die meisten machten einen mürrischen, gelangweilten Eindruck oder waren einfach abgestumpft.

Im Gegensatz zu ihnen schien George völlig zufrieden zu sein. In seiner Zelle am Ende eines Korridors war er gerade damit beschäftigt, ein Bettuch wegzuräumen. Er hatte Briefe und Schriftsätze juristischer Art fein säuberlich aufgestapelt. Als ein Wärter ihm ein Bündel Post und die Tageszeitung aushändigte, sagte er beflissen: »Ich danken Ihnen, Sir!«

Bill Hagmaier vom FBI hatte vorausgesagt, Trepal werde ein mustergültiger Gefangener sein, und er sollte recht behalten. Man kann das nachvollziehen: Das Gefängnis nimmt George zwar seine Bewegungsfreiheit, gibt ihm aber so gut wie alles, was er sonst benötigt. Er hat einen sauberen, gut beleuchteten Raum und viel Zeit zum Lesen, und er braucht sich weder um offene Rechnungen noch um die Zubereitung von Mahlzeiten zu kümmern. In Floridas Todeszellen gilt außerdem eine wichtige Regelung: Die Insassen dürfen ihr Radio und den Ton ihres Fernsehgeräts nur über Kopfhörer hören. Deshalb herrscht dort stets Ruhe – und für George ist das ein paradiesischer Zustand.

Diana Carr weigerte sich ebenfalls, über den Fall zu sprechen. Nachdem ihr Mann in die Haftanstalt eingeliefert worden war, wurde sie der Tätlichkeit gegen eine Beamtin des Gefängnisses von Polk County beschuldigt. Am 23. August 1991 erklärte sie sich damit einverstanden, daß der Sachverhalt als Vergehen eingestuft wurde. Der Richter fällte keinen formellen Schuldspruch, sondern verhängte eine Bewährungsfrist von sechs Monaten. Diana widmete sich weiterhin ihrer Praxis in Sebring.

George Trepals Vater machte seine Umzugspläne wahr und übernahm die Wohnung hinter dem Haus in Sebring, die sein Sohn für ihn hergerichtet hatte.

In den Anfangsjahren wollte Diana mit ihrem inhaftierten Mann nichts zu schaffen haben. »Ich fragte Diana, ob sie mitkommen wolle, aber sie lehnte ab«, sagte Trepal senior. »Soviel ich weiß, hat sie meinem Sohn geschrieben, sie liebe ihn nicht mehr und wolle nichts mit ihm zu tun haben.« Ende

1994 hatte sich die Beziehung aber wieder verbessert. »Diana hat ihm geschrieben und schickt ihm auch Geld«, berichtete Trepal senior. »Sie kümmert sich um ihn.«

»George hat mir erzählt, er spiele mit den anderen Häftlingen Schach und gewinne meist«, fuhr der alte Mann fort. »Er sieht gut aus. Er ist der Meinung: ›Man muß jetzt mal abwarten.‹« Der von der Unschuld seines Sohnes überzeugte Mr. Trepal sagte, er wolle dies ebenfalls tun und freue sich schon auf den Tag, an dem George aus dem Gefängnis entlassen werde und sie zusammen ein Haus mieten könnten. Vorerst verbringe er seine Zeit damit, Kreuzworträtsel zu lösen, mit seinen Kumpels fischen zu gehen und nach seinem Garten zu schauen. Trepal senior berichtete, er habe eine gute Tomatenernte gehabt, allerdings habe der Nachbarsjunge ein paar davon geklaut.

Vor dem Fenster von Mr. Trepals Wohnung standen Weihnachtskaktusse, welche die meiste Zeit des Jahres grün und stachelig sind, aber herrliche Blüten treiben, wenn das Fest der Liebe naht. Auf die Frage, ob diese Pflanzen zu seinem Garten gehörten, erwiderte er: »Nein, sie gehören George. Ich pflege sie einstweilen.«

Die Leute, die George hinter Gitter gebracht haben, sind nicht mehr an ihrem alten Platz. Brad Brekke ist aus dem FBI ausgeschieden und Sicherheitschef einer großen Firma geworden. Ernie Mincey gehört nicht mehr der Mordkommission an; er ist zum Streifendienst zurückgekehrt. John Aguero beschäftigt sich weiterhin mit aufsehenerregenden Mordfällen. Bill Hagmaier hat beim FBI ein größeres Betätigungsfeld erhalten; er bildet in allen Teilen der Welt verdeckte Ermittler aus und leitet die Abteilung, die sich mit Kindesentführungen und Serienmördern befaßt. Susan Goreck wurde zum Lieutenant befördert und übernahm eine leitende Position in der Verwaltung. In ihrem Büro hängen Auszeichnungen, die sie für die Aufklärung des Mordfalles erhalten hat, und auf dem Bücherregal hat sie einige Aktenstücke aus der Zeit aufbewahrt, als sie sich Sherry Guin nannte. An George Trepal erinnert sie sich oft.

Susan ist froh darüber, daß sie George hinter Gitter gebracht hat, doch in ihre Erinnerungen mischt sich Bedauern. Sie hat sich nie verziehen, daß sie so wenig Zeit für ihre Familie übrig hatte, als sie hinter Trepal her war. Und sie zweifelt immer noch daran, ob sie anderen begreiflich machen kann, daß ein Teil von ihr – sie nennt ihn *Sherry* – den Killer mit der Zeit als Freund betrachtete. Sie selbst ist mit dieser Zwiespältigkeit fertiggeworden. Susan weiß, daß George argwöhnisch geworden wäre und die Flucht ergriffen hätte, wenn sie ihm nicht mit ungekünstelter Herzlichkeit begegnet wäre.

Susan fragt sich auch jetzt, ob George noch andere Morde begangen hatte. Daß er eine Chemikalie auswählte, die das Opfer allmählich vergiftete und gleichzeitig schwer nachweisbar war, zeigte, daß er Erfahrung hatte. Waren im Laufe der Jahre andere Feinde von George einer mysteriösen Krankheit zum Opfer gefallen? Die Frage kann nur er beantworten – und er schweigt.

George hatte im Gericht ein einziges Mal mit Susan Verbindung aufgenommen, und zwar an dem Tag, an dem er von Richter Maloney zum Tode verurteilt wurde. Während einer Verhandlungspause hatte er sich umgewandt, sie angeschaut und ein paar Worte gemurmelt. Susan dachte: Jetzt kommt das zum Vorschein, was ich befürchtet habe: die Wut. Er will mir sagen: »Mit Ihnen rechne ich noch ab!« Da sie seine Worte nicht genau verstand, schickte sie einen Gerichtsdiener zu George, der fragen sollte, was er von ihr wollte.

Der Gerichtsdiener teilte Susan mit: »Er wollte ihnen nur freundlich Guten Tag sagen.«

Nach Trepals Verurteilung wurde Susan mehrmals angerufen und bedroht. Die Ortspolizei und das FBI konnten die Anrufer ausfindig machen. Sie stellten eine umfangreiche Akte der Leute zusammen, die zu Trepals Umfeld gehörten. Die Behörden werden einschreiten, sobald sich weitere Gefährdungen abzeichnen.

Obwohl sich bei dem Prozeß herausgestellt hatte, daß Pye Carr unschuldig war, wollte er nicht mehr in dem Städtchen wohnen, in dem er von vielen verdächtigt worden war. Er zog mit Travis ein Stück weit weg, in ein Haus mit einem Schwimmbad und Fitneßgeräten, in dem sein Sohn seine Muskeln trainieren konnte. Pye Carr, seine Kinder und seine Schwester Carolyn Dixon lehnten es ab, im Zusammenhang mit diesem Buch Stellungnahmen abzugeben. Nach Trepals Verurteilung sagte Pye jedoch zu einem Zeitungsreporter: »Ich glaube, der elektrische Stuhl ist zu gut für ihn. Peggy war ein so guter Mensch und hatte keinen so schrecklichen Tod verdient.«

Durch Peggys Tod verlor ihre Familie den Zusammenhalt. Heutzutage sprechen Pyes Kinder und Peggys Kinder kaum noch miteinander. Die einen ziehen hierhin, die anderen dorthin.

Zur Familie von Cissy und Gary Shiver gehört neben Kacy, die jetzt zur Schule geht, ein gemeinsamer Sohn namens Ethan, der fast drei Jahre nach Peggys Tod geboren wurde. Cissy hat manchmal die Befürchtung, daß sie das Gesicht und die besänftigende Stimme ihrer Mutter vergessen wird. Um die Erinnerung wachzurufen, sagt sie dann leise: »Mama, ich liebe dich.«

Allen und Duane erinnern sich auf ihre Weise. Allen denkt an seine Mutter, wenn er mit einer Kellnerin zu tun hat, in deren Schürzentasche Geldstücke klimpern. Allen ist jetzt der Vater eines kleinen Jungen namens Brendon und arbeitet als Dolmetscher für gehörlose Schulkinder.

Duane hatte es schwerer. Als er mit kleineren Straftaten gegen seine Bewährungsauflagen verstoßen hatte, wurde er ins Gefängnis eingewiesen. Eines Tages saß er im Aufenthaltsraum, in dem die Gefangenen telefonieren, fernsehen und Karten spielen können. Er nahm einen Stift und begann auf einem gelben Notizblock zu schreiben:

Liebe Mom,
Dein kleiner Junge schreibt Dir. Wie geht's Dir denn? Was machst du? Hoffentlich hast Du mehr Spaß als ich. Ich möchte Dir sagen, daß ich Dich liebe und daß ich alles bedauere, was ich Dir je angetan habe. Ich hoffe, Du bist jetzt an einem schöneren Ort. Ich denke

oft an Dich und wünsche mir, daß Du da wärst. Ich habe mir manches zuschulden kommen lassen, und ich weiß, daß Du nicht stolz auf mich bist. Das tut mir leid. Ich will versuchen, mein Leben in Ordnung zu bringen, wenn ich entlassen werde.

Duane machte sein Versprechen wahr. Er wurde frühzeitig entlassen und fing an, in dem Elektrogeschäft von Cissys Ehemann zu arbeiten. Seit sein Körper das Thallium ausgeschieden hat, nimmt Duane zu; er fühlt sich wohl und denkt daran, seine Freundin Shannon zu heiraten.

Anfang März 1992, als Peggys dritter Todestag bevorstand, nahm ihre Schwester Shirley eine Thermosflasche mit schwarzem Kaffee und eine Packung Schokoladenkekse, setzte sich ins Auto und fuhr bei Nacht nach Florida. Am nächsten Morgen besuchte sie mit Peggys Kindern den Friedhof. Die Hinterbliebenen gingen langsam zu dem Mausoleum, in dem hoch droben an einer Marmorwand eine Plakette mit der Aufschrift PEGGY A. CARR angebracht ist.

Die Familienmitglieder standen schweigend da und schauten hinauf. Dann umarmten sie einander. Cissy sah, wie ihr Bruder Allen zum ersten Mal seit Peggys Tod seinen Gefühlen freien Lauf ließ und zu schluchzen begann. Die Stille war gebrochen, als der kleine Ethan aufwachte und zu weinen anfing. Shirley und Peggy hatten einst einander versprochen, daß die eine sich um die Kinder der anderen kümmern würde, falls etwas passieren sollte. Shirley überwand ihre Traurigkeit und nahm Ethan auf den Arm. Sie würde ihm noch viel zu erzählen haben.

Danksagung

Bei der Entstehung dieses Buches haben uns viele Menschen geholfen. Obwohl Peggy Carrs Kinder noch immer ihrer Mutter nachtrauerten und sich von den Vergiftungserscheinungen erholen mußten, luden sie uns in ihr Haus ein und ließen uns an ihren Erinnerungen teilhaben. Peggys fröhliche Art lebt in Cissy, Allen und Duane fort. Wir schätzen uns glücklich, sie kennengelernt zu haben.

Unser aufrichtiger Dank geht an Susan Gorecks Kollegen im Polk County Sheriff's Office, insbesondere an Sheriff Lawrence W. Crow, Don R. McDaniel, Paul F. Alley, Nolan Allen, Wayne Cross, Francis Hart, Mike Lawton, Paul Schaill, Ernie Mincey und Nelly Kratky. Auch John Aguero und Jerry Hill von der Staatsanwaltschaft sind wir zu Dank verpflichtet, ebenso Dennis O'Neill und Ted Key von der Union Correctional Institution. Kelley Cibulas trug dazu bei, daß wir beim FBI Informationsgespräche führen konnten. Bill Hagmaier und Brad Brekke opferten viel Zeit und ließen uns an ihrem Fachwissen teilhaben.

Viele Menschen, die nicht direkt in den Fall verwickelt waren, leisteten ebenfalls wertvolle Beiträge. Patricia Anderson gab uns juristische Ratschläge. Dr. Bill Hafling verdanken wir wichtige psychologische Hintergrundinformationen. Arnold Goodman, unser Literaturagent, stand uns mit Rat und Tag sowie mit unerschöpflicher Geduld zur Seite.

Jeffrey Good ist den Herausgebern der in St. Petersburg/Florida erscheinenden *Times* zu Dank verpflichtet, die ihm die Arbeit an dem Buchprojekt ermöglichten. Sein Dank gilt insbesondere Andrew Barnes, Philip Gailey, Jeanne Grinstead, Paul Tash, Susan Taylor Martin und Jon East. Thomas French, Jean Heller und Margo Hammond von der St. Petersburger *Times*, John Donelly vom *Miami Herald*, Jim Kenyon von der *Tampa Tribune*, David Seideman von *Time* und Jane Tompkins von der Duke University waren ihm

Vorbild und Ermutigung. Beverly Lowrys 1992 erschienenes Buch *Crossed Over: A Murder, a Memoir* half uns, die Ambivalenz in der Natur des Menschen besser zu verstehen. Barbara Hijek leistete uns bei Nachforschungen wertvolle Hilfe. Von Harvey Partridge und Wendy McMillan erhielten wir immer wieder Ermunterungen. Seine Hochachtung möchte der Journalist Jeffrey Good folgenden Lehrern zum Ausdruck bringen, die ihn einst zur Literatur hinführten: Jim Michalski von der Creighton Prep School, John Engels und Marie Henault vom St. Michael's College sowie Don Fry und Karen Brown vom Pointer Institute for Media Studies.

Unseren Familien können wir nicht genug danken. Gary, Greg und Steven standen eine schwere Zeit geduldig und hingebungsvoll durch. Laura, Amelia und Alexander halfen mit ihrem Frohsinn und ihren kritischen Anmerkungen. Unseren Eltern verdanken wir ebenfalls sehr viel. Wie bei Peggy Carr kennt auch ihre Liebe keine Einschränkungen.